TESS GERRITSEN
Der Meister

D0802728

Buch

An einem heißen Sommertag wird Detective Jane Rizzoli zu einem Tatort in einem reichen Bostoner Vorort gerufen. Dort bietet sich ihr ein bizarres Bild: Der Arzt Richard Yeager sitzt auf einem Stuhl im Wohnzimmer seines Hauses – gefesselt und mit durchschnittener Kehle. Von seiner jungen, hübschen Frau Gail fehlt jede Spur, aber ihr penibel zusammengefaltetes Nachthemd im Schlafzimmer ist voll Blut. Die Untersuchung des Tatorts lässt darauf schließen, dass Yeager vor seinem gewaltsamen Tod zusehen musste, wie seine Frau vergewaltigt und gefoltert wurde.

Als man Gail Yeagers Leiche dann in einem Waldstück findet, verdichten sich die Hinweise auf einen Serienmörder, denn in der Nähe des Fundortes stoßen die Spürhunde auf eine weitere, bereits stark verweste Frauenleiche. Bei beiden Frauen sind deutliche Spuren von Misshandlungen zu erkennen, der Täter scheint seine Opfer brutal zu quälen, bevor er es tötet. Die Ähnlichkeit dieser Fälle mit einer Mordserie im vergangenen Jahr beunruhigt Jane mehr, als ihr lieb ist. Der »Chirurg« ist zwar im Hochsicherheitsgefängnis inhaftiert, jedoch bringen die neuen Morde alte, zu lange verdrängte Erinnerungen an die Oberfläche.

Autorin

Tess Gerritsen war erfolgreiche Internistin, bevor ihr mit dem Thriller »Kalte Herzen« der internationale Durchbruch gelang. Seither hat sie fünf weitere Medizinthriller geschrieben, die alle fulminante Bestseller waren. Tess Gerritsen lebt mit ihrem Mann, dem Arzt Jacob Gerritsen, und ihren beiden Söhnen in Camden, Maine.

Tess Gerritsen

Der Meister

Roman

Aus dem Amerikanischen
von Andreas Jäger

BLANVALET

Die amerikanische Originalausgabe erschien 2002
unter dem Titel »The Apprentice« bei Ballantine Books,
a division of Random House Inc., New York.

Der Blanvalet Verlag ist ein Unternehmen
der Verlagsgruppe Random House.

2. Auflage
Taschenbuchausgabe September 2005
Copyright © der Originalausgabe 2002 by Tess Gerritsen
Copyright © der deutschsprachigen Ausgabe 2003 by Limes Verlag,
München, in der Verlagsgruppe Random House GmbH
Umschlaggestaltung: Design Team München
Umschlagmotiv: G. Banglione
Satz: Uhl + Massopust, Aalen
Druck und Bindung: GGP Media GmbH, Pößneck
Verlagsnummer: 36284
LW · Herstellung: Heidrun Nawrot
Made in Germany
ISBN-10: 3 442 36284 9
ISBN-13: 978 3 442 36284 4
www.blanvalet-verlag.de

Für Terrina und Mike

Prolog

Heute habe ich einen Mann sterben sehen.

Es war ein unerwartetes Ereignis, und ich staune immer noch darüber, dass sich dieses Drama direkt zu meinen Füßen abspielte. So vieles von dem, was unserem Leben Würze gibt, ist nicht vorhersehbar. Deshalb müssen wir lernen, die Schauspiele, die es für uns bereithält, zu genießen, wann immer sie geboten werden, und die seltenen Momente des Nervenkitzels als Lichtblicke im sonst so monotonen Fluss der Zeit zu schätzen. Und meine Tage vergehen quälend langsam hier hinter diesen Mauern, wo Menschen nur Zahlen sind, wo man uns nicht nach unseren Namen oder unseren von Gott verliehenen Talenten unterscheidet, sondern nur nach der Art unserer Vergehen. Wir tragen identische Kleidung, essen die gleichen Mahlzeiten, lesen die gleichen zerfledderten Bücher von ein und demselben Bibliothekswagen. Ein Tag ist wie der andere. Und dann erinnert uns plötzlich ein ungewöhnlicher Vorfall daran, zu welch überraschenden Wendungen das Leben fähig ist.

So geschehen heute, an diesem zweiten August, der zu einem wunderbar heißen und sonnigen Tag herangereift ist, so wie ich es liebe. Während die anderen Männer schwitzen und träge umherschleichen wie Vieh auf der Weide, stehe ich in der Mitte des Gefängnishofs, das Gesicht zur Sonne gewandt, wie eine Eidechse, die die Wärme gierig aufsaugt. Ich habe die Augen geschlossen, weshalb ich den Messerstich selbst nicht sehe; und ich sehe auch nicht, wie der Mann taumelt und hinterrücks zu Boden fällt. Aber ich höre das aufgeregte Stimmengewirr um mich herum und schlage die Augen auf.

In einer Ecke des Hofs liegt ein Mann blutend auf der Erde. Alle anderen weichen zurück und setzen ihre gewohnten Masken der Gleichgültigkeit auf – nichts sehen und nichts wissen ist ihr Motto.

Nur ich gehe auf den Gefallenen zu.

Einen Moment lang stehe ich da und blicke auf ihn herab. Seine Augen sind offen, er ist bei Bewusstsein; ich muss ihm wie ein dunkler Schattenriss vor dem Hintergrund des strahlend blauen Himmels erscheinen. Er ist jung, mit weißblondem Haar, sein Bart kaum dichter als Flaum. Als er den Mund aufmacht, quillt rosafarbener Schaum heraus. Auf seiner Brust breitet sich ein roter Fleck aus.

Ich knie neben ihm nieder und reiße sein Hemd auf, um die Wunde freizulegen, die sich unmittelbar links vom Brustbein befindet. Die Klinge ist sauber zwischen zwei Rippen eingedrungen und hat mit Sicherheit die Lunge durchbohrt, vielleicht auch den Herzbeutel verletzt. Die Wunde ist tödlich, und er weiß es. Er versucht etwas zu sagen. Seine Lippen bewegen sich lautlos, seine Augen mühen sich verzweifelt, mich zu fixieren. Er will, dass ich mich näher zu ihm herunterbeuge, vielleicht um seine letzte Beichte zu hören, aber ich bin nicht im Geringsten daran interessiert, was er mir zu sagen hat.

Stattdessen habe ich nur Augen für seine Wunde. Für sein Blut.

Ich bin mit Blut bestens vertraut. Ich kenne es in- und auswendig, ich weiß Bescheid über seine Zusammensetzung. Ich habe zahllose Röhrchen mit dieser Flüssigkeit in den Händen gehalten, habe seine vielen verschiedenen Abstufungen von Rot bewundert. Ich habe es in der Zentrifuge geschleudert und in zweifarbige Säulen von dicht gepackten Zellen und strohblassem Serum getrennt. Ich kenne seinen Glanz, seine seidige Konsistenz. Ich habe seinen schimmernden Strom aus frischen Schnitten in der Haut fließen sehen.

Das Blut strömt aus der Brust des Mannes wie wundertätiges Wasser aus einer heiligen Quelle. Ich drücke den Handteller auf die Wunde, bade meine Haut in der feuchten Wärme, und das Blut überzieht meine Hand wie ein scharlachroter Handschuh. Er glaubt, dass ich ihm helfen will, und Dankbarkeit blitzt in seinen brechenden Augen auf. Dieser Mann hat in seinem kurzen Leben sehr wahrscheinlich nur wenig Nächstenliebe erfahren. Welche Ironie, dass ausgerechnet ich einem Sterbenden als das Antlitz der Barmherzigkeit erscheine.

Hinter mir höre ich das Scharren von Stiefeln und eine Stimme, die in barschem Ton befiehlt: »Zurück! Alles zurücktreten!«

Irgendjemand packt mich am Hemd und reißt mich hoch. Ich werde nach hinten gestoßen, weg von dem sterbenden Mann. Staub wirbelt auf, und die Luft ist von Schreien und Flüchen erfüllt, während man uns in einer Ecke zusammenscheucht. Das Werkzeug des Todes, das Messer, liegt unbeachtet auf der Erde. Die Wachmänner traktieren uns mit Fragen, aber niemand hat etwas gesehen, niemand weiß etwas.

Nie weiß irgendjemand irgendetwas.

Während sich auf dem Hof tumultartige Szenen abspielen, stehe ich ein wenig abseits von den anderen Gefangenen, die mich von Anfang an gemieden haben. Ich hebe die Hand, von der noch das Blut des toten Mannes trieft, und atme seinen süßlichen, metallischen Duft ein. Allein der Geruch verrät mir, dass es junges Blut ist, aus jungem Fleisch geflossen.

Die anderen Insassen starren mich an und rücken noch weiter von mir ab. Sie wissen, dass ich anders bin; sie haben es schon immer gespürt. So verroht diese Männer auch sein mögen, mir gehen sie voller Argwohn aus dem Weg, weil sie wissen, wer – und was – ich bin. Ich lasse den Blick über ihre Gesichter schweifen, suche meinen Blutsbruder in ihren

1

Die Fliegen waren schon zur Stelle. Nach vier Stunden auf dem aufgeheizten Pflaster von South Boston war das zerschmetterte Fleisch regelrecht gar gekocht und strömte das chemische Äquivalent eines Essensglöckchens aus, was ganze Schwärme summender Insekten angelockt hatte. Obwohl das, was von dem Körper übrig geblieben war, inzwischen mit einem Tuch abgedeckt war, fanden die Aasfresser noch reichlich herumliegendes Gewebe, an dem sie sich gütlich tun konnten. Klümpchen grauer Gehirnmasse und andere, nicht identifizierbare Fragmente waren in einem Radius von zehn Metern über die Straße verstreut. Ein Schädelsplitter war in einem Blumenkasten im ersten Stock gelandet, und an den parkenden Autos klebten Fleischfetzen.

Detective Jane Rizzoli hatte schon immer einen kräftigen Magen gehabt, aber selbst sie brauchte einen Moment, um sich zu fangen. Mit zusammengekniffenen Augen und geballten Fäusten stand sie da, wütend auf sich selbst wegen dieses Moments der Schwäche. *Nicht schlappmachen. Bloß nicht schlappmachen.* Sie war die einzige Kriminalbeamtin in der Mordkommission des Boston Police Department, und sie wusste, dass die Scheinwerfer immer gnadenlos auf sie gerichtet waren. Jeder Fehler würde sofort von allen bemerkt, ebenso wie jeder Triumph. Ihr Kollege Barry Frost hatte zu seiner Schande bereits vor aller Augen sein Frühstück zurückgehen lassen. Jetzt saß er zusammengekrümmt im klimatisierten Einsatzfahrzeug und wartete darauf, dass sein Magen sich wieder beruhigte. Sie konnte es sich einfach nicht leisten, ebenfalls von Übelkeit überwältigt zu werden. Als einzige Polizeibeamtin am Tatort zog sie alle Blicke auf sich, und die Schaulustigen, die sich hinter dem Absperr-band drängten, registrierten jede ihrer Bewegungen, jedes Detail ihrer äußeren Erscheinung. Sie wusste, dass man ihr ihre vierunddreißig Jahre nicht ansah, und sie war peinlich darauf bedacht, so viel Autorität wie möglich in ihr Auftre-ten zu legen. Was ihr an Körpergröße fehlte, versuchte sie mit ihrem durchdringenden Blick und ihrer straffen Haltung wettzumachen. Sie hatte die Kunst gelernt, eine Szene zu beherrschen, und sei es nur durch die schiere Intensität ihrer Ausstrahlung.

Aber diese Hitze zehrte an ihrer Entschlossenheit. Sie war wie üblich in einem schlicht-eleganten Kostüm erschienen, die Haare sorgfältig gekämmt. Aber jetzt hatte sie den Blazer längst abgelegt, ihre Bluse war zerknittert, und die Luftfeuch-tigkeit hatte ihre Haare zu widerspenstigen Locken gekräu-selt. Sie fühlte sich von allen Seiten attackiert – von dem Ge-stank, den Fliegen, der brennenden Sonne. Sie musste sich auf zu vieles gleichzeitig konzentrieren. Und dann all diese Augen, die sie auf Schritt und Tritt verfolgten.

Laute Stimmen zogen ihre Aufmerksamkeit auf sich. Ein Mann mit Cityhemd und Krawatte versuchte einen Streifen-beamten zu beschwatzen, ihn vorbeizulassen.

»Hören Sie, ich muss zu einer Vertreterkonferenz, okay? Ich bin sowieso schon eine Stunde zu spät dran. Aber Sie wickeln zuerst mein Auto mit Ihrem verdammten Absperr-band ein, und jetzt wollen Sie mir erzählen, dass ich nicht wegfahren darf? Das ist mein Wagen, zum Donnerwetter!«

»Es handelt sich hier um den Tatort eines Verbrechens, Sir.«

»Es war ein Unfall!«

»Das haben wir noch nicht geklärt.«

»Und Sie brauchen den ganzen Tag, um das rauszufinden? Warum hören Sie uns nicht einfach mal zu? Die ganze Straße hat doch mitgekriegt, wie es passiert ist.«

Rizzoli trat auf den Mann zu, dessen Gesicht mit einer glän-zenden Schweißschicht überzogen war. Es war halb zwölf;

die Sonne stand schon fast im Zenit und brannte wie ein zornig starrendes Auge auf sie herab.

»Was genau haben Sie gehört, Sir?«, fragte sie.

Er schnaubte verächtlich. »Dasselbe, was alle anderen auch gehört haben.«

»Einen lauten Knall.«

»Ja. Gegen halb acht. Ich kam gerade aus der Dusche. Ich hab aus dem Fenster geschaut, und da lag er, mitten auf dem Gehsteig. Sie sehen ja selbst, was für eine gefährliche Stelle das hier ist. Diese Schweine kommen mit einem Affentempo um die Kurve gerast. Muss ein Lkw gewesen sein, der ihn erwischt hat.«

»Haben Sie einen Lkw gesehen?«

»Nee.«

»Oder gehört?«

»Nee.«

»Und einen Pkw haben Sie auch nicht gesehen?«

»Lkw, Pkw.« Er zuckte mit den Achseln. »So oder so, es war ein Unfall mit Fahrerflucht.«

Es war dieselbe Geschichte, die sie schon dutzendfach von den Nachbarn des Mannes zu hören bekommen hatten. Irgendwann zwischen sieben Uhr fünfzehn und sieben Uhr dreißig war auf der Straße ein lauter Knall zu hören gewesen. Es gab keine Augenzeugen für das, was passiert war. Sie alle hatten lediglich das Geräusch gehört, und dann hatten sie die Leiche des Mannes entdeckt. Rizzoli hatte die Möglichkeit, dass der Mann sich in den Tod gestürzt hatte, bereits in Betracht gezogen, aber gleich wieder verworfen. Der Straßenzug bestand nur aus zweistöckigen Gebäuden; kein Punkt lag hoch genug für einen Sturz mit derart verheerenden Folgen. Und es waren auch keine Spuren einer Explosion zu entdecken, die einen menschlichen Körper dermaßen zerfetzt haben könnte.

»He, kann ich jetzt vielleicht mein Auto hier wegfahren?«, fragte der Mann. »Es ist der grüne Ford da hinten.«

»Der mit den Hirnspritzern auf der Motorhaube?«

»Ja.«

»Was glauben Sie denn?«, fuhr sie ihn an. Dann ließ sie ihn einfach stehen und ging hinüber zu dem Gerichtsmediziner, der in der Mitte der Straße kauerte und den Asphalt absuchte. »Das sind doch alles Arschlöcher hier in der Straße«, sagte Rizzoli. »Das Opfer ist ihnen völlig schnuppe. Und es weiß auch niemand, wer er ist.«

Dr. Ashford Tierney blickte nicht zu ihr auf; er starrte weiter unbeirrt auf die Straße. Unter den spärlichen grauen Haarsträhnen glitzerte sein Schädel von Schweiß. Noch nie war ihr Dr. Tierney so alt und müde vorgekommen. Als er sich jetzt aufzurichten versuchte, streckte er die Hand nach ihr aus; eine stumme Bitte um Hilfe. Rizzoli ergriff sie, und sie konnte das Knirschen und Knacken der ermüdeten Knochen und Gelenke spüren, das sich durch seine Finger auf ihre übertrug. Er stammte aus Georgia; ein Südstaaten-Gentleman der alten Schule, der mit der direkten Art der Bostoner, wie Rizzoli sie verkörperte, nie recht warm geworden war, ebenso wenig wie sie mit seiner Förmlichkeit. Das Einzige, was sie verband, waren die sterblichen Überreste der Menschen, die auf Dr. Tierneys Autopsietisch landeten. Aber als sie ihm nun aufhalf, registrierte sie seine Gebrechlichkeit mit einem Anflug von Traurigkeit, und sie musste an ihren eigenen Großvater denken, dessen Lieblingsenkelin sie gewesen war – vielleicht, weil er in ihrem unbeugsamen Stolz und ihrer hartnäckigen Zielstrebigkeit sich selbst wiedererkannte. Sie erinnerte sich daran, wie sie ihm aus dem Sessel aufgeholfen hatte, an seine vom Schlaganfall gelähmte Hand, die wie eine Klaue auf ihrem Arm geruht hatte. Selbst ein vor Energie strotzender Mann wie Aldo Rizzoli war von den unerbittlichen Mühlen der Zeit schließlich in ein Häuflein brüchiger Knochen und knackender Gelenke verwandelt worden. Sie konnte den gleichen Effekt an Dr. Tierney beobachten, als er nun schwankend in der Mittagshitze stand und sich mit seinem Taschentuch den Schweiß von der Stirn wischte.

»Das ist ja ein Prachtexemplar von einem Fall; genau das Richtige zum Abschluss meiner Karriere«, sagte er. »Übrigens, Detective, werden Sie auch zu meiner Abschiedsparty kommen?«

»Äh… zu welcher Party?«, fragte Rizzoli.

»Zu der, mit der Sie alle mich überraschen wollen.«

Sie seufzte. Und gab zu: »Ja, ich bin dabei.«

»Ha. Von Ihnen habe ich noch immer eine offene Antwort bekommen. Ist es nächste Woche?«

»In zwei Wochen. Und Sie wissen es nicht von mir, okay?«

»Ich bin froh, dass Sie es mir gesagt haben.« Er blickte auf den Asphalt hinab. »Ich mag Überraschungen nicht besonders.«

»Also, was haben wir denn hier, Doc? Unfall mit Fahrerflucht?«

»Dies hier ist offenbar der Aufschlagpunkt.«

Rizzoli betrachtete den ausgedehnten Blutfleck. Dann wanderte ihr Blick zu der verhüllten Leiche, die in fast vier Meter Entfernung auf dem Gehweg lag.

»Sie meinen, er ist hier aufgeprallt und dann bis dort drüben geschleudert worden?«, fragte Rizzoli.

»So sieht es aus.«

»Muss ja ein ziemlich großer Lkw gewesen sein, der den armen Kerl so zu Matsch gefahren hat.«

»Kein Lkw«, war Tierneys rätselhafte Antwort. Er begann mit gesenktem Blick die Straße abzuschreiten.

Rizzoli folgte ihm, während sie die Schwärme von Fliegen zu verscheuchen suchte, die um sie herumschwirrten. Nach etwa zehn Metern blieb Tierney stehen und zeigte auf einen grauen Klumpen, der am Bordstein hing.

»Noch mehr Hirnmasse«, stellte er fest.

»Es war also kein Lkw?«, fragte Rizzoli.

»Nein. Und auch kein Pkw.«

»Was ist denn mit den Reifenspuren auf dem Hemd des Opfers?«

Tierney richtete sich auf und ließ den Blick über die Straße, den Gehsteig und die Häuser schweifen. »Fällt Ihnen an dieser Szenerie irgendetwas Interessantes auf, Detective?«

»Sie meinen, abgesehen von der Tatsache, dass da hinten ein toter Mann liegt, dem sein Gehirn abhanden gekommen ist?«

»Sehen Sie sich den Aufprallpunkt an.« Tierney deutete auf den Fleck auf dem Asphalt, neben dem er anfangs gekauert hatte. »Können Sie das Verteilungsmuster der Leichenteile erkennen?«

»Ja. Er ist in alle Himmelsrichtungen gespritzt. Der Aufprallpunkt liegt in der Mitte.«

»Richtig.«

»Es ist eine viel befahrene Straße«, sagte Rizzoli. »Die Autos kommen mit zu hoher Geschwindigkeit dort um die Kurve geschossen. Und das Opfer weist Reifenspuren auf dem Hemd auf.«

»Sehen wir uns diese Spuren doch noch einmal an.«

Als sie zu der Leiche zurückgingen, gesellte sich Barry Frost zu ihnen, der endlich wieder aus dem Van hervorgekrochen war. Er sah bleich und ein wenig betreten aus.

»Oh, Mann«, stöhnte er.

»Geht's Ihnen wieder besser?«, fragte sie.

»Ob ich mir wohl eine Magen-Darm-Grippe eingefangen habe oder so?«

»Oder so.« Sie hatte Frost immer gemocht, hatte sein sonniges Gemüt und seine duldsame Art schätzen gelernt, und es tat ihr weh, ihn so in seinem Stolz verletzt zu sehen. Sie klopfte ihm auf die Schulter und schenkte ihm ein mütterliches Lächeln. Frost schien Mutterinstinkte geradezu herauszufordern, selbst bei der so gar nicht mütterlichen Rizzoli. »Das nächste Mal nehme ich eine Kotztüte für Sie mit«, erbot sie sich.

»Ach, wissen Sie«, meinte er, während er hinter ihr her-
tappte, »ich glaube wirklich, dass es bloß ein Virus ist...«

Sie standen vor der verstümmelten Leiche. Tierney ging
ächzend in die Knie; seine Gelenke protestierten gegen diesen neuerlichen Anschlag, während er das Tuch zur Seite
zog. Frost wurde noch blasser und trat einen Schritt zurück.
Rizzoli musste gegen den dringenden Wunsch ankämpfen,
das Gleiche zu tun.

Der Rumpf war in Höhe des Nabels in zwei Teile zerris-
sen. Die obere Hälfte, bekleidet mit einem beigefarbenen
Baumwollhemd, war von Osten nach Westen ausgerichtet,
während der untere Teil, der in Bluejeans steckte, in Nord-
Süd-Richtung lag. Die beiden Hälften waren nur noch durch
ein paar Haut- und Muskelstränge miteinander verbunden.
Die inneren Organe waren herausgerissen worden und lagen
auf dem Asphalt, zu einer breiförmigen Masse zerquetscht.
Durch den Aufprall war der Hinterkopf zerschmettert, das
Gehirn herausgeschleudert worden.

»Jung, Geschlecht männlich, dem Anschein nach hispano-
amerikanischer oder mediterraner Herkunft, Alter zwischen
zwanzig und vierzig«, sagte Tierney. »Ich erkenne offensichtliche Frakturen der Brustwirbelsäule, der Rippen, der
Schlüsselbeine und des Schädels.«

»Könnte nicht auch ein Lastwagen so etwas anrichten?«,
fragte Rizzoli.

»Es ist zweifellos möglich, dass ein Lastwagen derart mas-
sive Verletzungen bewirkt.« Aus seinen blassblauen Augen
sah er Rizzoli herausfordernd an. »Aber niemand hat ein sol-
ches Fahrzeug gehört oder gesehen, habe ich Recht?«

»Ja, leider«, gab sie zu.

Frost brachte endlich auch einen Kommentar heraus.
»Wissen Sie was, ich glaube, das sind gar keine Reifenspuren
da auf seinem Hemd.«

Rizzoli nahm die schwarzen Streifen auf der Vorderseite
des Hemds noch einmal in Augenschein. Sie berührte einen

der verschmierten Streifen mit ihrer behandschuhten Hand und inspizierte anschließend den Finger. Etwas von der schwarzen Farbe war an dem Latexhandschuh hängen geblieben. Sie starrte den Fleck noch einen Moment lang an, während sie die neue Information verarbeitete.

»Sie haben Recht«, sagte sie. »Das sind keine Reifenspuren. Es ist Schmierfett.« Sie richtete sich auf und blickte sich auf der Straße um. Nirgends konnte sie blutige Reifenspuren oder Autoteile entdecken. Keine Glas- oder Plastiksplitter, wie sie nach einer so heftigen Kollision mit einem menschlichen Körper zweifellos zurückgeblieben wären.

Eine Zeit lang sagte niemand etwas. Sie sahen einander nur an, während allen dreien allmählich die einzig mögliche Erklärung dämmerte. Wie um die Theorie zu bestätigen, flog in diesem Augenblick ein Düsenjet donnernd über ihre Köpfe hinweg. Rizzoli legte den Kopf in den Nacken und sah mit zusammengekniffenen Augen eine 747 vorüberfliegen, im Landeanflug auf den etwa acht Kilometer nordöstlich gelegenen Flughafen Logan International.

»O mein Gott«, sagte Frost, der sich die Hand schützend über die Augen hielt. »Was für ein Abgang. Bitte sagen Sie mir, dass er schon tot war, bevor er hier unten ankam.«

»Das ist sehr wahrscheinlich«, antwortete Tierney. »Ich vermute, dass er herausgerutscht ist, als das Fahrwerk für die Landung ausgeklappt wurde – wenn wir davon ausgehen, dass es sich um eine ankommende Maschine handelte.«

»Ja, sicher«, sagte Rizzoli. »Wie viele blinde Passagiere versuchen schon, aus diesem Land *herauszukommen*?« Ihr Blick fiel auf den dunklen Teint des Opfers. »Er kommt also mit einem Flugzeug her, von Südamerika zum Beispiel...«

»Es dürfte eine Flughöhe von mindestens dreißigtausend Fuß gehabt haben«, sagte Tierney. »Im Fahrwerkschacht gibt es keinen Druckausgleich. Ein blinder Passagier ist dort unweigerlich einem rapiden Druckabfall ausgesetzt. Und Erfrierungen. Selbst im Hochsommer herrschen in diesen Höhen eisige Temperaturen. Unter derartigen Bedingungen wäre er nach wenigen Stunden bereits unterkühlt und würde durch den Sauerstoffmangel das Bewusstsein verlieren. Wenn er nicht schon beim Einholen des Fahrwerks nach dem Start zerquetscht wurde. Ein längerer Flug im Fahrwerkschacht würde ihm wahrscheinlich den Rest geben.«

Rizzolis Beeper unterbrach Dr. Tierney just in dem Moment, als der Wissenschaftler so richtig in Fahrt zu kommen schien. Er begann bereits auf- und abzuschreiten wie ein Professor bei der Vorlesung. Sie warf einen Blick auf die Anzeige des Geräts, doch die Nummer war ihr unbekannt. Die Vorwahl deutete auf einen Anschluss in Newton hin. Rizzoli nahm ihr Handy heraus und wählte.

»Detective Korsak«, meldete sich eine männliche Stimme.

»Hier spricht Rizzoli. Sie haben mich angepiepst.«

»Haben Sie mit dem Handy zurückgerufen, Detective?«

»Ja.«

»Haben Sie Zugang zu einem Festnetzanschluss?«

»Im Moment nicht, nein.« Sie wusste nicht, wer Detective Korsak war, und sie wollte das Gespräch möglichst kurz halten. »Warum sagen Sie mir nicht einfach, worum es geht?«

Eine Pause. Sie hörte im Hintergrund Stimmen, das Knacken und Rauschen eines Polizeifunkgeräts. »Ich bin hier in Newton an einem Tatort«, sagte er. »Ich denke, Sie sollten herkommen und sich das einmal ansehen.«

»Möchten Sie das Boston P. D. um Unterstützung bitten? In diesem Fall könnte ich Sie an einen anderen Beamten von unserer Einheit weiterleiten.«

»Ich habe schon versucht, Detective Moore zu erreichen, aber mir wurde mitgeteilt, er sei im Urlaub. Deshalb rufe ich Sie an.« Wieder machte er eine bedeutungsschwangere Pause, um dann leise hinzuzufügen: »Es geht um den Fall, bei dem Sie und Moore letzten Sommer die Ermittlungen geleitet haben. Sie wissen schon, wovon ich spreche.«

Rizzoli schwieg. Sie wusste genau, was er meinte. Die Erinnerung an diesen Fall verfolgte sie immer noch, quälte sie immer noch in ihren Albträumen.

»Fahren Sie fort«, sagte sie leise.

»Soll ich Ihnen die Adresse durchgeben?«, fragte er.

Sie nahm ihren Notizblock zur Hand.

Einen Augenblick später beendete sie das Gespräch und wandte ihre Aufmerksamkeit wieder Dr. Tierney zu.

»Ich habe ähnliche Verletzungen bei Fallschirmspringern gesehen, deren Schirm sich nicht geöffnet hatte«, sagte er. »Ein Körper, der aus einer solchen Höhe abstürzt, erreicht die maximale Fallgeschwindigkeit. Das sind rund sechzig Meter pro Sekunde – genug, um einen Menschen so in Stücke zu reißen, wie wir es hier vor uns sehen.«

»Ein verdammt hoher Preis, um in dieses Land zu gelangen«, meinte Frost.

Wieder dröhnte ein Jet am Himmel vorüber. Sein Schatten huschte vorbei wie der eines Raubvogels, der sich auf seine Beute stürzt.

Rizzoli blickte zum Himmel empor. Sie stellte sich vor, wie ein Körper von dort oben herabstürzte, Hunderte von Metern im freien Fall. Sie malte sich aus, wie die kalte Luft an ihm vorüberzischte. Luft, die immer wärmer wurde, je näher die wirbelnde Wand des Erdbodens kam.

Dann fiel ihr Blick wieder auf die abgedeckten Überreste des Mannes, der es gewagt hatte, von einer neuen Welt zu träumen, von einer rosigeren Zukunft.

Willkommen in Amerika.

Der Polizist vom Department Newton, der vor dem Haus postiert war, konnte noch nicht lange bei der Truppe sein, denn er erkannte Rizzoli nicht. Er hielt sie an der Grenze des abgesperrten Bereichs an, und der brüske Ton, in dem er sie anredete, passte genau zu seiner nagelneuen Uniform. Auf seinem Namensschild stand *Ridge*.

»Hier dürfen Sie nicht durch, Ma'am – Spurensicherung.«

»Ich bin Detective Rizzoli vom Boston P. D. Ich möchte zu Detective Korsak.«

»Ihren Dienstausweis, bitte.«

Mit dieser Aufforderung hatte sie nicht gerechnet; sie musste erst einmal in ihrer Handtasche nach dem Ausweis suchen. In der Bostoner City wusste so gut wie jeder Streifenbeamte, wer sie war. Aber sie musste nur ein paar Kilometer über die Grenze ihres Reviers hinaus in diesen wohlhabenden Vorort fahren, und schon war sie gezwungen, ihren Dienstausweis hervorzukramen. Sie hielt ihn dem jungen Mann direkt vor die Nase.

Er warf einen Blick darauf und lief knallrot an. »Es tut mir wirklich Leid, Ma'am. Aber Sie müssen verstehen, gerade vor ein paar Minuten ist diese miese Reporterin hier aufgekreuzt, hat mich einfach niedergequatscht und ist an mir vorbeigestürmt – und ich habe mir geschworen, dass mir das nicht noch einmal passiert.«

»Ist Korsak da drin?«

»Ja, Ma'am.«

Sie warf einen Blick auf die Fahrzeuge, die kreuz und quer am Straßenrand parkten; darunter war ein weißer Lieferwagen mit der Aufschrift *Regierung von Massachusetts, Rechtsmedizinisches Institut* auf der Seitentür.

»Wie viele Opfer?«, fragte sie.

»Eins. Sie sind wohl gleich so weit, dass sie ihn rausbringen können.«

Der Streifenbeamte hob das Absperrband an, um sie in den Vorgarten zu lassen. Die Vögel zwitscherten, es duftete nach frischem Gras. Du bist nicht mehr in South Boston, dachte sie. Der Garten war hervorragend gepflegt, mit sauber gestutzten Buchsbaumhecken und einem Rasen, dessen leuchtendes Grün beinahe unecht wirkte. Auf dem mit Ziegeln gepflasterten Pfad blieb sie kurz stehen und blickte zum Dach mit seinen Giebeln und Türmchen in Tudor-Manier empor. *Pseudo-englischer Landhausstil* war die Bezeichnung, die ihr in den Sinn kam. Ein Haus – und überhaupt eine Wohnlage –, wie sie sich eine redliche Polizistin niemals würde leisten können.

»Ziemlich noble Hütte, hm?«, rief Ridge ihr zu.

»Was war dieser Mann von Beruf?«

»So viel ich weiß, war er so eine Art Chirurg.«

Chirurg. Für sie hatte dieses Wort eine ganz besondere Bedeutung, und sein Klang fuhr ihr wie eine eisige Nadel ins Herz. Der Hitze des Tages zum Trotz überlief sie ein Kälteschauer. Sie warf einen Blick auf die Haustür und sah, dass der Knauf ganz rußig von Fingerabdruck-Pulver war. Sie holte noch einmal tief Luft, streifte ein Paar Latexhandschuhe über und zog Überschuhe aus Papier an.

Im Innern des Hauses sah sie glänzendes Eichenparkett und ein Treppenhaus, das an das Mittelschiff einer Kathedrale erinnerte. Durch ein Buntglasfenster fiel das Licht in farbig schimmernden Rhomben ein.

Dann hörte sie das Rascheln von Papier-Überschuhen, und im nächsten Moment kam ein Bär von einem Mann in die Diele getappt. Er war durchaus korrekt gekleidet, mit Hemd und ordentlich geknoteter Krawatte, doch die Wirkung wurde durch die beiden ausgedehnten Schweißinseln unter seinen Achseln einigermaßen ruiniert. Seine hochgekrempelten Ärmel ließen muskulöse Arme mit einem dichten, struppigen Pelz aus dunklen Haaren erkennen. »Rizzoli?«, fragte er.

»Richtig geraten.«

Er kam mit ausgestreckter Hand auf sie zu, doch dann fiel ihm ein, dass sie ja Handschuhe trug, und er ließ den Arm wieder sinken. »Vince Korsak. Tut mir Leid, dass ich am Telefon nicht mehr sagen konnte, aber heutzutage hat schließlich jeder Idiot eine Richtantenne. Eine Reporterin hat sich sogar schon hier reingemogelt – dieses Miststück.«

»Hab's schon gehört.«

»Also, Sie fragen sich sicher, was Sie hier draußen eigentlich sollen. Aber ich habe Ihre Arbeit letztes Jahr verfolgt. Sie wissen schon, die Morde des Chirurgen. Und da dachte ich mir, das hier würde Sie bestimmt interessieren.«

Ihr Mund war plötzlich ganz trocken. »Was haben Sie denn für mich?«

»Das Opfer ist im Wohnzimmer. Dr. Richard Yeager, sechsunddreißig. Orthopädischer Chirurg. Das hier ist sein Haus.«

Sie blickte zu dem Buntglasfenster auf. »Sie hier in Newton kriegen die ganzen Morde der gehobenen Kategorie ab.«

»Ach, von mir aus könnt ihr sie alle haben. Eigentlich dürfte so was hier in der Gegend gar nicht vorkommen. Besonders so kranke Sauereien wie das hier.«

Korsak führte sie den Flur entlang ins Wohnzimmer. Das Erste, was Rizzoli sah, war das gleißende Sonnenlicht, das durch die zwei Stockwerke hohe Fensterwand mit Scheiben vom Boden bis zur Decke einfiel. Obwohl mehrere Beamte der Spurensicherung noch bei der Arbeit waren, wirkte der riesige Raum steril und leer – nur weiße Wände und glänzendes Parkett.

Und Blut. Ganz gleich, wie viele Schauplätze von Gewaltverbrechen sie schon gesehen hatte – der erste Anblick des Blutes war für sie immer noch ein Schock. Eine arterielle Fontäne war wie ein Kometenschweif an die Wand gespritzt und in dünnen Rinnsalen herabgeflossen. Die Quelle dieses Blutes, Dr. Richard Yeager, saß mit dem Rücken an die Wand gelehnt am Boden. Seine Hände waren hinter dem Rücken gefesselt. Er war nur mit Boxershorts bekleidet, und seine Beine waren gerade ausgestreckt und an den Knöcheln mit Klebeband zusammengebunden. Das Kinn war ihm auf die Brust gesunken, so dass die Wunde, die zu der tödlichen Blutung geführt hatte, verdeckt war. Doch auch ohne den Schnitt zu sehen, wusste sie, dass er sehr tief sein musste und die Klinge die Halsschlagader und die Luftröhre durchtrennt haben musste. Sie war bereits allzu vertraut mit dieser Art von Verletzung, und sie konnte die letzten Sekunden des Ermordeten aus dem Muster der Blutspritzer herauslesen: Zuerst war es aus der Arterie herausgeschossen, dann hatten die Lungen sich mit Blut gefüllt, das der tödlich Verwundete durch seine durchschnittene Luftröhre eingeatmet hatte. Er war in seinem eigenen Blut ertrunken. Ein Sprühregen von ausgeatmeten Tröpfchen war auf seiner nackten Brust getrocknet. Seinen breiten Schultern und der gut entwickelten Muskulatur nach zu urteilen war er körperlich fit gewesen – mit Sicherheit in der Lage, sich gegen einen Angreifer zur Wehr zu setzen. Und doch war er mit gesenktem Kopf gestorben, in einer unterwürfigen Haltung.

Die beiden Mitarbeiter des Leichenschauhauses hatten schon ihre Bahre hereingebracht. Sie standen neben dem Opfer und überlegten, wie sie den von der Leichenstarre erfassten Körper am besten abtransportieren könnten.

»Als die Gerichtsmedizinerin die Leiche um zehn Uhr heute Morgen untersucht hat, waren die Totenflecke bereits ausgeprägt und die Leichenstarre eingetreten«, sagte Korsak. »Nach ihrer Schätzung ist der Tod zwischen Mitternacht und drei Uhr früh eingetreten.«

»Wer hat ihn gefunden?«

»Seine Assistentin. Nachdem er heute Morgen nicht in der Klinik erschienen war und auch nicht ans Telefon ging, hat sie sich ins Auto gesetzt und ist hergekommen, um nach ihm zu sehen. Sie hat ihn um neun Uhr gefunden. Seine Frau ist spurlos verschwunden.«

Rizzoli sah Korsak fragend an. »Seine Frau?«

»Gail Yeager, einunddreißig. Sie wird vermisst.«

Der eiskalte Schauer, den Rizzoli empfunden hatte, als sie vor der Haustür der Yeagers gestanden hatte, überkam sie erneut. »Eine Entführung?«

»Ich habe lediglich gesagt, dass sie vermisst wird.«

Rizzoli starrte auf Richard Yeager herab, dessen muskulöser Körper nicht stark genug gewesen war, um sich gegen den tödlichen Angriff zur Wehr zu setzen. »Erzählen Sie mir etwas über diese Leute. Ihre Ehe.«

»Ein glückliches Paar. Das sagen alle.«

»Das sagen sie immer.«

»In diesem Fall scheint es zu stimmen. Waren erst zwei Jahre verheiratet. Und vor einem Jahr haben sie sich dieses Haus gekauft. Sie arbeitet in seiner Klinik als OP-Schwester, also hatten sie den gleichen Freundeskreis, die gleichen Arbeitszeiten.«

»Dann waren sie ja ziemlich viel zusammen.«

»Ja, ich weiß, was Sie meinen. Ich würde ja verrückt werden, wenn ich den ganzen Tag mit meiner Frau zusammenhocken müsste. Aber sie haben sich offenbar glänzend verstanden. Letzten Monat hat er sich zwei ganze Wochen freigenommen, um bei ihr sein zu können, nachdem ihre Mutter gestorben war. Was schätzen Sie, wie viel ein orthopädischer Chirurg in zwei Wochen verdient, hm? Fünfzehn, zwanzigtausend Dollar? Ganz schön teurer Trost, den er ihr da gespendet hat.«

»Sie wird ihn gebraucht haben.«

Korsak zuckte mit den Achseln. »Trotzdem.«

»Sie haben also keinen Grund finden können, weshalb sie ihn hätte verlassen sollen.«

»Geschweige denn umlegen.«

Rizzoli blickte zum Fenster hinaus. Die Nachbarhäuser waren durch Bäume und Sträucher vollständig verdeckt. »Sie sagten, der Todeszeitpunkt habe zwischen Mitternacht und drei Uhr gelegen?«

»Ja.«

»Haben die Nachbarn irgendetwas gehört?«

»Die Nachbarn zur Linken sind zurzeit in Paris – oh, là, là. Und die auf der rechten Seite haben die ganze Nacht friedlich geschlafen.«

»Gewaltsames Eindringen?«

»Ja, durch das Küchenfenster. Der Täter hat das Fliegengitter ausgehebelt und einen Glasschneider benutzt. Im Blumenbeet sind Abdrücke von Schuhen, Größe zweiundvierzig. Dieselben Sohlen haben auch Blutspuren in diesem Zimmer hinterlassen.« Er nahm ein Taschentuch heraus und wischte sich die feuchte Stirn. Korsak gehörte zu den bedauernswerten Menschen, für die kein Deo stark genug ist. In den paar Minuten seit ihrem Eintreffen hatten sich die Schweißflecken auf seinem Hemd noch weiter ausgebreitet.

»Okay, ziehen wir ihn erst mal von der Wand weg«, sagte einer der Männer vom Leichenschauhaus. »Wir lassen ihn einfach auf das Laken fallen.«

»Pass auf den Kopf auf! Er rutscht weg!«

»Au, verdammt!«

Rizzoli und Korsak verstummten, als die beiden Dr. Yeager seitlich auf ein Einweglaken legten. Ober- und Unterkörper bildeten einen rechten Winkel, und in dieser Position war die Leiche erstarrt. Die beiden Männer überlegten hin und her, wie sie Dr. Yeager in dieser grotesken Haltung am besten auf die Bahre legen sollten.

Rizzolis Blick fiel plötzlich auf ein kleines weißes Etwas, das an der Stelle, wo der Tote gesessen hatte, am Boden lag. Sie bückte sich, um es aufzuheben. Es schien ein winziger Porzellansplitter zu sein.

»Das ist von der kaputten Teetasse«, sagte Korsak.

»Was?«

»Neben dem Opfer haben wir eine Teetasse mit Untertasse gefunden. Sah aus, als wäre sie ihm vom Schoß gefallen oder so. Wir haben sie schon eingepackt fürs Labor.« Er bemerkte ihren verwirrten Blick und zuckte mit den Achseln. »Fragen Sie mich nicht.«

»Ein symbolischer Gegenstand?«

»Ja, bestimmt. Teezeremonie für einen Toten.«

Sie starrte die kleine Porzellanscherbe in ihrer Hand an und grübelte über ihre Bedeutung nach. Ihr Magen krampfte sich zusammen. Irgendetwas kam ihr auf erschreckende

Weise vertraut vor. *Eine Leiche mit durchschnittener Kehle. Fesselung mit Klebeband. Nächtlicher Einbruch durch ein Fenster. Das oder die Opfer im Schlaf überrascht.*

Und eine vermisste Frau.

»Wo ist das Schlafzimmer?«, fragte sie. Und wollte es doch nicht sehen. Weil sie Angst davor hatte.

»Okay. Das ist es, was ich Ihnen zeigen wollte.«

Gerahmte Schwarzweißfotografien hingen an den Wänden des Flurs, der zum Schlafzimmer führte. Es waren nicht die Schnappschüsse lächelnder Familienmitglieder, wie man sie in den meisten Häusern findet, sondern unterkühlte weibliche Akte – anonyme Körper, das Gesicht verdeckt oder von der Kamera abgewandt. Eine Frau, die die Arme um einen Baumstamm schlang und ihre zarte Haut an die raue Borke presste. Eine Sitzende, vornübergebeugt, so dass ihr üppiges langes Haar zwischen ihren bloßen Schenkeln herabfiel. Eine Stehende, die sich nach dem Himmel reckte, die nackte Haut von Schweißperlen bedeckt wie nach einer großen körperlichen Anstrengung. Rizzoli blieb stehen, um ein Foto genauer in Augenschein zu nehmen, das irgendjemand im Vorbeigehen verrückt hatte.

»Das ist alles ein und dieselbe Frau«, stellte sie fest.

»Das ist *sie*.«

»Mrs. Yeager?«

»Standen wohl auf abartige Spielchen, die beiden, hm?«

Sie betrachtete Gail Yeagers wohlgeformten und durchtrainierten Körper. »Ich finde das ganz und gar nicht abartig. Es sind wunderschöne Bilder.«

»Ja, gut, wie Sie meinen. Das Schlafzimmer ist hier.« Er zeigte auf die Tür.

Rizzoli blieb an der Schwelle stehen. Sie erblickte ein französisches Bett, die Laken zurückgeschlagen, als ob die Schlafenden plötzlich geweckt worden wären. Der Nylonflor des blassrosafarbenen Teppichs war in zwei Bahnen, die vom Bett zur Tür führten, plattgedrückt.

Rizzoli sagte leise: »Sie sind beide aus dem Bett gezerrt worden.«

Korsak nickte. »Unser Täter überrascht sie im Bett. Überwältigt sie irgendwie, fesselt sie an Händen und Füßen. Er schleift sie über den Teppich hinaus auf den Flur, wo das Parkett anfängt.«

Die Handlungen des Mörders waren ihr ein Rätsel. Sie stellte sich vor, wie er dort gestanden hatte, wo sie jetzt stand, und auf das schlafende Paar herabgesehen hatte. Im Licht, das durch vorhanglose Fenster hoch über dem Bett ins Zimmer gefallen war, würde er gleich erkannt haben, wer der Mann und wer die Frau war. Er würde sich zuerst Dr. Yeager vorgenommen haben. Es war nur logisch, so vorzugehen – den Mann zuerst zu überwältigen und sich die Frau für später aufzuheben. So weit konnte Rizzoli sich alles gut vorstellen. Das Anschleichen an die Opfer, die erste Attacke. Aber was dann kam, konnte sie nicht mehr nachvollziehen.

»Warum hat er sie in das andere Zimmer geschleift?«, fragte sie. »Warum hat er Dr. Yeager nicht gleich hier getötet? Was hat er damit bezweckt, dass er sie aus dem Schlafzimmer gebracht hat?«

»Ich weiß es nicht.« Er deutete auf die offene Tür. »Es ist schon alles fotografiert. Sie können reingehen.«

Es kostete sie Überwindung, den Raum zu betreten, und sie mied sorgfältig die Schleifspuren, als sie auf das Bett zuging. Weder auf dem Bettlaken noch auf den Decken konnte sie Blutflecken entdecken. Auf einem Kopfkissen lag ein langes blondes Haar – das musste Mrs. Yeagers Seite gewesen sein, dachte sie. Sie drehte sich zur Kommode um. Das gerahmte Foto eines Paares, das darauf stand, lieferte ihr die Bestätigung, dass Gail Yeager in der Tat blond war. Und sehr hübsch – mit wasserblauen Augen, die tiefbraune Gesichtshaut mit winzigen Sommersprossen gesprenkelt. Dr. Yeager hatte ihr den Arm um die Schultern gelegt. Er strahlte das robuste Selbstvertrauen eines Mannes aus, der um seine imponierende Erscheinung weiß. Kein Mann, von dem man sich vorstellen konnte, dass er eines Tages tot in seinem Wohnzimmer liegen würde, nur mit einer Unterhose bekleidet und an Händen und Füßen gefesselt.

»Es liegt auf dem Stuhl«, sagte Korsak.

»Was?«

»Sehen Sie selbst.«

Sie drehte sich um und erblickte in der Zimmerecke einen antiken Stuhl mit hoher Rückenlehne, auf dem ein zusammengefaltetes Nachthemd lag. Als sie näher trat, sah sie die leuchtend roten Spritzer auf dem cremefarbenen Satin.

Sofort stellten sich ihre Nackenhaare auf, und für ein paar Sekunden vergaß sie schier zu atmen.

Sie griff nach dem Kleidungsstück und hob eine Ecke an. Auch an der Unterseite waren Blutflecken.

»Wir wissen nicht, um wessen Blut es sich handelt«, sagte Korsak. »Es könnte von Dr. Yeager sein, es könnte aber auch von seiner Frau stammen.«

»Die Blutflecken waren schon darauf, bevor es zusammengefaltet wurde.«

»Aber es gibt im ganzen Zimmer keine weiteren Blutspuren. Und das bedeutet, dass das Nachthemd die Spritzer in dem anderen Raum abbekommen hat. Danach hat er es hierher ins Schlafzimmer gebracht. Und es fein säuberlich gefaltet, um es wie ein Abschiedsgeschenk auf diesem Stuhl zu platzieren.« Korsak hielt einen Moment inne. »Erinnert Sie das an irgendwen?«

Sie schluckte krampfhaft. »Das wissen Sie ganz genau.«

»Dieser Killer hat die Signatur Ihres Knaben kopiert.«

»Nein, das hier ist etwas anderes. Etwas ganz anderes. Der Chirurg hat nie Paare überfallen.«

»Das zusammengefaltete Nachthemd. Das Klebeband. Die Opfer, die im Bett überrascht wurden.«

»Warren Hoyt war hinter allein stehenden Frauen her. Er

hat sich Opfer ausgesucht, die er schnell und mühelos überwältigen konnte.«

»Aber Sie dürfen auch die Parallelen nicht übersehen! Ich sage Ihnen, wir haben es hier mit einem Nachahmungstäter zu tun. Mit irgendeinem Spinner, der alles über den Chirurgen gelesen hat.«

Rizzoli starrte immer noch das Nachthemd an. Sie dachte an andere Schlafzimmer, die sie gesehen hatte, andere Schauplätze des Todes. Es war in einem unerträglich heißen Sommer passiert, ähnlich dem, den sie jetzt erlebten; die Frauen hatten bei offenem Fenster geschlafen, und Warren Hoyt hatte sich in ihre Wohnungen geschlichen. Er hatte seine düsteren Fantasien mitgebracht und seine Skalpelle, die Instrumente, mit denen er seine blutigen Rituale an den Opfern vollführte – an Opfern, die wach waren und jeden Stich, jeden Schnitt seiner Klinge bei vollem Bewusstsein miterlebten. Sie sah das Nachthemd vor sich auf dem Stuhl liegen, und das Bild von Hoyts absolut gewöhnlichem Gesicht tauchte vor ihrem geistigen Auge auf – ein Gesicht, das sie immer noch in ihren Träumen verfolgte.

Aber das hier ist nicht sein Werk. Warren Hoyt ist hinter Gittern, an einem sicheren Ort, von dem er nicht entfliehen kann. Das weiß ich, weil ich das Schwein selbst dorthin gebracht habe.

»Der *Boston Globe* hat die Geschichte in allen sensationellen Details abgedruckt«, sagte Korsak. »Sogar die *New York Times* hat über Ihren Burschen berichtet. Und jetzt ahmt dieser Täter ihn nach.«

»Nein. Ihr Killer tut Dinge, die Hoyt niemals getan hat. Er schleppt dieses Paar aus dem Schlafzimmer ins Wohnzimmer. Er lehnt den Mann in sitzender Haltung an die Wand und schneidet ihm dann die Kehle durch. Es ist eher so etwas wie eine Hinrichtung. Oder ein Teil eines Rituals. Und dann ist da die Frau. Er tötet ihren Mann, aber was macht er mit ihr?« Sie brach ab, als ihr plötzlich der Porzellansplitter vom Wohnzimmerboden wieder einfiel. Die zerbrochene Teetasse. Ihre Bedeutung durchfuhr sie urplötzlich wie ein eisiger Windstoß.

Wortlos verließ sie das Schlafzimmer und ging ins Wohnzimmer zurück. Dort sah sie sich zunächst die Wand an, an der Dr. Yeagers Leiche gelehnt hatte. Ihr Blick wanderte zum Boden, und sie begann in immer weiteren Kreisen umherzugehen, während sie die Blutspritzer auf dem Holz aufmerksam betrachtete.

»Rizzoli?«, sagte Korsak.

Sie wandte sich zu der Fensterfront um und kniff die Augen zusammen, als das Sonnenlicht ihr Gesicht traf. »Es ist zu hell hier. Und die Scheiben sind zu groß. Das können wir nicht alles abdecken. Wir müssen wohl heute Abend noch einmal herkommen.«

»Sie denken daran, mit Luma-Lite zu arbeiten?«

»Wir werden UV-Licht brauchen, um es zu sehen.«

»Wonach suchen Sie denn?«

Sie drehte sich wieder zur Wand um. »Dr. Yeager saß hier, als er starb. Unser unbekannter Täter hat ihn aus dem Schlafzimmer herübergeschleift. Dann hat er ihn an die Wand gelehnt, und zwar so, dass sein Gesicht der Zimmermitte zugewandt war.«

»Klar.«

»Warum wurde er in diese Position gebracht? Warum hat der Täter sich die ganze Arbeit gemacht, während sein Opfer noch am Leben war? Es muss einen Grund dafür geben.«

»Und welchen?«

»Er wurde an die Wand gelehnt, weil er etwas sehen sollte. Weil er Zeuge dessen werden sollte, was sich hier in diesem Zimmer abspielte.«

Jetzt endlich dämmerte in Korsaks entsetztem Gesicht die Erkenntnis. Er starrte die Wand an, wo Dr. Yeager gesessen hatte – der einzige Zuschauer in einem Theater des Grauens.

»O Gott«, stieß er hervor. »Mrs. Yeager.«

2

Rizzoli nahm sich vom Italiener an der Ecke eine Pizza mit und kramte zu Hause noch einen vergammelten Salatkopf aus dem Gemüsefach ihres Kühlschranks hervor. Sie zupfte die verwelkten braunen Blätter ab, bis sie zu dem gerade noch essbaren Kern vorgedrungen war. Es war ein blasser und wenig appetitanregender Salat, den sie mehr aus Pflichtgefühl als aus Genuss verzehrte. Zum Genießen fehlte ihr die Muße – sie aß nur, um ihren Energiespeicher für die vor ihr liegende Nacht aufzufüllen – eine Nacht, von der sie wünschte, sie wäre schon vorbei.

Nach ein paar Bissen schob sie ihr Essen von sich und starrte auf die leuchtend roten Flecken von Tomatensauce auf ihrem Teller. Die Albträume holen dich ein, dachte sie. Du glaubst, du bist immun dagegen, du glaubst, genug Abstand gewonnen zu haben und stark genug zu sein, um mit ihnen zu leben. Und du spielst die Rolle gekonnt, du weißt, wie du sie alle austricksen kannst. Aber diese Gesichter lassen dir keine Ruhe. Die Augen der Toten.

War Gail Yeager eine von ihnen?

Rizzoli betrachtete ihre Hände, die Narbenwülste, die beide Handflächen entstellten wie verheilte Kreuzigungsmale. Immer, wenn es draußen kalt und feucht war, schmerzten ihre Hände – eine quälende Erinnerung an das, was Warren Hoyt ihr vor einem Jahr angetan hatte, an dem Tag, an dem er seine Klinge in ihr Fleisch gesenkt hatte. Die alten Wunden taten ihr auch jetzt weh, aber diesmal konnte sie es nicht auf das Wetter schieben. Nein, es lag an dem, was sie heute in Newton gesehen hatte. Das gefaltete Nachthemd. Die fächerförmigen Blutspritzer an der Wand. Sie hatte einen Raum betreten, in dem selbst die Luft noch vom Entsetzen gesättigt schien, und sie hatte Warren Hoyts unheilvolle Präsenz gespürt.

Das war natürlich unmöglich. Hoyt saß im Gefängnis, genau dort, wo er hingehörte. Und doch – wenn sie an dieses Haus in Newton dachte, überlief es sie eiskalt, so wohlbekannt war ihr das Szenario des Schreckens erschienen.

Sie war versucht, Thomas Moore anzurufen, mit dem sie bei der Aufklärung der Hoyt-Morde zusammengearbeitet hatte. Er kannte die Einzelheiten ebenso gut wie sie, und er wusste, wie schwer es war, sich aus dem Netz der Angst zu befreien, das Hoyt um sie alle gesponnen hatte. Aber nach Moores Heirat hatte sein Leben eine andere Richtung genommen als das ihre. Es war nun einmal sein neues Glück, was zwischen ihm und Rizzoli stand. Glückliche Menschen leben in einer eigenen Welt; sie atmen eine andere Luft, und für sie scheint das Gesetz der Schwerkraft nicht zu gelten. Die Veränderung in ihrem Verhältnis mochte Moore nicht bewusst sein, doch Rizzoli hatte sie gespürt; sie trauerte dem Verlorenen nach und schämte sich zugleich, weil sie ihm sein Glück neidete. Und sie schämte sich auch für ihre Eifersucht auf die Frau, die Moores Herz erobert hatte. Vor wenigen Tagen erst hatte sie seine Postkarte aus London bekommen, wo er mit Catherine Urlaub machte. Nur ein kurzer Gruß, auf die Rückseite einer Ansichtskarte des Scotland-Yard-Museums gekritzelt, ein paar Zeilen, in denen er Rizzoli wissen ließ, dass sie einen angenehmen Aufenthalt hatten und in ihrer Welt alles in Ordnung war. Wenn sie an diese Karte mit ihrer vor Optimismus überschäumenden Botschaft dachte, dann war ihr klar, dass sie ihn nicht mit diesem Fall belästigen durfte. Sie durfte nicht zulassen, dass Warren Hoyts Schatten das Leben der beiden noch einmal trübte.

So saß sie nur da und hörte den Verkehr unten auf der Straße vorüberrauschen – den Lärm, der die vollkommene Stille in ihrer Wohnung nur noch zu verstärken schien. Sie blickte sich in ihrem karg möblierten Wohnzimmer um, sah die kahlen Wände, an denen sie immer noch kein einziges Bild aufgehängt hatte. Die einzige Dekoration – falls das die richtige Bezeichnung war – bestand aus einem Stadtplan von Boston, der über ihrem Esstisch hing. Vor einem Jahr war die Karte mit farbigen Stiften gespickt gewesen, die sämtliche Morde des Chirurgen markierten. So begierig auf Anerkennung war sie gewesen, so sehr hatte sie sich gewünscht, dass ihre männlichen Kollegen sie als ihresgleichen akzeptierten, dass die Jagd nach dem Killer ihr ganzes Leben ausgefüllt hatte – bis in ihre Wohnung hinein, wo sie ihre Mahlzeiten mit der blutigen Spur des Killers vor Augen eingenommen hatte.

Jetzt waren die Stifte verschwunden, die das Revier des Chirurgen bezeichnet hatten, doch der Stadtplan war noch da und wartete auf die Markierungen, mit denen sie die Streifzüge eines neuen Killers nachzeichnen würde. Sie fragte sich, was das wohl über sie selbst aussagte, welche beklagenswerte Deutung es zuließ, dass auch nach zwei Jahren in dieser Wohnung ihr einziger Wandschmuck dieser Stadtplan von Boston war. Mein Revier, dachte sie.

Meine Welt.

Im Haus der Yeagers brannte kein Licht, als Rizzoli um zehn nach neun in die Auffahrt einbog. Sie war die Erste, und da sie keinen Schlüssel zu dem Haus hatte, blieb sie im Wagen sitzen, während sie auf die anderen wartete. Die Fenster hatte sie heruntergedreht, um die kühle Nachtluft hereinzulassen. Das Haus stand in einer ruhigen Sackgasse, und auch bei den Nachbarn zur Linken und zur Rechten war alles dunkel. Das würde ihnen an diesem Abend zum Vorteil gereichen, da zu viele zusätzliche Lichtquellen ihre Suche nur behindern würden. Aber in diesem Augenblick, da sie allein in ihrem Wagen saß und zu dem Haus des Schreckens hinübersah, sehnte sie sich nach hellem Licht und menschlicher Gesellschaft. Die Fenster des Yeagerschen Hauses starrten sie an wie die glasigen Augen einer Leiche. Die Schatten um sie herum nahmen immer neue, unheilvolle Formen an. Sie nahm ihre Waffe aus der Handtasche, entsicherte sie und legte sie auf ihren Schoß. Dann erst wurde sie ein wenig ruhiger.

Im Rückspiegel tauchten Scheinwerfer auf. Sie drehte sich um und sah zu ihrer Erleichterung den Transporter der Spurensicherung hinter ihr einparken. Sogleich steckte sie die Pistole wieder ein.

Ein junger Mann mit breiten, muskulösen Schultern stieg aus dem Van und kam auf ihren Wagen zu. Als er sich bückte, um durch das Fahrerfenster zu schauen, sah sie seinen goldenen Ohrring aufblitzen.

»Hallo, Rizzoli«, sagte er.

»Hallo, Mick. Danke, dass Sie gekommen sind.«

»Nette Gegend.«

»Warten Sie ab, bis Sie das Haus gesehen haben.«

Wieder flackerten Scheinwerfer in der Einfahrt auf. Korsak war eingetroffen.

»Alle Mann an Bord«, sagte sie. »Dann wollen wir mal.«

Korsak und Mick kannten sich noch nicht. Als Rizzoli sie einander vorstellte, bemerkte sie, wie Korsak den Ohrring des Spurensicherungs-Experten anstarrte und einen Moment zögerte, bevor er Mick die Hand reichte. Sie konnte beinahe sehen, wie es in Korsaks Gehirn arbeitete. *Ohrring. Gewichtheber-Figur. Der ist bestimmt schwul.*

Mick machte sich daran, seine Geräte auszuladen. »Ich habe das neue Mini-Crimescope 400 mitgebracht«, sagte er. »Vierhundert-Watt-Bogenlampe. Dreimal heller als die alte Dreihundertfünfzig-Watt GE. Die intensivste Lichtquelle, mit der wir je gearbeitet haben. Das Ding hier ist noch heller als eine Fünfhundert-Watt-Xenonlampe.« Er sah Korsak an. »Würde es Ihnen was ausmachen, die Kameraausrüstung zu tragen?«

Bevor Korsak antworten konnte, hatte Mick dem Detective schon einen Aluminiumkoffer in die Hand gedrückt und sich wieder zum Wagen umgedreht, um das nächste Ausrüstungsstück herauszunehmen. Korsak stand einen Moment lang wie vom Donner gerührt da, mit dem Kamerakoffer in der Hand und einem ungläubigen Ausdruck auf dem Gesicht. Dann drehte er sich um und ging steif auf das Haus zu.

Als Rizzoli und Mick an der Haustür ankamen, beladen mit diversen Kisten und Behältern, die das Crimescope sowie Stromkabel und Schutzbrillen enthielten, hatte Korsak im Haus bereits das Licht eingeschaltet. Die Tür stand halb offen. Sie zogen ihre Überschuhe an und gingen hinein.

Wie zuvor Rizzoli blieb auch Mick im Eingang kurz stehen und blickte sich staunend in der hohen, offenen Diele um.

»Oben sind Buntglasfenster«, sagte Rizzoli. »Sie sollten es erst mal bei Tag sehen, wenn die Sonne hereinscheint.«

Aus dem Wohnzimmer tönte Korsaks gereizte Stimme: »Fangen wir jetzt vielleicht mal an, oder was?«

Mick warf Rizzoli einen Blick zu, den man nur mit *Was ist denn das für ein Arschloch?* übersetzen konnte, und sie antwortete mit einem Achselzucken. Sie gingen zusammen den Flur entlang.

»Das ist das Zimmer«, sagte Korsak. Er hatte inzwischen ein frisches Hemd angezogen, aber auch dieses war bereits von Schweißflecken gezeichnet. Er stand da, das Kinn emporgereckt, die Beine gespreizt, wie ein missmutiger Kapitän auf dem Deck eines Meutererschiffs. »Wir konzentrieren uns auf diesen Bereich des Fußbodens.«

Das Blut hatte nichts von seiner verstörenden Wirkung eingebüßt. Während Mick seine Geräte aufbaute, den Netzstecker anschloss und die Kamera auf dem Stativ festmontierte, wurde Rizzolis Blick wieder von der Wand angezogen. Auch wenn man noch so fleißig schrubbte, dieses stumme Zeugnis der Gewalt würde man nie ganz auslöschen können. Die biochemischen Spuren würden immer zurückbleiben wie ein geisterhafter Fingerabdruck.

Aber es war nicht Blut, wonach sie heute Abend suchten. Sie suchten nach etwas, das viel schwerer zu erkennen war, und dazu benötigten sie eine besondere Lichtquelle, die stark genug war, um das sichtbar zu machen, was ihren Augen jetzt noch verborgen blieb.

Rizzoli wusste, dass Licht nichts anderes war als elektromagnetische Energie, die sich in Wellen fortpflanzte. Das für das menschliche Auge sichtbare Licht hat eine Wellenlänge von 400 bis 700 Nanometern. Kürzere Wellenlängen – im ultravioletten Bereich – können wir nicht mehr wahrnehmen. Wenn aber UV-Licht auf gewisse natürliche und künstliche Substanzen fällt, können Elektronen in diesen Materialien angeregt werden, wodurch sichtbares Licht freigesetzt wird. Dieser Prozess ist als Fluoreszenz bekannt. Mit UV-Licht können Körperflüssigkeiten, Knochensplitter, Haare und Fasern sichtbar gemacht werden. Deshalb hatten sie das Mini-Crimescope angefordert. Unter seiner UV-Lampe würden sie vielleicht eine ganze Reihe neuer Spuren entdecken können.

»So, dann kann es losgehen«, sagte Mick. »Jetzt müssen wir nur noch diesen Raum so weit wie möglich abdunkeln.« Er wandte sich zu Korsak. »Könnten Sie schon mal das Licht im Flur ausmachen, Detective Korsak?«

»Moment mal. Was ist mit den Schutzbrillen?«, fragte Korsak. »Dieses UV-Licht wird doch meine Augen ruinieren, oder nicht?«

»Bei den Wellenlängen, die ich benutze, ist es nicht besonders schädlich.«

»Ich hätte trotzdem gerne eine Brille.«

»Sie sind in dem Koffer dort. Eine für jeden von uns.«

Rizzoli sagte: »Ich übernehme das mit dem Flurlicht.« Sie ging hinaus und knipste das Licht aus. Als sie zurückkam, sah sie, dass Korsak und Mick immer noch den größtmöglichen Abstand voneinander einhielten – als ob sie Angst vor irgendwelchen ansteckenden Krankheiten hätten.

»Also, auf welche Bereiche konzentrieren wir uns?«, fragte Mick.

»Fangen wir auf dieser Seite an, wo das Opfer gefunden wurde«, antwortete Rizzoli. »Und dann immer weiter, bis das ganze Zimmer abgedeckt ist.«

Mick schaute sich um. »Da drüben haben wir einen beige-farbenen Teppich, der dürfte vermutlich fluoreszieren. Und das weiße Sofa da wird im UV-Licht auch ziemlich stark leuchten. Ich will Sie nur warnen; es wird schwierig sein, vor einem solchen Hintergrund irgendetwas zu erkennen.« Er warf einen Blick auf Korsak, der bereits seine Schutzbrille aufgesetzt hatte und nun wie irgendein hoffnungsloser, al-ternder Versager aussah, der glaubt, mit seiner Wrap-around-Sonnenbrille besonders cool auszusehen.

»Gut, jetzt machen Sie das Licht hier im Zimmer aus«, sagte Mick. »Wollen mal sehen, wie dunkel wir es kriegen können.«

Korsak drückte auf den Schalter, und sie standen im Dun-keln. Zwar drang durch das große, vorhanglose Fenster ein wenig Sternenlicht ein, aber der Mond schien nicht, und die Bäume im Garten verdeckten die wenigen Lichter der um-stehenden Häuser.

»Nicht schlecht«, meinte Mick. »Damit kann ich arbei-ten. Nicht wie an manchen anderen Tatorten, wo ich mit einer Decke über dem Kopf herumkriechen musste. Wuss-ten Sie, dass schon an Darstellungssystemen gearbeitet wird, die auch bei Tageslicht eingesetzt werden können? Eines schönen Tages werden wir nicht mehr wie Blinde in einem Tunnel herumstolpern müssen.«

»Könnten wir jetzt vielleicht mal zur Sache kommen?«, fuhr Korsak ungehalten dazwischen.

»Ich dachte, Sie interessieren sich vielleicht ein bisschen für die technischen Aspekte.«

»Ein anderes Mal, okay?«

»Meinetwegen«, erwiderte Mick gleichmütig.

Rizzoli setzte ihre Schutzbrille auf, als das blaue Licht des Crimescope aufleuchtete. Ringsum tauchten fluoreszierende Formen aus der Dunkelheit auf, und ein gespenstisches Leuchten erfüllte den Raum. Wie Mick vorausgesagt hatte, reflektierten der Teppich und das Sofa das Licht besonders stark. Der bläuliche Lichtstrahl richtete sich auf die Wand gegenüber, an der Dr. Yeagers Leiche gelehnt hatte, und auf der jetzt merkwürdige schimmernde Striche auftauchten.

»Irgendwie hübsch, nicht wahr?«, meinte Mick.

»Was ist das?«, fragte Korsak.

»Haare, die in dem Blut festkleben.«

»O ja, das ist *wirklich* sehr hübsch.«

»Richten Sie es auf den Boden«, sagte Rizzoli. »Da müsste es sein.«

Mick lenkte den UV-Strahl nach unten, und sofort leuchteten zu ihren Füßen unzählige neue Fasern und Haare auf – winzige Spuren, die den Staubsaugern des Spurensicherungstrupps entgangen waren.

»Je intensiver die Lichtquelle, desto stärker die Fluoreszenz«, sagte Mick, während er den Boden absuchte. »Das ist das Tolle an diesem Gerät. Mit seinen vierhundert Watt ist es so hell, dass es alles erfasst. Das FBI hat gleich einundsiebzig von den Dingern gekauft. Es ist so kompakt, dass man es sogar als Handgepäck mit ins Flugzeug nehmen kann.«

»Sie sind wohl ein ziemlicher Technik-Freak«, meinte Korsak.

»Ich stehe nun mal auf coole Apparaturen. Ich war auf der technischen Hochschule.«

»Wirklich?«

»Warum überrascht Sie das so?«

»Ich dachte, Typen wie Sie interessieren sich nicht für technische Dinge.«

»Typen wie ich?«

»Na, ich meine, der Ohrring und so. Sie wissen schon.«

Rizzoli seufzte. »Voll ins Fettnäpfchen…«

»Was denn?«, entgegnete Korsak. »Ich mache diese Leute doch nicht runter oder so was. Ich habe ganz einfach festgestellt, dass nicht viele von ihnen sich für Technik und Naturwissenschaften interessieren. Sondern eher für Theater, Kunst und solche Dinge. Ich persönlich finde das gut. Wir *brauchen* doch schließlich Künstler.«

»Ich habe an der University of Massachusetts studiert«, erklärte Mick, der Korsak den Lapsus gar nicht übel zu nehmen schien. Er suchte weiter den Fußboden ab. »Elektrotechnik.«

»Was Sie nicht sagen. Elektriker verdienen ja gar nicht so schlecht.«

»Äh, das ist nicht ganz dasselbe Berufsbild.«

Sie rückten weiter in halbkreisförmigen Bewegungen vor. Das UV-Licht ließ immer wieder neue Haare, Fasern und andere, undefinierbare Partikel aufleuchten. Plötzlich wurde der Boden blendend hell.

»Der Teppich«, sagte Mick. »Ich weiß nicht, was das für Fasern sind, aber sie fluoreszieren jedenfalls tierisch stark. Vor dem Hintergrund werden wir nicht viel erkennen können.«

»Suchen Sie ihn trotzdem genau ab.«

»Der Couchtisch ist im Weg. Könnten Sie den mal zur Seite stellen?«

Rizzoli streckte die Hände nach dem Tisch aus, den sie nur als geometrisches Muster vor dem fluoreszierenden weißen Hintergrund des Teppichs erkennen konnte. »Nehmen Sie das andere Ende, Korsak«, sagte sie.

Nachdem sie den Couchtisch weggetragen hatten, erschien der Teppich als bläulich-weiß schimmerndes Oval zu ihren Füßen.

»Wie sollen wir da irgendetwas erkennen?«, fragte Korsak.

»Das ist ja, als ob man eine Glasscheibe sucht, die in einem Wasserbecken schwimmt.«

»Glas schwimmt nicht«, sagte Mick.

»Ach ja, hab ganz vergessen, dass Sie ja der Experte sind. Übrigens, wofür ist *Mick* eigentlich die Abkürzung? Für *Micky Maus*?«

»Nehmen wir uns das Sofa vor«, schaltete Rizzoli sich ein.

Mick richtete die Kamera neu aus. Der Sofabezug leuchtete ebenfalls unter dem UV-Licht, doch es war eine weichere Fluoreszenz, wie Schnee im Mondlicht. Langsam ließ er den Strahl über die Polster gleiten, dann über die Sofakissen, ohne jedoch irgendwelche verdächtigen Flecken zu Tage zu fördern. Nur ein paar lange Haare und Staubpartikel waren zu sehen.

»Das waren sehr reinliche Leute«, bemerkte Mick. »Keine Flecken, und auch nur sehr wenig Staub. Ich wette, dieses Sofa ist nagelneu.«

Korsak schnaubte verächtlich. »Muss angenehm sein, so ein Leben. Das letzte Mal, dass ich mir ein Sofa gekauft habe, war nach unserer Hochzeit.«

»Okay, dort hinten ist noch ein Stück Fußboden. Machen wir da weiter.«

Rizzoli kollidierte im Dunkeln mit Korsak, und sein käsiger Schweißgeruch stieg ihr in die Nase. Er atmete geräuschvoll, als ob er ein Problem mit den Nebenhöhlen hätte, und in der Dunkelheit klang sein Geschniefe noch lauter. Verärgert wich sie ihm aus und stieß prompt mit dem Schienbein gegen den Couchtisch.

»*Mist!*«

»He, passen Sie auf, wo Sie hintreten!«, sagte Korsak.

Sie verkniff sich eine Erwiderung; die Atmosphäre in diesem Zimmer war ohnehin schon angespannt genug. Stattdessen bückte sie sich, um sich das Schienbein zu reiben, doch die plötzliche Bewegung machte sie schwindlig, und sie verlor kurz die Orientierung. Sie musste in die Hocke gehen, um nicht das Gleichgewicht zu verlieren. Ein paar Sekunden lang kauerte sie so in der Dunkelheit und hoffte nur, dass Korsak nicht über sie fallen würde; er hätte sie mit seinem Gewicht schier zerquetscht. Sie konnte hören, wie die beiden Männer ein paar Schritte von ihr entfernt werkelten.

»Das Kabel hat sich verheddert«, sagte Mick. Der Strahl des Crimescopes schwenkte plötzlich in Rizzolis Richtung, als er sich umdrehte, um die Schnur zu entwirren.

Als der Lichtkegel direkt vor Rizzoli über den Teppich huschte, erstarrte sie. Dort, umrahmt von der Fluoreszenz der Teppichfasern, erblickte sie einen dunklen, unregelmäßig geformten Fleck, kleiner als eine Zehn-Cent-Münze.

»Mick«, sagte sie.

»Können Sie den Couchtisch auf Ihrer Seite mal kurz anheben? Ich glaube, das Kabel hat sich um das Bein gewickelt.«

»*Mick!*«

»Was denn?«

»Kommen Sie mit der Kamera hierher. Leuchten Sie den Teppich an. Hier, direkt vor mir.«

Mick kam auf sie zu. Korsak schloss sich ihm an; sie hörte seinen schnaufenden Atem näher kommen.

»Richten Sie es auf meine Hand«, sagte sie. »Ich habe den Finger an die Stelle gelegt.«

Im nächsten Moment war der Teppich in bläuliches Licht getaucht, und ihre Hand erschien als schwarze Silhouette vor dem fluoreszierenden Hintergrund.

»Da«, sagte sie. »Was ist das?«

Mick ging neben ihr in die Knie. »Irgendein Fleck. Ich mache am besten ein Foto davon.«

»Aber dieser Fleck ist ja dunkel«, wandte Korsak ein. »Ich dachte, wir suchen nach einer fluoreszierenden Substanz.«

»Wenn der Hintergrund stark fluoreszierend ist, so wie diese Teppichfasern, dann können im Kontrast dazu Körperflüssigkeiten tatsächlich dunkel erscheinen. Dieser Fleck könnte alles Mögliche sein. Wir werden die Laboruntersuchung abwarten müssen.«

»Was denn – sollen wir jetzt etwa ein Stück aus diesem schönen Teppich rausschneiden, nur weil wir einen alten Kaffeefleck oder so was gefunden haben?«

Mick schwieg einen Moment. »Es gibt noch einen Trick, den wir ausprobieren könnten.«

»Welchen?«

»Ich werde die Wellenlänge des Geräts verändern. Ich reduziere sie auf kurzwelliges UV-Licht.«

»Und was bewirkt das?«

»Das ist echt cool – *wenn* es funktioniert.«

Mick nahm die entsprechenden Einstellungen vor und richtete den Lichtstrahl dann auf die Stelle mit dem Fleck. »Jetzt passen Sie mal auf«, sagte er und schaltete das Crimescope aus.

Es wurde stockdunkel im Zimmer. Bis auf einen hellen Fleck, der zu ihren Füßen schimmerte.

»Was zum Teufel ist denn *das*?«, fragte Korsak.

Rizzoli traute ihren Augen nicht. Sie starrte auf die geisterhafte Erscheinung, das flackernde grüne Leuchten. Doch schon begann das gespenstische Glimmen vor ihren Augen zu verblassen. Sekunden später waren sie wieder von völliger Dunkelheit umgeben.

»Phosphoreszenz«, erklärte Mick. »Das ist eine Art verzögerter Fluoreszenz. Dazu kommt es, wenn UV-Strahlen die Elektronen in bestimmten Substanzen anregen. Diese Teilchen brauchen ein bisschen länger, um in ihren ursprünglichen Energiezustand zurückzukehren. Dabei strahlen sie Lichtquanten ab, und das ist es, was wir vorhin gesehen haben. Wir haben es hier mit einem Fleck zu tun, der leuchtend grün phosphoresziert, nachdem er kurzwelligem UV-Licht ausgesetzt wurde. Das ist ein sehr interessanter Hinweis.« Er stand auf und schaltete die Deckenlampe wieder ein.

In der plötzlichen Helligkeit wirkte der Teppich, den sie so fasziniert angestarrt hatten, wieder vollkommen gewöhnlich. Aber jetzt konnte Rizzoli ihn nicht mehr ohne ein Gefühl des Abscheus betrachten, denn sie wusste genau, was sich hier abgespielt hatte – die Spuren von Gail Yeagers Martyrium klebten noch an diesen beigefarbenen Fasern.

»Es ist Sperma«, sagte sie.

»Das ist sehr gut möglich«, erwiderte Mick, während er das Stativ in Stellung brachte und den Kodak-Wratten-Filter für die UV-Fotografie aufsetzte. »Sobald ich die Aufnahme im Kasten habe, schneiden wir das Stück aus dem Teppich raus. Das Labor wird die Probe noch auf saure Phosphatase testen und mikroskopisch analysieren müssen.«

Aber Rizzoli brauchte diese letzte Gewissheit nicht. Sie wandte sich zu der blutbespritzten Wand um, und sie erinnerte sich an die Position, in der Dr. Yeagers Leiche gefunden worden war, an die Teetasse, die von seinem Schoß gefallen und auf dem Holzfußboden zerbrochen war. Der grün phosphoreszierende Fleck auf dem Teppich bestätigte ihre schlimmsten Befürchtungen. Sie wusste genau, was passiert war – so sicher, wie wenn die Szene sich vor ihren Augen abgespielt hätte.

Du hast sie aus ihren Betten gezerrt und in dieses Zimmer mit dem Holzfußboden gebracht. Dann hast du den Arzt an Händen und Füßen gefesselt und ihm den Mund mit Klebeband verschlossen, damit er dich nicht mit seinen Schreien ablenken konnte. Du hast ihn dort an die Wand gesetzt, hast ihm die Rolle des stummen Zuschauers aufgezwungen. Richard Yeager ist noch am Leben und bei vollem Bewusstsein; er weiß ganz genau, was du vorhast. Aber er kann sich nicht wehren. Er kann seine Frau nicht beschützen. Und für den Fall, dass er sich bewegen sollte, dass er versuchen sollte, sich zu befreien, stellst du ihm eine Teetasse mit Untertasse auf den Schoß – als Frühwarnsystem. Sie wird mit lautem Klirren auf die Holzdielen fallen, sollte es ihm gelingen, sich zu erheben. Wenn du dich deiner Lust hingibst, kannst du nicht auch noch ein Auge auf Dr. Yeager haben, und du willst schließlich keine unangenehme Überraschung erleben.

Aber du willst, dass er dir dabei zusieht.

Sie blickte auf die Stelle herab, die vor wenigen Augenblicken noch leuchtend grün geschimmert hatte. Hätten sie den Couchtisch nicht zur Seite gerückt, hätten sie nicht gezielt nach solchen für das bloße Auge nicht erkennbaren Spuren gesucht, dann hätten sie ihn wahrscheinlich nie gefunden.

Du hast deinen Besitzanspruch demonstriert, hier auf diesem Teppich. Hast sie vergewaltigt vor den Augen ihres Mannes, der sie nicht retten konnte, der nicht einmal sich selbst retten konnte. Und als es vorbei war, als du deinen Triumph ausgelebt hattest, blieb ein kleiner Tropfen Sperma auf diesem Stoff zurück und trocknete zu einem unsichtbaren Film.

War das Töten des Ehemanns ein Teil des Vergnügens? Hatte der Täter mit dem Messer in der Hand kurz innegehalten, um den Augenblick voll auszukosten? Oder war es nur der nüchterne Abschluss der vorangegangenen Ereignisse gewesen? Hatte er irgendetwas empfunden, als er Richard Yeager an den Haaren gepackt und ihm die Klinge an den Hals gesetzt hatte?

Das Licht im Zimmer erlosch wieder. Sie hörte das wiederholte Klacken des Verschlusses, als Mick den dunklen Fleck vor dem Hintergrund der fluoreszierenden Teppichfasern mit der Kamera einfing.

Und nachdem du dich dieser Aufgabe entledigt hast, wenn Dr. Yeager mit gesenktem Kopf dasitzt und das Blut hinter ihm von der Wand trieft, vollführst du noch ein Ritual, das du der Trickkiste eines anderen Killers entnommen hast. Du faltest Mrs. Yeagers blutbespritztes Nachthemd zusammen und legst es gut sichtbar im Schlafzimmer *auf den Stuhl – genau wie Warren Hoyt es immer gemacht hat.*

Aber du bist noch nicht fertig. Das war erst der erste Akt. Es warten noch weitere Freuden – grausige Freuden – auf dich.

Und dazu nimmst du die Frau mit.

Das Licht ging wieder an, und der grelle Schein traf ihre Augen wie ein Stich. Sie fühlte sich benommen, zitterte am ganzen Leib, gepackt von einem Entsetzen, das sie seit Monaten nicht mehr empfunden hatte. Und von Scham, weil diese beiden Männer ihren Zustand zweifellos an ihrem weißen Gesicht und ihren zitternden Händen ablesen konnten. Plötzlich stockte ihr der Atem.

Sie stürzte aus dem Zimmer und lief hinaus in den Garten. Dort blieb sie keuchend und nach Luft ringend stehen. Hinter sich hörte sie Schritte, aber sie drehte sich nicht um. Erst als er sie ansprach, wusste sie, dass es Korsak war.

»Alles in Ordnung, Rizzoli?«

»Mir fehlt nichts.«

»So sah es aber gar nicht aus.«

»Mir war nur auf einmal ein bisschen schwindlig.«

»Sie haben sich plötzlich zu der Hoyt-Ermittlung zurückversetzt gefühlt, nicht wahr? Es musste Sie ja mitnehmen, das hier zu sehen.«

»Woher wollen Sie das wissen?«

Er war einen Moment still. Dann stieß er mit verächtlichem Schnauben hervor: »Ja, Sie haben Recht. Woher zum Teufel soll ich das wissen?« Er begann zum Haus zurückzugehen.

Sie drehte sich um und rief ihm nach: »Korsak?«

»Was?«

Sie sahen einander ein paar Sekunden lang in die Augen. Die Nachtluft war angenehm, das Gras duftete kühl und frisch. Aber das Entsetzen wühlte in ihren Eingeweiden.

»Ich weiß, was sie fühlt«, sagte sie leise. »Ich weiß, was sie jetzt durchmacht.«

»Mrs. Yeager?«

»Sie müssen sie finden. Sie müssen alle Hebel in Bewegung setzen.«

»Ihr Foto wird in sämtlichen Nachrichten gezeigt. Wir gehen jedem telefonischen Hinweis nach, jedem Augenzeugenbericht.« Korsak schüttelte den Kopf und seufzte. »Aber wissen Sie, ich frage mich inzwischen, ob er sie wirklich am Leben gelassen hat.«

»Das hat er. Ich weiß es genau.«

»Wie können Sie so sicher sein?«

Sie schlang die Arme um den Leib, um das Zittern zu unterdrücken, und blickte an ihm vorbei auf das Haus. »Weil Warren Hoyt es so gemacht hätte.«

3

Von allen ihren Pflichten als Ermittlerin in der Bostoner Mordkommission waren es die Besuche in jenem unauffälligen Backsteinbau in der Albany Street, die Rizzoli am meisten verabscheute. Obwohl sie nach ihrer eigenen Einschätzung auch nicht empfindlicher war als ihre männlichen Kollegen, konnte gerade sie es sich nicht leisten, ihre Verletzbarkeit offen zu zeigen. Die Männer waren zu gut im Aufspüren von Schwächen, und sie würden diese wunden Punkte unweigerlich zur Zielscheibe ihrer Sticheleien und dummen Streiche machen. Sie hatte gelernt, nach außen eine unerschütterliche Miene zur Schau zu tragen und auch vor dem Schlimmsten, was der Autopsietisch zu bieten hatte, nicht zurückzuschrecken. Niemand ahnte, wie viel Willenskraft es sie kostete, äußerlich so gelassen in diesem Gebäude ein und aus zu gehen. Sie wusste, dass sie in den Augen der Männer die furchtlose Jane Rizzoli war, die Eiserne Lady des Departments. Aber jetzt, als sie auf dem Parkplatz hinter dem Rechtsmedizinischen Institut in ihrem Wagen saß, fühlte sie sich alles andere als furchtlos oder eisern.

Letzte Nacht hatte sie schlecht geschlafen. Zum ersten Mal seit Wochen hatte Warren Hoyt sich wieder in ihre Träume eingeschlichen. Sie war schweißgebadet aufgewacht, und die alten Wunden an ihren Händen hatten geschmerzt.

Sie blickte auf ihre vernarbten Handteller herab und hatte plötzlich nur noch den Wunsch, den Motor anzulassen und davonzufahren – alles zu tun, nur damit ihr die Tortur dieses Besuchs erspart bliebe. Sie musste ja nicht hier sein – es war schließlich der Fall der Kollegen von der Mordkommission Newton und somit nicht ihr Zuständigkeitsbereich.

Aber Jane Rizzoli war noch nie feige gewesen, und auch jetzt war sie zu stolz, um noch einen Rückzieher zu machen.

Sie stieg aus, schlug die Tür mit einem heftigen Knall zu und betrat das Gebäude.

Sie war die Letzte, die sich im Autopsielabor einfand, und die drei anderen begrüßten sie mit einem knappen Nicken, als sie den Raum betrat. Korsak hatte seinen fülligen Leib in einen übergroßen OP-Kittel gehüllt und eine bauschige Papierhaube aufgesetzt. Er sah aus wie eine übergewichtige Hausfrau mit Haarnetz.

»Was habe ich versäumt?«, fragte sie, während sie sich ebenfalls einen Kittel überzog, um ihre Kleider vor überraschenden Spritzern zu schützen.

»Nicht viel. Wir haben gerade über das Klebeband gesprochen.«

Die Obduktion wurde von Dr. Maura Isles durchgeführt. Die »Königin der Toten« – das war der Spitzname, den ihr die Mordkommission verpasst hatte, nachdem sie vor einem Jahr die Stelle am Rechtsmedizinischen Institut von Massachusetts angetreten hatte. Dr. Tierney persönlich hatte sie von ihrer gut dotierten Dozentenstelle an der Medizinischen Fakultät der University of California in San Francisco hierher nach Boston gelockt. Nach kurzer Zeit hatte auch die Presse den Spitznamen »Königin der Toten« aufgegriffen. Bei ihrem ersten Auftritt vor Gericht in Boston war sie ganz in Schwarz erschienen, um für das Rechtsmedizinische Institut in einem Mordprozess auszusagen. Die Fernsehkameras hatten ihre majestätische Gestalt auf Schritt und Tritt verfolgt, als sie die Stufen des Gerichtsgebäudes erklommen hatte – eine auffallend blasse Frau mit grellrotem Lippenstift, schulterlangem, rabenschwarzem Haar mit schlichtem Pony und einer unterkühlten, unnahbaren Ausstrahlung. Im Zeugenstand hatte sie sich durch nichts aus der Fassung bringen lassen. Der Verteidiger hatte alle Register gezogen – er hatte geflirtet und geschmeichelt und, nachdem das alles nicht verfangen hatte, schließlich sein Heil in unverhohlener Einschüchterung gesucht; doch Dr. Isles hatte alle seine Fragen mit unfehlbarer Logik und ihrem unerschütterlichen Mona-Lisa-Lächeln auf den Lippen beantwortet. Die Presse liebte sie, die Strafverteidiger fürchteten sie. Und auf die Cops von der Mordkommission wirkte diese Frau, die ihre Tage freiwillig in trautem Zwiegespräch mit den Toten zubrachte, zugleich unheimlich und faszinierend.

Dr. Isles leitete die Obduktion mit ihrer gewohnten Sachlichkeit. Auch ihr Assistent Yoshima wirkte ruhig und gelassen, als er die Instrumente bereitlegte und die Lampen ausrichtete. Beide betrachteten Richard Yeager mit dem kühlen Blick von Wissenschaftlern.

Die Totenstarre hatte sich gelöst, seit Rizzoli Dr. Yeagers Leiche am Vortag gesehen hatte. Erschlafft lag sie nun auf dem Autopsietisch. Das Klebeband war entfernt worden; der Tote war vollständig entkleidet, das Blut weitgehend abgewaschen. Er lag auf dem Rücken, die Arme gerade ausgestreckt. Beide Hände waren geschwollen und bläulich-rot verfärbt, so dass sie dicken Handschuhen glichen – eine Folge der engen Fesselung. Doch im Moment waren die Augen aller Anwesenden auf die Schnittwunde an seinem Hals gerichtet.

»Die tödliche Verletzung«, sagte Isles. Mit einem Lineal maß sie die Wunde aus. »Vierzehn Zentimeter.«

»Seltsam – besonders tief sieht sie nicht aus«, meinte Korsak.

»Das liegt daran, dass der Schnitt entlang der Langerschen Spaltlinien erfolgt ist. Die Eigenspannung der Haut zieht die Wundränder wieder zusammen. Sie ist tiefer, als es den Anschein hat.«

»Spatel?«, fragte Yoshima.

»Danke.« Isles nahm das Instrument, das ihr Assistent ihr reichte, und schob das abgerundete Ende des Holzspatels vorsichtig in die Wunde. »Schön *ah* sagen«, murmelte sie halblaut.

»Was soll das denn?«, fragte Korsak.

»Ich messe die Wundtiefe. Knapp fünf Zentimeter.«

Jetzt zog Isles ein Vergrößerungsglas über die blutig rote Wunde und inspizierte sie. »Sowohl die linke Kopfschlagader als auch die linke Drosselvene wurden durchtrennt. Die Trachea wurde ebenfalls eingeschnitten. Die Höhe, in der die Klinge in die Luftröhre eingedrungen ist, direkt unterhalb des Schildknorpels, deutet darauf hin, dass der Hals gestreckt wurde, bevor der Schnitt geführt wurde.« Sie blickte zu den beiden Detectives auf. »Ihr unbekannter Täter hat den Kopf des Opfers nach hinten gezogen und dann einen sehr überlegten Schnitt geführt.«

»Eine Hinrichtung«, sagte Korsak.

Rizzoli erinnerte sich daran, wie das Crimescope die Haare an der blutverschmierten Wand zum Leuchten gebracht hatte. Es waren Dr. Yeagers Haare gewesen – von der Hand des Mörders ausgerissen, während die Klinge die Haut des Opfers aufgeschlitzt hatte.

»Was für eine Art Klinge war es?«, fragte sie.

Isles antwortete nicht gleich. Stattdessen wandte sie sich an Yoshima. »Tesafilm«, sagte sie.

»Ich habe die Streifen schon bereitgelegt – hier.«

»Ich drücke die Wundränder zusammen, Sie kleben den Tesafilm drauf.«

Korsak lachte ungläubig auf, als ihm klar wurde, was die beiden vorhatten. »Sie kleben ihn wieder zusammen?«

Isles warf ihm einen trocken-amüsierten Blick zu. »Würden Sie lieber Sekundenkleber nehmen?«

»Soll das seinen Kopf auf den Schultern halten, oder was?«

»Ich bitte Sie, Detective. Mit Tesafilm könnte man nicht einmal Ihren Kopf auf den Schultern halten.« Sie warf einen Blick durch das Vergrößerungsglas und nickte. »Sehr schön, Yoshima. Jetzt kann ich es sehen.«

»Was denn?«, fragte Korsak.

»Wozu so ein Streifen Tesafilm gut sein kann. Detective

Rizzoli, Sie wollten doch wissen, was für eine Klinge er benutzt hat.«

»Bitte erzählen Sie mir nicht, dass es ein Skalpell war.«

»Nein, kein Skalpell. Sehen Sie selbst.«

Rizzoli trat näher und sah sich die Wunde durch das Vergrößerungsglas an. Die Ränder wurden durch das transparente Klebeband zusammengehalten, so dass sie eine Vorstellung vom Querschnitt der verwendeten Waffe bekam. An einem der beiden Wundränder zog sich eine Reihe paralleler Streifen entlang.

»Eine gezackte Klinge«, sagte sie.

»So sieht es auf den ersten Blick aus.«

Rizzoli blickte auf und sah in Dr. Isles' Augen, die sie ruhig musterten – eine stumme Herausforderung. »Aber es ist nicht so, wie es scheint?«

»Die Schneide selbst kann nicht gezackt sein, denn der andere Wundrand ist vollkommen glatt. Und haben Sie bemerkt, dass diese parallelen Kratzer sich nur über etwa ein Drittel der Länge des Schnitts ziehen? Sie sind entstanden, als die Klinge herausgezogen wurde. Der Mörder hat den Schnitt unter dem linken Unterkiefer angesetzt und nach vorne gezogen, bis kurz hinter den Trachealknorpel. Die Kratzer tauchen erst auf, als er gegen Ende der Schnittbewegung die Klinge herauszuziehen beginnt.«

»Und was hat also diese Kratzer verursacht?«

»Nicht die Schneide. Bei dieser Waffe ist nur die Rückseite der Klinge gezackt, und diese Zacken haben beim Herausziehen die Kratzer verursacht.« Isles sah Rizzoli in die Augen. »Das ist typisch für ein Rambo- oder Survival-Messer. Eine Waffe, wie sie ein Jäger benutzen könnte.«

Ein Jäger. Rizzoli betrachtete Richard Yeagers muskulöse Schultern und dachte: Das war kein Mann, der sich demütig in die Opferrolle begeben hätte.

»Okay, nur damit wir uns nicht missverstehen«, sagte Korsak. »Dieses Opfer, unser Gewichtheber-Doktor hier, sieht also zu, wie der Täter ein riesiges Rambomesser aus der Tasche zieht. Und er bleibt ruhig sitzen und lässt sich widerstandslos die Kehle durchschneiden?«

»Er war schließlich an Händen und Füßen gefesselt«, sagte Isles.

»Und wenn er verschnürt gewesen wäre wie Tutenchamun – jeder normale Mann hätte sich verzweifelt gewehrt.«

Rizzoli sagte: »Er hat Recht. Auch wenn man an Händen und Füßen gefesselt ist, kann man immer noch treten oder mit dem Kopf stoßen. Aber er hat einfach dort an der Wand gesessen, ohne sich zu wehren.«

Dr. Isles richtete sich auf. Eine Weile sagte sie gar nichts. Sie stand nur hoheitsvoll da, in ihren Chirurgenkittel gehüllt wie eine Priesterin in ihre Robe. Sie wandte sich an Yoshima. »Geben Sie mir ein feuchtes Handtuch. Und richten Sie die Lampe auf diese Stelle hier. Wir wollen ihn mal gründlich abwaschen und seine Haut ganz genau absuchen. Zentimeter für Zentimeter.«

»Wonach suchen wir?«, fragte Korsak.

»Das sage ich Ihnen, wenn ich es sehe.«

Als Isles kurz darauf den rechten Arm der Leiche anhob, entdeckte sie die Male. Unter dem Vergrößerungsglas waren an der rechten Seite des Brustkorbs zwei leicht gerötete Schwellungen zu erkennen. Isles fuhr mit dem behandschuhten Finger über die Haut. »Quaddeln«, sagte sie. »Es handelt sich um eine Lewissche Dreifachreaktion.«

»Lewis – was?«, fragte Rizzoli.

»Lewissche Dreifachreaktion. Das ist eine typische Hautreaktion. Zuerst ist ein Erythem zu erkennen – kleine rote Punkte – und anschließend eine ausgedehnte Rötung, verursacht durch die Weitung der Blutgefäße unter der Haut. Und im dritten Stadium tauchen dann diese Quaddeln auf, die sich infolge der gesteigerten Durchlässigkeit der Gefäße ausbilden.«

»Für mich sieht das nach einer Taser-Narbe aus.«

Isles nickte. »Genau. Was Sie hier sehen, ist die klassische Hautreaktion auf eine Attacke mit einem Elektroschockgerät vom Typ Taser. Das hat ihn mit Sicherheit außer Gefecht gesetzt. Ein Schuss – und schon verliert er jegliche Kontrolle über seine Muskulatur. Auf jeden Fall lange genug, um dem Angreifer zu ermöglichen, ihn an Händen und Füßen zu fesseln.«

»Wie lange dauert es gewöhnlich, bis diese Quaddeln wieder verschwinden?«

»Bei einem lebenden Subjekt bilden sie sich normalerweise nach zwei Stunden zurück.«

»Und bei einem Toten?«

»Der Tod bringt diese Prozesse in der Haut zum Stillstand. Deshalb können wir die Quaddeln immer noch sehen, wenn auch nur sehr schwach.«

»Er ist also binnen zwei Stunden nach diesem Elektroschock gestorben?«

»Korrekt.«

»Aber ein Taser setzt einen doch nur für ein paar Minuten außer Gefecht«, wandte Korsak ein. »Fünf, höchstens zehn. Um ihn lange genug ruhig zu stellen, hätte man ihn noch einmal schocken müssen.«

»Und deshalb werden wir jetzt nach weiteren Spuren suchen«, sagte Isles. Sie richtete die Lampe auf den Unterleib des Toten.

Erbarmungslos fiel der grelle Lichtstrahl auf Richard Yeagers Genitalien. Bisher hatte Rizzoli es vermieden, den Blick auf diesen Teil seiner Anatomie zu richten. Die Geschlechtsorgane einer Leiche anzustarren, war ihr immer schon wie eine grausame Verletzung der Intimsphäre erschienen, als eine weitere Erniedrigung, als Anschlag auf die Würde des Toten. Jetzt war das Licht auf den schlaffen Penis und den Hodensack der Leiche gerichtet – und die Schändung der sterblichen Überreste des Richard Yeager schien komplett.

»Hier sind noch weitere Quaddeln«, sagte Isles, während

sie einen Blutfleck abwischte, damit sie die Haut besser sehen konnten. »Hier, am Unterbauch.«

»Und am Oberschenkel«, sagte Rizzoli leise.

Isles hob kurz die Augen. »Wo?«

Rizzoli deutete auf die verräterischen Male, die sich unmittelbar links vom Hodensack des Opfers befanden. Das sind also Richard Yeagers schreckliche letzte Sekunden, dachte sie. Er ist wach und bei vollem Bewusstsein, aber er kann sich nicht bewegen. Er kann sich nicht verteidigen. Die voll austrainierten Muskeln, die vielen Stunden im Kraftraum – all das nützt ihm jetzt nichts, denn sein Körper gehorcht ihm nicht mehr. Seine Arme und Beine sind unbrauchbar, lahm gelegt durch den Elektroschock, der durch seine Nervenbahnen geschossen ist. Er wird aus seinem Schlafzimmer herausgeschleppt, hilflos wie ein betäubtes Tier auf dem Weg zur Schlachtbank. Als ohnmächtiger Zuschauer sitzt er da, an die Wohnzimmerwand gelehnt.

Aber die Wirkung des Tasers währt nicht lange. Bald schon beginnen seine Muskeln zu zucken; seine Hände ballen sich zu Fäusten. Er sieht seine Frau entsetzliche Qualen leiden, und die Wut jagt ihm das Adrenalin durch den Körper. Und als er sich jetzt zu bewegen versucht, gehorchen seine Muskeln ihm wieder. Er will aufstehen, aber das Klirren der Teetasse, die von seinem Schoß auf den Boden fällt, verrät ihn.

Ein weiterer Schuss aus dem Taser, und er bricht zusammen, von Verzweiflung übermannt wie Sisyphus, dem der Stein den Berg hinunterrollt.

Sie blickte in Richard Yeagers Gesicht, sah die halb geschlossenen Lider, und sie dachte an die letzten Bilder, die sein Gehirn registriert haben musste. Seine ausgestreckten Beine, die ihm nicht mehr zu Willen waren. Seine Frau, brutal überwältigt auf dem beigefarbenen Teppich. Und das Messer in der Hand des Jägers, der auf sein Opfer zugeht und zum entscheidenden Streich ausholt.

Es ist laut hier im Tagesraum, wo die Männer umherschlei-
chen wie die Tiere im Käfig, die sie auch sind. Der Fernse-
her plärrt, und die Metallstufen der Treppe, die zu der obe-
ren Zellenflucht führt, scheppern bei jedem Schritt. Wir
sind keine Sekunde lang unbeobachtet. Überall sind
Überwachungskameras – sogar im Duschraum, sogar im
Toilettenbereich. Von den Fenstern des Wachraums aus bli-
cken unsere Wachmänner auf unser Treiben hier unten im
Erdgeschoss herab. Sie können jede unserer Bewegungen
verfolgen. Die Strafvollzugsanstalt Souza-Baranowski ist
eine Einrichtung der Sicherheitsstufe 6, die Neueste ihrer
Art in Massachusetts, und sie ist ein Wunder der Technik.
Die Schlösser funktionieren ohne Schlüssel; sie werden von
Computerterminals im Wachturm aus gesteuert. Unsere
Anweisungen bekommen wir von Geisterstimmen aus dem
Lautsprecher. Die Türen sämtlicher Zellen in diesem Block
können per Fernsteuerung auf- und zugeschlossen werden,
ohne dass je ein menschliches Wesen hier erscheinen muss.
Es gibt Tage, da frage ich mich, ob unsere Wachmänner
überhaupt aus Fleisch und Blut sind, oder ob die Silhouet-
ten, die wir dort hinter der Scheibe stehen sehen, nicht Ro-
boter sind, mit drehbaren Oberkörpern und Köpfen, die ni-
cken können. Mensch oder Maschine – ganz gleich, ich
werde jedenfalls permanent beobachtet, aber es kümmert
mich nicht, denn meine Gedanken können sie nicht sehen;
die dunkle Landschaft meiner Fantasien bleibt ihnen ver-
schlossen. Sie gehört mir ganz allein.

Und auch jetzt, als ich hier im Tagesraum sitze und die
Sechs-Uhr-Nachrichten im Fernsehen verfolge, streife ich in
dieser Landschaft umher. Und die Nachrichtensprecherin,
die mir von der Mattscheibe aus zulächelt, ist meine Be-
gleiterin auf dieser Reise. Ich sehe vor meinem inneren
Auge ihr schwarzes Haar, wie es sich üppig über das Kopf-
kissen ergießt. Ich sehe den Schweiß auf ihrer Haut glitzern.
Und in meiner Welt lächelt sie nicht – o nein; ihre Augen

sind weit aufgerissen, die geweiteten Pupillen wie tiefe Seen, der Mund vor Entsetzen verzerrt. All dies male ich mir aus, während ich die hübsche Sprecherin in ihrem jadegrünen Kostüm betrachte. Ich sehe ihr Lächeln, ich höre ihre angenehme, klangvolle Stimme – und ich frage mich, wie ihre Schreie wohl klingen würden.

Dann taucht ein neues Bild auf dem Schirm auf, und jeder Gedanke an die Nachrichtensprecherin ist vergessen. Ein Reporter steht vor dem Haus von Dr. Richard Yeager in Newton. Mit ernster Stimme berichtet er, dass zwei Tage nach dem Mord an dem Arzt und der Entführung seiner Frau noch immer keine Verhaftungen erfolgt sind. Ich habe schon von dem Fall gehört. Jetzt beuge ich mich vor, starre gebannt auf den Bildschirm, in der Hoffnung, einen kurzen Blick zu erhaschen.

Endlich sehe ich sie.

Die Kamera ist jetzt auf den Hauseingang gerichtet und zeigt sie in Nahaufnahme, als sie in der Tür erscheint. Gleich hinter ihr tritt ein korpulenter Mann aus dem Haus. Sie bleiben auf dem Gartenpfad stehen; sie wissen nicht, dass der Kameramann sie herangezoomt hat. Der Mann sieht grobschlächtig, verfressen und primitiv aus, mit seinen fetten Hängebacken und seinen paar dünnen Haarsträhnen, die er sich über den kahlen Schädel gekämmt hat. Neben ihm wirkt sie klein und unscheinbar. Es ist lange her, dass ich sie zuletzt gesehen habe, und sie hat sich offensichtlich sehr verändert. Gewiss, ihr Haar ist immer noch diese widerspenstige Mähne aus schwarzen Locken, und sie trägt wieder einmal einen ihrer marineblauen Hosenanzüge, mit dem Blazer, der ihr an den Schultern zu weit ist, dem Schnitt, der ihrer zierlichen Figur so wenig schmeichelt. Aber ihr Gesicht ist anders, als ich es in Erinnerung habe. Früher einmal strahlte es grimmige Entschlossenheit und Selbstsicherheit aus – nicht besonders schön, aber gleichwohl faszinierend, besonders wegen der glutvollen und klugen Augen. Jetzt sieht sie abgehärmt und gehetzt aus. Sie hat abgenommen. Ich sehe Schatten in ihrem Gesicht, in ihren eingefallenen Wangen, die vorher nicht da waren.

Plötzlich entdeckt sie die Fernsehkamera, und sie starrt hinein, blickt mir direkt in die Augen, als ob sie mich sehen könnte, so wie auch ich sie sehe, als stünde sie leibhaftig vor mir. Wir haben eine gemeinsame Geschichte, sie und ich; wir teilen die Erinnerung an ein Erlebnis, das so intim ist, dass es uns für immer aneinander bindet wie zwei Liebende.

Ich stehe vom Sofa auf und gehe zum Fernseher. Ich lege die Hand auf den Bildschirm. Die Stimme des Reporters höre ich nicht, ich sehe nur ihr Gesicht. Meine kleine Janie. Machen deine Hände dir immer noch Kummer? Reibst du dir immer noch die Handflächen, so wie du es im Gerichtssaal getan hast, als ob dich ein Splitter im Fleisch plagte? Sind die Narben für dich, was sie für mich sind – Liebespfänder? Kleine Zeichen der Hochachtung, die ich für dich empfinde?

»He, geh von der Glotze weg, du Arsch! Wir können nichts sehen!«

Ich rühre mich nicht vom Fleck. Ich stehe vor dem Bildschirm, berühre ihr Gesicht, und ich denke daran, wie ihre kohlschwarzen Augen einst unterwürfig zu mir aufgeblickt haben. Ich erinnere mich an ihre glatte Haut. Makellose Haut, ohne jede Spur von Make-up.

»Weg da, du Arschloch!«

Plötzlich ist sie weg, vom Bildschirm verschwunden. Statt ihrer erscheint wieder die Nachrichtensprecherin in ihrem jadegrünen Kostüm. Noch vor wenigen Sekunden war ich bereit, mich in meinen Fantasien mit diesem sorgsam geschminkten und frisierten Model zufrieden zu geben. Wie nichts sagend sie mir jetzt vorkommt – nur ein hübsches Gesicht unter vielen, ein schlanker Hals. Dieser kurze

Anblick von Jane Rizzoli hat genügt, um mich daran zu erinnern, was eine wirklich begehrenswerte Beute ist.

Ich gehe zum Sofa zurück und lasse einen Werbespot für Lexus-Limousinen über mich ergehen. Aber ich achte nicht mehr auf den Fernseher. Stattdessen denke ich daran zurück, wie es war, in Freiheit zu sein. Durch die Straßen der Stadt schlendern zu können und die Düfte der Frauen einzuatmen, die an mir vorbeigehen. Nicht die aufdringlichen, in Flaschen abgefüllten Parfums aus den Labors der Chemiker, sondern den echten Duft von Frauenschweiß, das Aroma sonnengewärmter Haare. An Sommertagen habe ich mich gerne zu den Fußgängern gesellt, die an einer roten Ampel warteten. Welche Frau würde an einer so belebten Straßenecke schon bemerken, dass der Mann hinter ihr sich ein wenig zu nahe an sie herangeschlichen hat und an ihren Haaren schnuppert? Welche Frau würde merken, dass der Mann neben ihr auf ihren Hals starrt, auf die Stellen, wo der Puls schlägt, wo ihre Haut, wie er wohl weiß, am süßesten duftet?

Sie merken es nicht. Die Fußgängerampel springt auf Grün. Die Menge setzt sich in Bewegung. Und die Frau geht weiter, ohne zu wissen, ohne auch nur zu ahnen, dass der Jäger ihre Witterung aufgenommen hat.

»Das Zusammenfalten des Nachthemds allein bedeutet noch nicht, dass Sie es mit einem Nachahmungstäter zu tun haben«, sagte Dr. Lawrence Zucker. »Dabei handelt es sich nur um eine Demonstration der Macht. Der Mörder stellt damit seine Überlegenheit über seine Opfer zur Schau. Er zeigt, dass er Herr der Lage ist.«

»So wie Warren Hoyt es getan hat.«

»Andere Mörder haben es genauso gemacht. Der Chirurg war nicht der Einzige.«

Dr. Zucker musterte sie mit einem seltsamen, beinahe bedrohlich wirkenden Glitzern im Augenwinkel. Er war

Kriminalpsychologe an der Northeastern University und wurde vom Boston Police Department häufig als Experte herangezogen. Vor einem Jahr hatte er bei der Jagd nach dem Chirurgen mit der Mordkommission zusammengearbeitet, und das von ihm erstellte Täterprofil hatte sich im Nachhinein als geradezu unheimlich zutreffend erwiesen. Manchmal fragte Rizzoli sich, wie normal er selbst sein konnte. Nur ein Mann, der mit der Welt des Bösen eingehend vertraut war, konnte so tief in die Gedankenwelt eines Warren Hoyt vorgedrungen sein. Sie hatte sich in Gegenwart dieses Mannes nie so recht wohlgefühlt, mit seiner verschlagenen Flüsterstimme und seinen bohrenden Augen, die in ihr stets ein Gefühl der Beklemmung, der Wehrlosigkeit auslösten. Aber er war einer der wenigen Menschen, die Hoyt wirklich verstanden hatten; vielleicht würde er auch verstehen, was in einem Nachahmungstäter vorging.

»Es ist nicht nur das gefaltete Nachthemd«, sagte sie. »Es gibt noch andere Parallelen. Auch bei diesem Opfer wurde Klebeband zum Fesseln benutzt.«

»Auch das ist nicht so außergewöhnlich. Haben Sie mal die Fernsehserie *MacGyver* gesehen? Da werden dem Zuschauer unzählige Verwendungsmöglichkeiten für Klebeband demonstriert.«

»Dann das nächtliche Eindringen durch ein Fenster. Das Überraschen der Opfer im Schlaf ...«

»... wenn sie am wehrlosesten sind. Der logische Zeitpunkt für einen Überfall.«

»Und das Aufschlitzen der Kehle mit einem einzigen Schnitt.«

Der Psychologe zuckte mit den Achseln. »Eine lautlose und effektive Tötungsmethode.«

»Aber nehmen Sie doch einmal all das zusammen. Das gefaltete Nachthemd. Das Klebeband. Die Art, wie sich der Täter Zugang zum Haus verschafft. Den tödlichen Schnitt ...«

»Und Sie haben einen unbekannten Täter, der zu ziemlich

gewöhnlichen Methoden greift. Selbst die Teetasse auf dem Schoß des Opfers ist nur eine Variante dessen, was viele Serienvergewaltiger bereits praktiziert haben. Sie platzieren einen Teller oder etwas Ähnliches auf dem schlafenden Ehemann. Sobald er sich regt, wird der Täter durch das Geräusch des herabfallenden Porzellans gewarnt. Diese Strategien sind deshalb so weit verbreitet, weil sie sich nun mal bewährt haben.«

Frustriert zog Rizzoli die Fotos des Tatorts in Newton aus der Tasche und breitete sie auf Zuckers Schreibtisch aus. »Wir sind auf der Suche nach einer vermissten Frau, Dr. Zucker. Bislang haben wir noch keine Spur. Ich will gar nicht daran denken, was sie in diesem Moment durchmacht – falls sie überhaupt noch am Leben ist. Also sehen Sie sich diese Fotos bitte sehr gründlich an. Erzählen Sie mir etwas über diesen Täter. Sagen Sie mir, wie wir ihn finden können. Wie wir *sie* finden können.«

Dr. Zucker setzte seine Brille auf und nahm das erste Foto zur Hand. Er sagte nichts, sondern starrte es nur eine Weile an, um dann nach dem nächsten Bild in der Reihe zu greifen. Die einzigen Geräusche waren das Knarren seines Ledersessels und ein gelegentliches unverständliches Murmeln, das sein Interesse zu verraten schien. Durch das Fenster seines Büros konnte Rizzoli den Campus der Northeastern University sehen, der an diesem Sommertag nahezu menschenleer war. Nur wenige Studentinnen und Studenten lümmelten sich auf dem Rasen, umringt von Rucksäcken und Büchern. Sie beneidete diese jungen Menschen um ihre sorgenfreien Tage, ihre Unschuld. Um ihr blindes Vertrauen in die Zukunft. Und um ihren gesunden Schlaf, den keine düsteren Albträume zerrissen.

»Sie erwähnten, dass Sie Sperma gefunden hätten«, sagte Dr. Zucker.

Widerwillig riss sie sich von dem friedlichen Anblick der sonnenbadenden jungen Menschen los und sah ihn an. »Ja.

Auf dem ovalen Teppich, den Sie dort auf dem Foto sehen. Das Labor hat schon bestätigt, dass die Blutgruppe nicht mit der des Ehemanns übereinstimmt. Die DNA wird noch mit der CODIS-Datei abgeglichen.«

»Ich bezweifle irgendwie, dass dieser Täter unvorsichtig genug ist, sich über eine landesweite Datenbank identifizieren zu lassen. Nein, ich könnte wetten, dass seine DNA nicht in CODIS registriert ist.« Zucker sah von dem Foto auf. »Und ich wette auch, dass er keine Fingerabdrücke hinterlassen hat.«

»In der AFIS-Datei haben wir jedenfalls keinen Treffer gelandet. Unser Pech ist, dass die Yeagers kürzlich nach der Trauerfeier für Mrs. Yeagers Mutter mindestens fünfzig Gäste im Haus hatten. Das bedeutet, dass wir es mit einer Menge unidentifizierbarer Abdrücke zu tun haben.«

Zucker betrachtete noch einmal das Foto von Dr. Yeagers Leiche, die zusammengesunken an der blutbespritzten Wohnzimmerwand lehnte. »Dieser Mord hat sich in Newton ereignet.«

»Ja.«

»Normalerweise hätten Sie mit den Ermittlungen nichts zu tun. Warum sind Sie daran beteiligt?« Er blickte wieder auf und fixierte sie mit einer Intensität, die ihr Unbehagen bereitete.

»Ich wurde von Detective Korsak gebeten…«

»Der offiziell mit dem Fall betraut ist. Habe ich Recht?«

»Ja. Aber…«

»Sind Sie mit den Morden in Boston noch nicht ausgelastet, Detective? Warum müssen Sie sich unbedingt mit diesem Fall befassen?«

Als sie seinen Blick erwiderte, hatte sie das Gefühl, dass er sich irgendwie in ihr Gehirn eingeschlichen hatte und darin herumwühlte, auf der Suche nach dem wunden Punkt, mit dem er sie quälen konnte. »Das habe ich Ihnen doch schon gesagt. Die Frau könnte noch am Leben sein.«

»Und Sie wollen sie retten.«

»Sie etwa nicht?«, schleuderte sie ihm entgegen.

»Ich bin einfach nur neugierig, Detective«, sagte Zucker, ohne sich durch ihren Zornesausbruch aus der Fassung bringen zu lassen. »Haben Sie mit irgendwem über den Hoyt-Fall gesprochen? Ich meine, über seine Auswirkungen auf Sie persönlich?«

»Ich weiß nicht, worauf Sie hinauswollen.«

»Sind Sie therapeutisch betreut worden?«

»Sie wollen wissen, ob ich bei einem Psychiater war?«

»Es muss ziemlich furchtbar gewesen sein, was Sie dort in diesem Keller erlebt haben. Was Warren Hoyt Ihnen angetan hat, würde kein Polizist so schnell vergessen. Er hat Narben hinterlassen, emotionale ebenso wie körperliche. Die meisten Menschen wären nach einem solchen Erlebnis traumatisiert. Sie hätten Flashbacks und Albträume. Depressionen.«

»Es gibt schönere Erinnerungen. Aber ich komme damit klar.«

»Das war schon immer Ihre Art, nicht wahr? Augen zu und durch. Nur nicht klagen.«

»Ich meckere genauso viel rum wie alle anderen.«

»Aber nie über irgendetwas, was Sie schwach erscheinen lassen könnte. Oder verletzlich.«

»Ich kann Jammerlappen nicht ausstehen. Und ich weigere mich, selbst einer zu sein.«

»Ich rede hier nicht von Jammern und Klagen. Sondern davon, dass Sie die Ehrlichkeit besitzen sollten, sich einzugestehen, dass Sie Probleme haben.«

»Was für Probleme?«

»Das müssen Sie mir schon selbst sagen, Detective.«

»Nein, sagen *Sie* es mir. Sie sind schließlich derjenige, der denkt, ich sei total verkorkst.«

»Das habe ich nicht gesagt.«

»Aber Sie denken es.«

»Sie selbst haben den Ausdruck *verkorkst* benutzt. Fühlen Sie sich so?«

»Jetzt hören Sie mir mal zu: Der Grund meines Besuchs ist *das hier*.« Sie deutete auf die Tatortfotos des Yeager-Mordes. »Warum reden wir eigentlich die ganze Zeit über mich?«

»Weil Sie, wenn Sie diese Fotos anschauen, immer nur Warren Hoyt sehen. Und ich frage mich einfach, warum das so ist.«

»Der Fall ist abgeschlossen. Er beschäftigt mich nicht mehr.«

»Ist das wirklich wahr?«

Die Frage, mit so sanfter Stimme vorgebracht, ließ sie verstummen. Sie mochte es gar nicht, wie er ihr zu Leibe rückte. Und besonders ärgerte es sie, dass er eine Wahrheit erkannt hatte, die sie sich selbst nicht eingestehen wollte. Warren Hoyt hatte tatsächlich Narben hinterlassen. Sie musste nur ihre Hände anschauen, um daran erinnert zu werden, was er angerichtet hatte. Aber die schlimmsten Verletzungen waren nicht physischer Natur. Was sie letzten Sommer in jenem dunklen Keller verloren hatte, das war ihr Gefühl der Unbesiegbarkeit. Ihr unerschütterliches Selbstvertrauen. Warren Hoyt hatte sie gelehrt, wie verletzlich sie in Wirklichkeit war.

»Ich bin nicht gekommen, um mich mit Ihnen über Warren Hoyt zu unterhalten«, sagte sie.

»Und doch ist er der Grund, weshalb Sie hier sind.«

»Nein. Ich bin hier, weil ich Parallelen zwischen diesen beiden Mördern sehe. Und ich bin nicht die Einzige. Detective Korsak hat sie auch erkannt. Also lassen Sie uns doch beim Thema bleiben, okay?«

Er sah sie mit einem ausdruckslosen Lächeln an. »Okay.«

»Also, was ist nun mit diesem unbekannten Täter?« Sie tippte mit dem Zeigefinger auf die Fotos. »Was können Sie mir über ihn sagen?«

Zucker wandte sich erneut der Aufnahme von Dr. Yeager

zu. »Ihr Unbekannter geht offensichtlich sehr planvoll vor. Aber das wissen Sie ja bereits. Er hat seinen Überfall sehr gründlich vorbereitet. Er hatte alles dabei – Glasschneider, Betäubungspistole, Klebeband. Wenn man bedenkt, wie schnell und mühelos er sein Opfer überwältigt hat, fragt man sich fast…« Er warf ihr einen Blick zu. »Ist es nicht möglich, dass es zwei Täter waren? Dass er einen Partner hatte?«

»Wir haben nur Fußabdrücke von einer Person gefunden.«

»Dann geht unser Bursche sehr geschickt vor. Und sehr sorgfältig.«

»Aber dennoch hat er einen Spermafleck auf dem Teppich hinterlassen. Er hat uns den Schlüssel zu seiner Identität in die Hand gegeben. Das ist ein gewaltiger Fehler.«

»Ja, da haben Sie Recht. Und das weiß er mit Sicherheit auch.«

»Warum also hat er sie gleich dort vergewaltigt, in ihrem eigenen Haus? Warum hat er nicht gewartet, bis er sie an einen sicheren Ort gebracht hatte? Wenn sein Vorgehen so planvoll ist, dass es ihm gelingt, in ein Haus einzudringen und den Ehemann zu überwältigen…«

»Vielleicht ist ja gerade das der Punkt.«

»Was?«

»Denken Sie doch einmal nach. Dr. Yeager sitzt da, an Händen und Füßen gefesselt. Gezwungen, hilflos zuzusehen, wie ein anderer Mann in Besitz nimmt, was ihm gehört.«

»Was ihm gehört«, wiederholte sie.

»Im Denken dieses Täters ist die Frau genau dies – das Eigentum eines anderen Mannes. Die meisten Vergewaltiger würden es nicht wagen, ein Paar zu überfallen. Sie würden sich für eine allein stehende Frau als leichte Beute entscheiden. Die Anwesenheit eines anderen Mannes macht die Sache gefährlich. Aber dieser Täter musste doch wissen, dass er auf einen Mann treffen würde. Und er hatte sich schon vorher überlegt, wie er sich dieses Problems entledigen würde. Könnte es sein, dass dies für ihn ein Teil des Vergnügens war, ein Teil dessen, was ihn erregte? Dass er einen Zuschauer hatte?«

Einen Zuschauer. Sie warf noch einen Blick auf das Foto, das Richard Yeagers an die Wand gelehnte Leiche zeigte. Ja, genau das war ihr erster Eindruck gewesen, als sie das Wohnzimmer betreten hatte.

Zuckers Blick wanderte zum Fenster. Es vergingen einige Augenblicke. Als er wieder sprach, klang seine Stimme leise und schläfrig, als ob er in Trance wäre.

»Es geht vor allem um Macht. Um Gewalt über andere, um Dominanz. Und zwar nicht nur über die Frau, sondern auch über ihren Mann. Vielleicht ist es sogar in Wirklichkeit der Mann, der ihn erregt, der ein entscheidender Bestandteil seiner Fantasie ist. Unser unbekannter Täter kennt die Risiken, doch er kann nicht anders, er muss seinen Trieb ausleben. Seine Fantasien beherrschen ihn, und er beherrscht wiederum seine Opfer. Er ist allmächtig. Er ist der Meister, der Dominator. Sein Feind sitzt da, gefesselt und hilflos, und unser Täter tut das, was siegreiche Armeen schon immer getan haben. Er hat seine Trophäe erobert. Und er vergewaltigt die Frau. Seine Lust wird noch gesteigert durch Dr. Yeagers totale Niederlage. Hinter diesem Überfall steckt mehr als nur sexuelle Aggression; er ist eine Demonstration männlicher Macht. Der Sieg eines Mannes über einen anderen. Er ist der Eroberer, der sich seine Kriegsbeute mit Gewalt nimmt.«

Die Studentinnen und Studenten draußen auf dem Rasen begannen ihre Sachen zusammenzupacken und sich das Gras von den Kleidern zu klopfen. Die Nachmittagssonne hüllte alles in einen goldenen Dunst. Und was erwartete diese jungen Leute als Nächstes an diesem Sommertag?, fragte Rizzoli sich. Vielleicht ein fröhlicher Abend mit Freunden bei Pizza und Bier. Und danach würden sie in einen tiefen, festen Schlaf fallen, ohne Albträume. Den Schlaf der Unschuldigen.

Etwas, was mir für immer versagt bleiben wird.

Ihr Handy trillerte. »Entschuldigen Sie mich«, sagte sie und klappte das Gerät auf.

Am anderen Ende war Erin Volchko vom Labor für Haar- und Faseranalysen. »Ich habe das Klebeband untersucht, das von Dr. Yeagers Leiche abgenommen wurde«, sagte Erin. »Den Bericht habe ich Detective Korsak schon zugefaxt. Aber ich dachte mir, dass Sie es sicher auch hören wollen.«

»Was haben Sie denn herausgefunden?«

»In der Klebemasse steckten einige kurze braune Haare. Körperbehaarung von den Armen und Beinen des Opfers, die beim Abziehen des Klebebands herausgerissen wurde.«

»Und Fasern?«

»Auch. Aber jetzt kommt das eigentlich Interessante. Auf dem Streifen, der von den Knöcheln des Opfers abgezogen wurde, befand sich ein einzelnes dunkelbraunes Haar von einundzwanzig Zentimetern Länge.«

»Seine Frau ist blond.«

»Ich weiß. Das macht dieses Haar ja auch so interessant.«

Der Unbekannte, dachte Rizzoli. Es stammt von unserem Mörder. »Sind Epithelzellen dran?«

»Ja.«

»Das heißt, wir könnten mit diesem Haar die DNA bestimmen. Wenn Sie mit dem Sperma übereinstimmt…«

»Das wird sie nicht.«

»Woher wissen Sie das?«

»Weil dieses Haar auf keinen Fall vom Mörder stammen kann.« Erin hielt kurz inne. »Es sei denn, er ist ein Zombie.«

4

Für die Detectives der Mordkommission des Boston P. D. bedeutete ein Besuch im kriminaltechnischen Labor nur einen kurzen Gang durch eine sonnendurchflutete Passage zum Südflügel des Schroeder-Plaza-Gebäudes. Rizzoli war diesen Weg schon unzählige Male gegangen, und oft war ihr Blick zum Fenster hinaus über die Dächer von Roxbury geschweift, einem der Problemviertel Bostons, wo die Läden abends mit Gittern und Vorhängeschlössern gesichert wurden und so gut wie jedes geparkte Auto mit einer Wegfahrsperre ausgestattet war. Aber heute wollte sie nur Antworten auf ihre drängenden Fragen, und so schaute sie weder nach links noch nach rechts, sondern ging schnurstracks auf Zimmer S269 zu, das Labor für Haar- und Faserspuren.

Dieser fensterlose, mit Mikroskopen und technischen Geräten wie einem Gaschromatographen voll gestopfte Raum war Erin Volchkos Reich. Vom Sonnenlicht und dem Blick ins Freie abgeschnitten, richtete sie ihre Aufmerksamkeit stattdessen auf die Welt unter der Linse ihres Mikroskops, und sie hatte die verkniffenen, stets halb geschlossenen Augen einer Frau, die zu lange durch ein Okular gestarrt hatte. Als Rizzoli eintrat, drehte Erin ihren Stuhl zu ihr um.

»Ich habe es gerade eben für Sie unters Mikroskop gelegt. Werfen Sie mal einen Blick drauf.«

Rizzoli nahm Platz und blickte durch das Okular des Lehrmikroskops. Sie sah ein einzelnes Haar, das sich horizontal über die Bildfläche erstreckte.

»Das ist das lange braune Haar, das ich auf dem Streifen Klebeband gefunden habe, mit dem Dr. Yeager an den Knöcheln gefesselt war«, erklärte Erin. »Es ist das Einzige dieser

Art, das an dem Band klebte. Alles andere waren kurze Haare von den Armen und Beinen des Opfers, und dazu noch ein Kopfhaar an dem Streifen, den ihm der Täter über den Mund geklebt hat. Aber dieses lange Haar dort ist ein Einzelstück. Und es gibt uns auch einige Rätsel auf. Es passt weder zum Kopfhaar des Opfers noch zu denen, die wir aus der Haarbürste seiner Frau entnommen haben.«

Rizzoli verschob den Objektträger und betrachtete eingehend den Haarschaft. »Es ist definitiv ein menschliches Haar?«

»Ja.«

»Und weshalb kann es nicht von unserem Täter stammen?«

»Schauen Sie es sich genau an und sagen Sie mir, was Sie sehen.«

Rizzoli hielt kurz inne und versuchte sich an das zu erinnern, was sie über forensische Haaruntersuchungen gelernt hatte. Sie wusste, dass Erin den analytischen Prozess aus einem ganz bestimmten Grund so systematisch mit ihr durchging, und sie konnte die unterdrückte Erregung in ihrer Stimme hören. »Dieses Haar ist gebogen, mit einem Krümmungsgrad von etwa 0,1 oder 0,2. Und Sie sagten, die Schaftlänge betrage einundzwanzig Zentimeter.«

»Was einer durchschnittlichen Damenfrisur entspricht«, sagte Erin. »Aber ziemlich lang für einen Mann.«

»Ist es die Länge, über die Sie sich Gedanken machen?«

»Nein. Die Länge sagt nichts über das Geschlecht aus.«

»Und worauf soll ich mich überhaupt konzentrieren?«

»Auf das proximale Ende, also die Wurzel. Fällt Ihnen da etwas Ungewöhnliches auf?«

»Das Wurzelende sieht ein wenig zerfranst aus. Ein bisschen wie eine Bürste.«

»Das ist genau das Wort, das auch ich benutzen würde. Wir sprechen tatsächlich von einem bürstenartigen Wurzelende. Es handelt sich um eine Ansammlung kortikaler Fäserchen. Indem wir uns die Wurzel ansehen, können wir ermitteln, in welcher Wachstumsphase sich dieses Haar befand. Möchten Sie vielleicht einmal raten?«

Rizzoli betrachtete das zwiebelförmige Wurzelende mit seiner hauchdünnen Hülle. »An der Wurzel hängt etwas Transparentes.«

»Eine Epithelzelle«, sagte Erin.

»Das bedeutet, dass es sich in einer aktiven Wachstumsphase befand.«

»Ja. Die Wurzel selbst ist leicht vergrößert; das heißt, dieses Haar befand sich im Endstadium der anagenen Phase, also im letzten Teil der aktiven Wachstumsperiode. Und diese Epithelzelle könnte uns DNA liefern.«

Rizzoli hob den Kopf und sah Erin fragend an. »Ich verstehe nicht, was das mit Zombies zu tun haben soll.«

Erin lachte leise auf. »Das habe ich ja auch nicht wörtlich gemeint.«

»Und wie haben Sie es gemeint?«

»Sehen Sie sich den Haarschaft noch einmal genau an. Fangen Sie bei der Wurzel an.«

Rizzoli legte ihr Auge wieder an das Okular und erblickte ein Segment des Haarschafts, das etwas dunkler war als der Rest. »Die Farbe ist nicht einheitlich«, stellte sie fest.

»Fahren Sie fort.«

»Da ist ein schwarzer Streifen am Schaft, nicht weit von der Wurzel entfernt. Was hat der zu bedeuten?«

»Man spricht hier von einer distalen Bändelung der Haarwurzel«, sagte Erin. »Was Sie sehen, ist die Stelle, wo die Talgdrüse in den Follikel mündet. Das Sekret der Talgdrüsen enthält Enzyme, die Zellen spalten – eine Art von Verdauungsprozess. Das verursacht diese Schwellung und lässt einen solchen schwarzen Streifen nahe dem Wurzelende des Haares entstehen. Das ist es, was ich Ihnen zeigen wollte. Die distale Ringbildung. Damit ist definitiv ausgeschlossen, dass es sich um ein Haar unseres Täters handeln könnte. Es könnte von seiner Kleidung stammen. Aber nicht von seinem Kopf.«

»Warum nicht?«

»Sowohl die distale Ringbildung als auch die bürstenartigen Wurzelenden sind postmortale Veränderungen.«

Rizzoli hob ruckartig den Kopf. Sie starrte Erin an. »Postmortal?«

»Richtig. Das Haar stammt von einer verwesenden Kopfhaut. Die Veränderungen an diesem Exemplar sind klassisch, und sie sind ziemlich spezifisch für den Verwesungsprozess. Wenn Ihr Killer nicht von den Toten auferstanden ist, dann kann dieses Haar nicht von seinem Kopf stammen.«

Rizzoli brauchte einen Moment, um die Sprache wiederzufinden. »Wie lange müsste der oder die Betreffende schon tot sein, damit das Haar diese Veränderungen aufweist?«

»Leider sind diese Ringbildungen nicht sehr hilfreich, wenn es darum geht, die seit dem Tod verstrichene Zeit zu bestimmen. Das Haar kann der Leiche irgendwann zwischen acht Stunden und mehreren Wochen nach dem Tod ausgerissen worden sein. Selbst Haare von Toten, die vor Jahren einbalsamiert wurden, könnten genauso aussehen.«

»Und was ist, wenn man einem Lebenden ein Haar ausreißt und es eine Weile liegen lässt? Würden diese Veränderungen dann ebenfalls auftreten?«

»Nein. Diese Erscheinungen hängen mit dem Verwesungsprozess zusammen und lassen sich nur beobachten, wenn das Haar in der Kopfhaut des Toten verbleibt. Es muss später ausgerissen worden sein – nach dem Tod.« Erin erwiderte Rizzolis erstaunten Blick. »Ihr Unbekannter ist mit einer Leiche in Berührung gekommen. Das Haar ist an seiner Kleidung hängen geblieben, und von dort ist es auf das Klebeband geraten, als er Dr. Yeager an den Knöcheln fesselte.«

»Es gibt also noch ein Opfer«, sagte Rizzoli leise.

»Das ist eine Möglichkeit. Ich möchte Sie noch auf eine zweite aufmerksam machen.« Erin ging zu einem anderen

Arbeitstisch und kam mit einem kleinen Tablett zurück, auf dem ein Stück Klebstreifen mit der Klebeseite nach oben lag. »Dieses Stück wurde von Dr. Yeagers Handgelenken abgezogen. Ich möchte es Ihnen unter UV-Licht zeigen. Schalten Sie doch mal eben das Deckenlicht aus.«

Rizzoli drückte auf den Schalter an der Wand. In der plötzlichen Dunkelheit strahlte Erins kleine UV-Lampe einen gespenstischen blaugrünen Schimmer aus. Diese Lichtquelle war um einiges schwächer als das Crimescope, das Mick im Haus der Yeagers benutzt hatte, doch als sie den Streifen Klebeband darunter hielt, traten erstaunliche Details zu Tage. Am Tatort gefundene Heftpflaster oder Klebstreifen können sich als wahre Fundgrube für die Ermittler erweisen. Fasern, Haare, Fingerabdrücke, sogar Hautzellen mit der DNA des Täters können daran hängen bleiben. Unter der UV-Lampe konnte Rizzoli nun Staubpartikel sowie einige kurze Haare erkennen. Und – am Rand des Klebstreifens – etwas, das wie ein sehr feiner Fransensaum aussah.

»Sehen Sie, wie regelmäßig diese Fasern am äußersten Rand sind?«, fragte Erin. »Sie ziehen sich über die ganze Länge des Klebebands, das von seinen Handgelenken abgenommen wurde, und sie finden sich auch an dem Stück, mit dem die Knöchel gefesselt waren. Man könnte beinahe denken, dass sie vom Herstellungsprozess stammen.«

»Aber das ist nicht der Fall?«

»Nein. Wenn man eine Rolle Klebeband flach hinlegt, dann heften sich Spuren der jeweiligen Unterlage an die Seite. Diese Fasern hier stammen von einem solchen Untergrund. Wir alle nehmen ständig mikroskopische Spuren aus unserer Umgebung auf und tragen sie mit uns. Und später hinterlassen wir diese Spuren wiederum an einem anderen Ort. So ist es auch unserem unbekannten Täter ergangen.« Erin schaltete die Zimmerbeleuchtung wieder ein, und Rizzoli musste blinzeln, als das grelle Licht in ihre Augen fiel.

»Und was sind das für Fasern?«

»Ich werde es Ihnen zeigen.« Erin nahm den Objektträger mit dem langen Haar heraus und ersetzte ihn durch einen anderen. »Jetzt werfen Sie einmal einen Blick durch das zweite Okular. Ich erkläre Ihnen unterdessen, was wir sehen.«

Rizzoli blickte durch das Mikroskop und sah eine dunkle Faser, die zu einem C zusammengerollt war.

»Die stammt vom Rand des Klebebands«, sagte Erin. »Ich habe die verschiedenen Schichten des Bands mittels eines Heißluftstrahls voneinander gelöst. Diese dunkelblauen Fasern ziehen sich über die gesamte Länge. Und jetzt zeige ich Ihnen mal den Querschnitt.« Erin griff nach einem Ordner und entnahm ihm ein Foto. »So sieht das Ganze unter dem Elektronenmikroskop aus. Sehen Sie die Deltaform der Faser? Wie ein kleines Dreieck. Die Fasern werden in dieser Form produziert, um zu verhindern, dass sich zu viel Schmutz darin verfängt. Die Deltaform ist typisch für Teppichfasern.«

»Es handelt sich also um ein künstlich hergestelltes Material?«

»Richtig.«

»Was ist mit der Doppelbrechung?« Rizzoli wusste, dass ein Lichtstrahl, der durch synthetisches Gewebe fällt, oft in zwei verschiedene Polarisationsebenen aufgespalten wird, ähnlich wie bei Kristallen. Dieses Phänomen wird Doppelbrechung genannt. Jeder Fasertyp besitzt einen charakteristischen Index, der mit einem Polarisationsmikroskop gemessen werden kann.

»Diese spezielle blaue Faser«, erwiderte Erin, »hat einen Doppelbrechungsindex von 0,063.«

»Ist das kennzeichnend für ein ganz bestimmtes Material?«

»Ja. Nylon 6.6. Ein weit verbreitetes Material für Teppiche, denn die Fasern sind schmutzabweisend, elastisch und robust. Um es noch genauer zu sagen: Der Querschnitt dieser Faser und das Ergebnis der Infrarot-Spektrografie verweisen auf ein Produkt der Firma Dupont namens ›Antron‹, das bei der Herstellung von Teppichböden verwendet wird.«

»Und es ist dunkelblau?«, fragte Rizzoli. »Das ist eine Farbe, die die wenigsten Leute für ihr Wohnzimmer wählen würden. Es klingt eher nach einem Autoteppich.«

Erin nickte. »Teppiche dieser speziellen Farbe, Nr. 802 Blau, gehören tatsächlich seit langem zur Standardausstattung von amerikanischen Automobilen der Luxusklasse. Cadillac und Lincoln zum Beispiel.«

Rizzoli verstand sofort, worauf Erin hinauswollte. »Cadillac stellt Leichenwagen her«, sagte sie.

Erin lächelte. »Und Lincoln auch.«

Sie dachten beide dasselbe: *Dieser Mörder ist jemand, der beruflich mit Leichen zu tun hat.*

Rizzoli überlegte, welche Personengruppen mit Toten in Kontakt kamen. Die Polizisten und Gerichtsmediziner, die immer hinzugezogen wurden, wenn ein Mensch gestorben war, ohne dass Zeugen zugegen waren. Der Pathologe und sein Assistent. Einbalsamierer und Bestatter. Die Mitarbeiter von Bestattungsinstituten, die den lieben Verstorbenen die Haare waschen und sie schminken, damit sie präsentabel sind, wenn die Angehörigen kommen, um sich zu verabschieden. Die Toten werden von einem Hüter zum nächsten weitergereicht, bevor sie zur letzten Ruhe gebettet werden, und diese Prozession kann an all jenen ihre Spuren hinterlassen, die mit dem Verstorbenen in Berührung gekommen sind.

Sie wandte sich zu Erin. »Die vermisste Frau. Gail Yeager…«

»Was ist mit ihr?«

»Ihre Mutter ist letzten Monat gestorben.«

Joey Valentine erweckte die Toten zu neuem Leben.

Rizzoli und Korsak standen in dem hell erleuchteten Präparationsraum des Whitney-Bestattungsinstituts und sahen zu, wie Joey in seinem Schminkkoffer kramte. Mit den vielen kleinen Döschen, die Highlighter, Rouge und Puder enthielten, sah er aus wie ein ganz gewöhnlicher Theater-Schminkkasten, aber diese Cremes und Lippenstifte waren dazu bestimmt, der aschfahlen Haut von Leichen künstliches Leben einzuflößen. Aus einem Kassettenrekorder tönte Elvis Presleys Samtstimme, die »Love Me Tender« sang, während Joey Modellierwachs auf die Hände der Leiche drückte und damit die diversen Löcher und Einschnitte kaschierte, die Infusionskatheter und Arterienpunktionen hinterlassen hatten.

»Das war Mrs. Obers Lieblingsmusik«, sagte er, während er arbeitete und dabei gelegentlich nach den drei Fotos schielte, die an der Staffelei neben der Bahre klemmten. Rizzoli nahm an, dass die Aufnahmen Mrs. Ober zeigten, wenngleich die lebendige Frau auf diesen Bildern nur wenig Ähnlichkeit mit dem grauen, ausgezehrten Leichnam hatte, den Joey bearbeitete.

»Der Sohn hat mir erzählt, dass sie total auf Elvis gestanden hat«, fuhr Joey fort. »Drei Mal war sie in Graceland. Er hat mir die Kassette vorbeigebracht, damit ich sie mir anhören kann, während ich sie zurechtmache. Wissen Sie, ich lasse immer gerne ein Lieblingslied von dem Verblichenen laufen, während ich arbeite. Das hilft mir, ein Gefühl für den Menschen zu entwickeln. Wenn man weiß, welche Musik jemand hört, dann weiß man schon eine ganze Menge über ihn.«

»Und wie sollte ein Elvis-Fan so aussehen?«, fragte Korsak.

»Na, Sie wissen schon – grellerer Lippenstift, aufwendigere Frisur. Ganz anderes als jemand, der, sagen wir, Schostakowitsch hört.«

»Und welche Musik hat Mrs. Hallowell gehört?«

»Daran kann ich mich nicht mehr erinnern.«

»Es ist erst einen Monat her, dass Sie sie hier auf dem Tisch hatten.«

»Ja, aber ich erinnere mich nicht immer an alle Einzelheiten.« Joey war inzwischen mit den Händen fertig. Jetzt trat er an das Kopfende der Bahre, wobei er zum Rhythmus von »You Ain't Nothing but a Hound Dog« mit dem Kopf wippte. Mit seinen schwarzen Jeans und seinen Doc-Martens-Schuhen wirkte er wie ein trendiger junger Künstler, der sinnend vor einer weißen Leinwand steht. Aber seine Leinwand war erkaltetes Fleisch, und sein Handwerkszeug waren der Make-up-Pinsel und der Rougetopf. »Noch ein bisschen *Bronzeglanz hell*, denke ich«, sagte er und griff nach dem entsprechenden Döschen. Mit einem Spatel begann er die Farben auf einer Palette aus rostfreiem Stahl zu mischen. »Ja, das ist genau das Richtige für ein altes Elvis-Girl.« Er machte sich daran, die Schminke auf den Wangen der Toten zu verteilen, bis hin zum Haaransatz, wo die silbergrauen Wurzeln unter der schwarzen Färbung hervorblitzten.

»Vielleicht erinnern Sie sich noch an Ihr Gespräch mit Mrs. Hallowells Tochter«, sagte Rizzoli. Sie zog ein Foto von Gail Yeager aus der Tasche und zeigte es Joey.

»Sie sollten Mr. Whitney fragen. Er führt meistens die Gespräche mit den Kunden. Ich bin bloß sein Assistent…«

»Aber Sie müssen doch mit Mrs. Yeager über das Make-up für die Aufbahrung ihrer Mutter gesprochen haben. Sie haben schließlich die Leiche zurechtgemacht.«

Joeys Blick ruhte noch etwas länger auf dem Foto von Gail Yeager. »Sie war eine sehr nette Lady, das weiß ich noch«, sagte er leise.

Rizzoli warf ihm einen fragenden Blick zu. »War?«

»Ich habe schließlich auch die Nachrichten verfolgt. Sie glauben doch nicht wirklich, dass Mrs. Yeager noch am Leben ist, oder?« Joey wandte sich stirnrunzelnd zu Korsak um, der im Präparationsraum umherspazierte und in die Schränke lugte. »Äh… Detective? Suchen Sie etwas Bestimmtes?«

»Nee. Ich wollte bloß mal wissen, was so alles zur Ausstattung eines Beerdigungsinstituts gehört.« Er nahm etwas aus einem der Schränke heraus. »He, ist das etwa ein Lockenstab?«

»Ja. Wir bieten den kompletten Service – Waschen, Dauerwellen, Maniküren. Wir tun alles, damit unsere Klienten am Ende tipptopp aussehen.«

»Ich habe gehört, Sie sind ziemlich gut darin.«

»Bis jetzt waren alle sehr zufrieden mit meiner Arbeit.« Korsak lachte. »Und das sagen sie Ihnen selbst, wie?«

»Ich meine die Familien. Die Familien sind zufrieden.«

Korsak legte den Lockenstab zurück. »Wie lange arbeiten Sie schon für Mr. Whitney – sieben Jahre?«

»Ungefähr.«

»Da müssen Sie ja gleich nach der Highschool angefangen haben.«

»Anfangs habe ich nur seine Leichenwagen gewaschen. Ich habe den Präparationsraum geputzt, bin nachts ans Telefon gegangen, wenn jemand abgeholt werden musste. Und dann hat mich Mr. Whitney irgendwann beim Einbalsamieren mithelfen lassen. Inzwischen erledige ich so gut wie alles hier; schließlich ist er nicht mehr der Jüngste.«

»Dann nehme ich doch an, dass Sie eine Konzession haben, hm?«

Eine Pause trat ein. »Äh, nein. Irgendwie habe ich mich nie dazu aufraffen können, eine zu beantragen. Ich assistiere Mr. Whitney ja bloß.«

»Warum beantragen Sie keine Konzession? Das wäre doch sicher ein Aufstieg.«

»Ich bin auch so mit meinem Job sehr zufrieden.« Joey wandte seine Aufmerksamkeit wieder Mrs. Ober zu, deren Gesicht inzwischen rosig glänzte. Er griff nach einem kleinen Kamm und begann braune Schminke in ihre grauen Augenbrauen einzuarbeiten. Seine Bewegungen waren von geradezu liebevoller Behutsamkeit. In einem Alter, in dem die meisten jungen Männer sich mit Begeisterung ins volle Menschenleben stürzen, hatte Joey sich dafür entschieden, seine Tage mit den Toten zu verbringen. Er hatte Leichen aus Krankenhäusern und Pflegeheimen in diesen sauberen, hellen Raum überführt. Er hatte sie gewaschen und abgetrocknet, hatte ihnen die Haare gewaschen und sie mit Cremes und Pudern bearbeitet, um ihnen den Schein der Lebendigkeit zu verleihen. Während er die Schminke auf Mrs. Obers Wangen auftrug, murmelte er: »Sehr schön. O ja, das ist wirklich gut. Sie werden fantastisch aussehen...«

»Also, Joey«, sagte Korsak, »Sie arbeiten seit sieben Jahren in diesem Institut, ja?«

»Habe ich Ihnen das nicht gerade eben gesagt?«

»Und Sie haben sich nie um irgendwelche Zeugnisse oder Referenzen bemüht?«

»Warum stellen Sie mir andauernd diese Frage?«

»Haben Sie es deswegen nicht versucht, weil Sie wussten, dass Sie ohnehin keine Konzession bekommen würden?«

Joeys Hand, mit der er gerade den Lippenstift hatte auftragen wollen, erstarrte. Er gab keine Antwort.

»Weiß der alte Mr. Whitney von Ihrer Vorstrafe?«, fragte Korsak.

Jetzt endlich blickte Joey auf. »Sie haben es ihm doch nicht gesagt, oder?«

»Vielleicht sollte ich das tun. Schließlich haben Sie dem armen Mädchen einen gewaltigen Schrecken eingejagt.«

»Ich war damals erst achtzehn. Es war ein Fehler...«

»Ein Fehler? Wie soll ich das verstehen? Haben Sie durch das falsche Fenster gelinst? Das falsche Mädchen ausspioniert?«

»Wir sind zusammen zur Schule gegangen! Es ist nicht so, als hätte ich sie nicht gekannt!«

»Sie gucken also nur bei Mädchen, die Sie kennen, zum

Schlafzimmerfenster rein? Was haben Sie sonst noch so angestellt, ohne dass Sie dabei erwischt wurden?«

»Ich sagte Ihnen doch, es war ein Fehler!«

»Haben Sie sich auch schon mal bei einer ins Haus geschlichen? In ihr Schlafzimmer? Vielleicht haben Sie sich ein nettes kleines Souvenir mitgenommen, einen BH oder ein süßes kleines Spitzenhöschen?«

»O Mann.« Joey starrte den Lippenstift an, den er gerade hatte fallen lassen. Er sah aus, als müsste er sich jeden Moment übergeben.

»Wissen Sie, die meisten Voyeure geben sich irgendwann nicht mehr mit dem bloßen Spannen zufrieden«, fuhr Korsak unerbittlich fort. »Und was danach kommt, ist oft sehr viel schlimmer.«

Joey ging zum Kassettenrekorder und schaltete ihn aus. In der plötzlichen Stille blieb er mit dem Rücken zu den Detectives stehen und blickte zum Fenster hinaus über die Straße zum Friedhof. »Sie wollen mein Leben ruinieren«, sagte er.

»Nein, Joey. Wir wollen uns nur ganz offen mit Ihnen unterhalten.«

»Mr. Whitney weiß von nichts.«

»Und er muss auch nichts erfahren.«

»Es sei denn…?«

»Wo waren Sie in der Nacht von Sonntag auf Montag?«

»Zu Hause.«

»Allein?«

Joey seufzte. »Hören Sie, ich kann mir denken, worauf Sie hinauswollen. Ich weiß genau, was Sie vorhaben. Aber ich sagte Ihnen bereits, dass ich Mrs. Yeager kaum gekannt habe. Ich habe mich lediglich um ihre Mutter gekümmert. Und ich habe gute Arbeit geleistet, falls es Sie interessiert. Das haben mir hinterher alle gesagt – wie lebendig sie ausgesehen hat.«

»Hätten Sie etwas dagegen, wenn wir mal einen Blick in Ihr Auto werfen?«

»Warum?«

»Reine Routine.«

»Ja, ich hätte etwas dagegen. Aber Sie werden es trotzdem tun, habe ich Recht?«

»Nur mit Ihrer Erlaubnis.« Korsak machte eine Kunstpause. »Wissen Sie, Kooperation ist keine Einbahnstraße.«

Joey starrte weiter aus dem Fenster. »Da drüben findet gerade eine Trauerfeier statt«, sagte er leise. »Sehen Sie die ganzen Limousinen dort? Schon als Kind habe ich immer gerne den Trauerzügen zugeschaut. Das ist so ein schöner Anblick. So würdevoll. Es ist das Einzige, was die Menschen noch richtig machen. Das Einzige, was sie noch nicht ruiniert haben. Im Gegensatz zu Hochzeiten, wo sie heutzutage so alberne Mätzchen machen wie mit dem Fallschirm aus einem Flugzeug springen oder sich im Fernsehen das Jawort geben. Nur bei Beerdigungen scheinen wir noch zu wissen, was sich gehört...«

»Ihr Auto, Joey.«

Endlich drehte Joe sich um und ging auf einen der Schränke zu. Er öffnete eine Schublade und nahm einen Schlüsselbund heraus, den er Korsak reichte. »Es ist der braune Honda.«

Rizzoli und Korsak standen auf dem Parkplatz und starrten auf die graubraune Verkleidung des Kofferraums von Joey Valentines Wagen herab.

»Mist!« Mit einem lauten Knall schlug Korsak den Kofferraumdeckel zu. »Ich bin noch nicht fertig mit dem Kerl.«

»Sie können ihm nichts nachweisen.«

»Haben Sie seine Schuhe gesehen? Sah mir ganz nach Größe zweiundvierzig aus. Und der Leichenwagen hat eine dunkelblaue Kofferraumverkleidung.«

»Wie tausend andere Fahrzeuge auch. Das heißt noch nicht, dass er unser Mann ist.«

»Na, der alte Whitney ist es mit Sicherheit nicht gewesen.« Leon Whitney, Joeys Chef, war sechsundsechzig Jahre alt. »Wir haben doch inzwischen die DNA des Täters«, sagte Korsak. »Jetzt brauchen wir bloß noch die von Joey.«

»Meinen Sie, er wird freiwillig in einen Plastikbecher spucken?«

»Wenn er seinen Job behalten will, schon. Ich glaube, er wird vor mir Männchen machen und sabbern wie ein Hund.«

Ihr Blick ging über die vor Hitze flimmernde Straße hinweg zum Friedhof, wo die Trauergemeinde sich jetzt gemessenen Schritts auf den Ausgang zubewegte. Wenn die Toten erst einmal begraben sind, geht das Leben weiter, dachte sie. Nach jeder Tragödie, und sei sie auch noch so furchtbar, muss das Leben weitergehen. *Und auch ich darf nicht stehen bleiben.*

»Ich kann es mir nicht leisten, noch mehr Zeit in diesen Fall zu investieren«, sagte sie.

»Was?«

»Ich habe selbst einen Haufen Arbeit auf dem Schreibtisch. Und im Übrigen glaube ich nicht, dass der Fall Yeager irgendetwas mit Warren Hoyt zu tun hat.«

»Vor drei Tagen waren Sie aber noch anderer Meinung.«

»Nun, dann habe ich mich eben geirrt.« Sie ging zu ihrem Wagen, öffnete die Tür und ließ die Fenster herunter. Aus dem Innenraum schlug ihr eine Backofenhitze entgegen.

»Sind Sie sauer auf mich oder was?«, fragte er.

»Nein.«

»Und wieso machen Sie dann einen Rückzieher?«

Sie setzte sich hinter das Steuer. Der Sitz war glühend heiß. »Ich versuche jetzt seit einem Jahr, über die Sache mit dem Chirurgen hinwegzukommen«, sagte sie. »Ich muss ihn endlich loslassen. Ich muss aufhören, in allem, was mir vor die Augen kommt, seine Handschrift zu sehen.«

»Wissen Sie, manchmal ist es wirklich das Beste, sich auf sein Bauchgefühl zu verlassen.«

»Manchmal ist es aber auch nicht mehr als das – ein Gefühl, keine Tatsache. Was ist denn schon so außergewöhnlich an den Instinkten eines Cops? Was ist überhaupt Instinkt? Wie oft erweist sich eine Ahnung als vollkommen falsch?« Sie ließ den Motor an. »Zu oft, wenn Sie mich fragen.«

»Sie sind also nicht sauer auf mich?«

Sie schlug die Tür zu. »Nein.«

»Sicher nicht?«

Sie musterte ihn durch das offene Fenster. Er stand da und blinzelte in die Sonne, die Augen unter den buschigen Brauen zu Schlitzen verengt. Seine Arme mit dem dichten Pelz aus dunklen Haaren und seine Haltung – das vorgeschobene Becken, die hängenden Schultern – ließen sie an einen Gorilla denken. Nein, sie war nicht sauer auf ihn. Aber sie konnte ihn nicht anschauen, ohne einen leichten Ekel zu empfinden.

»Ich kann einfach nicht noch mehr Zeit in diese Sache investieren«, sagte sie. »Das werden Sie sicher verstehen.«

Wieder in ihrem Büro, nahm Rizzoli sich den Papierberg vor, der sich inzwischen auf ihrem Schreibtisch angesammelt hatte. Obenauf lag die Akte des blinden Passagiers, dessen Identität immer noch unbekannt war und dessen verstümmelte Leiche unbeachtet in einem Kühlfach in der Gerichtsmedizin lag. Sie hatte diesen Fall schon zu lange vernachlässigt. Aber während sie die Akte aufschlug, um noch einen Blick auf Obduktionsfotos zu werfen, schweiften ihre Gedanken wieder zu den Yeagers ab – und zu einem Mann, an dessen Kleidung Leichenhaare hingen. Sie ging die Abflugs- und Ankunftszeiten der Jets am Flughafen Logan International durch, doch es war Gail Yeagers Gesicht, das sie die ganze Zeit vor sich sah, das lächelnde Gesicht auf dem Foto im Schlafzimmer. Sie erinnerte sich an die Galerie von Frauenporträts, die vor einem Jahr an der Wand des Besprechungsraums gehangen hatte, während der Jagd nach dem Chirurgen. Diese Frauen hatten ebenfalls gelächelt; die Kamera hatte ihre Gesichter eingefangen, als sie noch warm und lebendig gewesen waren, als ihre Augen noch gestrahlt hatten. Sie konnte nicht an Gail Yeager denken, ohne dass die Erinnerung an diese Vorgängerinnen in ihr aufstieg.

Sie fragte sich, ob Gail nicht schon eine von ihnen war.

Ihr Piepser begann zu vibrieren. Das Summen an ihrem Gürtel ließ sie zusammenzucken wie ein Stromschlag. Es kündigte eine Entdeckung an, die ihr den Tag endgültig ruinieren würde.

Sie griff nach dem Telefon.

Eine Minute später stürmte sie schon zur Tür hinaus.

5

Der Hund, ein gelber Labrador, war vollkommen aus dem Häuschen. Er bellte die Polizisten an, die in der Nähe herumstanden, und riss wie wild an seiner Leine, deren Ende an einen Baumstamm gebunden war. Sein Besitzer, ein drahtiger Mann in mittleren Jahren mit Joggingshorts und T-Shirt, hockte in der Nähe auf einem großen Stein. Er hatte den Kopf in die Hände gestützt und ignorierte das flehentliche Japsen seines Hundes.

»Der Besitzer des Hundes heißt Paul Vandersloot. Adresse: River Street, nur eine Meile von hier«, meldete Streifenpolizist Gregory Doud, der den Fundort gesichert und bereits mit Polizeiband, das er an Bäumen befestigt hatte, ein halbkreisförmiges Areal abgesperrt hatte.

Sie standen am Rand des städtischen Golfplatzes und blickten hinüber zu den Wäldern des Stony-Brook-Naturreservats, das direkt an den Platz grenzte. Dieses Naherholungsgebiet am südlichen Stadtrand von Boston lag wie eine Insel in einem Meer von Wohngebieten. Aber trotz der Nähe der Zivilisation beherbergten die knapp zweihundert Hektar von Stony Brook eine zerklüftete Landschaft mit bewaldeten Hügeln und Tälern, Felsgruppen und von Rohrkolben gesäumten Sümpfen. Im Winter fuhren Langläufer die fünfzehn Kilometer Loipen des Naturparks ab, im Sommer fanden Jogger Ruhe und Entspannung in seinen stillen Wäldchen.

Die hatte Mr. Vandersloot auch genossen – so lange, bis der Hund ihn zu seinem Fund zwischen den Bäumen geführt hatte.

»Er sagt, er kommt jeden Nachmittag hierher, um seinen

Hund laufen zu lassen«, sagte Officer Doud. »Gewöhnlich joggt er zuerst den östlichen Rundweg hoch durch den Wald und kommt hier am Golfplatz entlang zurück. Das ist eine Strecke von etwa sechs Kilometern. Er sagt, er hat den Hund immer an der Leine. Aber heute ist er ihm ausgebüxt. Sie liefen gerade den Pfad lang, als der Hund in westlicher Richtung ausbrach, in den Wald hineinlief und nicht mehr zurückkam. Vandersloot ist ihm nachgelaufen. Und ist praktisch über die Leiche gestolpert.« Doud warf einen Blick auf den Jogger, der immer noch zusammengesunken auf dem Stein saß. »Hat gleich die 911 angerufen.«

»Hat er ein Handy benutzt?«

»Nein, Ma'am. Er hat aus einer Telefonzelle unten im Thompson Center angerufen. Ich bin gegen zwei Uhr zwanzig hier eingetroffen. Ich habe darauf geachtet, dass ich nichts anfasse. Bin nur so weit in den Wald reingegangen, bis ich mich vergewissert hatte, dass es wirklich eine Leiche war. Nach knapp fünfzig Metern konnte ich sie schon riechen. Und nach weiteren fünfzig Metern habe ich sie dann gesehen. Da bin ich schnurstracks umgekehrt und habe die Stelle gesichert. Ich habe den Weg an beiden Enden gesperrt.«

»Und wann sind die anderen hier eingetroffen?«

»Detective Crowe und Detective Sleeper waren so gegen drei hier. Die Gerichtsmedizinerin kam etwa eine halbe Stunde später.« Er machte eine Pause. »Ich wusste gar nicht, dass Sie auch kommen würden.«

»Dr. Isles hat mich informiert. Ich nehme an, wir sollen alle vorläufig auf dem Golfplatz parken?«

»Das hat Detective Sleeper so angeordnet. Er will nicht, dass irgendwelche Fahrzeuge vom Enneking Parkway aus zu sehen sind. Nur kein Aufsehen erregen.«

»Ist die Presse schon aufgetaucht?«

»Nein, Ma'am. Ich habe die Meldung wohlweislich nicht über Funk durchgegeben und stattdessen von der Telefonzelle unten an der Straße aus angerufen.«

»Gut. Vielleicht haben wir ja Glück und bleiben ganz von der Meute verschont.«

»O je«, meinte Doud. »Könnte es sein, dass da schon der erste Schakal kommt?«

Ein dunkelblauer Mercury Marquis kam über das Gras des Golfplatzes herangerollt und hielt neben dem Van der Gerichtsmedizinerin. Eine bekannte, übergewichtige Gestalt wuchtete sich aus dem Wagen und strich sich die spärlichen Haare glatt.

»Das ist kein Reporter«, sagte Rizzoli. »Auf den da habe ich schon gewartet.«

Korsak kam schwerfällig auf sie zugestapft. »Glauben Sie wirklich, dass sie es ist?«

»Dr. Isles sagt, es ist ziemlich wahrscheinlich. Wenn es stimmt, dann hat Ihr Mordfall gerade die Stadtgrenze von Boston überschritten.« Sie wandte sich an Doud. »Wie kommen wir am besten hin, ohne Spuren zu verwischen?«

»Wenn Sie sich von Osten her nähern, können Sie unbesorgt sein. Sleeper und Crowe haben den Fundort schon abgefilmt. Die Fußabdrücke und die Schleifspuren kommen alle aus der anderen Richtung; sie fangen am Enneking Parkway an. Gehen Sie ganz einfach dem Geruch nach.«

Rizzoli und Korsak schlüpften unter dem Absperrband durch und gingen auf den Waldrand zu. Diese Wiederaufforstungsfläche war ebenso dicht wie ein ursprüngliches Waldgebiet. Sie mussten Ästen und spitzen Zweigen ausweichen, um sich nicht das Gesicht zu zerkratzen, und blieben mit den Hosenbeinen an Dornensträuchern hängen. Nach einer Weile erreichten sie den Joggingpfad, wo sie ein Stück Absperrband an einem Baum flattern sahen.

»Der Jogger ist hier entlanggelaufen, als sein Hund ihm durchbrannte«, sagte sie. »Sieht aus, als hätte Sleeper eine Fährte aus Absperrband für uns gelegt.«

Sie überquerten den Weg und tauchten wieder in den Wald ein.

»O Mann. Ich glaube, ich kann sie schon riechen«, sagte Korsak.

Noch bevor sie die Leiche erblickten, hörten sie das ominöse Summen der Fliegen. Trockene Zweige knackten unter ihren Füßen; das Geräusch ließ sie zusammenfahren wie ein Pistolenschuss. Zwischen den Bäumen erblickten sie Sleeper und Crowe, die mit angewiderter Miene die Fliegen wegwedelten. Dr. Isles kauerte am Boden. Ein paar Sonnenstrahlen spielten in ihrem schwarzen Haar, funkelnd wie Diamanten. Als sie näher traten, sahen sie, womit Isles gerade beschäftigt war.

Korsak stöhnte angeekelt auf. »Ach du Scheiße. Das hätte ich jetzt nicht unbedingt sehen müssen.«

»Ich will die Kaliumkonzentration in der Glaskörperflüssigkeit bestimmen«, sagte Isles mit ihrer rauchigen Stimme. »Sie wird uns einen weiteren Hinweis auf die seit dem Tod verstrichene Zeit liefern.«

Der Todeszeitpunkt würde nicht leicht zu bestimmen sein, dachte Rizzoli, als sie auf die nackte Leiche hinabblickte. Isles hatte sie auf eine Plane gewälzt, und sie lag nun auf dem Rücken. Die Augen traten stark hervor, eine Folge der Ausdehnung des Schädelinhalts durch die Hitze. Um den Hals zog sich ein Band von kreisförmigen Blutergüssen. Das lange blonde Haar glich einer verfilzten Strohmatte. Der Unterleib war aufgetrieben, die Bauchdecke grünlich angelaufen. Durch die zersetzende Aktivität von Bakterien waren die Adern durch die Haut verblüffend deutlich zu erkennen; wie ein Netz von Flüssen überzogen sie den Leib. Aber alle diese Schrecken verblassten gegenüber der Prozedur, die Dr. Isles nun vornahm. Die Membranen, die das Auge umhüllen, sind die empfindlichsten Oberflächen am ganzen Körper; eine einzige Wimper oder ein winziges Sandkörnchen können uns extremes Unbehagen bereiten, wenn sie sich unter einem Augenlid festsetzen. Kein Wunder also, dass Rizzoli und Korsak entsetzt zusammenzuckten, als sie sahen, wie die Gerichtsmedizinerin mit einer 20er Nadel in den Augapfel der Toten stach. Langsam zog sie die Glaskörperflüssigkeit in ein Zehn-Kubikzentimeter-Röhrchen.

»Sieht schön klar aus«, stellte Isles befriedigt fest. Sie legte den Behälter in eine Kühlbox, dann richtete sie sich auf und blickte mit souveräner Miene auf die Fundstelle herab. »Die Lebertemperatur liegt nur zwei Grad unter der Umgebungstemperatur«, sagte sie. »Und es sind weder Insektenbefall noch Tierfraß zu beobachten. Sie liegt noch nicht sehr lange hier.«

»Sie ist nicht hier getötet worden?«, fragte Sleeper.

»Die Totenflecke deuten darauf hin, dass sie auf dem Rücken lag, als sie starb. Sehen Sie die dunkleren Stellen am Rücken, wo das Blut sich gesammelt hat? Aber gefunden wurde sie mit dem Gesicht nach unten.«

»Sie wurde also hierher gebracht.«

»Vor weniger als vierundzwanzig Stunden.«

»Sieht aus, als wäre sie schon um einiges länger tot«, bemerkte Crowe.

»Ja. Die Glieder sind erschlafft, und die Leiche ist stark aufgetrieben. Die Haut beginnt sich schon abzulösen.«

»Ist das etwa Nasenbluten?«, fragte Korsak.

»Zersetztes Blut. Durch die Gase, die im Innern der Leiche entstehen, werden Körperflüssigkeiten durch die Nasenlöcher und andere Öffnungen ausgetrieben.«

»Todeszeitpunkt?«, fragte Rizzoli.

Isles zögerte einen Moment, während sie die grotesk angeschwollenen Überreste der Frau betrachtete, von der sie alle glaubten, dass es sich um Gail Yeager handelte. Nur das gierige Summen der Fliegen durchbrach die Stille. Bis auf die langen blonden Haare erinnerte kaum etwas an dieser Leiche an die Frau auf den Fotos – eine Frau, die gewiss mit einem einzigen Lächeln jedem Mann den Kopf verdrehen konnte. Es war eine verstörende Mahnung an die unumstößliche Wahrheit, dass die Schönen wie die Hässlichen letztlich dazu bestimmt sind, von Bakterien und Insekten in einen scheußlichen Haufen modernden Fleisches verwandelt zu werden.

»Ich kann diese Frage nicht beantworten«, sagte Isles. »Noch nicht.«

»Länger als einen Tag?«, hakte Rizzoli nach.

»Ja.«

»Sie wurde in der Nacht von Sonntag auf Montag entführt. Ist es möglich, dass sie schon so lange tot ist?«

»Vier Tage? Das hängt von der Umgebungstemperatur ab. Das Fehlen von Insektenbefall lässt mich vermuten, dass die Leiche bis vor kurzem in einem geschlossenen Raum aufbewahrt wurde. Geschützt vor Umwelteinflüssen. Ein klimatisierter Raum würde den Verwesungsprozess verlangsamen.«

Rizzoli und Korsak tauschten viel sagende Blicke aus. Sie stellten sich beide dieselbe Frage: Warum sollte der Täter sich mit der Entsorgung einer verwesenden Leiche so lange Zeit lassen?

Plötzlich knackte es in Detective Sleepers Walkie-Talkie. Dann ertönte Douds Stimme: »Detective Frost ist gerade angekommen. Und die Spurensicherung ist auch schon da. Sind Sie so weit fertig?«

»Bleiben Sie auf Empfang«, sagte Sleeper. Er sah jetzt schon erschöpft aus, ausgelaugt durch die Hitze. Er war der älteste Detective in der Einheit – nur noch fünf Jahre von der Pensionierung entfernt –, und er hatte es nicht nötig, irgendetwas zu beweisen. Er sah Rizzoli an. »Wir stoßen ja erst jetzt zu diesem Fall dazu. Sie haben doch mit den Kollegen von Newton daran gearbeitet?«

Sie nickte. »Seit Montag.«

»Also werden Sie die Ermittlungen leiten?«

»Richtig«, antwortete Rizzoli.

»Moment mal«, protestierte Crowe. »Wir waren als Erste am Tatort!«

»Die Entführung hat in Newton stattgefunden.«

»Aber die Leiche ist jetzt in Boston«, gab Crowe zurück.

»Mein Gott«, sagte Sleeper, »müssen wir uns denn streiten wie die kleinen Kinder?«

»Es ist mein Fall«, sagte Rizzoli. »Ich leite die Ermittlungen.« Sie funkelte Crowe herausfordernd an. Zweifellos würde ihre alte Rivalität nun wieder aufflackern, wie schon so oft in der Vergangenheit. Sie sah schon, wie er einen Mundwinkel zu einem höhnischen Grinsen hochzog.

Dann sprach Sleeper wieder in sein Funkgerät: »Detective Rizzoli leitet jetzt die Ermittlungen.« Er sah sie erneut an. »Können wir die Spurensicherung schon ranlassen?«

Sie blickte zum Himmel auf. Es war schon fünf Uhr, die Sonne begann hinter den Bäumen zu versinken. »Ja, lassen wir sie kommen, so lange sie noch irgendwas erkennen können.«

Ein Leichenfund im Freien, und das bei schwindendem Tageslicht – das waren nicht gerade die besten Bedingungen. In Waldgebieten gab es immer Tiere, die nur darauf lauerten, sich auf die sterblichen Überreste zu stürzen und sie zu verschleppen, wobei sie wichtige Spuren vernichten konnten. Ein Wolkenbruch schwemmt das Blut und eventuelle Spermareste weg, der Wind verstreut Fasern. Es gibt keine Türen, die ungebetene Besucher abhalten könnten, und Neugierige lassen sich durch das Absperrband nicht aufhalten. Sie hatte daher das deutliche Gefühl, dass die Zeit drängte, als die Experten von der Spurensicherung sich nun daran machten, das Gelände zu durchkämmen, ausgerüstet mit Metalldetektoren, scharfen Augen und Plastiktüten zum Einsammeln der absonderlichsten Fundstücke.

Nachdem Rizzoli durch den Wald zum Golfplatz zurückgestapft war, blieb sie kurz stehen, um sich Zweige und Blätter aus den Haaren und Kletten von der Hose zu zupfen. Sie war verschwitzt und verdreckt und müde vom ständigen Kampf gegen die Mücken. Als sie sich wieder aufrichtete, fiel ihr Blick auf einen Mann mit rotblonden Haaren, der neben dem Wagen der Gerichtsmedizinerin stand. Er trug Anzug und Krawatte und telefonierte mit einem Handy.

Sofort ging sie auf Officer Doud zu, der nach wie vor die Absperrung bewachte. »Wer ist denn der Anzugtyp da drüben?«, fragte sie.

Doud blickte in die Richtung des Fremden. »Der da? Er sagt, er ist vom FBI.«

»Was?«

»Hat mir seinen Ausweis unter die Nase gehalten und mich zu beschwatzen versucht, dass ich ihn vorbeilasse. Ich habe ihm gesagt, das müsste ich erst mit Ihnen klären. Davon schien er nicht sonderlich begeistert.«

»Was hat denn ein FBI-Mann hier verloren?«

»Da bin ich auch überfragt.«

Sie blieb einen Moment stehen, um sich den Mann genau anzusehen. Das Auftauchen eines Agenten der Bundespolizei beunruhigte sie. Als Leiterin der Ermittlungen konnte sie keinen Kompetenzwirrwarr gebrauchen – und mit seinem militärischen Gebaren und seinem schicken Anzug erweckte er jetzt schon den Eindruck, als habe er hier alles unter Kontrolle. Sie ging auf ihn zu, doch er ließ sich nicht anmerken, dass er sie gesehen hatte, bis sie unmittelbar neben ihm stand.

»Entschuldigen Sie bitte«, sagte sie. »Wie ich höre, sind Sie vom FBI?«

Er klappte sein Handy zu und wandte sich zu ihr um. Sie sah in ein ausdrucksvolles Gesicht mit markanten Zügen und einem kühlen, distanzierten Blick.

»Ich bin Detective Jane Rizzoli und leite hier die Ermittlungen«, sagte sie. »Würden Sie sich bitte ausweisen?«

Er griff in seine Jackentasche und zog seinen Dienstausweis heraus. Während sie das Papier durchlas, spürte sie, wie seine Blicke auf ihr ruhten. Sie wusste, dass er sie im Stillen taxierte, und es missfiel ihr. Er ließ in ihr alle Alarmglocken schrillen – als ob er der Boss sei und sie sich hüten müsse, einen Fehler zu machen.

»Agent Gabriel Dean«, sagte sie und gab ihm den Ausweis zurück.

»Ja, Ma'am.«

»Dürfte ich fragen, was das FBI hier zu suchen hat?«

»Ich wusste gar nicht, dass wir auf verschiedenen Seiten kämpfen.«

»Habe ich das etwa behauptet?«

»Sie vermitteln mir ganz deutlich das Gefühl, dass ich hier fehl am Platz bin.«

»Das FBI lässt sich an unseren Tatorten gewöhnlich nicht blicken. Es würde mich einfach nur interessieren, was Sie veranlasst hat, in diesem Fall eine Ausnahme zu machen.«

»Wir haben vom Newton P. D. einen Hinweis auf den Mordfall Yeager erhalten.« Es war eine unvollständige Antwort – er ließ zu vieles aus, ließ sie im Dunkeln tappen. Indem er Informationen zurückhielt, ließ er sie seine Macht spüren. Sie durchschaute sein Spiel.

»Ich kann mir vorstellen, dass bei Ihnen in der Behörde eine Menge Routinehinweise eingehen«, sagte sie.

»Ja, das ist richtig.«

»Über jeden Mordfall, nicht wahr?«

»Wir werden immer informiert.«

»Ist an diesem Fall irgendetwas außergewöhnlich?«

Er sah sie einfach nur an, mit seinem kühlen, undurchdringlichen Blick. »Ich denke, die Opfer würden es so sehen.«

Ihre Wut begann zum Ausbruch zu drängen wie ein Splitter unter ihrer Haut. »Diese Leiche wurde erst vor ein paar Stunden entdeckt«, sagte sie. »Werden Sie neuerdings immer so umgehend informiert?«

Ein leises Lächeln spielte um seine Lippen. »Wir leben ja nicht hinter dem Mond, Detective. Wir wären Ihnen dankbar, wenn Sie uns über Ihre Fortschritte auf dem Laufenden halten würden. Obduktionsberichte, Spurenauswertung, Kopien sämtlicher Zeugenaussagen ...«

»Das ist eine Menge Papierkram.«

»Das ist mir bewusst.«

»Und Sie wollen alles haben?«

»Ja.«

»Gibt es einen bestimmten Grund dafür?«

»Sollten wir uns etwa nicht für eine Entführung und einen Doppelmord interessieren? Wir möchten eben an dem Fall dranbleiben.«

Seine einschüchternde Art hinderte sie nicht daran, noch einen Schritt näher zu treten und ihn weiter zu provozieren: »Und wann gedenken Sie das Kommando zu übernehmen?«

»Es bleibt Ihr Fall. Ich bin nur hier, um Ihnen zu assistieren.«

»Auch, wenn ich dafür keinen Bedarf erkennen kann?«

Ihr Blick schweifte zu den beiden Mitarbeitern der Gerichtsmedizin ab, die soeben mit der Bahre aus dem Wald gekommen waren und nun die Leiche in den Transporter luden.

»Spielt es denn wirklich eine Rolle, wer den Fall bearbeitet?«, fragte er leise. »Solange nur dieser Täter gefasst wird?«

Sie sahen dem Van nach, der die brutal geschändete Leiche in die Gerichtsmedizin abtransportierte, wo sie im grellen Licht des Autopsiesaals noch weiteren Demütigungen unterworfen würde. Gabriel Deans Worte hatten ihr mit aller Deutlichkeit vor Augen geführt, wie unwichtig Fragen der Zuständigkeit hier waren. Gail Yeager war es gleich, wer das Verdienst für die Erfassung ihres Mörders beanspruchte. Sie würde nur wollen, dass der Gerechtigkeit Genüge getan wurde, ganz gleich, wer ihr zum Sieg verhalf. Rizzoli war ihr diese Gerechtigkeit schuldig.

Aber sie wusste aus schmerzlicher Erfahrung, wie frustrierend es sein konnte, wenn männliche Kollegen sich die Ergebnisse ihrer harten Arbeit unter den Nagel rissen. Mehr als einmal hatte sie es erlebt, dass sie ihr in die Quere gekommen waren und sich mit unerschütterlicher Arroganz an die Spitze von Ermittlungen gesetzt hatten, die sie in minuziöser Detailarbeit aus bescheidenen Anfängen vorangetrieben hatte. Sie würde nicht zulassen, dass etwas Ähnliches hier ablief.

»Ich weiß die Hilfe des FBI zu schätzen«, sagte sie. »Aber ich denke, wir haben im Moment alles abgedeckt. Ich werde Ihnen Bescheid sagen, falls wir Sie brauchen sollten.« Und damit machte sie auf dem Absatz kehrt und wollte gehen.

»Ich bin mir nicht sicher, ob Sie die Situation richtig einschätzen«, sagte er. »Wir gehören jetzt zum selben Team.«

»Ich entsinne mich nicht, die Unterstützung des FBI angefordert zu haben.«

»Es ist alles von Ihrem Vorgesetzten abgesegnet: Lieutenant Marquette. Möchten Sie sich vielleicht bei ihm rückversichern?« Er hielt ihr sein Handy hin.

»Ich habe selbst ein Handy, vielen Dank.«

»Dann lege ich Ihnen dringend nahe, ihn anzurufen. Damit wir nicht noch mehr Zeit mit Revierkämpfen vergeuden.«

Es verblüffte sie, wie mühelos er auf den fahrenden Zug aufgesprungen war. Und wie exakt sie ihn eingeschätzt hatte. Er war ein Mann, der sich nicht mit der Rolle des unbeteiligten Zuschauers zufrieden gab.

Sie nahm ihr eigenes Handy aus der Tasche und begann die Nummer zu wählen. Aber ehe Marquette sich melden konnte, hörte sie Officer Doud ihren Namen rufen.

»Für Sie – es ist Detective Sleeper«, sagte Doud und reichte ihr sein Funkgerät.

Sie drückte die Sprechtaste. »Rizzoli.«

Durch das statische Rauschen hindurch hörte sie Sleeper sagen: »Sie kommen vielleicht besser noch mal her.«

»Was haben Sie denn gefunden?«

»Äh… das sehen Sie sich am besten mit eigenen Augen an. Wir sind etwa fünfzig Meter nördlich von der Stelle, wo wir die Erste gefunden haben.«

Die Erste?

Sie drückte Doud das Funkgerät wieder in die Hand und stürmte los in Richtung Waldrand. In ihrer Eile bemerkte sie zunächst gar nicht, dass Gabriel Dean ihr folgte. Erst als sie in ihrem Rücken einen Zweig knacken hörte, drehte sie sich um und blickte direkt in sein grimmig entschlossenes Gesicht. Aber sie hatte jetzt wirklich nicht die Zeit, sich mit ihm zu streiten, und so ignorierte sie ihn und lief einfach weiter.

Bald schon erblickte sie die anderen. Sie standen mit finsteren Mienen und gesenkten Köpfen im Kreis, wie eine stumme Trauergesellschaft. Sleeper drehte sich um und sah sie an.

»Sie waren gerade das erste Mal mit dem Metalldetektor über das Gelände gegangen«, erklärte er. »Der Kollege war schon auf dem Weg zurück zum Golfplatz, als das Ding Alarm geschlagen hat.«

Rizzoli trat in den Kreis der Männer und ging in die Hocke, um zu inspizieren, was sie gefunden hatten.

Der Schädel war vom Rumpf abgetrennt und lag ein wenig abseits der übrigen, nahezu skelettierten Überreste. Eine Goldkrone blitzte in dem mit Erde verkrusteten Gebiss auf wie ein Piratenzahn. Sie sah keine Kleidung, keine Stoffreste, nur blanke Knochen, an denen noch einige ledrige Fetzen modernden Fleischs hingen. Verfilzte und mit Laub durchsetzte braune Haarsträhnen ließen vermuten, dass es sich um die Leiche einer Frau handelte.

Sie richtete sich auf und ließ den Blick über den Waldboden schweifen. Mücken landeten auf ihrem Gesicht und saugten ihr Blut, aber sie achtete nicht auf ihre Stiche, sondern starrte nur gedankenverloren auf die Schichten aus totem Laub und Zweigen, das dichte Unterholz. Eine scheinbar unberührte Waldidylle, die sie jetzt nur noch mit einem Gefühl des Grauens betrachten konnte.

Wie viele tote Frauen liegen in diesem Wald?

»Das hier ist sein Abladeplatz.«

Sie wandte sich um und sah Gabriel Dean. Er war es, der gesprochen hatte. Ein paar Schritte weiter kauerte er am Boden und wühlte im Laub. Sie hatte gar nicht mitbekommen, dass er sich Handschuhe übergezogen hatte. Jetzt richtete er sich auf und sah sie an.

»Ihr Unbekannter hat diesen Platz schon einmal benutzt«, sagte Dean. »Und er wird ihn wahrscheinlich wieder benutzen.«

»Wenn wir ihn nicht verschrecken.«

»Und das ist die Herausforderung. Es gilt, möglichst unauffällig vorzugehen. Wenn Sie ihm keinen Grund zur Beunruhigung liefern, besteht die Möglichkeit, dass er wiederkommt. Nicht nur, um eine weitere Leiche hier abzuladen. Sondern einfach nur so, um sich seinen Kick zu holen.«

»Sie sind von der Abteilung Verhaltensforschung. Richtig?«

Er gab keine Antwort, sondern blickte zu den Spurensicherungsexperten hinüber, die immer noch zwischen den Bäumen mit ihrer Suche beschäftigt waren. »Wenn wir verhindern können, dass die Medien Wind davon bekommen, haben wir vielleicht eine Chance. Aber wir müssen sofort Maßnahmen ergreifen.«

Wir. Mit diesem einen Wort hatte er sich zu ihrem Partner aufgeschwungen, ungeachtet der Tatsache, dass sie seine Mitarbeit nicht gesucht, ihr nie zugestimmt hatte. Aber hier stand er nun und warf bereits mit Anweisungen um sich. Und das Ärgerlichste daran war, dass alle anderen ihr Gespräch mitverfolgten und sehr wohl begriffen, dass hier Rizzolis Autorität in Frage gestellt wurde.

Nur Korsak mit seiner gewohnt direkten Art wagte es, sich einzumischen. »Entschuldigen Sie, *Detective* Rizzoli«, sagte er. »Wer ist dieser Gentleman?«

»FBI«, antwortete sie, ohne den Blick von Dean zu wenden.

»So? Könnte mir mal jemand erklären, seit wann das hier ein Fall für die Bundespolizei ist?«

»Ist es nicht«, entgegnete sie. »Und Agent Dean wollte sowieso gerade gehen. Könnte jemand von den Herren ihm den Weg zeigen?«

Für einen Moment trafen sich ihre und Deans Blicke. Dann tippte er sich zum Gruß an die Schläfe, womit er ihr wortlos zu verstehen gab, dass diese Runde an sie ging. »Ich finde mich schon zurecht, danke«, sagte er. Daraufhin drehte er sich um und ging in Richtung Golfplatz davon.

»Versteh einer diese FBI-Fuzzis«, sagte Korsak. »Kommen sich immer gleich vor wie der King. Was hat das FBI überhaupt hier verloren?«

Rizzoli starrte Gabriel Dean nach – eine graue Gestalt, die schon bald von der Dämmerung und den Bäumen verschluckt wurde. »Das wüsste ich auch gerne.«

Lieutenant Marquette traf eine halbe Stunde später am Ort des Geschehens ein.

Normalerweise war die Anwesenheit eines hohen Tieres am Tatort das Letzte, was Rizzoli sich wünschte. Sie mochte es gar nicht, wenn ein Vorgesetzter ihr bei der Arbeit über die Schulter schaute. Aber Marquette mischte sich nicht ein; er stand nur schweigend unter den Bäumen und sah sich alles an.

»Lieutenant«, sagte sie.

Er antwortete mit einem knappen Nicken. »Rizzoli.«

»Was ist das für eine Geschichte mit dem FBI? Ein Agent war hier; er schien wie selbstverständlich zu erwarten, dass wir ihm uneingeschränkten Zugang gewähren.«

Er nickte. »Das Gesuch ist über das Präsidium gelaufen.«

Es war also doch von oberster Stelle abgesegnet – vom Polizeichef persönlich.

Sie sah den Beamten von der Spurensicherung zu, wie sie ihre Geräte einpackten und sich auf den Weg zu ihrem Fahrzeug machten. Obwohl sie sich hier auf dem Stadtgebiet von Boston befanden, war diese dunkle Ecke des Stony-Brook-Reservats so isoliert, dass man sich wie im tiefsten Urwald vorkam. Der Wind wirbelte Blätter auf und ließ den Gestank der Verwesung aufsteigen. Durch die Bäume sah sie den Strahl von Barry Frosts Taschenlampe auf und ab tanzen; er war damit beschäftigt, das Absperrband einzuholen und sämtliche Spuren der polizeilichen Aktivitäten zu entfernen. Schon heute Abend würden sie mit der Überwachung des Geländes beginnen; sie würden einem unbekannten Mörder auflauern, dessen perverses Verlangen nach dem Geruch verwesenden Fleisches ihn vielleicht in diesen einsamen Park zurücklocken würde, in dieses stille Wäldchen, in dem sie jetzt standen.

»Ich habe also keine Wahl?«, sagte sie. »Ich muss mit Agent Dean kooperieren.«

»Das habe ich dem Chef zugesichert.«

»Welches Interesse hat das FBI an diesem Fall?«

»Haben Sie Dean danach gefragt?«

»Das ist so, als würden Sie mit dem Baum da drüben reden. Es kommt einfach nichts zurück. Die Sache gefällt mir gar nicht. Wir müssen die Karten auf den Tisch legen, aber er braucht uns rein gar nichts zu sagen.«

»Vielleicht haben Sie ihn ja nicht richtig angefasst.«

Die Wut schoss wie ein vergifteter Pfeil in ihre Adern. Sie hörte sehr wohl die unausgesprochene Botschaft aus seiner Bemerkung heraus: *Da sind wohl Ihre Vorurteile wieder mal mit Ihnen durchgegangen, Rizzoli. Immer müssen Sie sich mit den Männern anlegen.*

»Haben Sie Agent Dean mal kennen gelernt?«

»Nein.«

Ihr Lachen klang sarkastisch. »Sie Glücklicher.«

»Hören Sie, ich werde sehen, was ich herausfinden kann.

Versuchen Sie einfach nur, mit ihm zusammenzuarbeiten, okay?«

»Behauptet etwa irgendjemand, dass ich das nicht getan hätte?«

»Am Telefon hat es so geklungen. Wie ich höre, haben Sie ihn einfach davongejagt. Unter funktionierender Kooperation verstehe ich etwas anderes.«

»Er hat meine Autorität in Frage gestellt. Eines muss ich jetzt auf der Stelle geklärt haben: Ist das hier nun mein Fall oder nicht?«

Kurzes Schweigen. »Es ist Ihr Fall.«

»Ich darf doch davon ausgehen, dass Agent Dean diese Information auch erhält.«

»Dafür werde ich sorgen.« Marquette drehte sich um und blickte in den Wald hinaus. »Jetzt haben wir also zwei Leichen. Beide weiblich?«

»Der Skelettgröße und den Haarresten nach zu urteilen, handelt es sich bei der zweiten ebenfalls um eine Frauenleiche. Es sind allerdings fast keine Weichteile erhalten. Anzeichen für Tierfraß, aber keine offensichtlichen Hinweise auf die Todesursache.«

»Können wir sicher sein, dass hier nicht noch mehr davon liegen?«

»Die Leichensuchhunde haben jedenfalls nichts finden können.«

Marquette stieß einen Seufzer aus. »Gott sei Dank.«

Ihr Piepser begann zu vibrieren. Sie warf einen Blick auf das Gerät an ihrem Gürtel und erkannte die Telefonnummer auf der Digitalanzeige: die Rechtsmedizin.

»Es ist genau wie letzten Sommer«, murmelte Marquette, der immer noch in das Unterholz starrte. »Der Chirurg hat auch um diese Jahreszeit mit seinen Morden angefangen.«

»Es ist die Hitze«, sagte Rizzoli, während sie nach ihrem Handy griff. »Sie lockt die Monster aus ihren Höhlen.«

6

Ich halte meine Freiheit in der Hand.

Sie hat die Form eines winzigen weißen Fünfecks mit der Prägung »MSD 97« auf einer Seite. Decadron, vier Milligramm. Was für eine hübsche Form für eine Tablette – nicht wie all die anderen langweiligen Scheiben oder torpedoförmigen Kapseln, in denen andere Medikamente verabreicht werden. Für ein Design wie dieses braucht es Fantasie, einen Funken Verrücktheit. Ich male mir aus, wie die Marketingleute bei Merck um den Konferenztisch herum gehockt und sich gefragt haben: »Wie können wir diese Tablette so gestalten, dass man sie auf Anhieb wiedererkennt?« Und das Ergebnis ist diese fünfeckige Pille, die wie ein kleines Juwel auf meiner Handfläche ruht. Ich habe sie lange aufgehoben, habe sie in einem kleinen Riss in meiner Matratze versteckt und auf den richtigen Zeitpunkt gewartet, um mich ihrer Zauberwirkung zu bedienen.

Ich habe auf ein Zeichen gewartet.

Ich sitze auf der Pritsche in meiner Zelle, ein aufgeschlagenes Buch auf den Knien. Die Überwachungskamera sieht nur einen wissbegierigen Gefangenen, der William Shakespeare: Sämtliche Werke *liest. Sie kann nicht durch die Buchdeckel hindurchsehen. Sie kann nicht sehen, was ich in der Hand halte.*

Unten im Tagesraum dröhnt ein Werbespot aus dem Fernseher, und auf der Tischtennisplatte klackt der Ball hin und her. Wieder mal ein interessanter Abend in Block C. In einer Stunde wird die Stimme aus dem Lautsprecher den Beginn der Nachtruhe ankündigen, die Männer werden die Treppe zu ihren Zellen hochstapfen, und die Metallstufen werden von ihren Schuhen widerhallen. Dann werden sie alle in ihren Zellen verschwinden, wie dressierte Ratten, die auf die Stimme ihres Herrn aus dem Lautsprecher hören. Im Wachraum wird der Befehl in den Computer eingegeben werden, und alle Türen werden sich gleichzeitig schließen und die Ratten für den Rest der Nacht einsperren.

Ich beuge mich noch ein wenig vor und halte mir das Buch dichter vor die Augen, als ob mir die Schrift zu klein sei. Hochkonzentriert starre ich auf den Beginn der dritten Szene im dritten Akt von Was ihr wollt: »Eine Straße. Antonio und Sebastian treten auf...«

Hier gibt es nichts zu beobachten, Freunde. Da ist nur ein Mann auf seiner Pritsche, der ein Buch liest. Ein Mann, der plötzlich hustet und sich reflexartig die Hand vor den Mund hält. Die Kamera kann die kleine Tablette in meiner Hand nicht erfassen. Sie sieht nicht die rasche Bewegung meiner Zunge, sieht nicht die Pille, die wie eine bittere Hostie auf ihr liegt und in meinen Mund gezogen wird. Ich schlucke die Tablette trocken hinunter. Ich brauche kein Wasser – sie ist klein genug, um auch so gut zu rutschen.

Schon bevor sie sich in meinem Magen auflöst, bilde ich mir ein, dass ich ihre Wirkung spüren kann, den wundertätigen Stoff, der durch meine Blutbahn strömt. Decadron ist der Markenname für Dexamethason, ein Steroidhormon der Nebennierenrinde mit massiven Auswirkungen auf jedes Organ des menschlichen Körpers. Glukokortikoide wie Decadron beeinflussen alles, vom Blutzucker über die Flüssigkeitsausscheidung bis hin zur DNA-Synthese. Ohne sie bricht der Organismus zusammen. Sie steuern den Blutdruck und lindern den Schock von Verletzungen und Infektionen. Sie haben Auswirkungen auf Knochenwachstum und Fruchtbarkeit, Muskelentwicklung und Immunabwehr.

Sie verändern die Zusammensetzung unseres Bluts.

Als sich dann die Käfigtüren schließen und das Licht aus-

geht, liege ich auf meiner Pritsche und spüre, wie das Blut durch meine Adern pulst. Ich stelle mir die Zellen vor, wie sie durch meine Venen und Arterien strömen.

Ich habe schon oft Blutzellen unter dem Mikroskop betrachtet. Ich weiß Bescheid über alle ihre Formen und Funktionen, und mit einem einzigen Blick durch das Okular kann ich feststellen, ob ein Blutabstrich normal ist. Ich kann auf Anhieb die Prozentanteile der verschiedenen Leukozyten schätzen – der weißen Blutkörperchen, die uns vor Infektionen schützen. Der Test nennt sich Differenzial-Blutbild, und ich habe ihn als medizinisch-technischer Assistent unzählige Male durchgeführt.

Ich denke an die Leukozyten, die in meinen eigenen Adern zirkulieren. In diesem Augenblick geht eine Veränderung in meinem Blutbild vor sich. Die Decadron-Tablette, die ich vor zwei Stunden geschluckt habe, hat sich inzwischen in meinem Magen aufgelöst; das Hormon strömt durch meinen Körper und übt seine magische Wirkung aus. Wenn man mir jetzt eine Blutprobe entnähme, würde man eine verblüffende Anomalie feststellen: riesige Scharen von weißen Blutkörperchen mit segmentiertem Kern und körniger Struktur. Es sind die so genannten neutrophilen Granulozyten, die automatisch in Aktion treten, wenn der Körper von einer massiven Infektion bedroht ist.

Wenn man Hufgetrappel hört, so bringt man es angehenden Medizinern bei, dann sollte man zuerst an Pferde und nicht an Zebras denken. Und der Arzt, der mein Blutbild sieht, wird sicherlich an Pferde denken. Er wird eine vollkommen logische Schlussfolgerung ziehen. Er wird nicht auf den Gedanken kommen, dass es diesmal tatsächlich ein Zebra ist, das vorübergaloppiert.

Im Umkleideraum der Rechtsmedizin legte Rizzoli Kittel, Handschuhe, Haube und Überschuhe an. Sie hatte keine Zeit zum Duschen gehabt, seit sie im Stony-Brook-Reservat

durch den Wald gestreift war, und in diesem überklimatisierten Raum fühlte sich der Schweiß auf ihrer Haut kalt wie
Reif an. Gegessen hatte sie auch noch nichts, und vor Hunger war ihr schon leicht schwindlig. Zum ersten Mal in ihrer
Laufbahn überlegte sie, ob sie sich nicht doch lieber ein
wenig Mentholsalbe unter die Nase reiben sollte, um sich
vor den üblen Gerüchen im Obduktionssaal zu schützen,
doch sie widerstand der Versuchung. Sie hatte noch nie auf
dieses Hilfsmittel zurückgegriffen, weil sie es als Zeichen
der Schwäche empfand. Wer bei der Mordkommission arbeitete, sollte sich allen Aspekten des Jobs stellen, auch den un-
angenehmsten; und während ihre Kollegen sich hinter
einem Schutzschild aus Menthol und Eukalyptus verstecken mochten, hatte sie stets geradezu verbissen darauf be-
harrt, sich den unverfälschten Gerüchen der Leichenhalle
auszusetzen.

Sie holte noch einmal tief Luft – eine letzte Lunge voll un-
verpesteter Luft –, bevor sie die Tür aufstieß und den Saal betrat.

Sie hatte damit gerechnet, dass Dr. Isles und Korsak sie erwarten würden, aber dass sie auch Gabriel Dean hier antref-
fen würde, hätte sie nicht gedacht. Er stand auf der anderen
Seite des Tisches, Hemd und Krawatte durch einen OP-Kittel geschützt. Während Korsak die Erschöpfung deutlich anzusehen war, am Gesicht wie an den schlaff herabhängenden
Schultern, schienen die Ereignisse des Tages Agent Dean
weder körperlich noch psychisch mitgenommen zu haben.
Nur der leichte Anflug von Bartstoppeln auf Kinn und Wangen beeinträchtigte sein adrettes und gepflegtes Erscheinungsbild ein wenig. Er sah sie mit dem unverfrorenen Blick
eines Mannes an, der wusste, dass ihm niemand das Recht
streitig machen konnte, dieser Obduktion beizuwohnen.

Im grellen Licht der Untersuchungslampen schien der Zustand der Leiche noch weitaus schlechter, als Rizzoli ihn vor
einigen Stunden empfunden hatte. Aus Nase und Mund war

noch weitere Flüssigkeit ausgetreten, die sich in blutroten Bahnen über das Gesicht zog. Der Unterbauch war so aufgebläht, dass es aussah, als sei die Tote hochschwanger gewesen. Unter der Haut hatten sich mit Flüssigkeit gefüllte Blasen gebildet, über denen die oberen Hautschichten wie Papier abblätterten. Ab dem Rumpf begann die Haut sich bereits großflächig zu schälen, und unterhalb der Brüste runzelte sie sich wie zerknittertes Pergament.

Rizzoli bemerkte, dass die Fingerkuppen eingefärbt waren. »Sie haben schon Fingerabdrücke abgenommen.«

»Kurz bevor Sie gekommen sind«, bestätigte Dr. Isles, ohne den Blick von dem Tablett mit Instrumenten zu wenden, das Yoshima soeben auf einem Rolltisch herangefahren hatte. Die Toten interessierten Isles mehr als die Lebenden, und wie gewöhnlich nahm sie die emotionalen Spannungen, von denen die Luft im Raum vibrierte, überhaupt nicht wahr.

»Konnten Sie die Hände überhaupt untersuchen? Bevor Sie sie eingefärbt haben?«

»Die äußere Besichtigung ist abgeschlossen«, antwortete Agent Dean. »Wir haben die Haut mit Klebeband auf Faserspuren untersucht und Fingernagelproben genommen.«

»Und seit wann sind *Sie* hier, Agent Dean?«

»Er war auch schon vor *mir* hier«, sagte Korsak. »Manche sind in der Nahrungskette eben ein bisschen höher angesiedelt.«

Falls Korsaks Bemerkung den Zweck hatte, ihren Ärger noch weiter anzustacheln, so war es ihm gelungen. Wenn das Mordopfer sich durch Kratzen gegen den Angreifer gewehrt hat, können unter den Fingernägeln der Leiche Hautpartikel des Mörders zurückbleiben, und in einer geschlossenen Faust können sich Haare oder Fasern verbergen. Die Untersuchung der Hände war ein erster wesentlicher Schritt bei der Obduktion, und sie hatte diesen Schritt verpasst.

Im Gegensatz zu Dean.

»Wir haben sie bereits sicher identifiziert«, sagte Isles. »Die Röntgenaufnahmen von Gail Yeagers Gebiss hängen dort am Leuchtkasten.«

Rizzoli trat an den Kasten und betrachtete die Serie kleinformatiger Aufnahmen, die dort hingen. Vor dem dunklen Hintergrund des Films schimmerten die Zähne gespenstisch wie eine Reihe von Grabsteinen.

»Mrs. Yeagers Zahnarzt hat ihr letztes Jahr eine Krone eingesetzt. Sie können sie dort sehen. Die Goldkrone ist die Nummer 20 in der Reihe. Außerdem hatte sie Amalgamfüllungen in Nr. 3, 14 und 29.«

»Und es stimmt alles überein?«

Dr. Isles nickte. »Ich habe keinerlei Zweifel, dass es sich hier um die sterblichen Überreste von Gail Yeager handelt.«

Rizzoli wandte sich wieder dem Leichnam auf dem Tisch zu. Ihr Blick fiel auf den Ring von Blutergüssen um den Hals. »Haben Sie den Hals geröntgt?«

»Ja. Es liegen bilaterale Frakturen des Schildknorpels vor. Das deutet auf manuelle Strangulation hin.« Isles wandte sich an Yoshima, dessen stummes, fast geisterhaftes Wirken einen zuweilen vergessen ließ, dass er überhaupt da war. »Kommen Sie, wir wollen sie für den Vaginalabstrich zurechtlegen.«

Was nun folgte, war in Rizzolis Augen die schlimmste Erniedrigung, die den sterblichen Überresten einer Frau widerfahren konnte. Es war schlimmer als das Aufschlitzen und Ausweiden der Bauchhöhle, schlimmer als das Herausschneiden von Herz und Lunge. Yoshima packte die schlaffen Beine und spreizte die Schenkel für die Beckenuntersuchung weit auseinander.

»Entschuldigen Sie, Detective«, sagte Yoshima zu Korsak, der zufällig in der Nähe von Gail Yeagers linkem Oberschenkel stand. »Wären Sie so freundlich, das andere Bein zu halten?«

Korsak starrte ihn entsetzt an. »Ich?«

»Halten Sie das Knie einfach in diesem Winkel gebeugt, damit wir die Abstriche machen können.«

Widerwillig griff Korsak nach dem Oberschenkel der Leiche, nur um gleich darauf geschockt zurückzuzucken, als ein Fetzen der Oberhaut in seiner behandschuhten Hand zurückblieb. »Ach du Scheiße!«

»Die Haut rutscht nun mal weg, da können Sie nichts machen. Wenn Sie einfach nur das Bein abspreizen würden, ja?«

Korsak seufzte resigniert auf. Trotz der verpesteten Luft im Raum stieg Rizzoli ein Hauch von Menthol in die Nase. Wenigstens Korsak war nicht zu stolz gewesen, sich etwas davon unter die Nase zu reiben. Er verzog das Gesicht, als er nun den Schenkel erneut packte und ihn zur Seite drehte, um die Genitalien der Leiche freizulegen. »Na toll, das wird meinem Liebesleben bestimmt einen Schub geben«, murmelte er.

Dr. Isles richtete die OP-Lampe auf das Perineum, den Dammbereich. Behutsam zog sie die geschwollenen Schamlippen auseinander, um den Scheideneingang freizulegen. Nicht einmal die unerschütterliche Rizzoli mochte diese groteske Verletzung der Intimsphäre mit ansehen. Sie wandte sich ab.

Und fing Gabriel Deans Blick auf.

Bis zu diesem Augenblick hatte er die Vorgänge ruhig und äußerlich gelassen beobachtet. Aber nun sah sie den Zorn in seinen Augen aufblitzen. Es war der gleiche Zorn, den sie auf den Mann empfand, der schuld war an Gail Yeagers Demütigung über den Tod hinaus. Sie sahen einander in die Augen, und ihre geteilte Entrüstung ließ sie ihre Rivalität für einen Moment vergessen.

Dr. Isles führte ein Wattestäbchen in die Vagina ein, streifte es an einem Objektträger ab und legte diesen auf ein Tablett. Anschließend machte sie noch einen rektalen Abstrich, der ebenfalls auf das Vorhandensein von Sperma untersucht werden würde. Als sie damit fertig war und Gail Yeagers Beine wieder ausgestreckt auf dem Tisch lagen, hatte Rizzoli den Eindruck, dass das Schlimmste überstanden war. Selbst als Isles zu dem Y-förmigen Schnitt ansetzte und die Klinge des Skalpells von der rechten Schulter bis zum unteren Ende des Brustbeins führte, war Rizzoli überzeugt, dass nichts die entwürdigenden Prozeduren übertreffen konnte, denen diese Tote bereits unterworfen worden war.

Isles setzte soeben zum entsprechenden Schnitt von der linken Schulter aus an, als Dean fragte: »Und was ist nun mit dem vaginalen Abstrich?«

»Die Probe geht ins Labor«, antwortete Dr. Isles.

»Werden Sie denn kein frisches Präparat untersuchen?«

»Das Labor kann vorhandene Spermien ohne weiteres auf dem getrockneten Objektträger identifizieren.«

»Das ist Ihre einzige Gelegenheit, die frische Probe zu untersuchen.«

Das Skalpell stoppte Zentimeter über der Haut der Toten. Dr. Isles warf Dean einen fragenden Blick zu. Dann sagte sie zu Yoshima: »Träufeln Sie ein wenig Kochsalzlösung auf den Träger und schieben Sie ihn unter das Mikroskop. Ich werde gleich mal einen Blick darauf werfen.«

Als Nächstes kam die Eröffnung des Abdomens. Dr. Isles' Skalpell durchschnitt die aufgeblähte Bauchdecke. Der Gestank der verwesenden Organe war mit einem Mal zu viel für Rizzoli. Sie taumelte vom Tisch weg und beugte sich würgend über das Waschbecken. Jetzt bereute sie ihren törichten Versuch, um jeden Preis Stärke demonstrieren zu wollen. Sie fragte sich, ob Agent Dean sie in diesem Augenblick beobachtete und ob er ein Gefühl der Überlegenheit empfand. Auf *seiner* Oberlippe hatte sie keine Mentholsalbe glitzern sehen. Sie blieb mit dem Rücken zum Tisch stehen und verfolgte die nächsten Schritte der Autopsie mit den Ohren anstatt mit den Augen. Sie hörte den steten Luftstrom der Klimaanlage, das Gluckern des Wassers und das metallische Klappern der Instrumente.

Und dann hörte sie Yoshima verblüfft ausrufen: »Dr. Isles!«

»Ja.«

»Ich habe den Träger unters Mikroskop geschoben, und …«

»Sind Spermien zu erkennen?«

»Das müssen Sie sich wirklich selbst ansehen.«

Rizzoli, deren Übelkeit sich wieder gelegt hatte, beobachtete, wie Isles ihre Handschuhe abstreifte und sich ans Mikroskop setzte. Yoshima schaute ihr über die Schulter, als sie durch das Okular blickte.

»Sehen Sie sie?«, fragte er.

»Ja«, murmelte sie. Dann lehnte sie sich zurück. Ihre Miene drückte Ungläubigkeit aus. Sie wandte sich an Rizzoli. »Die Leiche wurde doch gegen zwei Uhr nachmittags gefunden?«

»Ja, zirka.«

»Und jetzt haben wir neun Uhr abends …«

»Haben Sie nun Sperma gefunden oder nicht?«, fiel Korsak ein.

»Ja, es sind Spermien vorhanden«, sagte Isles. »Und sie sind motil.«

Korsak runzelte die Stirn. »Und was heißt das? Dass sie sich *bewegen*?«

»Ja. Sie sind beweglich.«

Schweigen legte sich auf den Saal. Die Bedeutung dieser Entdeckung traf sie alle wie ein Schock.

»Wie lange bleiben Spermien motil?«, fragte Rizzoli.

»Das hängt von der Umgebung ab.«

»Wie lange?«

»Nach der Ejakulation können sie noch ein bis zwei Tage motil bleiben. Mindestens die Hälfte der Spermien auf diesem Objektträger bewegt sich noch. Es handelt sich um frisches Ejakulat. Wahrscheinlich nicht mehr als einen Tag alt.«

»Und wie lange ist das Opfer schon tot?«, fragte Dean.

»Nach der Kaliumkonzentration im Glaskörper zu urteilen, die ich vor ungefähr fünf Stunden gemessen habe, ist sie seit mindestens sechzig Stunden tot.«

Wieder trat Stille ein. Rizzoli konnte an den Gesichtern ablesen, dass alle zu dem gleichen Schluss gelangten. Ihr Blick fiel auf Gail Yeager, die jetzt mit aufgeschlitztem Rumpf und freigelegten Organen auf dem Tisch lag. Rizzoli schlug die Hand vor den Mund und drehte sich blitzschnell zum Waschbecken um. Zum ersten Mal in ihrer Laufbahn als Polizistin musste Jane Rizzoli sich übergeben.

»Er hat es gewusst«, sagte Korsak. »Dieses Arschloch hat es *gewusst*!«

Sie standen auf dem Parkplatz hinter dem Rechtsmedizinischen Institut. Die Spitze von Korsaks Zigarette leuchtete orangerot auf. Nach der Kälte des Autopsiesaals war es fast eine Erleichterung, in die schwüle Sommernacht einzutauchen, vor dem grellen Licht der OP-Lampen in die gnädige Dunkelheit zu fliehen. Rizzoli schämte sich für ihren peinlichen Moment der Schwäche dort im Saal, und am meisten demütigte es sie, dass Dean Zeuge dieser Szene geworden war. Immerhin hatte er den Anstand besessen, den Vorfall mit keinem Wort zu kommentieren, und seine Blicke hatten weder Mitleid noch Spott ausgedrückt, sondern nur Gleichgültigkeit.

»Dean war derjenige, der diesen Spermatest verlangt hat«, sagte Korsak. »Wie hat er ihn noch mal genannt ...«

»Die Untersuchung am frischen Präparat.«

»Ja, genau, das mit dem frischen Präparat. Isles hätte sich das frische Zeugs gar nicht angeschaut. Sie wollte es erst eintrocknen lassen. Da kreuzt also dieser FBI-Typ auf und schreibt der Expertin vor, was sie zu tun hat. Als ob er ganz genau gewusst hätte, wonach wir suchen müssen und was wir finden würden. Wie konnte er das wissen? Und was hat das FBI überhaupt mit diesem Fall zu schaffen?«

»Sie haben doch die Lebensumstände der Yeagers recherchiert. War da irgendetwas, was das Interesse des FBI wecken könnte?«

»Nichts, absolut gar nichts.«

»Waren sie nicht in irgendwelche zwielichtigen Sachen verwickelt?«

»Sie tun ja gerade so, als hätten die Yeagers ihren Tod selbst verschuldet.«

»Er war Arzt. Haben wir es hier vielleicht mit Drogengeschäften zu tun? War er etwa ein Kronzeuge?«

»Er war sauber. Und seine Frau auch.«

»Dieser tödliche Schnitt – wie eine Hinrichtung. Vielleicht sollte das ja symbolisch sein. Die durchschnittene Kehle, um ihn zum Schweigen zu bringen.«

»Mensch, Rizzoli, Sie haben sich ja um hundertachtzig Grad gedreht! Zuerst sind wir von einem Sextäter ausgegangen, dem es nur um seine perverse Befriedigung geht – und jetzt kommen Sie plötzlich mit Verschwörungstheorien.«

»Ich versuche nur zu verstehen, wieso Dean auf den Fall angesetzt ist. Normalerweise interessiert sich das FBI doch einen feuchten Dreck für unsere Arbeit. Sie kommen uns nicht in die Quere, wir lassen sie in Ruhe, und alle sind zufrieden. Wir haben sie auch nicht um Hilfe gebeten, als es darum ging, den Chirurgen dingfest zu machen. Wir haben alles selbstständig abgewickelt, haben sogar unseren eigenen Profiler eingesetzt. Die von der Abteilung Verhaltensforschung sind doch sowieso viel zu sehr damit beschäftigt, sich in Hollywood lieb Kind zu machen, als dass sie uns überhaupt wahrnehmen würden. Also, was ist an diesem Fall so anders? Was ist das Besondere an den Yeagers?«

»Wir haben absolut nichts Verdächtiges über sie herausgefunden«, sagte Korsak. »Keine Schulden, keine Hinweise auf krumme Geschäfte. Keine anstehenden Prozesse. Niemand hat irgendetwas Anrüchiges über die beiden zu berichten, weder über ihn noch über sie.«

»Woher dann das Interesse des FBI?«

Korsak dachte über die Frage nach. »Vielleicht hatten die Yeagers ja einflussreiche Freunde. Leute, die jetzt wie wild nach Rache schreien.«

»Aber würde Dean es uns nicht sagen, wenn es so wäre?«

»Diese FBI-Typen waren schon immer ziemlich mundfaul«, meinte Korsak.

Sie blickte zum Haus zurück. Es war schon fast Mitternacht, und sie hatten Maura Isles noch nicht herauskommen sehen. Als Rizzoli den Autopsiesaal verlassen hatte, war Isles gerade damit beschäftigt gewesen, ihren Bericht zu diktieren, und hatte ihr zum Abschied nur flüchtig zugewinkt. Die Königin der Toten hatte kaum Augen für die Lebenden.

Aber bin ich denn anders? Wenn ich nachts im Bett liege, sehe ich auch nur die Gesichter der Ermordeten.

»Es geht hier schließlich nicht nur um die Yeagers«, sagte Korsak. »Spätestens, seit wir die zweite Leiche dort im Wald gefunden haben.«

»Ich denke, damit ist Joey Valentine wohl aus dem Schneider«, meinte Rizzoli. »Wir haben jetzt eine Erklärung dafür, wie das Leichenhaar an die Kleidung unseres Täters geraten ist: Es stammt von einem früheren Opfer.«

»Noch bin ich nicht fertig mit Joey. Ich werde ihm noch ein bisschen mehr Dampf unterm Hintern machen.«

»Können Sie ihm denn irgendetwas nachweisen?«

»Ich suche noch, ich suche.«

»Sie werden mehr brauchen als eine verjährte Anklage wegen Voyeurismus.«

»Aber dieser Joey ist doch abartig. Das ist doch abartig, wenn man Spaß dran hat, toten Frauen die Lippen zu schminken.«

»Das reicht aber nicht.« Sie starrte zum Gebäude hinüber, dachte an Maura Isles. »Irgendwie sind wir doch alle ein bisschen abartig.«

»Ja, nur sind wir dabei noch irgendwie normal. Aber dieser Joey – so abartig wie der ist, das ist doch nicht mehr normal.«

Sie lachte. Ihre Unterhaltung war ins Absurde abgedriftet, und sie war zu müde, um sie wieder in vernünftigere Bahnen zu lenken.

»Was hab ich denn gesagt?«, wollte Korsak wissen.

Sie drehte sich zu ihrem Wagen um. »Ich kann mich kaum noch auf den Beinen halten. Ich brauche dringend ein paar Stunden Schlaf.«

»Sind Sie morgen dabei, wenn der Knochendoktor kommt?«

»Ja, ich bin dabei.«

Am Nachmittag des folgenden Tages sollte ein forensischer Anthropologe zusammen mit Maura Isles die skelettierten Überreste der zweiten Frau in Augenschein nehmen. Es war eine Pflicht, der Rizzoli sich nicht entziehen konnte, so gerne sie auf einen weiteren Besuch in diesem Haus des Schreckens verzichtet hätte. Sie ging zu ihrem Wagen und schloss die Tür auf.

»He, Rizzoli!«, rief Korsak ihr nach.

»Was?«

»Haben Sie schon gegessen? Wie wär's – kommen Sie mit auf einen Burger oder so?«

Es war eine ganz normale Einladung unter Cops. Ein Hamburger, ein Bier, ein paar Stunden Entspannung nach einem stressigen Tag. Absolut nichts Ungewöhnliches oder gar Ungehöriges – und doch hatte sie ein ungutes Gefühl, denn sie spürte die Einsamkeit, die Verzweiflung, die dahinter stand. Und sie wollte sich nicht von diesem Mann in seinen Sumpf hineinziehen lassen.

»Vielleicht ein andermal«, sagte sie.

»Ja. Okay«, entgegnete er. »Ein andermal.« Und nachdem er ihr kurz zugewinkt hatte, drehte er sich um und ging zu seinem eigenen Wagen.

Zu Hause fand sie eine Nachricht von ihrem Bruder Frankie auf dem Anrufbeantworter. Während sie ihre Post durchsah, hörte sie seine dröhnende Stimme vom Band, und das Bild seiner Macho-Pose und seiner arrogant-fordernden Miene tauchte vor ihrem geistigen Auge auf.

»He, Janie? Bist du da?« Eine lange Pause. »Ach, Mist. Hör zu, ich habe total vergessen, dass Mom morgen Geburtstag hat. Wie wär's, wenn wir ihr zusammen was schenken? Schreib einfach meinen Namen mit auf die Karte. Ich schick dir einen Scheck. Musst mir nur sagen, was du von mir kriegst, okay? Ciao. Ach übrigens, wie geht's dir denn so?«

Sie warf ihre Post auf den Tisch und murmelte: »Alles klar, Frankie. Nicht, dass du mir das Geld für das letzte Geschenk schon geschickt hättest.« Jetzt war es sowieso zu spät. Das Geschenk war schon angeliefert worden – ein Set pfirsichfarbener Handtücher mit Angelas Monogramm. *Diesmal muss Janie Moms Dank leider ganz allein einstecken. Aber was ändert das schon.* Frankie war der Mann mit den tausend Ausreden – und wenn es nach Mom ging, waren sie alle über jeden Zweifel erhaben. Er war Ausbilder bei der Armee in Camp Pendleton, und Angela machte sich ständig Sorgen um ihn, um seine Sicherheit – als ob er dort in der gefährlichen Wildnis von Kalifornien jeden Tag unter feindlichem Beschuss stünde. Sie hatte sogar schon laut darüber nachgedacht, ob ihr Frankie dort auch genug zu essen bekäme. Ja, gewiss doch, Ma. Das US Marine Corps wird dein Zwei-Zentner-Baby ganz bestimmt verhungern lassen. Dabei war es Jane, die seit Mittag nichts mehr gegessen hatte. Bei dieser todpeinlichen Szene am Waschbecken des Autopsiesaals hatte sie auch noch die letzten Reste ihres Mageninhalts von sich gegeben, und jetzt hatte sie einen Bärenhunger.

Die Plünderung ihres Küchenschranks förderte immerhin noch den bewährten Rettungsanker aller Kochmuffel zu Tage: Thunfisch in Öl, den sie direkt aus der Dose aß, zusammen mit ein paar Salzcrackern. Danach hatte sie immer noch Hunger, und so ging sie zum Schrank zurück und fand noch eine Dose Pfirsiche, die sie ebenfalls verschlang. Während sie den Sirup von der Gabel leckte, betrachtete sie nachdenklich den Stadtplan von Boston an ihrer Wand.

Das Stony-Brook-Reservat war ein breiter Streifen Grün, flankiert von Schlafstädten – West Roxbury und Clarendon Hills im Norden, Dedham und Readville im Süden. An jedem warmen Sommertag lockte das Naherholungsgebiet Scharen von Joggern und Spaziergängern an; Familien kamen zum Picknick hierher. Wem würde da ein einzelner Mann auffallen, der mit seinem Auto den Enneking Parkway entlangfuhr? Wer würde ihn eines Blickes würdigen, wenn er einen der Parkplätze am Wegrand ansteuerte und dort anhielt, um in den Wald zu starren? Ein Park wie dieser ist ein Magnet für sämtliche Großstädter, die die Nase voll haben von Asphalt und Beton, von Presslufthämmern und Hupkonzerten. Aber unter all den Menschen, die Zuflucht in den kühlen Wäldern und den grünen Wiesen suchten, war einer, dem der Sinn nach etwas ganz anderem stand. Ein Mörder, der eine Stelle zum Abladen seiner Beute suchte. Sie sah die Szenerie mit seinen Augen: die dicht an dicht stehenden Bäume, den Teppich aus trockenem Laub. Eine Welt, in der Insekten und Wild nur darauf warteten, ihm bei der Entsorgung seiner Opfer behilflich zu sein.

Sie legte die Gabel hin und erschrak selbst über das laute Klappern des Metalls auf der Tischplatte.

Rizzoli stand auf und nahm die Schachtel mit den farbigen Nadeln aus dem Regal. Sie wählte eine rote Nadel, markierte damit die Straße in Newton, wo Gail Yeager gewohnt hatte, und steckte eine weitere an die Stelle im Park, wo Gails Leiche gefunden worden war. Anschließend markierte sie mit einer blauen Nadel den Fundort der zweiten Frauenleiche in Stony Brook. Dann setzte sie sich wieder hin und dachte über die Geographie der Welt nach, in der sich der unbekannte Täter bewegte.

Während der Mordserie des Chirurgen hatte sie gelernt, eine Stadt so zu betrachten, wie ein Räuber seine Jagdgründe betrachtet. Sie war schließlich auch eine Jägerin, und um ihre Beute fangen zu können, musste sie das Universum begreifen, in dem der Täter lebte – die Straßen, die er entlangging, die Viertel, die er durchstreifte. Sie wusste, dass Raubtiere in Menschengestalt zumeist in Gegenden »jagten«, die ihnen vertraut waren. Wie alle anderen Menschen hatten auch sie bestimmte Zonen, in denen sie sich zu Hause fühlten, und ihre gewohnten alltäglichen Abläufe. Wenn sie sich die Nadeln auf diesem Stadtplan anschaute, sah sie also mehr als nur die Tatorte von Verbrechen und die Fundorte von Leichen. Sie sah den Aktionsradius des Täters.

Newton war ein schicker und teurer Vorort, ein Ärzte- und Akademikerviertel. Der Stony Brook Park lag fünf Kilometer südöstlich davon, in einer längst nicht so noblen Gegend. Wohnte der Täter in einem dieser Viertel? Suchte er seine Opfer unter den Menschen, die seinen Weg kreuzten, wenn er zwischen seiner Wohnung und seiner Arbeitsstelle pendelte? Dann musste es sich um jemanden handeln, der zu dieser Umgebung passte, der nicht als Außenseiter das Misstrauen der Anwohner erweckte. Wenn er in Newton lebte, musste er auch ein Besserverdiener sein, mit den entsprechenden Vorlieben und Hobbys.

Und den entsprechenden Opfern.

Das Gitter der Straßen von Boston verschwamm vor ihren müden Augen, aber noch war sie nicht bereit, aufzugeben und zu Bett zu gehen – wie benommen vor Erschöpfung saß sie da, und Hunderte von Details schwirrten ihr im Kopf herum. Sie dachte an frisches Sperma in einer verwesenden Leiche. Sie dachte an eine skelettierte Leiche ohne Namen. An marineblaue Teppichfasern. An einen Mörder, der die Haare seiner früheren Opfer am Tatort zurückließ. An eine

Betäubungspistole, ein Jagdmesser, ein zusammengefaltetes Nachthemd.

Und an Gabriel Dean. Welche Rolle spielte das FBI bei der ganzen Sache?

Sie ließ den Kopf in die Hände sinken; sie hatte das Gefühl, dass er von der Überfülle an Informationen platzen müsste. Ja, sie hatte die Leitung der Ermittlungen gewollt, hatte sie sogar gefordert, und jetzt stöhnte sie unter der drückenden Bürde dieses Falles. Sie war zu müde zum Denken und zu aufgedreht, um schlafen zu können. Ob sich *so* ein Nervenzusammenbruch ankündigte? Der Gedanke drängte sich ihr auf, doch sie unterdrückte ihn augenblicklich mit aller Gewalt. Jane Rizzoli würde niemals einen Nervenzusammenbruch erleiden; dafür hatte sie einfach zu viel Rückgrat. In ihrer Laufbahn als Detective hatte sie schon einen Verdächtigen bis auf das Dach eines Hauses verfolgt, hatte Türen eingetreten ... und einmal auch in einem dunklen Keller ihrem eigenen Tod ins Auge gesehen.

Sie hatte einen Menschen getötet.

Aber bis zu diesem Moment hatte sie noch nie das Gefühl gehabt, so haarscharf vor dem Zusammenbruch zu stehen.

Die Gefängniskrankenschwester fasst mich nicht gerade sanft an, als sie den Stauschlauch um meinen rechten Arm bindet und dabei das Latexband auf meine Haut schnellen lässt wie einen Einmachgummi. Es zwickt mich und zieht an meinen Haaren, aber das ist ihr gleich; in ihren Augen bin ich nur ein Simulant, der sie aus ihrem Feldbett geholt und die normalerweise ruhige Nachtschicht in der Gefängnisklinik unterbrochen hat. Sie ist eine ältere Frau, oder jedenfalls sieht sie so aus, mit ihren verquollenen Augen und den ausgezupften Augenbrauen; ihr Atem riecht nach Schlaf und Zigaretten. Aber sie ist eine Frau – und ich fixiere ihren faltigen, lappigen Hals, während sie sich über meinen Arm beugt, um eine brauchbare Vene zu suchen.

Ich denke an das, was unter dieser schrumpligen weißen Haut liegt: die Halsschlagader, in der das hellrote Blut pulsiert, und daneben die Drosselvene, durch die das dunklere venöse Blut zum Herzen zurückströmt. Ich bin mit der Anatomie des weiblichen Halses bestens vertraut, und auch den ihren mustere ich mit Interesse, wenngleich er äußerlich nicht sehr attraktiv ist.

Meine Ellenbeugenvene ist hervorgetreten, was ihr ein zufriedenes Grunzen entlockt. Sie packt einen Alkoholtupfer aus und wischt damit über meine Haut. Es ist eine achtlose, schludrige Geste, nicht das, was man von einer medizinischen Fachkraft erwarten würde; eine reine Routinehandlung.

»Jetzt piekst es gleich«, kündigt sie an.

Ich registriere den Stich der Nadel, ohne mit der Wimper zu zucken. Sie hat die Vene sauber getroffen, und das Blut strömt in das Vacutainer-Röhrchen mit dem roten Deckel. Ich habe schon mit dem Blut unzähliger anderer Menschen gearbeitet, aber noch nie mit meinem eigenen, und so betrachte ich es interessiert und stelle fest, dass es die satte, dunkle Farbe von Schwarzkirschen hat.

Das Röhrchen ist fast voll. Sie zieht es von der Nadel ab und ersetzt es durch ein zweites Röhrchen. Dieses hat einen lila Verschluss, es ist für ein großes Blutbild bestimmt. Als es ebenfalls voll ist, zieht sie die Nadel aus meiner Vene, löst den Stauschlauch mit einem Ruck und drückt einen Wattebausch auf die Einstichstelle.

»Festhalten«, befiehlt sie.

Hilflos rassle ich mit der Handschelle an meinem linken Handgelenk, die mit dem Metallrahmen des Klinikbetts verbunden ist. »Ich kann nicht«, sage ich mit resignierter Stimme.

»Ach, auch das noch«, seufzt sie. Kein Mitleid in ihrer Stimme, nur Verärgerung. Es gibt Menschen, die verachten alles Schwache, und zu diesen gehört sie. Wenn man sie mit absoluter Macht ausstattete und ihr die entsprechenden wehrlosen Opfer in die Hände lieferte, würde sie sich höchstwahrscheinlich in ein Monstrum der Sorte verwandeln, die in den KZs den Juden das Leben zur Hölle gemacht haben. Die Grausamkeit lauert unter der Oberfläche, versteckt hinter ihrer weißen Tracht und dem Namensschild, das sie als »staatlich geprüfte Krankenschwester« ausweist.

Sie wendet sich an den Wachmann. »Halten Sie mal«, sagt sie.

Er zögert, bevor er die Finger auf den Wattebausch legt und ihn auf meine Haut drückt. Seine Scheu vor der Berührung hat nichts mit Angst vor einem Gewaltausbruch zu tun; ich war von Anfang an ein Mustergefangener, höflich und zuvorkommend, und keiner der Wachmänner fürchtet sich vor mir. Nein, es ist mein Blut, das ihn nervös macht. Er sieht die rote Flüssigkeit in die Watte sickern und malt sich alle möglichen mikrobiellen Gräuel aus, die seine Finger befallen könnten. Die Erleichterung ist ihm deutlich anzusehen, als die Schwester eine Packung Heftpflaster aufreißt und den Wattebausch auf meinem Arm festklebt. Sofort stürzt er sich auf das Waschbecken und schrubbt sich die Hände mit Seife und heißem Wasser. Ich könnte laut lachen über seine panische Angst vor etwas so Elementarem wie Blut. Aber ich bleibe reglos auf meinem Feldbett liegen, die Beine angezogen, die Augen geschlossen, und wimmere nur ab und zu leise wie unter großen Schmerzen.

Die Schwester geht mit meinen Blutröhrchen hinaus, und der Wachmann setzt sich mit gründlich gewaschenen Händen auf einen Stuhl und wartet.

Und wartet.

Stunden – so scheint es jedenfalls – verstreichen in diesem kalten, sterilen Zimmer. Von der Schwester ist nichts zu sehen und zu hören; es scheint, als habe sie uns völlig vergessen. Der Wachmann rutscht unruhig auf seinem Stuhl hin und her. Er fragt sich, wieso sie so lange braucht.

Ich weiß es schon.

Inzwischen dürfte die Maschine mit der Analyse meines Bluts fertig sein, und vielleicht hält die Schwester in diesem Moment die Ergebnisse in der Hand. Die Zahlen erschrecken sie. Aller Ärger über einen simulierenden Gefangenen ist verflogen; sie hat den Beweis vor Augen, schwarz auf weiß auf einem Computerausdruck: Eine gefährliche Infektion wütet in meinem Körper. Meine Klagen über heftige Leibschmerzen sind mit Sicherheit keine Verstellung. Obwohl sie meinen Bauch untersucht, das Zucken meiner Muskeln gespürt und mein Aufstöhnen bei jeder Berührung vernommen hat, wollte sie meinen Symptomen nicht trauen. Sie ist schon zu lange Gefängniskrankenschwester, und die Erfahrung hat sie misstrauisch gemacht, was die körperlichen Beschwerden der Insassen betrifft. In ihren Augen sind wir allesamt Schwindler und Betrüger, und alle unsere angeblichen Symptome sind nur raffinierte Versuche, an Medikamente zu gelangen.

Aber ein Labortest ist objektiv. Das Blut kommt in die Maschine, und die Maschine spuckt Zahlen aus. Sie kann den alarmierend hohen Anteil an weißen Blutkörperchen nicht ignorieren. Und deshalb hängt sie jetzt mit Sicherheit schon am Telefon, um dem Gefängnisarzt Meldung zu machen und sich mit ihm zu beraten. »Ich habe hier einen Gefangenen mit starken Leibschmerzen. Er hat Darmgeräusche, und das Abdomen ist im rechten unteren Quadranten sehr druckempfindlich. Was mir wirklich Sorgen macht, sind seine Leukozyten…«

Die Tür geht auf, und ich höre die Sohlen der Krankenschwester auf dem Linoleum quietschen. Als sie mich anspricht, ist der spöttische Unterton aus ihrer Stimme ganz verschwunden. Jetzt ist sie höflich, ja respektvoll. Sie weiß, dass sie es mit einem schwerkranken Mann zu tun hat und dass man sie verantwortlich machen wird, falls mir etwas zustoßen sollte. Plötzlich bin ich nicht mehr irgendein ver-

achtenswertes Subjekt, sondern eine Zeitbombe, die ihre Karriere ruinieren könnte. Und sie hat schon zu lange gezögert.

»Wir werden Sie ins Krankenhaus bringen«, sagt sie und sieht den Wachmann an. »Er muss sofort verlegt werden.«

»Shattuck?«, fragt er. Gemeint ist das Lemuel Shattuck Hospital, das Gefängniskrankenhaus in Boston.

»Nein, das ist zu weit. So lange kann er nicht warten. Ich habe seine Verlegung ins Fitchburg Hospital veranlasst.« Ihr Ton lässt keinen Zweifel an der Dringlichkeit der Sache zu, und der Wachmann mustert mich mit besorgter Miene.

»Was hat er denn eigentlich?«, fragt er.

»Es könnte ein geplatzter Blinddarm sein. Ich habe die Papiere alle fertig, und in der Notaufnahme von Fitchburg habe ich auch schon angerufen. Er wird mit dem Notarztwagen transportiert werden müssen.«

»Ach, so ein Mist. Dann muss ich wohl oder übel mitfahren. Wie lange wird das denn dauern?«

»Er wird wahrscheinlich stationär aufgenommen. Ich fürchte, er muss operiert werden.«

Der Wachmann wirft einen Blick auf seine Armbanduhr. Er denkt an das Ende seiner Schicht und fragt sich, ob sein Kollege rechtzeitig im Krankenhaus sein wird, um ihn abzulösen. Er denkt nicht an mich, sondern nur an seine eigene Zeitplanung, seine eigenen Angelegenheiten. Ich bin nur eine Komplikation.

Die Schwester faltet einen Stapel Papiere zusammen und steckt sie in einen Umschlag, den sie dem Wachmann überreicht. »Das ist für die Notaufnahme von Fitchburg. Sorgen Sie dafür, dass der Dienst habende Arzt es bekommt.«

»Ist das mit dem Krankenwagen unbedingt notwendig?«

»Ja.«

»Da haben wir aber ein Problem mit der Sicherheit.«

Sie sieht mich an. Mein Handgelenk ist immer noch an das Feldbett gefesselt. Ich liege vollkommen reglos da, die

Knie angezogen – die typische Haltung eines Patienten mit einer extrem schmerzhaften Peritonitis. »Ich würde mir um die Sicherheit keine Gedanken machen. Der da ist viel zu krank, um sich mit irgendwem anzulegen.«

7

»Nekrophilie«, sagte Dr. Lawrence Zucker, »oder ›Liebe zu Toten‹ ist schon seit jeher eines der dunklen Geheimnisse der Menschheit. Das Wort kommt aus dem Griechischen, aber solche Praktiken sind bereits viel früher belegt, seit den Tagen der Pharaonen. Wenn bei den alten Ägyptern eine schöne oder ranghohe Frau starb, wurde sie grundsätzlich erst drei Tage nach ihrem Tod in die Hände der Einbalsamierer gegeben. Damit sollte verhindert werden, dass die Männer, die sie für die Beisetzung herrichteten, sich an ihr vergingen. Sexuelle Handlungen mit Toten sind in allen Epochen dokumentiert. Selbst König Herodes soll nach dem Ableben seiner Gattin noch sieben Jahre lang mit ihr verkehrt haben.«

Als Rizzoli sich im Besprechungszimmer umblickte, kam ihr die Situation merkwürdig vertraut vor: eine Versammlung erschöpfter Detectives, ein mit Akten und Tatortfotos übersäter Tisch. Die Flüsterstimme des Psychologen Lawrence Zucker, die sie in die albtraumhafte Gedankenwelt eines Mörders entführte. Und die Kälte – mehr als alles andere war ihr die Kälte in diesem Raum in Erinnerung geblieben, die ihr in die Glieder gekrochen war und ihre Hände taub gemacht hatte. Und die Gesichter waren größtenteils auch dieselben wie damals: die Detectives Jerry Sleeper und Darren Crowe, dazu Rizzolis Partner Barry Frost. Die Polizisten, mit denen sie vor einem Jahr an der Ergreifung des Chirurgen gearbeitet hatte.

Ein neuer Sommer, ein neues Monster.

Aber diesmal fehlte ein Gesicht am Tisch. Detective Thomas Moore war nicht mehr in ihrem Team, und sie vermisste sein ruhiges, sicheres Auftreten, seine Standhaftigkeit. Während der Jagd auf den Chirurgen war es zwischen ihnen zu einem Zerwürfnis gekommen, aber inzwischen hatten sie ihre Freundschaft wieder gekittet, und seine Abwesenheit hatte eine klaffende Lücke in ihrem Team hinterlassen.

Moores Stelle – wie auch seinen gewohnten Platz am Tisch – hatte ein Mann eingenommen, dem sie nicht traute: Gabriel Dean. Jeder, der dieses Besprechungszimmer betrat, hätte sofort bemerkt, dass Dean der Außenseiter in dieser Runde von Cops war. Er fiel aus der Reihe, durch seinen perfekt sitzenden Anzug mit Krawatte ebenso wie durch sein militärisches Gebaren, und allen Anwesenden war diese Kluft deutlich bewusst. Niemand sprach Dean an; er war der stumme Beobachter, der FBI-Mann, dessen Rolle ihnen allen nach wie vor ein Rätsel war.

Dr. Zucker fuhr fort: »Sex mit einer Leiche ist eine Praxis, an die die meisten von uns nur mit Schaudern denken. Aber wir finden sie in der Literatur und in der Geschichte immer wieder erwähnt, und auch in vielen Strafprozessen taucht sie auf. Neun Prozent aller Opfer von Serienmördern wurden nach dem Tod missbraucht. Jeffrey Dahmer, Henry Lee Lucas und Ted Bundy haben sich alle dazu bekannt.« Er blickte auf das Autopsiefoto von Gail Yeager herab. »Das Vorhandensein von frischem Ejakulat in diesem Mordopfer ist also gar nicht so überraschend.«

Darren Crowe meldete sich zu Wort: »Es hieß doch immer, dass nur richtig kranke Typen so was machen. Das hat mir ein Profiler vom FBI mal erzählt. Er sagte, das seien arme Irre, die in der Gegend rumlaufen und wirres Zeug faseln.«

»Ja, früher war man der Ansicht, dass Nekrophilie auf einen schwer gestörten Täter hinweist«, sagte Zucker. »Auf einen verwirrten, psychotischen Charakter. Und tatsächlich sind viele der Täter Psychotiker, die unter die Kategorie des planlos vorgehenden Mörders fallen – psychisch gestört und von minderer Intelligenz. Diese Menschen haben ihre Triebe so wenig unter Kontrolle, dass sie alle möglichen Spuren am Tatort hinterlassen – Haare, Sperma, Fingerabdrücke. Sie sind am leichtesten zu fassen, weil sie keine Ahnung von kriminaltechnischer Spurensicherung haben oder sich einfach nicht drum kümmern.«

»Und was ist mit diesem Kerl?«

»Dieser Täter ist kein Psychotiker. Bei ihm handelt es sich um einen ganz anderen Typus.« Zucker schlug die Mappe mit den Fotos aus dem Haus der Yeagers auf und breitete sie auf dem Tisch aus. Dann sah er Rizzoli an. »Detective, Sie haben sich den Tatort angesehen.«

Sie nickte. »Dieser Täter ist sehr methodisch vorgegangen. Er hatte alles dabei, was er für den Mord brauchte. Er hat sorgfältig und effizient gearbeitet. Und er hat so gut wie keine Spuren hinterlassen.«

»Es wurde doch Sperma gefunden«, wandte Crowe ein.

»Aber nicht an einer Stelle, wo man normalerweise danach suchen würde. Wir hätten es leicht übersehen können. Und beinahe hätten wir es auch tatsächlich nicht gefunden.«

»Und Ihr Gesamteindruck?«, fragte Zucker.

»Er geht systematisch vor. Er ist intelligent.« Sie machte eine Pause. Und fügte hinzu: »Genau wie der Chirurg.«

Zucker fixierte sie eingehend. Er hatte sie schon immer leicht verunsichern können, und jetzt fühlte sie sich durch seinen forschenden Blick bedrängt. Aber sie konnte nicht die Einzige im Raum sein, die sich unwillkürlich an Warren Hoyt erinnert fühlte. Sie konnte nicht die Einzige sein, die das Gefühl hatte, dass sich hier ein Albtraum aus der Vergangenheit wiederholte.

»Ich stimme Ihnen zu«, sagte Zucker. »Es handelt sich um einen methodisch vorgehenden Täter. Er folgt einem Schema, das manche Profiler mit dem Begriff ›kognitiv-objekt-orientiert‹ bezeichnen würden. Sein Verhalten ist nicht nur auf unmittelbare Befriedigung ausgerichtet. Seine Handlungen haben ein bestimmtes Ziel, und dieses Ziel besteht darin, die totale Kontrolle über den Körper einer Frau zu erlangen – in diesem Falle über den des Mordopfers Gail Yeager. Dieser Täter will sie besitzen, will sie sogar noch nach ihrem Tod missbrauchen. Indem er sie vor den Augen ihres Mannes vergewaltigt, markiert er seinen Besitzanspruch. Er wird zum Dominator, zum Herrn über beide Opfer.«

Er griff nach dem Autopsiefoto. »Ich finde es interessant, dass sie weder verstümmelt noch zerstückelt wurde. Abgesehen von den natürlichen Veränderungen durch die frühen Stadien der Verwesung scheint die Leiche in einem recht guten Zustand zu sein.« Er sah Rizzoli an, um sich zu vergewissern.

»Sie wies keine offenen Wunden auf«, bestätigte sie. »Die Todesursache war Erdrosseln.«

»Und das ist die intimste Art, einen Menschen zu töten.«

»Intim?«

»Denken Sie doch einmal darüber nach, was es bedeutet, jemanden mit bloßen Händen zu erwürgen. Wie persönlich das ist. Der enge Körperkontakt. Haut auf Haut. Ihre Hände am Hals des Opfers. Das Gefühl, ihr die Kehle zuzudrücken, bis Sie spüren, wie das Leben dahinschwindet.«

Rizzoli starrte ihn angewidert an. »Mein Gott.«

»Ich habe nur wiedergegeben, wie *er* denkt. Was *er* fühlt. Das ist die Welt, in der er lebt, und wir müssen lernen, wie diese Welt beschaffen ist.« Zucker deutete auf das Foto von Gail Yeager. »Er wird von dem Verlangen getrieben, ihren Körper zu besitzen, ihn zu seinem Eigentum zu machen – tot oder lebendig. Dies ist ein Mensch, der eine persönliche Beziehung zu einer Leiche entwickeln kann, und er wird sie immer wieder anfassen, streicheln und sexuell missbrauchen wollen.«

»Und warum beseitigt er sie dann?«, fragte Sleeper. »Warum behält er sie nicht noch sieben Jahre lang, so wie dieser König Herodes es mit seiner Frau gemacht hat?«

»Vielleicht aus praktischen Gründen?«, vermutete Zucker. »Vielleicht wohnt er in einem Hochhaus, wo der Geruch einer verwesenden Leiche bald unangenehm auffallen würde. Länger als drei Tage würde man eine verwesende Leiche wohl nicht im Haus behalten wollen.«

Crowe lachte. »Vielleicht drei Sekunden.«

»Sie sagen also, dass er fast so etwas wie eine Liebesbeziehung zu dieser Leiche hat?«, fragte Rizzoli.

Zucker nickte.

»Es muss ihm schwer gefallen sein, sie einfach dort liegen zu lassen. In Stony Brook.«

»Ja, das war sicherlich nicht leicht für ihn. Fast wie die Trennung von einem geliebten Partner.«

Sie dachte an dieses Waldstück. An die Bäume, den angenehmen Halbschatten. So weit weg von der Hitze und dem Lärm der Stadt. »Es ist vielleicht gar kein bloßer Abladeplatz«, sagte sie. »Vielleicht ist es ja für ihn ein geweihter Ort.«

Alle starrten sie an.

»Wie bitte?«, sagte Crowe.

»Detective Rizzoli hat genau den Punkt angesprochen, zu dem ich gerade kommen wollte«, sagte Zucker. »Diese Stelle dort im Park ist nicht bloß ein Abladeplatz für gebrauchte Leichen. Sie müssen sich fragen: Wieso hat er sie nicht vergraben? Wieso hat er sie offen liegen lassen und somit riskiert, dass sie entdeckt würden?«

Rizzoli antwortete leise: »Weil er sie dort besucht.«

Zucker nickte. »Diese Frauenleichen sind seine Geliebten. Sein Harem. Er kommt immer wieder zurück, um sie anzuschauen, sie zu berühren. Vielleicht gar zu umarmen. Das ist der Grund, warum er an anderen Stellen Leichenhaare zurücklässt. Wenn er sie anfasst, bleiben ihre Haare an seinen Kleidern hängen.« Zucker wandte sich wieder an Rizzoli: »Dieses einzelne Haar, das am Tatort gefunden wurde, stammt doch von der zweiten im Park gefundenen Leiche?«

Sie nickte. »Detective Korsak und ich sind von der Annahme ausgegangen, dass dieses Haar vom Arbeitsplatz des Täters kommen müsste. Jetzt, da wir wissen, woher es stammt, ist es da noch sinnvoll, weiter im Umfeld von Bestattungsunternehmen zu ermitteln?«

»Doch, durchaus«, erwiderte Zucker. »Und ich sage Ihnen auch, warum. Nekrophile fühlen sich zu Leichen hingezogen. Der Umgang mit Leichen verschafft ihnen sexuelle Befriedigung – das Einbalsamieren, das Einkleiden der Verstorbenen. Das Schminken. Es ist durchaus denkbar, dass jemand sich einen Job in der Bestattungsbranche sucht, nur um diesen Trieb ausleben zu können. Er wird als Einbalsamierer arbeiten oder vielleicht als Kosmetiker in einem Beerdigungsinstitut. Vergessen Sie nicht, dass diese zweite, unidentifizierte Leiche gar nicht unbedingt ein Mordopfer sein muss. Einer der bekanntesten Nekrophilen war ein Psychotiker namens Ed Gein, der anfangs nur Friedhöfe geplündert hat. Er hat Frauenleichen ausgegraben und sie mit nach Hause genommen. Erst später wurde er zum Mörder, um sich neue Leichen zu beschaffen.«

»O Mann«, murmelte Frost. »Das wird ja immer besser.«

»Es ist nur ein Aspekt des breiten Spektrums menschlicher Verhaltensweisen. Wir empfinden Nekrophile als krank und pervers. Aber sie waren schon immer ein Teil unserer Gesellschaft, dieser kleine Prozentsatz von Menschen, die von absonderlichen Obsessionen getrieben werden. Von bizarren Gelüsten. Gewiss, manche von ihnen sind Psychotiker. Aber manche sind auch in jeder anderen Hinsicht vollkommen normal.«

Auch Warren Hoyt war vollkommen normal.

Es war Gabriel Dean, der als Nächster sprach. Bis zu diesem Zeitpunkt hatte er sich noch mit keinem Wort an der Besprechung beteiligt, und Rizzoli war überrascht, plötzlich seinen sonoren Bariton zu hören.

»Sie sagten, dieser Täter könnte in den Wald zurückkommen, um seinen Harem zu besuchen.«

»Ja«, entgegnete Zucker. »Deshalb sollte die Observierung von Stony Brook auf unbestimmte Zeit aufrechterhalten werden.«

»Und was passiert, wenn er entdeckt, dass sein Harem verschwunden ist?«

Zucker antwortete nicht sofort. »Das wird ihm gar nicht gefallen«, sagte er schließlich.

Bei seinen Worten lief es Rizzoli eiskalt den Rücken hinunter. *Sie sind seine Geliebten. Wie würde denn ein ganz normaler Mann reagieren, dem man die Geliebte wegnimmt?*

»Er wird außer sich sein«, sagte Zucker. »Er wird rasen vor Wut, weil jemand es gewagt hat, ihm sein Eigentum wegzunehmen. Und er wird das Verlorene möglichst schnell ersetzen wollen. Er wird wieder auf die Jagd gehen.« Zucker sah Rizzoli an. »Sie müssen die Medien aus dem Fall heraushalten, so lange es geht. Die Observierung ist vielleicht Ihre beste Chance, ihn zu erwischen. Denn er *wird* in dieses Waldstück zurückkehren – allerdings nur, wenn er sich sicher fühlt. Nur, wenn er glaubt, dass sein Harem noch da ist und auf seinen Besuch wartet.«

Die Tür des Besprechungszimmers wurde geöffnet. Alle am Tisch drehten sich um, als Lieutenant Marquette den Kopf hereinsteckte. »Detective Rizzoli?«, sagte er. »Ich muss Sie dringend sprechen.«

»Sofort?«

»Wenn Sie nichts dagegen haben. Gehen wir in mein Büro.«

Nach den Mienen der anderen Besprechungsteilnehmer zu urteilen, hatten sie alle denselben Gedanken: Jetzt knöpft sich der Chef Rizzoli vor. Und sie hatte keine Ahnung, warum. Errötend stand sie auf und verließ den Raum.

Marquette sprach kein Wort, als sie zusammen den Flur entlang zu den Büros der Mordkommission gingen. Sie betraten sein Zimmer, und er schloss die Tür. Durch die verglaste

Trennwand konnte sie die Detectives von ihren Schreib-
tischen zu ihr herüberstarren sehen. Marquette ging auf das
Fenster zu und zog mit einem Ruck das Rollo herunter.
»Möchten Sie nicht Platz nehmen, Rizzoli?«

»Nein, danke. Ich wüsste nur gerne, worum es geht.«

»Bitte.« Seine Stimme war jetzt leiser, beinahe sanft. »Setzen Sie sich doch.«

Dass er plötzlich so besorgt um sie war, machte sie nervös.
Sie und Marquette waren nie so recht warm miteinander ge-
worden. Die Mordkommission war immer noch eine
Männerdomäne, und sie wusste genau, dass sie als Eindring-
ling empfunden wurde. Sie ließ sich auf einen Stuhl sinken.
Ihr Puls raste.

Einen Moment lang saß er nur schweigend da, als suchte
er noch nach den richtigen Worten. »Ich wollte es Ihnen
sagen, bevor die anderen davon hören. Denn ich denke, dass
es für Sie am schwersten sein wird. Ich bin sicher, dass es nur
ein vorübergehender Zustand ist und dass die Situation binnen weniger Tage, wenn nicht binnen Stunden geklärt sein
wird.«

»Welche Situation?«

»Heute früh gegen fünf Uhr ist Warren Hoyt aus der Haft
entkommen.«

Jetzt begriff sie, warum er darauf bestanden hatte, dass sie
sich setzte; er hatte erwartet, dass sie zusammenbrechen
würde.

Aber das tat sie nicht. Sie saß vollkommen reglos da, alle
Emotionen unter Verschluss, alle Nerven wie betäubt. Als
sie sprach, war ihre Stimme so unheimlich ruhig, dass sie
sich selbst kaum wiedererkannte.

»Wie ist es passiert?«, fragte sie.

»Während eines Krankenhausaufenthalts. Er war gestern
Abend ins Fitchburg Hospital eingeliefert worden, wo ihm
in einer Notoperation der Blinddarm entfernt werden sollte.
Wir wissen eigentlich nicht genau, wie es passiert ist. Aber

im OP...« Marquette zögerte. »Es gibt keine lebenden Zeugen.«

»Wie viele Tote?«, fragte sie. Ihre Stimme war noch immer tonlos. Immer noch die Stimme einer Fremden.

»Drei. Eine Krankenschwester und eine Anästhesistin, die ihn für die OP vorbereitet hatten. Und der Wachmann, der ihn ins Krankenhaus begleitet hatte.«

»Souza-Baranowski hat Sicherheitsstufe 6.«

»Ja.«

»Und sie haben ihn in ein ziviles Krankenhaus gehen lassen?«

»Wenn es sich um eine normale stationäre Aufnahme gehandelt hätte, dann wäre er in das Gefängniskrankenhaus Shattuck gebracht worden. Aber die Praxis im Strafvollzug von Massachusetts ist, dass bei Notfällen der Gefangene in die nächste zivile Einrichtung überführt wird. Und das nächste Krankenhaus war Fitchburg.«

»Wer hat entschieden, dass es ein Notfall war?«

»Die Gefängniskrankenschwester. Sie hat Hoyt untersucht und sich an den Gefängnisarzt gewandt. Sie waren sich beide einig, dass er sofort ärztlich versorgt werden musste.«

»Aufgrund welcher Erkenntnisse?« Ihr Ton wurde schärfer, die ersten Emotionen begannen mitzuschwingen.

»Die Symptome waren eindeutig. Leibschmerzen...«

»Er hat eine medizinische Ausbildung. Er wusste genau, was er ihnen erzählen musste.«

»Es gab auch abnormale Laborergebnisse.«

»Was waren das für Tests?«

»Irgendetwas mit einem erhöhten Anteil weißer Blutkörperchen.«

»Wussten sie denn nicht, mit wem sie es zu tun hatten? Hatten sie denn *gar keine* Ahnung?«

»Man kann doch bei einer Blutprobe nicht simulieren.«

»Er könnte es. Er hat in einem Krankenhaus gearbeitet. Er weiß, wie man Labortests manipulieren kann.«

»Detective…«

»Verdammt noch mal, er war MTA und hat mit Blut *gear-beitet*!« Ihr schriller Ton erschreckte sie selbst. Sie starrte Marquette an, schockiert über ihren Gefühlsausbruch. Und überwältigt von den Emotionen, die nun endlich doch in ihr aufwallten. Wut – und Hilflosigkeit.

Und Angst. All die Monate hatte sie die Angst unter-drückt, weil sie wusste, dass es irrational war, sich vor War-ren Hoyt zu fürchten. Er saß hinter Gittern; er hatte keine Möglichkeit, an sie heranzukommen, ihr etwas anzutun. Die Albträume waren nur Nachbeben gewesen, langsam ver-hallende Echos eines Schreckens, die, so hoffte sie, irgend-wann ganz verstummen würden. Aber jetzt hatte die Angst plötzlich einen ganz realen Hintergrund – und sie hatte sie bereits fest im Griff.

Abrupt stand sie auf und wandte sich zum Gehen.

»Detective Rizzoli!«

Sie blieb in der Tür stehen.

»Wo wollen Sie denn hin?«

»Ich denke, Sie wissen, wohin ich gehen muss.«

»Die Kollegen in Fitchburg und die Staatspolizei haben die Sache unter Kontrolle.«

»Wirklich? Für sie ist er vielleicht nur irgendein Sträfling auf der Flucht. Sie rechnen wohl damit, dass er die gleichen Fehler macht wie all die anderen. Aber das wird er nicht tun. Er wird ihnen durch die Lappen gehen.«

»Sie sollten die Kollegen nicht unterschätzen.«

»Sie sind es, die Hoyt unterschätzen. Sie wissen nicht, mit wem sie es zu tun haben«, sagte Rizzoli.

Aber ich weiß es. Ich weiß es ganz genau.

Der Asphalt des Parkplatzes glühte unter der gleißenden Sonne, und der Wind, der von der Straße her wehte, war schwül und stickig. Als sie in ihren Wagen stieg, war ihre Bluse bereits völlig verschwitzt. Hoyt würde diese Hitze lie-ben, dachte sie. Er blühte unter diesen Bedingungen auf wie eine Eidechse auf dem kochend heißen Wüstensand. Und wie jedes Reptil verstand er es, sich bei Gefahr blitzschnell in Sicherheit zu bringen.

Sie werden ihn nicht finden.

Während der Fahrt nach Fitchburg dachte sie an den Chirurgen, der jetzt wieder auf freiem Fuß war. Sie malte sich aus, wie er durch die Straßen der Stadt streifte, ein Räuber, der wieder auf die Jagd ging. Sie fragte sich, ob sie noch die Kraft hatte, sich ihm entgegenzustellen. Ob sie, indem sie ihn dieses eine Mal besiegt hatte, nicht ihren gesamten Vorrat an Mut erschöpft hatte. Sie hielt sich keineswegs für einen Feigling; sie war nie einer Herausforderung aus dem Weg gegangen und hatte sich stets unerschrocken in jede Auseinandersetzung gestürzt. Aber bei dem Gedanken, sich mit Warren Hoyt anzulegen, durchfuhr es sie eiskalt.

Ich habe einmal gegen ihn gekämpft, und ich hätte es beinahe nicht überlebt. Ich weiß nicht, ob ich es ein zweites Mal fertig bringe. Ob ich das Monster in seinen Käfig zurückdrängen kann.

Die Absperrung war nicht bewacht. Rizzoli blieb im Krankenhausflur stehen und blickte sich suchend um, konnte jedoch keinen uniformierten Beamten sehen. Nur ein paar Krankenschwestern standen in der Nähe; zwei von ihnen hielten einander Trost suchend im Arm, die übrigen standen dicht gedrängt und unterhielten sich in gedämpftem Ton, die Gesichter aschfahl vor Schock.

Sie schlüpfte unter dem locker gespannten gelben Band hindurch, und niemand stellte sich ihr in den Weg, als sie durch eine Doppeltür, die sich automatisch mit einem zischenden Geräusch öffnete, den OP-Bereich betrat. Auf dem Boden erblickte sie blutige Schlieren und Fußabdrücke wie von wilden Tanzschritten. Ein Spurensicherungsexperte packte schon seine Ausrüstung ein. An diesem Tatort gab es keine heißen Spuren mehr, alles war bereits abgesucht und zertrampelt und wartete nur noch auf die Freigabe zur Reinigung.

Aber obwohl die Beweissicherung abgeschlossen war und die Spuren bereits größtenteils verwischt waren, konnte Rizzoli an ihnen immer noch ablesen, was hier passiert war, denn es stand mit Blut an die Wände geschrieben. Sie sah die eingetrockneten Spritzer arteriellen Bluts aus der durchtrennten Schlagader eines Opfers. Sie zogen sich in einer wellenförmigen Linie über die Wand und die große abwischbare Tafel mit dem OP-Plan für den heutigen Tag. Hier waren die Nummern der OP-Säle aufgelistet, die Namen der Patienten und der Operateure sowie die Art des Eingriffs – ein randvoller Tagesplan. Sie fragte sich, was wohl aus den Patienten würde, deren Operationstermine kurzerhand gestrichen worden waren, weil der OP zum Schauplatz eines Verbrechens geworden war. Welche Konsequenzen hatte die Verschiebung einer Cholezystektomie – was immer das sein mochte? Der volle Plan erklärte, weshalb die Spurensicherung so schnell abgewickelt worden war. Man musste an die Bedürfnisse der Lebenden denken. Man konnte einen voll ausgebuchten OP wie den des Krankenhauses von Fitchburg nicht einfach auf unbestimmte Zeit schließen.

Die Wellen von arteriellem Blut setzten sich über die Tafel fort, um die Ecke und über die anschließende Wand. Hier wurden die Ausschläge der Kurve mit dem abnehmenden systolischen Druck kleiner, und die Welle begann sich zum Boden hin zu senken. Sie endete in einer verschmierten Pfütze vor dem Empfangstresen.

Das Telefon. Wer auch immer hier gestorben ist, hat noch versucht, das Telefon zu erreichen.

Jenseits des Empfangsbereichs war ein breiter, von Waschbecken gesäumter Korridor, von dem die Türen zu den einzelnen OPs abgingen. Sie schritt die Reihe der Becken ab, vorbei an einem Spurensicherungsbeamten, der sie kaum eines Blickes würdigte. Niemand stellte sie zur Rede, auch

nicht, als sie durch die Tür von OP 4 trat und wie angewur-
zelt stehen blieb, schockiert von den Spuren des Blutbads,
das hier stattgefunden hatte. Die Opfer waren zwar schon
weggebracht worden, doch ihr Blut war noch überall. Wände,
Schränke und Tische waren damit bespritzt, und von den
Sohlen sämtlicher Personen, die nach dem Mord die Szene
betreten hatten, war es über den Fußboden verteilt worden.

»Ma'am? Ma'am?«

Zwei Männer in Zivil standen vor dem Instrumenten-
schrank und musterten sie kritisch. Der Größere der beiden
kam auf sie zu; seine Überschuhe aus Papier machten schmat-
zende Geräusche auf dem klebrigen Boden. Er war Mitte dreißig, und seine Bewegungen strahlten die anmaßende Über-
heblichkeit aus, die so typisch für muskelbepackte Männer
ist. Maskuline Kompensation, dachte sie mit einem Blick
auf die für sein Alter schon extrem hohe Stirn.

Bevor er die unvermeidliche Frage stellen konnte, hielt sie
ihm ihren Dienstausweis hin. »Jane Rizzoli, Mordkommission, Boston P. D.«

»Was hat denn Boston hier verloren?«

»Tut mir Leid, ich weiß Ihren Namen nicht«, entgegnete
sie.

»Sergeant Canady. Abteilung Zielfahndung nach flüchtigen Straftätern.«

Ein Beamter der Staatspolizei von Massachusetts. Sie
wollte ihm schon die Hand schütteln, sah dann aber, dass er
Latexhandschuhe trug. Ohnehin schien er an einem Aus-
tausch von Höflichkeiten kein Interesse zu haben.

»Können wir etwas für Sie tun?«, fragte Canady.

»Vielleicht kann ich etwas für *Sie* tun.«

Canady schien nicht sonderlich begeistert über das Angebot. »Wie?«

Sie betrachtete die Wand, an der das Blut in Strömen herab-
rann. »Der Mann, der das hier getan hat – Warren Hoyt...«

»Was ist mit ihm?«

»Ich kenne ihn sehr gut.«

Jetzt gesellte sich der kleinere Mann zu ihnen. Er hatte ein blasses Gesicht und Segelohren, und obwohl er ganz offensichtlich ebenfalls Polizist war, schien ihm Canadys Reviergehabe fremd zu sein. »He, ich kenne Sie, Rizzoli. Sie sind doch diejenige, die ihn geschnappt hat.«

»Ich war in dem Team, ja.«

»Nein, Sie sind doch die, die ihn dort in Lithia gestellt hat.« Im Gegensatz zu Canady trug er keine Handschuhe, und er streckte ihr die Hand zur Begrüßung hin. »Detective Arlen, Fitchburg P. D. Sind Sie extra deswegen den weiten Weg gekommen?«

»Gleich nachdem ich davon erfahren habe.« Ihr Blick schweifte zurück zur Wand. »Ihnen ist doch klar, mit wem Sie es zu tun haben, nicht wahr?«

»Wir haben alles im Griff«, beeilte sich Canady zu sagen.

»Kennen Sie seine Vorgeschichte?«

»Wir wissen, was er hier angerichtet hat.«

»Aber kennen Sie auch *ihn*?«

»Wir haben seine Akte aus Souza-Baranowski.«

»Und das Wachpersonal dort hatte keine Ahnung, mit wem sie es zu tun hatten. Sonst wäre das hier nie passiert.«

»Ich habe bisher noch jeden geschnappt«, sagte Canady. »Sie machen alle dieselben Fehler.«

»Der hier nicht.«

»Er hat nur sechs Stunden Vorsprung.«

»Sechs Stunden?« Sie schüttelte den Kopf. »Sie haben ihn schon verloren.«

»Wir durchkämmen systematisch die Umgebung«, brauste Canady auf. »Wir haben Straßensperren mit Fahrzeugkontrollen eingerichtet. Die Medien sind informiert, und alle örtlichen Fernsehstationen haben sein Foto gesendet. Wie gesagt, wir haben die Sache im Griff.«

Sie erwiderte nichts, und erneut wanderte ihr Blick zu den

Rinnsalen von Blut an der Wand. »Wer ist hier in diesem Raum gestorben?«, fragte sie leise.

Es war Arlen, der ihr antwortete. »Die Anästhesistin und die OP-Schwester. Die Anästhesistin hat dort am Fußende des Tischs gelegen. Die Schwester wurde hier nahe der Tür gefunden.«

»Und sie haben nicht geschrien, nicht nach dem Wachmann gerufen?«

»Das dürfte ihnen schwer gefallen sein. Beiden Opfern wurde der Kehlkopf glatt durchgeschnitten.«

Sie trat an das Kopfende des Tisches und betrachtete den Metallständer, an dem noch ein Infusionsbeutel hing. Der Plastikschlauch mit dem Katheter daran endete in einer Wasserpfütze am Boden. Daneben lag eine zerbrochene Glasspritze.

»Sie hatten ihm schon einen Tropf gelegt«, sagte sie.

»Das wurde in der Notaufnahme gemacht«, erklärte Arlen. »Nachdem der Chirurg ihn unten untersucht hatte, wurde er sofort hierher gebracht. Die Diagnose lautete auf Blinddarmdurchbruch.«

»Warum ist der Chirurg nicht mit ihm hochgekommen? Wo war er überhaupt?«

»Er musste sich noch um einen anderen Patienten in der Notaufnahme kümmern. Er ist schätzungsweise zehn, fünfzehn Minuten nach den Ereignissen hier eingetroffen. Er kam durch die Doppeltür herein, sah den Wachmann vom Gefängnis im Empfangsbereich tot am Boden liegen und ist schnurstracks zum Telefon gerannt. Daraufhin ist fast das komplette Personal der Notaufnahme hier reingestürmt, aber für die Opfer konnten sie nichts mehr tun.«

Sie blickte auf den Boden herab und sah die verschmierten und verwischten Spuren von zu vielen Schuhen – ein Chaos, das keine exakte Rekonstruktion der Ereignisse mehr zuließ.

»Warum war der Wachmann nicht hier im OP, um auf den Gefangenen aufzupassen?«, fragte sie.

»Der OP ist ein steriler Bereich. Straßenkleidung nicht erlaubt. Wahrscheinlich haben sie ihm gesagt, er soll draußen warten.«

»Aber ist es denn nicht Vorschrift, dass Gefangenen außerhalb des Gefängnisbereichs die Handschellen nie abgenommen werden dürfen?«

»Doch.«

»Auch im OP, auch unter Betäubung. Hoyt hätte mit einem Arm oder einem Bein an den OP-Tisch gefesselt werden müssen.«

»Ja, allerdings.«

»Haben Sie die Handschellen gefunden?«

Arlen und Canady sahen einander an.

Dann sagte Canady: »Sie lagen unter dem Tisch.«

»Also *war* er gefesselt.«

»Ja, anfangs schon...«

»Warum hätten sie ihn losbinden sollen?«

»Vielleicht aus medizinischen Gründen«, vermutete Arlen. »Um eine neue Infusion zu legen oder um ihn umdrehen zu können?«

Sie schüttelte den Kopf. »Sie hätten den Wachmann rufen müssen, um die Handschellen aufschließen zu lassen. Und der wäre niemals rausgegangen und hätte den Gefangenen hier ohne Fesseln zurückgelassen.«

»Dann muss er unvorsichtig geworden sein«, sagte Canady. »In der Notaufnahme waren alle davon überzeugt, dass Hoyt schwer krank war, dass er mit seinen starken Schmerzen gar nicht in der Lage wäre, sich zur Wehr zu setzen. Sie haben ganz offensichtlich nicht damit gerechnet...«

»Gütiger Gott«, murmelte sie. »Er ist noch so gefährlich wie eh und je.« Ihr Blick fiel auf den Anästhesiewagen, und sie sah, dass eine Schublade offen stand. Sie konnte die Ampullen mit Thiopental im grellen Licht der OP-Lampen aufblitzen sehen. Ein Anästhetikum. Sie waren gerade im Begriff, ihn in Narkose zu versetzen, dachte sie. Er liegt auf dem Tisch, im Arm die Infusionskanüle. Er stöhnt, sein Gesicht ist schmerzverzerrt. Sie ahnen nicht, was gleich passieren wird; sie sind zu sehr mit ihren jeweiligen Aufgaben beschäftigt. Die Schwester denkt an die Instrumente, die sie bereitlegen muss, und überlegt, was der Operateur alles benötigen wird. Die Anästhesistin berechnet die Dosierung der Medikamente, während sie den Herzschlag des Patienten auf dem Monitor verfolgt. Vielleicht sieht sie, dass sein Puls sich beschleunigt, und führt es auf die starken Schmerzen zurück. Sie weiß nicht, dass er in Wirklichkeit seine Muskeln anspannt, um sich auf sie zu stürzen. Um zum tödlichen Streich auszuholen.

Und dann ... was ist dann passiert?

Sie blickte auf das Instrumententablett hinab, das auf einem Wagen neben dem Tisch stand. Es war leer. »Hat er ein Skalpell benutzt?«, fragte sie.

»Wir haben die Waffe noch nicht gefunden.«

»Das ist sein bevorzugtes Mordinstrument. Er hat immer ein Skalpell benutzt...« Plötzlich durchfuhr sie ein Gedanke, bei dem sich ihr die Nackenhaare aufstellten. Sie sah Arlen an. »Könnte er noch hier im Haus sein?«

Canady fuhr dazwischen: »Er ist nicht mehr im Haus.«

»Er hat sich schon einmal als Arzt verkleidet. Er versteht es, sich unter das Krankenhauspersonal zu mischen. Haben Sie das Gebäude durchsuchen lassen?«

»Das ist nicht nötig.«

»Und woher wollen Sie dann wissen, dass er nicht hier ist?«

»Weil wir den Beweis haben, dass er das Gebäude verlassen hat. Es ist auf Video festgehalten.«

Ihr Puls beschleunigte sich. »Sie haben ihn mit der Überwachungskamera eingefangen?«

Canady nickte. »Ich nehme an, Sie wollen es sich mit eigenen Augen ansehen.«

8

»Das ist total verrückt, was er da macht«, sagte Arlen. »Wir haben uns dieses Band mehrmals angesehen, und wir kapieren es immer noch nicht.«

Sie waren nach unten in das Besprechungszimmer des Krankenhauses gegangen, wo in der Ecke ein Rollschrank mit einem Fernseher und einem Videorekorder stand. Arlen überließ Canady freiwillig das Einschalten der Geräte und die Fernbedienung. Das Handhaben der Fernbedienung war nun einmal die Rolle des männlichen Alphatiers, und Canady brauchte das Gefühl, dass ihm diese Position zustand. Arlen hingegen hatte genügend Selbstwertgefühl, um darauf verzichten zu können.

Canady schob die Kassette in den Schlitz und sagte: »Okay, dann wollen wir mal sehen, ob das Boston P. D. dieses Rätsel lösen kann.« Es war das verbale Äquivalent eines hingeworfenen Fehdehandschuhs. Er drückte auf *Play*.

Auf dem Bildschirm erschien ein Korridor mit einer geschlossenen Tür am Ende.

»Das ist von einer Deckenkamera in einem Flur im Erdgeschoss aufgenommen«, erklärte Arlen. »Die Tür, die Sie da sehen, führt direkt ins Freie, auf den Mitarbeiterparkplatz an der Ostseite des Gebäudes. Es ist einer von vier Ausgängen. Die Aufnahmezeit ist unten eingeblendet.«

»Fünf Uhr zehn«, las sie ab.

»Aus dem Protokoll der Notaufnahme geht hervor, dass der Gefangene gegen vier Uhr fünfundvierzig nach oben in den OP gebracht wurde; jetzt ist es also fünfundzwanzig Minuten später. Und nun sehen Sie genau hin. Es passiert gegen fünf Uhr elf.«

Die Anzeige auf dem Fernsehbildschirm zählte die Sekunden. Und dann, genau um 5:11:13, trat plötzlich eine Gestalt ins Blickfeld der Kamera, die mit ruhigem, gemessenem Schritt auf den Ausgang zuging. Der Mann wandte der Kamera den Rücken zu, und sie konnten das kurz geschnittene braune Haar über dem Kragen seines weißen Laborkittels sehen. Er trug eine OP-Hose und Überschuhe aus Papier. An der Tür angelangt, begann er den Riegel herunterzudrücken, doch dann hielt er plötzlich inne.

»Jetzt schauen Sie sich das mal an«, sagte Arlen.

Ganz langsam drehte der Mann sich um und blickte zur Kamera auf.

Rizzoli beugte sich vor. Ihre Kehle war wie ausgedörrt, als sie in das Gesicht von Warren Hoyt starrte. Und sie hatte das deutliche Gefühl, dass auch er ihr direkt in die Augen blickte. Er ging auf die Kamera zu, und sie sah, dass er etwas unter den linken Arm geklemmt hatte. Eine Art Bündel. Er ging weiter, bis er direkt unter dem Objektiv stand.

»Jetzt kommt das Merkwürdige«, sagte Arlen.

Ohne den Blick von der Kamera zu wenden, hob Hoyt die rechte Hand, mit der Handfläche nach vorn, als stünde er vor Gericht und sei im Begriff zu schwören, nichts als die Wahrheit zu sagen. Dann zeigte er mit der Linken auf die ausgestreckte Rechte. Und lächelte.

»Was zum Teufel hat das zu bedeuten?«, fragte Canady.

Rizzoli gab keine Antwort. Schweigend sah sie zu, wie Hoyt sich umdrehte, den Ausgang ansteuerte und durch die Tür verschwand.

»Spulen Sie noch einmal zurück«, sagte sie leise.

»Haben Sie eine Ahnung, was das mit der Hand sollte?«

»Spulen Sie zurück.«

Canady runzelte die Stirn und drückte zuerst auf *Rewind*, dann auf *Play*.

Wieder sahen sie Hoyt zur Tür gehen. Er drehte sich um, den Blick starr auf die gerichtet, die ihn nun beobachteten.

Jeder Muskel in ihrem Körper war angespannt, und ihr Herz raste, als sie auf seine nächste Geste wartete. Eine Geste, die sie sehr wohl verstanden hatte.

Er hob die Hand.

»Halten Sie es an«, sagte sie. »Jetzt!«

Canady drückte auf die Pause-Taste.

Auf dem Bildschirm erstarrte Hoyt mitten in der Bewegung, ein Lächeln auf den Lippen, mit dem Zeigefinger der linken Hand auf die geöffnete Rechte deutend. Wie gelähmt starrte sie das Bild an.

Es war Arlen, der schließlich das Schweigen brach. »Was bedeutet es? Wissen Sie es?«

Sie schluckte. »Ja.«

»Also, *was* denn nun?«, fuhr Canady sie an.

Sie öffnete ihre Hände, die sie zuvor im Schoß zu Fäusten geballt hatte. Auf beiden Handflächen trug sie die Narben von Hoyts Attacke im vergangenen Sommer; dicke Wülste verdeckten inzwischen die beiden klaffenden Löcher, die Hoyts Skalpelle gerissen hatten.

Arlen und Canady starrten ihre Narben an.

»Das hat Hoyt Ihnen angetan?«, fragte Arlen.

Sie nickte. »Das soll die Geste bedeuten. Deshalb hat er seine Hand gehoben.« Sie blickte zum Fernseher, wo Hoyt noch immer lächelnd die offene Hand in die Kamera hielt. »Es ist ein kleiner Scherz, nur zwischen uns beiden. Seine Art, Hallo zu sagen. Der Chirurg wendet sich an mich. Er spricht mit mir.«

»Der muss ja tierisch sauer auf Sie sein«, sagte Canady. Er deutete mit der Fernbedienung auf den Bildschirm. »Sehen Sie ihn sich doch an. Es ist, als ob er sagt: ›Du kannst mich mal!‹«

»Oder ›Wir sehen uns noch‹«, fügte Arlen leise hinzu.

Seine Worte ließen sie frösteln. *Ja, ich weiß, dass wir uns wiedersehen werden. Ich weiß nur nicht wann und wo.*

Canady drückte auf *Play*, und das Band lief weiter. Sie sahen, wie Hoyt die Hand sinken ließ und wieder zum Ausgang ging. Während er sich von der Kamera entfernte, fixierte Rizzoli das Bündel unter seinem Arm.

»Halten Sie noch mal an«, sagte sie.

Canady drückte auf *Pause*.

Sie beugte sich vor und legte den Finger auf den Bildschirm. »Was ist das, was er da unter dem Arm hat? Es sieht aus wie ein zusammengerolltes Handtuch.«

»Ist es auch«, bestätigte Canady.

»Warum hat er es mitgenommen?«

»Es geht nicht um das Handtuch. Sondern um das, was darin eingewickelt ist.«

Sie runzelte die Stirn, versuchte sich an das zu erinnern, was sie vorhin oben im OP gesehen hatte. Und dann fiel ihr das leere Tablett neben dem OP-Tisch ein.

Sie sah Arlen an. »Instrumente«, sagte sie. »Er hat chirurgische Instrumente mitgenommen.«

Arlen nickte. »Ein Laparotomie-Set wird vermisst.«

»Laparotomie? Was ist das?«

»Das ist Medizinerjargon für das Aufschneiden der Bauchdecke«, sagte Canady.

Auf dem Bildschirm war Hoyt inzwischen zur Tür hinausgegangen, und sie sahen nur noch einen leeren Korridor, eine geschlossene Tür. Canady schaltete den Fernseher aus und drehte sich zu ihr um. »Sieht aus, als könnte Ihr Bursche es gar nicht erwarten, sich wieder an die Arbeit zu machen.«

Das Trillern ihres Handys ließ sie zusammenzucken. Sie fühlte das heftige Pochen ihres Herzens, als sie nach dem Apparat griff. Die beiden Männer beobachteten sie, und sie drehte sich zum Fenster um, bevor sie sich meldete.

Es war Gabriel Dean. »Sie haben doch nicht vergessen, dass wir um drei Uhr mit dem forensischen Anthropologen verabredet sind?«, sagte er.

Sie sah auf ihre Uhr. »Ich werde rechtzeitig dort sein.« Es war gerade so zu schaffen.

»Wo sind Sie?«

»Hören Sie, ich werde dort sein, okay?« Sie legte auf und holte tief Luft, den Blick starr auf etwas jenseits des Fensters gerichtet. Ich komme nicht mehr nach, dachte sie. Zu viele Monster, die ihr Unwesen treiben – ich kann nicht überall gleichzeitig sein...

»Detective Rizzoli?«, sagte Canady.

Sie wandte sich zu ihm um. »Tut mir Leid. Ich muss zurück in die Stadt. Sie rufen mich doch sofort an, wenn Sie etwas von Hoyt hören?«

Er nickte. Lächelte. »Wir glauben nicht, dass es sehr lange dauern wird.«

Dean war der letzte Mensch, nach dessen Gesellschaft ihr jetzt zumute war, doch als sie in den Parkplatz des Rechtsmedizinischen Instituts einbog, sah sie ausgerechnet ihn aus seinem Wagen steigen. Rasch fuhr sie in eine Lücke zwischen zwei Autos und stellte den Motor ab. Sie dachte, wenn sie nur ein paar Minuten wartete, würde er vor ihr hineingehen, so dass ihr ein unnötiges Gespräch mit ihm erspart bliebe. Aber leider hatte er sie schon gesehen und stand nun wartend mitten auf dem Parkplatz, ein unüberwindliches Hindernis. Es blieb ihr keine Wahl, sie musste sich ihm stellen.

Als sie die Tür öffnete, schlug ihr die sengende Hitze entgegen. Mit dem entschlossenen Schritt einer Frau, die keine Zeit zu verlieren hat, ging sie auf ihn zu.

»Sie sind heute Morgen gar nicht mehr in die Besprechung zurückgekommen«, sagte er.

»Marquette hat mich in sein Büro gerufen.«

»Er hat es mir gesagt.«

Sie blieb stehen und sah ihn an. »Was hat er Ihnen gesagt?«

»Dass einer Ihrer verurteilten Mörder auf freiem Fuß ist.«

»Das stimmt.«

»Und das hat Sie sehr mitgenommen.«

»Haben Sie das auch von Marquette?«

»Nein. Aber da Sie nicht mehr in den Besprechungsraum zurückgekommen sind, nahm ich an, dass Sie zu erschüttert waren.«

»Ich war durch andere Dinge in Anspruch genommen.« Sie begann auf das Gebäude zuzugehen.

»Sie leiten die Ermittlungen in diesem Fall, Detective Rizzoli!«, rief er ihr nach.

Sie blieb stehen und wandte sich zu ihm um. »Wieso glauben Sie, mich daran erinnern zu müssen?«

Er ging langsam auf sie zu, bis er so dicht vor ihr stand, dass es wie ein Einschüchterungsversuch wirkte. Vielleicht war das ja tatsächlich seine Absicht. Sie standen einander Auge in Auge gegenüber, und wenngleich sie niemals zurückgewichen wäre, konnte sie doch nicht verhindern, dass sie unter seinen Blicken errötete. Es war nicht nur seine körperliche Überlegenheit, die sie als bedrohlich empfand. Es war ihre plötzliche Erkenntnis, dass er ein begehrenswerter Mann war – eine vollkommen abwegige Reaktion angesichts ihrer Verärgerung. Sie versuchte ihre unbotmäßigen Gefühle zu unterdrücken, doch sie hatten sie bereits fest im Griff, und es gelang ihr nicht, sie abzuschütteln.

»Dieser Fall wird Ihre volle Aufmerksamkeit verlangen«, sagte er. »Hören Sie, ich verstehe ja, dass Sie über Warren Hoyts Flucht erschüttert sind. So etwas würde jedem Cop an die Nieren gehen. Das kann einen schon aus der Bahn werfen…«

»Sie kennen mich doch kaum. Also versuchen Sie nicht, mich zu analysieren.«

»Ich frage mich nur, ob Sie sich wirklich voll auf die Leitung dieser Ermittlungen konzentrieren können. Oder ob andere Dinge Sie so sehr beschäftigen, dass sie Ihnen in die Quere kommen könnten.«

Es gelang ihr, sich zu beherrschen und ihn ganz ruhig zu fragen: »Wissen Sie, wie viele Menschen Hoyt heute Morgen getötet hat? Es waren drei, Agent Dean. Ein Mann und zwei Frauen. Er hat ihnen die Kehle durchgeschnitten und ist einfach so davonspaziert. So wie jedes Mal.« Sie hob die Hände, und er starrte auf ihre Narben. »Das sind die Souvenirs, die er mir letzten Sommer verpasst hat, kurz bevor er auch mir die Kehle aufschlitzen wollte.« Sie ließ die Hände sinken und lachte. »Sie haben also durchaus Recht. Er beschäftigt mich immer noch.«

»Sie haben aber auch einen Job zu erledigen. Und zwar hier.«

»Und ich erledige ihn.«

»Hoyt lenkt Sie ab. Sie lassen zu, dass er Sie an der Arbeit hindert.«

»Der Einzige, der mich daran hindert, meine Arbeit zu tun, sind *Sie*. Ich weiß ja noch nicht einmal, was Sie hier überhaupt machen.«

»Kooperation zwischen den Behörden. Ist das nicht die offizielle Order?«

»Ich bin die Einzige, die hier kooperiert. Was bekomme ich denn im Gegenzug von Ihnen?«

»Was erwarten Sie von mir?«

»Sie könnten mir zum Beispiel mal verraten, wieso das FBI sich überhaupt eingeschaltet hat. Die Behörde hat sich bisher nie für meine Fälle interessiert. Inwiefern sind die Yeagers etwas Besonderes? Welche Informationen besitzen Sie, von denen ich nichts weiß?«

»Ich weiß genauso viel über die beiden wie Sie«, sagte er.

War das die Wahrheit? Sie wusste es nicht. Sie wurde nicht klug aus diesem Mann. Und jetzt brachte sie auch noch seine sexuelle Anziehungskraft durcheinander und machte eine klare Kommunikation zwischen ihnen so gut wie unmöglich.

Er sah auf seine Uhr. »Es ist schon nach drei. Sie warten auf uns.«

Er ging auf den Eingang zu, doch sie folgte ihm nicht

gleich. Einen Moment lang blieb sie noch auf dem Parkplatz stehen, vollkommen verwirrt durch ihre eigene Reaktion auf Dean. Schließlich atmete sie tief durch und steuerte das Gebäude an, gewappnet für einen neuerlichen Besuch bei den Toten.

Diesmal bestand wenigstens keine Gefahr, dass sich ihr der Magen umdrehte. Der überwältigende Verwesungsgestank, von dem ihr während der Obduktion von Gail Yeager schlecht geworden war, fehlte bei dieser zweiten Leiche zum Glück fast gänzlich. Korsak hatte dennoch die üblichen Vorsichtsmaßnahmen ergriffen und sich wieder Menthol-salbe unter die Nase geschmiert. An den Knochen hingen nur noch einige wenige lederartige Bindegewebsfetzen, und wenngleich der Geruch alles andere als angenehm war, zwang er Rizzoli wenigstens nicht, zum Waschbecken zu flüchten. Sie war entschlossen, eine Wiederholung der pein-lichen Szene vom Abend zuvor zu vermeiden, zumal Gabriel Dean ihr jetzt direkt gegenüber stand und ihm auch nicht das kleinste Zucken in ihrem Gesicht entgehen würde. Mit stoischer Miene sah sie zu, wie Dr. Isles und der forensische Anthropologe Dr. Carlos Pepe die Transportkiste öffneten und die skelettierten Überreste vorsichtig heraushoben, um sie auf dem mit einem Tuch abgedeckten Autopsietisch aus-zubreiten.

Dr. Pepe war um die sechzig, eine koboldhafte Erschei-nung, klein und gebeugt, und er wirkte wie ein Kind bei der Bescherung, als er nun ganz aufgeregt in der Kiste herum-wühlte und jedes einzelne Stück beäugte wie einen Gold-klumpen. Wo Rizzoli nur eine zufällige Ansammlung von schmutzigen Knochen sah, wirr und unförmig wie ein Hau-fen dürrer Zweige, erkannte Dr. Pepe Speichen, Ellen und Schlüsselbeine, die er zügig identifizierte und entsprechend ihrer anatomischen Position auf dem Tisch anordnete. Lose Rippen klapperten auf dem stoffüberzogenen rostfreien Stahl.

Die Wirbel formten sich zu einer höckrigen Kette, die entlang der Mitte des Tisches zu dem an eine bizarre Königskrone erinnernden hohlen Ring des Beckens führten. Die Armknochen fügten sich zu spindeldürren Gliedmaßen, an deren Enden sich kleine Haufen schmutziger Kiesel anzuschließen schienen. Tatsächlich handelte es sich um die winzigen Knöchlein, die der menschlichen Hand ihre wundersame Beweglichkeit verleihen. Auf den ersten Blick waren die Spuren einer alten Verletzung zu erkennen: Der linke Oberschenkelknochen war mit einem Stahlnagel fixiert. Am Kopfende des Tisches platzierte Dr. Pepe den Schädel und den abgetrennten Unterkiefer. Durch eine Schmutzkruste schimmerten Goldzähne hindurch.

Endlich waren alle Knochen ausgelegt. Aber noch war die Kiste nicht ganz leer.

Er drehte sie um und schüttete den restlichen Inhalt auf ein Tablett, das mit einem Tuch abgedeckt war. Ein Schwall von Erde und Laub und verfilzten braunen Haaren ergoss sich auf den Stoff. Pepe richtete den Strahl einer Lampe auf das Tablett und begann mit einer Pinzette in dem Haufen herumzustochern. Nach wenigen Sekunden hatte er bereits gefunden, wonach er gesucht hatte: ein winziges schwarzes Klümpchen, geformt wie ein dickes Reiskorn.

»Ein Puparium«, sagte er. »Oft irrtümlich für Rattenkot gehalten.«

»Das hätte ich auch gesagt«, meinte Korsak. »Rattenkötel.«

»Hier sind eine ganze Menge davon. Man muss nur wissen, wonach man zu suchen hat.« Dr. Pepe fischte noch einige weitere schwarze Körner heraus und legte sie auf einen separaten Haufen. »Spezies *Calliphoridae*.«

»Was?«, fragte Korsak.

»Schmeißfliegen«, sagte Gabriel Dean.

Dr. Pepe nickte. »Das hier sind die Hüllen, in denen die Larven der Schmeißfliege heranwachsen. Es ist das Exoskelett – so etwas wie ein Kokon – für die Larven im dritten Entwicklungsstadium. Daraus schlüpfen sie dann als ausgewachsene Fliegen.« Er schob das Vergrößerungsglas über die Puparien. »Sie sind alle leer. Die Fliegen sind bereits geschlüpft.«

»Wie lange ist der Entwicklungszyklus von *Calliphoridae* in unseren Breiten?«, fragte Dean.

»Um diese Jahreszeit sind es etwa fünfunddreißig Tage. Aber sehen Sie, wie stark sich diese beiden Puparien hinsichtlich Färbung und Verwitterungsgrad unterscheiden? Sie gehören alle ein und derselben Spezies an, aber diese Hülle war den Witterungseinflüssen länger ausgesetzt als die anderen.«

»Zwei verschiedene Generationen«, sagte Isles.

»Das wäre auch meine Vermutung. Es würde mich interessieren, was der Entomologe dazu zu sagen hat.«

»Wenn jede Generation fünfunddreißig Tage braucht, bis sie voll entwickelt ist«, sagte Rizzoli, »können wir dann davon ausgehen, dass die Leiche siebzig Tage lang den Elementen ausgesetzt war? Hat sie schon so lange dort draußen gelegen?«

Dr. Pepe warf einen Blick auf die Knochen auf dem Autopsietisch. »Was ich hier sehe, wäre nicht unvereinbar mit einem postmortalen Intervall von zwei Sommermonaten.«

»Können Sie keine genauere Aussage machen?«

»Nicht bei einer skelettierten Leiche. Dieses Individuum könnte zwei Monate dort im Wald gelegen haben, vielleicht aber auch sechs Monate.«

Rizzoli sah, wie Korsak die Augen verdrehte. Bislang war er von diesem Knochenexperten noch nicht sonderlich beeindruckt.

Aber Dr. Pepe legte jetzt erst so richtig los. Als Nächstes wandte er sich den Überresten auf dem Tisch zu. »Ein einzelnes Individuum weiblichen Geschlechts«, stellte er fest, während er den Blick über die ausgelegten Knochen schweifen ließ. »Eher klein gewachsen – nicht viel größer als ein Meter fünfundfünfzig. Diverse verheilte Frakturen sind deutlich zu erkennen. Wir haben hier einen alten Splitterbruch des Oberschenkels, der mit einem Metalleinsatz behandelt wurde.«

»Sieht aus wie ein Steinmann-Nagel«, sagte Isles. Sie deutete auf die Lendenwirbelsäule. »Und sie hatte eine OP zur Wirbelsäulenversteifung an L2 und L3.«

»Multiple Verletzungen?«, fragte Rizzoli.

»Diese Frau hat jedenfalls ein schweres Trauma erlitten.« Dr. Pepe fuhr mit seiner Bestandsaufnahme fort. »Zwei linke Rippen fehlen, ebenso wie …«, er wühlte mit dem Finger in dem Haufen kleiner Handknochen herum, »…drei Handwurzelknochen und die meisten Fingerglieder der linken Hand. Ich würde sagen, da hat irgendein Aasfresser sich mit einem Leckerbissen aus dem Staub gemacht.«

»Fingerfood sozusagen«, meinte Korsak. Niemand lachte.

»Die langen Knochen sind alle vorhanden. Ebenso die Wirbel …« Er zögerte und musterte stirnrunzelnd die Halsknochen. »Das Zungenbein fehlt.«

»Wir konnten es nicht finden«, sagte Isles.

»Haben Sie gesiebt?«

»Ja. Ich bin selbst noch einmal an den Fundort zurückgekehrt, um danach zu suchen.«

»Dann ist es vielleicht von Aasfressern verschleppt worden«, meinte Dr. Pepe. Er hob ein Schulterblatt auf. »Sehen Sie diese V-förmigen Vertiefungen hier? Die stammen von den Reißzähnen von Hunden und anderen Räubern.« Er blickte auf. »Wurde der Kopf getrennt vom Rumpf gefunden?«

Rizzoli antwortete: »Er lag ein paar Schritte vom restlichen Körper entfernt.«

Pepe nickte. »Typisch für Hunde. Für sie ist ein Kopf wie ein großer Ball. Ein Spielzeug. Sie rollen ihn hin und her, aber sie können nicht richtig hineinbeißen wie in einen Arm, ein Bein oder einen Hals.«

»Moment mal«, sagte Korsak. »Reden wir hier von Fifi und Bello?«

»Alle Kaniden, ob wild oder domestiziert, verhalten sich in ähnlicher Weise. Kojoten und Wölfe spielen genauso gerne mit Bällen wie Fifi und Bello. Da diese Leiche in einem Park gefunden wurde, der von Wohngebieten umgeben ist, werden mit ziemlicher Sicherheit auch Haushunde dieses Waldstück durchstreift haben. Wie alle Kaniden werden sie instinktiv von Aas angezogen. Sie benagen alle Stellen eines Kadavers oder einer Leiche, die sie mit ihrem Maul umfassen können – die Ränder des Kreuzbeins, die Wirbelfortsätze, die Rippen oder auch den Darmbeinkamm. Und natürlich reißen sie alle noch verbliebenen Fleischreste herunter.«

Korsaks Augen weiteten sich vor Entsetzen. »Meine Frau hat einen kleinen Highland-Terrier. Das war aber das allerletzte Mal, dass ich mir von dem das Gesicht hab ablecken lassen.«

Pepe griff nach dem Schädel und warf Isles einen schelmischen Blick zu. »So, jetzt werde ich Sie mal in den Schwitzkasten nehmen. Was sagen Sie hierzu?«

»In den *Schwitzkasten*?«, fragte Korsak.

»So haben wir es an der Uni genannt«, erklärte Isles. »Wenn man jemanden in den Schwitzkasten nimmt, testet man sein Wissen. Man stellt ihn auf die Probe.«

»Etwas, was Sie mit Ihren Pathologie-Studenten an der U. C. sicher gerne gemacht haben«, sagte Pepe.

»Und zwar gnadenlos«, gab Isles zu. »Die sind schon ganz klein geworden, wenn ich nur in ihre Richtung geschaut habe. Dann wussten sie, dass jetzt eine knifflige Frage kommt.«

»Und nun habe ich die Gelegenheit, Sie in den Schwitzkasten zu nehmen«, sagte er mit einem Anflug von Schadenfreude. »Erzählen Sie uns etwas über dieses Individuum.«

Sie betrachtete die Überreste auf dem Tisch. »Die Schneidezähne, die Form des Gaumens und die Schädellänge weisen auf Zugehörigkeit zur kaukasischen oder weißen Rasse hin. Der Schädel ist ziemlich klein, mit kaum ausgeprägten Überaugenwülsten. Dann ist das Becken zu beachten – die Form des Eingangs, der Schambeinwinkel. Es handelt sich um eine weiße Frau.«

»Und das Alter?«

»Da hätten wir den unvollständigen Epiphysenschluss am Darmbeinkamm. Und keine arthritischen Veränderungen an der Wirbelsäule. Eine junge Erwachsene.«

»Ich stimme Ihnen zu.« Dr. Pepe nahm den Unterkiefer zur Hand. »Drei Goldkronen«, stellte er fest. »Und mehrere Amalgamfüllungen. Haben Sie Röntgenaufnahmen gemacht?«

»Yoshima hat sie heute Morgen gemacht. Sie hängen am Lichtkasten«, antwortete Isles.

Pepe ging hinüber, um sich die Aufnahmen anzusehen. »Sie hatte zwei Wurzelbehandlungen.« Er deutete auf die Röntgenbilder des Unterkiefers. »Sieht mir nach Guttapercha-Füllungen aus. Und sehen Sie sich das an. Erkennen Sie, dass die Wurzeln von 7 bis 10 und von 22 bis 27 sehr kurz und stumpf sind? Es hat eine kieferorthopädische Korrektur stattgefunden.«

»Das war mir nicht aufgefallen.«

Pepe lächelte. »Ich bin froh, dass ich Ihnen doch noch etwas beibringen kann, Dr. Isles. Sie haben mir schon das Gefühl gegeben, dass ich hier vollkommen überflüssig bin.«

Agent Dean sagte: »Wir haben es also mit einer Person zu tun, die sich umfangreiche Zahnbehandlungen leisten konnte.«

»Und zwar ziemlich teure Behandlungen«, fügte Pepe hinzu.

Rizzoli dachte an Gail Yeager und ihre makellosen, geraden Zähne. Lange nachdem das Herz zu schlagen aufgehört hatte, lange nachdem das Fleisch verwest war, unterschieden sich die Reichen von den Armen immer noch durch den Zustand ihrer Zähne. Wer schon Mühe hatte, jeden Monat die Miete zu bezahlen, vernachlässigte notgedrungen den schmerzenden Backenzahn oder den unansehnlichen Überbiss. Die Eigenschaften dieses Opfers klangen allmählich auf unheimliche Weise vertraut.

Jung, weiblich, weiß. Wohlhabend.

Pepe legte den Unterkiefer wieder an seinen Platz und wandte seine Aufmerksamkeit dem Rumpf zu. Eine Zeit lang betrachtete er eingehend den eingefallenen Brustkasten und das Brustbein. Dann nahm er eine lose Rippe, hielt sie an das Brustbein und schien den Winkel zwischen den beiden Knochen zu prüfen.

»*Pectus excavatum*«, sagte er.

Zum ersten Mal schien Isles wirklich betroffen. »Das hatte ich nicht bemerkt.«

»Was ist mit den Schienbeinen?«

Sofort ging sie zum Fußende des Tisches und griff nach einem der langen Beinknochen. Sie starrte ihn an, und die Falten auf ihrer Stirn wurden tiefer. Anschließend nahm sie den entsprechenden Knochen des anderen Beins und legte die beiden Seite an Seite.

»Beidseitiges *Genu varum*«, sagte sie. Inzwischen klang sie schon sehr beunruhigt. »Vielleicht fünfzehn Grad. Ich weiß nicht, wie ich das übersehen konnte.«

»Sie haben sich auf die Fraktur konzentriert. Dieser Nagel springt einen ja geradezu an. Und es ist schließlich ein Leiden, dem man nicht mehr allzu häufig begegnet. Um das zu erkennen, braucht es schon einen alten Knacker wie mich.«

»Das ist keine Entschuldigung. Ich hätte es sofort bemerken müssen.« Isles schwieg eine Weile, während sie irritiert zwischen den Beinknochen und dem Brustkorb hin- und herblickte. »Das ergibt keinen Sinn. Es passt nicht zum Zustand des Gebisses. Es ist fast so, als hätten wir es mit zwei verschiedenen Individuen zu tun.«

Jetzt konnte Korsak nicht mehr an sich halten. »Würde es

Ihnen etwas ausmachen, uns zu erklären, wovon Sie reden? Was ergibt keinen Sinn?«

»Diese Person weist eine Besonderheit auf, die als *Genu varum* bezeichnet wird«, sagte Dr. Pepe. »Gemeinhin bekannt als O-Beine. Ihre Schienbeine waren um etwa fünfzehn Grad nach außen gekrümmt. Das ist fast das Doppelte der normalen Krümmung der Tibia.«

»Und warum dann die ganze Aufregung? Viele Leute haben O-Beine.«

»Es sind nicht nur die O-Beine«, sagte Isles. »Es ist auch die Brust. Sehen Sie sich den Winkel an, in dem die Rippen zum Brustbein stehen. Sie hat *Pectus excavatum*, eine so genannte Trichterbrust. Durch eine Verformung der Knochen und Knorpel ist das Brustbein eingedellt. In schweren Fällen kann das zu Kurzatmigkeit und Herzproblemen führen. Aber bei dieser Frau war die Verformung nur leicht ausgeprägt und hat ihr wahrscheinlich keine Beschwerden bereitet. Es dürfte lediglich ein Schönheitsfehler gewesen sein.«

»Und das Ganze geht auf fehlerhafte Knochenbildung zurück?«, fragte Rizzoli.

»Ja. Eine Störung des Knochenstoffwechsels.«

»Von welcher Krankheit reden wir denn hier?«

Isles zögerte und sah Dr. Pepe an. »Ihre Statur ist in der Tat ziemlich klein.«

»Was sagt die Regressionsgleichung nach Trotter und Gleser?«

Isles nahm ein Maßband und hielt es rasch an die Oberschenkel- und Schienbeinknochen. »Ich würde sagen, etwa ein Meter fünfundfünfzig. Plus/minus drei.«

»Also, wir haben *Pectus excavatum*. Beidseitiges *Genu varum*. Geringe Körpergröße.« Er nickte. »Die Vermutung liegt sehr nahe.«

Isles wandte sich wieder an Rizzoli. »Sie hatte als Kind Rachitis.«

Das Wort hatte einen fast altmodischen Klang – *Rachitis*.

Bei Rizzoli löste es Bilder von barfüßigen Kindern in baufälligen Hütten aus, von schreienden Babys und ärmlichen, unhygienischen Verhältnissen. Eine vergangene Zeit, wie auf vergilbten Fotos. *Rachitis* war ein Wort, das nicht zu einer Frau mit drei Goldkronen und kieferorthopädisch begradigtem Gebiss passte.

Gabriel Dean war der Widerspruch ebenfalls aufgefallen. »Ich dachte immer, Rachitis sei eine Folge von Mangelernährung.«

»Ja«, antwortete Isles. »Ein Mangel an Vitamin D. Die meisten Kinder sind durch Milch oder das Sonnenlicht ausreichend mit Vitamin D versorgt. Aber wenn ein Kind schlecht ernährt ist und sich viel in geschlossenen Räumen aufhält, kann es zu Mangelerscheinungen kommen. Und diese wiederum beeinträchtigen den Kalziumstoffwechsel und die Knochenbildung.« Sie hielt kurz inne. »Ich selbst habe nie einen Fall beobachtet.«

»Kommen Sie mal mit mir ins Gelände zu einer Ausgrabung«, sagte Dr. Pepe. »Ich kann Ihnen jede Menge Fälle aus dem letzten Jahrhundert zeigen. Skandinavien, Nordrussland …«

»Aber heute? In den Vereinigten Staaten?«, fragte Dean.

Pepe schüttelte den Kopf. »Sehr ungewöhnlich. Wenn ich mir die Knochendeformationen und ihre geringe Körpergröße anschaue, würde ich sagen, dass diese Person in recht ärmlichen Verhältnissen gelebt hat. Zumindest in ihrer Kindheit und Jugend.«

»Aber das steht im Widerspruch zum Zustand ihres Gebisses.«

»Ja. Deshalb hat Dr. Isles auch gesagt, dass wir es hier scheinbar mit zwei verschiedenen Individuen zu tun haben.«

Das Kind und die Erwachsene, dachte Rizzoli. Sie erinnerte sich an ihre eigene Kindheit, an die Zeit, als die Familie auf engstem Raum in einem stickigen kleinen Häuschen gewohnt hatte. Um wirklich ungestört zu sein, hatte Jane sich schon in ihr Geheimversteck unter der Vordertreppe zurückziehen müssen. Sie dachte an die Zeit, als ihr Vater vorübergehend arbeitslos gewesen war, an das ängstliche Geflüster im Elternschlafzimmer, an Dosenmais und Instant-Kartoffelpüree zum Abendessen. Die schlechten Zeiten hatten nicht lange gedauert; binnen eines Jahres hatte ihr Vater einen neuen Job gefunden, und nun kam auch wieder Fleisch auf den Tisch. Aber auch eine flüchtige Begegnung mit der Armut hinterlässt unauslöschliche Spuren, wenn nicht am Körper, so doch in den Köpfen, und die drei Rizzoli-Geschwister hatten sich alle für Berufe mit einem regelmäßigen, wenn auch nicht gerade überwältigenden Einkommen entschieden – Jane bei der Polizei, Frankie bei den Marines und Mikey bei der Post. Der Wunsch, der Unsicherheit ihrer Kindheit zu entkommen, hatte sie alle drei angetrieben.

Sie blickte auf das Skelett auf dem Tisch herab und sagte: »Aus ärmlichen Verhältnissen zu Wohlstand gelangt. So was kommt vor.«

»Wie in einem Roman von Dickens«, meinte Dean.

»Ach ja«, sagte Korsak. »Der kleine Tim, so hieß er doch?«

Dr. Isles nickte. »Der kleine Tim in Dickens' Weihnachtsgeschichte litt auch an Rachitis.«

»Und wenn er nicht gestorben ist, dann lebt er noch heute in Saus und Braus, weil ihm der alte Scrooge sicher einen Haufen Kohle vermacht hat«, sagte Korsak.

Aber für dich gab es kein Happy End, dachte Rizzoli, als sie die sterblichen Überreste auf dem Tisch betrachtete. Das war nicht mehr nur ein trauriges Häufchen Knochen – nein, was Rizzoli nun sah, war eine Frau, deren Bild, deren Leben in ihrer Vorstellung immer deutlichere Züge anzunehmen begann. Sie sah ein Kind mit krummen Beinen und eingefallener Brust, eine verkümmerte Pflanze im ausgemergelten Boden der Armut. Sie sah dieses Kind zu einem jungen Mädchen heranwachsen, das zerschlissene Blusen mit verschiedenen Knöpfen trug, der Stoff ausgefranst und fast schon durchscheinend. War dieses Mädchen damals schon irgendwie anders, irgendwie besonders gewesen? Hatte es den entschlossenen Blick, das trotzig gereckte Kinn, das aller Welt verkündete: »Ich bin zu einem besseren Leben bestimmt als zu diesem hier, in das ich hineingeboren wurde«?

Denn die Frau, zu der sie herangewachsen war, hatte in einer völlig anderen Welt gelebt – einer Welt, in der man sich mit Geld gerade Zähne und Goldkronen kaufen konnte. Glück oder harte Arbeit, vielleicht auch die Begegnung mit dem richtigen Mann, hatten dafür gesorgt, dass sich ihre Lebensumstände entscheidend verbessert hatten. Aber die Armut ihrer Kinderjahre blieb in ihre Knochen eingeschrieben, in Gestalt verkrümmter Beine und eines eingesunkenen Brustkorbs.

Und das Skelett trug auch die Spuren großer Schmerzen, eines schrecklichen Ereignisses, das dieser Frau das linke Bein und das Rückgrat zerschmettert und ihr zwei künstlich versteifte Wirbel und einen stählernen Nagel im Oberschenkelknochen eingetragen hatte.

»Bei den umfangreichen zahntechnischen Arbeiten und dem sozioökonomischen Status, der sich daraus ableiten lässt, handelt es sich hier wohl um eine Frau, deren Verschwinden nicht unbemerkt bleiben würde«, sagte Dr. Isles. »Sie ist seit mindestens zwei Monaten tot. Es ist durchaus möglich, dass sie in der NCIC-Datei erfasst ist.«

»Ja, sie und ungefähr hunderttausend andere«, meinte Korsak.

Das National Crime Information Center des FBI sammelte Daten über vermisste Personen, die mit Angaben über nicht identifizierte Leichen abgeglichen werden konnten.

»Haben wir denn nichts hier in der Region?«, fragte Pepe. »Keine Meldungen über vermisste Personen, die passen könnten?«

Rizzoli schüttelte den Kopf. »Nicht im Staat Massachusetts.«

So erschöpft sie war, in dieser Nacht konnte sie einfach keinen Schlaf finden. Einmal stand sie auf, um zum wiederholten Mal die Schlösser an ihrer Wohnungstür zu überprüfen und das Fenster, das zur Feuerleiter führte, fest zu verriegeln. Und dann, eine Stunde später, hörte sie plötzlich ein Geräusch und bildete sich ein, es sei Warren Hoyt, der über den Flur auf ihre Schlafzimmertür zukam, in der Hand ein Skalpell. Blitzschnell nahm sie ihre Waffe vom Nachttisch, sprang aus dem Bett und ging in die Hocke. Schweißgebadet harrte sie so in der Dunkelheit aus, mit der Waffe im Anschlag, und wartete darauf, dass der Schatten sich in der Tür zeigte.

Sie sah nichts, hörte nichts außer dem Trommeln ihres eigenen Herzens und dem Wummern der Musik aus den Lautsprechern eines vorbeifahrenden Autos.

Schließlich schlich sie hinaus auf den Flur und schaltete das Licht ein.

Kein Einbrecher.

Sie ging weiter ins Wohnzimmer und drückte auch dort auf den Lichtschalter. Ein rascher Blick zeigte ihr, dass die Türkette vorgelegt war, das Fenster zur Feuerleiter fest verschlossen. Und nun stand sie dort in dem Zimmer, das haargenau so aussah, wie sie es verlassen hatte, und dachte: Ich verliere allmählich den Verstand.

Sie ließ sich auf das Sofa sinken, legte die Waffe weg und stützte den Kopf auf die Hände. Wenn sie doch nur alle Gedanken an Warren Hoyt aus ihrem Gehirn herauspressen könnte! Aber er war immer da, wie ein Tumor, der sich nicht herausschneiden ließ und mit seinen Metastasen schon jede einzelne Sekunde ihres Lebens vergiftet hatte. Im Bett hatte sie nicht an Gail Yeager gedacht, auch nicht an die namenlose Frau, deren Knochen sie gerade in Augenschein genommen hatte. Und auch nicht an den blinden Passagier, dessen Akte immer noch auf ihrem Büroschreibtisch lag und ihr stumme Vorwürfe zu machen schien, weil sie seinen Fall vernachlässigt hatte. So viele Namen und Berichte, die ihre Aufmerksamkeit forderten – doch wenn sie sich abends ins Bett legte und in die Dunkelheit starrte, war es nur Warren Hoyts Gesicht, das vor ihrem geistigen Auge auftauchte.

Das Telefon klingelte. Sofort saß sie kerzengerade im Bett, und das Herz hämmerte ihr gegen die Rippen. Sie musste mehrmals tief durchatmen, bis sie sich so weit beruhigt hatte, dass sie nach dem Hörer greifen konnte.

»Rizzoli?«, meldete sich Thomas Moore. Es war eine Stimme, mit der sie nicht gerechnet hatte, und unversehens überkam sie ein Gefühl des Verlangens nach seiner Nähe. Es war erst ein Jahr her, dass sie und Moore im Team an der Ergreifung des Chirurgen gearbeitet hatten. Ihre Beziehung war zwar nie über das rein Kollegiale hinausgegangen, aber sie hatten einander ihr Leben anvertraut, und in gewisser Weise schuf dies eine Nähe, wie sie in einer Ehe nicht größer sein konnte. Und nun erinnerte seine Stimme sie daran, wie sehr er ihr fehlte. Und wie sehr ihr seine Heirat mit Catherine immer noch ein Dorn im Fleisch war.

»Hallo, Moore«, erwiderte sie lässig, ohne sich irgendetwas von ihren Gefühlen anmerken zu lassen. »Wie spät ist es denn da drüben?«

»Kurz vor fünf. Tut mir Leid, dass ich Sie um diese Zeit anrufe, aber ich wollte nicht, dass Catherine irgendetwas mitbekommt.«

»Ist schon okay. Ich bin noch wach.«

Eine Pause. »Sie können auch nicht einschlafen.« Keine Frage, sondern eine Feststellung. Er wusste, dass in ihren Köpfen dasselbe Gespenst spukte.

»Hat Marquette Sie angerufen?«, fragte sie.

»Ja. Ich hatte gehofft, dass inzwischen…«

»Nein, nichts. Es sind fast vierundzwanzig Stunden vergangen, und bis jetzt ist er noch nicht ein einziges Mal gesichtet worden.«

»Die Spur ist also kalt.«

»Es gab von Anfang an keine Spur. Er tötet drei Menschen im OP, verwandelt sich in den großen Unsichtbaren und spaziert zur Hintertür des Krankenhauses hinaus. Die Kollegen in Fitchburg und die Staatspolizei haben die ganze Umgebung abgeklappert, haben Straßensperren errichtet, sein Gesicht erscheint in allen Abendnachrichten – nichts.«

»Es gibt einen Ort, zu dem er sich hingezogen fühlen wird. Einen Menschen...«

»Catherines Haus wird schon observiert. Wenn Hoyt sich auch nur in die Nähe wagt, haben wir ihn am Wickel.«

Es war lange still. Dann sagte Moore leise. »Ich kann nicht mit ihr nach Hause kommen. Ich behalte sie hier, wo ich weiß, dass sie in Sicherheit ist.«

Rizzoli hörte Angst in seiner Stimme, nicht um sich selbst, sondern um seine Frau, und sie fragte sich mit einem Anflug von Neid, wie es wohl wäre, so innig geliebt zu werden.

»Weiß Catherine, dass er draußen ist?«

»Ja. Ich musste es ihr sagen.«

»Wie hat sie es aufgenommen?«

»Besser als ich. Wenn überhaupt, ist *sie* es, die *mich* zu beruhigen versucht.«

»Sie hat das Schlimmste schon durchgemacht, Moore. Sie hat ihn zweimal besiegt. Sie hat bewiesen, dass sie stärker ist als er.«

»Sie *glaubt*, dass sie stärker ist. Das ist der Punkt, an dem es gefährlich wird.«

»Nun ja, jetzt hat sie ja Sie.« *Und ich habe nur mich selbst.* So war es schon immer gewesen, und so würde es vermutlich auch bleiben.

Er musste ihr die Erschöpfung an der Stimme angemerkt haben, denn er sagte: »Das muss für Sie ja auch die Hölle sein.«

»Ich komme ganz gut damit zurecht.«

»Dann kommen Sie besser damit zurecht als ich.«

Sie lachte; ein schrilles, allzu lautes Lachen – reine Fassade. »Als ob ich die Zeit hätte, mir Gedanken um Warren Hoyt zu machen. Ich habe das Kommando bei einer neuen Task Force. Wir haben mehrere Leichen gefunden, drüben im Wald von Stony Brook.«

»Wie viele Opfer?«

»Zwei Frauen, und dazu noch ein Mann, den er getötet hat, als er eine der beiden entführte. Wieder mal eine ziemlich üble Geschichte, Moore. Man weiß ja, dass es besonders schlimm ist, wenn Zucker dem Typen schon einen Spitznamen gibt. Wir nennen diesen Täter den Dominator.«

»Warum Dominator?«

»Weil es das ist, was ihn antörnt. Der Macht-Trip. Die absolute Gewalt über den Ehemann. Monster und ihre kranken Rituale.«

»Klingt wie eine Wiederholung von letztem Sommer.«

Nur dass du diesmal nicht hier bist, um mir Rückendeckung zu geben. Du hast andere Prioritäten.

»Irgendwelche Fortschritte?«, fragte er.

»Es geht sehr schleppend voran. Es sind verschiedene Stellen involviert, ein ziemliches Kompetenzchaos. Newton P. D. ist an dem Fall dran, und – jetzt halten Sie sich fest – das verdammte FBI hat sich auch eingeschaltet.«

»Was?«

»Ja. Ein Agent namens Gabriel Dean. Sagt, er sei nur ein *Berater*, hat aber überall die Finger im Spiel. Ist Ihnen so was schon mal vorgekommen?«

»Noch nie.« Eine Pause. »Irgendetwas stimmt da nicht, Rizzoli.«

»Ich weiß.«

»Was sagt Marquette dazu?«

»Er zieht den Schwanz ein und stellt sich tot, weil von ganz oben die Order kam zu kooperieren.«

»Und was sagt Dean?«

»Der ist nicht gerade gesprächig. Sie kennen den Typ – Motto: ›Wenn ich es Ihnen sagte, müsste ich Sie erschießen.'« Sie hielt inne und dachte an Deans Blick, an seine Augen, scharf und stechend wie Splitter von blauem Glas. Ja, sie konnte sich durchaus vorstellen, dass er ohne mit der Wimper zu zucken abdrücken würde. »Aber was soll's«, sagte sie. »Warren Hoyt ist im Moment nicht meine erste Sorge.«

»Meine schon«, erwiderte Moore.

»Wenn es irgendetwas Neues gibt, sind Sie der Erste, den ich anrufe.«

Sie legte auf, und in der plötzlichen Stille war die künstliche Tapferkeit, die sie während des Gesprächs mit Moore an den Tag gelegt hatte, schlagartig verschwunden. Jetzt war sie wieder allein mit ihren Ängsten, allein in einer Wohnung mit verriegelten Türen und Fenstern und einer Pistole als einziger Gesellschaft.

Vielleicht bist du ja der beste Freund, den ich habe, dachte sie. Und sie griff nach der Waffe und ging damit zurück ins Schlafzimmer.

9

»Agent Dean war heute Morgen bei mir«, sagte Lieutenant Marquette. »Er hegt gewisse Bedenken gegen Sie.«

»Das Gefühl beruht auf Gegenseitigkeit.«

»Es ist nicht so, als ob er Ihre Befähigung in Frage stellt. Er hält Sie für eine ausgezeichnete Polizistin.«

»Aber?«

»Er fragt sich, ob Sie die richtige Besetzung für die Leitung dieses Einsatzes sind.«

Eine Zeit lang erwiderte sie gar nichts; sie saß nur ganz ruhig da und blickte Marquette über seinen Schreibtisch hinweg an. Sie hatte schon geahnt, worum es ging, als er sie an diesem Morgen in sein Büro bestellt hatte. Und sie war mit dem festen Entschluss hingegangen, ihre Emotionen eisern unter Kontrolle zu halten; ihm nichts, aber auch gar nichts von dem zu zeigen, was er erwartete: nämlich irgendwelche Anzeichen dafür, dass sie sich nicht mehr im Griff hatte und deshalb ersetzt werden musste.

Als sie sprach, tat sie es in ruhigem und besonnenem Ton: »Welcher Art sind seine Bedenken?«

»Er glaubt, dass Sie nicht recht bei der Sache sind. Dass Sie mit Warren Hoyt noch nicht fertig sind. Dass Sie sich noch nicht ganz von der Jagd auf den Chirurgen erholt haben.«

»Was hat er denn damit gemeint – *nicht erholt*?«, fragte sie. Und wusste doch schon genau, was er meinte.

Marquette zögerte. »Herrgott, Rizzoli. Es ist wirklich nicht leicht, das so direkt auszusprechen. Das wissen Sie auch.«

»Ich will nur, dass Sie es mir offen ins Gesicht sagen.«

»Er denkt, dass Sie psychisch labil sind, okay?«

»Und was denken Sie, Lieutenant?«

»Ich denke, dass Sie eine Menge am Hals haben. Ich glaube, Hoyts Flucht hat Sie ziemlich getroffen.«

»Halten Sie mich für psychisch labil?«

»Dr. Zucker hat sich ebenfalls besorgt geäußert. Sie haben letzten Herbst keinerlei psychologische Betreuung in Anspruch genommen.«

»Ich habe keine entsprechenden Anweisungen erhalten.«

»Tun Sie immer nur das, was Ihnen befohlen wird?«

»Ich hatte nicht das Gefühl, dass ich eine Therapie nötig hatte.«

»Zucker glaubt, dass Sie den Chirurgen immer noch nicht losgelassen haben. Dass Sie Warren Hoyt hinter jeder Straßenecke lauern sehen. Wie können Sie diese Ermittlung leiten, wenn Sie im Kopf immer noch die letzte durchleben?«

»Ich würde es schon gerne aus Ihrem Mund hören, Lieutenant. Glauben *Sie*, dass ich psychisch labil bin?«

Marquette seufzte. »Ich weiß es nicht. Aber wenn Agent Dean kommt und mir seine Bedenken darlegt, kann ich das nicht einfach ignorieren.«

»Ich glaube nicht, dass Agent Dean eine hundertprozentig zuverlässige Quelle ist.«

Marquette schwieg einen Moment. Dann beugte er sich vor und runzelte die Stirn. »Das ist eine schwerwiegende Anschuldigung.«

»Nicht schwerwiegender als das, was er mir vorwirft.«

»Haben Sie irgendwelche Belege dafür?«

»Ich habe heute Morgen im Bostoner Büro des FBI angerufen.«

»Und?«

»Dort weiß man nichts von einem Agenten namens Gabriel Dean.«

Marquette lehnte sich zurück und sah sie einen Moment lang schweigend an.

»Er kommt direkt aus Washington«, sagte sie. »Das Bostoner Büro hat damit nichts zu tun. Das ist ganz und gar nicht die übliche Vorgehensweise. Wenn wir das FBI um ein Täterprofil bitten, geht die Anfrage immer über den zuständigen regionalen Divisionskoordinator. Aber der war hier gar nicht beteiligt. Die Order kam direkt aus Washington. Warum mischt das FBI sich überhaupt in meine Ermittlung ein? Und was hat Washington damit zu schaffen?«

Marquette schwieg immer noch.

Sie bohrte weiter, während ihr Frust immer stärker wurde und ihre Selbstbeherrschung erste Risse bekam. »Sie sagten mir, der Befehl zur Kooperation sei über das Büro des Polizeichefs eingegangen?«

»Ja, so war es.«

»Wer hat das Präsidium kontaktiert? Mit welcher Abteilung des FBI haben wir es zu tun?«

Marquette schüttelte den Kopf. »Es war nicht das FBI.«

»Was?«

»Das Gesuch kam nicht vom FBI. Ich habe letzte Woche mit dem Präsidium gesprochen, noch an dem Tag, als Dean hier aufkreuzte. Ich habe ihnen dieselbe Frage gestellt.«

»Und?«

»Ich habe versprochen, die Information vertraulich zu behandeln. Ich erwarte das Gleiche von Ihnen.« Erst nachdem sie zustimmend genickt hatte, fuhr er fort. »Das Gesuch kam aus dem Büro von Senator Conway.«

Sie starrte ihn entgeistert an. »Was hat denn unser Senator mit dem Ganzen zu tun?«

»Ich weiß es nicht.«

»Das Präsidium wollte es Ihnen nicht sagen?«

»Die wissen vielleicht selbst nicht Bescheid. Aber das ist kein Gesuch, dass sie einfach so abschmettern können – nicht, wenn es direkt von Conway kommt. Und er verlangt ja nichts Unmögliches. Es geht nur darum, dass zwei Dienststellen zusammenarbeiten. Das tun wir doch ständig.«

Sie beugte sich vor und sagte leise: »Da ist doch etwas faul,

Lieutenant. Und Sie wissen es. Dean hat uns nicht alles gesagt.«

»Ich habe Sie nicht zu mir gebeten, um über Dean zu sprechen. Es geht hier um Sie.«

»Aber es ist sein Wort, dem Sie vertrauen. Empfängt das Boston P. D. neuerdings seine Befehle vom FBI?«

Marquette schien getroffen. Er straffte abrupt die Schultern und musterte sie über den Schreibtisch hinweg. Sie hatte genau den wunden Punkt erwischt. *Das FBI oder wir. Haben Sie wirklich das Sagen hier?*

»Okay«, meinte er. »Wir haben darüber gesprochen. Sie haben zugehört. Das genügt mir.«

»Mir auch.« Sie stand auf.

»Aber ich werde Sie beobachten, Rizzoli.«

Sie nickte ihm zu. »Tun Sie das nicht immer?«

»Ich habe ein paar sehr interessante Fasern gefunden«, sagte Erin Volchko. »Sie wurden mit Klebeband von Gail Yeagers Haut abgenommen.«

»Noch mehr dunkelblaue Teppichfasern?«, fragte Rizzoli.

»Nein. Um ehrlich zu sein, ich bin mir selbst nicht sicher, worum es sich handelt.«

Es kam nicht oft vor, dass Erin zugab, vor einem Rätsel zu stehen. Und das genügte schon, um Rizzolis Interesse an dem Objekt zu wecken, das die Laborwissenschaftlerin nun unters Mikroskop schob. Durch das Okular erblickte sie eine einzelne dunkle Faser.

»Was wir da sehen, ist eine Synthetikfaser, deren Farbton ich als Olivgrün einstufen würde. Die Refraktionsindizes verraten uns, dass es sich dabei um unsere alte Bekannte, die Dupont-Nylonfaser Typ 6.6, handelt.«

»Genau wie die blauen Teppichfasern.«

»Ja. Nylon 6.6 wird wegen seiner hohen Reißfestigkeit und Elastizität sehr viel verwendet. Sie werden diese Fasern in einer ganzen Reihe von Stoffen finden.«

»Sie sagten, die Faser sei auf Gail Yeagers Haut gefunden worden?«

»Ja, solche Fasern klebten an ihren Hüften, ihren Brüsten und an einer Schulter.«

Rizzoli runzelte die Stirn. »Eine Decke? Irgendetwas, worin ihre Leiche eingewickelt war?«

»Ja, aber keine Decke. Nylon wäre für eine solche Verwendung nicht geeignet, da es kaum Feuchtigkeit absorbiert. Außerdem sind diese Fäden hier aus extrem feinen 30-Denier-Filamenten gefertigt, zehn pro Faden. Und der Faden selbst ist feiner als ein Menschenhaar. Diese Art von Faser ergibt ein sehr dichtes Gewebe. Vielleicht ein wetterfestes Material.«

»Ein Zelt? Eine Plane?«

»Möglich. Das ist die Art von Stoff, die man zum Einwickeln einer Leiche verwenden würde.«

Vor Rizzolis geistigem Auge stieg die bizarre Vision von verpackten Planen im Regal eines Baumarkts auf, mit den Verwendungsempfehlungen des Herstellers auf dem Etikett: *Ideal für Camping und Garten sowie zum Einwickeln von Leichen.*

»Wenn es sich um eine einfache Plane handelt, dann haben wir es ja mit einem ziemlichen Allerweltsstoff zu tun«, sagte Rizzoli.

»Ich bitte Sie, Detective. Würde ich Sie eigens herbestellen, um Ihnen irgendeine Allerweltsfaser zu zeigen?«

»Es ist also keine?«

»Es ist etwas viel Interessanteres.«

»Aber was ist denn so interessant an einer Nylonplane?«

Erin griff nach einer Mappe und nahm ein computergeneriertes Kurvenbild heraus, mit einer gezackten Linie, die an eine zerklüftete Bergkette erinnerte. »Ich habe eine ATR-Analyse für diese Fasern durchgeführt, und das ist dabei herausgekommen.«

»ATR?«

»Das steht für *Attenuated Total Reflection*. Dabei werden die einzelnen Fasern per Infrarot-Mikrospektroskopie analysiert. Man richtet das Infrarotlicht auf das Objekt und liest die Spektren des reflektierten Lichts ab. Diese Kurve zeigt die Infrarot-Eigenschaften der Faser selbst. Sie bestätigt einfach nur, dass es sich um Nylon 6.6 handelt, wie ich Ihnen bereits sagte.«

»Das ist ja keine Überraschung.«

»Noch nicht«, sagte Erin mit einem verschmitzten Lächeln. Sie nahm ein zweites Kurvenbild aus der Mappe und legte es neben das erste. »Hier sehen wir eine IR-Kurve derselben Faser. Fällt Ihnen irgendetwas auf?«

Rizzolis Blick wanderte hin und her. »Sie sind verschieden.«

»Ja, richtig.«

»Aber wenn sie von derselben Faser sind, müssten die Kurven doch identisch sein.«

»Für diese zweite Kurve habe ich die Bildebene verändert. Diese ATR ist die Reflexion von der *Oberfläche* der Faser, nicht von ihrem Kern.«

»Die Oberfläche und der Kern unterscheiden sich also?«

»Richtig.«

»Zwei verschiedene Fasern, die miteinander verflochten sind?«

»Nein, es ist nur eine einzige Faser. Aber der Stoff ist oberflächenbehandelt. Das ist es, was die zweite ATR zeigt – die Chemikalien an der Oberfläche. Ich habe das Ding in den Chromatographen gesteckt, und es scheint sich um ein Material auf Silikonbasis zu handeln. Nach dem Weben und Färben ist der fertige Stoff mit einem Silikonüberzug versehen worden.«

»Zu welchem Zweck?«

»Ich bin mir nicht sicher. Vielleicht, um ihn wasserdicht zu machen? Oder reißfest? Es muss jedenfalls ein kostspieliges Verfahren sein. Ich denke, dieses Material ist für einen ganz bestimmten Zweck gefertigt. Ich weiß bloß nicht, für welchen.«

Rizzoli lehnte sich auf dem Laborstuhl zurück. »Finden Sie diesen Stoff«, sagte sie, »dann finden wir unseren Mörder.«

»Ja. Denn im Gegensatz zu irgendwelchen Allerwelts-teppichböden ist dieser Stoff etwas ziemlich Einzigartiges.«

Die Handtücher mit Monogramm lagen auf dem Couch-tisch, wo sie von allen Gästen bewundert werden konnten. *AR* – für Angela Rizzoli – prangte in kunstvoll verschnör-kelten Buchstaben auf dem Frotteestoff. Jane hatte sie in Pfirsich bestellt, der Lieblingsfarbe ihrer Mutter, und sie hatte auch nicht die Kosten für die Deluxe-Geschenkver-packung mit apricotfarbenen Schleifchen und einem Sei-denblumensträußchen gescheut. Das Paket war eigens mit FedEx angeliefert worden, weil die rot-weiß-blauen Liefer-wagen für ihre Mutter untrennbar mit Überraschungspäck-chen und freudigen Ereignissen verbunden waren.

Und wenn die Party zu Angela Rizzolis neunundfünf-zigstem Geburtstag kein freudiges Ereignis war, was dann? Geburtstage wurden bei den Rizzolis sehr groß geschrieben. Jedes Jahr im Dezember, wenn Angela den Kalender für das neue Jahr kaufte, blätterte sie als Erstes alle Monate durch, um die Geburtstage sämtlicher Familienmitglieder einzu-tragen. Den Geburtstag eines lieben Verwandten zu ver-gessen, war ein schweres Vergehen. Und den Geburtstag der *Mutter* zu vergessen, war unverzeihlich, weshalb Jane es nie gewagt hätte, den Tag ohne gebührende Feierlichkeiten ver-streichen zu lassen. Sie war es gewesen, die das Eis gekauft und die Wohnung dekoriert hatte; sie war es gewesen, die die Einladungen an das runde Dutzend Nachbarn verschickt hatte, die jetzt im Wohnzimmer der Rizzolis versammelt waren. Sie war es, die den Kuchen schnitt und auf Papptel-lern an die Gäste verteilte. Sie hatte wie immer ihre Pflicht getan, aber dieses Jahr war die Party ein Flop – und alles wegen Frankie.

»Da stimmt doch was nicht«, sagte Angela. Sie saß auf dem Sofa, eingerahmt von ihrem Gatten und ihrem jüngeren Sohn Michael, und starrte ohne jede Begeisterung auf den reichlich bestückten Gabentisch – genug Badesalz und Körperpuder, um sie die nächsten zehn Jahre lieblich duften zu lassen. »Vielleicht ist er ja krank. Oder er hatte einen Unfall, und es hat noch niemand daran gedacht, mich anzurufen.«

»Ma, Frankie fehlt garantiert nichts«, sagte Jane.

»Genau«, stimmte Michael zu. »Vielleicht haben sie ihn ins – wie heißt das noch mal, wenn sie Krieg spielen?«

»Manöver.«

»Ja, ins Manöver geschickt. Oder vielleicht sogar ins Ausland. Auf irgendeine Mission, von der er keinem Menschen was erzählen darf, irgendwo, wo es kein Telefon gibt.«

»Er ist Ausbilder, Mike. Nicht Rambo.«

»Sogar Rambo schickt seiner Mutter eine Geburtstagskarte«, brauste Frank senior auf.

In der plötzlichen Stille gingen alle Gäste instinktiv hinter ihren Kaffeetassen in Deckung und begannen wie auf Kommando von ihrem Kuchen zu essen. Die nächsten paar Sekunden vergingen unter höchst konzentriertem Kauen.

Gracie Kaminsky von nebenan nahm schließlich all ihren Mut zusammen und brach das betretene Schweigen. »Dieser Kuchen ist ja so was von lecker, Angela! Wer hat den denn gebacken?«

»Ich«, antwortete Angela schroff. »So weit ist es schon gekommen, dass man sich seinen Geburtstagskuchen selbst backen muss! Aber das ist mal wieder typisch für diese Familie.«

Jane wurde knallrot, als ob ihr jemand eine Ohrfeige gegeben hätte. Das war allein Frankies Schuld. Eigentlich war er es, auf den Angela sauer war, aber wie immer bekam Jane ihre geballte schlechte Laune ab. In ruhigem und vernünftigem

Ton erwiderte sie: »Ich habe dir doch angeboten, einen Kuchen mitzubringen, Ma.«

Angela zuckte mit den Achseln. »Aus der Bäckerei.«

»Ich hatte nicht die Zeit, selbst einen zu backen.«

Es war die reine Wahrheit – aber leider das Falscheste, was sie hätte sagen können. Sie wusste es, kaum dass sie die Worte ausgesprochen hatte. Schon sah sie, wie ihr Bruder zusammenzuckte; er schien schier in der Sofaritze versinken zu wollen. Ihr Vater lief puterrot an; er wusste genau, was jetzt fällig war.

»So, du hattest keine Zeit«, sagte Angela.

Jane lachte verzweifelt auf. »Meine Kuchen sind doch sowieso jedes Mal eine Katastrophe.«

»Du hattest keine Zeit«, wiederholte Angela.

»Ma, möchtest du ein wenig Eiskrem? Wie wär's mit…«

»Da du ja so *furchtbar* beschäftigt bist, sollte ich wohl auf die Knie niederfallen und dir *danken*, dass du es geschafft hast, zum *Geburtstag* deiner eigenen Mutter zu kommen!«

Ihre Tochter erwiderte nichts. Sie stand nur da mit feuerrotem Gesicht und kämpfte gegen die Tränen an. Die Gäste stürzten sich wieder wie ausgehungert auf ihren Kuchen, und niemand wagte es, irgendjemandem in die Augen zu sehen.

Das Telefon klingelte. Alles erstarrte.

Schließlich hob Frank senior ab. »Deine Mutter sitzt hier neben mir«, sagte er und reichte das schnurlose Telefon an Angela weiter.

Mein Gott, Frankie, ging das nicht ein bisschen früher? Mit einem Seufzer der Erleichterung begann Jane die gebrauchten Pappteller und Plastikgabeln einzusammeln.

»Welches Geschenk?«, fragte ihre Mutter. »Ich habe keins bekommen.«

Jane zuckte zusammen. *O nein, Frankie! Versuch ja nicht, mir die Schuld in die Schuhe zu schieben.*

Aber schon im nächsten Augenblick war der Zorn ihrer Mutter auf wundersame Weise verflogen.

»Ach, Frankie, das versteh ich doch. Ja, mein Schatz, natürlich. Die nehmen dich ganz schön ran dort bei den Marines, nicht wahr?«

Kopfschüttelnd begann Jane in Richtung Küche zu gehen, als ihre Mutter ihr plötzlich nachrief: »Er will mit dir sprechen!«

»Was, mit mir?«

»Hat er gesagt.«

Jane nahm das Telefon. »Hallo, Frankie«, sagte sie.

»Was soll der Scheiß, Janie?«, fuhr ihr Bruder sie an.

»Bitte?«

»Du weißt genau, wovon ich rede.«

Rasch ging sie mit dem Telefon in die Küche und ließ die Tür hinter sich zufallen.

»Da bitte ich dich um *einen* popeligen Gefallen«, sagte er.

»Redest du von dem Geschenk?«

»Ich rufe an, um ihr zum Geburtstag zu gratulieren, und sie springt mir ins Gesicht.«

»Überrascht dich das etwa?«

»Das findest du jetzt wohl ganz toll, dass du mich bei ihr hast auflaufen lassen, wie?«

»Das hast du dir selbst zuzuschreiben. Und wie es sich angehört hat, hast du dich auch gleich wieder glänzend aus der Affäre gezogen.«

»Und das stinkt dir, wie?«

»Es ist mir völlig egal, Frankie. Das ist eine Sache zwischen dir und Ma.«

»Ja, aber du mischst dich immer wieder ein und intrigierst hinter meinem Rücken. Du tust doch, was du kannst, um mich anzuschwärzen. Konntest noch nicht mal meinen Namen auf dieses Scheißpäckchen draufschreiben.«

»Mein Geschenk war schon unterwegs.«

»Und es wäre wohl zu *stressig* gewesen, noch irgendeine Kleinigkeit für mich zu besorgen?«

»Ja, das war es allerdings. Ich bin doch nicht dazu da, dir

171

den Hintern abzuwischen. Ich habe einen Achtzehn-Stunden-Tag.«

»Aber sicher doch. Das kriege ich ja ständig von dir zu hören. ›Ich arme Sau, ich habe so viel Arbeit, dass ich mit einer Viertelstunde Schlaf auskommen muss.‹«

»Außerdem hast du mir noch nicht das Geld für das letzte Geschenk gegeben.«

»Klar hab ich das.«

»Nein, hast du nicht.« *Und es geht mir immer noch auf den Wecker, wenn Ma von* »*dieser entzückenden Lampe, die Frankie mir geschenkt hat*« *schwärmt.*

»Es dreht sich also nur ums Geld, wie?«, sagte er.

Ihr Piepser ging los. Als sie das Rasseln an ihrem Gürtel spürte, blickte sie nach unten und las die Nummer ab. »Das Geld ist mir vollkommen schnuppe. Aber was mich fuchst, ist, dass du dir anscheinend alles erlauben kannst und nie dafür geradestehen musst. Du gibst dir nicht die geringste Mühe, aber irgendwie schaffst du es immer wieder, die ganze Anerkennung einzuheimsen.«

»Kommst du jetzt wieder mit *der* Nummer? ›Ich armes unterdrücktes Wesen…‹«

»Ich leg jetzt auf, Frankie.«

»Gib mir noch mal Ma.«

»Ich muss zuerst zurückrufen – mein Pager hat geklingelt.«

»Was soll der Scheiß? Ich habe keine Lust, noch ein Ferngespräch…«

Sie legte auf. Dann wartete sie ab, bis sie sich wieder einigermaßen beruhigt hatte, und tippte die Nummer von der Anzeige ein.

Darren Crowe meldete sich.

Noch so ein unausstehlicher Macho – das hatte ihr gerade noch gefehlt. Und deshalb sagte sie nur ziemlich barsch: »Rizzoli. Sie haben mich angepiepst.«

»Ach du liebes bisschen – Sie haben wohl Ihre Tage!«

»Wollen Sie mir vielleicht mal verraten, worum es geht?«

»Ja, wir haben einen Zehn-Vierundfünfziger. Beacon Hill. Sleeper und ich sind vor etwa einer halben Stunde hier eingetroffen.«

Sie hörte Gelächter aus dem Wohnzimmer und drehte sich zu der geschlossenen Tür um. Sie dachte an die Szene, die es mit Sicherheit geben würde, wenn sie sich vorzeitig von Angelas Geburtstagsfeier verabschiedete.

»Das wollen Sie sich bestimmt nicht entgehen lassen«, sagte Crowe.

»Wieso?«

»Das werden Sie schon sehen, wenn Sie hier sind.«

10

Schon auf der Vortreppe wehte Rizzoli durch die offene Haustür der Geruch des Todes entgegen. Sie zögerte, den ersten Schritt in dieses Haus zu tun, sich dem Anblick dessen auszusetzen, was sie dort erwartete. Sie hätte sich liebend gerne noch einen kurzen Aufschub gegönnt, um sich innerlich auf die Tortur vorzubereiten, aber Darren Crowe, der ihr die Tür geöffnet hatte, stand vor ihr und sah sie erwartungsvoll an, und so blieb ihr nichts anderes übrig, als Handschuhe und Überschuhe anzuziehen und sich in das Unvermeidliche zu fügen.

»Ist Frost schon da?«, fragte sie, während sie die Latexhandschuhe überstreifte.

»Ist vor ungefähr zwanzig Minuten gekommen. Er ist da drin.«

»Ich wäre schon eher hier gewesen, aber die Fahrt von Revere hat so lange gedauert.«

»Von Revere?«

»Von der Geburtstagsfeier meiner Mutter.«

Er lachte. »Hört sich an, als hätten Sie sich da prächtig amüsiert.«

»Keine Fragen, bitte.« Sie zog den zweiten Überschuh an und richtete sich auf. Ihre Miene war jetzt ganz geschäftsmäßig. Männer wie Crowe ließen nur Stärke gelten, und Stärke war das Einzige, was sie ihn sehen ließ. Als sie das Haus betrat, war ihr bewusst, dass sein Blick auf ihr ruhte, dass er ihre Reaktionen auf das, was sie hier erwartete, genau beobachten würde. Er stellte sie auf die Probe, immer und überall, und wartete nur darauf, dass sie einmal versagte – wohl wissend, dass dieser Moment früher oder später kommen würde.

Er schloss hinter ihr die Tür, und in der stickigen Luft überkam sie sofort ein Gefühl der Beengung. Der Gestank des Todes war jetzt noch stärker, und ihre Lungen füllten sich mit den üblen Ausdünstungen. Doch sie ließ sich von all dem nichts anmerken, während sie sich in der Eingangshalle umblickte und die dreieinhalb Meter hohe Decke registrierte, die antike Standuhr, die nicht mehr tickte. Beacon Hill war immer ihr Traumviertel gewesen, der Stadtteil von Boston, in den sie ziehen würde, wenn sie je im Lotto gewänne oder – was noch unwahrscheinlicher war – ihrem Traummann begegnete. Und dies hier hätte durchaus ihr Traumhaus sein können. Schon jetzt fielen ihr die Ähnlichkeiten zwischen diesem Tatort und dem des Yeager-Mordes auf. Eine noble Bleibe in einer noblen Wohngegend. Und der Geruch eines Gemetzels in der Luft.

»Die Alarmanlage war ausgeschaltet.«

»Außer Betrieb gesetzt?«

»Nein. Die Opfer hatten sie einfach nicht eingeschaltet. Vielleicht wussten sie ja nicht, wie man sie bedient, denn es ist schließlich nicht ihr Haus.«

»Wessen Haus ist es denn?«

Crowe blätterte in seinem Notizbuch und las vor: »Der Besitzer ist ein gewisser Christopher Harm, 62. Börsenmakler im Ruhestand. Sitzt im Kuratorium des Boston Symphony Orchestra. Verbringt den Sommer in Frankreich. Er hat den Ghents sein Haus für die Dauer ihres Engagements in Boston überlassen.«

»Ihres Engagements?«

»Sie sind beide Musiker. Sind vor einer Woche von Chicago hergeflogen. Karenna Ghent ist Pianistin, ihr Ehemann Alexander war Cellist. Heute Abend sollte ihr letztes Konzert in der Symphony Hall sein.«

Es war ihr nicht entgangen, dass Crowe von dem Mann in der Vergangenheit, von der Frau jedoch im Präsens gesprochen hatte.

Ihre Überschuhe aus Papier schleiften raschelnd über den Boden, als sie den Flur entlanggingen. Sie folgten den Stimmen, die aus dem Wohnzimmer drangen. Beim Eintreten konnte Rizzoli die Leiche zunächst nicht sehen; sie war von Sleeper und Frost verdeckt, die mit dem Rücken zu ihr standen. Was sie aber sehen konnte, war die inzwischen allzu vertraute Horrorbotschaft, die in roten Lettern an die Wand geschrieben stand – wellenförmige Spritzer arteriellen Bluts. Sie musste wohl erschrocken nach Luft geschnappt haben, denn Frost und Sleeper drehten sich gleichzeitig zu ihr um. Die beiden traten zur Seite und gaben den Blick auf Dr. Isles frei, die neben dem Opfer kauerte.

Alexander Ghent saß mit dem Rücken zur Wand am Boden wie eine traurige Marionette; sein Kopf war nach hinten gesunken, und in seinem Hals klaffte eine tiefe Schnittwunde. *So jung,* war ihre erste geschockte Reaktion, als sie in das Gesicht mit seiner verstörend heiteren Miene starrte, in das offene blaue Auge. *Er ist so furchtbar jung.*

»Eine Mitarbeiterin der Symphony Hall – Evelyn Petrakas heißt sie – ist um sechs Uhr gekommen, um die beiden für ihr Konzert abzuholen«, sagte Crowe. »Sie haben nicht aufgemacht, und nachdem Petrakas festgestellt hatte, dass die Tür nicht verschlossen war, ist sie hineingegangen, um nach ihnen zu sehen.«

»Er trägt eine Pyjamahose«, stellte Rizzoli fest.

»Die Totenstarre hat schon eingesetzt«, sagte Dr. Isles im Aufstehen. »Und die Leiche ist bereits stark ausgekühlt. Genaueres kann ich erst sagen, wenn ich die Ergebnisse der Glaskörper-Kaliummessung habe. Aber zum jetzigen Zeitpunkt würde ich schätzen, dass der Tod vor sechzehn bis zwanzig Stunden eingetreten ist. Das wäre dann...« Sie blickte auf ihre Uhr. »Irgendwann zwischen ein und fünf Uhr früh.«

»Das Bett ist nicht gemacht«, sagte Sleeper. »Das Paar wurde gestern Abend zuletzt gesehen. Sie haben die Symphony Hall gegen elf verlassen; Miss Petrakas hat sie nach Hause gefahren.«

Sie wurden im Schlaf überrascht, dachte Rizzoli, während sie Alexander Ghents Pyjamahose anstarrte. Sie konnten nicht ahnen, dass jemand im Haus war. Und auf ihr Schlafzimmer zuschlich.

»In der Küche ist ein offenes Fenster, das zu einem kleinen Garten hinter dem Haus führt«, sagte Sleeper. »Wir haben im Blumenbeet mehrere Abdrücke gefunden, aber nicht alle in derselben Schuhgröße. Manche könnten vom Gärtner stammen oder auch von den Opfern selbst.«

Rizzolis Blick fiel auf das Klebeband, mit dem Alexander Ghent an den Fußknöcheln gefesselt war. »Und Mrs. Ghent?«, fragte sie. Die Antwort kannte sie bereits.

»Wird vermisst«, sagte Sleeper.

Sie suchte die unmittelbare Umgebung der Leiche ab, konnte jedoch keine zerbrochene Teetasse, keine Porzellanscherben entdecken. Irgendetwas stimmt hier nicht, dachte sie.

»Detective Rizzoli?«

Sie fuhr herum und sah einen Beamten von der Spurensicherung im Flur stehen.

»Der Posten sagt, da draußen ist ein Typ, der behauptet, Sie zu kennen. Er macht einen Riesenaufstand, will unbedingt, dass wir ihn reinlassen. Wollen Sie mal nach ihm sehen?«

»Ich weiß, wer er ist«, sagte sie. »Ich gehe und hole ihn.«

Korsak stapfte rauchend auf dem Gehsteig auf und ab. So fuchsteufelswild war er über die unverschämte Einstufung seiner Person als schaulustiger Zivilist, dass sogar aus seinen Ohren Rauch aufzusteigen schien. Als er sie sah, warf er sofort die Kippe weg und zerquetschte sie mit dem Absatz wie ein widerliches Insekt.

»Sie wollen mich wohl nicht dabeihaben, wie?«, sagte er.

»Hören Sie, es tut mir Leid. Der Posten war nicht informiert.«

»Verdammtes Greenhorn! Respekt scheint für den ein Fremdwort zu sein.«

»Er wusste nicht Bescheid, okay? Es war mein Fehler.« Sie hob das Absperrband an, und er zwängte sich darunter hindurch. »Ich will, dass Sie sich das ansehen.«

An der Haustür wartete sie, bis er sich mit Überschuhen und Latexhandschuhen ausgerüstet hatte. Er verlor fast das Gleichgewicht, als er auf einem Fuß zu balancieren versuchte. Sie trat dazu, um ihn zu stützen, und registrierte erschrocken, dass sein Atem nach Alkohol roch. Sie hatte ihn von ihrem Auto aus angerufen und ihn an seinem freien Abend zu Hause erwischt. Jetzt bedauerte sie, dass sie ihn überhaupt alarmiert hatte. Er war jetzt schon wütend und aggressiv gestimmt, aber sie konnte ihm den Zutritt nicht verweigern, ohne eine geräuschvolle Szene zu provozieren, die wahrscheinlich die ganze Nachbarschaft auf sie aufmerksam machen würde. Sie konnte nur hoffen, dass er nüchtern genug war, um sie nicht beide in Verlegenheit zu bringen.

»Okay«, schnaufte er. »Zeigen Sie mir, was Sie haben.«

Im Wohnzimmer starrte er schweigend auf den toten Alexander Ghent herab, der zusammengesunken in seinem Blut saß. Korsaks Hemd war aus der Hose gerutscht, und er schniefte wieder einmal geräuschvoll, als hätte er Polypen. Sie sah, wie Crowe und Sleeper in ihre Richtung schielten, sah Crowe die Augen verdrehen und war plötzlich voller Wut auf Korsak, weil er in diesem Zustand aufgekreuzt war. Sie hatte ihn angerufen, weil er im Fall Yeager der erste Detective am Tatort gewesen war und sie sich für seinen Eindruck von diesem neuesten Verbrechen interessierte. Was sie stattdessen bekommen hatte, war ein betrunkener Cop, der sie schon durch seine bloße Anwesenheit blamierte.

»Könnte unser Bursche gewesen sein«, sagte Korsak.

Crowe schnaubte verächtlich. »Was Sie nicht sagen, Sherlock.«

Korsaks blutunterlaufene Augen richteten sich auf Crowe.

»Sie sind sicher einer von diesen Wunderknaben, wie? Haben wohl die Weisheit mit Löffeln gefressen.«

»Man muss ja kein Genie sein, um zu sehen, womit wir es hier zu tun haben.«

»Und womit haben wir es zu tun?«

»Mit einer Wiederholungstat. Nächtlicher Einbruch. Paar im Bett überrascht. Frau entführt, Mann abgeschlachtet. Alles da.«

»Und wo ist die Teetasse?« Korsak mochte gehandikapt sein, aber dennoch hatte er mit einem Blick das eine Detail erfasst, das auch Rizzoli schon aufgefallen war.

»Da war keine«, antwortete Crowe.

Korsak starrte auf den Schoß des Opfers. »Er hat das Opfer ins Wohnzimmer geschleppt und hingesetzt. Hat den Mann dort an die Wand gelehnt und ihn gezwungen, sich die Show anzusehen, genau wie beim letzten Mal. Aber er hat das Frühwarnsystem weggelassen. Die Teetasse. Wie schafft er es dann, den Mann im Auge zu behalten, während er die Frau vergewaltigt?«

»Ghent war ein schmächtiger Typ. Nicht sehr bedrohlich. Und außerdem ist er ja fein säuberlich verschnürt. Wie hätte er denn da aufstehen sollen, um seine Frau zu verteidigen?«

»Es ist eine Abweichung vom Muster, mehr sage ich ja gar nicht.«

Crowe zuckte mit den Achseln und wandte sich ab. »Dann hat er halt das Drehbuch umgeschrieben.«

»Unser Kleiner hier ist wirklich allwissend, hm?«

Es wurde ganz still im Zimmer. Selbst Dr. Isles, die sonst oft eine ironische Bemerkung parat hatte, sagte nichts, sondern beobachtete die beiden nur mit leicht amüsierter Miene.

Crowe fuhr herum. Mit seinem Blick schien er Korsak durchbohren zu wollen. Aber seine Worte waren an Rizzoli gerichtet. »Detective, gibt es einen Grund, weshalb dieser Mann sich an unserem Tatort aufhält, wo er absolut nichts verloren hat?«

Rizzoli packte Korsak am Arm. Die Haut fühlte sich teigig und feucht an, und sie konnte seinen sauren Schweiß riechen. »Wir haben uns das Schlafzimmer noch nicht angesehen. Kommen Sie.«

»Aber hallo!« Crowe lachte. »Das Schlafzimmer wollen wir uns doch nicht entgehen lassen.«

Korsak riss sich von ihr los und trat schwankend einen Schritt auf Crowe zu. »Ich war vor dir an diesem Killer dran, du Arsch.«

»Kommen Sie, Korsak«, drängte Rizzoli.

»...jeder verdammten Spur nachgegangen. Ich hätte als Erster an diesen Tatort gerufen werden müssen, weil ich den Kerl schon kenne. Ich kann ihn schon riechen.«

»Oh. Das ist es also, was hier so komisch riecht«, höhnte Crowe.

»Kommen Sie jetzt!« Rizzoli war mit ihrer Geduld fast am Ende. Sie hatte jetzt schon Angst vor der geballten Wut, die jeden Moment aus ihr herausbrechen könnte. Wut auf Korsak *und* auf Crowe wegen ihrer albernen Revierkämpfe.

Es war Barry Frost, der sich mit diplomatischem Geschick einschaltete, um die angespannte Situation zu entschärfen. Rizzoli neigte instinktiv dazu, sich kopfüber in jede Auseinandersetzung zu stürzen, aber Frost war der geborene Vermittler. Der Fluch des mittleren Kindes, so hatte er es ihr einmal erklärt; des Kindes, das genau weiß, dass es von allen Seiten Schläge einstecken wird, wenn es nicht Frieden stiftet. Er versuchte gar nicht erst, Korsak zu beschwichtigen, sondern sagte nur zu Rizzoli: »Sie müssen sich unbedingt ansehen, was wir im Schlafzimmer gefunden haben. Das ist die eindeutige Verbindung zwischen den beiden Fällen.« Dann durchquerte er mit ruhigem und entschlossenem Schritt das Wohnzimmer und trat auf den Flur hinaus, als wollte er sagen: *Wer wirklich etwas Interessantes erleben will, sollte mir folgen.*

Und das tat Korsak wenige Sekunden später.

Im Schlafzimmer betrachteten Frost, Korsak und Rizzoli das zerknitterte Laken und die zurückgeschlagenen Decken. Und die doppelte Schleifspur auf dem Teppich.

»Aus dem Bett gezerrt«, sagte Frost. »Genau wie die Yeagers.«

Aber Alexander Ghent war kleiner gewesen als Dr. Yeager und längst nicht so muskulös, und der Täter dürfte wenig Mühe gehabt haben, ihn durch den Flur zu schleppen und an der Wand in Positur zu setzen. Seine Haare zu packen und seinen Kopf nach hinten zu reißen, um die Kehle freizulegen.

»Es liegt auf der Kommode«, sagte Frost.

Es war ein taubenblauer Body, Größe S, säuberlich zusammengefaltet und mit Blut besprizt. Ein Teil, das eine junge Frau anziehen mochte, um einen Liebhaber zu verführen, um ihren Mann in Stimmung zu bringen. Gewiss hätte Karenna Ghent sich nie träumen lassen, in welch grausiger Inszenierung der Gewalt dieses Kleidungsstück als Kostüm und Requisit zugleich zum Einsatz kommen würde. Daneben lagen zwei Umschläge mit dem Logo von Delta Air. Rizzoli warf einen Blick auf die Tickets und fand den Tourneeplan, den die Agentur der Ghents arrangiert hatte.

»Sie sollten morgen weiterfliegen«, sagte sie. »Die nächste Station wäre Memphis gewesen.«

»Wie schade«, meinte Korsak. »Graceland haben sie nicht mehr zu sehen bekommen.«

Sie saß mit Korsak in dessen Wagen. Er hatte die Fenster heruntergedreht und sich eine Zigarette angezündet. Nachdem er tief inhaliert hatte, stieß er einen Seufzer der Erleichterung aus, als der giftige Tabakrauch seine magische Wirkung in seinen Lungen zu entfalten begann. Er schien ruhiger und konzentrierter als bei seinem Eintreffen drei Stunden zuvor. Der Nikotinschub hatte offenbar seinen Verstand geschärft. Oder vielleicht hatte die Wirkung des Alkohols endlich nachgelassen.

»Haben Sie irgendwelche Zweifel, dass es sich um unseren Burschen handelt?«, fragte er.

»Nein.«

»Das Crimescope konnte keine Spermaspuren entdecken.«

»Vielleicht hat er diesmal besser aufgepasst.«

»Oder er hat sie nicht vergewaltigt«, meinte Korsak. »Und deshalb hat er auch keine Teetasse gebraucht.«

Der Rauch stieg ihr in die Nase. Sie drehte den Kopf zum offenen Fenster hin und wedelte die Schwaden mit der Hand weg. »Ein Mord folgt keinem festen Drehbuch«, sagte sie. »Jedes Opfer reagiert anders. Das ist ein Zweipersonenstück, Korsak. Der Mörder *und* das Opfer – jeder der beiden kann den Ausgang beeinflussen. Dr. Yeager war viel größer und kräftiger als Alexander Ghent. Vielleicht war sich unser Täter nicht so sicher, ob er Yeager körperlich gewachsen wäre, und hat deshalb das Porzellan als Warnsignal benutzt. Bei Ghent hat er das nicht für nötig gehalten.«

»Ich weiß nicht.« Korsak schnippte die Asche aus dem Fenster. »Die Sache mit der Teetasse ist schon ziemlich verrückt. Das ist so was wie sein Markenzeichen. Ich glaube kaum, dass er das einfach weglassen würde.«

»Alles andere war identisch«, stellte sie fest. »Wohlhabendes Paar. Der Mann gefesselt und als Zuschauer ins Wohnzimmer gesetzt. Die Frau entführt.«

Sie verstummten, während beiden gewiss ein und derselbe düstere Gedanke durch den Kopf ging. *Die Frau. Was hat er mit Karenna Ghent gemacht?*

Rizzoli glaubte die Antwort schon zu kennen. Obwohl Karennas Foto bald über die Fernsehbildschirme der ganzen Stadt flimmern und die Öffentlichkeit zur Mitarbeit aufgerufen würde, obwohl das Boston P. D. unverzüglich jedem Anruf nachgehen würde, jedem Hinweis auf eine dunkelhaarige Frau, war sich Rizzoli dennoch jetzt schon sicher, was dabei herauskommen würde. Sie konnte es fühlen – wie einen kalten Klumpen in ihrem Magen. Karenna Ghent war tot.

»Gail Yeagers Leiche wurde etwa zwei Tage nach ihrer Entführung im Wald abgeladen«, sagte Korsak. »Und der Überfall auf dieses Paar liegt jetzt schätzungsweise zwanzig Stunden zurück.«

»Stony Brook«, sagte Rizzoli. »Dorthin wird er sie bringen. Ich werde das Observierungsteam verstärken.« Sie sah Korsak an. »Können Sie sich vorstellen, dass Joey Valentine etwas mit diesem Verbrechen zu tun hatte?«

»Ich arbeite noch daran. Er hat mir schließlich doch eine Blutprobe gegeben. Die DNA-Analyse steht noch aus.«

»Das klingt nicht nach jemandem, der etwas zu verbergen hat. Beobachten Sie ihn weiter?«

»Ich *habe* ihn beobachtet. Bis er dann eine Klage wegen Belästigung eingereicht hat.«

»Haben Sie ihn denn belästigt?«

Korsak lachte prustend auf und stieß dabei eine Lunge voll Rauch aus. »Ein erwachsener Mann, der darauf abfährt, tote Ladys mit der Puderquaste zu bearbeiten, wird immer losheulen wie ein kleines Mädchen, ganz egal, was ich mache.«

»Wie heulen denn kleine Mädchen?«, konterte sie gereizt. »Ungefähr so wie Jungs?«

»Ach, nun kommen Sie mir doch nicht mit diesem feministischen Unsinn. Meine Tochter ist auch so drauf. Aber wenn ihr dann das Geld ausgeht, kommt sie zu ihrem Chauvi-Papa gekrochen und fleht ihn an, ihr aus der Patsche zu helfen.« Plötzlich setzte Korsak sich kerzengerade auf. »He, sehen Sie mal, wer da kommt.«

Ein schwarzer Lincoln hatte soeben auf der anderen Straßenseite eingeparkt. Rizzoli sah Gabriel Dean aus dem Wagen aussteigen. Mit seiner athletischen Figur und seiner gepflegten Erscheinung schien er geradewegs der neuesten Ausgabe von GQ entsprungen. Er blieb stehen und blickte zu der Backsteinfassade des Hauses auf. Dann ging er auf den

Polizisten zu, der die Absperrung bewachte, und zeigte ihm seine Dienstmarke.

Der Posten ließ ihn passieren.

»Sieh mal einer an«, sagte Korsak. »Also, das kotzt mich aber jetzt wirklich an. Das ist derselbe Cop, der mich vor der Tür hat warten lassen, bis Sie rausgekommen sind, um mich zu holen. Als ob ich irgendein hergelaufener Penner wäre. Aber dieser Dean muss nur mit seiner Wundermarke wedeln und ›FBI‹ sagen, und schon ist er jedermanns Liebling. Warum wird *er* durchgelassen, verflucht noch mal?«

»Vielleicht, weil er sich die Mühe gemacht hat, sein Hemd in die Hose zu stecken.«

»Ja, natürlich – als ob es einen Unterschied machen würde, wenn ich mich in Schale schmeiße. Nein, es ist diese arrogante Einstellung. Schauen Sie ihn sich doch an. Also ob ihm die ganze verfluchte Welt gehört.«

Sie beobachtete, wie Dean graziös auf einem Bein balancierte, um sich einen Überschuh anzuziehen. Dann streifte er sich die Handschuhe über die langen, schlanken Hände, wie ein Chirurg, der sich auf eine Operation vorbereitet. Ja, es kam tatsächlich auf die Einstellung an. Korsak war ein zorniger Kämpfer, der immer damit rechnete, dass die böse Welt ihn herumschubste – was sie dann natürlich auch tat.

»Wer hat ihn gerufen?«, fragte Korsak.

»Ich nicht.«

»Und doch kreuzt er ganz zufällig hier auf.«

»Wie er es immer tut. Irgendjemand hält ihn auf dem Laufenden. Es ist niemand aus meinem Team. Das kommt von weiter oben.«

Sie blickte wieder zur Haustür. Dean war inzwischen hineingegangen, und sie stellte sich vor, wie er im Wohnzimmer stand und die Blutflecken betrachtete, sie studierte wie irgendeinen Einsatzbericht, als ob es zwischen dem leuchtend roten Fleck an der Wand und dem Menschen, in dessen Adern dieses Blut geflossen war, gar keine Verbindung gäbe.

»Wissen Sie, ich habe darüber nachgedacht«, sagte Korsak. »Dean ist erst drei Tage nach dem Überfall auf die Yeagers auf der Bildfläche erschienen. Das erste Mal haben wir ihn drüben in Stony Brook gesehen, am Fundort von Mrs. Yeagers Leiche. Stimmt's?«

»Stimmt.«

»Und warum hat er so lange gebraucht? Neulich haben wir doch mit dem Gedanken gespielt, dass es so etwas wie eine Hinrichtung gewesen sein könnte. Dass die Yeagers vielleicht in irgendeine obskure Sache verwickelt waren. Aber angenommen, sie waren vorher schon auf dem Radarschirm des FBI – angenommen, es wurde nach ihnen gefahndet oder sie standen unter Beobachtung –, dann würde man doch denken, dass das FBI unmittelbar nach dem Mord an Dr. Yeager aufkreuzt. Aber es hat drei Tage gedauert, bis sie sich eingemischt haben. Was hat sie dazu veranlasst, sich doch noch für den Fall zu interessieren?«

Sie sah ihn an. »Haben Sie einen VICAP-Bericht eingereicht?«

»Ja. Hat mich eine volle Stunde gekostet, das Ding auszufüllen. Hundertneunundachtzig Fragen. Unter anderem so verrücktes Zeug wie ›Wurden irgendwelche Körperteile abgebissen?‹ oder ›Welche Gegenstände wurden in welche Körperöffnungen eingeführt?‹. Jetzt muss ich noch einen Ergänzungsbericht für Mrs. Yeager nachliefern.«

»Haben Sie auch ein Täterprofil angefordert, als Sie das Formular einreichten?«

»Nein. Ich habe keinen Sinn darin erkennen können, mir von irgendeinem FBI-Profiler erzählen zu lassen, was ich sowieso schon weiß. Ich habe nur meine Pflicht getan und das VICAP-Formular eingereicht.«

VICAP, das Programm zur Ergreifung von Gewalttätern, war eine Datenbank des FBI, deren Aufbau die Mitarbeit von Polizisten im ganzen Land erforderte. Doch viele von ihnen waren so überarbeitet, dass sie angesichts des langen VICAP-

Fragebogens die Lust verloren und sich die Mühe lieber sparten.

»Wann haben Sie den Bericht eingereicht?«, fragte sie.

»Gleich nach der Autopsie von Dr. Yeager.«

»Und genau einen Tag später ist Dean aufgetaucht.«

»Glauben Sie, dass es mein Bericht gewesen ist, der ihn angelockt hat?«, fragte Korsak.

»Vielleicht haben Sie damit einen Alarm ausgelöst.«

»Was könnte denn ihre Aufmerksamkeit erregt haben?«

»Ich weiß es nicht.« Ihr Blick ging zu der Tür, hinter der Dean verschwunden war. »Und von ihm werden wir es nicht erfahren – so viel dürfte feststehen.«

11

Jane Rizzoli konnte mit Symphonien nicht allzu viel anfangen. Ihre Erfahrungen mit Musik beschränkten sich auf ihre Sammlung von Easy-Listening-CDs und die zwei Jahre, die sie im Schulorchester Trompete gespielt hatte – als eines von nur zwei Mädchen, die dieses Instrument gewählt hatten. Sie hatte sich dazu hingezogen gefühlt, weil die Trompete den lautesten, aufdringlichsten Klang im ganzen Orchester produzierte, so ganz anders als das Gedudel der Klarinetten und das Gesäusel der Flöten, auf denen die anderen Mädchen spielten. Nein, Rizzoli wollte gehört werden, und deshalb saß sie bei den Jungs in der Blechbläsergruppe. Sie genoss es, wenn die Töne aus dem Schalltrichter herausschmetterten.

Leider waren es allzu oft die falschen Töne.

Nachdem ihr Vater sie zum Üben in den Hof geschickt hatte und sämtliche Hunde der Nachbarschaft daraufhin in ein wildes Protestgeheul ausgebrochen waren, hatte sie die Trompete schließlich endgültig an den Nagel gehängt. Selbst sie konnte einsehen, dass schiere Begeisterung und kräftige Lungen kein adäquater Ersatz für musikalisches Talent waren.

Seither hatte sie mit Musik kaum mehr verbunden als Hintergrundgeräusche in Fahrstühlen und wummernde Bässe aus vorbeifahrenden Autos. In der Symphony Hall an der Ecke Huntington/Massachusetts Avenue war sie nur zweimal in ihrem ganzen Leben gewesen, jeweils im Rahmen von Exkursionen ihrer Highschool-Klasse. Sie hatten sich Proben des Boston Symphony Orchestra angehört. Im Jahr 1990 war der Cohen-Flügel hinzugekommen, ein Teil der Symphony

Hall, den Rizzoli noch nie von innen gesehen hatte. Als sie mit Frost den neuen Flügel betrat, war sie überrascht von der modernen Architektur – ganz anders als das dunkle, verstaubte Gebäude, das sie von früher in Erinnerung hatte.

Sie zeigten dem ältlichen Wachmann ihre Ausweise, der seinen verkrümmten Rücken gleich ein wenig straffte, als er sah, dass die beiden Besucher von der Mordkommission waren.

»Kommen Sie wegen der Ghents?«, fragte er.

»Ja, Sir«, antwortete Rizzoli.

»Furchtbar. Ganz furchtbar. Ich habe sie letzte Woche gesehen, da waren sie gerade in der Stadt angekommen. Sie waren kurz hier, um sich den Saal anzuschauen.« Er schüttelte den Kopf. »So ein nettes junges Paar.«

»Hatten Sie am Abend des Konzerts Dienst?«

»Nein, Ma'am. Ich arbeite hier nur tagsüber. Um fünf muss ich gehen, um meine Frau von der Tagespflege abzuholen. Sie braucht rund um die Uhr Betreuung, wissen Sie. Sonst vergisst sie irgendwann, den Ofen auszumachen...« Er brach plötzlich ab und errötete. »Aber Sie sind wohl nicht gekommen, um zu plaudern. Sie wollen sicher zu Evelyn?«

»Ja. Wo geht es zu ihrem Büro?«

»Da ist sie jetzt nicht. Ich habe sie vor ein paar Minuten in den Konzertsaal gehen sehen.«

»Ist da im Moment eine Probe oder...?«

»Nein, Ma'am. Im Sommer ist es hier sehr ruhig, da ist das Orchester draußen in Tanglewood. Hier haben wir um diese Jahreszeit nur ein paar Gastauftritte.«

»Wir können also einfach in den Saal hineingehen?«

»Ma'am, Sie haben doch Ihren Dienstausweis. Von mir aus können Sie überall reingehen.«

Sie entdecken Evelyn Petrakas nicht sofort. Als Rizzoli den dunklen Zuschauerraum betrat, sah sie zunächst nichts als ein gewaltiges Meer von leeren Sitzreihen, die schräg zu der hell erleuchteten Bühne hin abfielen. Angezogen vom Licht begannen sie die Stufen hinunterzugehen. Die Holzdielen knarrten unter ihren Schritten wie die Planken eines alten Schiffs. Sie hatten bereits die Bühne erreicht, als sie hinter sich eine schwache Stimme rufen hörten:

»Kann ich Ihnen helfen?«

Rizzoli drehte sich um und musste die Augen zusammen-kneifen, als sie gegen das Scheinwerferlicht zu den hinteren Sitzreihen hinaufblickte. »Miss Petrakas?«

»Ja?«

»Ich bin Detective Rizzoli. Das hier ist Detective Frost. Dürften wir Sie sprechen?«

»Ich bin hier. In den letzten Reihe.«

Sie gingen zwischen den Sitzreihen hindurch zu ihr hoch. Evelyn stand nicht auf, sondern blieb zusammengekauert sitzen, als ob sie sich vor dem Licht verstecken wollte. Sie begrüßte die Detectives mit einem müden Nicken, als sie auf den beiden Sitzen neben ihr Platz nahmen.

»Ich habe schon mit einem Polizisten gesprochen. Ges-tern Abend«, sagte Evelyn.

»Detective Sleeper?«

»Ja, ich glaube, so hieß er. Ein älterer Mann, ganz nett. Ich weiß, ich hätte mich noch für weitere Befragungen bereithal-ten sollen, aber ich musste irgendwann gehen. Ich konnte ein-fach nicht länger in diesem Haus bleiben…« Sie blickte auf die Bühne, als ob sie gebannt eine Aufführung verfolgte, die nur sie sehen konnte. Selbst im Halbdunkel konnte Rizzoli erkennen, dass sie ein attraktives Gesicht hatte. Sie mochte um die vierzig sein, mit dunklen, von ersten silbernen Sträh-nen durchzogenen Haaren. »Ich hatte meine Pflichten hier im Haus«, sagte Evelyn. »Die ganzen Leute, die ihr Geld zurück-haben wollten. Und dann ist die Presse aufgekreuzt. Ich musste noch mal herkommen und mich mit den Reportern herumschlagen.« Sie ließ ein müdes Lachen hören. »Das ist mein Job – Feuerwehreinsätze am laufenden Band.«

»Welche Tätigkeit üben Sie hier genau aus, Miss Petrakas?«, fragte Frost.

»Meine offizielle Funktion?« Sie zuckte mit den Achseln. »›Programmkoordinatorin für Gastkünstler.‹ Konkret heißt das, dass ich für ihr leibliches und seelisches Wohl während ihres Aufenthalts in Boston verantwortlich bin. Es ist erstaunlich, wie hilflos manche von ihnen sind. Sie verbringen ihr ganzes Leben in Probenräumen und Studios. Die wirkliche Welt ist ihnen ein Buch mit sieben Siegeln. Also empfehle ich ihnen Übernachtungsmöglichkeiten, sorge dafür, dass sie vom Flughafen abgeholt werden, dass ihnen eine Schale mit Obst aufs Zimmer gebracht wird – was immer sie für ihr Wohlbefinden brauchen. Ich halte ihnen die Hand, wenn's sein muss.«

»Wann sind Sie den Ghents zum ersten Mal begegnet?«, fragte Rizzoli.

»Einen Tag nach ihrer Ankunft in Boston. Ich habe sie von ihrem Haus abgeholt. Sie konnten kein Taxi nehmen, weil Alex' Cellokasten zu sperrig war. Aber ich habe einen Geländewagen mit umklappbarem Rücksitz.«

»Sie haben die beiden also während ihres Aufenthalts in der Stadt herumgefahren?«

»Nur von ihrem Haus zur Symphony Hall und zurück.«

Rizzoli warf einen Blick in ihr Notizbuch. »Nach meinen Informationen gehört das Haus in Beacon Hill einem Kuratoriumsmitglied des Symphonieorchesters. Einem gewissen Christopher Harm. Lädt er öfter Musiker ein, bei ihm zu wohnen?«

»Ja, den Sommer über, wenn er in Europa ist. Das ist so viel angenehmer als ein Hotelzimmer. Mr. Harm vertraut klassischen Musikern vollkommen. Bei ihnen weiß er, dass er sich um sein Haus keine Sorgen machen muss.«

»Haben Gäste von Mr. Harm je über irgendwelche Probleme geklagt?«

»Probleme?«

»Über Fremde, die auf dem Grundstück herumschleichen, Einbrecher oder dergleichen. Irgendetwas, was sie beunruhigt hätte.«

Evelyn schüttelte den Kopf. »Das ist schließlich Beacon Hill, Detective. Eine angenehmere Gegend könnten Sie sich nicht wünschen. Ich weiß, dass es Alex und Karenna dort sehr gefallen hat.«

»Wann haben Sie sie zuletzt gesehen?«

Evelyn schluckte. Leise antwortete sie: »Gestern Abend. Als ich Alex fand…«

»Ich meinte, als er noch am Leben war, Miss Petrakas.«

»Oh.« Evelyn lachte verlegen. »Natürlich meinten Sie das. Es tut mir Leid, ich habe einfach nicht nachgedacht. Es fällt mir so schwer, mich zu konzentrieren.« Sie schüttelte den Kopf. »Ich weiß gar nicht, warum ich heute überhaupt zur Arbeit gekommen bin. Ich hatte irgendwie das Gefühl, dass ich dazu verpflichtet wäre.«

»Also, wann haben Sie sie zuletzt gesehen?«, hakte Rizzoli nach.

Diesmal antwortete Evelyn mit festerer Stimme. »Das war vorgestern Abend. Nach ihrem Konzert habe ich sie nach Beacon Hill gefahren. Das war so gegen elf.«

»Haben Sie sie nur abgesetzt, oder sind Sie noch mit ihnen ins Haus gegangen?«

»Ich habe sie direkt vor ihrer Tür rausgelassen.«

»Haben Sie noch gesehen, wie sie ins Haus gingen?«

»Ja.«

»Die beiden haben Sie also nicht noch hineingebeten?«

»Ich glaube, sie waren ziemlich müde. Und auch ein wenig niedergeschlagen.«

»Wieso?«

»Sie hatten sich so darauf gefreut, in Boston aufzutreten, aber das Konzert war nicht so gut besucht, wie sie gehofft hatten. Und wir gelten schließlich als die Stadt der Musik. Wenn wir hier schon nicht mehr Leute hinter dem Ofen hervorlocken konnten, was konnten sie sich dann von Detroit oder Memphis erhoffen?« Evelyn blickte mit betrübter Miene auf die Bühne. »Wir sind Dinosaurier, Detective. Das hat Karenna im Auto gesagt. Wer weiß denn heute noch etwas mit klassischer Musik anzufangen? Die meisten jungen Leute ziehen sich lieber Musikvideos rein. Irgendwelche Leute mit Ringen in der Nase, die wild herumhopsen. Und warum muss dieser Sänger – wie heißt er noch gleich? – unbedingt die Zunge herausstrecken? Was hat das denn mit Musik zu tun?«

»Gar nichts«, pflichtete Frost bei, den das Thema gleich in Fahrt brachte. »Ob Sie's glauben oder nicht, Miss Petrakas, aber meine Frau und ich, wir haben uns erst vor ein paar Tagen genau darüber unterhalten. Alice liebt klassische Musik über alles. Wir besorgen uns jedes Jahr ein Abonnement für das Symphonieorchester.«

Evelyn lächelte traurig. »Dann sind Sie leider auch ein Dinosaurier, fürchte ich.«

Als sie aufstanden, entdeckte Rizzoli auf dem Sitz vor ihr ein Hochglanz-Programmheft. Sie hob es auf. »Stehen die Ghents hier auch drin?«, fragte sie.

»Schlagen Sie Seite fünf auf«, sagte Evelyn. »Da. Das ist ihr PR-Foto.«

Es war ein Bild von zwei Verliebten.

Karenna, schlank und elegant in einem schulterfreien schwarzen Abendkleid, blickte zu den lächelnden Augen ihres Mannes auf. Ihr Gesicht strahlte, ihr Haar war tiefschwarz wie das einer Spanierin. Alexander sah mit einem jungenhaften Lächeln auf sie herab; eine widerspenstige Locke seines weißblonden Haars fiel ihm über das eine Auge.

Evelyn sagte leise: »Sie waren wunderschön, nicht wahr? Es ist seltsam, wissen Sie. Ich bin nie dazu gekommen, mich einmal in Ruhe mit ihnen zu unterhalten. Aber ich kannte ihre Musik. Ich habe mir ihre Aufnahmen angehört, und ich habe sie dort unten auf der Bühne musizieren sehen. Sie können eine ganze Menge über einen Menschen erfahren, wenn Sie sich seine Musik anhören. Und das, was mir am meisten in Erinnerung geblieben ist, das ist ihr empfindsames Spiel. Ich denke, das ist das Wort, mit dem ich auch die beiden charakterisieren würde. Sie waren zwei so empfindsame Menschen.«

Rizzoli blickte zur Bühne und stellte sich Alexander und Karenna am Abend ihres Konzerts vor. Ihr schwarzes Haar, das im Scheinwerferlicht glänzte, das warme Schimmern seines Cellos. Und ihre Musik, wie die Stimmen zweier Liebenden, die füreinander sangen.

»Ihr Konzertabend hier«, sagte Frost, »war also schlecht besucht, sagten Sie?«

»Ja.«

»Wie viele Zuschauer hatten Sie?«

»Ich glaube, wir haben etwa vierhundertfünfzig Karten verkauft.«

Vierhundertfünfzig Augenpaare, dachte Rizzoli, alle auf die Bühne gerichtet, auf zwei ins Scheinwerferlicht getauchte Liebende. Welche Gefühle hatten die Ghents bei ihrem Publikum ausgelöst? Das Vergnügen, zwei glänzenden Interpreten zuzuhören? Die schiere Freude am Anblick eines verliebten Paares? Oder hatten sich im Herzen eines Zuhörers in diesem Saal auch andere, finstere Gefühle geregt? Gier. Neid. Das quälende Verlangen, etwas zu besitzen, was einem anderen Mann gehört.

War es ihre Schönheit, die dich auf sie aufmerksam gemacht hat? Oder die Tatsache, dass die beiden ineinander verliebt waren?

Sie trank schwarzen Kaffee und blickte nachdenklich auf die Toten, die sich auf ihrem Schreibtisch stapelten. Richard und Gail Yeager. Die rachitische Frau. Alexander Ghent. Und der blinde Passagier, der zwar offiziell nicht mehr als Mordopfer galt, ihr aber dennoch keine Ruhe ließ. Jeder Tote ging ihr nahe, jede in dieser nie enden wollenden Prozession von Leichen, die alle um ihre Aufmerksamkeit wetteiferten. Jeder hatte seine eigene Geschichte des Grauens zu erzählen – wenn Rizzoli nur bereit und in der Lage gewesen wäre, tief genug zu graben, um ihnen allen auf den Grund zu gehen. Aber sie hatte schon so lange gegraben, dass all die Toten, mit denen sie je zu tun gehabt hatte, sich zu vermischen begannen wie Skelette in einem Massengrab.

Als am Mittag das DNA-Labor sie anrief, war sie froh um die Gelegenheit, wenigstens für kurze Zeit dem anklagenden Aktenstapel auf ihrem Schreibtisch zu entkommen. Sie verließ das Büro und ging den Korridor entlang zum Südflügel.

Das DNA-Labor war in S235 untergebracht, und der Kriminologe, der sie angerufen hatte, war Walter de Groot, ein blonder Niederländer mit einem bleichen Mondgesicht. Normalerweise zuckte er zusammen, wenn er Rizzoli nur hereinkommen sah, denn wenn sie sich bei ihm blicken ließ, war es fast immer, um beschwörend auf ihn einzureden und ihn zu drängen, sich doch mit diesem oder jenem DNA-Profil ein wenig zu beeilen. Heute aber empfing er sie mit einem breiten Grinsen.

»Ich habe das Autoradiogramm entwickelt«, sagte er. »Da drüben hängt es.«

De Groot nahm den radioaktiv bearbeiteten Röntgenfilm mit der Darstellung von DNA-Fragmenten von der Leine, auf der er zum Trocknen aufgehängt war, und klemmte ihn an den Lichtkasten. Sie erblickte mehrere parallele Säulen aus unregelmäßigen dunklen Flecken.

»Was Sie hier sehen, ist das VNTR-Profil«, erklärte er. »Die Abkürzung steht für *variable numbers of tandem repeats*. Ich habe die DNA aus den verschiedenen Quellen, die Sie mir zur Verfügung gestellt haben, extrahiert und die spezifischen Orte isoliert, die wir miteinander vergleichen wollen. Es handelt sich dabei nicht um die eigentlichen Gencodes, sondern um Abschnitte des DNA-Strangs mit Basen-paaren, die sich unterschiedlich oft wiederholen. Sie eignen sich besonders gut zu Identifikationszwecken.«

»Und was stellen nun diese verschiedenen Abschnitte dar? Woher stammen sie?«

»Beim ersten und zweiten Abschnitt von links handelt es sich um Kontrollproben. Nummer eins ist eine typische DNA-Leiter, die uns hilft, die jeweiligen Positionen auf den Proben zu lokalisieren. Die zweite Säule ist eine Standard-Zellreihe, die ebenfalls zu Kontrollzwecken dient. Nummer drei, vier und fünf sind Beweismaterial, sie stammen aus be-kannten Quellen.«

»Aus welchen?«

»Strang drei von dem Verdächtigen Joey Valentine. Num-mer vier ist Dr. Yeager, Nummer fünf Mrs. Yeager.«

Rizzolis Blick blieb an Nummer fünf haften. Sie versuchte sich mit der Vorstellung vertraut zu machen, dass dies ein Teil des Bauplans war, der Gail Yeager geschaffen hatte. Die-ses einmalige, unverwechselbare menschliche Wesen ließ sich letztlich auf solche Ketten von dunklen Klecksen redu-zieren – vom genauen Farbton ihrer blonden Haare bis hin zum Klang ihres Lachens. Rizzoli konnte nichts Menschli-ches an diesem Autoradiogramm erkennen, nichts von der Frau, die ihren Mann geliebt und um ihre Mutter getrauert hatte. *Sind wir denn nicht mehr als das? Nichts weiter als eine Kette chemischer Elemente? Wo ist der Platz der Seele in dieser Doppelhelix?*

Ihr Blick ging weiter zu den beiden letzten Reihen. »Und was stellen die beiden anderen dar?«

»Das sind die nicht identifizierten Proben. Nummer sechs stammt aus dem Spermafleck auf dem Teppich der Yeagers. Nummer sieben ist das frische Sperma aus der Scheide des Opfers Gail Yeager.«

»Die letzten beiden scheinen identisch zu sein.«

»Das ist richtig. Die beiden nicht identifizierten DNA-

Proben stammen von ein und demselben Mann. Und wie Sie selbst sehen können, handelt es sich weder um Dr. Yeager noch um Mr. Valentine. Damit scheidet Mr. Valentine praktisch als Verursacher der Spermaspuren aus.«

Sie betrachtete gebannt die beiden nicht identifizierten Stränge. Der genetische Fingerabdruck eines Monsters.

»Da haben Sie Ihren Täter«, sagte de Groot.

»Haben Sie bei CODIS angerufen? Wäre es möglich, dass wir sie überreden, sich mit dem Datenabgleich ein bisschen zu sputen?«

CODIS war der Name einer nationalen DNA-Datenbank. Darin waren die genetischen Profile tausender verurteilter Straftäter ebenso gespeichert wie die nicht identifizierten DNA-Proben von Tatorten im ganzen Land.

»Das ist der eigentliche Grund, weshalb ich Sie angerufen habe. Ich habe die DNA von dem Fleck auf dem Teppich letzte Woche eingeschickt.«

Sie seufzte. »Das heißt, wir können in etwa einem Jahr mit einer Antwort rechnen.«

»Nein. Agent Dean hat mich vorhin angerufen. Die DNA Ihres Täters ist nicht in CODIS erfasst.«

Sie sah ihn verblüfft an. »Agent Dean hat die Information an Sie weitergeleitet?«

»Er muss ihnen wohl irgendwie Feuer unterm Hintern gemacht haben. In meiner gesamten Zeit hier im Labor habe ich es noch nie erlebt, dass eine Anfrage an CODIS so schnell bearbeitet wurde.«

»Haben Sie sich das Ergebnis auch direkt von CODIS bestätigen lassen?«

De Groot runzelte die Stirn. »Nein, wieso? Ich nahm an, dass Agent Dean wohl gewusst hatte…«

»Bitte, rufen Sie CODIS an. Ich hätte gerne eine Bestätigung.«

»Gibt es irgendwelche… äh… Zweifel an Deans Vertrauenswürdigkeit?«

»Gehen wir doch einfach auf Nummer Sicher, okay?« Sie warf noch einen Blick auf den Lichtkasten. »Wenn es stimmt, dass unser Bursche nicht in CODIS ist…«

»Dann haben Sie es mit einem neuen Kandidaten zu tun, Detective. Oder mit jemandem, der es bisher verstanden hat, sich dem System zu entziehen.«

Frustriert starrte sie die Kette aus dunklen Flecken an. Wir haben seine DNA, dachte sie. Wir haben sein genetisches Profil. Aber wir kennen immer noch nicht seinen Namen.

Rizzoli legte eine CD auf und ließ sich auf das Sofa sinken, während sie sich die Haare mit einem Handtuch frottierte. Die satten Klänge eines Cellos ergossen sich aus dem Lautsprecher wie geschmolzene Schokolade. Obwohl sie kein Klassikfan war, hatte sie sich im Souvenirladen der Symphony Hall eine CD mit frühen Aufnahmen von Alexander Ghent gekauft. Wenn sie sich mit jedem Aspekt seines Todes vertraut machen wollte, musste sie ebenso über sein Leben Bescheid wissen. Und ein großer Teil seines Lebens war die Musik gewesen.

Ghents Bogen glitt über die Saiten des Cellos, und die Melodie von Bachs Suite Nr. 1 in G-Dur wogte auf und ab wie Meereswellen. Ghent war erst achtzehn Jahre alt gewesen, als er dieses Stück eingespielt hatte, als er im Studio gesessen hatte und seine warmen, lebendigen Finger den Bogen gehalten und die Saiten niedergedrückt hatten. Dieselben Finger lagen nun bleich und kalt im Kühlfach des Leichenschauhauses. Ihre Musik war für immer verstummt. Als sie am Morgen bei der Obduktion zugesehen hatte, waren ihr vor allem die langen, schlanken Finger aufgefallen, und sie hatte sich vorgestellt, wie sie flink über das Griffbrett des Cellos getanzt waren. Dass der Kontakt einer Menschenhand mit Saiten und Holz einen so vollen, warmen Klang hervorbringen konnte, schien wie ein Wunder.

Sie griff nach der CD-Hülle und betrachtete das Foto des

jugendlichen Alexander Ghent. Er hatte den Blick gesenkt und den linken Arm um das Instrument geschlungen, als ob er seine Kurven liebkosen wollte. So hatte er später auch seine Frau Karenna im Arm gehalten. Rizzoli hatte nach CDs mit gemeinsamen Aufnahmen der Ghents gesucht, doch in der Boutique waren sämtliche Duoalben der beiden ausverkauft gewesen. Nur Solo-CDs von Alexander waren noch zu bekommen. Das einsame Cello, das nach seiner Partnerin rief. Und wo war diese Partnerin nun? War sie noch am Leben, durchlitt sie in diesem Moment die Qualen einer zum sicheren Tod Verdammten? Oder war sie schon jenseits aller Schmerzen und Leiden, eine Leiche im Früh-stadium der Verwesung?

Das Telefon klingelte. Sie stellte die Musik leiser und nahm den Hörer ab.

»Sie sind ja doch zu Hause«, sagte Korsak.

»Ich bin heimgefahren, um zu duschen.«

»Ich habe vor ein paar Minuten schon mal angerufen. Sie sind nicht drangegangen.«

»Dann habe ich es wohl nicht klingeln gehört. Was gibt's Neues?«

»Das wüsste ich auch gerne.«

»Wenn irgendetwas ist, rufe ich zuerst Sie an.«

»Na klar doch. Haben Sie heute auch nur *ein* Mal ver-sucht, mich zu erreichen? Ich habe das mit Joey Valentines DNA erst von dem Laborfritzen erfahren.«

»Ich bin nicht dazu gekommen, Ihnen Bescheid zu sagen. Ich bin wie eine Irre in der Gegend herumgehetzt.«

»Vergessen Sie nicht, dass ich es war, der Sie überhaupt erst auf diesen Fall aufmerksam gemacht hat.«

»Das habe ich nicht vergessen.«

»Wissen Sie«, sagte Korsak, »dass inzwischen fast fünfzig Stunden vergangen sind, seit er sie entführt hat?«

Und Karenna Ghent ist höchstwahrscheinlich schon zwei Tage tot, dachte sie. Nicht, dass es ihren Mörder davon abhalten würde, sich weiter an ihr zu vergehen. Es würde seinen Appetit nur noch mehr anregen. Er würde ihre Leiche betrachten und in ihr bloß ein Lustobjekt sehen. Ganz und gar seiner Willkür unterworfen. Sie leistet keinen Widerstand. Sie ist nur kühles, passives Fleisch, das alle erdenklichen Demütigungen über sich ergehen lässt. Sie ist die perfekte Geliebte.

Immer noch lief die leise Musik auf dem CD-Spieler, immer noch erfüllten die melancholischen Zauberklänge von Alexanders Cello den Raum. Sie wusste genau, worauf dieses Gespräch hinauslief; was Korsak wirklich von ihr wollte. Und sie wusste nicht, wie sie ihn abweisen konnte. Sie stand vom Sofa auf und schaltete die Anlage aus. In der Stille, die folgte, schienen die Klänge des Cellos immer noch nachzuhallen.

»Wenn es so läuft wie beim letzten Mal, wird er sie heute Nacht wegbringen«, sagte Korsak.

»Wir werden ihn erwarten.«

»Also, bin ich nun dabei oder nicht?«

»Wir haben schon unser Observierungsteam vor Ort.«

»Aber *mich* haben Sie nicht. Sie könnten ganz sicher noch jemanden gebrauchen.«

»Wir haben schon alle Posten besetzt. Hören Sie, ich rufe Sie sofort an, wenn sich irgendetwas…«

»Sparen Sie sich doch bitte dieses Gerede von wegen ›Ich rufe Sie an‹! Ich habe nicht vor, neben dem Telefon zu hocken und auf Ihren Anruf zu warten wie irgendein Mauerblümchen. Ich kenne diesen Täter schon länger als Sie, länger als irgendwer sonst. Wie würde Ihnen das denn gefallen, wenn Ihnen jemand so ins Handwerk pfuschen würde? Und Sie dann beim entscheidenden Zugriff nicht dabei haben wollte? Denken Sie mal darüber nach.«

Das tat sie. Und sie verstand, warum er so wütend und aufgebracht war. Sie verstand es besser als irgendjemand sonst, denn es war ihr selbst schon genauso gegangen. Sie kannte das Gefühl, zur Seite gestoßen zu werden und aus der Ferne zusehen zu müssen, wie andere sich für den Triumph feiern ließen, der in Wirklichkeit einem selbst gehörte.

Sie sah auf die Uhr. »Ich fahre jeden Moment los. Wenn Sie dabei sein wollen, müssen Sie dort zu mir stoßen.«

»Auf welcher Position sind Sie bei der Überwachung?«

»Am Parkplatz gegenüber vom Smith-Spielplatz. Wir können uns am Golfplatz treffen.«

»Ich werde dort sein.«

12

Um zwei Uhr früh war die Luft in Stony Brook noch immer drückend schwül. Rizzoli saß mit Korsak in ihrem Wagen, den sie nah am Rand des dichten Unterholzes geparkt hatte. Von ihrem Posten aus konnten sie jedes Fahrzeug sehen, das von Osten her in den Park hineinfuhr. Weitere Beobachtungswagen waren entlang des Enneking Parkway stationiert, der Durchgangsstraße, die sich quer durch Stony Brook schlängelte. Ein Fahrzeug, das von einem der ungeteerten Parkplätze aus losfuhr, konnte in kürzester Zeit von allen Seiten umstellt werden. Die Falle würde sich zuziehen wie ein Sack, aus dem niemand entkommen konnte.

Rizzoli schwitzte unter ihrer kugelsicheren Weste. Sie drehte das Fenster herunter und atmete das Aroma welker Blätter und feuchter Erde ein. Waldgerüche.

»He, Sie lassen ja die ganzen Mücken rein!«, beschwerte sich Korsak.

»Ich brauche die frische Luft. Hier drin stinkt's nach Zigarettenrauch.«

»Eine einzige hab ich mir angezündet. Ich kann überhaupt nichts riechen.«

»Wer selber raucht, riecht nie was.«

Er sah sie an. »Herrgott noch mal, die halbe Nacht giften Sie mich jetzt schon unentwegt an! Wenn Sie ein Problem mit mir haben, sollten wir vielleicht mal darüber reden.«

Sie starrte aus dem Fenster auf die Straße, die dunkel und menschenleer dalag. »Es ist nicht Ihretwegen«, sagte sie.

»Sondern?«

Als sie keine Antwort gab, stieß er ein ironisches Grunzen

aus. »Ach, wieder mal unser Freund Dean, wie? Was hat er denn jetzt ausgefressen?«

»Er hat sich vor ein paar Tagen bei Marquette über mich beschwert.«

»Was hat er ihm denn erzählt?«

»Dass ich nicht die Richtige für den Job sei. Dass ich möglicherweise professionellen Beistand nötig hätte wegen *ungelöster Probleme*.«

»Hat er damit den Chirurgen gemeint?«

»Was glauben Sie denn?«

»So ein Arschloch.«

»Und heute erfahre ich, dass wir postwendend eine Antwort von CODIS bekommen haben. Das ist noch nie vorgekommen. Dean muss anscheinend nur mit den Fingern schnippen, und schon tanzt alles nach seiner Pfeife. Ich wüsste nur zu gerne, was er eigentlich hier zu suchen hat.«

»Na ja, so ist das eben mit diesen Agenten. Es heißt doch immer: Information ist Macht. Also verweigern sie uns den Zugang dazu, weil das Ganze für sie ein albernes Macho-Spielchen ist. Sie und ich, wir sind doch für diesen Möchtegern-Bond nur Schachfiguren.«

»Das verwechseln Sie jetzt mit der CIA.«

»CIA, FBI.« Er zuckte mit den Achseln. »Diese ganzen Drei-Buchstaben-Organisationen, das ist doch alles eine einzige Geheimniskrämerei.«

Im Funkgerät knackte es. »Hier Posten drei. Wir haben ein Fahrzeug – Limousine neueren Baujahrs, fährt in südlicher Richtung auf dem Enneking Parkway.«

Rizzoli wartete angespannt auf die Meldung des nächsten Teams.

Sie hörte Frosts Stimme: »Posten drei. Wir können das Fahrzeug sehen. Fährt immer noch Richtung Süden. Sieht nicht aus, als ob es abbremst.«

Sekunden später meldete sich eine dritte Einheit: »Posten

fünf. Er hat gerade die Abzweigung Bald Knob Road passiert. Fährt Richtung Parkausgang.«

Nicht unser Bursche. Selbst zu dieser frühen Morgenstunde war der Enneking Parkway schon recht stark befahren. Sie wussten gar nicht mehr, wie viele Fahrzeuge sie schon auf dem Weg durch den Park observiert hatten. Zu viele jedenfalls; und immer war es falscher Alarm gewesen. Dazwischen die ermüdend langen Pausen – ihre Konzentration hatte rapide nachgelassen, und der Schlafmangel ließ sie in einen Zustand träger Apathie sinken.

Sie lehnte sich mit einem Seufzer der Enttäuschung zurück. Der Wald lag vor ihnen wie eine schwarze Wand; nur hier und da tanzte ein Glühwürmchen in der Finsternis. »Komm schon, du Schwein«, murmelte sie. »Komm zu Mama…«

»Möchten Sie 'nen Kaffee?«, fragte Korsak.

»Danke.«

Er schenkte ihr aus seiner Thermoskanne ein und reichte ihr den Becher. Der Kaffee war schwarz und bitter und ziemlich ekelhaft, aber sie trank ihn trotzdem.

»Für heute Nacht hab ich ihn extra stark gemacht«, sagte er. »Zwei Messbecher statt einem. Da wachsen einem Haare auf der Brust.«

»Vielleicht ist es das, was ich brauche.«

»Ich bilde mir ein, wenn ich genug von dem Zeug trinke, wandern vielleicht ein paar von den Haaren zurück auf meinen Kopf.«

Sie blickte hinaus in den Wald, wo die Dunkelheit moderndes Laub und Tiere auf der Suche nach Nahrung verbarg. Tiere mit scharfen Zähnen. Sie dachte an die angefressenen Überreste der rachitischen Frau, an Waschbären, die an Rippen nagten, an Hunde, die Schädel wie Bälle umherrollten, und die Szene, die sie vor ihrem geistigen Auge sah, war alles andere als eine Bambi-Idylle.

»Ich darf schon gar nicht mehr von Hoyt sprechen«, sagte sie. »Kaum erwähne ich seinen Namen, ernte ich diese mitleidigen Blicke. Gestern habe ich versucht, auf die Parallelen zwischen dem Chirurgen und unserem neuen Burschen hinzuweisen, und ich konnte sehen, wie Dean dachte: *Der Chirurg spukt ihr immer noch im Kopf herum*. Er glaubt, ich bin besessen.« Sie seufzte. »Vielleicht bin ich das auch. Vielleicht wird es immer so sein. Ich komme an irgendeinen Tatort und sehe sofort seine Handschrift. Jeder Täter wird seine Züge tragen.«

Ihre Blicke gingen zum Funkgerät, als sie die Durchsage der Zentrale hörten: »Wir haben gerade einen Anruf reinbekommen. Friedhof Fairview – verdächtige Person gesichtet. Irgendwelche Wagen in der Nähe?«

Niemand antwortete.

Die Zentrale wiederholte die Aufforderung: »Ein Wagen zum Friedhof Fairview – verdächtige Person gesichtet. Wagen 12, sind Sie noch in der Gegend?«

»Wagen 12. Wir sind bei dem Zehn-Vierziger in der River Street. Es ist ein Code 1. Können nicht fahren.«

»Verstanden. Wagen 15. Wie ist Ihre Zehn-Zehn?«

»Wagen 15. West Roxbury. Immer noch bei diesem Missile 6. Diese Leute wollen sich einfach nicht beruhigen. Schätze, wir können frühestens in einer halben oder einer Stunde in Fairview sein.«

»Irgendwelche anderen Wagen?«, fragte die Zentrale, die offenbar vergeblich den Äther nach einem verfügbaren Team abklapperte. In einer warmen Samstagnacht war ein routinemäßiger Check auf einem Friedhof kein Einsatz von allzu hoher Priorität. Die Toten kümmert es nicht, wenn über ihnen Liebespaare turteln oder Teenager randalieren. Ein Polizist muss immer zuerst an die Lebenden denken.

Die Funkstille wurde von einem Mitglied von Rizzolis Observierungsteam gebrochen: »Äh, hier Posten fünf. Wir stehen am Enneking Parkway. Der Fairview-Friedhof ist ganz in unserer Nähe...«

Rizzoli schnappte sich das Mikrofon und drückte die

Sprechtaste: »Posten fünf, hier Posten eins«, fuhr sie dazwischen. »Verlassen Sie nicht Ihre Stellung. Verstanden?«

»Wir haben hier fünf Wagen zur Überwachung…«

»Der Friedhof ist *nicht* unsere Priorität.«

»Posten eins«, meldete sich die Zentrale. »Alle Einheiten sind derzeit im Einsatz. Könnten Sie eventuell einen Wagen entbehren?«

»Negativ. Ich will, dass mein Team die Stellung hält. Verstanden, Posten fünf?«

»Zehn-vier. Halten die Stellung. Zentrale, wir können den Einsatz nicht übernehmen.«

Rizzoli atmete tief durch. Am nächsten Tag würde es vielleicht Beschwerden wegen dieses Vorfalls geben, aber sie war nicht bereit, auch nur ein Fahrzeug aus ihrem Überwachungsteam zu opfern; nicht für ein so triviales Vorkommnis.

»Es ist ja nicht so, als wäre hier bei uns die Hölle los«, meinte Korsak.

»Aber *wenn* etwas passiert, wird es blitzschnell gehen. Ich werde nicht zulassen, dass uns irgendetwas den Zugriff vermasselt.«

»Wissen Sie noch, worüber wir uns vorhin unterhalten haben? Über die Frage, ob Sie vielleicht besessen sind?«

»Jetzt fangen Sie nicht wieder damit an!«

»Nein, ich lasse schön die Finger davon. Sonst reißen Sie mir am Ende noch den Kopf ab.« Er öffnete seine Tür.

»Wohin wollen Sie?«

»Muss mal pinkeln. Brauche ich dafür eine Genehmigung?«

»Ich frage ja nur.«

»Dieser Kaffee saust nur so durch mich durch.«

»Kein Wunder. Mit Ihrem Kaffee könnte man ein Loch in eine Eisenplatte ätzen.«

Korsak stieg aus und begann schon an seinem Hosenschlitz zu nesteln, während er auf den Waldrand zuging. Er dachte gar nicht daran, sich hinter einen Baum zu stellen, sondern pflanzte sich einfach breitbeinig hin und urinierte ins Gebüsch. Das brauchte sie sich nun wirklich nicht anzusehen. Sie wandte sich angewidert ab. In jeder Klasse gibt es ein ganz besonders widerliches Ekelpaket, und Korsak war so ein Typ: der Junge, der immer ungehemmt rülpst und in der Nase bohrt; dem man schon am Hemd ansehen kann, was er zum Frühstück gegessen hat. Der Junge, dessen feuchte Wurstfinger man um keinen Preis anrührt, aus Angst, sich seine Läuse einzufangen. Er stieß sie ab, doch zugleich empfand sie so etwas wie Mitleid für ihn. Sie warf einen Blick auf den Kaffee, den er ihr eingeschenkt hatte, und kippte den Rest aus dem Fenster.

Das Funkgerät begann wieder zu plärren, und sie zuckte zusammen.

»Wir haben ein Fahrzeug, das in östlicher Richtung auf dem Dedham Parkway fährt. Sieht aus wie ein Taxi.«

Rizzoli antwortete: »Ein Taxi um drei Uhr morgens?«

»So ist es.«

»Wohin fährt es?«

»Ist gerade in den Enneking Parkway eingebogen, Richtung Norden.«

»Posten zwei?«, rief Rizzoli den nächsten Wagen an der Strecke.

»Posten zwei«, meldete sich Frost. »Ja, wir können ihn sehen. Ist gerade an uns vorbei…« Es war kurz still. Dann fuhr Frost mit angespannter Stimme fort: »Er wird langsamer…«

»Was?«

»Er bremst ab. Sieht aus, als wollte er anhalten…«

»Position?«, fuhr Rizzoli ungeduldig dazwischen.

»Der Parkplatz. Er ist gerade auf den Parkplatz eingebogen.«

Das ist er.

»Korsak, wir sind an ihm dran!«, zischte sie durch das offene Fenster. Als sie den Kopfhörer aufsetzte und hastig zurechtrückte, hatte sie das Gefühl, dass sämtliche Nerven in ihrem Körper vor Erregung summten.

Korsak zog seinen Reißverschluss hoch und kletterte rasch wieder auf seinen Sitz. »Was? Was?«

»Der Wagen ist gerade eben vom Enneking auf einen Parkplatz abgebogen – Posten zwei, was macht er jetzt?«

»Steht einfach nur da. Hat das Licht ausgemacht.«

Sie beugte sich vor und drückte voller Konzentration den Hörer ans Ohr. Die Sekunden verstrichen. Funkstille – alles wartete auf den nächsten Schritt des Verdächtigen.

Er checkt die Lage. Er will sicher sein, dass die Luft rein ist, bevor er weitermacht.

»Wir warten auf Ihren Befehl, Rizzoli«, sagte Frost. »Sollen wir zugreifen?«

Sie zögerte, ging die Alternativen durch. Sie durfte die Falle nicht zu früh zuschnappen lassen.

»Moment mal«, sagte Frost. »Jetzt hat er die Scheinwerfer wieder eingeschaltet. Ach, Mist, er setzt zurück. Er hat es sich anders überlegt.«

»Hat er Sie gesehen? Frost, hat er Sie gesehen?«

»Ich weiß es nicht! Er ist wieder auf der Straße. Fährt auf dem Enneking Richtung Norden...«

»Wir haben ihn verschreckt!« In diesem Sekundenbruchteil stand ihr die einzig mögliche Entscheidung glasklar vor Augen. »An alle: los, los, *los!*«, schrie sie in ihr Mikro. »Schneiden Sie ihm den Weg ab! Schnell!«

Sie ließ den Wagen an, rammte den Schalthebel in die Drive-Stellung. Als sie auf das Gas stieg, drehten die Reifen durch, gruben tiefe Furchen in den weichen, mit Laub bedeckten Waldboden. Zweige knallten gegen die Windschutzscheibe. Aus dem Funkgerät knatterten die hastigen Meldungen ihres Teams, und in der Ferne hörte sie vielstimmiges Sirenengeheul.

»Posten drei. Wir haben den Enneking Richtung Norden gesperrt...«

»Posten zwei. Haben Verfolgung aufgenommen...«

»Fahrzeug kommt näher! Er bremst...«

»Nehmt ihn in die Zange! Nehmt ihn in die Zange!«

»Greifen Sie nicht ohne Verstärkung zu!«, befahl Rizzoli. »Warten Sie auf Verstärkung!«

»Verstanden. Fahrzeug ist stehen geblieben. Wir halten unsere Position.«

Als Rizzoli mit quietschenden Reifen am Ort des Geschehens ankam, war der Enneking Parkway bereits ein Wirrwarr aus kreuz und quer geparkten Streifenwagen mit blitzendem Blaulicht. Rizzoli war für einen Moment geblendet, als sie aus dem Wagen stieg. Der Adrenalinschub hatte sie alle in eine fieberhafte Erregung versetzt, sie konnte es an ihren Stimmen hören – die knisternde Anspannung einer Gruppe von gewaltbereiten Männern.

Frost riss die Fahrertür des verdächtigen Wagens auf, und sofort richteten sich ein halbes Dutzend Waffen auf den Kopf des Mannes am Steuer. Der Taxifahrer saß blinzelnd und desorientiert da, während das Blaulicht über sein Gesicht flackerte.

»Aussteigen!«, befahl Frost.

»Was – was hab ich denn getan?«

»*Aussteigen*, habe ich gesagt!« In dieser Nacht, in der die Nerven aller Beteiligten zum Zerreißen gespannt waren, hatte selbst Barry Frost sich in eine Furcht einflößende Erscheinung verwandelt.

Langsam und mit erhobenen Händen stieg der Taxifahrer aus. Kaum stand er mit beiden Füßen auf dem Boden, da wurde er auch schon herumgerissen und auf das Wagendach herabgedrückt.

»Was habe ich denn *getan*?«, rief er, während Frost ihn nach Waffen abtastete.

»Nennen Sie Ihren Namen!«, forderte Rizzoli ihn auf.

»Ich weiß gar nicht, was Sie von mir wollen...«

»Ihren *Namen*!«

»Wilensky.« Er schien den Tränen nahe. »Vernon Wilensky...«

»Stimmt«, bestätigte Frost mit einem Blick auf den Ausweis des Taxifahrers. »Vernon Wilensky, weiß, männlich, geboren 1955.«

»So steht es auch auf der Zulassung«, sagte Korsak, der den Kopf zur Wagentür hineingesteckt hatte, um die Zulassung zu überprüfen, die am Sonnenschutz klemmte.

Rizzoli blickte auf und kniff die Augen zusammen, geblendet von den Scheinwerfern der herannahenden Autos. Obwohl es erst drei Uhr war, herrschte auf dem Parkway bereits reger Verkehr, und bald schon würden sie Staus in beiden Richtungen haben.

Sie wandte sich wieder dem Taxifahrer zu, packte ihn am Hemdkragen, drehte ihn zu sich um und leuchtete ihm mit ihrer Taschenlampe in die Augen. Was sie sah, war ein nicht mehr ganz junger Mann mit schütterem blondem Haar, dessen Haut im grellen Lichtschein fahl aussah. Das war nicht das Gesicht, das ihr vorgeschwebt hatte, wenn sie an den unbekannten Täter gedacht hatte. Sie hatte schon so oft in die Augen des Bösen geblickt, dass sie das Zählen längst aufgegeben hatte, und die Züge sämtlicher Monster, denen sie in ihrer Laufbahn je begegnet war, waren in ihr Gedächtnis eingebrannt. Dieser verängstigte Mann gehörte nicht in ihre private Galerie des Grauens.

»Was tun Sie hier, Mr. Wilensky?«, fragte sie.

»Ich wollte bloß – bloß einen Fahrgast abholen.«

»Was für einen Fahrgast?«

»Einen Mann, der ein Taxi bestellt hatte. Er sagte, ihm sei auf dem Enneking Parkway das Benzin ausgegangen...«

»Wo ist er?«

»Ich weiß es nicht! Ich habe da angehalten, wo er angeblich auf mich warten wollte, aber er war nicht da. Bitte, das ist alles ein Irrtum! Rufen Sie meine Zentrale an! Die kann Ihnen alles bestätigen!«

Rizzoli wandte sich an Frost: »Machen Sie den Kofferraum auf!«

Schon als sie zum Heck des Wagens ging, begann sich ein flaues Gefühl in ihrem Magen auszubreiten. Sie klappte den Kofferraumdeckel hoch und leuchtete mit ihrer Taschenlampe hinein. Volle fünf Sekunden lang starrte sie ins Leere, während das flaue Gefühl sich rasch zu einer ausgewachsenen Übelkeit steigerte. Sie streifte sich Handschuhe über. Ihr Gesicht glühte, und ihr Herz krampfte sich zusammen, als sie den grauen Teppichboden zurückschlug, mit dem der Kofferraum ausgeschlagen war. Sie sah ein Ersatzrad, einen Wagenheber und Werkzeug. In ihrer Wut und Enttäuschung begann sie an der Verkleidung zu zerren, um sie noch weiter zurückzuschlagen, jeden Quadratzentimeter freizulegen, jeden dunklen Winkel, der sich darunter verbergen mochte. Wie eine Wahnsinnige klammerte sie sich an die verzweifelte Hoffnung, noch irgendetwas zu entdecken, was ihr Vorgehen rechtfertigen würde. Als sie nichts mehr abreißen konnte, als der ganze Kofferraum bis auf das blanke Metall freigelegt war, starrte sie nur noch in den leeren Hohlraum und weigerte sich hartnäckig, das Offensichtliche zu akzeptieren. Den unwiderlegbaren Beweis, dass sie versagt hatte.

Ein Trick. Das Ganze war nur ein Trick, um uns abzulenken. Aber wovon?

Die Antwort kam unerwartet schnell. Aus ihren Funkgeräten tönte eine hektische Durchsage: »Zehn-Vierundfünfzig, Zehn-Vierundfünfzig, Friedhof Fairview. Alle Wagen, Zehn-Vierundfünfzig, Friedhof Fairview.«

Sie fing Frosts Blick auf, während beiden die gleiche schreckliche Erkenntnis dämmerte. Zehn-Vierundfünfzig. Der Code für Mord.

»Bleiben Sie bei dem Taxi«, befahl sie Frost und sprintete zu ihrem Wagen. Da sie als Letzte dazugestoßen war, würde sie sich am schnellsten aus dem Gewirr von Einsatzfahrzeugen befreien und zurücksetzen können. Sie schalt sich bitter wegen ihrer eigenen Dummheit, als sie sich hinter das Steuer schwang und den Schlüssel umdrehte.

»He! *He!*«, rief Korsak. Er lief neben ihrem Wagen her und hämmerte gegen die Tür.

Sie bremste gerade so lange ab, dass er hineinspringen und die Tür zuschlagen konnte. Dann trat sie das Gaspedal so heftig durch, dass er gegen die Rückenlehne geschleudert wurde.

»Verdammte Scheiße, wollten Sie mich einfach hier zurücklassen?«, schrie er.

»Schnallen Sie sich an.«

»Ich bin doch nicht irgendein Trittbrettfahrer!«

»*Anschnallen!*«

Er zog den Gurt über die Schulter und schnallte sich fest. Trotz des Stimmengewirrs, das aus dem Funkgerät drang, konnte sie seinen schweren Atem hören, das feuchte Rasseln verschleimter Nebenhöhlen.

»Hier Posten eins, übernehme den Zehn-vierundfünfzig«, meldete sie der Einsatzzentrale.

»Ihre Zehn-zehn?«

»Enneking Parkway, habe gerade die Abzweigung Turtle Pond passiert. Geschätzte Ankunft in knapp einer Minute.«

»Sie werden die Ersten vor Ort sein.«

»Lagebericht?«

»Keine weiteren Informationen. Vermutlich Zehn-achtundfünfzig.«

Bewaffnet und gefährlich.

Rizzolis Fuß lag wie Blei auf dem Gaspedal. Die Abzweigung zum Fairview-Friedhof kam so schnell, dass sie sie fast verpasst hätte. Mit kreischenden Reifen nahm sie die Kurve und musste all ihr Geschick einsetzen, um nicht die Kontrolle über den Wagen zu verlieren.

»Nicht so stürmisch!«, stieß Korsak hervor, als sie um ein Haar in einen Steinhaufen am Straßenrand rauschten. Das schmiedeeiserne Tor stand weit offen, und sie fuhr hindurch.

Der Friedhof war nicht beleuchtet. Im Strahl der Scheinwerfer tauchten schemenhaft sanft gewellte Rasenflächen auf, aus denen Grabsteine wie weiß schimmernde Zähne ragten.

Etwa hundert Meter hinter dem Friedhofstor stand ein Wagen einer privaten Sicherheitsfirma mit offener Fahrertür und eingeschalteter Innenbeleuchtung. Rizzoli bremste. Als sie ausstieg, ging ihre Hand bereits zur Waffe – eine automatische Bewegung, die sie schon gar nicht mehr bewusst registrierte. Zu viele andere Eindrücke stürmten auf sie ein: der Geruch frisch gemähten Grases und feuchter Erde. Das Hämmern ihres eigenen Herzens an ihrem Brustbein.

Und Angst. Als sie sich in der Dunkelheit umblickte, spürte sie den eisigen Hauch der Angst im Nacken, denn eines war ihr klar: Wenn das Taxi eine Falle gewesen war, dann konnte dies sehr wohl eine weitere sein: ein blutiges Spiel, in dem sie eine ahnungslose Marionette war.

Plötzlich erstarrte sie. In der Nähe eines Grabmals in Form eines Obelisken erblickte sie einen unförmigen Schatten. Als sie den Strahl ihrer Stablampe darauf richtete, erkannte sie den zusammengesunkenen Körper des Wachmanns.

Sie ging auf ihn zu, und schon stieg ihr der Geruch des Bluts in die Nase. Er war mit nichts anderem zu vergleichen, und er löste eine primitive Alarmreaktion in ihrem Gehirn aus. Sie kniete sich ins Gras, das noch ganz feucht und warm davon war. Korsak stand direkt neben ihr und leuchtete ebenfalls mit seiner Taschenlampe auf die Stelle. Sie konnte seinen schniefenden Atem hören, die grunzenden Geräusche, die er immer von sich gab, wenn er sich körperlich anstrengte.

Der Wachmann lag mit dem Gesicht nach unten. Sie drehte ihn auf den Rücken.

»Mein Gott!«, jaulte Korsak auf und schreckte so heftig zurück, dass der Strahl seiner Lampe unkontrolliert gen Himmel zuckte.

Auch Rizzoli konnte die Hand nicht ruhig halten, als sie den fast gänzlich durchtrennten Hals anstarrte, die klaffende rote Wunde, in der weißliche Knorpelenden schimmerten. Dem Mann war wirklich nicht mehr zu helfen – sein Kopf schien nur noch durch ein paar Hautfetzen mit dem übrigen Körper verbunden.

Flackerndes Blaulicht zerriss die Dunkelheit wie ein unwirkliches Kaleidoskop, das sich schwankend auf sie zubewegte. Sie stand auf. Ihre Hose war mit Blut getränkt, der Stoff klebte ihr an den Knien. Geblendet vom Lichtschein der herannahenden Streifenwagen, wandte sie sich blinzelnd ab und blickte über die im Dunkeln liegenden Gräberreihen hinweg. Und in dem Augenblick, als die Wagen in die Friedhofseinfahrt einbogen und die Lichtkegel ihrer Scheinwerfer einen Bogen durch die Finsternis beschrieben, brannte sich ein Bild auf ihren Netzhäuten ein: eine Gestalt, die sich zwischen den Grabsteinen bewegte. Es dauerte nur einen Sekundenbruchteil, und mit dem nächsten Aufflackern des Blaulichts war die Gestalt schon wieder verschwunden, untergetaucht in dem Meer von Marmorsäulen und Granitplatten.

»Korsak«, sagte sie. »Da bewegt sich jemand – dort drüben.«

»Ich kann überhaupt nichts sehen.«

Sie starrte in die Richtung. Sah die Gestalt wieder, die jetzt den Abhang hinunterlief, auf die schützende Baumreihe zu. Und schon sprintete sie los, im Slalom um die Grabsteine herum, während ihre Füße über die schlummernden Toten hinwegtrampelten. Sie hörte Korsak direkt hinter sich, keuchend und pfeifend wie ein Blasebalg, doch er konnte nicht lange mithalten. Nach wenigen Sekunden war sie allein. Sie lief und lief, unermüdlich angetrieben vom Adrenalin in ihren Adern. Jetzt hatte sie die Bäume fast erreicht und näherte sich der Stelle, wo sie die Gestalt zuletzt gesehen hatte. Doch keine fliehende Silhouette war zu sehen, kein zuckender Schatten vor dem Hintergrund der Dunkelheit. Sie verlangsamte ihren Schritt, blieb stehen. Ließ den Blick nach rechts und links schweifen, ohne auch nur die geringste Bewegung ausmachen zu können.

Obwohl sie nicht mehr lief, jagte die Angst ihren Puls immer noch weiter in die Höhe. Bei dem Gedanken, dass *er* hier irgendwo in der Nähe war, überlief es sie eiskalt. *Er* beobachtete sie. Sie wollte die Taschenlampe nicht einschalten; damit würde sie sich nur verraten.

Das Knacken eines Zweigs ließ sie nach links herumfahren. Die Bäume ragten wie ein undurchdringlicher schwarzer Vorhang vor ihr auf. Vom Tosen ihres eigenen Bluts, vom Rauschen der Luft in ihren Lungen fast übertönt, hörte sie das Rascheln von Laub und wieder das Knacken von Zweigen.

Er kommt auf mich zu.

Sie ließ sich in die Hocke sinken, die Waffe im Anschlag, die Nerven zum Zerreißen gespannt.

Die Schritte hörten plötzlich auf.

Sie schaltete die Stablampe ein und richtete den Strahl genau geradeaus. Und sah ihn, eine schwarz gekleidete Gestalt, zwischen den Bäumen stehen. Als das Licht ihn traf, wandte er sich ab und hob den Arm schützend vor die Augen.

»*Keine Bewegung!*«, schrie sie. »Polizei!«

Der Mann erstarrte zur Salzsäule, das Gesicht abgewandt, die Hand halb erhoben. Mit ruhiger Stimme sagte er: »Ich nehme jetzt die Brille ab.«

»Nein, du Dreckschwein! Du wirst dich nicht rühren und schön bleiben, wo du bist.«

»Und was dann, Detective Rizzoli? Sollen wir vielleicht unsere Dienstmarken austauschen? Uns gegenseitig nach Waffen abtasten?«

Sie riss die Augen auf, als sie plötzlich die Stimme erkannte. Ganz langsam und bedächtig nahm Gabriel Dean die

Brille ab und sah zu ihr hin. Geblendet vom Schein ihrer Lampe konnte er sie nicht sehen, doch sie konnte ihn umso besser sehen, und seine Miene drückte kühle Gelassenheit aus. Sie ließ den Lichtstrahl an seinem Körper hinabwandern und sah schwarze Kleidung, eine Waffe im Halfter an seiner Hüfte. Und in seiner Hand das Nachtsichtgerät, das er gerade abgenommen hatte. Sofort musste sie an Korsaks Worte denken: *Unser Möchtegern-Bond.*

Dean kam einen Schritt auf sie zu.

Instinktiv riss sie die Waffe hoch. »Bleiben Sie, wo Sie sind!«

»Immer mit der Ruhe, Rizzoli. Kein Grund, mir das Gehirn wegzupusten.«

»Wirklich nicht?«

»Ich komme nur ein bisschen näher. Damit wir uns unterhalten können.«

»Wir können uns ohne weiteres auf diese Entfernung unterhalten.«

Er blickte in die Richtung des flackernden Blaulichts. »Was glauben Sie denn, wer den Funkspruch über den Mord hier auf dem Friedhof abgesetzt hat?«

Sie hielt den Arm starr ausgestreckt, das Ziel fest im Visier.

»Benutzen Sie Ihren Verstand, Detective. Davon haben Sie doch eine ganze Menge, nehme ich an.« Er machte noch einen Schritt.

»Keine Bewegung, habe ich gesagt!«

»Okay.« Er hob die Hände. Und sagte noch einmal, ohne jede Aufregung: »Okay.«

»Was tun Sie hier?«

»Dasselbe wie Sie. Hier spielt sich nun einmal alles ab.«

»Woher wussten Sie davon? Wenn Sie es waren, der den Zehn-vierundfünfzig gemeldet hat, woher wussten Sie, dass Sie hier suchen mussten?«

»Ich habe nicht gesucht.«

»Sie sind einfach *zufällig* vorbeigekommen und haben ihn gefunden?«

»Ich habe gehört, wie die Einsatzzentrale einen Wagen für den Fairview-Friedhof angefordert hat. Eine verdächtige Person war gesichtet worden.«

»Und?«

»Und da kam mir der Gedanke, dass das vielleicht unser Täter sein könnte.«

»Ihnen kam der *Gedanke*?«

»Ja.«

»Sie müssen doch einen Grund gehabt haben.«

»Reiner Instinkt.«

»Erzählen Sie mir doch keine Märchen, Dean. Sie kreuzen hier auf, komplett ausgerüstet für einen Nachteinsatz, und ich soll Ihnen glauben, dass Sie nur mal eben vorbeigekommen sind, um sich einen verdächtigen Herumtreiber vorzuknöpfen?«

»Auf meinen Instinkt ist Verlass.«

»Dafür hätten Sie schon übersinnliche Fähigkeiten gebraucht.«

»Wir vergeuden nur unsere Zeit, Detective. Entweder Sie nehmen mich jetzt fest, oder Sie arbeiten mit mir zusammen.«

»Ich neige zu Ersterem.«

Er betrachtete sie mit unbewegter Miene. Es gab zu viele Dinge, die er ihr nicht sagte, zu viele Geheimnisse, die sie ihm niemals würde entlocken können. Nicht hier, nicht in dieser Nacht. Endlich ließ sie ihre Waffe sinken, steckte sie jedoch nicht ein. So weit ging ihr Vertrauen in Gabriel Dean nun auch wieder nicht.

»Da Sie nun einmal als Erster am Tatort waren – was haben Sie beobachtet?«

»Als ich kam, lag der Wachmann schon am Boden. Ich habe mit dem Funkgerät in seinem Wagen die Zentrale gerufen. Das Blut war noch warm. Ich hielt es für denkbar, dass unser Mann noch in der Nähe wäre. Also habe ich mich auf die Suche gemacht.«

Sie schnaubte ungläubig. »Zwischen den Bäumen?«

»Ich habe keine anderen Fahrzeuge auf dem Friedhof gesehen. Wissen Sie, was jenseits von diesem Friedhof liegt, Detective?«

Sie überlegte kurz. »Dedham liegt im Osten. Hyde Park im Norden und Süden.«

»Genau. Wohngebiete auf allen Seiten, mit reichlich Möglichkeiten, einen Wagen abzustellen. Von dort ist es nur ein kurzer Spaziergang bis zum Friedhof.«

»Warum sollte unser Täter hierher kommen?«

»Was wissen wir über ihn? Unser Mann ist besessen von Toten. Er verzehrt sich nach ihrem Geruch, ihrer Berührung. Er behält die Leichen seiner Opfer so lange bei sich, bis der Gestank sich nicht mehr verheimlichen lässt. Erst dann trennt er sich von ihnen. Wir haben es mit jemandem zu tun, den es wahrscheinlich schon erregt, wenn er nur über einen Friedhof geht. Er ist also hier im Dunkeln herumgeschlichen, weil ihm der Sinn nach einem kleinen erotischen Abenteuer stand.«

»Das ist ja krank.«

»Sie müssen sich in *sein* Denken hineinversetzen, in *seine* Welt. Wir finden das vielleicht krank, aber für ihn ist dieser Ort ein kleines Paradies auf Erden. Ein Ort, an dem die Toten zur letzten Ruhe gebettet werden. Ideal für den Dominator. Er spaziert hier herum und stellt sich wahrscheinlich den Harem von toten Frauen vor, die unter seinen Füßen liegen.

Aber dann wird er gestört, überrascht von einem Wachmann auf seinem Kontrollgang. Einem Wachmann, der wohl mit nichts Gefährlicherem rechnet als mit ein paar abenteuerlustigen Teenagern.«

»Und dieser Wachmann lässt einen Unbekannten so nahe an sich herankommen, dass der ihm die Kehle durchschneiden kann?«

Dean schwieg. Dafür hatte er keine Erklärung parat. Und Rizzoli auch nicht.

Als sie wieder den Hang in Richtung Friedhofstor hinaufgingen, war die Nacht von flackerndem Blaulicht erfüllt, und ihr Team war bereits damit beschäftigt, das Absperrband an Pflöcken aufzuspannen. Rizzoli betrachtete das hektische Treiben an diesem Ort einer neuerlichen Tragödie, und sie fühlte sich mit einem Mal so müde und ausgelaugt, dass sie nichts damit zu schaffen haben wollte. Selten hatte sie ihr eigenes Urteil in Frage stellen, an ihren eigenen Instinkten zweifeln müssen. Aber heute Nacht, da sie die konkreten Folgen ihres Versagens so deutlich vor Augen hatte, musste sie sich fragen, ob Gabriel Dean nicht Recht hatte, wenn er behauptete, sie sei nicht geeignet, diese Ermittlungen zu leiten. Wenn er sagte, sie sei durch das Trauma, das Warren Hoyt ihr zugefügt hatte, so beschädigt, dass sie ihre Aufgaben als Polizistin nicht mehr erfüllen könne. Heute Nacht hatte sie die falsche Entscheidung getroffen, als sie sich geweigert hatte, einen Wagen aus ihrem Team für den Einsatz auf dem Friedhof zur Verfügung zu stellen. *Wir waren nur eine Meile vom Ort des Geschehens entfernt. Wir haben in unseren Autos gesessen und vergeblich gewartet, während dieser Mann sterben musste.*

Die Serie von Niederlagen lastete so schwer auf ihren Schultern, dass ihr Rücken sich tatsächlich wie unter einem Sack voller Steine zu beugen schien. Sie ging zu ihrem Wagen zurück und klappte ihr Handy auf. Frost meldete sich.

»Die Taxizentrale bestätigt die Geschichte des Fahrers«, berichtete er. »Sie haben den Anruf um zwei Uhr sechzehn bekommen. Männlicher Anrufer; behauptete, ihm sei auf dem Enneking Parkway das Benzin ausgegangen. Die Frau hat Mr. Wilensky hingeschickt. Wir versuchen, die Nummer des Anschlusses zu ermitteln, von dem aus angerufen wurde.«

»Unser Bursche ist ja nicht blöde. Die Spur wird ins Nichts führen. Irgendein Münztelefon oder ein gestohlenes Handy.

Mist.« Sie schlug mit der flachen Hand auf das Armaturenbrett.

»Also, was ist nun mit dem Taxifahrer? Er hat eine saubere Weste, das haben wir überprüft.«

»Lassen Sie ihn laufen.«

»Sind Sie sicher?«

»Das war alles inszeniert, Frost. Der Täter wusste, dass wir ihm auflauern würden. Er spielt mit uns. Zeigt uns, dass er alles im Griff hat. Dass er klüger ist als wir.« *Und das hat er ja gerade eindrucksvoll bewiesen.*

Sie beendete das Gespräch und blieb noch einen Moment lang sitzen, während sie die Energie aufzubringen versuchte, aus dem Wagen zu steigen und sich den nächsten Aufgaben zuzuwenden. Dem nächsten Mordfall, den es aufzuklären galt. Und all den Fragen, denen sie sich wegen ihrer Entscheidungen in dieser Nacht mit Sicherheit würde stellen müssen. Sie dachte daran, wie verbissen sie alles auf die Hoffnung gesetzt hatte, der Täter würde weiter nach demselben Muster handeln. Stattdessen hatte er just dieses Muster benutzt, um sie zu verhöhnen. Um das Fiasko in die Wege zu leiten, mit dem sie sich nun konfrontiert sah.

Mehrere der Cops, die in der Nähe der Absperrung standen, drehten sich um und sahen in ihre Richtung – ein Zeichen, dass sie sich nicht sehr viel länger in ihrem Wagen verkriechen konnte, so müde sie auch war. Korsaks Thermoskanne fiel ihr ein. Der Kaffee war gewiss grauenhaft, aber ein Schuss Koffein war genau das, was sie jetzt brauchte. Sie griff hinter sich, um die Thermoskanne vom Rücksitz zu fischen, und hielt plötzlich inne.

Ihr Blick fiel auf die Beamten, die in der Nähe der Einsatzwagen standen. Sie sah Gabriel Dean; schlank und geschmeidig wie ein schwarzer Kater schlich er um das Absperrband herum. Sie sah Polizisten, die den Boden absuchten, sah die Lichtkegel ihrer Taschenlampen hin und her tanzen. Aber Korsak sah sie nicht.

Sofort stieg sie aus und ging auf Officer Doud zu, der im Observierungsteam gewesen war. »Haben Sie Detective Korsak gesehen?«, fragte sie.

»Nein, Ma'am.«

»War er nicht hier, als Sie kamen? Stand er nicht bei der Leiche?«

»Ich habe ihn hier noch gar nicht gesehen.«

Sie blickte zu der Baumgruppe, wo sie auf Gabriel Dean gestoßen war. *Korsak ist direkt hinter mir gelaufen. Aber er hat mich nicht eingeholt. Und er ist nicht hierher zurückgekehrt...*

Sie begann auf die Bäume zuzugehen, entlang der Strecke, die sie zuvor gelaufen war. So sehr hatte sie sich auf die Verfolgung konzentriert, dass sie kaum auf Korsak geachtet hatte, der hinter ihr hergeeilt war. Sie erinnerte sich an ihre eigene Angst, ihr pochendes Herz, an die kühle Nachtluft, die ihr ins Gesicht geweht hatte. Sie erinnerte sich an seinen schweren Atem, ein Zeichen, dass er Mühe hatte, mit ihr Schritt zu halten. Dann war er zurückgefallen, und sie hatte ihn aus den Augen verloren.

Sie rannte jetzt schneller, leuchtete mit ihrer Taschenlampe nach links und nach rechts. War das wirklich die Strecke, die sie gelaufen war? Nein, nein, das war eine andere Grabreihe gewesen. Jetzt tauchte zur Linken ein hoher Obelisk auf, den sie wiedererkannte.

Sie änderte ihren Kurs, steuerte das Grabmal an und wäre fast über Korsaks Beine gestolpert.

Er lag zusammengesunken neben einem Grabstein. Die Umrisse seines massigen Körpers verschwammen mit denen der Granitplatte. Augenblicklich war sie auf den Knien und rief um Hilfe, während sie ihn hastig auf den Rücken rollte. Ein Blick in sein aufgedunsenes, dunkelrot angelaufenes Gesicht verriet ihr, was mit ihm passiert war: Herzstillstand.

Sie legte zwei Finger an seinen Hals und hätte fast das rasende Pochen in ihren eigenen Fingern für seinen Herzschlag gehalten, so sehr hoffte sie, einen Puls zu finden. Doch er hatte keinen.

Sie ließ die geballte Faust auf seinen Brustkorb niedersausen. Doch auch dieser heftige Schlag konnte sein Herz nicht wieder in Gang bringen.

Jetzt legte sie ihm den Kopf in den Nacken und hob seinen schlaffen Unterkiefer an, um die Atemwege frei zu machen. So vieles an Korsak hatte sie zuvor abgestoßen: seine Schweiß- und Zigarettengerüche, sein lautes Geschniefe, sein teigig-feuchter Händedruck. Nichts von alldem registrierte sie jetzt, als sie ihre Lippen fest auf die seinen drückte und Luft in seine Lungen blies. Sie spürte, wie sein Brustkorb sich weitete, und hörte das pfeifende Geräusch, als die Luft wieder aus den Lungen entwich. Sie legte die Hände flach übereinander auf seinen Brustkorb und begann mit der Herz-Lungen-Druckmassage. Damit übernahm sie die Arbeit, die Korsaks Herz nicht mehr verrichten wollte. Auch als die anderen Cops eintrafen und ihr helfen wollten, massierte sie unermüdlich weiter, obwohl ihre Arme schon zu zittern begannen und Schweiß ihre kugelsichere Weste tränkte. Und während sie so um sein Leben kämpfte, machte sie sich selbst die bittersten Vorwürfe. Wieso hatte sie seine Abwesenheit nicht bemerkt? Ihre Muskeln brannten, ihre Knie schmerzten, aber sie hörte nicht auf. Das war sie ihm verdammt noch mal schuldig; ein zweites Mal würde sie ihn nicht im Stich lassen.

Ein Rettungswagen näherte sich mit heulender Sirene.

Sie massierte immer noch, als die Sanitäter hinzukamen. Erst als jemand sie am Arm fasste und sanft beiseite zog, überließ sie ihnen das Feld. Mit zitternden Knien trat sie ein paar Schritte zurück, während die Sanitäter den Patienten übernahmen, ihm einen intravenösen Zugang legten, einen Beutel Kochsalzlösung einhängten und Korsaks Kopf nach hinten beugten, um einen Laryngoskop-Spatel in seinen Hals einzuführen.

»Ich kann die Stimmbänder nicht sehen!«

»Mein Gott, hat der einen dicken Hals!«

»Hilf mir mal, ihn anders hinzulegen.«

»Okay. Jetzt versuch's noch mal.«

Wieder führte der Sanitäter das Laryngoskop ein, wobei er Mühe hatte, Korsaks Unterkiefer in Position zu halten. Mit seinem massigen Nacken und der geschwollenen Zunge glich Korsak einem frisch geschlachteten Bullen.

»Der Schlauch ist drin!«

Sie rissen Korsak das Hemd ganz vom Leib und klatschten die Elektroden des Defibrillators auf den dichten Pelz, der seine Brust bedeckte. Auf dem Herzmonitor erschien eine gezackte Linie.

»Er ist tachykard!«

Die Elektroden entluden sich, und ein starker Stromschlag fuhr durch Korsaks Brust. Seine Muskeln krampften sich derart zusammen, dass sein schwerer Rumpf ein ganzes Stück vom Rasen abhob, bevor er wieder schlaff in sich zusammensank. Die Taschenlampen der umstehenden Cops hoben jedes Detail gnadenlos hervor, von dem bleichen Bierbauch bis hin zu den fast weiblichen Brüsten, die vielen übergewichtigen Männern so peinlich sind.

»Okay! Er hat einen Rhythmus. Sinustachykardie…«

»Blutdruck?«

Die Manschette schloss sich zischend um den fleischigen Arm. »Systolisch bei neunzig. Bringen wir ihn weg!«

Auch als sie Korsak schon längst in den Rettungswagen geschoben hatten und die Rücklichter im Dunkel der Nacht verschwunden waren, rührte Rizzoli sich nicht von der Stelle. Wie betäubt vor Erschöpfung starrte sie dem Wagen nach und malte sich aus, was Korsak nun erwartete. Die grellen Lichter der Notaufnahme. Noch mehr Nadeln und Schläuche. Dann fiel ihr ein, dass sie wohl seine Frau anrufen sollte, doch sie wusste nicht einmal ihren Namen. Sie wusste so gut wie nichts über sein Privatleben, und sie fand den Gedanken plötzlich unendlich traurig, dass sie weit besser über die toten Yeagers Bescheid wusste als über den lebendigen Menschen, mit dem sie Seite an Seite gearbeitet hatte. Den Partner, den sie im Stich gelassen hatte.

Sie blickte auf die Stelle im Gras hinab, wo er gelegen hatte. Der Abdruck seines Körpers war noch deutlich zu sehen. Sie stellte sich vor, wie er hinter ihr her gerannt war. Sehr bald musste ihm die Puste ausgegangen sein, er war nicht mehr nachgekommen. Aber getrieben von Stolz und männlicher Eitelkeit hatte er sich weitergequält. Hatte er sich ans Herz gefasst, bevor er zusammengebrochen war? Hatte er versucht, um Hilfe zu rufen?

Ich hätte ihn ohnehin nicht gehört. Ich war viel zu sehr damit beschäftigt, Schatten nachzujagen. Mit dem Versuch, meine eigene Ehre zu retten.

»Detective Rizzoli?«, sagte Officer Doud. Er war so leise an sie herangetreten, dass sie ihn nicht bemerkt hatte, obwohl er direkt neben ihr stand.

»Ja?«

»Ich fürchte, wir haben noch eine gefunden.«

»Was?«

»Noch eine Leiche.«

Sie war so geschockt, dass sie kein Wort hervorbrachte, während sie Doud durch das feuchte Gras folgte, geleitet vom Schein seiner Taschenlampe. Das Flackern weiterer Lichter in einiger Entfernung zeigte ihnen den Weg. Als sie schließlich den ersten Hauch des Verwesungsgeruchs wahrnahm, waren sie mehrere hundert Meter von der Stelle entfernt, wo der Wachmann ermordet worden war.

»Wer hat sie gefunden?«, fragte sie.

»Agent Dean.«

»Warum hat er denn hier draußen gesucht?«

»Ich nehme an, er hat einen Rundgang über das ganze Gelände gemacht.«

Dean drehte sich zu ihr um, als sie näher kam. »Ich glaube, wir haben Karenna Ghent gefunden«, sagte er.

Die Frau lag mitten auf einem Grab. Ihr schwarzes Haar war in einem weiten Fächer um ihren Kopf ausgebreitet, hier und da mit Blättern verflochten – eine Zierde, die angesichts der Umstände wie der reine Hohn wirkte. Sie musste schon länger tot sein; der Bauch war aufgetrieben, und dunkelrote Flüssigkeit rann aus den Nasenlöchern. Aber solche Details verblassten in Rizzolis Augen, als sie voller Entsetzen sah, was der Täter mit dem Unterleib seines Opfers angerichtet hatte. Sprachlos starrte sie in die klaffende Wunde. Ein einzelner Schnitt quer durch die Bauchdecke.

Der Boden schien unter ihren Füßen nachzugeben, und sie strauchelte rückwärts, suchte blind tastend einen Halt und fand keinen.

Es war Dean, der sie auffing und sie mit sicherem Griff unter dem Ellenbogen packte. »Es ist kein Zufall«, sagte er.

Sie schwieg. Sie konnte den Blick nicht von dieser entsetzlichen Verletzung wenden. Andere Wunden an den Körpern anderer Frauen fielen ihr ein. Und ein Sommer, der noch heißer gewesen war als dieser.

»Er hat die Nachrichten verfolgt«, sagte Dean. »Er weiß, dass Sie die Ermittlungen leiten. Er weiß, wie man den Spieß umdreht, wie man im Katz-und-Maus-Spiel ganz schnell die Rollen wechseln kann. Und genau das ist es jetzt für ihn – ein Spiel.«

Sie hörte seine Worte, aber sie begriff nicht, was er ihr damit sagen wollte. »Welches Spiel?«

»Haben Sie denn den Namen nicht gelesen?« Er richtete seine Taschenlampe auf die Worte, die in den Granit des Grabsteins gemeißelt waren:

»Es ist eine zynische Botschaft«, sagte Dean. »Und sie ist eindeutig an Sie adressiert.«

13

Die Frau, die an Korsaks Bett saß, hatte strähnige braune Haare, die aussahen, als seien sie seit Tagen nicht mehr gewaschen oder gekämmt worden. Sie hielt nicht seine Hand, sondern starrte nur mit leerem Blick auf das Bett, die Hände, leblos wie die einer Puppe, in den Schoß gelegt. Rizzoli stand vor dem Fenster von Korsaks Kabine auf der Intensivstation und überlegte hin und her, ob sie hineingehen und die beiden stören sollte. Schließlich hob die Frau den Kopf, ihre Blicke trafen sich durch das Fenster, und nun konnte Rizzoli nicht einfach wieder gehen.

Sie trat durch die Tür. »Mrs. Korsak?«, fragte sie.

»Ja?«

»Ich bin Detective Rizzoli. Jane. Bitte sagen Sie Jane zu mir.«

Die Miene der Frau zeigte keine Regung; offensichtlich sagte der Name ihr nichts.

»Ich weiß leider Ihren Vornamen nicht«, sagte Rizzoli.

»Diane.« Die Frau schwieg einen Moment; dann runzelte sie die Stirn. »Tut mir Leid. Wer sind Sie noch mal?«

»Jane Rizzoli. Ich bin vom Boston P. D. Ich habe mit Ihrem Mann zusammen an einem Fall gearbeitet. Er hat vielleicht davon gesprochen.«

Diane zuckte gleichgültig mit den Achseln und wandte sich wieder zu ihrem Mann um. Ihr Gesicht drückte weder Trauer noch Angst aus. Nur die dumpfe Passivität der Erschöpfung.

Eine Weile stand Rizzoli einfach nur schweigend da und blickte auf das Bett herab. So viele Schläuche, dachte sie. So viele Apparate. Und inmitten all dieser Technik lag Korsak, der von alldem nichts wahrnahm, reduziert auf seine körperlichen Funktionen. Die Ärzte hatten den Verdacht auf Herzinfarkt bestätigt, und obwohl sein Herzschlag sich inzwischen stabilisiert hatte, war er immer noch in einem Zustand tiefer Benommenheit. Ein Endotrachealtubus ragte aus seinem offenen Mund wie eine Plastikschlange. In einem Beutel an der Seite des Bettes sammelte sich der Urin, der langsam aus dem Katheter tröpfelte. Zwar waren seine Genitalien mit einem Laken verhüllt, doch Brust und Bauch waren entblößt, und unter dem Laken ragte ein Stück eines behaarten Beins und ein Fuß mit gelblichen, ungeschnittenen Zehennägeln hervor. Rizzoli nahm die Details wahr und schämte sich im gleichen Moment für diese Verletzung seiner Intimsphäre. Doch sie konnte den Blick nicht abwenden. Wie unter Zwang starrte sie ihn an und registrierte all die Dinge, die er sie, wäre er bei Bewusstsein gewesen, niemals freiwillig hätte sehen lassen.

»Er hätte mal eine Rasur nötig«, sagte Diane.

So eine banale Sorge – und doch war es die einzige spontane Bemerkung, die Diane bisher gemacht hatte. Sie hatte keinen einzigen Muskel bewegt, sondern saß nur vollkommen regungslos auf ihrem Stuhl, die Hände nach wie vor schlaff in den Schoß gelegt, die gleichgültige Miene wie in Stein gemeißelt.

Rizzoli überlegte krampfhaft, was sie sagen könnte, was sie zu Diane sagen *sollte*, um ihr Trost zu spenden, und behalf sich schließlich mit einem Klischee. »Er ist eine Kämpfernatur. Er wird nicht so leicht aufgeben.«

Ihre Worte versanken wie Steine in einem tiefen See. Keine Wellen, keine Reaktion. Nach langem Schweigen richteten sich Dianes ausdruckslose blaue Augen endlich auf sie.

»Ich fürchte, ich habe Ihren Namen schon wieder vergessen.«

»Jane Rizzoli. Ihr Mann und ich haben bei einer Observierung zusammengearbeitet.«

»Ach. Sie sind das.«

Rizzoli schwieg. Mit einem Schlag waren die Schuld-gefühle wieder da. *Ja, ich bin das. Ich bin diejenige, die ihn hilflos zurückgelassen hat. Die ihn allein in der Dunkelheit hat liegen lassen, weil ich so wild drauf war, wieder gera-dezubiegen, was ich in dieser Nacht verbockt hatte.*

»Danke«, sagte Diane.

Rizzoli runzelte die Stirn. »Wofür?«

»Für alles, was Sie getan haben. Um ihm zu helfen.«

Rizzoli blickte in die leeren blauen Augen der Frau und be-merkte zum ersten Mal die stark verengten Pupillen. Die Augen einer Frau unter Drogen, dachte sie. Diane Korsak war ganz offensichtlich mit Medikamenten voll gepumpt.

Rizzolis Blick ging zu Korsak. Sie erinnerte sich an den Abend, als sie ihn an den Tatort des Ghent-Mordes gerufen hatte und er in angetrunkenem Zustand erschienen war. Und sie erinnerte sich an den Abend, als sie zusammen auf dem Parkplatz des Rechtsmedizinischen Instituts gestanden hatten und sie den Eindruck gehabt hatte, dass Korsak am liebsten gar nicht nach Hause gefahren wäre. War es das, was ihn jeden Abend erwartete? Diese Frau mit ihrem leeren Blick und ihrer Roboterstimme?

Das hast du mir nie erzählt. Aber ich habe ja auch nicht gefragt.

Sie trat auf das Bett zu und drückte ihm die Hand. Dachte daran, wie sein feuchter Händedruck sie anfangs angewidert hatte. Aber heute war es anders; heute hätte sie sich so ge-freut, wenn er nur ihre Berührung erwidert hätte. Doch die Hand, die sie hielt, blieb schlaff und reglos.

Es war elf Uhr morgens, als sie endlich nach Hause kam. Sie machte die Wohnungstür hinter sich zu, legte die beiden Riegel vor, gab die Kombination des Sicherheitsschlosses ein und hängte schließlich noch die Kette davor. Früher einmal hätte sie diese ganzen Schlösser und Riegel als ein Zeichen von Verfolgungswahn interpretiert; früher hatte sie sich mit einem schlichten Türgriffschloss und einer Schusswaffe in ihrer Nachttischschublade zufrieden gegeben. Aber vor einem Jahr hatte Warren Hoyt ihr ganzes Leben verändert, und seither zierten diese glänzenden Messingvorrichtungen ihre Wohnungstür. Sie starrte ihre Batterie von Schlössern an, und schlagartig ging ihr auf, wie sehr sie inzwischen den Opfern von Gewaltverbrechern glich, die auch keine Ruhe hatten, bis sie sich in ihrer Wohnung verbarrikadiert und von der Außenwelt abgeschottet hatten.

Der Chirurg hatte ihr das angetan.

Und nun hatte sich dieser neue Täter, der Dominator, zu dem Chor der Monster gesellt, die vor ihrer Tür heulten und kreischten. Gabriel Dean hatte sofort verstanden, dass die Wahl des Grabes, auf dem Karenna Ghents Leiche abgelegt worden war, kein Zufall sein konnte. Wenngleich Anthony Rizzoli, der in diesem Grab lag, nicht mit ihr verwandt war, konnte doch kein Zweifel daran bestehen, dass die Namensgleichheit eine unmissverständliche Botschaft an sie persönlich darstellte.

Der Dominator kennt meinen Namen.

Sie legte ihr Halfter nicht ab, bis sie ihren routinemäßigen Rundgang abgeschlossen hatte. Es war keine große Wohnung, und sie brauchte keine Minute, um einen Blick in die Küche und das Wohnzimmer zu werfen und über den kurzen Flur ins Schlafzimmer zu gehen, wo sie im Wandschrank und unter dem Bett nachsah. Erst als sie damit fertig war, schnallte sie das Halfter ab und legte die Waffe in ihre Nachttischschublade. Dann zog sie sich aus und ging ins Bad. Die Tür schloss sie hinter sich ab – noch so ein automatischer Reflex, vollkommen überflüssig im Grunde; doch nur so konnte sie sich überwinden, in die Dusche zu steigen und den Vorhang hinter sich zuzuziehen. Kurz darauf – sie hatte sich gerade erst die Pflegespülung in die Haare massiert – beschlich sie plötzlich das Gefühl, dass sie nicht allein war. Sie riss den Vorhang zurück und blickte sich mit pochendem Herzen in dem leeren Badezimmer um, während das Wasser auf ihre Schultern prasselte und an ihrem Körper herablief.

Sie drehte die Brause ab. Lehnte sich mit dem Rücken gegen die Kacheln, atmete tief durch und wartete darauf, dass ihr Puls sich wieder beruhigte. In ihren Ohren rauschte das Blut, und sie hörte das Surren des Ventilators, das Knacken der Leitungen im Mauerwerk. Alltägliche Geräusche, die sie bisher nie bewusst wahrgenommen hatte – an deren schiere Normalität sie sich aber jetzt dankbar klammerte.

Als ihr Herzschlag sich endlich wieder normalisiert hatte, war das Wasser auf ihrer Haut bereits abgekühlt. Sie stieg aus der Dusche, trocknete sich ab und wischte anschließend auf den Knien die Pfütze vom Boden auf. Im Dienst mochte sie noch so sehr die starke Frau, die toughe Polizistin herauskehren – hier und jetzt war sie nicht mehr als ein zitterndes, hilfloses Wesen. Sie sah in den Spiegel und erkannte, wie sehr die ständige Angst sie verändert hatte. Die Frau, die sie erblickte, hatte stark abgenommen, ihre ohnehin schon schlanke Figur schien jetzt geradezu ausgemergelt. Ihr Gesicht, früher kantig und robust, wirkte nun gespenstisch hager, die Augen lagen groß und dunkel in ihren eingesunkenen Höhlen.

Sie floh vor dem Spiegel ins Schlafzimmer. Mit immer noch feuchten Haaren legte sie sich ins Bett und starrte an die Decke. Sie wusste, dass sie versuchen sollte, wenigstens ein paar Stunden zu schlafen. Aber durch die Ritzen der Jalousie fiel helles Tageslicht herein, und sie konnte den Verkehr unten auf der Straße hören. Es war Mittag; sie war jetzt seit dreißig Stunden wach und hatte seit fast zwölf Stunden nichts mehr gegessen. Und doch konnte sie weder den nötigen Appetit zum Essen noch den Willen zum Einschlafen aufbringen. Die Ereignisse der frühen Morgenstunden kreisten immer noch wie elektrischer Strom durch ihre Nervenbahnen, und die Bilder der Erinnerung liefen vor ihren Augen ab wie in einer Endlosschleife. Sie sah die klaffende Wunde im Hals des Wachmanns, seinen Kopf, der in einem grotesken Winkel vom Rumpf weggedreht war. Sie sah Karenna Ghent, ihre langen Haare mit Blättern durchsetzt.

Und sie sah Korsaks mit Schläuchen und Drähten gespickten Körper.

Die drei Bilder kreisten wie eine irre Leuchtreklame in ihrem Kopf; es gelang ihr nicht, sie auszublenden. Sie konnte das elektrische Summen nicht zum Schweigen bringen. Fühlte es sich so an, wenn man den Verstand verlor?

Vor Wochen hatte Dr. Zucker ihr dringend geraten, sich in therapeutische Behandlung zu begeben, und sie hatte seinen Vorschlag empört zurückgewiesen. Jetzt fragte sie sich, ob er nicht in ihren Worten, in ihrem Blick irgendetwas entdeckt hatte, was ihr selbst nicht bewusst gewesen war. Die ersten Risse in ihrer Psyche – Risse, die von Tag zu Tag tiefer und weiter wurden, seit der Chirurg ihr Leben in den Grundfesten erschüttert hatte.

Das Klingeln des Telefons riss sie aus dem Schlaf. Es kam ihr vor, als habe sie eben erst die Augen zugemacht, und das erste Gefühl, das in ihr aufwallte, während sie nach dem Hörer tastete, war Wut: Nicht einmal einen kurzen Moment der Ruhe schien man ihr gönnen zu wollen. Sie meldete sich mit einem knappen: »Rizzoli.«

»Äh … Detective Rizzoli, hier spricht Yoshima vom Rechtsmedizinischen Institut. Dr. Isles hatte Sie eigentlich zu der Ghent-Obduktion erwartet.«

»Ich komme ja auch.«

»Nun ja, jetzt hat sie bereits angefangen, und …«

»Wie spät ist es?«

»Kurz vor vier. Wir haben versucht, Sie anzupiepsen, aber Sie haben nicht zurückgerufen.«

Sie setzte sich so abrupt auf, dass sich das ganze Zimmer

um sie drehte. Unwillig schüttelte sie den Kopf und warf einen Blick auf den Wecker an ihrem Bett: 16:52. Sie hatte das Klingeln glatt überhört, und den Beeper ebenso. »Es tut mir Leid«, sagte sie. »Ich komme, so schnell ich kann.«

»Bleiben Sie noch einen Moment dran. Dr. Isles möchte Sie sprechen.«

Sie hörte das Klappern von Instrumenten auf einem Tablett; dann meldete sich Dr. Isles: »Detective Rizzoli, Sie kommen doch, nicht wahr?«

»Ich werde aber eine halbe Stunde brauchen.«

»Dann warten wir auf Sie.«

»Ich will Sie nicht aufhalten.«

»Dr. Tierney kommt auch. Das müssen Sie sich beide ansehen.«

Das war äußerst ungewöhnlich. Wieso zitierte Dr. Isles den erst kürzlich in den Ruhestand versetzten Dr. Tierney her, wo sie doch ein ganzes Team von Pathologen zur Verfügung hatte?

»Gibt es irgendein Problem?«, fragte Rizzoli.

»Diese Wunde am Bauch des Opfers«, erwiderte Dr. Isles. »Die Frau ist nicht einfach so aufgeschlitzt worden. Es handelt sich um einen chirurgischen Einschnitt.«

Dr. Tierney stand bereits fertig eingekleidet im Obduktionssaal, als Rizzoli ankam. Wie Dr. Isles verzichtete er gewöhnlich auf eine Atemmaske, und auch an diesem Nachmittag hatte er sein Gesicht nur mit einem Plastikschutz bedeckt, durch den sie seine düstere Miene erkennen konnte. Die übrigen Anwesenden wirkten nicht minder ernst, und sie betrachteten Rizzoli mit irritierendem Schweigen, als sie durch die Tür trat. Inzwischen überraschte es sie nicht mehr, dass auch Agent Dean unter ihnen war. Sie erwiderte seinen Blick mit einem leichten Nicken und fragte sich, ob es ihm wohl auch gelungen war, ein paar Stunden Schlaf zu bekommen. Zum ersten Mal sahen seine Augen müde aus. Dieser Fall begann allmählich selbst einem Mann wie Gabriel Dean zuzusetzen.

»Was habe ich verpasst?«, fragte sie. Sie fixierte nur Dr. Isles; noch schreckte sie vor dem Anblick der Toten auf dem Tisch zurück.

»Wir sind mit der äußeren Untersuchung fertig. Die Spurensicherung hat bereits die Haut auf Fasern abgesucht und Haar- und Nagelproben genommen.«

»Und der Vaginalabstrich?«

Isles nickte. »Es war motiles Sperma vorhanden.«

Rizzoli holte noch einmal tief Luft und richtete den Blick auf die sterblichen Überreste von Karenna Ghent. Die Mentholsalbe, die Rizzoli sich heute zum ersten Mal unter die Nasenlöcher gerieben hatte, war fast zu schwach als Schutz vor dem üblen Gestank der Verwesung. Sie traute ihrem eigenen Magen nicht mehr. So viel war in den letzten Wochen schief gegangen, und allmählich hatte sie den Glauben an die ganz besonderen Stärken verloren, die ihr geholfen hatten, ähnliche Situationen in der Vergangenheit zu überstehen. Als sie diesen Raum betreten hatte, war es nicht so sehr die Autopsie selbst gewesen, der sie mit Bangen entgegengesehen hatte, sondern vielmehr ihre eigene Reaktion darauf. Sie konnte sie weder voraussagen noch beherrschen, und diese Erkenntnis ängstigte sie mehr als alles andere.

Zu Hause hatte sie sich noch rasch eine Hand voll Cracker in den Mund gestopft, um diese Tortur nicht mit leerem Magen durchstehen zu müssen, und nun stellte sie erleichtert fest, dass sie trotz der Gerüche und des abstoßenden Zustands der Leiche nicht den geringsten Anflug von Übelkeit empfand. Äußerlich vollkommen gefasst betrachtete sie den graugrün angelaufenen Bauch. Der Y-förmige Einschnitt war noch nicht gemacht. Der Anblick der einen klaffenden Wunde war das Einzige, wovor sie noch zurückscheute. Stattdessen konzentrierte sie sich auf den Hals, auf die kreisförmigen Blutergüsse links und rechts unterhalb der Kieferkante, die trotz der postmortalen Verfärbungen gut zu erkennen waren: die Spuren der Finger des Mörders, die sich in das Fleisch gebohrt hatten.

»Mit bloßen Händen erwürgt«, bestätigte Dr. Isles. »Genau wie Gail Yeager.«

Die intimste Art, einen Menschen zu töten, hatte Dr. Zucker es genannt. *Haut auf Haut. Ihre Hände am Hals des Opfers. Das Gefühl, ihr die Kehle zuzudrücken, bis Sie spüren, wie das Leben dahinschwindet.*

»Und die Röntgenaufnahmen?«

»Eine Fraktur des linken Kehlkopfhorns.«

Dr. Tierney schaltete sich ein. »Es ist nicht der Hals, der uns im Moment interessiert. Es ist die Wunde. Sie sollten sich selbst davon überzeugen, Detective. Ich schlage vor, dass Sie sich Handschuhe anziehen.«

Sie ging zu dem Schrank, in dem die Handschuhe aufbewahrt wurden. Bewusst langsam streifte sie sich ein Paar in Größe S über und nutzte die Zeit, um sich innerlich zu wappnen. Endlich drehte sie sich wieder zum Tisch um.

Dr. Isles hatte bereits die Lampe auf den Unterleib gerichtet. Die Wundränder waren wie zwei schwarze Lippen.

»Die Haut wurde mit einem einzigen sauberen Schnitt aufgeschlitzt«, erklärte Dr. Isles. »Eine Klinge mit glatter Schneide. Nach diesem ersten Schnitt folgten tiefere Inzisionen. Zunächst die Oberflächenfaszien, dann das Muskelgewebe und schließlich das Beckenperitoneum.«

Rizzoli starrte in die Wundöffnung; sie dachte an die Hand, die das Skalpell gehalten hatte – die ohne zu zittern, mit einer einzigen sicheren Bewegung, den Schnitt geführt hatte.

Mit leiser Stimme fragte sie: »Hat die Frau noch gelebt, als ihr das angetan wurde?«

»Nein. Er hat nicht genäht, und es kam auch zu keinen größeren Blutungen. Es handelte sich um einen postmortalen Eingriff; durchgeführt, nachdem das Herz aufgehört hatte zu schlagen und der Kreislauf zum Erliegen gekommen war. Die Art, wie die Operation durchgeführt wurde – die methodische Aufeinanderfolge der Einschnitte – deutet darauf hin, dass der Täter chirurgische Erfahrung besitzt. Er hat das nicht zum ersten Mal gemacht.«

»Kommen Sie, Detective. Untersuchen Sie die Wunde«, forderte Dr. Tierney sie auf.

Sie zögerte. Ihre Hände fühlten sich in den Latexhandschuhen eiskalt an. Langsam schob sie die Rechte in die Wunde, tief in Karenna Ghents Beckenhöhle hinein. Sie wusste genau, was sie finden würde, und doch war die Entdeckung wie ein Schock. Sie sah Dr. Tierney an und las die Bestätigung an seinen Augen ab.

»Der Uterus wurde entfernt«, sagte er.

Sie zog die Hand aus dem Becken der Toten. »Das war *er*«, sagte sie. »Warren Hoyt hat das getan.«

»Und doch weist alles andere auf den Dominator hin«, wandte Gabriel Dean ein. »Die Entführung, das Erwürgen des Opfers, der postmortale Geschlechtsverkehr…«

»Aber nicht das hier«, sagte sie, den Blick starr auf die Wunde gerichtet. »Das ist Hoyts Fantasie. Das ist es, was ihn erregt. Das Schneiden, das Entfernen des Organs, das die Opfer als Frauen definiert und ihnen eine Macht gibt, die er niemals besitzen wird.« Sie sah Dean direkt in die Augen. »Ich kenne sein Werk. Ich habe es schon mit eigenen Augen gesehen.«

»Das haben wir beide«, sagte Dr. Tierney zu Dean. »Ich habe letztes Jahr die Autopsien an Hoyts Opfern durchgeführt. Das ist seine Technik.«

Dean schüttelte ungläubig den Kopf. »Zwei verschiedene Täter? Die ihre Techniken kombinieren?«

»Der Dominator und der Chirurg«, sagte Rizzoli. »Sie haben sich gefunden.«

14

Sie saß in ihrem Wagen. Aus der Klimaanlage strömte warme Luft, und in ihrem Gesicht standen Schweißperlen. Aber nicht einmal die schwüle Hitze der Nacht konnte das Frösteln vertreiben, das sie dort im Obduktionssaal befallen hatte. Ich muss mir einen Virus eingefangen haben, dachte sie, während sie sich die Schläfen massierte. Es wäre kaum verwunderlich gewesen; schließlich hatte sie seit Tagen nur Vollgas gegeben, und jetzt stieß sie an die Grenzen ihrer Belastbarkeit. Ihr Kopf schmerzte, und sie wollte sich nur noch im Bett verkriechen und eine Woche durchschlafen.

Sie fuhr auf dem schnellsten Weg nach Hause. In ihrer Wohnung angekommen, vollführte sie wieder das Ritual, das für die Wahrung ihres psychischen Gleichgewichts so wichtig geworden war: das Vorlegen der Riegel, das Einführen der Kette in ihre Schiene – alles Handlungen, die sie sehr bewusst und sorgfältig ausführte. Erst nachdem sie ihre persönliche Sicherheits-Checkliste abgehakt hatte, nachdem sie alles abgeschlossen und in jedem Zimmer und jedem Schrank nachgesehen hatte, streifte sie sich endlich die Schuhe von den Füßen und zog Hose und Bluse aus. In BH und Slip ließ sie sich auf das Bett sinken, massierte sich wieder die Schläfen und versuchte sich zu erinnern, ob in der Hausapotheke noch Aspirin war. Sie war einfach zu erledigt, um noch einmal aufzustehen und nachzusehen.

Der Summer der Gegensprechanlage ertönte. Sofort richtete sie sich kerzengerade auf; ihr Herz begann zu rasen, sämtliche Nerven schienen vor Anspannung zu glühen. Sie erwartete niemanden, und sie wollte auch niemanden sehen.

Wieder zerriss der laute Summerton die Stille; es war, als ob Stahlwolle über ihre blanken Nervenenden schrubbte.

Sie stand auf, ging ins Wohnzimmer und drückte die Sprechtaste. »Ja?«

»Gabriel Dean hier. Darf ich raufkommen?«

Er war der letzte Mensch, dessen Stimme sie zu hören erwartet hätte. Sie war so verblüfft, dass sie im ersten Moment gar nichts sagte.

»Detective Rizzoli?«

»Worum geht es, Agent Dean?«

»Um die Autopsie. Es gibt da das eine oder andere, über das wir reden müssen.«

Sie betätigte den Türöffner und wünschte fast im gleichen Augenblick, sie hätte es nicht getan. Sie traute Dean nicht, und doch war sie drauf und dran, ihn in ihre Wohnung einzulassen, in ihr sicheres Refugium. Ein unbedachter Druck auf eine Taste, und die Entscheidung war gefallen. Jetzt war es zu spät, es sich noch einmal anders zu überlegen.

Sie hatte gerade noch Zeit, sich einen Frottee-Bademantel überzuziehen, bevor er an die Tür klopfte. Durch das Fischauge des Spions erschienen seine kantigen Züge verzerrt. Bedrohlich. Bis sie mit dem Aufschließen der diversen Schlösser fertig war, hatte dieses grotesk verzerrte Bild sich schon in ihrem Kopf festgesetzt, doch die Wirklichkeit war weit weniger beängstigend. Der Mann, der vor ihrer Tür stand, hatte müde Augen und ein Gesicht, dem die erlebten Gräuel und der Schlafmangel deutlich anzusehen waren.

Doch seine erste Frage galt ihr: »Alles in Ordnung mit Ihnen?«

Sie begriff, was hinter dieser Frage stand: die Vermutung, dass eben *nicht* alles in Ordnung war. Dass man sie nicht aus den Augen lassen durfte – eine psychisch labile Polizistin, die jeden Moment völlig zusammenbrechen konnte.

»Mir geht es blendend«, sagte sie.

»Sie sind nach der Autopsie so schnell verschwunden. Wir hatten gar keine Gelegenheit, uns zu unterhalten.«

»Worüber?«

»Über Warren Hoyt.«

»Was wollen Sie über ihn wissen?«

»Alles.«

»Ich fürchte, das würde bis morgen früh dauern. Und ich bin müde.« Sie hüllte sich fester in ihren Bademantel; seine Gegenwart machte sie plötzlich verlegen. Es war ihr immer wichtig gewesen, ein professionelles Erscheinungsbild abzugeben, und sie zog normalerweise einen Blazer über, bevor sie zu einem Einsatzort fuhr. Doch jetzt stand sie nur mit einem Bademantel und ihrer Unterwäsche bekleidet vor Dean, und dieses Gefühl der Schutzlosigkeit gefiel ihr ganz und gar nicht.

Sie griff nach dem Türknauf – eine eindeutige Geste, die ihm signalisierte: *Dieses Gespräch ist beendet.*

Er blieb unbeirrt in der Tür stehen. »Hören Sie, ich gebe ja zu, dass ich einen Fehler gemacht habe. Ich hätte von Anfang an auf Sie hören sollen. Sie haben es als Erste erkannt. Ich habe die Parallelen zu Hoyt einfach nicht gesehen.«

»Das liegt daran, dass Sie ihn nie kennen gelernt haben.«

»Also erzählen Sie mir von ihm. Wir müssen zusammenarbeiten, Jane.«

Ihr Lachen war hart und scharf wie Glasscherben. »Jetzt sind Sie also plötzlich an Teamwork interessiert? Das ist ja etwas ganz Neues.«

Schließlich musste sie sich mit dem Gedanken anfreunden, dass er nicht vorhatte, zu gehen, und so drehte sie sich um und ging ins Wohnzimmer. Er folgte ihr und schloss die Tür hinter sich.

»Erzählen Sie mir von Hoyt.«

»Sie können seine Akte lesen.«

»Das habe ich bereits getan.«

»Dann haben Sie alles, was Sie brauchen.«

»Nicht alles.«

Sie wandte sich zu ihm um. »Was fehlt denn noch?«

»Ich will alles wissen, was Sie wissen.« Er trat näher, und sofort spürte sie, wie die Panik in ihr aufwallte, weil sie ihm gegenüber so eindeutig im Nachteil war – barfuß und viel zu erschöpft, um sich gegen seinen Überfall zur Wehr zu setzen. Und es kam ihr tatsächlich vor wie ein Überfall – die Forderungen, mit denen er sie bedrängte, die Blicke, die durch ihre spärliche Bekleidung zu dringen schienen.

»Es gibt da eine Art emotionale Beziehung zwischen Ihnen beiden«, sagte er. »Eine Bindung.«

»Eine Bindung? Reden Sie keinen Unsinn.«

»Wie würden Sie es denn nennen?«

»Er ist der Täter. Ich bin diejenige, die ihn zur Strecke gebracht hat. So einfach ist das.«

»Nicht ganz so einfach, wenn es stimmt, was ich darüber gehört habe. Ob Sie es zugeben wollen oder nicht, es *gibt* diese Verbindung zwischen ihm und Ihnen. Er hat sich mit voller Absicht wieder in Ihr Leben eingemischt. Das Grab, auf dem Karenna Ghents Leiche abgelegt wurde, war nicht zufällig ausgewählt.«

Sie erwiderte nichts. In diesem Punkt konnte sie ihm nicht widersprechen.

»Er ist ein Jäger, genau wie Sie«, sagte Dean. »Sie jagen beide Menschen. Das ist es, was Sie verbindet. Das ist Ihre Gemeinsamkeit.«

»Es gibt keine Gemeinsamkeiten.«

»Aber Sie verstehen einander. Ganz gleich, wie Sie darüber denken, Sie haben einen Draht zu ihm. Sie haben früher als alle anderen seinen Einfluss auf den Dominator erkannt. Sie waren uns meilenweit voraus.«

»Und Sie dachten, ich brauche einen Psychiater.«

»Ja. Bis vor kurzem habe ich das geglaubt.«

»Und jetzt bin ich also plötzlich nicht mehr verrückt. Sondern ein Genie.«

»Sie können sich am besten in ihn hineinversetzen. Sie können uns helfen, herauszufinden, was er als Nächstes tun wird. Was will er?«

»Woher soll ich das wissen?«

»Sie haben intimere Kenntnisse von ihm als jeder andere im Ermittlungsteam.«

»Intim? So nennen Sie das also? Dieses Schwein hätte mich fast *umgebracht*!«

»Und es gibt nichts Intimeres als Mord. Ist es nicht so?«

Sie hasste ihn in diesem Moment, denn er hatte eine Wahrheit ausgesprochen, vor der sie am liebsten den Kopf in den Sand gesteckt hätte. Er hatte genau den Punkt angesprochen, den einzugestehen sie nicht ertragen konnte: die Tatsache, dass sie und Warren Hoyt für immer aneinander gebunden waren. Dass Angst und Abscheu mächtigere Gefühle sind, als es Liebe je sein kann.

Sie sank auf das Sofa nieder. Früher hätte sie sich in einer solchen Situation zur Wehr gesetzt. Früher war sie energisch genug gewesen, es jedem Mann, der sie an die Wand zu reden versuchte, mit gleicher Münze heimzuzahlen. Aber heute Abend war sie müde, so unendlich müde, und sie hatte nicht die Kraft, Deans Fragen abzuwehren. Er würde immer weiter drängen und bohren, bis er die Antworten hatte, die er wollte, und sie konnte sich ebenso gut gleich in das Unvermeidliche fügen – es einfach hinter sich bringen, damit er sie endlich in Ruhe ließ.

Sie setzte sich gerade auf und merkte, dass sie ihre Hände anstarrte – die zwei identischen Narben auf ihren Handtellern. Es waren die äußerlich sichtbaren Andenken, die Hoyt ihr hinterlassen hatte; die anderen Narben waren nicht so leicht zu sehen: zum einen die verheilten Frakturen der Rippen und der Gesichtsknochen, die auf Röntgenbildern noch zu erkennen waren. Und dann die unsichtbaren Bruchlinien, die sich nach wie vor durch ihr Leben zogen, wie Risse im Asphalt nach einem Erdbeben. In den letzten paar Wochen hatte sie gefühlt, wie diese Risse sich geweitet hatten, bis es schien, als würde ihr der Boden unter den Füßen weggezogen.

»Ich wusste nicht, dass er noch da war…«, flüsterte sie. »Dass er direkt hinter mir stand. In diesem Keller. In diesem Haus…«

Er setzte sich in den Sessel gegenüber von ihr. »Sie sind es gewesen, die ihn gefunden hat. Die Einzige in der ganzen Truppe, die wusste, wo man ihn suchen musste.«

»Ja.«

»Wieso?«

Sie zuckte mit den Achseln, lachte. »Ein blindes Huhn findet auch mal ein Korn.«

»Nein, es kann nicht nur Glück gewesen sein.«

»Überschätzen Sie nicht meine Fähigkeiten.«

»Ich glaube, ich habe Sie bislang eher unterschätzt, Jane.«

Sie blickte auf und sah, dass er sie anstarrte. Sie hätte sich am liebsten verkrochen, aber es gab keine Rückzugsmöglichkeit, keinen Schutz gegen diesen alles durchdringenden Blick. Wie viel kann er sehen?, fragte sie sich. Weiß er, wie schutzlos und ausgeliefert ich mich in seiner Gegenwart fühle?

»Erzählen Sie mir, was in dem Keller passiert ist«, sagte er.

»Sie wissen, was passiert ist. Es steht in meiner Aussage.«

»Manchmal wird in einer Aussage etwas weggelassen.«

»Es gibt dazu nichts weiter zu sagen.«

»Wollen Sie es nicht wenigstens versuchen?«

Sie explodierte vor Wut. »Ich *will* nicht daran denken!«

»Und dennoch gelingt es Ihnen nicht, das Geschehene zu verdrängen. Oder?«

Sie starrte ihn an und fragte sich, welches Spiel er eigentlich spielte – und wie sie sich so leicht hatte um den Finger wickeln lassen. Sie hatte schon andere Männer mit diesem besonderen Charisma kennen gelernt, Männer, die einer Frau so blitzschnell den Kopf verdrehen konnten, dass ihr ganz schwindlig davon wurde. Rizzoli war immer so vernünftig gewesen, sich von solchen Typen fernzuhalten und sie ganz einfach als genetisch begünstigte Wesen zu betrachten, die mit gewöhnlichen Sterblichen wenig gemein hatten. Sie konnte mit solchen Männern wenig anfangen, und das traf auch umgekehrt zu. Aber heute Abend besaß sie etwas, was Gabriel Dean brauchte, und er ließ sie seine geballte erotische Anziehungskraft spüren. Und es funktionierte. Nie zuvor hatte ein Mann es geschafft, sie so durcheinander zu bringen und zugleich so sehr zu erregen.

»Er hat Sie dort in dem Keller in eine Falle gelockt«, sagte Dean.

»Und ich bin schnurstracks hineingetappt. Ich hatte keine Ahnung.«

»Wieso nicht?«

Es war eine verblüffende Frage, und sie musste innehalten und darüber nachdenken. Sie erinnerte sich an jenen Nachmittag, als sie vor der offenen Kellertür gestanden hatte, voller Panik bei dem Gedanken, diese dunkle Treppe hinuntergehen zu müssen. Sie erinnerte sich an die stickige Hitze in dem Haus, den Schweiß, der ihren BH und ihre Bluse durchtränkt hatte. Die Angst, die jeden Nerv in ihrem Körper zum Glühen gebracht hatte. Ja, sie *hatte* gewusst, dass etwas nicht stimmte. Sie hatte gewusst, was sie am Fuß der Treppe erwartete.

»Was ist Ihnen dazwischengekommen, Detective?«

»Das Opfer«, flüsterte sie.

»Catherine Cordell?«

»Sie war dort unten im Keller. An eine Pritsche gefesselt…«

»Der Köder.«

Sie schloss die Augen und konnte geradezu Cordells Blut riechen, den Modergeruch der feuchten Erde. Und ihren eigenen säuerlichen Angstschweiß. »Ich habe angebissen. Ich habe den Köder angenommen.«

»Er wusste, dass Sie das tun würden.«

»Ich hätte merken müssen…«

»Aber Sie haben nur an das Opfer gedacht. An Cordell.«

»Ich wollte sie retten.«

»Und das war Ihr Fehler.«

Sie schlug die Augen auf und sah ihn wutentbrannt an. »Mein Fehler?«

»Sie haben es versäumt, das Gelände zuvor zu sichern. Sie haben sich einem Angriff schutzlos ausgeliefert. Sie haben den elementarsten Fehler von allen begangen. Ziemlich überraschend für eine so fähige Polizistin.«

»Sie waren nicht dabei. Sie wissen nicht, in welcher Situation ich mich befand.«

»Ich habe Ihre Aussage gelesen.«

»Cordell lag dort auf der Pritsche. Sie blutete…«

»Und folglich reagierten Sie so, wie jeder normale Mensch reagiert hätte. Sie versuchten ihr zu helfen.«

»Ja.«

»Und brachten sich damit in die Bredouille. Sie hatten vergessen, wie eine Polizistin zu denken.«

Ihr entrüsteter Blick schien ihn vollkommen kalt zu lassen. Er erwiderte ihn mit gänzlich unbewegter Miene. So beherrscht, so unerschütterlich in seiner Selbstsicherheit, dass es das Chaos ihrer eigenen Gefühle noch zu verschlimmern schien.

»Ich vergesse *niemals*, wie eine Polizistin zu denken.«

»Dort in dem Keller haben Sie es vergessen. Sie haben sich durch das Opfer ablenken lassen.«

»Meine erste Sorge gilt immer dem Opfer.«

»Auch wenn das beide Beteiligte in Gefahr bringt? Ist das logisch?«

Logisch. Ja, das war Gabriel Dean. Sie hatte noch nie jemanden wie ihn kennen gelernt – einen Mann, der die Lebenden und die Toten gleichermaßen emotionslos betrachten konnte.

»Ich konnte sie doch nicht sterben lassen«, sagte sie. »Das war mein erster – mein einziger – Gedanke.«

»Kannten Sie sie? Cordell, meine ich?«

»Ja.«

»Waren Sie mit ihr befreundet?«

»Nein.«

Ihre Antwort kam so prompt, dass Dean fragend eine Augenbraue hochzog. Rizzoli holte tief Luft und fuhr fort: »Sie spielte eine Rolle bei den Ermittlungen gegen den Chirurgen, das war alles.«

»Sie mochten sie nicht?«

Rizzoli schwieg einen Moment. Deans unheimliche Hellsichtigkeit brachte sie aus der Fassung. Schließlich antwortete sie: »Sagen wir so: Ich konnte mich nicht recht für sie erwärmen.« *Ich war eifersüchtig auf sie. Auf ihre Schönheit. Und ihre Wirkung auf Thomas Moore.*

»Aber Cordell war ein Opfer«, sagte Dean.

»Ich war mir nicht sicher, *was* sie war. Anfangs jedenfalls nicht. Aber gegen Ende wurde es immer offensichtlicher, dass der Chirurg es auf sie abgesehen hatte.«

»Sie müssen sich schuldig gefühlt haben. Wegen Ihrer Zweifel an Cordell.«

Rizzoli erwiderte nichts.

»War es Ihnen deswegen so enorm wichtig, sie zu retten?«

Ihre Miene verhärtete sich. Die Frage empfand sie als Beleidigung. »Sie war in Gefahr. Mehr Gründe brauchte ich nicht.«

»Sie sind ein unverhältnismäßiges Risiko eingegangen.«

»Was stellen Sie sich denn unter einem verhältnismäßigen Risiko vor?«

»Der Chirurg hat Ihnen eine Falle gestellt. Und Sie haben den Köder angenommen.«

»Ja, ich geb's ja zu. Es war ein Fehler ...«

»Von dem er wusste, dass Sie ihn begehen würden.«

»Wie hätte er das denn wissen sollen?«

»Er weiß eine ganze Menge über Sie. Da spielt wieder diese Bindung mit. Diese besondere Beziehung zwischen Ihnen.«

Sie schoss in die Höhe. »Das ist blanker Unsinn«, sagte sie und stürmte aus dem Wohnzimmer.

Er folgte ihr in die Küche, setzte ihr weiter unerbittlich zu mit seinen Theorien – Theorien, von denen sie absolut nichts wissen wollte. Die Vorstellung einer irgendwie gearteten emotionalen Bindung zwischen ihr und Hoyt war so abstoßend, dass sie keinen Gedanken daran verschwenden wollte. Sie konnte es einfach nicht länger ertragen. Aber da war er nun, drängte sich in ihre ohnehin schon zu kleine Küche und zwang sie, sich anzuhören, was er zu sagen hatte.

»So wie Sie einen direkten Draht zu Warren Hoyts Psyche haben«, sagte Dean, »hat er auch einen zu Ihrer.«

»Er kannte mich damals doch gar nicht.«

»Können Sie das mit Sicherheit sagen? Er dürfte doch wohl die Ermittlungen verfolgt haben. Dann wusste er auch, dass Sie zum Team gehörten.«

»Und das war auch schon alles, was er über mich wissen konnte.«

»Ich denke, er begreift mehr, als Sie ihm zugestehen wollen. Die Angst der Frauen ist sein Lebenselixier. Das ist alles Teil seines psychologischen Profils. Er fühlt sich von verletzten Frauen angezogen. Von seelisch verwundeten Frauen. Es macht ihn an, wenn er den Schmerz einer Frau wittert, und er hat ein außerordentlich feines Gespür dafür. Er kann ihn an den subtilsten Anzeichen erkennen. Am Klang ihrer Stimme. An der Art, wie sie den Kopf hält oder einem Blickkontakt ausweicht. An all den winzigen Signalen der Körpersprache, die den meisten von uns entgehen. Er aber nimmt sie wahr. Er weiß, welche Frauen unsichtbare Verletzungen mit sich herumtragen, und sie sind es, auf die er es abgesehen hat.«

»Ich bin kein Opfer.«

»Jetzt sind Sie eines. Er hat Sie dazu gemacht.« Er trat näher an sie heran, so dicht, dass sie einander fast berührten. Plötzlich verspürte sie den unbändigen Wunsch, sich in seine Arme zu werfen, an seine Brust zu sinken. Einfach nur um zu sehen, wie er reagieren würde. Doch Stolz und Vernunft hielten sie ab, und sie blieb stocksteif stehen.

»Wer ist denn hier das Opfer, Agent Dean?«, fragte sie mit einem gezwungenen Lachen. »Ich jedenfalls nicht. Vergessen Sie nicht: Ich bin diejenige, die ihn hinter Gitter gebracht hat.«

»Ja«, entgegnete er ruhig. »Sie haben den Chirurgen hinter Gitter gebracht. Aber Sie sind nicht unversehrt davongekommen.«

Sie sah ihn schweigend an. *Versehrt.* Das war genau das richtige Wort für das, was ihr angetan worden war. Eine Frau mit Narben an den Händen und einer Batterie von Schlössern an der Tür. Eine Frau, die nie wieder die heiße Augustsonne auf ihrer Haut spüren würde, ohne an die Hitze jenes Sommers und den Geruch ihres eigenen Blutes erinnert zu werden.

Wortlos drehte sie sich um und ging zur Tür hinaus, zurück ins Wohnzimmer. Dort ließ sie sich auf das Sofa sinken und blieb wie benommen sitzen. Er kam nicht sofort nach, und so war ihr ein kurzer Moment des Alleinseins vergönnt. Sie wünschte nur, er würde ganz einfach verschwinden, zur Wohnungstür hinausgehen und ihr die Ruhe und Abgeschiedenheit gewähren, nach der sich jedes leidende Wesen sehnt. Doch es sollte nicht sein. Sie hörte ihn aus der Küche kommen, und als sie aufblickte, sah sie, dass er zwei Gläser in den Händen hielt. Er reichte ihr eines.

»Was ist das?«, fragte sie.

»Tequila. Hab ich in Ihrem Küchenschrank gefunden.«

Sie nahm das Glas und betrachtete es stirnrunzelnd. »Ich wusste gar nicht mehr, dass ich den habe. Die Flasche ist uralt.«

»Jedenfalls war sie noch ungeöffnet.«

Und das lag daran, dass sie den Geschmack von Tequila nicht mochte. Die Flasche war nur eines von den vielen ebenso nutzlosen wie hochprozentigen Geschenken, die ihr Bruder Frankie von seinen Dienstreisen mitzubringen pflegte, wie der Kahlúa-Likör aus Hawaii oder der Sake aus Japan. Das war Frankies Art zu demonstrieren, was für ein Mann von Welt er war, seit er bei den Marines der US Army diente. Es schien nicht der schlechteste Moment, sein Souvenir aus dem sonnigen Mexiko zu verkosten. Sie nahm einen kleinen Schluck und musste blinzeln, als ihr die Tränen in die Augen schossen. Während die Tequila ihre Eingeweide zu wärmen begann, fiel ihr plötzlich ein Detail aus Warren Hoyts Vergangenheit ein. Er hatte seine ersten Opfer jeweils mit dem Schlafmittel Rohypnol außer Gefecht gesetzt, das er ihnen in ein Getränk gemischt hatte. Wie leicht es doch ist, uns in einem unbedachten Moment zu erwischen, dachte sie. Wenn eine Frau abgelenkt ist oder keinen Grund sieht, einem Mann zu misstrauen, der ihr ein Glas in die Hand drückt, dann ist sie wie ein Lamm, das sich willig zur Schlachtbank führen lässt. Und auch sie hatte keine Bedenken gehabt, ein Glas Tequila anzunehmen. Auch sie hatte einen Mann, den sie nicht besonders gut kannte, in ihre Wohnung gelassen.

Sie sah Dean an. Er saß ihr gegenüber, auf Augenhöhe mit ihr. Der Schnaps, den sie auf nüchternen Magen getrunken hatte, machte sich bereits bemerkbar, und ihre Arme und Beine fühlten sich taub an. Die anästhesierende Wirkung des Alkohols. Sie war ruhig, fast gleichgültig – eine gefährliche Stimmung.

Er rückte näher an sie heran, und sie zeigte nicht die gewohnte Abwehrreaktion. Dean verletzte ihre Privatsphäre in einer Weise, wie es nur wenige Männer bisher versucht hatten, und sie ließ es zu. Sie kapitulierte vor ihm.

»Wir haben es nicht mehr nur mit einem Einzeltäter zu tun«, sagte er. »Sondern mit einer Partnerschaft. Und einer der beiden Partner ist ein Mann, den Sie besser kennen als irgendwer sonst. Ob Sie es zugeben wollen oder nicht, Sie haben einen speziellen Draht zu Warren Hoyt. Und damit stellen Sie auch eine Verbindung zum Dominator dar.«

Sie atmete tief aus und erwiderte leise: »So arbeitet Warren am besten. Das ist es, was ihm fehlt. Ein Partner. Ein Mentor.«

»In Savannah hatte er jemanden.«

»Ja. Einen Arzt namens Andrew Capra. Nachdem Capra erschossen worden war, blieb Warren allein zurück. Deshalb ist er nach Boston gekommen. Aber er hat nie aufgehört, nach einem neuen Partner zu suchen. Nach einem Menschen, der seine Begierden teilt. Seine Fantasien.«

»Ich fürchte, er hat ihn gefunden.«

Sie sahen einander an. Beide hatten sie die erschreckenden Konsequenzen dieser neuen Entwicklung erfasst.

»Sie sind jetzt doppelt so effektiv«, sagte er. »Wölfe jagen besser im Rudel als allein.«

»Ein Jagdverbund.«

Er nickte. »Das macht alles einfacher. Die Annäherung an die Opfer. Ihre Überwältigung. Die Absicherung während der Tat …«

Sie setzte sich kerzengerade auf. »Die Teetasse«, sagte sie.

»Was ist damit?«

»Am Tatort des Ghent-Mordes wurde keine gefunden. Jetzt wissen wir, warum.«

»Weil Warren Hoyt dabei war und ihm geholfen hat.«

Sie nickte. »Diesmal brauchte der Dominator kein Frühwarnsystem. Er hatte einen Partner, der ihn warnen konnte, wenn der Ehemann sich bewegte. Einen Partner, der dabeistand und das Ganze mit ansah. Und Warren würde den Anblick genossen haben. Das erregt ihn; es ist ein Teil seiner Fantasie. Zuzusehen, wie eine Frau vergewaltigt wird.«

»Und der Dominator braucht Zuschauer.«

Sie nickte. »Deshalb hat er sich Paare ausgesucht. Um

ein Publikum zu haben. Jemanden, der ihm dabei zusehen musste, wie er seine absolute Macht über den Körper einer Frau genoss.«

Das Martyrium, das sie schilderte, war eine so intime Verletzung von Leib und Seele, dass sie es als eine Qual empfand, Dean in die Augen sehen zu müssen. Doch sie wandte den Blick nicht ab. Die Vergewaltigung einer Frau war ein Verbrechen, das bei allzu vielen Männern lüsterne Neugier auslöste. Als einzige Frau bei den morgendlichen Besprechungen ihres Ermittlungsteams hatte sie beobachtet, wie ihre Kollegen die Einzelheiten solcher Taten diskutiert hatten, und sie hatte den vibrierenden Unterton des sexuellen Interesses in ihren Stimmen gehört, so sehr sie alle sich auch um den Schein reiner, nüchterner Professionalität bemüht hatten. Ein wenig zu ausgiebig studierten sie die Berichte aus der Pathologie über sexuelle Verletzungen, verdächtig lange betrachteten sie die Tatortfotos von Frauen mit weit gespreizten Beinen. Für Rizzoli war es, als würde ihr damit selbst Gewalt angetan, und im Lauf der Jahre hatte sie ein sehr feines Gespür für den kleinsten Funken unziemlichen Interesses in den Augen eines Cops entwickelt, wann immer es in einem Gespräch um Vergewaltigung ging. Als sie jetzt in Deans Augen blickte, suchte sie ebenfalls nach diesem verräterischen Flackern – jedoch vergeblich. Auch zuvor, als er auf die geschändeten Leichen von Gail Yeager und Karenna Ghent hinabgeblickt hatte, war in seinen Augen nichts als grimmige Entschlossenheit zu erkennen gewesen. In Gabriel Dean lösten diese Gräueltaten keine perversen Lustgefühle aus, sondern nur tiefstes Entsetzen.

»Sie sagten, Hoyt sehnt sich nach einem Mentor.«

»Ja«, antwortete sie. »Nach jemandem, der ihn führt. Der ihn lehrt.«

»Der ihn *was* lehrt? Das Handwerk des Tötens beherrscht er schließlich schon.«

Sie antwortete nicht sofort, sondern trank noch einen

Schluck von ihrem Tequila. Als sie wieder zu ihm aufblickte, sah sie, dass er noch näher gerückt war, als wolle er sich auch nicht das leiseste Wort aus ihrem Mund entgehen lassen.

»Variationen über ein Thema«, sagte sie. »Frauen und Schmerz. Auf wie viele verschiedene Arten kann man einen Körper schänden? Wie viele Möglichkeiten der Folter gibt es? Warren hatte ein Muster, an das er sich über Jahre gehalten hat. Vielleicht ist er nun gewillt, seinen Horizont zu erweitern.«

»Oder dieser unbekannte Täter will *seinen* Horizont erweitern.«

Sie stutzte. »Der Dominator?«

»Vielleicht haben wir das Pferd beim Schwanz aufgezäumt. Es könnte doch unser Unbekannter sein, der einen Mentor sucht. Und er hat sich Warren Hoyt als Lehrer erwählt.«

Sie starrte ihn an; der Gedanke ließ sie frösteln. In dem Wort *Lehrer* schwang die Vorstellung von Meisterschaft mit. Von Autorität. War dies die Rolle, die Warren Hoyt im Lauf der Monate hinter Gittern angenommen hatte? Hatte die Haft seinen Fantasien neue Nahrung gegeben, sie mit dem letzten Schliff messerscharfer Entschlossenheit versehen? Schon vor seiner Verhaftung war er ein Furcht erregender Widersacher gewesen; an eine noch machtvollere Inkarnation von Warren Hoyt wollte sie lieber gar nicht erst denken.

Dean ließ sich in seinen Sessel zurücksinken, die blauen Augen auf sein Tequilaglas gerichtet. Er hatte nur vorsichtig daran genippt, und nun stellte er das Glas auf dem Couchtisch ab. Sie hatte ihn immer als einen Mann betrachtet, der nie in seiner Disziplin nachließ, der gelernt hatte, alle spontanen Regungen unter Kontrolle zu halten. Aber auch von ihm forderte die Erschöpfung ihren Tribut; er ließ die Schultern hängen, und seine Augen waren gerötet. Jetzt rieb er sich das Gesicht. »Wie schaffen es zwei Monster, in einer Stadt von der Größe Bostons miteinander Verbindung aufzunehmen?«, sagte er. »Wie finden sie sich?«

»Und das so schnell«, fügte sie hinzu. »Die Ghents wurden nur zwei Tage nach Warrens Flucht überfallen.«

Dean hob den Kopf und sah sie an. »Sie haben sich schon vorher gekannt.«

»Oder sie wussten zumindest voneinander.«

Der Dominator hatte mit Sicherheit schon von Warren Hoyt gehört. Es wäre unmöglich gewesen, im vergangenen Herbst die Bostoner Zeitungen zu lesen und nichts von den Gräueltaten mitzubekommen, die er begangen hatte. Und selbst wenn sie sich nie begegnet waren, würde auch Hoyt wohl von dem unbekannten Täter gehört haben, wenn auch nur in den Nachrichten. Er hatte wahrscheinlich die Meldungen über den Doppelmord an den Yeagers verfolgt und erfahren, dass da draußen jemand seinem blutigen Handwerk nachging, der ihm sehr ähnlich war. Und er würde sich gefragt haben, wer dieser andere Jäger wohl sein mochte – dieser unbekannte Blutsbruder. Mord als Form der Kommunikation – die Nachrichtensendungen im Fernsehen und der *Boston Globe* hatten die Botschaften übermittelt.

Er hat auch mich im Fernsehen gesehen. Hoyt weiß, dass ich am Tatort der Yeager-Morde war. Und jetzt versucht er, die Bekanntschaft mit mir aufzufrischen.

Deans Berührung ließ sie zusammenzucken. Er war noch näher an sie herangerückt und musterte sie stirnrunzelnd. Sie hatte das Gefühl, dass noch nie ein Mann sie so intensiv angesehen hatte.

Kein Mann – außer dem Chirurgen.

»Es ist nicht der Dominator, der Spielchen mit mir spielt«, sagte sie. »Es ist Hoyt. Dieses Fiasko bei der Observierung – das sollte mich in die Knie zwingen. Nur so kann er sich einer Frau nähern: indem er sie zuerst in die Knie zwingt. Indem er sie einschüchtert, ihr auf jede mögliche Art und Weise zusetzt. Deshalb hat er sich auch seine Opfer unter Frauen gesucht, die vergewaltigt worden waren. Frauen, die bereits symbolisch vernichtet worden waren.

Wir müssen schwach und verängstigt sein, damit er uns angreifen kann.«

»Sie sind die letzte Frau, die ich als schwach bezeichnen würde.«

Das Lob ließ sie erröten, weil sie wusste, wie unverdient es war. »Ich versuche nur zu erklären, wie er vorgeht«, sagte sie. »Wie er sich seinen Opfern nähert. Indem er sie vor dem eigentlichen Überfall wehrlos macht. So hat er es mit Catherine Cordell gemacht. Bevor er zu seiner letzten Attacke ansetzte, hat er sie mit Psychoterror überzogen, um ihr Angst einzujagen. Er hat ihr Botschaften zukommen lassen, um sie wissen zu lassen, dass er sich völlig frei in ihrer nächsten Umgebung bewegen konnte, ohne dass sie etwas ahnte. Wie ein Geist, der durch Wände gehen kann. Sie wusste nicht, wann er das nächste Mal auftauchen würde, aus welcher Richtung der Angriff kommen würde. Sie wusste nur, *dass* er kommen würde. Auf diese Weise zermürbt er einen. Indem er uns wissen lässt, dass er eines Tages – dann, wenn wir am allerwenigsten damit rechnen – kommen wird, um uns zu holen.«

Während sie dieses Schreckensszenario ausgebreitet hatte, war ihre Stimme ganz ruhig geblieben. Unnatürlich ruhig. Und die ganze Zeit über hatte Dean sie mit stiller Intensität beobachtet, als ob er nach versteckten Anzeichen wahrer Gefühle, wahrer Schwäche suchte. Sie hatte ihn nichts dergleichen sehen lassen.

»Jetzt hat er einen Partner«, sagte sie. »Jemanden, von dem er lernen kann. Dem er im Gegenzug etwas beibringen kann. Ein Gespann, das gemeinsam auf die Jagd geht.«

»Sie glauben, die beiden werden zusammen bleiben?«

»Warren dürfte daran gelegen sein. Ein Partner ist ihm sehr wichtig. Sie haben schon einmal zusammen getötet. Das ist ein starkes Band – besiegelt mit Blut.« Sie nahm einen letzten Schluck aus ihrem Glas, leerte es bis zur Neige. Würde der Alkohol ihr Gehirn so betäuben, dass es in dieser

Nacht keine Albträume hervorbrachte? Oder war sie schon so weit, dass ihr diese Art von Anästhesie nicht mehr helfen konnte?

»Haben Sie Schutz angefordert?«

Seine Frage überraschte sie. »Schutz?«

»Wenigstens einen Streifenwagen, der Ihre Wohnung überwacht.«

»Ich bin Polizistin.«

Er legte den Kopf schief, als wartete er auf den Rest ihrer Antwort.

»Hätten Sie mir diese Frage auch gestellt, wenn ich ein Mann wäre?«, fragte sie.

»Sie sind aber kein Mann.«

»Und das heißt, dass ich automatisch Schutz brauche?«

»Warum klingen Sie so beleidigt?«

»Wieso sollte ich als Frau nicht in der Lage sein, meine eigene Wohnung vor Eindringlingen zu schützen?«

Er seufzte. »Müssen Sie die Männer in allem übertreffen, Detective?«

»Ich habe hart daran gearbeitet, so behandelt zu werden wie alle anderen«, sagte sie. »Ich werde keine Sondervergünstigungen verlangen, nur weil ich eine Frau bin.«

»Aber gerade *weil* Sie eine Frau sind, befinden Sie sich jetzt in dieser Lage. Die sexuellen Fantasien des Chirurgen drehen sich um Frauen. Und dem Dominator geht es bei seinen Überfällen auch nicht um die Männer, sondern um deren Frauen. Es sind die Frauen, die er vergewaltigt. Sie können mir nicht erzählen, dass in dieser Situation Ihr Geschlecht überhaupt keine Rolle spielt.«

Sie war zusammengefahren, als er von Vergewaltigung gesprochen hatte. Bisher war es bei ihren Gesprächen über Sexualverbrechen immer nur um andere Frauen gegangen. Dass er sie selbst nun als potenzielles Opfer darstellte, brachte die Diskussion auf eine sehr viel intimere Ebene, und über diese Dinge mochte sie mit einem Mann nicht sprechen – schon gar nicht mit Dean. Mehr noch als das Thema Vergewaltigung an sich war es seine Person, die ihr Unbehagen bereitete. Die Art, wie er sie beobachtete – als ob sie ein Geheimnis verberge, das er unbedingt ergründen wollte.

»Es geht nicht darum, dass Sie Polizistin sind, oder um die Frage, ob Sie sich selbst verteidigen können oder nicht«, sagte er. »Sondern darum, dass Sie eine Frau sind. Eine Frau, die wahrscheinlich seit Monaten im Mittelpunkt von Warren Hoyts Fantasien steht.«

»Nicht ich. Cordell ist diejenige, die er begehrt.«

»Cordell ist für ihn unerreichbar. Er kommt nicht an sie heran. Aber Sie sind hier, in seiner Reichweite – die Frau, die er um ein Haar besiegt hätte. Die Frau, die er dort in dem Keller mit seinen Skalpellen an den Boden geheftet hatte. Er hatte die Klinge schon an Ihrem Hals angesetzt. Er konnte Ihr Blut schon riechen.«

»Hören Sie auf, Dean.«

»In gewisser Weise hat er Sie bereits in Besitz genommen. Sie gehören ihm schon jetzt. Und jeden Tag sind Sie ihm ausgeliefert, wenn Sie an der Aufklärung der Morde arbeiten, die er Ihnen hinterlässt. Jede Leiche ist eine Botschaft, die für Ihre Augen bestimmt ist. Ein Vorgeschmack von dem, was er mit Ihnen vorhat.«

»Ich sagte, Sie sollen *aufhören*.«

»Und Sie glauben, Sie haben keinen Schutz nötig? Sie glauben, eine Waffe und eine trotzige Haltung sind alles, was Sie zum Überleben brauchen? Dann ignorieren Sie Ihre eigene Intuition. Sie wissen doch, was er als Nächstes tun wird. Sie wissen, was er begehrt, was ihn anmacht. Und was ihn anmacht, das sind *Sie*. Das, was er mit *Ihnen* vorhat.«

»Halten Sie endlich den Mund!« Ihr Zornesausbruch erschreckte sie beide. Sie starrte ihn an, bestürzt über ihren Kontrollverlust und die Tränen, die wie aus dem Nichts hervorzubrechen begannen. Verdammt, nein, sie würde nicht weinen. Es war noch nie vorgekommen, dass sie vor den Augen eines Mannes heulend zusammengebrochen war, und Dean sollte nicht der Erste sein, der in den Genuss dieses Anblicks kam. Sie holte tief Luft und sagte ganz ruhig: »Ich möchte, dass Sie jetzt gehen.«

»Ich verlange von Ihnen nichts weiter, als dass Sie auf Ihre eigene Eingebung hören. Und dass Sie für sich denselben Schutz in Anspruch nehmen, den Sie jeder anderen Frau auch anbieten würden.«

Sie stand auf und ging zur Tür. »Gute Nacht, Agent Dean.«

Einen Augenblick lang blieb er reglos sitzen, und sie fragte sich schon, zu welchen Mitteln sie würde greifen müssen, um diesen Mann aus ihrer Wohnung zu werfen. Schließlich stand er auf und schickte sich an zu gehen. Doch an der Tür blieb er noch einmal stehen und sah auf sie herab. »Sie sind nicht unbesiegbar, Jane«, sagte er. »Und das erwartet auch niemand von Ihnen.«

Lange nachdem er gegangen war, stand sie noch da, den Rücken an die verriegelte Tür gepresst, die Augen geschlossen, und versuchte den Aufruhr niederzukämpfen, den sein Besuch in ihr ausgelöst hatte. Sie wusste, dass sie nicht unbesiegbar war. Das hatte sie vor einem Jahr auf die bitterste Art und Weise erfahren, als sie zum Gesicht des Chirurgen aufgeblickt und auf den Stich seines Skalpells gewartet hatte. Niemand musste sie daran erinnern, und sie war empört über die brutale Manier, in der Dean sie mit dieser Lektion konfrontiert hatte.

Sie ging zurück zur Sofaecke und griff nach dem Telefon auf dem Beistelltisch. In London war es jetzt wohl noch dunkel, aber sie konnte diesen Anruf einfach nicht aufschieben.

Moore meldete sich nach dem zweiten Klingeln. Er klang etwas schroff, aber trotz der frühen Stunde hellwach.

»Ich bin's«, sagte Rizzoli. »Tut mir Leid, wenn ich Sie geweckt habe.«

»Augenblick, ich gehe rasch nach nebenan.«

Sie wartete. Am anderen Ende hörte sie das Quietschen von Bettfedern, dann das Geräusch einer Tür, die er hinter sich schloss.

»Was gibt's denn?«, fragte er.

»Der Chirurg ist wieder auf Beutezug.«

»Hat es schon ein Opfer gegeben?«

»Ich habe vor ein paar Stunden die Autopsie mitverfolgt. Das ist sein Werk.«

»Er hat keine Zeit vergeudet.«

»Es wird immer schlimmer, Moore.«

»Wie kann es denn noch schlimmer werden, als es schon ist?«

»Er hat einen neuen Partner.«

Er schwieg eine Weile. Dann fragte er leise: »Wer ist es?«

»Wir glauben, dass es sich um denselben Täter handelt, der dieses Ehepaar in Newton auf dem Gewissen hat. Irgendwie haben Hoyt und er sich gefunden. Jetzt jagen sie gemeinsam.«

»So schnell? Wie konnten sie sich so prompt zusammentun?«

»Sie kannten sich schon. Anders ist es nicht vorstellbar.«

»Wo sind sie sich begegnet? Und wann?«

»Das müssen wir eben herausfinden. Es könnte der Schlüssel zur Identität des Dominators sein.« Plötzlich musste sie an den Operationssaal denken, aus dem Hoyt geflohen war. *Die Handschellen.* Es war nicht der Wachmann gewesen, der sie aufgeschlossen hatte. Irgendjemand hatte sich mit der Absicht, Hoyt zu befreien, in den OP geschlichen, vielleicht verkleidet mit einer Sanitäter-Uniform oder einem weißen Arztkittel, den er sich irgendwo ausgeliehen hatte.

»Ich sollte dabei sein«, sagte Moore. »Ich sollte mit Ihnen an diesem Fall arbeiten…«

»Nein. Sie gehören genau dorthin, wo Sie jetzt sind, an Catherines Seite. Ich glaube nicht, dass Hoyt sie aufspüren kann. Aber er wird es versuchen. Er gibt niemals auf, das wissen Sie. Und jetzt sind sie zu zweit, und wir haben keine Ahnung, wie dieser Partner aussieht. Wenn er in London auftaucht, werden Sie ihn nicht erkennen. Sie müssen auf alles vorbereitet sein.«

Als ob es möglich wäre, auf einen Überfall des Chirurgen vorbereitet zu sein, dachte sie, als sie auflegte. Auch Catherine Cordell hatte vor einem Jahr geglaubt, sie sei auf alles vorbereitet. Sie hatte ihr Haus in eine Festung verwandelt und ihre Tage und Nächte in einer Art Belagerungszustand verbracht. Und dennoch hatte Hoyt ihren Schutzwall überwunden; er hatte zugeschlagen, als sie am wenigsten damit gerechnet hatte; an einem Ort, den sie für sicher gehalten hatte.

So wie ich meine Wohnung für sicher halte.

Sie stand auf und ging zum Fenster. Als sie auf die Straße hinunterblickte, fragte sie sich unwillkürlich, ob in diesem Augenblick jemand *sie* beobachtete, wie sie im hell erleuchteten Rechteck des Fensters stand. Es würde nicht allzu schwer sein, sie zu finden. Der Chirurg musste lediglich im Telefonbuch unter »*RIZZOLI, J.*« nachschlagen.

Unten auf der Straße bremste ein Auto ab und hielt am Bordstein. Ein Streifenwagen. Sie beobachtete ihn eine Weile, doch er fuhr nicht weiter. Die Scheinwerfer erloschen – ein Zeichen dafür, dass der Fahrer sich auf einen längeren Aufenthalt einstellte. Sie selbst hatte keinen Polizeischutz angefordert, aber sie wusste genau, wer es getan hatte.

Gabriel Dean.

Die Geschichte der Menschheit hallt wider von den Schreien gequälter Frauen.

Die Bücher, die man uns zu lesen gibt, gehen kaum auf jene blutrünstigen Details ein, nach denen wir uns verzehren. Stattdessen finden wir trockene Schilderungen von militärischen Strategien und Flügelattacken, von den Kriegs-

listen der Generäle und dem Zusammenziehen von Truppen. Wir sehen Abbildungen von Männern in voller Rüstung mit gekreuzten Schwertern, von muskulösen Leibern, die sich im Kampf winden. Wir sehen Gemälde von Anführern, die hoch auf ihren edlen Rössern thronen und über Schlachtfelder hinwegblicken, wo Soldaten in Reih und Glied stehen wie Ähren, die auf die Sense des Schnitters warten. Wir sehen Landkarten mit Pfeilen, die den Vormarsch siegreicher Armeen symbolisieren, und lesen die heroischen Verse von Kriegsballaden, die im Namen von König und Vaterland gesungen wurden. Die Triumphe großer Männer werden immer groß geschrieben – mit dem Blut ihrer Soldaten.

Niemand sagt irgendetwas über die Frauen.

Aber wir alle wissen, dass sie dort waren; mit ihrem zarten Fleisch und ihrer glatten Haut, ihrem Duft, der durch die Seiten der Geschichte weht. Wir sprechen vielleicht nicht gerne darüber, aber wir wissen alle, dass die Grausamkeiten des Krieges sich nicht auf die Schlachtfelder beschränken. Dass, wenn der letzte feindliche Soldat gefallen ist und eine Armee als Sieger zurückbleibt, die Soldaten dieser Armee sich als Nächstes die Frauen der Besiegten vornehmen.

So ist es immer schon gewesen, wenngleich die brutale Wirklichkeit in den Geschichtsbüchern selten Erwähnung findet. Stattdessen lese ich von ruhmreichen Feldzügen, glänzend wie schimmernder Stahl. Von Griechen, die unter den wachsamen Augen der Götter in die Schlacht zogen, und von Trojas Fall nach einem Krieg, den uns der Dichter Vergil als eine Heldenschlacht schildert: Achill und Hektor, Ajax und Odysseus – Namen, deren Ruhm für die Ewigkeit bestimmt scheint. Er schreibt von klirrenden Schwertern, fliegenden Pfeilen und blutgetränkter Erde.

Aber das Beste übergeht er.

Es ist der Dramatiker Euripides, der uns von den Folgen der Niederlage für die trojanischen Frauen berichtet, doch auch er wählt seine Worte mit Bedacht. Er schildert, wie die entsetzte Kassandra von einem griechischen Anführer aus dem Tempel der Athene gezerrt wird, doch was dann geschieht, bleibt unserer Fantasie überlassen. Das Zerreißen ihres Gewandes, das Entblößen der Haut. Seine brutalen Stöße zwischen ihren jungfräulichen Schenkeln. Ihre verzweifelten Schmerzensschreie.

Überall in der gefallenen Stadt Troja müssen solche Schreie aus den Kehlen zahlloser Frauen gedrungen sein, als die siegreichen Griechen sich nahmen, was ihnen zustand, und das Fleisch der eroberten Frauen mit dem Brandmal ihres Triumphs zeichneten. Hatte auch von den Männern Trojas der eine oder andere überlebt und war Zeuge dieser Demütigung geworden? Die antiken Schriftsteller schweigen sich darüber aus. Aber wie kann man seinen Triumph besser krönen als durch die Schändung derer, die der Besiegte liebte? Wie kann man eindrucksvoller unter Beweis stellen, dass man ihn wirklich besiegt hat, als indem man ihn zwingt, immer wieder und wieder mit anzusehen, wie man seine Lust befriedigt?

So viel habe ich begriffen: Jeder Triumph braucht ein Publikum.

Ich denke an die trojanischen Frauen, während unser Wagen mit dem zäh fließenden Verkehr die Commonwealth Avenue entlangrollt. Es ist eine viel befahrene Straße, und selbst jetzt, um neun Uhr abends, kommen die Autos nur langsam voran. So kann ich mir das Haus in aller Ruhe ansehen.

Die Fenster sind dunkel. Weder Catherine Cordell noch ihr frisch angetrauter Gatte sind zu Hause.

Mehr gestatte ich mir nicht, nur diesen einen ausgiebigen Blick, bevor das Gebäude aus meinem Gesichtsfeld verschwindet. Ich weiß, dass der Block überwacht wird, aber ich konnte der Versuchung nicht widerstehen, einen Blick auf ihre Festung zu werfen, uneinnehmbar wie die Mauern einer alten Trutzburg. Eine Burg, die jetzt leer steht und daher für den Eroberer ohne Interesse ist.

Ich wende mich zu meinem Fahrer um, dessen Gesicht im Schatten verborgen ist. Ich sehe nur eine Silhouette und das Blitzen der Augen – zwei gierig funkelnde Lichter in der Nacht.

Im Fernsehen habe ich Aufnahmen von Löwen in der Nacht gesehen, das grüne Feuer ihrer Augen, die in der Dunkelheit leuchteten. Ich fühle mich an diese Löwen erinnert, an ihren Blick voll hungriger Entschlossenheit, wenn sie auf den richtigen Augenblick warteten, um sich auf ihre Beute zu stürzen. Jetzt sehe ich diesen Hunger in den Augen meines Gefährten.

Den gleichen Hunger, den er auch in meinen Augen erblicken muss.

Ich drehe das Fenster herunter und atme tief ein, als der warme Duft der Stadt hereinweht. Der Löwe in der Savanne, der seine Nase in den Wind hält, um die Witterung der Beute aufzunehmen.

15

Dean nahm sie in seinem Wagen mit. Ihr Ziel, die Stadt Shirley, lag rund siebzig Kilometer westlich von Boston. Während der Fahrt sprach Dean wenig, doch das Schweigen ließ sie seine Gegenwart nur noch bewusster wahrnehmen; seinen Duft, seine ruhige und gelassene Ausstrahlung. Sie wagte kaum, ihn anzusehen, aus Furcht, er könne an ihren Augen ablesen, welch ein Gefühlschaos er in ihr ausgelöst hatte.

Stattdessen hielt sie den Blick gesenkt und betrachtete den dunkelblauen Teppichboden unter ihren Füßen. Sie fragte sich, ob es sich wohl um Nylon 6.6 handelte, Farbton Nr. 802 Blau, und wie viele Autos mit einem ähnlichen Stoff ausgekleidet waren. Es war eine ausgesprochen beliebte Farbe; fast schien es ihr, als sehe sie, wohin sie schaute, nur noch blauen Teppichboden, und sie malte sich die zahllosen Schuhsohlen aus, die Nylonfasern vom Typ 802 über die Straßen von ganz Boston verteilten.

Die Luft aus der Klimaanlage war allzu kühl. Rizzoli schloss die Lüftungsklappe vor ihren Knien und blickte hinaus auf Wiesen mit hoch stehendem Gras. Wie viel lieber wäre sie jetzt draußen in der Hitze gewesen als in diesem überklimatisierten Käfig. Der Morgendunst hing wie Gaze über den grünen Feldern, und nicht der leiseste Windhauch rührte an den Blättern der Bäume. Es kam nicht oft vor, dass Rizzoli sich in das ländliche Massachusetts verirrte. Sie war schon immer ein Stadtmensch gewesen; auf dem Land mit seinen weiten, menschenleeren Flächen und lästigen Insekten fühlte sie sich fehl am Platz. Und auch heute konnte sie seinen Reizen nichts abgewinnen.

Sie hatte schlecht geschlafen. Mehrmals war sie in der Nacht hochgeschreckt und hatte mit pochendem Herzen auf die Schritte, den flüsternden Atem eines imaginären Eindringlings gelauscht. Um fünf war sie aufgestanden und schlaftrunken in die Küche gewankt. Erst nach zwei Tassen Kaffee hatte sie sich fit genug gefühlt, um im Krankenhaus anzurufen und sich nach Korsaks Befinden zu erkundigen.

Er lag immer noch auf der Intensivstation. Musste immer noch künstlich beatmet werden.

Sie drehte das Fenster einen Spalt breit herunter. Warme Luft strömte herein, der Geruch von Gras und Erde. Der traurige Gedanke schoss ihr durch den Kopf, dass Korsak vielleicht nie wieder solche Düfte genießen, nie wieder den Wind in seinem Gesicht würde spüren können. Sie versuchte sich zu erinnern, ob die letzten Worte, die sie gewechselt hatten, gute, freundliche Worte gewesen waren, doch es gelang ihr nicht.

An der Ausfahrt 36 folgte Dean den Schildern zum Justizvollzugskomplex Shirley. Souza-Baranowski, das Hochsicherheitsgefängnis der Stufe 6, in dem Warren Hoyt eingesessen hatte, tauchte zu ihrer Rechten auf. Dean fuhr auf den Besucherparkplatz, stellte den Motor ab und sah Rizzoli an.

»Wenn es Ihnen irgendwann zu viel wird, gehen Sie einfach«, sagte er.

»Wieso denken Sie, dass ich kneifen werde?«

»Weil ich weiß, was er Ihnen angetan hat. Jeder Polizist in Ihrer Situation hätte Probleme damit, diesen Fall zu bearbeiten.«

Sie las echte Sorge in seinen Augen. Seine Anteilnahme war ihr unangenehm, denn sie erinnerte sie nur daran, wie brüchig ihr Mut tatsächlich war.

»Bringen wir es einfach hinter uns, okay?«, sagte sie und stieß ihre Tür auf. Getrieben von Stolz marschierte sie schnurstracks auf den Eingang zu und weiter durch die Sicherheitskontrolle, wo sie und Dean ihre Dienstausweise vorzeigten und ihre Waffen ablieferten. Während sie auf den Vollzugsbeamten warteten, der sie begleiten sollte, las sie sich die Kleiderordnung durch, die im Empfangsbereich aushing:

Es ist untersagt, den Sicherheitsbereich barfuß zu betreten. Des Weiteren ist Besuchern das Tragen folgender Kleidungsstücke untersagt: Badeanzüge oder Shorts; jegliche Kleidung, die Zugehörigkeit zu einer kriminellen Gruppe demonstriert; jegliche Kleidung, die der Anstaltskleidung oder den Uniformen des Personals ähnelt; gefütterte Kleidung; Kleidungsstücke mit Kordeln; Spezialbekleidung für Behinderte; extrem weite, lose, dicke oder schwere Kleidungsstücke…

Die Liste war schier endlos; von Haarbändern bis hin zu Bügel-BHs war fast alles verboten.

Endlich erschien ein Vollzugsbeamter, ein korpulenter Mann in blauer Sommeruniform. »Detective Rizzoli und Agent Dean? Ich bin Officer Curtis. Hier entlang bitte.«

Curtis gab sich freundlich, ja herzlich, als er die erste Zwischentür aufsperrte und sie in die Besucherschleuse führte. Rizzoli fragte sich, ob er wohl ebenso zuvorkommend wäre, wenn sie nicht als Angehörige der Strafverfolgungsorgane derselben Kaste wie er angehörten. Er wies sie an, Gürtel, Schuhe, Jacken und Armbanduhren auszuziehen und auf einen Tisch zu legen, damit er sie inspizieren konnte. Rizzoli nahm ihre Timex ab und legte sie neben Deans funkelnde Omega. Dann streifte sie ihren Blazer ab, während Dean sich ebenfalls seiner Jacke entledigte. Die ganze Aktion hatte etwas unangenehm Intimes. Während sie ihren Gürtel aufschnallte und aus den Schlaufen zog, spürte sie, wie Curtis sie anstarrte – eben wie ein Mann, der einer Frau beim Ausziehen zusieht. Sie streifte ihre Slipper ab, stellte sie neben Deans Schuhe und erwiderte kühl Officer Curtis' Blick. Jetzt erst wandte er sich ab. Dann kehrte sie ihre Taschen nach außen und folgte Dean durch den Metalldetektor.

»Sie haben wirklich Glück«, sagte Curtis, als sie die Schranke passierte. »Um ein Haar wären Sie Abtastkandidatin des Tages geworden.«

»Was?«

»Unser Wachoffizier bestimmt jeden Tag im Zufallsverfahren, der wievielte Besucher eine Leibesvisitation über sich ergehen lassen muss. Sie sind knapp dran vorbeigeschrammt. Der Nächste, der hier durchkommt, ist dran.«

»Das wäre das Highlight des Tages für mich gewesen, so eine Leibesvisitation«, erwiderte Rizzoli trocken.

»Sie können jetzt Ihre Sachen wieder anziehen. Und Sie beide dürfen auch die Uhren anbehalten.«

»Sie sagen das so, als wäre es ein großes Privileg.«

»Nur Anwälte und Polizeibeamte dürfen von hier ab ihre Armbanduhren tragen. Alle anderen müssen ihre Klunker abliefern. Jetzt muss ich Ihnen nur noch einen Stempel aufs linke Handgelenk drücken, dann dürfen Sie rein in die Zellen.«

»Wir sind um neun Uhr mit Superintendent Oxton verabredet«, sagte Dean.

»Er wird sich ein bisschen verspäten. Hat mich gebeten, Ihnen zuerst die Zelle des Gefangenen zu zeigen. Danach bringe ich Sie dann in Oxtons Büro.«

Das Hochsicherheitsgefängnis Souza-Baranowski war die neueste Einrichtung des Strafvollzugs im Staat Massachusetts. Es verfügte, wie Officer Curtis ihnen erläuterte, über ein hochmodernes schlüsselloses Sicherheitssystem, das von zweiundvierzig Computerterminals mit grafischem Interface aus gesteuert wurde. Er wies sie auf die zahlreichen Überwachungskameras hin.

»Die senden alle rund um die Uhr Livebilder in die Zentrale. Die meisten Besucher bekommen überhaupt nie einen Vollzugsbeamten zu Gesicht. Sie hören nur die Anweisungen aus den Lautsprechern.«

Durch eine Stahltür gelangten sie in einen langen Korridor und setzten ihren Weg durch eine Reihe vergitterter Zwischentüren fort. Rizzoli war sich bewusst, dass jede ihrer Bewegungen überwacht wurde. Mit ein paar Eingaben über die Tastatur konnten die Wachmänner jeden Gang und jede Zelle absperren, ohne dafür ihren Kontrollraum verlassen zu müssen.

Am Eingang von Block C forderte eine Lautsprecherstimme sie auf, ihre Besucherausweise zur Überprüfung an ein Sichtfenster zu halten. Sie mussten ihre Namen nennen, worauf Officer Curtis meldete: »Zwei Besucher; sie möchten die Zelle von Häftling Hoyt inspizieren.«

Die Stahltür glitt zur Seite, und sie betraten den Tagesraum von Block C, den Gemeinschaftsbereich für die Gefangenen. Er war in deprimierendem Krankenhausgrün gestrichen. Rizzoli erblickte einen an der Wand befestigten Fernsehapparat, ein Sofa und mehrere Sessel, sowie eine Tischtennisplatte, an der zwei Männer sich einen Pingpongball zuspielten. Sämtliche Möbel waren am Boden festgeschraubt. Ein Dutzend Männer in blauem Drillich drehten sich gleichzeitig um und starrten die Besucher an.

Und besonders intensiv begafften sie Rizzoli, die einzige Frau weit und breit.

Die beiden Männer an der Tischtennisplatte unterbrachen sofort ihr Spiel. Einen Moment lang war nur das Geräusch des Fernsehers zu hören, auf dem CNN lief. Rizzoli hielt den Blicken der Gefangenen ungerührt stand. Sie war nicht bereit, sich einschüchtern zu lassen, auch wenn es nicht schwer zu erraten war, was sie alle dachten. Was sich in ihrer Fantasie abspielte. Dass Dean näher an sie herangetreten war, bemerkte sie erst, als er direkt neben ihr stand und sein Arm den ihren leicht berührte.

Die Lautsprecherstimme sagte: »Die Besucher können jetzt zur Zelle C-8 weitergehen.«

»Hier entlang«, sagte Officer Curtis. »Es ist ein Stockwerk höher.«

Als sie die Treppe hochgingen, hallten die Metallstufen unter ihren Schritten. Von der Galerie, die an den Zellentüren vorbeiführte, konnten sie in den offenen Tagesraum hinunterblicken. Curtis führte sie den Gang entlang, bis sie vor der Tür mit der Nummer 8 standen.

»Da wären wir. Das ist die Zelle von Häftling Hoyt.«

Rizzoli stand an der Schwelle und starrte in den Käfig. Sie konnte nichts entdecken, worin sich diese Zelle von einer beliebigen anderen unterschieden hätte – keine Fotos, keine persönlichen Gegenstände, die ihr verraten hätten, dass Warren Hoyt hier gewesen war. Und dennoch war da dieses merkwürdige Kribbeln auf ihrer Kopfhaut. Er war nicht mehr hier, aber irgendetwas von ihm war immer noch präsent. Wenn es möglich war, dass bloße Niedertracht in einem Raum Spuren hinterließ, dann war diese Zelle sicherlich kontaminiert.

»Sie können reingehen, wenn Sie wollen«, sagte Curtis.

Sie betrat die Zelle. Dort erblickte sie drei kahle Wände, eine Pritsche mit Matratze, ein Waschbecken und eine Toilette. Ein steriler, funktionaler Würfel. Das würde Warren Hoyt gefallen haben. Er war ein ordentlicher, penibler Mensch, und die keimfreie Umgebung eines medizinischen Labors war seine Welt gewesen; eine Welt, in der die Blutröhrchen, mit denen er täglich arbeitete, die einzigen Farbtupfer waren. Er musste sich nicht mit grellen Bildern umgeben – die Bilder in seinem Kopf waren grausig genug.

»Die Zelle ist noch nicht neu belegt worden?«, fragte Dean.

»Noch nicht, Sir.«

»Und es ist noch kein anderer Gefangener hier drin gewesen, seit Hoyt weg ist?«

»Richtig.«

Rizzoli ging zur Pritsche und hob eine Ecke der Matratze

an. Dean nahm das andere Ende, und gemeinsam hoben sie sie an und sahen darunter nach. Sie fanden nichts. Nachdem sie die Matratze ganz umgedreht hatten, suchten sie den Überzug nach Löchern ab, nach irgendwelchen Stellen, an denen er einen eingeschmuggelten Gegenstand versteckt haben könnte. Sie fanden nur einen kleinen Riss an der Seite, vielleicht zwei Zentimeter lang. Rizzoli steckte den Finger in die Öffnung, konnte aber nichts finden.

Sie richtete sich wieder auf und sah sich in der Zelle um. Sie sah, was er jeden Tag gesehen hatte, und sie stellte sich vor, wie er auf der Matratze gelegen hatte, den Blick zur Decke gerichtet, und seine Tagträume gesponnen hatte, die jeden normalen Menschen zutiefst entsetzt hätten. Doch in Hoyt hatten diese Fantasien nur Lustgefühle geweckt. Schwitzend hatte er auf der Matratze gelegen, erregt durch die Schreie der Frauen, die in seinem Kopf hallten.

Sie wandte sich zu Officer Curtis um. »Wo sind seine Sachen? Persönliche Gegenstände, Korrespondenz und so weiter?«

»Im Büro des Direktors. Da gehen wir als Nächstes hin.«

»Ich habe die persönlichen Gegenstände des Häftlings gleich nach Ihrem Anruf heute Morgen heraufbringen lassen, damit Sie sie in Augenschein nehmen können«, sagte Superintendent Oxton und deutete auf einen großen Pappkarton, der auf seinem Schreibtisch stand. »Wir haben schon alles durchgesehen und keinerlei eingeschmuggelte Gegenstände finden können.« Er betonte diesen letzten Punkt, als ob ihn das von aller Verantwortung für das Geschehene freisprechen könnte. Oxton wirkte auf Rizzoli wie ein Mann, der keine Regelverstöße duldete, der die Vorschriften mit aller Härte durchsetzte. Einer, der unfehlbar alle Versuche, verbotene Gegenstände einzuschmuggeln, aufdeckte und bestrafte, der Unruhestifter sofort isolierte und darauf bestand, dass der abendliche Zapfenstreich pünktlich eingehalten wurde. Sie musste sich nur in seinem Büro umsehen, wo das grimmig-entschlossene Gesicht des jungen Oxton in Army-Uniform von Fotos herabblickte, um zu erkennen, dass dies das Reich eines Mannes war, der stets alles unter Kontrolle haben musste. Aber allen seinen Anstrengungen zum Trotz war nun ein Gefangener entkommen, und Oxton fühlte sich in die Defensive gedrängt. Er hatte sie mit einem steifen Händedruck begrüßt, und sein Lächeln hatte nicht bis zu den kalt und distanziert blickenden blauen Augen gereicht.

Er öffnete den Karton und nahm einen großen verschließbaren Plastikbeutel heraus, den er Rizzoli reichte. »Die Toilettenartikel des Gefangenen«, erklärte er. »Nur das Übliche.«

Rizzoli sah eine Zahnbürste, einen Kamm, einen Waschlappen und Seife. Eine Flasche Intensiv-Pflegelotion. Sie legte den Beutel rasch aus der Hand, angewidert von der Vorstellung, dass Hoyt diese Dinge für seine tägliche Körperpflege benutzt hatte. In den Zähnen des Kamms waren noch hellbraune Haare zu erkennen.

Oxton entnahm dem Karton noch weitere Gegenstände und legte sie auf den Tisch. Unterwäsche. Ein Stapel *National Geographic*-Zeitschriften und mehrere Ausgaben des *Boston Globe*. Zwei Snickers-Riegel, ein Block gelbes Notizpapier, weiße Umschläge und drei Plastik-Kugelschreiber. »Und seine Korrespondenz«, sagte Oxton und legte einen Plastikbeutel mit einem Bündel Briefe auf den Tisch.

»Wir sind seine gesamte Post durchgegangen«, sagte Oxton. »Die Staatspolizei hat die Namen und Adressen sämtlicher Briefpartner.« Er übergab Dean den Stapel. »Das hier ist natürlich nur die Post, die er aufgehoben hat. Sicherlich hat er auch einiges weggeworfen.«

Dean öffnete den Beutel und nahm die Briefe heraus. Es waren rund ein Dutzend, und sie steckten noch in den Umschlägen.

»Zensiert die Strafvollzugsbehörde die Post der Gefangenen?«, fragte Dean. »Sichten Sie jeden Brief, bevor der Adressat ihn bekommt?«

»Wir sind dazu berechtigt. Es hängt allerdings davon ab, um welche Kategorie von Post es sich handelt.«

»Kategorie?«

»Wenn die Post als vertraulich eingestuft ist, darf das Gefängnispersonal nur einen Blick hineinwerfen, um sie auf Schmuggelware zu überprüfen. Die Briefe selbst dürfen jedoch nicht gelesen werden. Sie sind dann die Privatangelegenheit des Absenders und des Häftlings.«

»Sie wissen also nicht, was in den Briefen steht, die er erhalten hat?«

»Sofern es sich um vertrauliche Post handelt, nein.«

»Was ist der Unterschied zwischen vertraulicher und nicht vertraulicher Post?«, fragte Rizzoli.

Oxton beantwortete ihre Zwischenfrage mit einem unwilligen Flackern in den Augen. »Nicht vertraulich sind Sendungen von Freunden, Verwandten oder von sonstigen Privatpersonen. So haben einige unserer Häftlinge Brieffreundschaften mit Mitbürgern angeknüpft, die der Ansicht sind, dass sie damit eine gute Tat vollbringen.«

»Indem sie mit Mördern korrespondieren? Sind die denn verrückt?«

»Viele von ihnen sind naive, einsame Frauen, die leicht auf Betrüger und Hochstapler hereinfallen. Briefe dieser Art gelten als nicht vertraulich, und das Personal ist berechtigt, sie einzusehen und zu zensieren. Aber wir haben nicht immer die Zeit, sie alle zu lesen. Wir haben hier große Mengen an Post zu bearbeiten. Gerade im Fall des Häftlings Hoyt waren stets sehr viele Briefe zu überprüfen.«

»Von wem? So viel ich weiß, hat er kaum noch Familie«, sagte Dean.

»Er war letztes Jahr in den Medien sehr präsent. Die Öffentlichkeit ist auf ihn aufmerksam geworden, und viele wollten ihm unbedingt schreiben.«

Rizzoli war entsetzt. »Wollen Sie damit sagen, dass er *Fanpost* bekommen hat?«

»Ja.«

»Mein Gott. Was sind das bloß für Spinner!«

»Viele Menschen finden es ausgesprochen aufregend, sich mit einem Mörder zu unterhalten. Das hat etwas mit dem Wunsch zu tun, an der Berühmtheit eines anderen teilzuhaben. Manson, Dahmer und Gacy, sie alle haben Fanpost bekommen. Unsere Häftlinge erhalten sogar Heiratsanträge. Die Frauen schicken ihnen Geld oder Fotos von sich im Bikini. Die Männer wiederum wollen wissen, was es für ein Gefühl ist, wenn man einen Mord begeht. Die Welt ist voll von perversen Arschlöchern – entschuldigen Sie die Ausdrucksweise –, die es unheimlich scharf finden, einen waschechten Mörder zu kennen.«

Aber einer hatte sich nicht damit begnügt, nur an Hoyt zu schreiben. Einer war tatsächlich Hoyts exklusivem Club beigetreten. Sie starrte das Bündel Briefe an, und diese handgreiflichen Beweise für die zweifelhafte Berühmtheit, die der Chirurg erlangt hatte, erfüllten sie mit ohnmächtiger Wut. Der Killer als Popstar. Sie dachte an die Narben an ihren Händen, die er ihr beigebracht hatte, und jeder dieser Fanbriefe war wie ein weiterer Stich seines Skalpells.

»Was ist mit der vertraulichen Post?«, fragte Dean. »Sie sagten, dass sie nicht gelesen und zensiert wird. Aber wann wird ein Brief als vertraulich eingestuft?«

»Wenn er zum Beispiel von Angehörigen gewisser Staats- oder Bundesbehörden stammt. Etwa von einem Richter oder dem Generalstaatsanwalt. Auch Post vom Präsidenten, dem Gouverneur oder den Strafverfolgungsbehörden fällt unter diese Rubrik.«

»Hat Hoyt Post dieser Art erhalten?«

»Möglich wäre es. Wir führen nicht Buch über jeden eingehenden Brief.«

»Und woher wissen Sie, ob ein Brief als vertraulich zu gelten hat?«, fragte Rizzoli.

Oxton warf ihr einen ungehaltenen Blick zu. »Das habe ich Ihnen doch gerade erst erklärt. Wenn er von einem Bundes- oder Staatsbeamten kommt…«

»Nein, ich meine, wie Sie wissen können, dass das Briefpapier nicht gefälscht oder gestohlen ist? Ich könnte doch einem Ihrer Insassen Fluchtpläne zuschicken und sie beispielsweise mit einem Umschlag aus dem Büro von Senator Conway tarnen.« Das Beispiel hatte sie mit Bedacht gewählt. Sie beobachtete Deans Reaktion und sah, wie er bei der Erwähnung von Conways Namen ruckartig den Kopf hob.

Oxton zögerte. »Unmöglich wäre es nicht. Aber so etwas hat strenge Sanktionen zur…«

»Es ist also schon vorgekommen.«

Er nickte widerstrebend. »Es hat mehrere Fälle gegeben. Unter dem Deckmantel offizieller Korrespondenz sind verbotene Informationen an Gefangene übermittelt worden. Wir versuchen das zu unterbinden, aber gelegentlich kommt es vor, dass uns etwas entgeht.«

»Und was ist mit dem Postausgang? Den Briefen, die Hoyt verschickt hat? Haben Sie die überprüft?«

»Nein.«

»Keinen einzigen?«

»Wir hatten keine Veranlassung dazu. Er galt zu keinem Zeitpunkt als Problemfall. Er war stets sehr kooperativ. Ausgesprochen ruhig und höflich.«

»Ein Musterhäftling«, sagte Rizzoli. »Na wunderbar.«

Oxton fixierte sie mit eisigem Blick. »Wir haben hier Männer, die Ihnen, ohne mit der Wimper zu zucken, die Arme ausreißen würden, Detective. Männer, die einem Wachmann das Genick brechen würden, nur weil ihnen das Essen nicht passt. Ein Häftling wie Hoyt rangierte da nicht sehr hoch auf unserer Prioritätenliste.«

Dean lenkte das Gespräch ganz sachlich auf das eigentliche Thema zurück. »Wir wissen also nicht, wem er geschrieben haben könnte?«

Seine nüchterne Frage schien den Zorn des Gefängnisdirektors zu dämpfen. Oxton ließ von Rizzoli ab und wandte sich Dean zu – mit einem Gespräch von Mann zu Mann hatte er weniger Probleme. »Nein, das wissen wir nicht«, sagte er. »Hoyt hätte an weiß Gott wen schreiben können.«

In einem Besprechungsraum unweit von Oxtons Büro zogen Rizzoli und Dean Latexhandschuhe an und breiteten die an Warren Hoyt adressierten Briefe auf dem Tisch aus. Sie sah ein buntes Sortiment von Umschlägen, diverse Pastellfarben und Blumenmuster. Ein Umschlag trug die Aufschrift *Jesus der Erlöser*, doch der Gipfel der Absurdität war wohl derjenige mit den spielenden Kätzchen. Ja, das war genau das richtige Papier für einen Brief an den Chirurgen. Darüber hatte er sich gewiss köstlich amüsiert.

Sie öffnete den Umschlag mit den Kätzchen und fand das Foto einer lächelnden Frau, die hoffnungsfroh in die Kamera blickte. Der beiliegende Brief war in einer mädchenhaften Handschrift abgefasst, mit i-Punkten in Form kecker kleiner Kreise.

An
Mr. Warren Hoyt, Häftling
Massachusetts Correctional Institute

Sehr geehrter Mr. Hoyt,
ich habe Sie heute im Fernsehen gesehen; Sie wurden unter Bewachung in den Gerichtssaal geführt. Auf meine Menschenkenntnis bilde ich mir einiges ein, und als ich in Ihr Gesicht blickte, sah ich darin sehr viel Traurigkeit und Schmerz. O ja, so unendlich viel Schmerz! Auch in Ihnen steckt etwas Gutes; das weiß ich genau. Wenn Sie

doch nur einen Menschen hätten, der Ihnen hilft, es in Ihrem Herzen zu finden...

Rizzoli merkte plötzlich, wie sich ihre Hand, die den Brief hielt, vor Wut verkrampfte. Sie hätte die törichte Frau, die diese Zeilen geschrieben hatte, am liebsten an den Schultern gepackt und geschüttelt, sie gezwungen, sich die Autopsiefotos von Hoyts Opfern anzusehen und in den Akten der Gerichtsmedizin die Schilderungen der Qualen zu lesen, die diese Frauen erlitten hatten, bevor der Tod sie gnädig erlöst hatte. Sie musste sich zwingen, auch noch den Rest des Briefes zu lesen, einen schwülstigen Appell an Hoyts Menschlichkeit und das »Gute in uns allen«.

Sie griff nach dem nächsten Brief. Diesmal keine niedlichen Kätzchen, nur ein schlichter weißer Umschlag, der einen auf liniiertem Papier geschriebenen Brief enthielt. Auch hier hatte die Verfasserin ihr Foto beigelegt, einen überbelichteten Schnappschuss einer schielenden Wasserstoffblondine.

Lieber Mr. Hoit,
könnte ich bitte ein Autogram von ihnen haben? Ich habe schon viele Unterschriften von Leuten wie sie gesammelt. Ich habe sogar die von Jeffry Dahmer. Vieleicht hätten sie ja Lust, mir öfter zu schreiben, das würde ich echt cool finden.

Ihre Freundin Gloria

Entgeistert starrte Rizzoli den Brief an. Wer so etwas zu Papier brachte, konnte doch nicht richtig im Kopf sein. *Das würde ich echt cool finden. Ihre Freundin Gloria.* »Meine Güte«, sagte sie. »Diese Leute sind doch vollkommen durchgeknallt.«

»Es ist die Verlockung des Ruhmes«, sagte Dean. »Sie haben kein eigenes Leben. Sie kommen sich wertlos vor, na-

menlos. Also versuchen sie sich an jemanden heranzuma-
chen, der einen Namen hat. Sie wünschen sich, dass der Zauber auch auf sie selbst abfärbt.«

»Zauber?« Sie sah Dean an. »So nennen Sie das also?«

»Sie wissen, was ich meine.«

»Nein, mir ist das alles vollkommen schleierhaft. Ich begreife nicht, wieso Frauen an solche Monster schreiben.
Suchen sie etwa nach einem Abenteuer? Nach einer heißen
Affäre mit einem Typen, der sie zuerst vernascht und hinterher abschlachtet? Wollen sie etwa damit ihrer trostlosen
Existenz ein bisschen Farbe geben?« Sie schob ihren Stuhl
zurück, stand auf und ging zu der von schlitzförmigen Fenstern durchbrochenen Wand. Dort stand sie mit fest ver-
schränkten Armen und starrte hinaus auf einen schmalen
Streifen Sonnenlicht, ein Stück blauen Himmel. Jede Aussicht, und sei sie auch noch so dürftig wie diese, war der
Lektüre von Warren Hoyts Fanpost bei weitem vorzuziehen.
Gewiss hatte Hoyt die Aufmerksamkeit genossen. Für ihn
musste jeder Brief ein neuerlicher Beweis dafür gewesen
sein, dass er immer noch Macht über Frauen hatte, dass er
ihnen selbst aus dem Gefängnis heraus noch den Kopf verdrehen und sie nach Belieben manipulieren konnte. Sie in
Besitz nehmen konnte.

»Es ist reine Zeitverschwendung«, sagte sie verbittert,
während sie beobachtete, wie ein Vogel an diesem Haus
vorbeiflatterte, wo Menschen, nicht Singvögel, in Käfigen
saßen – oder vielmehr Monster in Menschengestalt. »Er ist
nicht dumm. Er wird alles vernichtet haben, was ihn mit
dem Dominator in Verbindung bringen könnte. Er wird
seinen neuen Partner schützen. Ganz bestimmt hätte er
nichts zurückgelassen, was uns eine brauchbare Spur liefern
könnte.«

»Vielleicht nicht unmittelbar brauchbar«, sagte Dean, den
sie hinter ihrem Rücken mit Papier rascheln hörte. »Aber
ganz gewiss aufschlussreich.«

»Ach ja? Meinen Sie, ich habe Lust, den ganzen Quatsch zu lesen, den diese verrückten Weiber ihm geschrieben haben? Allein bei dem Gedanken wird mir schon übel.«

»Könnte das nicht der Sinn der Sache sein?«

Sie fuhr herum und starrte ihn an. Ein Streifen des Lichts, das durch eines der Schlitzfenster hereinfiel, zog sich senkrecht über sein Gesicht und ließ ein strahlend blaues Auge aufleuchten. Sie hatte seine Züge von Anfang an bemerkenswert gefunden, aber noch nie so sehr wie jetzt, da sie ihn über den Tisch hinweg ansah. »Was meinen Sie damit?«

»Es bringt Sie aus der Fassung, seine Fanpost zu lesen.«

»Es macht mich fuchsteufelswild; das ist ja wohl kaum zu übersehen.«

»Auch für ihn nicht.« Dean deutete mit dem Kopf auf den Stapel Briefe. »Er wusste, dass es Sie aus der Fassung bringen würde.«

»Sie glauben, dass das alles nur den Zweck hat, mich verrückt zu machen? Diese ganzen Briefe?«

»Es ist ein psychologisches Spielchen, Jane. Er hat das hier eigens für Sie zurückgelassen. Diese hübsche Sammlung von Briefen seiner glühendsten Verehrerinnen. Er wusste, dass Sie irgendwann hier auftauchen würden, um zu lesen, was sie ihm zu sagen hatten. Vielleicht wollte er Ihnen nur demonstrieren, dass er tatsächlich Verehrerinnen hat. Dass es Frauen gibt, die ihn nicht verachten, so wie Sie es tun, sondern sich im Gegenteil zu ihm hingezogen fühlen. Er ist wie ein verschmähter Liebhaber, der Sie eifersüchtig zu machen versucht. Der Sie aus dem Gleichgewicht bringen will.«

»Hören Sie auf mit dieser Gehirnwäsche!«

»Und es funktioniert, nicht wahr? Schauen Sie sich doch an. Er hat Sie so auf die Palme gebracht, dass Sie gar nicht mehr still sitzen können. Er weiß, wie er Sie manipulieren kann, wie er in Ihren Gedanken herumpfuschen kann.«

»Sie überschätzen ihn.«

»Wirklich?«

Sie deutete mit einer fahrigen Handbewegung auf die Briefe. »Das soll er alles nur meinetwegen inszeniert haben? Bin ich denn der Mittelpunkt seines Universums?«

»Ist er nicht der Mittelpunkt *Ihres* Universums?«

Sie starrte ihn an; unfähig, irgendetwas zu erwidern, weil ihr mit einem Schlag die unwiderlegbare Wahrheit dessen, was er gesagt hatte, aufgegangen war. Warren Hoyt *war* der Mittelpunkt ihres Universums. Er war die finstere Macht, die über ihre Albträume herrschte, und er dominierte auch ihre wachen Stunden – stets bereit, sie aus dem Verborgenen anzuspringen, sich wieder in ihre Gedanken zu drängen. In jenem Keller hatte er sie als sein Eigentum gebrandmarkt, so, wie jedes Opfer vom Täter gebrandmarkt wird, und sie konnte die Male nicht mehr auslöschen, die seinen Besitzanspruch markierten. Sie waren in ihre Hände eingeritzt, eingebrannt in ihre Seele.

Der nächste Umschlag war mit einer maschinengeschriebenen Absenderangabe versehen: *Dr. J. P. O'Donnell, 1634 Brattle Street, Cambridge, MA 02138.* Brattle Street – das war nicht weit von der Harvard-Universität; ein nobles Wohnviertel der Bildungselite, wo Professoren und Industriebosse im Ruhestand einander beim Joggen begegneten und sich über penibel gestutzte Hecken hinweg zuwinkten. Nicht unbedingt die Gegend, in der man Fans von Serienmördern vermuten würde.

Sie faltete den Brief auseinander. Er war sechs Wochen zuvor datiert.

Mein lieber Warren,
vielen Dank für Ihren Brief und die Unterzeichnung der beiden Freigabeerklärungen. Die Einzelheiten, die Sie mir mitgeteilt haben, sind sehr wertvoll für mich, und ich kann jetzt wesentlich besser verstehen, mit welchen Schwierigkeiten Sie zu kämpfen hatten. Ich habe noch so viele Fragen an Sie, und es freut mich, dass Sie immer

noch bereit sind, sich wie geplant mit mir zu treffen.
Wenn Sie keine Einwände haben, würde ich das Gespräch
gerne auf Video aufzeichnen. Sie wissen natürlich, dass
Ihre Mithilfe für mein Projekt von entscheidender Bedeu-
tung ist.

Mit freundlichen Grüßen
Dr. O'Donnell

»Wer um alles in der Welt ist J. P. O'Donnell?«, fragte Rizzoli.

Dean sah überrascht auf. »Joyce O'Donnell?«

»Auf dem Umschlag steht nur Dr. J. P. O'Donnell. Cambridge, Massachusetts. Sie hat mit Hoyt gesprochen.«

Er betrachtete stirnrunzelnd den Umschlag. »Ich wusste
gar nicht, dass sie jetzt hier wohnt.«

»Sie kennen sie?«

»Sie ist Neuropsychiaterin. Sagen wir einfach nur, dass
wir einander unter wenig erfreulichen Umständen begegnet
sind, nämlich als Gegner in einem Gerichtssaal. Die Strafverteidiger lieben sie.«

»Ach du lieber Gott – eine so genannte Sachverständige.
Eine, die für die bösen Buben in die Bresche springt.«

Er nickte. »Ganz gleich, was Ihr Kandidat angestellt hat,
ganz gleich, wie viele Menschen er auf dem Gewissen hat,
O'Donnell ist stets gerne bereit, ihm mildernde Umstände
zu verschaffen.«

»Ich frage mich, wieso sie an Hoyt geschrieben hat.« Sie
las den Brief erneut durch. Er war in ausgesprochen respekt-
vollem Ton gehalten, voll des Lobes für seine Mitarbeit.
Schon jetzt war ihr diese Dr. O'Donnell unsympathisch.

Der nächste Umschlag auf dem Stapel war ebenfalls von
Dr. O'Donnell, doch er enthielt keinen Brief. Stattdessen
fand sie darin drei Polaroidfotos – sehr amateurhafte
Schnappschüsse. Zwei waren bei Tageslicht im Freien fotografiert; das dritte war eine Innenaufnahme. Einen Moment

lang starrte sie die Bilder nur an, während die Haare in ihrem Nacken sich aufrichteten und ihre Augen registrierten, was ihr Gehirn noch nicht akzeptieren wollte. Sie fuhr zusammen, und die Fotos fielen ihr aus der Hand wie glühende Kohlen.

»Jane? Was ist denn?«

»Das bin ich«, flüsterte sie.

»Was?«

»Sie ist mir gefolgt. Sie hat Fotos von mir gemacht. Und sie *ihm* geschickt.«

Dean stand von seinem Stuhl auf und kam um den Tisch herum, um ihr über die Schulter zu schauen. »Ich kann Sie da aber nicht erkennen…«

»Sehen Sie doch. *Sehen Sie!*« Sie zeigte auf das Foto eines dunkelgrünen Honda, der am Straßenrand geparkt war. »Das ist mein Auto.«

»Das Kennzeichen ist nicht zu sehen.«

»Ich werde doch noch mein eigenes Auto erkennen!«

Dean drehte das Polaroidfoto um. Auf die Rückseite hatte jemand mit blauem Filzstift ein grinsendes Gesicht gemalt und dazu geschrieben: *Mein Auto.*

Die Angst ließ ihr Herz einen wilden Trommelwirbel vollführen. »Sehen Sie sich das nächste an«, sagte sie.

Er nahm das zweite Bild zur Hand. Auch dieses war am hellen Tag aufgenommen, und es zeigte die Fassade eines Gebäudes. Er musste nicht fragen, um welches Haus es sich handelte, denn er war selbst am Abend zuvor dort gewesen. Er drehte das Foto um und las die Worte *Mein Haus.* Darunter ein weiteres Smiley-Gesicht.

Dean griff nach dem dritten Foto, das in einem Restaurant aufgenommen war.

Auf den ersten Blick schien es nur ein stümperhaft gewählter Bildausschnitt zu sein, der diverse Tische mit Gästen zeigte; im Vordergrund war verschwommen eine Bedienung zu erkennen, die mit einer Kaffeekanne in der Hand durchs Bild ging. Doch Rizzoli hatte nur wenige Sekunden gebraucht, um die Gestalt zu entdecken, die links von der Bildmitte saß; eine dunkelhaarige Frau, deren Gesicht nur im Profil zu sehen war und deren Züge vor dem hellen Hintergrund des Fensters nicht auszumachen waren. Sie wartete schweigend, bis auch Dean die Frau erkannt hatte.

Mit leiser Stimme fragte er: »Wissen Sie, wo die Aufnahme gemacht wurde?«

»Im Starfish Café.«

»Wann?«

»Ich weiß es nicht…«

»Sind Sie oft in diesem Lokal?«

»Immer sonntags. Zum Frühstück. Das ist der einzige Tag in der Woche, an dem ich…« Ihre Stimme versagte. Sie starrte das Foto an, das sie selbst im Profil zeigte, die Schultern entspannt, der Blick nach unten auf eine aufgeschlagene Zeitung gerichtet. Sonntag war der Tag, an dem sie sich ein ausgedehntes Frühstück im Starfish gönnte. Einen Vormittag mit Toast und Speck und den Cartoons in der Tageszeitung.

Und einem Stalker. Sie hatte nicht geahnt, dass jemand sie beobachtete. Dass jemand Fotos von ihr machte, um sie an den Mann zu schicken, der sie in ihren Albträumen verfolgte.

Dean drehte das Polaroidfoto um.

Von der Rückseite grinste ihnen ein weiteres Smiley-Gesicht entgegen. Und darunter, umrahmt von einem Herz, ein einzelnes Wort: *Ich*.

16

Mein Auto. Mein Haus. Ich.

Während der gesamten Rückfahrt nach Boston lag ihr die Wut wie ein Stein im Magen. Dean saß neben ihr, doch sie würdigte ihn keines Blickes, so sehr war sie mit ihrem Zorn beschäftigt, und sie schien nichts wahrzunehmen als dieses Feuer, das sie innerlich verzehrte.

Ihre Wut bekam neue Nahrung, als Dean vor Dr. O'Donnells Haus in der Brattle Street vorfuhr. Ungläubig starrte Rizzoli die große Villa im Kolonialstil an, den makellos weißen Anstrich der Holzverkleidung, von dem sich die schiefergrauen Fensterläden elegant abhoben. Der Vorgarten mit dem penibel gepflegten Rasen, über den ein Pfad aus Granitplatten führte, war von einem schmiedeeisernen Zaun umschlossen. Selbst nach den gehobenen Maßstäben der Brattle Street war dies ein Traumhaus, das sich eine Bedienstete der Stadt niemals würde leisten können. Und doch sind es einfache Gehaltsempfänger wie ich, die es mit den Warren Hoyts dieser Welt aufnehmen und die unter den Nachbeben dieser Schlachten zu leiden haben, dachte sie. Sie war es, die nachts ihre Türen und Fenster verriegeln musste; die aufschreckte, wenn sie wieder einmal Schritte zu hören glaubte, die sich leise ihrem Bett näherten. Sie kämpfte gegen die Monster und ertrug die Konsequenzen, während hier, in diesem prächtigen Haus, eine Frau lebte, die eben jenen Monstern wohlwollend ihr Ohr lieh und dann vor Gericht zog, um die zu verteidigen, deren Taten durch nichts zu rechtfertigen waren. Es war ein Haus, das auf den Knochen der Opfer errichtet war.

Die aschblonde Frau, die ihnen die Tür öffnete, war ebenso

sorgfältig herausgeputzt wie ihr Grundstück, mit einem glänzenden Helm perfekt gestylter Haare, einer Brooks-Brothers-Bluse und frisch gebügelten Slacks. Sie war um die vierzig, mit einem Alabasterteint und einem Gesicht, das ebenso viel Wärme ausstrahlte wie echter Alabaster. Aus ihren Augen sprach nichts als unterkühlter Intellekt.

»Dr. O'Donnell? Ich bin Detective Jane Rizzoli. Und das ist Agent Gabriel Dean.«

Die Frau fixierte Dean. »Agent Dean und ich sind uns schon einmal begegnet.«

Und hatten offensichtlich Eindruck aufeinander gemacht – wenn auch keinen sehr positiven, dachte Rizzoli.

Mit mechanischen Bewegungen und versteinerter Miene geleitete O'Donnell sie durch die große Eingangshalle in einen üppig eingerichteten Salon. Ihr Verhalten ließ keinen Zweifel daran, dass ihr der Besuch nicht sonderlich willkommen war. Das Sofa war aus Rosenholz und hatte einen Bezug aus weißer Seide, und das Teakholzparkett wurde durch Orientteppiche mit satten Rottönen akzentuiert. Rizzoli verstand nicht viel von Kunst, aber selbst sie konnte erkennen, dass die Bilder an den Wänden Originale waren, und zwar vermutlich sehr wertvolle. Noch mehr Knochen von Opfern, dachte sie. Sie und Dean nahmen auf dem Sofa Platz, gegenüber von O'Donnell. Sie hatte ihnen weder Kaffee noch Tee angeboten, noch nicht einmal ein Glas Wasser – ein nicht allzu dezenter Hinweis darauf, dass sie das Gespräch möglichst kurz zu halten wünschte.

O'Donnell kam ohne Umschweife zum Thema. Sie wandte sich an Rizzoli: »Sie sagten, es gehe um Warren Hoyt.«

»Sie haben mit ihm korrespondiert.«

»Ja. Ist das ein Problem?«

»Welcher Art war diese Korrespondenz?«

»Da Sie darüber Bescheid wissen, nehme ich an, dass Sie alles gelesen haben.«

»Welcher Art war diese Korrespondenz?«, wiederholte Rizzoli mit fester Stimme.

O'Donnell musterte sie einen Moment lang schweigend, wie um abzuschätzen, mit was für einer Gegnerin sie es zu tun hatte. Sie hatte rasch begriffen, dass Rizzoli in der Tat ihre Gegnerin war, und sie reagierte entsprechend, indem sie eine steife Haltung annahm, als ob sie in einem eisernen Panzer steckte.

»Zunächst einmal sollte ich Ihnen eine Frage stellen, Detective«, konterte O'Donnell schließlich. »Was geht meine Korrespondenz mit Mr. Hoyt die Polizei an?«

»Sie wissen, dass er aus der Haft entflohen ist?«

»Ja, ich habe es natürlich in den Nachrichten gesehen. Und dann hat sich auch die Staatspolizei bei mir gemeldet, um zu fragen, ob er mit mir Kontakt aufgenommen habe. Sie haben sich an alle Personen gewandt, die mit Warren Kontakt hatten.«

Mit Warren. Sie schien Hoyt ja sehr nahe zu stehen.

Rizzoli öffnete den großen braunen Umschlag, den sie mitgebracht hatte, und entnahm ihm drei in Plastikbeuteln verschlossene Polaraidfotos, die sie Dr. O'Donnell reichte. »Haben Sie Mr. Hoyt diese Fotos geschickt?«

O'Donnell warf nur einen flüchtigen Blick auf die Bilder. »Nein. Wieso?«

»Sie haben sie sich ja gar nicht richtig angesehen.«

»Das ist nicht nötig. Ich habe Mr. Hoyt nie irgendwelche Fotos geschickt.«

»Diese hier wurden in seiner Zelle gefunden. In einem Umschlag mit Ihrem Absender.«

»Dann muss er meinen Umschlag benutzt haben, um die Fotos aufzubewahren.« Sie gab Rizzoli die Polaroids zurück.

»Was genau haben Sie ihm geschickt?«

»Briefe. Freigabeerklärungen, die er unterschrieben zurücksenden sollte.«

»Worauf bezogen sich diese Freigabeerklärungen?«

»Auf seine Schulunterlagen. Und Krankenakten aus seiner Kindheit. Alles Informationen, die mir helfen sollten, seine Vorgeschichte zu beurteilen.«

»Wie oft haben Sie ihm geschrieben?«

»Vier- oder fünfmal, glaube ich.«

»Und er hat geantwortet?«

»Ja. Ich habe seine Briefe in meinen Akten. Sie können Kopien davon bekommen.«

»Hat er nach seiner Flucht versucht, mit Ihnen in Kontakt zu treten?«

»Glauben Sie, ich hätte es den Behörden verschwiegen, wenn er das getan hätte?«

»Ich kenne Sie nicht, Dr. O'Donnell. Ich weiß nicht, welcher Art Ihre Beziehung zu Mr. Hoyt ist.«

»Es war nur ein Briefwechsel, keine Beziehung.«

»Aber geschrieben haben Sie ihm. Und zwar vier- oder fünfmal.«

»Ich habe ihn auch besucht. Das Gespräch ist auf Video festgehalten, falls Sie daran interessiert sind.«

»Warum wollten Sie mit ihm sprechen?«

»Er hat eine Geschichte zu erzählen. Er kann uns etwas lehren.«

»Was denn – vielleicht, wie man Frauen abschlachtet?« Die Worte waren heraus, bevor Rizzoli darüber nachdenken konnte – doch ihr Gefühlsausbruch prallte wie ein Pfeil an der Rüstung der anderen Frau ab.

»Als Polizisten sehen Sie nur das Endergebnis«, erwiderte O'Donnell gelassen. »Die Brutalität, die Gewalt. Schreckliche Verbrechen, die aber nur die natürliche Folge dessen sind, was diese Männer durchgemacht haben.«

»Und was sehen *Sie*?«

»Das, was diesen Taten vorausgegangen ist; das Vorleben der Täter.«

»Jetzt wollen Sie mir also erzählen, dass seine unglückliche Kindheit an allem schuld ist.«

»Wissen Sie irgendetwas über Warren Hoyts Kindheit?«

Rizzoli spürte, wie ihr Blutdruck in die Höhe schoss. Sie hatte nicht die Absicht, sich in ein Gespräch über die Wurzeln von Hoyts Zwangsvorstellungen verwickeln zu lassen. »Seine Opfer interessiert es herzlich wenig, was er für eine Kindheit gehabt hat. Und mich ebenso wenig.«

»Aber wissen Sie etwas darüber?«

»Man sagte mir, er habe eine völlig normale Kindheit gehabt. Auf jeden Fall eine bessere als viele andere Männer, die keine Frauen aufschlitzen.«

»Normal.« O'Donnell schien sich über das Wort zu amüsieren. Zum ersten Mal, seit sie Platz genommen hatten, sah sie Dean an. »Agent Dean, lassen Sie uns doch einmal Ihre Definition von ›normal‹ hören.«

Die feindseligen Blicke, die die beiden wechselten, waren wie der Nachhall einer alten Schlacht, die nicht bis zum Ende ausgefochten worden war. Aber was immer Dean in diesem Moment empfinden mochte, es war seiner Stimme nicht anzumerken, als er ganz ruhig erwiderte: »Detective Rizzoli stellt hier die Fragen. Ich schlage vor, dass Sie sie ganz einfach beantworten, Doktor.«

Rizzoli war überrascht, dass er nicht schon längst das Gespräch an sich gerissen hatte. Dean war ihr stets wie ein Mann erschienen, der es gewohnt war, überall die Führung zu übernehmen, doch in diesem Fall hatte er ihr diese Rolle überlassen und sich mit der des Beobachters begnügt.

Durch ihren Zornesausbruch war ihr die Gesprächsführung entglitten. Jetzt war es an der Zeit, das Heft wieder in die Hand zu nehmen, und dazu würde sie ihren Ärger unterdrücken und ganz ruhig und methodisch vorgehen müssen.

»Seit wann stehen Sie mit Hoyt in brieflichem Kontakt?«, fragte sie.

O'Donnell antwortete ebenso sachlich: »Seit etwa drei Monaten.«

»Und was hat Sie dazu veranlasst, ihm zu schreiben?«

»Augenblick mal.« O'Donnell lachte verblüfft auf. »Da ir-
ren Sie sich aber. Ich habe diesen Briefwechsel nicht begonnen.«

»Wollen Sie damit sagen, dass Hoyt Ihnen zuerst geschrieben hat?«

»Ja. Er sagte, er habe von meiner Arbeit auf dem Gebiet der
Neurologie der Gewalttätigkeit gehört. Er wusste, dass ich
in anderen Prozessen als Zeugin der Verteidigung aufge-
treten war.«

»Er wollte Sie engagieren?«

»Nein. Er wusste, dass er keine Chance hatte, das Urteil
gegen sich anzufechten. Dazu war es bereits zu spät. Aber er
dachte, dass ich vielleicht an seinem Fall interessiert sein
könnte. Das war ich auch.«

»Warum?«

»Wollen Sie wissen, warum ich mich für ihn interessierte?«

»Warum Sie Ihre Zeit damit vergeuden wollten, einem
Menschen wie Hoyt zu schreiben.«

»Es sind gerade Menschen wie er, über die ich gerne mehr
wüsste.«

»Er ist bei einem halben Dutzend Psychiatern in Behandlung gewesen. Ihm fehlt nichts. Er ist vollkommen normal,
außer dass er eine Vorliebe für das Töten von Frauen hat. Es
macht ihm Spaß, sie zu fesseln und ihnen den Unterleib auf-
zuschlitzen. Es turnt ihn an, den Chirurgen zu spielen. Allerdings verzichtet er dabei auf die Narkose. Die Frauen sind
bei vollem Bewusstsein und bekommen genau mit, was er
ihnen antut.«

»Und dennoch bezeichnen Sie ihn als normal.«

»Er ist nicht verrückt. Er wusste, was er tat, und es hat
ihm Spaß gemacht.«

»Sie glauben also, dass er einfach von Natur aus böse ist?«

»Das ist genau das Wort, das ich auf ihn anwenden würde«,
sagte Rizzoli.

O'Donnell musterte sie ein paar Sekunden lang mit einem Blick, der sie nachgerade zu durchbohren schien. Wie viel konnte sie sehen? Erlaubte ihre psychiatrische Ausbildung es ihr, die öffentliche Maske eines Menschen zu durchschauen und die traumatisierte Kreatur dahinter zu erkennen?

O'Donnell stand abrupt auf. »Wie wär's, wenn Sie kurz mit in mein Arbeitszimmer kämen?«, sagte sie. »Ich habe da etwas, was Sie sich ansehen sollten.«

Sie ging hinaus, und Rizzoli und Dean folgten ihr. Ihre Schritte wurden von dem weinroten Teppich gedämpft, der sich über die ganze Länge des Flurs hinzog. Das Arbeitszimmer, in das O'Donnell sie führte, bildete einen schroffen Kontrast zu dem üppig eingerichteten Wohnzimmer. Es war streng funktional gehalten: weiße Wände, Regale mit Nachschlagewerken und handelsübliche Aktenschränke aus Metall. Wenn man dieses Zimmer betrat, dachte Rizzoli, musste man automatisch auf Arbeitsmodus umschalten. Und es schien just diesen Effekt auf O'Donnell zu haben. Mit grimmiger Entschlossenheit marschierte sie auf ihren Schreibtisch zu, griff nach einem Umschlag, der dort lag, und trat vor einen an der Wand montierten Leuchtkasten. Sie nahm eine Röntgenaufnahme aus dem Umschlag, schob sie unter die Klemmen und drückte auf einen Schalter.

Das Licht flackerte auf und ließ die Aufnahme eines menschlichen Schädels erkennen.

»Frontalansicht«, erklärte O'Donnell. »Ein achtundzwanzigjähriger Weißer, von Beruf Bauarbeiter. Er war ein unbescholtener Bürger, wurde als rücksichtsvoller Mensch und guter Ehemann beschrieben. Seiner sechsjährigen Tochter soll er ein liebevoller Vater gewesen sein. Dann hatte er einen Arbeitsunfall; er wurde von einem Balken am Kopf getroffen.« Sie sah ihre Besucher an. »Agent Dean hat es wahrscheinlich schon erkannt. Wie sieht es mit Ihnen aus, Detective Rizzoli?«

Rizzoli trat näher an den Leuchtkasten heran. Sie hatte nicht oft Gelegenheit, sich Röntgenaufnahmen anzusehen, und konnte nur das Gesamtbild wahrnehmen: die kuppelartige Schädeldecke, die Augenhöhlen, die beiden Zahnreihen.

»Ich hänge jetzt mal die Seitenansicht auf«, sagte O'Donnell und klemmte eine zweite Aufnahme an den Kasten. »Können Sie es nun sehen?«

Das zweite Bild zeigte den Schädel im Profil. Jetzt konnte Rizzoli ein feines Netz von Rissen erkennen, die von der Vorderseite des Schädels nach hinten ausstrahlten. Sie zeigte darauf.

O'Donnell nickte. »Er war bewusstlos, als sie ihn in die Notaufnahme brachten. Auf dem CT waren innere Blutungen zu erkennen, und ein großes subdurales Hämatom – eine Ansammlung von Blut – drückte auf die Stirnlappen des Gehirns. Das Blut wurde durch einen chirurgischen Eingriff abgeleitet, und seine Genesung machte rasche Fortschritte. Oder vielmehr, er *schien* zu genesen. Er wurde aus dem Krankenhaus entlassen und konnte schließlich auch wieder zur Arbeit gehen. Aber er war nicht mehr derselbe wie vor dem Unfall. Immer wieder bekam er auf der Arbeit Tobsuchtsanfälle, und letzten Endes verlor er deswegen seinen Job. Er begann seine Tochter sexuell zu belästigen. Und dann schlug er eines Tages nach einem Streit seine Frau so brutal zusammen, dass ihre Leiche bis zur Unkenntlichkeit entstellt war. Er fing an, auf sie einzuprügeln, und konnte einfach nicht mehr aufhören. Auch nicht, nachdem er ihr fast sämtliche Zähne ausgeschlagen hatte. Auch nicht, als ihr Gesicht nur noch eine breiige Masse mit Knochensplittern darin war.«

»Und Sie wollen mir erzählen, dass *das* hier an alldem schuld ist?«, meinte Rizzoli und deutete auf die Schädelfraktur.

»Ja.«

»Das ist doch nicht Ihr Ernst.«

287

»Sehen Sie sich die Aufnahme genau an, Detective. Bedenken Sie, welcher Teil des Gehirns unmittelbar unter der Fraktur liegt.« Sie wandte sich zu Dean um.

Er erwiderte ihren Blick mit ausdrucksloser Miene. »Die Stirnlappen«, sagte er.

Ein leises Lächeln zuckte über O'Donnells Lippen. Offensichtlich genoss sie die Gelegenheit, einen alten Widersacher auf die Probe zu stellen.

»Was soll uns diese Röntgenaufnahme denn nun demonstrieren?«, fragte Rizzoli.

»Ich wurde von dem Verteidiger des Mannes hinzugezogen und gebeten, ein neuropsychiatrisches Gutachten zu erstellen. Dazu benutzte ich den so genannten Wisconsin-Card-Sort-Test und einen Kategorientest aus der Halstead-Reitan-Batterie. Ich ordnete auch eine Kernspintomografie seines Gehirns an. Alle Ergebnisse führten zu derselben Schlussfolgerung: Dieser Mann hatte schwere Schäden an beiden Stirnlappen erlitten.«

»Aber Sie sagten doch, er sei von seiner Verletzung vollständig genesen?«

»Er *schien* genesen.«

»Hatte er nun einen Hirnschaden erlitten oder nicht?«

»Selbst bei einer massiven Schädigung der Stirnlappen kann der Betroffene immer noch gehen und sprechen und alltägliche Verrichtungen bewältigen. Sie könnten sich mit einem Patienten unterhalten, der eine Lobotomie hatte, ohne irgendetwas Auffälliges festzustellen. Aber er ist dennoch ganz eindeutig hirngeschädigt.« Sie zeigte auf die Röntgenaufnahme. »Dieser Mann leidet unter einem so genannten Stirnhirnsyndrom mit Verlust moralischer Hemmungen. In den Stirnlappen ist unser Sinn für vorausschauendes Denken und Urteilsvermögen lokalisiert. Unsere Fähigkeit, unangemessene Impulse zu unterdrücken. Wenn diese Teile des Gehirns geschädigt werden, ist enthemmtes Sozialverhalten die Folge. Der Betroffene legt unangebrachte

Verhaltensweisen an den Tag, ohne irgendwelche Schuldgefühle oder emotionale Betroffenheit zu empfinden. Er verliert die Fähigkeit, seine gewalttätigen Regungen zu unterdrücken. Und wir alle haben diese Momente, wenn der Zorn uns übermannt und wir einfach nur zurückschlagen wollen. Wenn wir das Auto, das uns im Berufsverkehr geschnitten hat, am liebsten rammen würden. Ich bin sicher, dass Sie das Gefühl kennen, Detective. Wenn die Wut Sie so heftig packt, dass Sie einem anderen Menschen wehtun wollen.«

Rizzoli erwiderte nichts. Die unbestreitbare Wahrheit von O'Donnells Worten hatte sie verstummen lassen.

»Unsere Gesellschaft betrachtet Akte der Gewalt als Ausdruck von Boshaftigkeit und moralischer Verworfenheit. Man will uns weismachen, dass wir unser Verhalten voll und ganz unter Kontrolle haben, dass jeder Einzelne von uns den freien Willen hat, sich dafür zu entscheiden, einem anderen Menschen *nicht* wehzutun. Aber wir werden nicht nur von unseren Moralvorstellungen geleitet. Sondern auch von biologischen Gegebenheiten. Unsere Stirnlappen helfen uns, Denken und Handeln in Einklang zu bringen. Sie helfen uns, die Folgen unseres Handelns abzuwägen. Ohne solche Kontrollinstanzen würden wir jedem plötzlichen Impuls nachgeben. Genau das ist mit diesem Mann geschehen. Er verlor die Fähigkeit, sein Verhalten zu steuern. Seine Tochter löste in ihm sexuelle Regungen aus, also verging er sich an ihr. Seine Frau machte ihn wütend, also prügelte er sie zu Tode. Von Zeit zu Zeit haben wir alle solche verstörenden oder unangemessenen Gedanken, so flüchtig sie auch sein mögen. Wir sehen einen attraktiven Mann oder eine attraktive Frau, und unser erster Gedanke ist Sex. Aber mehr ist es auch nicht – ein flüchtiger Gedanke. Was aber wäre, wenn wir dem Impuls nachgäben? Wenn wir uns nicht beherrschen könnten? Dann könnte dieser sexuelle Impuls zu Vergewaltigung oder zu noch Schlimmerem führen.«

»Und das war seine Ausrede? ›Mein Gehirn hat mich dazu gebracht‹?«

O'Donnell funkelte sie verärgert an. »Das Stirnhirnsyndrom ist eine anerkannte Diagnose in neurologischen Kreisen.«

»Ja, aber hat es auch vor Gericht funktioniert?«

Eine feindselige Pause trat ein. »Unser Rechtssystem arbeitet noch immer mit einer Definition von Geisteskrankheit, die aus dem neunzehnten Jahrhundert stammt. Ist es da verwunderlich, dass die Erkenntnisse der Neurologie noch nicht bis in die Gerichtssäle vorgedrungen sind? Dieser Mann sitzt derzeit in Oklahoma in der Todeszelle.« Mit grimmiger Miene riss O'Donnell die Aufnahmen vom Leuchtkasten und steckte sie wieder in den Umschlag.

»Und was hat das alles mit Warren Hoyt zu tun?«

O'Donnell ging zum Schreibtisch, griff nach einem anderen Umschlag, nahm zwei andere Röntgenaufnahmen heraus und klemmte sie an den Leuchtkasten. Auch diese Bilder zeigten einen Schädel in Frontal- und Seitenansicht, doch dieser war kleiner als der erste. Der Kopf eines Kindes.

»Dieser Junge ist gestürzt, als er über einen Zaun klettern wollte«, sagte O'Donnell. »Er landete mit dem Gesicht voran auf dem Bürgersteig. Sehen Sie sich bitte die Frontalaufnahme an. Hier können Sie einen winzigen Riss erkennen, der ungefähr auf der Höhe der linken Augenbraue beginnt und sich nach oben fortsetzt. Eine Fraktur.«

»Ich sehe sie«, sagte Rizzoli.

»Und nun lesen Sie bitte den Namen des Patienten.«

Rizzoli richtete den Blick auf das kleine Quadrat am Rand des Röntgenfilms, das die Angaben über den Patienten enthielt. Was sie dort sah, ließ sie erstarren.

»Er war zum Zeitpunkt des Unfalls zehn Jahre alt«, sagte O'Donnell. »Ein normaler, aufgeweckter Junge, der in einem wohlhabenden Vorort von Houston aufwuchs. Das geht jedenfalls aus den ärztlichen Unterlagen hervor, und es wird von seiner Schule bestätigt. Ein gesundes Kind von überdurchschnittlicher Intelligenz. Vertrug sich gut mit anderen Kindern.«

»Bis er dann größer wurde und anfing, sie umzubringen.«

»Ja, aber *warum* hat Warren mit dem Töten begonnen?« O'Donnell deutete auf die Röntgenaufnahmen. »Diese Verletzung könnte ein Faktor sein.«

»Moment mal, ich bin auch mit sieben Jahren vom Klettergerüst gefallen und mit dem Kopf auf eine Eisenstange gekracht. Aber ich laufe nicht rum und schlitze andere Leute auf.«

»Aber Sie jagen auch Menschen. Genau wie er. Sie sind sogar eine professionelle Menschenjägerin.«

Rizzolis Gesicht glühte vor Wut und Empörung. »Was fällt Ihnen ein, mich mit ihm zu vergleichen!«

»Das tue ich nicht, Detective. Aber denken Sie doch einmal darüber nach, was Sie in diesem Moment empfinden. Sie würden mich am liebsten ins Gesicht schlagen, nicht wahr? Was hindert Sie daran, es zu tun? Sind es Ihre moralischen Grundsätze? Gute Manieren? Oder ist es nur nüchterne Logik, die Ihnen sagt, dass eine solche Tat nicht ohne Folgen bleiben würde? Die Gewissheit, dass man Sie verhaften würde? All diese Überlegungen zusammen verhindern, dass Sie mich angreifen. Und dieser mentale Prozess findet in Ihren Stirnlappen statt. Dank der intakten Neuronen in diesem Teil Ihres Gehirns haben Sie Ihre destruktiven Impulse immer unter Kontrolle.« O'Donnell machte eine Pause und setzte dann mit einem viel sagenden Blick hinzu: »Oder jedenfalls fast immer.«

Diese letzte Bemerkung traf voll ins Schwarze, wie ein gut gezielter Speerwurf. Es war Rizzolis Achillesferse. Vor gerade einmal einem Jahr, während der Suche nach dem Chirurgen, hatte sie zu ihrer unauslöschlichen Schande einen furchtbaren Fehler begangen. Im Eifer des Gefechts hatte sie auf einen unbewaffneten Mann geschossen und ihn getötet.

Sie starrte O'Donnell an und sah das befriedigte Funkeln in ihren Augen.

Dean brach das Schweigen. »Sie sagten vorhin, dass es Hoyt war, der mit Ihnen Kontakt aufgenommen hat. Was erhoffte er sich davon? Aufmerksamkeit? Mitleid?«

»Wie wäre es mit schlichtem menschlichem Verständnis?«, entgegnete O'Donnell.

»War das alles, was er von Ihnen wollte?«

»Warren sucht verzweifelt nach Antworten. Er weiß nicht, was ihn dazu treibt, Menschen zu töten. Er weiß, dass er anders ist. Und er will wissen, warum.«

»Das hat er Ihnen tatsächlich gesagt?«

O'Donnell ging zu ihrem Schreibtisch und nahm einen Ordner zur Hand. »Ich habe seine Briefe hier. Und das Video unseres Gesprächs.«

»Sie sind in Souza-Baranowski gewesen?«

»Ja.«

»Wessen Idee war das?«

O'Donnell zögerte. »Wir waren beide der Ansicht, dass es hilfreich sein könnte.«

»Aber wer hat dieses Treffen vorgeschlagen?«

Rizzoli beantwortete die Frage an O'Donnells Stelle. »Er war es. Habe ich Recht? Hoyt hat um das Treffen gebeten.«

»Kann sein, dass der Vorschlag von ihm kam. Aber wir wollten es beide.«

»Sie haben nicht die geringste Ahnung, warum er Sie wirklich gebeten hat zu kommen«, sagte Rizzoli. »Nicht wahr?«

»Wir mussten uns treffen. Ich kann einen Patienten nicht beurteilen, ohne ihn persönlich kennen gelernt zu haben.«

»Und während Sie ihm dort persönlich gegenübersaßen, was glauben Sie, was ihm da durch den Kopf ging?«

O'Donnells Miene war abschätzig. »Sie können es mir bestimmt sagen, wie?«

»O ja. Ich weiß genau, was im Kopf des Chirurgen vorgeht.« Rizzoli hatte ihre Stimme wiedergefunden, und sie klang kalt und unerbittlich. »Er hat Sie gebeten zu kommen, weil er Sie beschnüffeln wollte. So macht er das mit allen Frauen. Er lächelt uns an, unterhält sich nett mit uns. So steht es doch auch in seinen Zeugnissen, nicht wahr? ›Höflicher junger Mann‹, haben die Lehrer gesagt. Ich wette, er war auch höflich zu Ihnen, als Sie ihn trafen, nicht wahr?«

»Ja, allerdings…«

»Ein ganz normaler, hilfsbereiter junger Mann.«

»Detective, ich bin nicht so naiv zu glauben, er sei ein normaler Mann. Aber hilfsbereit war er. Und er war beunruhigt über seine Taten. Er will verstehen, was die Gründe für sein Verhalten sind.«

»Also haben Sie ihm erzählt, es läge nur an diesem Schlag auf den Kopf?«

»Ich sagte ihm, dass die Kopfverletzung *ein* Faktor sei.«

»Er muss sich gefreut haben, das zu hören. Weil es ihm eine Entschuldigung für seine Taten lieferte.«

»Ich habe ihm meine ehrliche Meinung gesagt.«

»Wissen Sie, was ihn noch gefreut hat?«

»Was?«

»Mit Ihnen in einem Zimmer zu sein. Sie haben doch in einem Zimmer mit ihm gesessen, oder?«

»Wir haben uns in einem Vernehmungszimmer getroffen. Das ganze Gespräch fand unter Videoüberwachung statt.«

»Aber es gab keine Schranke zwischen Ihnen. Kein Schutzfenster. Keine Plexiglasscheibe.«

»Er hat mich zu keinem Zeitpunkt bedroht.«

»Er konnte so nahe an Sie heranrücken, wie er wollte. Ihre Haare bewundern, Ihre Haut riechen. Auf den Duft einer Frau fährt er ganz besonders ab. Das macht ihn an. Und was ihn so richtig erregt, ist der Geruch der Angst. Hunde können Angst riechen, wussten Sie das? Wenn wir in Panik geraten, setzt unser Körper Hormone frei, die Tiere wittern können. Warren Hoyt kann das auch. Er ist wie alle anderen

Raubtiere. Er nimmt die Witterung der Angst, der Verwundbarkeit auf. Damit nährt er seine Fantasien. Und ich kann mir lebhaft vorstellen, welche Bilder er im Kopf hatte, als er mit Ihnen in diesem Zimmer saß. Ich habe gesehen, wozu diese Fantasien führen.«

O'Donnell versuchte zu lachen, aber es wollte ihr nicht recht gelingen. »Wenn Sie versuchen, mir Angst zu machen...«

»Sie haben einen langen Hals, Dr. O'Donnell. Ich denke, manche würden sogar von einem Schwanenhals sprechen. Das muss ihm aufgefallen sein. Haben Sie ihn nicht ein- oder zweimal dabei erwischt, wie er nach Ihrer Kehle schielte?«

»Ach, hören Sie doch auf!«

»Sind seine Augen nicht immer wieder nach unten gewandert? Vielleicht dachten Sie, dass er Ihnen auf den Busen schaut, wie es andere Männer immer tun. Aber Warren ist anders. Weibliche Brüste scheinen ihn nicht sonderlich zu interessieren. Er fühlt sich vielmehr zu Hälsen hingezogen. Der Hals einer Frau ist für ihn wie eine süße Nachspeise, der Leckerbissen, auf den er sich voller Gier stürzt – aber erst, nachdem er mit einem anderen Teil ihrer Anatomie fertig ist.«

O'Donnell wandte sich errötend an Dean. »Ihre Partnerin geht eindeutig zu weit.«

»Nein«, erwiderte Dean ruhig. »Ich finde, Detective Rizzoli trifft den Nagel genau auf den Kopf.«

»Das ist doch pure Einschüchterungstaktik.«

Rizzoli lachte. »Sie waren in einem Zimmer mit Warren Hoyt. Und da haben Sie sich nicht eingeschüchtert gefühlt?«

O'Donnell warf ihr einen kalten Blick zu. »Es handelte sich um ein klinisches Gespräch.«

»Das glaubten *Sie*. Aber für ihn war es etwas ganz anderes.« Rizzoli trat einen Schritt auf sie zu, eine Geste verhaltener Aggression, die O'Donnell sehr wohl registrierte.

Obwohl O'Donnell ihr sowohl von der Statur als auch vom Status her überlegen war, hatte sie gegen Rizzolis unnachgiebige Schärfe keine Chance, und sie errötete noch stärker, als Rizzoli ihre verbalen Attacken fortsetzte.

»Er war höflich, sagten Sie. Hilfsbereit. Ja, natürlich. Er hatte ja auch genau das bekommen, was er wollte: Er war mit einer Frau allein in einem Zimmer. Mit einer Frau, die dicht genug vor ihm saß, um ihn zu erregen. Aber er verbirgt seine Erregung, darin ist er gut. Er hat ein Talent, sich vollkommen normal mit Ihnen zu unterhalten, während er zugleich daran denkt, wie es wäre, Ihnen die Kehle durchzuschneiden.«

»Ich fürchte, jetzt geht Ihr Temperament mit Ihnen durch«, sagte O'Donnell.

»Sie glauben, ich will Ihnen bloß Angst einjagen?«

»Ist das nicht offensichtlich?«

»Ich sage Ihnen etwas, was Ihnen wirklich eine Scheißangst einjagen sollte. Warren Hoyt hat Sie bei diesem Gespräch nach Herzenslust beschnüffeln können. Das hat ihn unheimlich angemacht. Und jetzt ist er draußen und schon wieder auf der Jagd nach seinem nächsten Opfer. Und soll ich Ihnen noch etwas sagen? Er vergisst nie den Geruch einer Frau.«

O'Donnell starrte sie an, und endlich zeigte sich ein Anflug von Angst in ihren Augen. Rizzoli konnte ihre Beklemmung nicht ohne eine gewisse Befriedigung registrieren. Sie wollte, dass O'Donnell zumindest eine Ahnung von dem bekam, was sie selbst ein Jahr zuvor durchlitten hatte.

»Sie sollten sich schon mal an das Gefühl gewöhnen«, sagte Rizzoli. »Denn jetzt müssen Sie wirklich Angst haben.«

»Ich habe schon mit Männern wie ihm gearbeitet«, sagte O'Donnell. »Ich weiß, wann ich Angst haben muss.«

»Hoyt ist anders als alle anderen, denen Sie je begegnet sind.«

Jetzt lachte O'Donnell. Sie hatte ihre Souveränität wiedergefunden, und der Stolz tat ein Übriges. »Sie sind alle verschieden. Alle einmalig. Und ich kehre niemals einem von
ihnen den Rücken zu.«

17

Meine liebe Dr. O'Donnell,

Sie haben mich nach meinen frühesten Kindheitserinnerungen gefragt. Ich habe gehört, dass nur wenige Menschen sich an Ereignisse aus ihren ersten drei Lebensjahren erinnern können, weil das Gehirn des Kleinkinds noch nicht die Fähigkeit entwickelt hat, Sprache zu verarbeiten. Doch ohne Sprache können wir die Informationen nicht interpretieren, die unsere Augen und Ohren uns liefern. Was immer die wissenschaftliche Erklärung für diese frühkindliche Amnesie sein mag, auf mich trifft sie jedenfalls nicht zu, denn ich kann mich sehr gut an bestimmte Details aus meinen ersten Lebensjahren erinnern. Ich kann mir ganz bestimmte Bilder ins Gedächtnis rufen, die, wie ich glaube, aus einer Zeit stammen, als ich etwa elf Monate alt war. Zweifellos werden Sie diese Erinnerungen als unecht verwerfen und sie auf spätere Erzählungen meiner Eltern zurückführen. Ich versichere Ihnen jedoch, dass meine Erinnerungen durchaus echt sind, und wären meine Eltern noch am Leben, dann könnten sie Ihnen bestätigen, dass sie korrekt sind und keineswegs auf irgendwelchen Geschichten basieren können, die mir später zu Ohren gekommen sind. Allein die Art der Bilder, die ich mir im Gedächtnis bewahrt habe, macht es äußerst unwahrscheinlich, dass es sich um Ereignisse handelte, über die in meiner Familie offen gesprochen wurde.

Ich erinnere mich an mein Kinderbett, die weiß gestrichenen Holzlatten und die Querstange, die kleine Bissspuren von meinen Milchzähnen trägt. Eine blaue Decke mit irgendwelchen putzigen Kreaturen darauf – Vögel oder Bie-

nen oder vielleicht kleine Bären. Und hoch über dem Bettchen schwebt eine merkwürdige Apparatur, von der ich heute weiß, dass es ein Mobile war; meinen Kinderaugen aber erschien sie wie ein rätselhaftes Wunderding – glitzernd, ständig in Bewegung. Sterne, Monde und Planeten, wie mein Vater mir später erklärte. Wie typisch für ihn, so etwas über das Kinderbett seines Sohnes zu hängen. Er war Raumfahrtingenieur, und er war davon überzeugt, dass man aus jedem Kind ein Genie machen könnte, wenn man das heranwachsende Gehirn nur entsprechend anregte, sei es mit Mobiles oder Leselernkarten oder mit Tonbandaufnahmen der Stimme des Vaters, die das Einmaleins aufsagte.

In Mathematik bin ich immer gut gewesen.

Aber das sind Erinnerungen, die Sie wahrscheinlich weniger interessieren. Nein, Sie sind auf der Suche nach den dunkleren Seiten der Kindheit; von weißen Kinderbettchen und hübschen Mobiles wollen Sie nichts hören. Sie wollen wissen, warum ich so bin, wie ich bin.

Also sollte ich Ihnen wohl von Mairead Donohue erzählen.

Ihren Namen habe ich erst Jahre später erfahren, als ich einer Tante von meinen frühesten Erinnerungen erzählte, worauf sie verblüfft ausrief: »O mein Gott – du kannst dich tatsächlich noch an Mairead erinnern!« Ja, allerdings, ich erinnere mich an sie. Wenn ich mir die Bilder meines Kinderzimmers ins Gedächtnis rufe, ist es nicht das Gesicht meiner Mutter, sondern das von Mairead, das mich über das Geländer meines Bettchens hinweg anschaut. Weiße Haut, verunstaltet durch ein großes Muttermal, das wie eine schwarze Fliege auf ihrer Wange sitzt. Grüne Augen, ebenso schön wie kalt. Und ihr Lächeln – selbst ein kleines Kind wie ich kann erkennen, was die Erwachsenen nicht sehen wollen: Dieses Lächeln ist von Hass vergiftet. Sie hasst den Haushalt, in dem sie arbeitet. Sie hasst den Gestank von vollen Windeln. Sie hasst die hungrigen Schreie, mit denen ich sie aus dem Schlaf reiße. Sie hasst die Umstände, die sie in diese heiße Stadt in Texas verschlagen haben, wo alles so ganz anders ist als in ihrer irischen Heimat.

Und mehr als alles andere hasst sie mich.

Ich weiß es, denn sie demonstriert es auf tausend unauffällige, subtile Arten und Weisen. Sie hinterlässt keine Spuren bei ihren Misshandlungen, o nein – dazu ist sie zu clever. Sie macht ihrem Hass Luft, indem sie sich über mein Bettchen beugt und mir giftige Worte ins Ohr flüstert, leise zischend wie eine Schlange. Ich kann die Worte nicht verstehen, aber ich höre ihren hasserfüllten Ton, und ich sehe den Zorn, der aus ihren zusammengekniffenen Augen funkelt. Sie kümmert sich durchaus um meine körperlichen Bedürfnisse; meine Windeln sind stets frisch, mein Milchfläschchen richtig temperiert. Aber da ist das unaufhörliche heimliche Kneifen und Zwicken, das Brennen in meiner Harnröhre, wenn sie mich mit reinem Alkohol einreibt. Ich schreie natürlich wie am Spieß, aber nie bleiben irgendwelche blauen Flecken oder Narben zurück. Ich bin nun mal ein Baby, das zu Krämpfen und Koliken neigt, erzählt sie meinen Eltern, von Natur aus nervös veranlagt. Und die arme Mairead, die Tag und Nacht schuftet! Sie ist es, die sich mit dem schreienden Balg herumschlagen muss, während meine Mutter ihren gesellschaftlichen Verpflichtungen nachkommt. Meine Mutter, die immer nach Nerz und Parfum duftet.

Das also sind meine Erinnerungen. Die plötzlichen, heftigen Schmerzen. Das Geräusch meiner eigenen Schreie. Und vor allem Maireads weißer Hals, wenn sie sich über mein Bettchen beugt, um mich in meine zarte Haut zu kneifen oder zu pieksen.

Ich weiß nicht, ob ein so kleines Kind, wie ich es war, schon Hass empfinden kann. Ich halte es für wahrscheinlicher, dass uns solche Misshandlungen einfach nur

ratlos zurücklassen. Mit unserem unvollkommen ausgebil-
deten Verstand können wir bestenfalls Ursache und Wir-
kung miteinander verknüpfen. Und ich muss schon damals
begriffen haben, dass der Ursprung meiner Leiden eine Frau
war, eine Frau mit kalten Augen und milchweißem Hals.

Rizzoli saß an ihrem Schreibtisch und starrte auf den Brief
mit Warren Hoyts gestochen präziser Handschrift, beide
Ränder messerscharf ausgerichtet, mit kleinen, eng gesetz-
ten Buchstaben, die in schnurgerader Linie über das Papier
wanderten. Obwohl er den Brief mit Tinte geschrieben hatte,
waren keinerlei Korrekturen zu sehen, kein einziges durch-
gestrichenes Wort. Jeder Satz war bereits in seinem Kopf aus-
formuliert gewesen, bevor er den Stift angesetzt hatte. Sie
sah ihn vor sich, wie er sich über das Papier beugte, den Füll-
federhalter in seinen schlanken Fingern, seine Haut, die über
das Papier strich – und plötzlich verspürte sie das dringende
Bedürfnis, sich die Hände zu waschen.

Kurz darauf stand sie am Waschbecken in der Damen-
toilette, wo sie mit Hilfe von Seife und Wasser alle Spuren
Hoyts restlos zu tilgen suchte. Doch nachdem sie sich die
Hände gründlich gewaschen und abgetrocknet hatte, fühlte
sie sich immer noch wie verseucht, als ob seine Worte wie
Gift durch die Poren ihrer Haut gedrungen seien. Und es
warteten noch mehr Briefe darauf, gelesen zu werden – noch
mehr Gift, dem sie sich aussetzen musste.

Das Klopfen an der Toilettentür ließ sie zusammenfahren.

»Jane? Sind Sie da drin?« Es war Dean.

»Ja«, antwortete sie.

»Ich habe den Videorekorder im Besprechungsraum vorbereitet.«

»Ich komme sofort.«

Sie sah in den Spiegel, und was sie dort sah, gefiel ihr gar
nicht. Die müden Augen, der verunsicherte Blick. So darf er
dich nicht sehen, dachte sie.

Sie drehte den Wasserhahn auf, spritzte sich kaltes Wasser ins Gesicht und tupfte es mit einem Papiertaschentuch ab. Dann richtete sie sich kerzengerade auf und atmete tief durch. Schon besser, dachte sie sich, als sie ihr Spiegelbild erneut betrachtete. Du darfst sie nie sehen lassen, dass du ins Schwitzen gerätst.

Sie ging hinüber in den Besprechungsraum und nickte Dean flüchtig zu. »Okay. Sind wir so weit?«

Er hatte den Fernseher bereits eingeschaltet, und das rote Licht am Videorekorder leuchtete. Nun griff er nach dem braunen Umschlag, den O'Donnell ihnen mitgegeben hatte, und nahm die Videokassette heraus. »Das Datum ist der siebte August«, sagte er.

Das ist erst drei Wochen her, dachte sie. Der Gedanke, wie frisch diese Bilder, diese Worte sein würden, machte sie nervös.

Sie nahm am Tisch Platz und legte Notizblock und Kugelschreiber bereit. »Fangen wir an.«

Dean legte die Kassette ein und drückte auf *Play*.

Das erste Bild, das sie sahen, zeigte eine adrett frisierte O'Donnell in einem eleganten blauen Strickkostüm, die vor einer primitiven weißen Bimssteinwand stand – ein merkwürdiger Kontrast. »Heute ist der siebte August. Ich befinde mich in der Strafvollzugsanstalt Souza-Baranowski in Shirley. Die Person, um die es geht, ist Warren D. Hoyt.«

Der Bildschirm flackerte auf und wurde schwarz, und dann erschien ein neues Bild – ein Gesicht, das Rizzoli vor Entsetzen in ihrem Stuhl zusammenfahren ließ. Jedem neutralen Betrachter wäre Hoyt als ein ganz gewöhnlicher Mann erschienen; eines dieser Gesichter, die man im nächsten Augenblick schon wieder vergessen hat. Seine hellbraune Kurzhaarfrisur war frisch geschnitten, sein Gesicht war blass vom langen Eingesperrtsein. Das Hemd aus blauem Gefängnisdrillich war mindestens eine Nummer zu groß für seine schmächtigen Schultern. Die Menschen, die ihm im

Alltag begegnet waren, hatten ihn als nett und höflich beschrieben, und das war auch das Bild, das er in diesen Videoaufnahmen vermittelte. Ein freundlicher, harmloser junger Mann.

Er wandte sich von der Kamera ab und fixierte einen Punkt außerhalb des Bildausschnitts. Sie hörten das Geräusch von Stuhlbeinen, die über den Boden schleiften, und dann O'Donnells Stimme.

»Sitzen Sie bequem, Warren?«

»Ja.«

»Dann können wir also beginnen?«

»Jederzeit, Dr. O'Donnell.« Er lächelte. »Ich habe heute keine Termine mehr.«

»Gut.« O'Donnells Stuhl knarrte; sie räusperte sich. »Sie haben mir in Ihren Briefen bereits einiges über Ihre Familie und über Ihre Kindheit mitgeteilt.«

»Ich habe mich bemüht, nichts auszulassen. Ich denke, es ist wichtig, dass Sie jeden Aspekt meiner Persönlichkeit verstehen.«

»Ja, das weiß ich auch zu schätzen. Ich habe nicht oft Gelegenheit, einen so eloquenten Menschen wie Sie zu interviewen. Insbesondere jemanden, der so analytisch an sein eigenes Verhalten herangeht, wie Sie das tun.«

Hoyt zuckte mit den Achseln. »Nun, Sie wissen vielleicht, was Sokrates über das unreflektierte Leben gesagt hat. Dass es nicht lebenswert ist.«

»Aber bisweilen können wir die Selbstanalyse auch zu weit treiben. Es ist ein Mechanismus der Selbstverteidigung. Der Rückzug auf eine intellektuelle Betrachtungsweise als Mittel, um uns von unseren eigenen primitiven Emotionen zu distanzieren.«

Hoyt schwieg einen Moment. Dann sagte er mit leicht spöttischem Unterton: »Sie möchten, dass ich über meine Gefühle spreche.«

»Ja.«

»Irgendwelche bestimmten Gefühle?«

»Ich möchte wissen, was Menschen dazu bringt, andere zu töten. Was sie zur Gewalt treibt. Ich will wissen, was sich in Ihrem Kopf abspielt. Was Sie empfinden, wenn Sie töten.«

Er schien über die Frage nachdenken zu müssen. Schließlich antwortete er: »Es ist nicht so leicht zu beschreiben.«

»Versuchen Sie es.«

»Im Interesse der Wissenschaft?« Wieder lag Spott in seiner Stimme.

»Ja. Im Interesse der Wissenschaft. Was empfinden Sie?« Eine lange Pause. »Lust.«

»Es ist also ein gutes Gefühl?«

»Ja.«

»Beschreiben Sie es mir.«

»Wollen Sie es wirklich wissen?«

»Es ist der zentrale Gegenstand meiner Forschung, Warren. Ich möchte wissen, was Sie empfinden, wenn Sie töten. Das ist keine krankhafte Neugier. Ich muss wissen, ob Sie irgendwelche Symptome wahrnehmen, die auf neurologische Abnormitäten hindeuten könnten. Kopfschmerzen zum Beispiel. Ungewöhnliche Geschmacks- oder Geruchseindrücke.«

»Der Geruch von Blut ist sehr angenehm.« Er hielt kurz inne. »Oh, jetzt habe ich Sie wohl schockiert.«

»Fahren Sie fort. Sprechen Sie über das Blut.«

»Ich habe früher damit gearbeitet, wie Sie vielleicht wissen.«

»Ja, ich weiß. Sie waren in einem Labor beschäftigt.«

»Für die meisten Menschen ist Blut nur eine rote Flüssigkeit, die in unseren Adern kreist. Wie Motoröl. Aber in Wirklichkeit ist es etwas sehr Komplexes und Individuelles. Das Blut jedes Menschen ist etwas Einmaliges. So wie auch das Töten. Es lässt sich nicht verallgemeinern.«

»Aber Sie haben das Töten immer als lustvoll empfunden?«

303

»Manchmal war es ganz besonders intensiv.«

»Nennen Sie mir ein Beispiel. Einen Fall, der Ihnen ganz besonders in Erinnerung geblieben ist. Gibt es da etwas?«

Er nickte. »Da ist eine Sache, an die ich ständig denken muss.«

»Mehr als an die anderen?«

»Ja. Sie lässt mir keine Ruhe.«

»Wieso?«

»Weil ich es nicht zu Ende geführt habe. Weil mir der Genuss versagt geblieben ist. Das ist so, als ob es einen irgendwo juckt und man sich nicht kratzen kann.«

»Wenn Sie es so formulieren, klingt es direkt trivial.«

»Wirklich? Aber auch ein noch so triviales Jucken nimmt nach einer gewissen Zeit Ihre ganze Aufmerksamkeit in Anspruch. Es ist immer da, ein ständiges Kribbeln auf Ihrer Haut. Sie wissen vielleicht, dass eine Form der Folter darin besteht, das Opfer an den Fußsohlen zu kitzeln. Anfangs denkt man sich gar nichts dabei. Aber dann geht es immer weiter, Stunden, Tage, ohne Unterlass. Und dann wird es zur grausamsten Form der Folter. Ich habe, glaube ich, in meinen Briefen erwähnt, dass ich mit der Geschichte der Grausamkeit unter Menschen recht gut vertraut bin. Mit der Kunst, anderen Schmerzen zuzufügen.«

»Ja. Sie haben mir über Ihr... äh... Interesse an diesem Thema geschrieben.«

»Zu allen Zeiten haben die Folterer gewusst, dass auch das kleinste körperliche Unbehagen zur unerträglichen Qual werden kann, wenn es nur lange genug andauert.«

»Und dieses Jucken, von dem Sie sprachen – ist das auch unerträglich geworden?«

»Es lässt mich nachts nicht schlafen. Wenn ich daran denke, wie es hätte sein können – an die Lust, die mir verwehrt blieb. Mein Leben lang habe ich immer größten Wert darauf gelegt, alles zu Ende zu führen, was ich einmal begonnen hatte. Deshalb ist mir diese Sache so ein Dorn im

Auge. Ich muss ständig daran denken. Die Bilder gehen mir unentwegt durch den Kopf.«

»Beschreiben Sie diese Bilder. Sagen Sie mir, was Sie sehen, was Sie empfinden.«

»Ich sehe *sie*. Sie ist anders, ganz anders als die anderen.«

»Inwiefern?«

»Sie hasst mich.«

»Die anderen haben Sie nicht gehasst?«

»Die anderen waren nackt und hilflos, in Panik. Besiegt. Aber diese eine sträubt sich immer noch gegen mich. Ich spüre es, wenn ich sie berühre. Ihre Haut vibriert vor rasender Wut, als stünde sie unter Strom – obwohl sie genau weiß, dass ich sie besiegt habe.« Er beugte sich vor, als ob er der Kamera seine intimsten Gedanken anvertrauen wollte. Er sah nicht mehr O'Donnell an, sein Blick war auf das Objektiv gerichtet, als könne er hindurchsehen und Rizzoli direkt in die Augen blicken. »Ich spüre ihre Wut«, sagte er. »Ich sauge ihren Zorn in mich auf, wenn ich nur ihre Haut berühre. Sie ist wie siedendes Metall. Flüssig, gefährlich. Reine Energie. Ich habe mich noch nie so mächtig gefühlt. Ich will dieses Gefühl wieder erleben.«

»Erregt es Sie?«

»Ja. Ich denke an ihren Hals. Er ist sehr schlank. Sie hat einen wunderschönen, weißen Hals.«

»Woran denken Sie noch?«

»Ich denke daran, wie ich sie ausziehe. Wie fest ihre Brüste sind. Und ihr Bauch. So ein schöner, flacher Bauch…«

»Ihre Fantasien über Dr. Cordell sind also sexueller Natur?«

Er hielt inne – er blinzelte, als habe sie ihn aus einer Trance wachgerüttelt. »Dr. Cordell?«

»Über sie reden wir doch gerade, oder nicht? Die Frau, die zu töten Ihnen nicht gelungen ist – Catherine Cordell.«

»Oh. Ja, an sie denke ich auch. Aber ich spreche nicht von ihr.«

»Von wem denn?«

»Von der anderen.« Er starrte in die Kamera – ein Blick von solcher Intensität, dass Rizzoli seine Hitze spüren konnte. »Der Polizistin.«

»Sie meinen die, die Sie aufgespürt hat? Sie ist diejenige, um die sich Ihre Fantasien drehen?«

»Ja. Ihr Name ist Jane Rizzoli.«

18

Dean stand auf und drückte die Stopptaste des Videorekorders. Der Bildschirm wurde dunkel. Warren Hoyts letzte Worte schienen wie ein permanentes Echo in der Stille nachzuhallen. In seinen Fantasien hatte er ihr die Kleider vom Leib gerissen und sie ihrer Würde beraubt, sie auf nacktes Fleisch reduziert, auf Hals und Brüste und Bauch. Sie fragte sich insgeheim, ob Dean sie jetzt ebenso sah, ob die erotischen Visionen, die Hoyt heraufbeschworen hatte, nun auch in sein Gehirn eingebrannt waren.

Er drehte sich zu ihr um. Sie hatte es nie leicht gefunden, seine Miene zu entziffern, doch der Zorn, der jetzt aus seinen Augen blitzte, war unverkennbar.

»Sie begreifen doch, nicht wahr?«, sagte er. »Sie sollten dieses Video sehen. Er hat eine Spur aus Brotkrumen ausgelegt, und Sie sind ihr gefolgt. Der Umschlag mit O'Donnells Adresse hat uns zu O'Donnell selbst geführt. Zu seinen Briefen, zu diesem Videoband. Er wusste, dass Sie das alles irgendwann zu sehen bekommen würden.«

Sie starrte auf den leeren Fernsehbildschirm. »Er spricht zu mir.«

»Genau. Er benutzt O'Donnell als Medium. Wenn Hoyt mit ihr spricht, wenn er ihre Fragen beantwortet, wendet er sich in Wirklichkeit an Sie. Er erzählt Ihnen von seinen Fantasien, um Sie in Angst zu versetzen, um Sie zu demütigen. Hören Sie sich doch an, was er sagt.« Dean spulte das Band zurück.

Wieder erschien Hoyts Gesicht auf dem Bildschirm. »Es lässt mich nachts nicht schlafen. Wenn ich daran denke, wie es hätte sein können – an die Lust, die mir verwehrt blieb.

Mein Leben lang habe ich immer größten Wert darauf gelegt, alles zu Ende zu führen, was ich einmal begonnen hatte. Deshalb ist mir diese Sache so ein Dorn im Auge. Ich muss ständig daran denken. Die Bilder gehen mir unentwegt durch den Kopf...«

Dean drückte auf *Stopp* und sah Rizzoli an. »Was löst das in Ihnen aus – zu wissen, dass er unentwegt an Sie denkt?«

»Sie wissen ganz genau, was das in mir auslöst.«

»Und er weiß es auch. Deshalb wollte er, dass Sie sich das anhören.« Dean spulte ein Stück vor und drückte dann auf *Play*.

Hoyts Augen fixierten mit unheimlicher Intensität ein Publikum, das er nicht sehen konnte. »Ich denke daran, wie ich sie ausziehe. Wie fest ihre Brüste sind. Und ihr Bauch. So ein schöner, flacher Bauch...«

Wieder drückte Dean auf *Stopp*. Sein Blick ließ sie erröten.

»Ich weiß schon«, sagte sie. »Sie wollen wissen, was das in mir *auslöst*.«

»Sie fühlen sich ausgeliefert?«

»Ja.«

»Verletzlich?«

»*Ja.*«

»Vergewaltigt.«

Sie schluckte krampfhaft, wandte sich ab und sagte leise: »Ja.«

»Und genau das war seine Absicht. Sie sagten mir, er fühle sich von traumatisierten Frauen angezogen. Von Frauen, denen Gewalt angetan wurde. Und genau solche Gefühle löst er nun in Ihnen aus, allein durch die Worte auf dieser Videokassette. Er macht Sie zum Opfer.«

Sie fuhr herum und sah ihm in die Augen. »Nein«, sagte sie. »Nicht zum Opfer. Wollen Sie wirklich wissen, was ich in diesem Moment empfinde?«

»Was?«

»Ich empfinde eine unbändige Lust, dieses Dreckschwein

in Stücke zu reißen.« Es war eine Antwort, die vom schieren Mut der Verzweiflung getragen war – jedes Wort wie ein Faustschlag. Er war nicht darauf gefasst gewesen und sah sie einen Moment lang stirnrunzelnd an, ohne etwas zu erwidern. Konnte er erkennen, wie viel Mühe es sie kostete, die Fassade aufrechtzuerhalten? Hatte er ihrer Stimme angehört, wie brüchig diese Fassade war?

Sie ließ sich nicht beirren, wollte ihm keine Gelegenheit geben, ihren Bluff zu durchschauen. »Sie wollen sagen, dass er zum Zeitpunkt des Gesprächs bereits wusste, dass ich die Aufzeichnung irgendwann sehen würde? Dass das Band letztlich für mich bestimmt war?«

»Hat es sich für Sie etwa nicht so angehört?«

»Es hat sich angehört wie die Ausgeburt irgendeines kranken Hirns.«

»Aber er ist nicht einfach irgendein Irrer. Und es geht auch nicht um irgendein Opfer. *Sie* sind es, die er anspricht, Jane. Er redet über das, was er *Ihnen* gerne antun würde.«

Sofort schrillten in ihrem Kopf die Alarmglocken. Er wendete die Diskussion wieder ins Persönliche, zielte direkt auf ihre Achillesferse. Genoss er es etwa, sie so leiden zu sehen? Verfolgte seine Strategie irgendeinen anderen Zweck als den, ihren schlimmsten Befürchtungen Nahrung zu geben?

»Zum Zeitpunkt dieser Aufzeichnung hatte er seine Flucht bereits geplant«, sagte Dean. »Vergessen Sie nicht, dass er es war, der mit O'Donnell Kontakt aufnahm. Er wusste, dass sie zu einem Gespräch mit ihm bereit sein würde. Es war ein Angebot, das sie nicht ausschlagen konnte. Sie stellte ihm eine Bühne zur Verfügung, indem sie alles aufzeichnete, was er zu sagen hatte – die Worte, die alle dort draußen hören sollten, und ganz besonders Sie. Und dann setzte er eine logische Folge von Ereignissen in Gang, die geradewegs zu diesem Moment führte – dem Moment, in dem Sie sich dieses Video anschauten.«

»Kann irgendjemand so clever sein?«

»Ist Warren Hoyt etwa nicht clever?«, fragte er – eine Bemerkung, die wieder darauf abzielte, ihren Schutzschild zu durchdringen, ihren Widerstand gegen die unleugbaren Tatsachen zu brechen.

»Er hat ein Jahr hinter Gittern verbracht. Er hatte ein Jahr lang Zeit, seine Fantasien reifen zu lassen«, sagte Dean. »Und sie kreisten alle um Sie.«

»Nein, Catherine Cordell war diejenige, die er haben wollte. Es war von Anfang an Cordell…«

»O'Donnell hat er aber etwas anderes erzählt.«

»Dann hat er gelogen.«

»Warum?«

»Um mich zu treffen. Mich zu schocken.«

»Dann stimmen Sie mir also zu. Dieses Videoband sollte tatsächlich in Ihre Hände gelangen. Es ist eine Botschaft, die für *Sie* bestimmt ist.«

Sie fixierte den leeren Fernsehbildschirm. Es war, als ob das geisterhafte Nachbild von Hoyts Gesicht sie immer noch anstarrte. Alles, was er getan hatte, zielte darauf ab, ihre Welt in den Grundfesten zu erschüttern, ihren Seelenfrieden zu zerstören. Genau so hatte er es auch mit Cordell gemacht, bevor er zur tödlichen Attacke ausgeholt hatte. Er wollte seine Opfer in Angst und Schrecken versetzen – sie mussten vollkommen zermürbt sein, am Ende ihrer Kräfte; erst dann waren sie reif für ihn, erst dann schritt er zur Ernte. Sie konnte sich dem Offensichtlichen nicht länger verschließen, konnte die Wahrheit nicht länger leugnen, die ihr ins Gesicht starrte.

Dean setzte sich ihr gegenüber an den Tisch. »Ich finde, Sie sollten diesen Fall abgeben«, sagte er mit ruhiger Stimme.

Sie starrte ihn entgeistert an. »*Abgeben?*«

»Sie sind zu stark persönlich involviert.«

»Es ist immer eine persönliche Sache, wenn ich mich mit einem Täter anlege.«

»Aber nicht in diesem Maße. Er will, dass Sie an diesem

Fall dranbleiben, damit er weiter seine Spielchen spielen kann. Damit er sich weiter in alle Bereiche Ihres Lebens einschleichen kann. Als Leiterin des Ermittlungsteams sind Sie sehr exponiert; es ist nicht schwer, an Sie heranzukommen. Sie gehen voll in der Ermittlungsarbeit auf. Und jetzt verlegt er sich schon darauf, die Taten eigens für Sie zu inszenieren. Um mit *Ihnen* zu kommunizieren.«

»Umso wichtiger ist es für mich, dranzubleiben.«

»Nein. Umso wichtiger ist es, dass Sie sich zurückziehen. Dass Sie einen gewissen Abstand zwischen sich und Hoyt bringen.«

»Ich weiche niemals einer Auseinandersetzung aus, Agent Dean«, gab sie scharf zurück.

Nach einer kurzen Pause erwiderte er trocken: »Nein. Das kann ich mir bei Ihnen auch nicht vorstellen.«

Diesmal war sie es, die sich aggressiv vorbeugte, die durch ihre Körperhaltung auf Konfrontationskurs ging. »Was haben Sie eigentlich für ein Problem mit mir? Sie hatten mich doch von Anfang an auf dem Kieker. Sie haben hinter meinem Rücken mit Marquette über mich geredet. Sie haben mich in ein schlechtes Licht gerückt ...«

»Ich habe nie Ihre Befähigung in Frage gestellt.«

»Also, was ist denn nun Ihr Problem mit mir?«

Auf ihre wütenden Vorhaltungen antwortete er in ruhigem und besonnenem Ton. »Bedenken Sie, mit wem wir es zu tun haben. Mit einem Mann, den Sie schon einmal zur Strecke gebracht haben. Einem Mann, der seine Festnahme Ihnen zu verdanken hat. Er beschäftigt sich in Gedanken immer noch damit, was er mit Ihnen anstellen würde, wenn er Sie noch einmal in seiner Gewalt hätte. Und Sie haben ein ganzes Jahr lang vergeblich versucht zu vergessen, was er Ihnen angetan hat. Er ist scharf auf eine Fortsetzung, Jane. Er bereitet den Boden dafür, er lockt Sie genau dorthin, wo er Sie haben will. Und das ist verdammt gefährlich für Sie.«

»Ist es wirklich meine Sicherheit, um die Sie sich Sorgen machen?«

»Wollen Sie etwa andeuten, dass es mir in Wirklichkeit um etwas anderes geht?«, fragte er.

»Woher soll ich das wissen? Ich werde einfach nicht schlau aus Ihnen.«

Er stand auf und ging zum Videorekorder. Dort nahm er die Kassette heraus und steckte sie in den Umschlag zurück. Offensichtlich versuchte er Zeit zu gewinnen, während er nach einer glaubwürdigen Antwort suchte.

Endlich setzte er sich wieder hin und sah sie an. »Die Wahrheit ist«, sagte er, »dass ich auch aus Ihnen nicht schlau werde.«

Sie lachte. »Aus mir? Ich habe nichts zu verbergen.«

»Sie lassen mich nur die Polizistin sehen. Aber was ist mit Jane Rizzoli, der Frau?«

»Die beiden sind ein und dieselbe Person.«

»Sie wissen, dass das nicht wahr ist. Sie verstecken sich doch hinter Ihrer Dienstmarke.«

»Was soll ich denn Ihrer Meinung nach von mir sehen lassen? Dass mir das ach so kostbare Y-Chromosom fehlt? Meine Dienstmarke ist das Einzige, was irgendjemand von mir sehen soll.«

Er beugte sich vor, und sein Gesicht war nun ganz nahe an ihrem. »Es geht hier darum, dass Sie zur Zielscheibe der Aggression eines Mörders geworden sind. Es geht um einen Täter, der bereits genau weiß, wie er Ihnen die Daumenschrauben anlegen kann. Um einen Mann, dem es schon einmal gelungen ist, Ihnen gefährlich nahe zu kommen. Und zwar, ohne dass Sie etwas davon ahnten.«

»Das nächste Mal werde ich es wissen.«

»Wirklich?«

Sie sahen einander in die Augen, ihre Gesichter so nahe wie die zweier Liebender. Der Blitz des sexuellen Begehrens, der sie in diesem Moment durchzuckte, kam so unerwartet, dass sie nicht wusste, ob es Schmerz oder Lust war, was sie empfand. Ruckartig lehnte sie sich zurück. Doch ihr Gesicht glühte, und obwohl sie seinen Blick nun aus sicherer Entfernung erwiderte, fühlte sie sich ihm schutzlos ausgeliefert. Sie beherrschte nicht die Kunst, ihre Gefühle zu verbergen, und sie war immer hoffnungslos überfordert, sobald es ums Flirten ging oder um all die anderen kleinen Unaufrichtigkeiten, die das uralte Spiel zwischen Mann und Frau ausmachen. Sie gab sich alle Mühe, so unbefangen wie möglich auszusehen, doch wenn sie ihn ansah, hatte sie sofort das Gefühl, dass er durch sie hindurchsah wie durch Glas.

»Es wird ein nächstes Mal geben, das ist Ihnen doch klar«, sagte er. »Wir haben es nicht mehr nur mit Hoyt zu tun. Sie sind jetzt zu zweit. Wenn Ihnen das noch keine Heidenangst einjagt, dann wird es aber allmählich Zeit.«

Sie blickte auf den Umschlag mit dem Videoband, das Hoyt für ihre Augen bestimmt hatte. Das Spiel hatte gerade erst begonnen. Hoyt hatte den ersten Treffer erzielt – und sie *hatte* Angst, keine Frage.

Schweigend sammelte sie ihre Unterlagen ein.

»Jane?«

»Ich habe alles gehört, was Sie gesagt haben.«

»Und es lässt Sie vollkommen ungerührt, wie?«

Sie sah ihn an. »Ich will Ihnen mal etwas sagen. Ich könnte unter einen Bus geraten, wenn ich draußen die Straße überquere. Oder ich könnte an meinem Schreibtisch einen Schlaganfall bekommen und tot vom Sessel fallen. Aber ich denke über solche Dinge nicht nach. Ich kann nicht zulassen, dass sie mein Leben bestimmen. Fast wäre es mir passiert, wissen Sie. Die Albträume – die hätten mir beinahe den Rest gegeben. Aber jetzt bin ich über den toten Punkt hinaus. Oder vielleicht bin ich schon so abgestumpft, dass ich gar nichts mehr fühlen kann. Das Beste, was ich tun kann, ist also, einen Fuß vor den anderen zu setzen und weiterzumarschieren. Nur so kann man so etwas überstehen – indem man einfach weitergeht. Das ist alles, was uns übrig bleibt.«

Sie war beinahe erleichtert, als ihr Beeper losging. Er lieferte ihr einen Grund, den Blickkontakt abzubrechen, weil sie die Digitalanzeige des Geräts ablesen musste. Sie spürte seine Blicke im Nacken, als sie zum Telefon ging und die Nummer wählte.

»Labor für Haar- und Faseranalysen, Volchko am Apparat.«

»Rizzoli. Sie haben mich angepiepst.«

»Es geht um diese grünen Nylonfasern, die von Gail Yeagers Haut stammen. Wir haben exakt die gleichen Fasern auf Karenna Ghents Haut gefunden.«

»Er benutzt also immer das gleiche Material zum Einwickeln seiner Opfer. Das ist ja nicht weiter überraschend.«

»Nun, ich habe allerdings eine kleine Überraschung für Sie.«

»Welche denn?«

»Ich weiß jetzt, welches Material er benutzt.«

Erin zeigte auf das Mikroskop. »Ich habe die Objekte schon für Sie vorbereitet. Werfen Sie einmal einen Blick darauf.«

Rizzoli und Dean setzten sich einander gegenüber und blickten durch die Okulare des Lehrmikroskops. Beide sahen dasselbe Bild: zwei Fasern, zum Vergleich direkt nebeneinander gelegt.

»Die linke Faser wurde an Gail Yeagers Leiche sichergestellt; die rechte stammt von Karenna Ghent«, sagte Erin. »Was sagen Sie dazu?«

»Sie sehen identisch aus«, antwortete Rizzoli.

»Das sind Sie tatsächlich. Es handelt sich um Dupont-Nylon 6.6, olivgrün. Die Filamentstärke ist dreißig Denier, also extrem fein.« Erin griff nach einer Mappe und nahm zwei Kurvenbilder heraus, die sie nebeneinander auf den Tisch legte. »Und hier haben wir wieder die ATR-Spektren. Nummer eins gehört zu Yeager, Nummer zwei zu Ghent.« Sie sah Dean an. »Sie kennen sich aus mit der ATR-Technik, Agent Dean?«

»Das ist eine Art Infrarot-Analyse, nicht wahr?«

»Richtig. Wir benutzen diese Methode, um Oberflächenbehandlungen von der Faser selbst unterscheiden zu können. Um Chemikalien zu identifizieren, die nach dem Weben auf das Material aufgetragen wurden.«

»Und haben Sie welche entdeckt?«

»Einen Silikonüberzug. Letzte Woche sind Detective Rizzoli und ich mögliche Gründe für eine derartige Oberflächenbehandlung durchgegangen. Wir wussten nicht, für welchen Verwendungszweck dieses Material bestimmt war. Was wir allerdings wussten, war, dass diese Fasern hitzebeständig und lichtundurchlässig sind. Und dass ein Gewebe aus so feinen Fasern auch wasserdicht sein würde.«

»Wir dachten, es könnte sich um einen Zelt- oder Planenstoff handeln«, sagte Rizzoli.

»Und was würde die Silikonschicht bewirken?«, fragte Dean.

»Antistatische Eigenschaften«, antwortete Erin. »Eine Verbesserung der Reiß- und Wasserfestigkeit. Außerdem wird dadurch die Durchlässigkeit des Materials auf nahe null gesenkt. Mit anderen Worten, nicht einmal Luft kann mehr hindurchdringen.« Erin blickte zu Rizzoli. »Irgendwelche Ideen, was das sein könnte?«

»Sie sagten, Sie wüssten die Antwort bereits.«

»Nun ja, ich hatte auch ein wenig Hilfe dabei – vom Labor der Staatspolizei Connecticut.« Erin legte ein drittes Schaubild auf den Tisch. »Das hier haben die Kollegen mir heute Nachmittag gefaxt. Es ist das ATR-Spektrogramm von Fasern aus einem Mordfall in einer ländlichen Gegend von Connecticut. Die Fasern wurden an den Handschuhen und der Schaffelljacke eines Verdächtigen gefunden. Vergleichen Sie sie doch einmal mit denen von Karenna Ghents Leiche.«

Rizzolis Blick pendelte zwischen den beiden Kurven hin und her. »Die Spektren stimmen überein. Die Fasern müssen identisch sein.«

»Genau. Nur die Farbe ist anders. Die Fasern aus unseren beiden Fällen sind olivgrün. Diejenigen aus dem Mordfall in Connecticut wiesen zwei verschiedene Farben auf. Manche waren neon-orange, andere leuchtend hellgrün.«

»Sie machen Witze.«

»Hört sich ziemlich kunterbunt an, was? Aber abgesehen von der Farbe stimmen die Fasern aus Connecticut mit unseren Exemplaren überein. Dupont-Nylon 6.6. Dreißig-Denier-Filamente, bearbeitet mit einem Silikonüberzug.«

»Erzählen Sie uns etwas über den Fall in Connecticut.«

»Zunächst sah es nach einem Unfall aus. Der Fallschirm des Opfers hatte sich nicht richtig geöffnet. Erst nachdem diese orangefarbenen und hellgrünen Fasern an der Kleidung des Verdächtigen gefunden worden waren, wurde das Ganze zu einem Mordfall.«

Rizzoli starrte die ATR-Kurven an. »Es ist ein Fallschirm.«

»Genau. Der Verdächtige in dem Connecticut-Mordfall hatte am Abend zuvor den Fallschirm des Opfers manipuliert. Dieses ATR-Bild ist charakteristisch für Fallschirmstoffe. Das Material ist reißfest und wasserabweisend. Es lässt sich leicht verpacken und verstauen, wenn es nicht gebraucht wird. Das ist das Material, das Ihr Täter zum Einwickeln der Opfer benutzt.«

Rizzoli sah sie an. »Ein Fallschirm«, sagte sie. »Das ideale Leichentuch.«

19

Alles war voller Papiere, Aktenordner lagen aufgeschlagen auf dem Konferenztisch, daneben Tatortfotos, aufgefächert wie glänzende Schindeln. Füllfedern kratzten über gelbes Notizpapier. Auch im Zeitalter des Computers und des sekundenschnellen Informationstransfers verließen sich die meisten Polizisten immer noch lieber auf ihren guten alten Notizblock. Rizzoli hatte ihren eigenen Laptop im Büro gelassen und zog es vor, sich in ihrer aggressiven, eigenwilligen Handschrift Notizen zu machen. Die Seite war ein Gewirr von einzelnen Worten und geschwungenen Pfeilen, mit kleinen Kästchen, die wichtige Details hervorhoben. Aber es herrschte Ordnung in ihrem Chaos, und in der Dauerhaftigkeit der Tinte lag eine gewisse Sicherheit. Sie schlug eine neue Seite auf und versuchte, sich auf Dr. Zuckers Flüsterstimme zu konzentrieren. Versuchte, sich nicht durch die Gegenwart von Gabriel Dean ablenken zu lassen, der direkt neben ihr saß und sich ebenfalls Notizen machte, allerdings in einer wesentlich ordentlicheren Handschrift. Ihr Blick schweifte zur Seite ab, registrierte die hervorstehenden Adern auf seiner Hand, die den Kugelschreiber hielt, die weiße, frisch gestärkte Manschette, die aus dem Ärmel seines grauen Jacketts hervorlugte. Er war nach ihr in die Sitzung gekommen und hatte sich den Platz neben ihr ausgesucht. Hatte das irgendetwas zu bedeuten? *Nein, Rizzoli. Es bedeutet nur, dass neben dir noch ein Platz frei war.* Es war reine Zeitverschwendung, sich mit solchen Gedanken abzugeben, und es lenkte sie nur vom Wesentlichen ab. Sie war zerstreut, ihre Aufmerksamkeit sprang hin und her, und sogar die Zeilen auf ihrem Notizblock begannen schon, schief und schräg über die Seite zu wandern. Es waren noch fünf andere Männer im Raum, aber sie nahm nur Dean wahr. Sie war inzwischen mit seinem Duft vertraut und konnte seine kühle, reine Note von der olfaktorischen Kakophonie der diversen Rasierwässer im Raum klar unterscheiden. Rizzoli, die nie Parfum trug, war von Männern umgeben, die nie ohne vor die Tür gingen.

Sie las die Worte, die sie sich soeben notiert hatte: *Mutualismus: Symbiose mit Vorteilen für beide bzw. alle beteiligten Organismen.*

Das Wort, das Warren Hoyts Pakt mit seinem neuen Partner charakterisierte. Der Chirurg und der Dominator, die jetzt im Team arbeiteten. Die gemeinsam jagten und sich an totem Fleisch delektierten.

»Warren Hoyt hat schon immer am besten mit einem Partner arbeiten können«, sagte Dr. Zucker. »So jagt er am liebsten. So hat er mit Andrew Capra zusammengearbeitet – bis zu dessen Tod. Wir können sogar noch weiter gehen und sagen, dass Hoyt auf die Mitwirkung eines anderen Mannes *angewiesen* ist, weil sie Teil seines Rituals ist.«

»Aber letztes Jahr hat er doch allein getötet«, wandte Barry Frost ein. »Damals hatte er keinen Partner.«

»In gewisser Weise schon«, sagte Zucker. »Denken Sie einmal an die Opfer, die er sich hier in Boston ausgesucht hat. Alles Frauen, die Opfer sexueller Gewalt geworden waren – allerdings hatten andere Männer ihnen das angetan, nicht Hoyt. Er fühlt sich zu verletzten Frauen hingezogen, zu Frauen, die durch eine Vergewaltigung gezeichnet sind. In seinen Augen sind sie dadurch beschmutzt, mit einem Makel behaftet. Und somit angreifbar, zugänglich. Im Grunde fürchtet sich Hoyt vor normalen Frauen, und seine Angst macht ihn impotent. Er kann sich nur stark fühlen, wenn er sich die Frau als etwas Minderwertiges vorstellt. Wenn sie symbolisch vernichtet ist. Als er mit Capra jagte, war es sein Partner, der die Frauen vergewaltigte. Erst danach zückte

Hoyt sein Skalpell. Nur so konnte er aus dem darauffolgenden Ritual den vollen Lustgewinn ziehen.« Zucker sah sich in der Runde um und erntete allgemeines Kopfnicken. Das waren alles Details, mit denen die hier versammelten Ermittler bereits vertraut waren. Mit Ausnahme von Dean waren sie alle an der Fahndung nach dem Chirurgen beteiligt gewesen; sie kannten Warren Hoyts Handschrift zur Genüge.

Zucker schlug einen Ordner auf, der vor ihm auf dem Tisch lag. »Und nun kommen wir zu unserem zweiten Killer. Dem Dominator. Sein Ritual ist quasi ein Spiegelbild dessen, was Warren Hoyt tut. Er hat keine Angst vor Frauen. Und auch nicht vor Männern. Im Gegenteil, er sucht sich sogar bewusst Frauen aus, die mit männlichen Partnern zusammenleben. Es ist nicht etwa so, dass der Ehemann oder der Freund einen Störfaktor darstellte. Nein, der Dominator *will* offenbar, dass der Mann dabei ist, und er ist für die Begegnung mit ihm gerüstet, wenn er in das Haus des Opfers eindringt. Er hat eine Betäubungspistole und Klebeband dabei, um den Mann außer Gefecht setzen und fesseln zu können. Und zwar in einer Stellung, in der er gezwungen ist, das Folgende mit anzusehen. Der Dominator tötet den Mann nicht sofort, was gewiss die praktischste Vorgehensweise wäre. Es verschafft ihm einen Kick, wenn er bei seiner Tat ein Publikum hat. Wenn er weiß, dass ein anderer Mann ihm dabei zusieht, wie er sich über seine Beute hermacht.«

»Und Warren Hoyt holt sich seinen Kick beim Zuschauen«, sagte Rizzoli.

Zucker nickte. »Genau. Der eine Täter zieht gerne eine Schau ab. Und der andere schaut gerne zu. Es ist ein perfektes Beispiel für Mutualismus. Diese beiden Männer sind die idealen Partner. Ihre krankhaften Gelüste ergänzen sich. Zusammen können sie effektiver arbeiten. Sie können ihre Opfer leichter bändigen, und sie können ihre Stärken und Fähigkeiten kombinieren. Schon als Hoyt noch im Gefängnis saß, imitierte der Dominator bereits seine Techniken. Er kopierte bereits Elemente aus dem Repertoire des Chirurgen.«

Es war ein Punkt, den Rizzoli vor allen anderen erkannt hatte, doch niemand unter den Anwesenden hielt dieses Detail für erwähnenswert. Vielleicht hatten sie es ja vergessen – im Gegensatz zu ihr.

»Wir wissen, dass Hoyt in der Haft einige Briefe aus der Bevölkerung erhalten hat. Selbst aus dem Gefängnis heraus hat er es geschafft, einen Bewunderer zu gewinnen. Er hat ihn sich herangezogen, hat ihn vielleicht sogar instruiert.«

»Ein Lehrling«, sagte Rizzoli leise.

Zucker sah sie an. »Ein interessantes Wort, das Sie da benutzen. Ein Lehrling – das ist jemand, der unter der Anleitung und Aufsicht eines Meisters eine Fertigkeit oder ein Handwerk erlernt. In diesem Fall das Handwerk der Menschenjagd.«

»Aber wer ist der Lehrling und wer der Meister?«, fragte Dean.

Seine Frage beunruhigte Rizzoli. Seit den Ereignissen vor einem Jahr stand Warren Hoyt in ihren Augen für das Böse schlechthin, für die schlimmsten Verbrechen, die sie sich vorstellen konnte. In der Welt der Serienmörder konnte ihm keiner das Wasser reichen. Und nun hatte Dean eine Möglichkeit angesprochen, die sie am liebsten ignoriert hätte: dass der Chirurg vielleicht nur der Gehilfe eines noch furchterregenderen Ungeheuers war.

»Wie immer die Beziehung zwischen ihnen sein mag«, erwiderte Zucker, »sie sind jedenfalls im Team weitaus effektiver, als wenn sie einzeln auf die Jagd gingen. Und da sie ein Team sind, ist es denkbar, dass das Muster ihrer Überfälle sich ändern wird.«

»Inwiefern?«, fragte Sleeper.

»Bisher hat der Dominator sich Paare ausgesucht. Er macht den Mann zu seinem Publikum, zwingt ihn, die Vergewaltigung mit anzusehen. Er will, dass ein anderer Mann dabei ist, wenn er sich an seinem Opfer vergreift.«

»Aber jetzt hat er einen Partner«, sagte Rizzoli. »Einen Mann, der ihm zuschaut. Einen Mann, der zuschauen *will*.«

Zucker nickte. »Es ist durchaus vorstellbar, dass Hoyt eine zentrale Rolle in der Fantasie des Dominators ausfüllt. Die des Zuschauers, des Publikums.«

»Was wiederum bedeutet, dass er sich das nächste Mal vielleicht kein Paar aussuchen wird«, sagte sie. »Sondern...« Sie brach ab, wollte den Gedanken nicht zu Ende führen.

Aber Zucker wartete auf ihre Antwort – auf die Schlussfolgerung, zu der er selbst bereits gelangt war. Er saß da, den Kopf zur Seite geneigt, und seine blassen Augen musterten sie mit unheimlicher Intensität.

Es war Dean, der es schließlich aussprach. »Sie werden sich eine allein stehende Frau aussuchen«, sagte er.

Zucker nickte. »Leicht zu überwältigen, leicht in Schach zu halten. Sie müssen sich keine Sorgen machen, dass ihnen ein Mann in die Quere kommen könnte, und können ihre ganze Aufmerksamkeit der Frau widmen.«

Mein Auto. Mein Haus. Ich.

Rizzoli fuhr auf einen Parkplatz in der Tiefgarage des Pilgrim Hospital und drehte den Zündschlüssel um. Bevor sie ausstieg, blieb sie noch eine Weile mit geschlossenen Türen im Wagen sitzen und suchte die Umgebung ab. Als Polizistin hatte sie sich immer in der Rolle der Kämpferin gesehen, der Jägerin. Nie hatte sie sich vorstellen können, einmal selbst das Opfer zu sein. Aber jetzt musste sie feststellen, dass sie sich genau wie ein Opfer verhielt, ängstlich und misstrauisch wie ein Kaninchen, das wartet, bis die Luft rein ist, ehe es sich aus dem sicheren Bau wagt. Sie, die immer so furchtlos gewesen war, sah sich jetzt gezwungen, nervöse Blicke in alle Richtungen zu werfen, bevor sie aus dem Wagen stieg. Sie, die Türen eingetreten hatte, die immer ganz vorne mit dabei gewesen war, wenn die Cops die Wohnung eines Tatverdächtigen gestürmt hatten, erblickte jetzt im Rückspiegel das bleiche Gesicht, die gehetzten Augen einer Frau, die sie kaum wiedererkannte. Keine Eroberin, sondern ein Opfer. Eine Frau, die sie verachtete.

Sie stieß die Tür auf und stieg aus. Stand auf und reckte sich, spürte das beruhigende Gewicht der Waffe in dem Halfter an ihrer Hüfte. Sollten sie doch kommen, die Schweine – sie wartete nur darauf.

Sie fuhr allein mit dem Lift zur Oberfläche, die Schultern gestrafft, getragen vom Stolz, der die Angst übertrumpfte. Als sie aus dem Aufzug trat und die vielen Menschen erblickte, erschien ihr die Waffe plötzlich als eine unnötige, ja übertriebene Vorsichtsmaßnahme. Sie zog ihren Blazer straff, um das Halfter so gut wie möglich zu verbergen, als sie in das Krankenhaus hineinging und sich im Aufzug zu drei milchgesichtigen Studenten mit Stethoskopen in den Kitteltaschen gesellte. Sie warfen sich gegenseitig medizinische Fachausdrücke um die Ohren und waren so damit beschäftigt, mit ihrem frisch erworbenen Wissen zu glänzen, dass sie die erschöpft wirkende Frau, die neben ihnen stand, gar nicht bemerkten. Ja, die mit der versteckten Waffe unter dem Blazer.

Auf der Intensivstation marschierte sie schnurstracks an der Stationszentrale vorbei und steuerte Kabine 5 an. Dort blieb sie stehen und blickte irritiert durch die Glasscheibe.

Eine Frau lag in Korsaks Bett.

»Verzeihung, Ma'am«, sagte eine Schwester. »Besucher müssen sich vorne anmelden.«

Rizzoli wandte sich zu ihr um. »Wo ist er?«

»Wer?«

»Vince Korsak. Er sollte eigentlich in dem Bett dort liegen.«

»Tut mir Leid, ich habe erst um drei angefangen...«

»Sie sollten mich doch anrufen, wenn irgendetwas ist!«

Inzwischen hatte sie mit ihrem hektischen Gebaren eine

andere Schwester auf sich aufmerksam gemacht, die sofort einschritt und in dem beschwichtigenden Ton einer Frau, die den Umgang mit aufgeregten Verwandten gewohnt ist, auf sie einredete.

»Mr. Korsak wurde heute Morgen extubiert, Ma'am.«

»Was heißt das?«

»Wir haben den Schlauch aus seinem Hals entfernt, der ihm beim Atmen helfen sollte. Es geht ihm jetzt besser, und deshalb haben wir ihn in die Überwachungsstation am anderen Ende des Gangs verlegt.« In rechtfertigendem Ton setzte sie hinzu: »Wir haben seiner Frau aber Bescheid gesagt.«

Rizzoli dachte an Diane Korsak, an ihre ausdruckslosen Augen, und sie fragte sich, ob sie den Anruf überhaupt registriert hatte, oder ob die Information einfach untergegangen war wie eine Münze, die man in einen dunklen Brunnenschacht wirft.

Als sie an der Tür von Korsaks Zimmer ankam, hatte sie sich schon wieder beruhigt. Vorsichtig steckte sie den Kopf hinein.

Er war wach und hatte den Blick starr nach oben gerichtet. Die Bettdecke wölbte sich über seinem Bauch, und die Arme hatte er stocksteif an den Rumpf angelegt, als fürchtete er, sich in dem Gewirr von Drähten und Schläuchen zu verheddern.

»Hallo«, sagte sie leise.

Er sah sie an. »Hallo«, erwiderte er krächzend.

»Können Sie Besuch gebrauchen?«

Statt einer Antwort klopfte er mit der flachen Hand auf die Matratze; eine Aufforderung, sich zu ihm zu setzen. Bei ihm zu bleiben.

Sie zog einen Stuhl heran und setzte sich zu ihm ans Bett. Er hatte den Blick wieder gehoben, jedoch nicht zur Decke, wie sie zuerst gedacht hatte, sondern zu einem Monitor, der in der Zimmerecke befestigt war. Eine EKG-Kurve pulste über den Schirm.

»Das da ist mein Herz«, sagte er. Er war noch heiser von dem Tubus, und seine Worte waren kaum mehr als ein Flüstern.

»Sieht so aus, als ob es wieder hübsch regelmäßig tickt«, sagte sie.

»Ja.« Eine Stille trat ein, während er weiter den Monitor fixierte.

Sie sah den Blumenstrauß, den sie am Morgen für ihn bestellt hatte, auf dem Nachttisch stehen. Es war die einzige Vase im Zimmer. Hatte denn niemand sonst daran gedacht, ihm Blumen zu schicken? Nicht einmal seine Frau?

»Ich habe Diane gestern getroffen«, sagte sie.

Er warf ihr einen flüchtigen Blick zu und wandte sich gleich wieder ab, allerdings nicht so schnell, dass ihr der resignierte Ausdruck in seinen Augen entgangen wäre.

»Sie hat Ihnen wohl nichts davon erzählt.«

Er zuckte mit den Achseln. »Sie war heute noch nicht hier.«

»Oh. Na, dann schaut sie sicher später noch rein.«

»Weiß der Teufel.«

Seine Antwort verblüffte sie. Vielleicht hatte er sich auch selbst damit überrascht, denn er lief ganz rot an.

»Das hätte ich nicht sagen sollen«, meinte er entschuldigend.

»Sie müssen bei mir kein Blatt vor den Mund nehmen.«

Er blickte wieder zum Monitor auf und seufzte. »Also gut. Es ist beschissen.«

»Was ist beschissen?«

»Alles. Schauen Sie mich doch an – mein ganzes Leben lang hab ich immer alles getan, was von mir verlangt wurde. Hab das Geld nach Hause gebracht. Der Kleinen alles gegeben, was sie wollte. Mich nie bestechen lassen, nicht ein einziges Mal. Und dann bin ich plötzlich vierundfünfzig, und zack! – lässt die alte Pumpe mich im Stich. Und ich liege auf dem Rücken und denke mir: *Was habe ich denn nun da-*

von gehabt, verdammt noch mal? Ich halte mich immer brav an die Regeln, und was kriege ich dafür? Eine nichtsnutzige Tochter, die immer noch ihren Daddy anpumpt, wenn sie mal klamm ist. Und eine Frau, die sich ständig mit allem, was die Apotheke so zu bieten hat, die Birne zudröhnt. Gegen Prinz Valium kann ich nun mal nicht anstinken. Ich bin ja bloß der Trottel, der dafür sorgt, dass sie ein Dach überm Kopf hat, und der die Rechnungen für ihre ganzen Medikamente bezahlt.« Er lachte auf – ein resigniertes, verbittertes Lachen.

»Warum sind Sie immer noch verheiratet?«

»Was wäre denn die Alternative?«

»Als Single leben.«

»Allein leben, meinen Sie.« Er betonte das Wort *allein*, als ob das die schlechteste Alternative von allen sei. Manche Menschen hoffen auf das Beste, wenn sie eine Entscheidung treffen, aber Korsak hatte sich für etwas entschieden, nur um etwas anderes zu vermeiden, was er für noch schlimmer hielt. Sein Blick wurde wieder von der Aufzeichnung seines Herzschlags angezogen, der zuckenden grünen Linie, dem Symbol seiner Sterblichkeit. Unglückliche oder glückliche Entscheidungen, alles hatte nur zu diesem Augenblick hingeführt, zu diesem Krankenzimmer, wo Angst vor der Zukunft und Reue über Versäumtes sich die Waage hielten.

Und wo werde ich sein, wenn ich so alt bin?, fragte sie sich. Werde ich auch in einem Krankenbett liegen und zur Decke starren? Die Entscheidungen bedauern, die ich getroffen habe, und den Möglichkeiten nachweinen, die ich nie ergriffen habe? Sie dachte an ihre stille Wohnung mit den kahlen Wänden, dem einsamen Bett. War ihr Leben denn so viel besser als Korsaks?

»Ich habe ständig Angst, dass es aufhören könnte«, sagte er. »Dass es plötzlich eine flache Linie anzeigt, verstehen Sie? Da würde ich wirklich die Panik kriegen.«

»Dann schauen Sie eben nicht hin.«

»Aber wenn ich nicht hinschaue, wer passt denn dann darauf auf?«

»Die Schwestern draußen in der Station haben doch alles ständig im Auge. Die haben dort auch ihre Monitore, wissen Sie.«

»Aber schauen sie auch wirklich *hin*? Oder machen sie sich einfach nur einen faulen Lenz und schwatzen über Klamotten und Männer und so? Ich meine, das ist schließlich mein Herz da oben, verdammt noch mal.«

»Sie haben noch ihre Alarmsysteme. Bei der kleinsten Unregelmäßigkeit fangen die Apparate an zu piepsen.«

Er sah sie fragend an. »Sind Sie sicher?«

»Vertrauen Sie mir etwa nicht?«

»Ich weiß nicht.«

Für ein paar Sekunden trafen sich ihre Blicke, und sie wurde plötzlich von Scham überwältigt. Sie konnte wirklich nicht erwarten, dass er ihr vertraute – nicht nach den Ereignissen auf dem Friedhof. Das Bild verfolgte sie immer noch: Korsak, schwer angeschlagen am Boden liegend, allein und verlassen in der Dunkelheit. Und sie, die sie nichts als ihre Verfolgungsjagd im Kopf gehabt hatte und für alles andere blind gewesen war. Sie konnte ihm nicht in die Augen schauen, und so senkte sie den Blick auf seinen massigen, mit Pflastern und Infusionsschläuchen übersäten Arm.

»Es tut mir so Leid«, sagte sie. »Mein Gott, es tut mir wirklich Leid.«

»Was denn?«

»Dass ich mich nicht nach Ihnen umgesehen habe.«

»Wovon reden Sie eigentlich?«

»Erinnern Sie sich denn nicht?«

Er schüttelte den Kopf.

Sie verstummte, als ihr klar wurde, dass er wirklich keine Erinnerung an den Vorfall hatte. Dass sie einfach nur den Mund halten müsste und so verhindern könnte, dass er je erfuhr, wie sie ihn im Stich gelassen hatte. Schweigen wäre ein bequemer Ausweg gewesen, aber sie wusste genau, dass sie nicht mit dieser Last leben konnte.

»Was ist Ihnen von dieser Nacht auf dem Friedhof noch im Gedächtnis geblieben?«, fragte sie. »Was ist das Letzte, woran Sie sich erinnern?«

»Das Letzte? Ich bin gerannt. Ich glaube, wir sind beide gerannt, oder? Wir waren hinter diesem Kerl her.«

»Und was noch?«

»Ich weiß noch, dass ich stinksauer war.«

»Wieso?«

Er schnaubte verächtlich. »Weil ich nicht mal mit einem Mädel mithalten konnte.«

»Und danach?«

Er zuckte mit den Achseln. »Das ist alles. Das ist das Letzte, woran ich mich erinnern kann. Bis mir dann die Schwestern diesen gottverdammten Schlauch in den Hals ...« Er brach ab. »Da war ich aber hellwach, das können Sie mir glauben. Und das hab ich die auch wissen lassen.«

Es war eine Weile still, während Korsak mit zusammengebissenen Zähnen den EKG-Bildschirm anstarrte. Dann stieß er angewidert hervor: »Ich glaube, ich habe den Zugriff vermasselt.«

Sie war vollkommen verblüfft. »Korsak ...«

»Schauen Sie mich doch an.« Er wedelte mit der Hand über seinen prallen Wanst. »Als ob ich einen Basketball verschluckt hätte. So sieht das doch aus. Oder als ob ich im fünfzehnten Monat schwanger wäre. Kann nicht mal mehr mit einem Mädel mithalten. Früher war ich ganz schön schnell, ob Sie's glauben oder nicht. Hatte mal 'ne Figur wie ein Rennpferd. Ganz anders als jetzt. Sie müssten mich mal sehen, wie ich damals ausgeschaut habe. Da würden Sie mich gar nicht wiedererkennen. Sicher glauben Sie mir von all dem kein Wort, wie? Weil Sie mich nur so sehen, wie ich jetzt bin. Ein Wrack, zu nichts mehr zu gebrauchen. Ich rauche zu viel, esse zu viel ...«

Trinke zu viel, ergänzte sie im Stillen.

»...bloß ein hässlicher alter Fettsack.« Er klatschte sich verärgert auf den Bauch.

»Korsak, hören Sie mich an. Ich bin diejenige, die es vermasselt hat, nicht Sie.«

Er sah sie ehrlich verwirrt an.

»Auf dem Friedhof. Wir sind beide gerannt. Wir waren hinter dem Täter her – wie wir glaubten. Sie waren direkt hinter mir. Ich habe Sie schnaufen hören, Sie hatten Mühe, mir zu folgen.«

»Sie müssen ja nicht auch noch darauf rumreiten.«

»Und dann waren Sie plötzlich nicht mehr da. Sie waren einfach weg. Aber ich bin immer weitergelaufen, und dabei war es die reinste Zeitverschwendung. Es war nämlich nicht der Täter, sondern Agent Dean, der das Gelände erkundete. Der Täter war längst über alle Berge. Wir sind hinter einem Phantom hergejagt, Korsak. Einem Schatten in der Dunkelheit. Das war alles.«

Er schwieg. Wartete auf das Ende der Geschichte.

Sie zwang sich, fortzufahren. »In diesem Moment hätte ich unbedingt nach Ihnen suchen müssen. Ich hätte merken müssen, dass Sie zurückgeblieben waren. Aber es ging plötzlich alles drunter und drüber. Und ich habe nicht nachgedacht. Ich habe mir einfach nicht die Zeit genommen, mal zu überlegen, wo Sie eigentlich abgeblieben waren...« Sie seufzte. »Ich weiß nicht, wie lange es gedauert hat, bis es mir endlich eingefallen ist. Vielleicht waren es nur ein paar Minuten. Aber ich denke – ich fürchte –, es hat viel länger gedauert. Und die ganze Zeit haben Sie dort hinter einem der Grabsteine gelegen. Ich habe so lange gebraucht, bis ich mich endlich auf die Suche nach Ihnen gemacht habe. Ich hatte Sie schlichtweg vergessen.«

Wieder schwiegen sie beide. Sie fragte sich, ob er überhaupt registriert hatte, was sie gesagt hatte, denn nun begann er mit seinem Tropf herumzuhantieren, die verschlungenen Schläuche zu entwirren. Es war, als ob er es um jeden Preis vermeiden wollte, sie anzusehen, und sich deshalb krampfhaft auf etwas anderes konzentrierte.

»Korsak?«

»Ja.«

»Haben Sie denn nichts dazu zu sagen?«

»Doch. Vergessen Sie's. Mehr habe ich dazu nicht zu sagen.«

»Ich komme mir so beschissen vor.«

»Wieso? Weil Sie Ihren Job gemacht haben?«

»Weil ich besser auf meinen Partner hätte Acht geben sollen.«

»*Ich* und Ihr Partner?«

»In dieser Nacht waren Sie mein Partner.«

Er lachte. »In dieser Nacht war ich ein verdammtes Sicherheitsrisiko und eine Belastung. Ein Zweitonnengewicht an Ihrem Bein. Da machen Sie sich weiß Gott was für Vorwürfe, weil Sie nicht auf mich aufgepasst haben. Und ich habe die ganze Zeit nur hier gelegen und mich schwarz geärgert, weil ich im Dienst versagt habe. Na ja, eigentlich war es mein Herz, das versagt hat, aber ... Und nun liege ich hier rum und denke über die ganzen plumpen Lügen nach, die ich mir selbst andauernd auftische. Sehen Sie diese Wampe?« Wieder schlug er sich mit der flachen Hand auf den Bauch. »Die sollte einfach so verschwinden. Ja, das habe ich wirklich geglaubt. Dass ich eines schönen Tages eine Diät machen und mich von diesem Rettungsring befreien würde. Aber stattdessen habe ich mir einfach immer weitere Hosen gekauft. Und mir eingeredet, dass die Hersteller wohl irgendwie an den Konfektionsgrößen rummanipuliert hätten. In ein, zwei Jahren muss ich vielleicht auf Clownshosen umsteigen. Zweimannzelte zum Anziehen. Und den ärztlichen Eignungstest würde ich auch mit einer Tonne Entwässerungspillen und Abführmittel nicht mehr bestehen.«

»Haben Sie das wirklich getan? Pillen geschluckt, um den Eignungstest zu bestehen?«

»Dazu sage ich jetzt gar nichts. Ich will Ihnen nur klar machen, dass diese Geschichte mit meinem Herz nicht von ungefähr kommt. Es ist nicht so, als hätte ich nicht gewusst, dass so was passieren könnte. Aber jetzt, wo es passiert *ist*, kotzt es mich einfach nur an.« Er stieß ein verärgertes Grunzen aus. Dann ging sein Blick wieder zum Monitor, der plötzlich einen beschleunigten Herzschlag anzeigte. »Jetzt hab ich es wieder mal geschafft, die Pumpe in Wallung zu bringen.«

Sie betrachteten eine Weile schweigend das Dauer-EKG und warteten darauf, dass Korsaks Herzschlag sich wieder verlangsamte. Sie hatte dem unermüdlich pumpenden Muskel in ihrer eigenen Brust nie viel Beachtung geschenkt, doch während sie die pulsierende Linie beobachtete, die Korsaks Herzschlag aufzeichnete, nahm sie auch ihren eigenen Puls plötzlich ganz bewusst wahr. Sie hatte das Schlagen ihres Herzens immer als etwas Selbstverständliches betrachtet, und nun versuchte sie sich vorzustellen, was es für ein Gefühl wäre, so gebannt auf jeden Schlag zu horchen, in ständiger Angst, dass der nächste ausbleiben könnte. Dass der Rhythmus des Lebens in ihrer Brust plötzlich verstummen könnte.

Sie sah Korsak an, der immer noch regungslos dalag, den Blick auf den Bildschirm geheftet, und sie dachte: Er ist nicht nur wütend; er hat panische Angst.

Plötzlich setzte er sich ruckartig auf. Seine Hand fuhr an die Brust, seine Augen weiteten sich vor Angst. »Rufen Sie die Schwester! Rufen Sie die Schwester!«

»Was? Was haben Sie denn?«

»Hören Sie denn nicht das Alarmsignal? Das ist mein Herz…«

»Korsak, das ist bloß mein Beeper.«

»Was?«

Sie löste das Gerät von ihrem Gürtel und stellte den Piepston ab. Dann hielt sie ihm den Beeper so hin, dass er die angezeigte Telefonnummer sehen konnte. »Sehen Sie? Es ist nicht Ihr Herz.«

Er sank auf das Kissen zurück. »Herrgott. Schaffen Sie mir das Ding hier raus. Ich hätte vor Schreck fast einen Herzinfarkt bekommen.«

»Kann ich dieses Telefon hier benutzen?«

Er lag da, die Hand immer noch vor die Brust geschlagen, ganz kraftlos nach dem überstandenen Schrecken. »Ja, ja. Von mir aus.«

Sie nahm den Hörer ab und wählte.

Eine wohlbekannte rauchige Stimme meldete sich. »Institut für Rechtsmedizin, Dr. Isles.«

»Rizzoli.«

»Detective Frost und ich sehen uns gerade einen Satz Röntgenaufnahmen von einem Gebiss auf meinem Computer an. Wir sind die Liste von vermissten Frauen aus der Region Neuengland durchgegangen, die das NCIC uns geschickt hat. Diese Datei hat mir die Staatspolizei von Maine gemailt.«

»Um welchen Fall handelte es sich?«

»Mord und Entführung, begangen am 2. Juni dieses Jahres. Das Mordopfer war ein gewisser Kenneth Waite, sechsunddreißig. Die Entführte war seine Frau Marla Jean, vierunddreißig. Was ich hier auf dem Bildschirm habe, sind Röntgenaufnahmen von Marla Jeans Kiefer.«

»Wir haben die rachitische Frau identifiziert?«

»Es passt alles zusammen«, antwortete Isles. »Ihr Mädchen hat jetzt einen Namen: Marla Jean White. Sie faxen uns gerade die Unterlagen zu.«

»Moment mal. Sagten Sie, der Mord und die Entführung hätten sich in Maine ereignet?«

»In einer Stadt namens Blue Hill. Frost sagt, er sei schon mal dort gewesen. Es ist eine Fahrt von etwa fünf Stunden.«

»Unser Täter hat ein ausgedehnteres Jagdrevier, als wir dachten.«

»Bleiben Sie dran, Frost möchte mit Ihnen sprechen.«

Gleich darauf hörte sie Frosts muntere Stimme: »He, haben Sie schon mal ein Hummersandwich gegessen?«

»Was?«

»Wir könnten uns unterwegs ein Hummersandwich genehmigen. Ich kenne da eine ganz tolle Bude in Lincolnville Beach. Wenn wir morgen früh um acht losfahren, können wir rechtzeitig zum Lunch dort sein. Nehmen wir mein Auto oder Ihres?«

»Wir können meins nehmen.« Sie zögerte, konnte sich jedoch nicht verkneifen hinzuzufügen: »Dean wird vermutlich mitfahren wollen.«

Am anderen Ende war es zunächst still. »Okay«, sagte Frost schließlich. Er klang nicht begeistert. »Wenn Sie meinen.«

»Ich rufe ihn an.«

Als sie auflegte, spürte sie Korsaks Blick auf sich ruhen.

»Mr. FBI gehört jetzt also zum Team«, sagte er.

Sie ignorierte seine Bemerkung und wählte Deans Handynummer.

»Seit wann eigentlich?«

»Er ist lediglich eine zusätzliche Kraft.«

»So haben Sie aber anfangs nicht über ihn gedacht.«

»Wir hatten seither Gelegenheit zur Zusammenarbeit.«

»Sagen Sie nichts – ich kann's mir schon denken. Sie haben eine andere *Seite* an ihm entdeckt.«

Sie brachte ihn mit einer Handbewegung zum Schweigen, während die Verbindung hergestellt wurde. Doch Dean meldete sich nicht. Stattdessen bekam sie eine Tonbandansage zu hören: »Der Teilnehmer ist im Moment nicht erreichbar.«

Sie legte auf und sah Korsak an. »Gibt es irgendein Problem?«

»Sie sind diejenige, die ein Problem zu haben scheint. Da kriegen Sie eine neue Spur, und das Erste, was Sie tun, ist, dass Sie Ihren neuen Freund vom FBI anrufen. Was geht denn da vor?«

»Gar nichts.«

»Das sehe ich aber anders.«

Ihr Gesicht glühte. Sie sagte ihm nicht die Wahrheit, und das wusste sie so gut wie er. Als sie Deans Handynummer gewählt hatte, war ihr nicht entgangen, wie ihr Puls sich beschleunigt hatte, und sie wusste sehr wohl, was das bedeutete. Sie war wie eine Fixerin, die nach dem nächsten Schuss giert, und wie unter Zwang wählte sie nun die Nummer von Deans Hotel. Weil sie Korsaks giftige Blicke nicht länger ertragen konnte, wandte sie sich ab und sah aus dem Fenster, während es am anderen Ende läutete.

»Hotel Colonnade.«

»Könnten Sie mich bitte mit einem Ihrer Gäste verbinden? Sein Name ist Gabriel Dean.«

»Einen Moment bitte.«

Während sie wartete, suchte sie krampfhaft nach den Worten, die sie ihm sagen würde, nach dem angemessenen Ton. Ruhig und überlegt. Geschäftsmäßig. *Eine Polizistin. Du bist eine Polizistin.*

»Tut mir Leid«, meldete sich die Stimme am anderen Ende. »Mr. Dean ist nicht mehr Gast bei uns.«

Rizzoli runzelte die Stirn, und ihre Finger schlossen sich fester um den Hörer. »Hat er eine Nummer hinterlassen, unter der er zu erreichen ist?«

»Hier ist keine aufgeführt.«

Rizzoli starrte aus dem Fenster in die untergehende Sonne und fühlte sich plötzlich wie benommen. »Wann ist er abgereist?«, fragte sie.

»Vor einer Stunde.«

20

Rizzoli schloss die Mappe mit den Unterlagen, die ihnen die Staatspolizei von Maine gefaxt hatte, und blickte aus dem Fenster, wo endlose Wälder vorüberzogen und nur hier und da ein weißes Farmgebäude zwischen den Bäumen hervorblitzte. Vom Lesen im Auto wurde ihr regelmäßig schlecht, und die genauen Umstände von Marla Jean Waites Verschwinden verstärkten ihr Unbehagen. Der Imbiss, den sie unterwegs gegessen hatten, machte die Sache nur noch schlimmer. Frost hatte unbedingt an einer der Buden entlang der Straße Halt machen wollen, um die Hummersandwiches zu probieren, und obwohl das Essen ihr nicht schlecht geschmeckt hatte, lag ihr die Mayonnaise jetzt ziemlich schwer im Magen. Sie blickte stur geradeaus und wartete, bis die Übelkeit sich gelegt hatte. Frosts ruhiger und besonnener Fahrstil war immerhin ein Segen; er fuhr ein gleichmäßiges Tempo und machte keine plötzlichen Schlenker oder Bremsmanöver. Sie hatte seine bisweilen geradezu monotone Verlässlichkeit immer zu schätzen gewusst, aber noch nie so sehr wie in diesem Moment, da sie selbst so aufgewühlt war.

Allmählich fühlte sie sich etwas besser, und nun begann sie auch die Schönheit der Landschaft zu registrieren, durch die sie fuhren. Sie war noch nie so weit nach Maine hineingefahren; noch nie weiter nördlich als bis Old Orchard Beach, wo sie einmal mit der ganzen Familie in den Sommerferien gewesen waren. Janie war damals zehn Jahre alt gewesen. Sie erinnerte sich an die Uferpromenade und die Karussells, an blaue Zuckerwatte und Maiskolben mit Butter. Und sie erinnerte sich daran, wie sie ins Meer gegangen war, obwohl das Wasser so kalt gewesen war, dass es ihre Beine wie spitze Eiszapfen bis auf die Knochen durchbohrt hatte. Aber sie war immer weiter gewatet, gerade weil ihre Mutter sie davor gewarnt hatte. »Das Wasser ist viel zu kalt für dich«, hatte Angela ihr nachgerufen. »Bleib hier auf dem Sand, der ist schön warm.« Und dann hatten Janes Brüder sich eingemischt: »Ja, geh nur ja nicht rein, Janie, sonst frierst du dir noch deine hässlichen Hühnerbeine ab!« Sie war natürlich trotzdem gegangen – mit grimmiger Miene war sie über den Strand auf die schäumenden Wellen zuge-stapft und hatte erschrocken die Luft angehalten, als das kalte Wasser ihre Haut berührt hatte. Aber es war nicht die beißende Kälte des Wassers, an die sie sich jetzt, nach all den Jahren, erinnerte, es waren vielmehr die Blicke ihrer Brüder, die sie siedend heiß im Rücken gespürt hatte, ihr Spott, der sie weiter und weiter in die atemberaubende Kälte hinaus-getrieben hatte. Und so war sie weitermarschiert, bis das Wasser ihr an die Knie gereicht hatte, dann bis zur Hüfte und schließlich bis zu den Schultern, und sie war nicht ein ein-ziges Mal stehen geblieben, hatte nicht eine Sekunde gezau-dert. Sie hatte sich überwunden, weil es nicht der Schmerz war, den sie am meisten fürchtete, sondern die Demütigung.

Jetzt lag Old Orchard Beach hundertfünfzig Kilometer hin-ter ihnen, und was sie durch das Fenster erblickte, hatte mit dem Maine ihrer Kindheit wenig gemeinsam. So weit nörd-lich gab es keine Uferpromenaden oder Karussells mehr; stattdessen sah sie nur Bäume und grüne Wiesen und hier und da eine kleine Siedlung, die sich um einen weißen Kirchturm herum gruppierte.

»Alice und ich, wir kommen jeden Juli hierher«, sagte Frost.

»Ich bin hier noch nie gewesen.«

»Noch nie?« Der verblüffte Blick, den er ihr zuwarf, är-gerte sie. Ein Blick, der sagte: *Wo sind Sie denn überhaupt gewesen?*

»Hatte nie einen Grund dazu«, sagte sie.

»Alices Familie hat ein Sommercamp auf der Little Deer Isle; da machen wir immer Urlaub.«

»Komisch, ich hätte nicht gedacht, dass Alice sich fürs Camping begeistern kann.«

»Ach, sie sagen ja nur ›Camp‹ dazu, in Wirklichkeit ist es ein richtiges Haus mit Bad und fließend heißem Wasser.« Frost lachte. »Alice würde sich bedanken, wenn sie zum Pinkeln in den Wald gehen müsste.«

»Nur Tiere sollten in den Wald pinkeln müssen.«

»Ich mag Wälder. Wenn ich hier oben leben könnte, ich würde keine Sekunde zögern.«

»Und auf die ganzen Annehmlichkeiten der Großstadt verzichten?«

Frost schüttelte den Kopf. »Ich sage Ihnen, worauf ich liebend gerne verzichten würde. Auf die ganzen schlechten Seiten der Stadt. Auf all die Sachen, bei denen man sich einfach nur noch fragt, was eigentlich in die Leute gefahren ist.«

»Glauben Sie wirklich, dass es hier oben besser ist?«

Er schwieg und blickte geradeaus auf die Straße, während links und rechts die Bäume vorüberzogen wie ein endloser grüner Wandteppich.

»Nein«, antwortete er schließlich. »Das ist ja der Grund, weshalb wir hier sind.«

Sie blickte aus dem Fenster und dachte: Der Täter ist auch hier entlanggefahren. Der Dominator, auf der Suche nach Beute. Vielleicht hatte er ebendiese Straße genommen, hatte dieselben Bäume gesehen, vielleicht sogar an derselben Bude am Straßenrand Rast gemacht und ein Hummersandwich gegessen. Mörder gibt es nicht nur in der Großstadt. Manche streifen übers Land oder durch die Straßen der Kleinstädte, wo die Nachbarn einander noch trauen und Haustüren oft unverschlossen sind. Hatte er hier nur Urlaub gemacht und dabei zufällig eine Gelegenheit erspäht, die er sich nicht entgehen lassen konnte? Auch Mörder machen mal Ferien. Sie fahren aufs Land hinaus und genießen den Duft des Meeres, so wie alle anderen. Sie sind nun einmal Menschen aus Fleisch und Blut.

Durch die Bäume konnte sie schon ab und zu das Meer sehen, die Granitfelsen der Küste. Ein wildromantischer Anblick, den sie besser hätte genießen können, wenn sie nicht gewusst hätte, dass der Täter auch hier gewesen war.

Frost verlangsamte die Fahrt und spähte suchend durch die Windschutzscheibe. »Haben wir die Abzweigung verpasst?«

»Welche Abzweigung?«

»Wir hätten an der Cranberry Ridge Road rechts abbiegen sollen.«

»Ich habe nichts gesehen.«

»Wir fahren schon viel zu lange auf dieser Straße. Die Abzweigung hätte längst kommen müssen.«

»Wir sind jetzt schon spät dran.«

»Ich weiß, ich weiß.«

»Besser, wir rufen gleich Gorman an. Und erzählen ihm, dass die zwei Trottel aus der Großstadt sich im Wald verirrt haben.« Sie klappte ihr Handy auf und runzelte die Stirn, als sie das schwache Netzsignal sah. »Glauben Sie, dass wir von hier draußen seinen Beeper erreichen können?«

»Moment mal«, sagte Frost. »Ich glaube, wir haben noch mal Glück gehabt.«

Ein Wagen mit dem Kennzeichen der Maine State Police parkte in einiger Entfernung vor ihnen am Straßenrand. Als sie auf gleicher Höhe waren, hielt Frost an, und Rizzoli drehte ihr Fenster herunter, um mit dem Fahrer zu sprechen.

Noch bevor sie sich vorstellen konnte, rief der Mann ihnen zu: »Sind Sie vielleicht vom Boston P. D.?«

»Wie haben Sie das erraten?«, fragte sie.

»Ich habe Ihr Nummernschild gesehen. Hatte mir schon gedacht, dass Sie sich verfahren würden.«

»Rizzoli und Frost. Wir wollten Sie eben anpiepsen, um Sie nach dem Weg zu fragen.«

»Das Handy nützt Ihnen herzlich wenig hier in der Senke. Ist ein Funkloch. Fahren Sie doch einfach hinter mir her den Berg hoch.« Er ließ seinen Wagen an.

Ohne Gorman als Führer hätten sie Cranberry Ridge nie gefunden. Es war lediglich ein ungeteerter Waldweg, der mit einem an einen Pfosten genagelten Holzschild als *Feuerwehr-Zufahrtsweg 24* gekennzeichnet war. Sie holperten über Furchen und Rinnen, durch einen dichten Tunnel aus Bäumen, der jegliche Aussicht versperrte. Der Weg wand sich in Serpentinen bergan. Endlich tauchten sie aus dem Wald auf, und im gleißenden Sonnenlicht erblickten sie einen in Terrassen angelegten Garten und eine grüne Wiese, die sanft zu einem großen Haus hoch oben auf dem Hügel anstieg. Der Anblick verblüffte Frost derart, dass er abrupt auf die Bremse trat. Beide sahen sich staunend um.

»Das würde man nie denken, wenn man unten vorbeifährt«, sagte er. »Da sieht man nur diesen popeligen Waldweg und meint, der führt bloß zu einer Hütte oder einem Wohnwagen, wo irgendein Penner haust. Aber so was – niemals.«

»Vielleicht ist das genau der Zweck dieses popeligen Waldwegs.«

»Sich den Pöbel vom Hals zu halten?«

»Ja. Hat bloß leider nicht funktioniert, wie?«

Als sie hinter Gormans Wagen parkten, war er bereits ausgestiegen und wartete in der Auffahrt, um sie zu begrüßen. Wie Frost trug er einen Anzug, aber seiner schien etwas zu weit, so als hätte er einiges an Gewicht verloren, seit er ihn gekauft hatte. Auch sein fahlgelber Teint und seine schlaffe Gesichtshaut schienen auf eine jüngst überstandene Krankheit hinzudeuten.

Er übergab Rizzoli einen Aktenordner und eine Videokassette. »Das Tatortvideo«, erklärte er. »Die restlichen Akten kopieren wir Ihnen noch. Einen Teil habe ich im Kofferraum – die können Sie nachher gleich mitnehmen.«

»Dr. Isles wird Ihnen den abschließenden Bericht über die Untersuchung des Leichnams zuschicken«, sagte Rizzoli.

»Todesursache?«

Sie schüttelte den Kopf. »Lässt sich nicht mehr feststellen. Zu stark skelettiert.«

Gorman seufzte und blickte zum Haus hinüber. »Nun ja, wenigstens wissen wir jetzt, wo Marla Jean abgeblieben ist. Das hätte mir fast den Verstand geraubt.« Er deutete auf das Haus. »Da drin gibt's nicht mehr viel zu sehen. Der Reinigungstrupp war schon da. Aber Sie hatten ja darum gebeten, es zu sehen.«

»Wer wohnt jetzt hier?«, fragte Frost.

»Niemand – seit dem Mord.«

»Eine Schande, dass so ein schönes Haus leer steht.«

»Es hängt immer noch beim Nachlassgericht. Selbst wenn sie es auf den Markt bringen könnten, wäre es schwierig, einen Käufer dafür zu finden.«

Sie stiegen die Stufen zur Veranda hoch, wo sich das vom Wind verwehte Laub angehäuft hatte und Kübel mit verwelkten Geranien am Dachvorsprung hingen. Augenscheinlich hatte hier seit Wochen niemand mehr gekehrt oder die Blumen gegossen, und eine Atmosphäre der Verwahrlosung hatte sich bereits wie Spinnweben über das Anwesen gelegt.

»Ich bin seit Juli nicht mehr hier gewesen«, sagte Gorman, während er einen Schlüsselring aus der Tasche zog und den passenden Schlüssel heraussuchte. »Ich bin erst seit letzter Woche wieder im Dienst, und noch immer nicht wieder ganz auf dem Damm. Ich kann's Ihnen sagen: So eine Hepatitis schlaucht einen ganz schön. Dabei hatte ich bloß die harmlosere Variante, Hepatitis A. Wird mich wenigstens nicht umbringen…« Er sah seine Besucher von der Seite an. »Ich gebe Ihnen einen guten Rat: Essen Sie nie Meeresfrüchte in Mexiko.«

Endlich hatte er den richtigen Schlüssel gefunden und sperrte die Haustür auf. Beim Eintreten schlug Rizzoli der Geruch von frischer Farbe und Bohnerwachs entgegen. Ein blitzblank geputztes Haus – und ein verlassenes, dachte sie, als sie die gespenstischen Formen der mit Tüchern verhängten Möbel im Wohnzimmer erblickte. Die weißen Eichendielen glänzten wie polierte Spiegel, und durch das Panoramafenster fiel strahlendes Sonnenlicht herein. Das Haus auf dem Gipfel des Hügels thronte frei über der klaustrophobischen Enge des Waldes, und der Blick reichte ungehindert bis zur Bucht von Blue Hill. Ein Düsenjet zog einen weißen Strich über den blauen Himmel, und unter ihnen riss ein Boot eine Furche in die stille Meeresoberfläche. Rizzoli stand einen Augenblick lang schweigend da und ließ die Aussicht auf sich wirken, die Marla Jean Waite ebenfalls genossen haben musste.

»Erzählen Sie uns etwas über diese Leute«, sagte sie.

»Haben Sie die Akte gelesen, die ich Ihnen gefaxt habe?«

»Ja. Aber ich habe kein Gefühl dafür bekommen, was das für Menschen waren. Was in ihnen vorging.«

»Können wir das je wirklich wissen?«

Sie drehte sich zu ihm um, und jetzt fiel ihr der leichte Gelbstich in seinen Augen auf. Die Nachmittagssonne schien seine kränkliche Gesichtsfarbe noch stärker hervorzuheben. »Fangen wir mit Kenneth an. Er war doch derjenige mit dem Geld, nicht wahr?«

Gorman nickte. »Er war ein Arschloch.«

»Darüber habe ich in dem Bericht aber nichts gelesen.«

»Manches kann man in einem Bericht eben nicht schreiben. Aber in dem Punkt war sich die ganze Stadt so ziemlich einig. Wissen Sie, bei uns hier oben laufen eine ganze Menge von diesen Sprösslingen aus reichen Familien herum, so wie Kenny einer war. Blue Hill ist inzwischen *die* Adresse für wohlhabende Großstadtflüchtlinge aus Boston. Mit den meisten gibt es ja auch keine Probleme. Aber dann kommt immer mal wieder so ein Kenny Waite daher mit seinem Gehabe à la ›Wissen Sie überhaupt, wen Sie vor sich haben?‹ Ja, wir wussten allerdings, wen wir vor uns hatten. Einen reichen Flegel.«

»Wo kam das Geld her?«

»Von seinen Großeltern. Reederei, glaube ich. Mit Sicherheit hat Kenny es nicht selbst verdient. Aber ausgegeben hat er es umso lieber. Hatte eine nette kleine Hinckley-Jacht unten im Hafen liegen. Und ist immer zwischen hier und Boston hin- und hergerast mit seinem roten Ferrari. Bis sie ihm den Lappen weggenommen und die Karre beschlagnahmt haben. Zu viele Verwarnungen wegen Alkohol am Steuer.« Gorman schnaubte verächtlich. »Ich glaube, damit ist so ziemlich alles über Kenneth Waite III. gesagt. Viel Geld, wenig Hirn.«

»Was für eine Verschwendung«, sagte Frost.

»Haben Sie Kinder?«

Frost schüttelte den Kopf. »Noch nicht.«

»Wenn Sie sich einen Haufen nutzlose Blagen heranziehen wollen«, sagte Gorman, »dann müssen Sie ihnen nur einen schönen Batzen Geld in den Rachen schieben.«

»Und Marla Jean?«, fragte Rizzoli. Sie erinnerte sich an die sterblichen Überreste der rachitischen Frau auf dem Autopsietisch. Die verbogenen Schienbeine und das verformte Brustbein – Zeugen einer in Armut verbrachten Kindheit. »Sie war nicht immer reich. Habe ich Recht?«

Gorman nickte. »Sie ist in einer Bergarbeiterstadt unten in West Virginia aufgewachsen. Irgendwann im Sommer ist sie hierher gekommen, um als Bedienung zu jobben. So hat sie Kenny kennen gelernt. Ich glaube, er hat sie nur deswegen geheiratet, weil sie die Einzige war, die sich sein unmögliches Benehmen gefallen ließ. Aber ich hatte nicht den Eindruck, dass es eine glückliche Ehe war. Erst recht nicht nach dem Unfall.«

»Unfall?«

341

»Das war vor ein paar Jahren. Kenny saß am Steuer, wie üblich voll bis obenhin. Hat die Kiste um einen Baum gewickelt. Er hatte nicht mal einen Kratzer – der Glückspilz. Aber Marla Jean lag drei Monate im Krankenhaus.«

»Das muss der Unfall gewesen sein, bei dem sie sich den Oberschenkel gebrochen hat.«

»Wie?«

»Ihr Oberschenkelknochen war mit einem Nagel gerichtet. Und sie hatte zwei künstlich versteifte Wirbel.«

Gorman nickte. »Ich habe gehört, dass sie danach gehinkt hat. Eine echte Schande. Sie war nämlich wirklich eine attraktive Frau.«

Und hässlichen Frauen macht es ja nichts aus, wenn sie hinken, dachte Rizzoli, doch sie behielt den Gedanken für sich. Sie ging zu der Regalwand hinüber und betrachtete ein Foto, das ein Paar in Badekleidung zeigte. Sie standen an einem Strand, wo das türkisfarbene Wasser um ihre Knöchel spielte. Die Frau war sehr zierlich gebaut, fast wie ein Kind, mit dunkelbraunen Haaren, die ihr bis über die Schultern fielen. Unwillkürlich musste Rizzoli an die verfilzten Haare am Schädel der skelettierten Leiche denken. Der Mann war hellblond, mit einem beginnenden Rettungsring um die Hüften und Muskeln, die allmählich dem Wohlstandsspeck wichen. Sein Gesicht, das im Grunde nicht unattraktiv war, wurde durch die dümmlich-arrogante Miene entstellt, die er zur Schau trug.

»Die Ehe war also unglücklich?«, fragte Rizzoli.

»Das hat die Haushälterin mir erzählt. Nach dem Unfall wollte Marla Jean kaum noch verreisen. Weiter als bis Boston konnte Kenny sie nicht mehr mitschleppen. Aber er war es nun einmal gewohnt, jedes Jahr im Januar nach St. Barthelemy zu düsen, also hat er sie einfach hier zurückgelassen.«

»Allein?«

Gorman nickte. »Nett, nicht wahr? Sie hatte eine Haushälterin, die alles für sie erledigt hat – sie hat geputzt, sie zum Einkaufen gefahren, weil Marla Jean nicht gerne Auto gefahren ist. Ist ziemlich einsam hier oben, aber die Haushälterin hatte den Eindruck, dass Marla Jean glücklicher war, wenn Kenny nicht in der Nähe war.« Gorman schwieg eine Weile. »Ich muss zugeben, als wir Kenny fanden, ist mir der Gedanke durch den Kopf geschossen...«

»...dass Marla Jean es getan haben könnte«, ergänzte Rizzoli.

»Das ist immer die erste Möglichkeit, die man in Betracht zieht.« Er zog ein Taschentuch aus der Jackentasche und wischte sich den Schweiß von der Stirn. »Finden Sie es nicht sehr heiß hier?«

»Warm ist es schon.«

»Ich kann die Hitze in letzter Zeit nicht mehr so gut vertragen. Bin wohl immer noch ziemlich angeschlagen. Na ja, selber schuld – was muss ich auch in Mexiko Meeresfrüchte essen?«

Sie gingen zum anderen Ende des Wohnzimmers, vorbei an den gespenstischen Formen der abgedeckten Möbel und einem gewaltigen gemauerten Kamin mit einem sauber geschichteten Stapel Brennholz daneben. Genug, um das Feuer an einem kalten neuenglischen Winterabend in Gang zu halten. Gorman führte sie zu einer Stelle des Zimmers, wo nur das blanke Parkett und die weiß gestrichene Wand zu sehen waren. Rizzoli registrierte den frischen Anstrich, und sofort stellten sich ihr die Nackenhaare auf. Sie sah hinunter auf den Boden und entdeckte, dass die Eichendielen hier heller waren als anderswo im Zimmer – abgeschliffen und neu versiegelt. Aber Blutspuren ließen sich nicht so leicht auslöschen, und wenn sie das Zimmer abgedunkelt und die Stellen mit Luminol besprüht hätten, dann hätten sie gesehen, dass der Boden hier noch mit Blut getränkt war – so tief waren seine chemischen Spuren in die Ritzen und die Maserung des Holzes eingedrungen, dass nichts sie je vollständig auslöschen konnte.

»Kenny hat hier an der Wand gelehnt«, sagte Gorman und zeigte auf die frisch gestrichene Stelle. »Die Beine ausgestreckt, die Hände hinter dem Rücken. Hand- und Fußgelenke mit Klebeband gefesselt. Ein einziger Schnitt durch die Kehle, mit einer Art Rambo-Messer.«

»Keine anderen Wunden?«, fragte Rizzoli.

»Nur die am Hals. Sah aus wie eine Hinrichtung.«

»Tasernarben auf der Haut?«

Gorman zögerte. »Wissen Sie, er hatte schon rund zwei Tage hier gelegen, als die Haushälterin ihn fand. Und es waren zwei heiße Tage. Da hat seine Haut schon nicht mehr so taufrisch ausgesehen. Vom Geruch ganz zu schweigen. Kann schon sein, dass die Male übersehen wurden.«

»Haben Sie den Boden mal mit wechselnder Beleuchtung untersucht?«

»Es war alles voller Blut hier. Ich weiß nicht, ob wir da mit einem Luma-Lite irgendwas hätten entdecken können. Aber es ist alles auf dem Tatortvideo festgehalten.« Er sah sich im Zimmer um und entdeckte den Fernseher und den Videorekorder. »Vielleicht schauen wir es uns einfach mal an, wie wär's? Das dürfte die meisten Ihrer Fragen beantworten.«

Rizzoli ging zum Fernseher, schaltete die Geräte ein und schob die Kassette in den Videorekorder. Aus dem Fernseher plärrte der Home-Shopping-Kanal. Eine Stimme pries eine Zirkonium-Halskette für nur 99,95 Dollar an, die am Schwanenhals eines Models funkelte.

»Diese Dinger machen mich verrückt«, sagte Rizzoli, während sie mit zwei verschiedenen Fernbedienungen herumhantierte. »Ich habe es bis heute noch nicht geschafft, meinen zu programmieren.« Sie blickte sich Hilfe suchend zu Frost um.

»Mich dürfen Sie nicht fragen.«

Gorman seufzte und nahm die Fernbedienung. Das zirkoniumgeschmückte Model verschwand und wurde durch das Bild der Auffahrt des Waite-Hauses ersetzt. Der Wind, der über das Mikrofon pfiff, verzerrte die Stimme des Kameramanns, der sich als Detective Pardee identifizierte und Zeit, Datum und Ort nannte. Es war der zweite Juni, siebzehn Uhr, und es war ein stürmischer Tag; im Hintergrund wiegten die Bäume sich im Wind. Pardee richtete die Kamera auf das Haus und begann die Stufen hochzugehen. Das verwackelte Fernsehbild zeigte Töpfe mit blühenden Geranien – dieselben Blumen, die jetzt vertrocknet waren, weil niemand sie gegossen hatte. Eine Stimme war zu hören, die Pardee etwas zurief, worauf der Bildschirm für ein paar Sekunden dunkel wurde.

»Die Haustür war nicht verschlossen«, erklärte Gorman. »Die Haushälterin fand das nicht ungewöhnlich. Die Leute hier in der Gegend lassen ihre Türen oft unverschlossen. Sie nahm an, dass jemand zu Hause sei, weil Marla Jean so gut wie nie ausging. Sie klopfte an, aber es kam keine Antwort.«

Plötzlich tauchte ein neues Bild auf dem Schirm auf. Die Kamera filmte durch die offene Wohnzimmertür. Das war der Anblick, den die Haushälterin vorgefunden haben musste, als sie das Haus betrat. Als der Gestank ihr entgegenschlug und das Entsetzen sie überwältigte.

»Sie machte vielleicht einen Schritt ins Haus hinein«, sagte Gorman. »Sie sah Kenny an der Wand gegenüber lehnen. Und das ganze Blut. An viel mehr kann sie sich nicht erinnern. Sie wollte nur raus aus diesem Haus. Ist in ihr Auto gesprungen und aufs Gas gestiegen, dass die Reifen im Kies fast durchgedreht haben.«

Die Kamera rückte ins Zimmer vor, schwenkte über die Möbel und erfasste schließlich die Hauptperson: Kenneth Waite III., nur mit Boxershorts bekleidet, das Kinn auf die Brust gesunken. Der Leichnam war durch die einsetzende Verwesung stark aufgedunsen. Der mit Gas angefüllte Bauch spannte sich wie ein Ballon, und das Gesicht war so angeschwollen, dass es kaum noch etwas Menschliches an sich hatte. Aber es war nicht das Gesicht, auf das Rizzoli sich konzentrierte, es war der Gegenstand auf dem Schoß des Opfers, ein zierliches, zerbrechliches Objekt, das überhaupt nicht zum restlichen Bild zu passen schien.

»Für *das* da hatten wir keine Erklärung«, sagte Gorman. »Es schien mir eine Art symbolischer Gegenstand zu sein. So habe ich es jedenfalls eingestuft. Eine Art, sich über das Opfer lustig zu machen. ›Seht mich an, wie ich hier liege, an Händen und Füßen gefesselt und mit einer albernen Teetasse auf dem Schoß.‹ Genau das, was eine Frau mit ihrem Mann machen würde, um zu demonstrieren, wie sehr sie ihn verachtet.« Er seufzte. »In diesem Moment dachte ich jedenfalls, Marla Jean hätte es getan.«

Die Kamera schwenkte von dem Opfer weg und tastete den Flur entlang. Sie folgte den Spuren des Mörders in das Zimmer, in dem Kenny und Marla Jean geschlafen hatten. Das Bild wackelte, es erinnerte an den Schwindel erregenden Blick aus dem Bullauge eines Schiffs bei hoher See. An jeder Tür hielt der Kameramann an und machte einen kurzen Schwenk in das jeweilige Zimmer. Zuerst kam ein Bad, dann ein Gästeschlafzimmer. Mit jedem Schritt den Flur entlang beschleunigte sich Rizzolis Puls. Ohne es zu merken, war sie näher an den Fernseher herangetreten, als ob sie selbst an Pardees Stelle durch den langen Korridor ginge.

Plötzlich tauchte das Bild des Schlafzimmers auf dem Schirm auf. Fenster mit grünen Damastvorhängen. Eine Kommode und ein Kleiderschrank, beide weiß gestrichen, und die Tür des Wandschranks. Ein Himmelbett mit weit zurückgeschlagenen, fast heruntergerissenen Decken.

»Sie wurden im Schlaf überrascht«, sagte Gorman. »Kennys Magen war fast leer. Zum Zeitpunkt seiner Ermordung hatte er seit mindestens acht Stunden nichts mehr zu sich genommen.«

Rizzoli rückte noch näher an den Fernseher heran, ließ den Blick rasch über das Bild wandern. Jetzt schwenkte Pardee die Kamera wieder zum Flur.

»Spulen Sie zurück«, sagte sie zu Gorman.

»Wieso?«

»Gehen Sie einfach ein Stück zurück. Zu der ersten Einstellung des Schlafzimmers.«

Gorman hielt ihr die Fernbedienung hin. »Bitte sehr.«

Sie drückte auf *Rewind*, und das Band sirrte zurück. Sie waren wieder im Flur und steuerten mit Pardees Kamera das Schlafzimmer an. Wieder der Schwenk nach rechts, die langsame Kamerafahrt über die Kommode, den Kleiderschrank, die Tür des Wandschranks, dann das Bett. Frost stand jetzt neben ihr; er suchte dasselbe wie sie.

Sie drückte auf *Pause*. »Es ist nicht da.«

»Was ist nicht da?«, fragte Gorman.

»Das zusammengefaltete Nachthemd.« Sie drehte sich zu ihm um. »Haben Sie keins gefunden?«

»Ich wusste nicht, dass ich danach suchen sollte.«

»Es gehört zu den Erkennungsmerkmalen des Dominators. Er faltet das Nachthemd der Frau zusammen. Platziert es gut sichtbar im Schlafzimmer, als Zeichen dafür, dass er alles unter Kontrolle hat.«

»Wenn er es war, dann hat er hier darauf verzichtet.«

»Alles andere an diesem Fall deutet auf ihn hin. Das Klebeband, die Teetasse auf seinem Schoß. Die Position des männlichen Opfers.«

»Was Sie hier sehen, ist der Tatort, wie wir ihn vorgefunden haben.«

»Sind Sie sicher, dass vor der Aufnahme nichts entfernt wurde?«

Die Frage war nicht sehr taktvoll, und Gorman schien pikiert. »Nun, ich denke, es ist nicht *ausgeschlossen*, dass der erste Polizist, der am Tatort eintraf, ins Schlafzimmer marschiert ist und Sachen verlegt hat, nur um es für uns ein bisschen interessanter zu machen.«

Frost musste mal wieder sein diplomatisches Geschick unter Beweis stellen, um die Wogen zu glätten, die Rizzoli aufgewühlt hatte. »Es ist ja kaum anzunehmen, dass der Täter nach einer Checkliste vorgeht. Anscheinend ist er hier ein wenig vom Schema abgewichen.«

»Wenn es derselbe Typ ist«, meinte Gorman.

Rizzolis Blick ging vom Fernseher zu der Stelle an der Wand, wo Kenny gestorben und sein Leichnam in der Hitze langsam aufgequollen war. Sie dachte an die Yeagers und die Ghents, an Klebeband und schlafende Opfer, an das dichte Netz von Details, das diese verschiedenen Fälle so eng miteinander verknüpfte.

Aber hier in diesem Haus hat der Dominator einen Schritt ausgelassen. Er hat das Nachthemd nicht zusammengefaltet. Weil er und Hoyt damals noch kein Team waren.

Sie dachte an den Nachmittag zurück, als sie im Haus der Yeagers gestanden und Gail Yeagers Nachthemd angestarrt hatte, an das Frösteln, das sie überkommen hatte, als ihr die Parallele aufgegangen war.

Erst mit dem Yeager-Mord haben der Chirurg und der Dominator ihre Zusammenarbeit begonnen. Das war der Tag, an dem sie mich in ihr Spiel einbezogen – mit einem zusammengefalteten Nachthemd als Köder. Sogar vom Gefängnis aus hat der Chirurg es fertiggebracht, mir seine Visitenkarte zukommen zu lassen.

Sie blickte zu Gorman, der es sich auf einem der abgedeckten Sessel bequem gemacht hatte und sich erneut den Schweiß vom Gesicht wischte. Schon jetzt hatte der Lokaltermin ihn völlig ausgelaugt, und er schien zusehends blasser zu werden.

»Haben Sie keine Verdächtigen identifizieren können?«, fragte sie.

»Keinen, dem wir etwas anhängen konnten. Und das nach vier- oder fünfhundert Vernehmungen.«

»Und die Waites kannten Ihres Wissens weder die Yeagers noch die Ghents?«

»Diese Namen sind nie aufgetaucht. Hören Sie, Sie werden in ein oder zwei Tagen Kopien von allen unseren Akten bekommen. Dann können Sie unser ganzes Material noch einmal mit Ihren Unterlagen abgleichen.« Gorman faltete sein Taschentuch zusammen und steckte es wieder ein. »Vielleicht fragen Sie auch mal beim FBI nach«, fügte er hinzu. »Kann sein, dass die noch was Interessantes für Sie haben.«

Rizzoli sah ihn fragend an. »Das FBI?«

»Wir hatten einen VICAP-Bericht eingereicht; ist schon eine ganze Weile her. Daraufhin ist ein Agent von ihrer Abteilung für Verhaltensforschung bei uns aufgetaucht. Hat unsere Ermittlungen ein paar Wochen lang beobachtet und ist dann wieder nach Washington zurückgeflogen. Seitdem habe ich nie mehr irgendetwas von ihm gehört.«

Rizzoli und Frost tauschten viel sagende Blicke. Sie sah ihre eigene Verblüffung in seinen Augen gespiegelt.

Gorman erhob sich schwerfällig aus dem Sessel und zog den Schlüsselbund aus der Tasche; für ihn war der Termin offenbar beendet. Er war schon auf dem Weg zur Tür, als Rizzoli endlich ihre Stimme wiederfand. Und so stellte sie ihm die nahe liegende Frage – auch wenn sie die Antwort nicht wirklich hören wollte.

»Dieser FBI-Agent, der bei Ihnen aufgetaucht ist«, sagte sie. »Erinnern Sie sich noch an seinen Namen?«

Gorman blieb in der Tür stehen, eine hagere Gestalt in einem zu weiten Anzug. »Ja. Sein Name war Gabriel Dean.«

21

Sie fuhr den ganzen Nachmittag hindurch und bis in die Nacht hinein, die Augen starr auf den Highway gerichtet, während ihre Gedanken um Gabriel Dean kreisten. Frost war neben ihr eingenickt, und so war sie allein mit ihren Grübeleien, mit ihrer Wut. Was hatte Dean ihr sonst noch vorenthalten?, fragte sie sich. Auf welchen Informationen hatte er noch gesessen, während er seelenruhig zugesehen hatte, wie sie vergeblich nach Antworten gesucht hatte? Von Anfang an war er ihr immer einige Schritte voraus gewesen. Er war als Erster bei der Leiche des Wachmanns auf dem Friedhof gewesen. Er war es, der Karenna Ghents Leiche auf Anthony Rizzolis Grab entdeckt hatte. Und er war es auch gewesen, der bei Gail Yeagers Autopsie die Untersuchung am frischen Präparat angeregt hatte. Er hatte gewusst, was alle anderen noch nicht ahnen konnten – dass sie dabei frisches Sperma finden würden. *Weil er schon einmal mit dem Dominator zu tun hatte.*

Aber was Dean nicht vorausgesehen hatte, war, dass der Dominator sich mit einem Partner zusammentun würde. *Das war der Moment, als Dean in meiner Wohnung aufkreuzte. Das war das erste Mal, dass er so etwas wie Interesse für mich zeigte. Weil ich etwas hatte, was er wollte, etwas, was er unbedingt brauchte. Ich war sein Schlüssel zu Warren Hoyts Gehirn.*

Neben ihr schnaufte Frost geräuschvoll. Sie schielte zu ihm hinüber und sah, dass er mit offenem Mund schlief – die Arglosigkeit in Person. In all den Jahren, die sie nun schon Seite an Seite arbeiteten, hatte Rizzoli noch nie eine dunkle Seite an ihm entdecken können. Aber Deans Täuschungsmanöver hatte sie so tief getroffen, dass sie nun nicht einmal mehr Frost ansehen konnte, ohne sich zu fragen, was er wohl vor ihr verbarg – welche Abscheulichkeiten selbst ein Mann wie er hinter einer freundlichen Fassade verstecken mochte.

Es war schon fast neun, als sie endlich ihre Wohnung betrat. Wie immer nahm sie sich die Zeit, sämtliche Schlösser und Riegel an ihrer Tür sorgfältig zu schließen, aber diesmal war es weniger die Angst, die sie trieb, als sie die Kette vorlegte und den Schlüssel umdrehte, als vielmehr eine unbändige Wut. Mit einem scharfen Klacken ließ sie den letzten Riegel einrasten, bevor sie geradewegs ins Schlafzimmer marschierte, ohne sich mit ihrem üblichen rituellen Kontrollgang durch die ganze Wohnung aufzuhalten. Deans Vertrauensbruch hatte Warren Hoyt vorübergehend vollkommen aus ihren Gedanken verdrängt. Sie schnallte ihr Halfter ab, legte die Waffe in die Nachttischschublade und knallte die Schublade zu. Dann drehte sie sich um und musterte sich kritisch im Spiegel über der Frisierkommode. Was sie dort sah, widerte sie an. Das Medusenhaupt aus widerspenstigen Strähnen. Der verletzte Blick. Das Gesicht einer Frau, die sich von einem attraktiven Mann so hatte blenden lassen, dass sie das Offensichtliche nicht gesehen hatte.

Das Klingeln des Telefons ließ sie zusammenfahren. Sie starrte auf die Anzeige der Anruferkennung: *Washington D. C.*

Es läutete ein zweites, ein drittes Mal, während sie noch damit kämpfte, ihre Gefühle in den Griff zu bekommen. Als sie schließlich abhob, klang ihre Stimme kühl und distanziert: »Rizzoli.«

»Wie ich höre, haben Sie versucht, mich zu erreichen«, sagte Dean.

Sie schloss die Augen. »Sie sind in Washington«, sagte sie, und obwohl sie bemüht war, die Feindseligkeit, die sie empfand, aus ihrer Stimme herauszuhalten, klangen ihre Worte wie ein Vorwurf.

»Ich wurde gestern Abend zurückbeordert. Tut mir Leid, dass wir vor meiner Abreise keine Gelegenheit mehr hatten, uns zu unterhalten.«

»Was hätten Sie mir denn sagen wollen? Vielleicht zur Abwechslung mal die Wahrheit?«

»Sie müssen verstehen, dass es sich hier um einen Fall handelt, der absolute Vertraulichkeit erfordert.«

»Und deshalb haben Sie mir nie von Marla Jean Waite erzählt?«

»Das war nicht von unmittelbar entscheidender Bedeutung für Ihren Bereich der Ermittlungen.«

»Wer sind Sie denn, dass Sie das einfach so entscheiden können? Ach ja, fast hätte ich es vergessen – Sie sind ja das über jede Kritik erhabene *FBI*.«

»Jane«, sagte er mit ruhiger Stimme, »ich möchte, dass Sie nach Washington kommen.«

Die abrupte Wendung des Gesprächs verblüffte sie so, dass es ihr fast die Sprache verschlug. »Wieso?«, fragte sie schließlich.

»Weil wir diese Sache nicht am Telefon besprechen können.«

»Sie erwarten von mir, dass ich mich einfach so in ein Flugzeug setze, ohne zu wissen, worum es geht?«

»Ich würde Sie nicht darum bitten, wenn ich nicht der Überzeugung wäre, dass es notwendig ist. Es ist alles mit Lieutenant Marquette besprochen und vom Präsidium abgesegnet. Wegen der Einzelheiten wird Sie noch jemand anrufen.«

»Moment. Ich verstehe nicht...«

»Sie werden verstehen. Wenn Sie einmal hier sind.« Im nächsten Moment war die Leitung tot.

Langsam legte sie den Hörer auf die Gabel. Dann stand sie noch eine ganze Weile da und starrte das Telefon an. Sie konnte einfach nicht glauben, was sie gerade gehört hatte. Als es erneut klingelte, hob sie sofort ab.

»Detective Jane Rizzoli?«, fragte eine weibliche Stimme.

»Am Apparat.«

»Ich rufe Sie an, um die Einzelheiten Ihres morgigen Flugs nach Washington mit Ihnen zu besprechen. Ich könnte Ihnen einen Platz in der Zwölf-Uhr-Maschine von US Airways buchen, Flug 6521 von Boston, Ankunft in Washington dreizehn Uhr sechsunddreißig. Wären Sie damit einverstanden?«

»Einen Augenblick bitte.« Rizzoli schnappte sich einen Stift und einen Notizblock und notierte die Daten. »Ja, das geht in Ordnung.«

»Und für den Rückflug nach Boston am Donnerstag hätten wir US Airways Flug 6406, Abflug Washington neun Uhr dreißig, Ankunft in Boston zehn Uhr dreiundfünfzig.«

»Ich soll über Nacht bleiben?«

»Das war der Wunsch von Agent Dean. Wir haben für Sie ein Zimmer im Watergate reserviert, es sei denn, Sie ziehen ein anderes Hotel vor.«

»Nein. Das… das Watergate ist schon in Ordnung.«

»Morgen früh um zehn Uhr holt eine Limousine Sie zu Hause ab und bringt Sie zum Flughafen. Und bei Ihrer Ankunft in D.C. wird ebenfalls ein Wagen für Sie bereitstehen. Würden Sie mir bitte Ihre Faxnummer durchgeben?«

Wenige Augenblicke später begann Rizzolis Faxgerät zu drucken. Sie setzte sich auf das Bett, starrte entgeistert das Blatt mit den säuberlich aufgelisteten Reisedaten an und staunte nur noch über das Tempo, in dem die Dinge sich entwickelten. In diesem Moment hatte sie keinen größeren Wunsch, als Thomas Moore anzurufen und ihn um seinen Rat zu bitten. Sie griff nach dem Hörer, doch dann legte sie ihn langsam wieder auf die Gabel. Deans Warnung hatte sie gründlich verunsichert, und sie mochte sich nicht mehr darauf verlassen, dass ihre eigene Telefonleitung nicht abgehört wurde.

Plötzlich fiel ihr ein, dass sie ihr allabendliches Sicherheitsritual noch nicht hinter sich gebracht hatte. Jetzt drängte es sie, sich noch einmal zu vergewissern, dass ihre Festung auch wirklich hundertprozentig gesichert war. Sie griff in die Nachttischschublade und nahm ihre Waffe heraus. Und dann ging sie von Zimmer zu Zimmer, wie sie es seit einem Jahr jeden Abend getan hatte, auf der Suche nach Monstern.

Meine liebe Dr. O'Donnell,

in Ihrem letzten Brief wollten Sie von mir wissen, wann ich erkannt habe, dass ich anders bin als alle anderen. Um ehrlich zu sein, ich bin mir nicht so sicher, dass ich tatsächlich anders bin. Ich glaube vielmehr, dass ich einfach nur ehrlicher bin, bewusster als die anderen. Mit einem besseren Gespür für jene primitiven Triebe, deren Einflüsterungen sich niemand von uns entziehen kann. Ich bin sicher, dass auch Sie dieses Flüstern vernehmen, dass auch vor Ihrem geistigen Auge bisweilen diese verbotenen Bilder aufblitzen, die für den Bruchteil einer Sekunde die dunkle Landschaft Ihres Unbewussten erhellen. Vielleicht gehen Sie eines Tages im Wald spazieren und entdecken einen merkwürdigen, bunt gefiederten Vogel, und Ihr allererster Impuls – den gleich darauf der Stiefelabsatz der höheren Moral in den Staub tritt – ist, diesen Vogel zur Strecke zu bringen. Ihn zu töten.

Es ist ein Instinkt, angelegt in unserer DNA. Wir sind alle Jäger, gestählt im Laufe der Jahrtausende durch die blutigen Prüfungen der Natur. Darin unterscheide ich mich nicht von Ihnen oder irgendwem sonst, und ich habe mit einiger Erheiterung die schier endlose Parade der Psychologen und Psychiater an mir vorüberziehen lassen, der Experten, die in den vergangenen zwölf Monaten in meinem Leben herumgewühlt haben in dem Versuch, mich zu verstehen. Meine Kindheit haben sie ausgeforscht, als ob es irgendwann in meiner Vergangenheit einen Moment gegeben hätte, irgendein bestimmtes Ereignis, durch das ich zu dem wurde, der ich heute bin. Ich fürchte, ich musste sie alle enttäuschen, denn es gab ihn nicht, diesen entscheidenden Moment. Ich habe lieber ihre Fragen gegen sie selbst gekehrt. Ich habe sie gefragt, wieso sie eigentlich glauben, dass sie anders sind. Sicherlich haben auch sie schon Bilder in ihren Köpfen mit sich herumgetragen, für die sie sich schämen; Bilder, die sie mit Entsetzen füllen; Bilder, die sie nicht unterdrücken können.

Ich beobachte sie amüsiert, wenn sie diese Unterstellungen empört zurückweisen. Sie lügen mich an, so wie sie sich selbst auch anlügen, aber ich sehe die Unsicherheit in ihren Augen. Es macht mir Spaß, sie so lange zu bedrängen, bis sie nicht mehr ausweichen können, sie zu zwingen, einen Blick in die Tiefe zu werfen, in die dunklen Abgründe ihrer Fantasien.

Der einzige Unterschied zwischen ihnen und mir besteht darin, dass ich weder Scham noch Entsetzen über meine Fantasien empfinde.

Aber ich bin es, der als krank eingestuft wird. Ich bin derjenige, der analysiert werden muss. Also erzähle ich ihnen all die Dinge, die sie insgeheim hören wollen, Dinge, von denen ich weiß, dass sie sie faszinieren werden. Für die Dauer ihres Besuchs, für rund eine Stunde, bediene ich ihre Neugier, denn ich weiß, dass dies der wahre Grund ist, weshalb sie zu mir gekommen sind. Niemand wird ihren Fantasien je so auf die Sprünge helfen, wie ich es kann. Niemand wird sie je in solche verbotenen Regionen entführen. Während sie mein psychologisches Profil zu erstellen versuchen, drehe ich den Spieß um und arbeite an ihrem Profil – ich messe, wie stark ihr Appetit auf Blut ausgeprägt ist. Während ich rede, beobachte ich ihre Gesichter, suche nach den verräterischen Anzeichen der Erregung. Die geweiteten Pupillen. Der vorgereckte Hals. Die rot angelaufenen Wangen. Der angehaltene Atem.

Ich erzähle ihnen von meinem Besuch in San Gimignano, einer Stadt hoch oben auf den grünen Hügeln der Toskana. Bei meinen Spaziergängen dort hatte ich, versteckt zwischen Straßencafés und Souvenirläden, ein kleines Museum entdeckt, das sich ganz dem Thema Folter widmet. Mein Steckenpferd, wie Sie wissen. Drinnen ist es düster; das gedämpfte Licht soll die Atmosphäre eines mittelalterlichen Verlieses suggerieren. Zudem verhüllt es gnädig die Mienen der Touristen; so müssen sie sich nicht schämen für die gierigen Blicke, mit denen sie die Exponate verschlingen.

Ein Ausstellungsstück erregt mehr als alle anderen die Aufmerksamkeit der Besucher. Es ist eine Apparatur aus dem Venedig des siebzehnten Jahrhunderts, mit der man Frauen bestrafte, die der Unzucht mit dem Teufel für schuldig befunden wurden. Sie ist aus Eisen gefertigt und hat die Form einer Birne. Dieses Gerät wird der unglücklichen Beschuldigten in die Vagina geschoben und mittels einer Schraube immer weiter und weiter ausgedehnt, bis die Scheidenwand einreißt – mit tödlichen Folgen. Die Vaginalbirne ist nur ein Beispiel aus einer ganzen Batterie von Vorrichtungen zur Verstümmelung von Brüsten und Genitalien im Namen der katholischen Kirche, der die Macht der weiblichen Sexualität stets ein Dorn im Auge war. In vollkommen nüchternem Ton beschreibe ich meinen Doktores diese Apparate. Die meisten von ihnen sind noch nie in einem solchen Museum gewesen, und es wäre ihnen gewiss peinlich, ihr Interesse an solchen Dingen einzugestehen. Aber während ich ihnen von den vierzinkigen Brustkrallen und den verstümmelnden Keuschheitsgürteln erzähle, beobachte ich ständig ihre Augen. Ich suche unter der Oberfläche aus Abscheu und Entsetzen und entdecke den dunklen Strom der Begierde, der Erregung, der darunter fließt.

O ja, sie alle wollen die Details hören.

Als das Flugzeug zur Landung ansetzte, klappte Rizzoli den Aktenordner mit Hoyts Brief zu und blickte aus dem Fenster. Sie sah graue, regenschwere Wolken am Himmel und die schweißglänzenden Gesichter von Arbeitern, die auf dem

Rollfeld standen. Es würde wie in einer Sauna sein dort draußen, doch die Hitze war ihr willkommen. Hoyts Worte hatten ihr einen eiskalten Schauer über den Rücken gejagt.

Während der Fahrt zum Hotel sah sie durch die getönten Scheiben die Stadt an sich vorübergleiten, in der sie bisher nur zweimal gewesen war, das letzte Mal anlässlich einer Konferenz im Hoover Building, dem Hauptsitz des FBI. Damals war sie in der Nacht angekommen, und sie entsann sich noch, wie eindrucksvoll ihr die von Flutlicht beschienenen Ehrendenkmäler erschienen waren. Sie erinnerte sich an eine Woche, in der jeden Abend heftigst gefeiert worden war, und an ihre unausgesetzten Bemühungen, Zug um Zug mit den Männern mitzuhalten, ob es nun um Bier oder um schlechte Witze ging. Alkohol, Hormone und die Atmosphäre der fremden Stadt, all das zusammen hatte schließlich zu einer wilden Liebesnacht mit einem anderen Konferenzteilnehmer geführt, einem Cop aus Providence – selbstverständlich verheiratet. Das war Washington für sie: die Stadt der Reue und der befleckten Laken. Die Stadt, die sie gelehrt hatte, dass auch sie gegen die Versuchungen eines abgedroschenen Klischees nicht immun war. Dass sie, trotz ihrer Überzeugung, keinem Mann in irgendetwas nachzustehen, am Morgen danach doch diejenige war, die sich schutzlos und verletzlich fühlte.

In der Schlange am Empfangsschalter des Watergate Hotels beäugte sie die elegante Blondine vor ihr. Perfekt gestylte Frisur, rote Schuhe mit meterhohen Absätzen. Eine Frau, die so aussah, als hätte sie tatsächlich etwas im Watergate verloren. Rizzoli war sich peinlich bewusst, wie sie mit ihren abgestoßenen, klobigen blauen Halbschuhen dagegen wirken musste. Polizistinnenschuhe – gemacht, um damit zu gehen. Und sie war viel zu Fuß unterwegs. Ich brauche keine Ausreden, dachte sie. So bin ich nun mal. Das Mädchen aus Revere, das sein Geld mit der Jagd nach Monstern verdient. Menschenjäger tragen keine hochhackigen Schuhe.

»Was kann ich für Sie tun?«, rief der Mann vom Empfang ihr zu.

Rizzoli zog ihre Reisetasche an den Tresen heran. »Für mich sollte ein Zimmer reserviert sein. Rizzoli.«

»Ja, ich habe Ihren Namen hier. Und eine Nachricht von einem Mr. Dean. Ihr Termin ist um fünfzehn Uhr dreißig.«

»Termin?«

Er blickte von seinem Computerbildschirm auf. »Sie wussten nichts davon?«

»Nun, jetzt weiß ich es ja. Steht da auch eine Adresse?«

»Nein Ma'am. Aber Sie werden um drei mit dem Wagen hier abgeholt.« Er gab ihr eine Schlüsselkarte und lächelte. »Anscheinend brauchen Sie sich um nichts zu kümmern.«

Schwarze Wolkenfetzen hingen am Himmel, und in der aufgeladenen Luft, die ein Gewitter anzukündigen schien, richteten sich die feinen Härchen auf ihren Armen auf. Die regenschwangere Luft trieb ihr den Schweiß auf die Stirn, als sie vor dem Hoteleingang stand und auf die Limousine wartete. Es war ein dunkelblauer Volvo, der nach kurzer Zeit in die Auffahrt einbog und direkt vor ihr stehen blieb.

Sie spähte durch das Beifahrerfenster und sah, dass Gabriel Dean am Steuer saß.

Die Zentralverriegelung klickte, und sie stieg neben ihm ein. Sie hatte nicht damit gerechnet, ihm so bald zu begegnen, und sie fühlte sich überrumpelt. Es ärgerte sie, dass er so ruhig und beherrscht wirkte, während sie von ihrem Vormittagsflug immer noch leicht desorientiert war.

»Willkommen in Washington«, sagte er. »Wie war die Reise?«

»Keine Probleme. Ich könnte mich glatt daran gewöhnen, in einer Limousine herumkutschiert zu werden.«

»Und das Zimmer?«

»Viel besser als das, was ich sonst so gewohnt bin.«

Ein leises Lächeln huschte über seine Lippen, bevor er sich

wieder auf das Fahren konzentrierte. »Sie empfinden es also nicht nur als reine Folter.«

»Habe ich das etwa behauptet?«

»Sie scheinen nicht sonderlich erfreut, hier zu sein.«

»Ich würde mich viel mehr freuen, wenn ich wüsste, warum ich hier bin.«

»Das wird Ihnen klar werden, wenn wir erst da sind.«

Sie warf einen Blick auf die Straßenschilder, die sie passierten, und stellte fest, dass sie nach Nordosten fuhren – was bedeutete, dass sie sich vom FBI-Hauptquartier entfernten. »Wir fahren nicht zum Hoover Building?«

»Nein. Georgetown. Er möchte sich in seinem Haus mit Ihnen treffen.«

»Wer?«

»Senator Conway.« Dean sah sie von der Seite an. »Sie sind doch nicht bewaffnet, oder?«

»Meine Dienstpistole ist noch im Koffer.«

»Gut. Senator Conway lässt nämlich niemanden mit Feuerwaffen in sein Haus.«

»Aus Sicherheitsgründen?«

»Um seines Seelenfriedens willen. Er hat in Vietnam gedient; er hat für den Rest seines Lebens genug Kanonen gesehen.«

Die ersten Regentropfen trommelten auf die Windschutzscheibe.

Sie seufzte. »Ich wünschte, ich könnte das auch sagen.«

Senator Conways Arbeitszimmer war mit dunklem Holz und Leder eingerichtet – ein Männerzimmer, dekoriert nach Männerart, dachte Rizzoli, als sie die Reihe von japanischen Schwertern an der Wand bemerkte. Der silberhaarige Besitzer der Sammlung begrüßte sie mit einem herzlichen Händedruck und sanfter Stimme, doch der Blick seiner kohlschwarzen Augen war scharf und direkt wie Laserstrahlen, und sie spürte, wie er sie unverhohlen taxierte. Sie ließ seine

Musterung über sich ergehen, wenn auch nur, weil sie begriff, dass sie keinen Schritt weiterkommen würden, solange er nicht zufrieden war mit dem, was er sah. Und was er sah, war eine Frau, die seinen Blick unverwandt erwiderte. Eine Frau, die sich wenig aus politischen Spitzfindigkeiten machte, aber umso mehr an der Wahrheit interessiert war.

»Bitte, nehmen Sie doch Platz, Detective«, sagte er. »Ich weiß, dass Sie gerade erst mit dem Flugzeug von Boston gekommen sind. Sie brauchen wahrscheinlich noch ein bisschen Zeit, um sich zu akklimatisieren.«

Eine Sekretärin brachte ein Tablett mit Kaffee und drei Porzellantassen herein. Rizzoli musste ihre Ungeduld im Zaum halten, während der Kaffee eingeschenkt und Sahne und Zucker herumgereicht wurden. Endlich zog die Sekretärin sich ins Nebenzimmer zurück und machte die Tür hinter sich zu.

Conway stellte seine Tasse wieder ab, ohne einen Schluck getrunken zu haben. Er hatte eigentlich gar keinen Kaffee gewollt, und jetzt, da der Form Genüge getan war, wandte er seine ganze Aufmerksamkeit Rizzoli zu. »Es war sehr freundlich von Ihnen zu kommen.«

»Ich hatte ja im Grunde keine Wahl.«

Ihre unverblümte Art entlockte ihm ein Lächeln. Conway hielt sich zwar strikt an die Regeln des guten Tons und der Gastfreundschaft, doch sie vermutete, dass er letztlich – wie die meisten alteingesessenen Neuengländer – ein offenes Wort ebenso zu schätzen wusste wie sie selbst. »Dann sollten wir wohl gleich zur Sache kommen?«

Sie stellte ihre Tasse ebenfalls ab. »Das wäre mir am liebsten.«

Es war Dean, der aufstand und zu Conways Schreibtisch hinüberging. Er kam mit einer prall gefüllten Sammelmappe zurück, nahm ein Foto heraus und legte es vor ihr auf den Couchtisch.

»Fünfundzwanzigster Juni 1999«, sagte er.

Sie starrte auf das Bild eines bärtigen Mannes, der zusammengesunken an einer weiß getünchten Wand lehnte. Hinter seinem Kopf waren Blutspritzer zu sehen. Der Mann trug eine dunkle Hose und ein zerrissenes weißes Hemd. Auf seinem Schoß war eine Porzellantasse mit Untertasse abgestellt.

Noch während sie im ersten Schock das Bild zu verarbeiten suchte, das sie gerade gesehen hatte, legte Dean bereits ein zweites Foto neben das erste. »Fünfzehnter Juli 1999«, sagte er.

Wieder war das Opfer ein Mann, im Gegensatz zum ersten glatt rasiert. Aber wie dieser war er im Sitzen gestorben, lehnte mit dem Rücken an einer blutbespritzten Wand.

Dean legte ein drittes Foto eines ermordeten Mannes auf den Couchtisch. Diese Leiche war jedoch bereits aufgedunsen, der Bauch aufgebläht von den Gasen, die der Verwesungsprozess freigesetzt hatte. »Zwölfter September«, kommentierte Dean. »Gleiches Jahr.«

Wie benommen saß sie vor dieser Galerie der Toten, die Dean fein säuberlich auf dem Kirschholztisch arrangiert hatte. Dokumente des Grauens, die inmitten des kultivierten Durcheinanders von Kaffeetassen, Teelöffeln und Zuckerdosen absolut fehl am Platz wirkten. Dean und Conway warteten schweigend, während sie ein Foto nach dem anderen zur Hand nahm und sich zwang, die Details zu registrieren, die jeden Fall einmalig machten. Doch es waren Variationen über ein Thema – das Thema, das sie bereits in den Wohnungen der Yeagers und der Ghents kennen gelernt hatte. Der stumme Zeuge. Der Besiegte, gezwungen, das Unaussprechliche mit anzusehen.

»Was ist mit den Frauen?«, fragte sie. »Es müssen auch Frauen betroffen gewesen sein.«

Dean nickte. »Nur eine konnte eindeutig identifiziert werden. Die Ehefrau des Opfers Nummer drei. Sie wurde im

Wald gefunden, teilweise vergraben, ungefähr eine Woche nach dieser Aufnahme.«

»Todesursache?«

»Erdrosseln.«

»Wurde das Opfer nach dem Tod sexuell missbraucht?«

»An der Leiche wurde frisches Sperma sichergestellt.«

Rizzoli holte tief Luft. Leise fragte sie: »Und die beiden anderen Frauen?«

»Wegen der fortgeschrittenen Verwesung konnten ihre Leichen nicht sicher identifiziert werden.«

»Aber Sie haben Leichen gefunden?«

»Ja.«

»Und wieso konnten Sie sie nicht mit den üblichen Methoden identifizieren?«

»Weil wir es mit mehr als zwei Leichen zu tun hatten. Sehr viel mehr.«

Sie hob den Kopf und blickte direkt in Deans Augen. Hatte er sie die ganze Zeit beobachtet und nur auf ihre schockierte Reaktion gewartet? Als Antwort auf ihre stumme Frage reichte er ihr drei Aktenordner.

Sie schlug den ersten Ordner auf und fand den Obduktionsbericht über eines der drei männlichen Opfer. Automatisch blätterte sie zur letzten Seite vor und las die Zusammenfassung:

Todesursache: Massiver Blutverlust, verursacht durch einzelne Schnittwunde im Hals mit kompletter Durchtrennung der linken Kopfschlagader und der linken Drosselvene.

Der Dominator, dachte sie. Das ist sein Werk.

Sie ließ die Seiten zurückklappen, so dass sie wieder das erste Blatt des Berichts vor Augen hatte. Und plötzlich fiel ihr Blick auf ein Detail, das sie in der Eile übersehen hatte, weil sie sich nur für die Zusammenfassung interessiert hatte.

Es stand im zweiten Absatz: *Autopsie durchgeführt am 16. Juli 1999, 22 Uhr 15, in mobiler Einrichtung in Gjakovë, Kosovo.*

Sie griff nach den beiden anderen Pathologieordnern und schlug sofort die Ortsangaben nach.

Pejë, Kosovo.

Djakovica, Kosovo.

»Die Autopsien wurden im Feld durchgeführt«, sagte Dean. »Bisweilen unter sehr primitiven Bedingungen. Zelte, Laternen als einzige Lichtquellen. Kein fließendes Wasser. Und so viele Leichen zu bearbeiten, dass wir nicht mehr nachkamen.«

»Es handelte sich um Ermittlungen über Kriegsverbrechen«, sagte sie.

Er nickte. »Ich gehörte dem ersten FBI-Team an, das im Juni 1999 dort eintraf. Wir handelten im Auftrag des Internationalen Strafgerichtshofs für das ehemalige Jugoslawien, kurz ICTY genannt. Bei dieser ersten Mission wurden fünfundsechzig von uns entsandt. Unsere Aufgabe war das Sammeln und Sichern von Beweismaterial am Tatort eines der größten Verbrechen in der Geschichte der Menschheit. Wir stellten ballistische Spuren an den Schauplätzen von Massakern sicher. Wir exhumierten und obduzierten über einhundert albanische Opfer, und wahrscheinlich haben wir noch Hunderte weitere übersehen. Und die ganze Zeit über, während wir vor Ort waren, ging das Morden unentwegt weiter.«

»Die Morde waren Racheakte«, sagte Conway. »Alles andere als überraschend im Kontext dieses Krieges. Oder überhaupt jedes Krieges. Agent Dean war bei den Marines, genau wie ich. Ich habe in Vietnam gedient, er hat an Desert Storm teilgenommen. Wir haben Dinge gesehen, über die zu sprechen uns große Überwindung kostet, Dinge, die uns die Frage aufdrängen, warum wir Menschen uns für etwas Besseres als Tiere halten. Während des Krieges waren es die Serben, die die Albaner töteten, und nach dem Krieg war es die albanische UÇK, die serbische Zivilisten tötete. Beide Seiten haben reichlich Blut an den Händen.«

»Anfangs haben wir auch diese Morde so eingestuft«, sagte Dean und deutete auf die Leichenfotos auf dem Couchtisch. »Als Racheakte in der Folge des Krieges. Es war nicht unsere Aufgabe, gegen die aktuell herrschenden anarchischen Zustände vorzugehen. Wir hatten den klaren Auftrag vom Internationalen Strafgerichtshof, Beweise für Kriegsverbrechen zu sammeln und zu dokumentieren. Nicht Fälle wie diese.«

»Und doch haben Sie sich damit befasst«, sagte Rizzoli mit einem Blick auf den Briefkopf des FBI auf dem Autopsiebericht. »Warum?«

»Weil ich erkannt habe, worum es sich tatsächlich handelte«, sagte Dean. »Diese Morde waren nicht ethnisch motiviert. Zwei der Männer waren Albaner, der dritte war Serbe. Aber alle drei hatten etwas gemeinsam. Sie hatten attraktive Ehefrauen, die aus ihren Wohnungen verschleppt worden waren. Nach dem dritten Mord erkannte ich die Handschrift des Mörders wieder. Ich wusste, womit wir es zu tun hatten. Aber diese Morde fielen unter die Zuständigkeit der dortigen Gerichtsbarkeit und nicht unter die des ICTY, das uns entsandt hatte.«

»Und was wurde unternommen?«, fragte sie.

»Das ist schnell gesagt: gar nichts«, antwortete Conway. »Aber bedenken Sie bitte die Situation, Detective. Tausende von Kriegsopfern in über einhundertfünfzig Massengräbern. Ausländische Friedenstruppen, die sich verzweifelt bemühten, für Ruhe und Ordnung zu sorgen. Bewaffnete Banden, die durch zerbombte Dörfer streiften und jeden Anlass zum Töten nutzten. Und dann die Zivilisten selbst, voller Hass und Groll über altes Unrecht. Es war der Wilde Westen dort drüben; ständig kam es zu Schießereien wegen Drogen, wegen Familienfehden oder persönlicher Rachefeldzüge. Und fast immer wurde das Töten auf ethnische Spannungen zurückgeführt. Wie konnte man da einen Mord vom anderen unterscheiden? Es waren einfach so viele.«

»Für einen Serienmörder«, sagte Dean, »war es das Paradies auf Erden.«

22

Sie sah Dean an. Es hatte sie nicht überrascht, von seinem Militärdienst zu hören. Dass er Soldat gewesen war, hatte sie schon längst an seiner Haltung, seiner befehlsgewohnten Art erkannt. Er wusste, wie es in Kriegsgebieten zuging, und er musste mit den Szenen vertraut sein, die sich seit jeher nach militärischen Eroberungen abgespielt hatten. Mit der Demütigung der Besiegten durch die Sieger. Dem Plündern, dem Sammeln von Trophäen.

»Unser Täter war im Kosovo«, sagte sie.

»Genau die Art von Umgebung, in der jemand wie er aufblühen konnte«, sagte Conway. »Wo der gewaltsame Tod zum Alltag gehört. An einem solchen Ort kann ein Serienmörder auftauchen, seine Gräueltaten begehen und wieder verschwinden, ohne dass es irgendjemandem auffällt. Wir werden nie erfahren, wie viele Morde tatsächlich unter dem Deckmantel von Kriegshandlungen begangen wurden.«

»Wir könnten es also mit jemandem zu tun haben, der erst seit kurzer Zeit im Land ist«, sagte Rizzoli. »Mit einem Kosovo-Flüchtling.«

»Das ist eine Möglichkeit«, bestätigte Dean.

»Eine Möglichkeit, von der Sie von Anfang an wussten.«

»Ja.« Seine Antwort kam ohne Zögern.

»Sie haben wesentliche Informationen zurückgehalten. Sie haben seelenruhig zugesehen, wie wir vom Ermittlungsteam wie die Idioten im Kreis herumgelaufen sind.«

»Ich habe Ihnen die Möglichkeit gegeben, zu Ihren eigenen Schlussfolgerungen zu gelangen.«

»Ja, aber ohne vollständige Kenntnis der Fakten.« Sie deutete auf die Fotos. »Das hier hätte uns entscheidend weiterhelfen können.«

Dean und Conway tauschten Blicke. Dann sagte Conway: »Ich fürchte, es gibt noch mehr, was wir Ihnen nicht gesagt haben.«

»Noch mehr?«

Dean griff in die Mappe und nahm ein weiteres Tatortfoto heraus. Obwohl Rizzoli glaubte, auf dieses vierte Leichenbild vorbereitet zu sein, traf sie der Anblick doch unerwartet heftig. Sie sah einen jungen Mann mit blonden Haaren und einem dünnen Oberlippenbart. Er schien mehr aus Sehnen als aus Muskeln zu bestehen; auf der mageren Brust zeichneten sich die Rippen einzeln ab, und die Schultergelenke sprangen vor wie bleiche Knäufe. Sie konnte deutlich erkennen, dass seine Züge die eines Sterbenden waren – die Gesichtsmuskeln zu einer Maske des Entsetzens erstarrt.

»Dieses Opfer wurde am neunundzwanzigsten Oktober letzten Jahres gefunden«, sagte Dean. »Die Leiche der Frau blieb verschwunden.«

Sie schluckte und wandte den Blick vom Gesicht des Opfers ab. »Wieder Kosovo?«, fragte sie.

»Nein. Fayetteville, North Carolina.«

Sie starrte ihn entgeistert an. Und sie wich seinem Blick auch nicht aus, als ihr die Zornesröte ins Gesicht zu steigen begann. »Wie viele Fälle gibt es denn noch, von denen Sie mir nichts erzählt haben? Jetzt sagen Sie mir endlich, wie viele es insgesamt sind!«

»Das sind alle, von denen wir wissen.«

»Soll das heißen, es könnte noch weitere geben?«

»Möglich ist es. Aber wir haben keinen Zugang zu den entsprechenden Informationen.«

Sie sah ihn ungläubig an. »Das *FBI* hat keinen Zugang?«

»Was Agent Dean damit sagen will«, warf Conway ein, »ist, dass es Fälle außerhalb unserer Zuständigkeit geben könnte. In Ländern, wo es keine allgemein zugänglichen Daten über Verbrechen gibt. Vergessen Sie nicht, dass wir hier von Kriegsgebieten sprechen. Von Gebieten, in denen politische Umwälzungen im Gang sind. Gegenden, die für unseren Täter besonders attraktiv sein müssen. Wo er sich so richtig zu Hause fühlen würde.«

Ein Killer, der sich frei zwischen den Kontinenten bewegt. Dessen Jagdrevier Landesgrenzen überschreitet. Sie dachte an all das, was sie über den Dominator in Erfahrung gebracht hatte. Die Schnelligkeit und Leichtigkeit, mit der er seine Opfer überwältigte. Sein Drang, die Nähe von Leichen zu suchen. Die Tatsache, dass er ein Rambomesser benutzte. Und die Fasern – olivgrüner Fallschirmstoff. Sie spürte, wie die beiden Männer sie beobachteten, während sie verarbeitete, was Conway gerade gesagt hatte. Sie stellten sie auf die Probe; sie wollten sehen, ob sie ihre Erwartungen erfüllte.

Ihr Blick ging wieder zu dem letzten der Fotos auf dem Couchtisch. »Sie sagten, dieser Mord habe sich in Fayetteville ereignet.«

»Ja«, bestätigte Dean.

»In der Nähe ist eine Militärbasis, nicht wahr?«

»Fort Bragg. Das liegt etwa fünfzehn Kilometer nordwestlich von Fayetteville.«

»Wie viele Soldaten sind dort stationiert?«

»Ungefähr einundvierzigtausend Aktive. Fort Bragg ist der Sitz des 18. Luftlandekorps, der 82. Luftlandedivision und des Sondereinsatzkommandos der Armee.« Die Tatsache, dass Dean ihre Frage so ohne jedes Zögern beantwortete, verriet ihr, dass er diese Informationen für relevant hielt – dass er die Daten schon vorher parat gehabt hatte.

»Deshalb haben Sie mich also im Dunkeln tappen lassen, nicht wahr? Wir haben es mit jemandem zu tun, der Erfahrung mit Kampfeinsätzen hat. Jemandem, der fürs Töten bezahlt wird.«

»Wir haben ebenso sehr im Dunkeln getappt wie Sie.« Dean beugte sich vor. Sein Gesicht war jetzt so nahe an ihrem, dass sie geradezu gezwungen war, ihm in die Augen zu sehen. Conway und alles andere im Zimmer schwand aus ihrem Blickfeld. »Als ich den VICAP-Bericht der Polizei von Fayetteville zu Gesicht bekam, glaubte ich, wieder im Kosovo zu sein. Der Mörder hätte ebenso gut seine Unterschrift am Tatort zurücklassen können, so charakteristisch waren die Umstände. Die Lage, in der die männliche Leiche gefunden wurde. Die Art von Klinge, die für den tödlichen Schnitt benutzt wurde. Der Gegenstand aus Porzellan oder Glas auf dem Schoß des Opfers. Die Entführung der Frau. Ich bin sofort nach Fayetteville geflogen und habe zwei Wochen mit der örtlichen Polizeibehörde zusammengearbeitet, habe sie bei ihren Ermittlungen unterstützt. Es ist uns nicht gelungen, einen Tatverdächtigen ausfindig zu machen.«

»Warum konnten Sie mir das nicht schon früher sagen?«

»Weil wir berücksichtigen müssen, um wen es sich bei dem Täter handeln könnte.«

»Von mir aus kann er auch ein Vier-Sterne-General sein. Ich hatte ein Recht, über den Fall in Fayetteville informiert zu werden.«

»Wenn es entscheidend dazu beigetragen hätte, Ihnen die Ergreifung eines Verdächtigen für die Bostoner Mordfälle zu ermöglichen, dann hätte ich es Ihnen gesagt.«

»Sie sagten, in Fort Bragg seien einundvierzigtausend aktive Soldaten stationiert.«

»Ja.«

»Wie viele von diesen Männern waren im Kosovo eingesetzt? Ich nehme an, Sie haben diese Frage bereits selbst gestellt.«

Dean nickte. »Ich habe das Pentagon um eine Liste all jener Soldaten gebeten, deren vergangene Einsätze mit den Orten und Daten der Morde übereinstimmen. Der Dominator ist nicht auf dieser Liste. Nur einige wenige dieser Männer sind derzeit überhaupt in Neuengland ansässig, und es hat sich herausgestellt, dass keiner von ihnen unser Mann ist.«

»Und das soll ich Ihnen einfach so glauben?«

»Ja.«

Sie lachte. »Sie verlangen ja einen ziemlichen Vertrauens-
vorschuss von mir.«

»Das gilt auch umgekehrt, Jane. Ich setze alles auf Ihre
Vertrauenswürdigkeit.«

»Was wollen Sie mir denn anvertrauen? Bis jetzt haben Sie
mir noch nichts erzählt, was eine Geheimhaltung rechtfertigen würde.«

In der Gesprächspause, die folgte, ging Deans Blick zu
Conway, und dieser reagierte mit einem kaum merklichen
Nicken. Es war eine wortlose Übereinkunft, ihr das letzte,
entscheidende Puzzleteil auszuhändigen.

»Haben Sie schon einmal von der Praxis des ›sheep-dipping‹ gehört, Detective?«, fragte Conway.

»Ich nehme an, dass Sie nicht von Desinfektionsbädern
für Schafe sprechen.«

Er lächelte. »Nein, da haben Sie Recht. Das ist Militär-
jargon und bezeichnet die Praxis der CIA, für bestimmte
Missionen Soldaten der Sondereinsatzkommandos der Ar-
mee auszuleihen. Das war zum Beispiel in Nicaragua und in
Afghanistan der Fall; immer, wenn die CIA für ihre eigene
Sondereinsatzgruppe – die SOG oder ›Special Operations
Group‹ – Verstärkung benötigte. In Nicaragua wurden SEAL-
Trupps der Navy zum Verminen der Häfen eingesetzt. In
Afghanistan wurden die Green Berets via ›sheep-dipping‹ he-
rangezogen, um die Mudschaheddin auszubilden. Solange
diese Männer für die CIA arbeiten, sind sie de facto CIA-
Agenten. Sie werden beim Pentagon nicht mehr geführt; das
Militär besitzt also keinerlei Unterlagen, die ihre Aktivitä-
ten dokumentieren könnten.«

Sie sah Dean an. »Die Liste, die das Pentagon Ihnen gelie-
fert hat – mit den Namen der Soldaten aus Fort Bragg, die im
Kosovo gedient hatten –, sie war also...«

»Die Liste war unvollständig«, sagte er.

»Wie unvollständig? Wie viele Namen fehlten?«

»Ich weiß es nicht.«

»Haben Sie die CIA gefragt?«

»Da bin ich gegen eine Wand gerannt.«

»Sie wollen keine Namen nennen?«

»Das müssen sie auch nicht«, sagte Conway. »Wenn der Täter in Geheimoperationen im Ausland verwickelt war, werden sie das nie offen zugeben.«

»Auch nicht, wenn ihr Mann jetzt im eigenen Land mordet?«

»Dann erst recht nicht«, sagte Dean. »Der Imageschaden wäre zu groß. Was wäre, wenn er sich entschlösse, vor Gericht auszusagen? Oder der Presse vertrauliche Informationen zuzuspielen? Sie glauben doch nicht, dass die CIA ein Interesse daran hat, uns wissen zu lassen, dass einer ihrer eigenen Jungs in Häuser einbricht und gesetzestreue Bürger abschlachtet. Und sich an Frauenleichen vergeht. So etwas könnte man unmöglich aus den Schlagzeilen heraushalten.«

»Was *hat* Ihnen die CIA denn nun gesagt?«

»Dass man keinerlei Informationen besitze, die für den Mord von Fayetteville relevant seien.«

»Das klingt wie eine routinemäßige Abfertigung.«

»Es war weit mehr als das«, sagte Conway. »Binnen vierundzwanzig Stunden nach Agent Deans Anfrage bei der CIA wurde er von den Ermittlungen in Fayetteville abgezogen und nach Washington zurückbeordert. Dieser Befehl kam direkt aus dem Büro des stellvertretenden FBI-Direktors.«

Sie starrte ihn ungläubig an. Es schockte sie zu hören, wie gründlich die Identität des Dominators im Netz der Geheimhaltung verborgen war.

»Das war der Zeitpunkt, als Agent Dean sich an mich wandte«, sagte Conway.

»Weil Sie im Verteidigungsausschuss sitzen?«

»Weil wir uns seit vielen Jahren kennen. Marines haben ein Talent, einander zu finden. Und Marines vertrauen einander. Er hat mich gebeten, für ihn Erkundigungen einzuholen. Aber ich fürchte, ich habe nicht sehr viel erreicht.«

»Nicht einmal Sie als Senator?«

Conway lächelte ironisch. »Als demokratischer Senator aus einem liberalen Staat, muss man hinzufügen. Ich habe meinem Land zwar als Soldat gedient, aber gewisse Elemente im Verteidigungsministerium werden mich nie voll und ganz akzeptieren. Oder mir vertrauen.«

Ihr Blick fiel wieder auf die Fotos auf dem Couchtisch. Auf die Galerie der Toten, die nicht etwa wegen ihrer politischen Aktivitäten, ihrer ethnischen Zugehörigkeit oder ihrer Religion massakriert worden waren, sondern einzig und allein deshalb, weil sie mit schönen Frauen verheiratet gewesen waren. »Das hätten Sie mir auch schon vor Wochen sagen können.«

»Bei polizeilichen Ermittlungen gibt es immer undichte Stellen«, sagte Dean.

»Nicht bei mir.«

»Bei *allen* polizeilichen Ermittlungen. Wenn wir diese Informationen mit Ihrem Team teilten, dann würden irgendwann die Medien davon erfahren. Und das würde sofort die falschen Leute auf Ihre Arbeit aufmerksam machen. Leute, die mit allen Mitteln verhindern werden, dass Sie jemals einen Verdächtigen festnehmen.«

»Sie glauben tatsächlich, dass sie ihn decken würden? Nach allem, was er getan hat?«

»Nein, ich glaube, sie würden ihn ebenso gerne unschädlich machen wie wir auch. Aber sie wollen es im Stillen erledigen, ohne dass die Öffentlichkeit etwas davon mitbekommt. Es ist offensichtlich, dass sie ihn aus den Augen verloren haben. Er hat sich ihrer Kontrolle entzogen und angefangen, Zivilisten zu töten. Er ist zu einer wandelnden Zeitbombe geworden, und sie können es sich nicht leisten, das Problem zu ignorieren.«

»Und wenn sie ihn vor uns fangen?«

»Dann werden wir es nie erfahren. Die Morde werden ganz einfach aufhören, und wir werden nur rätseln können, wie es wirklich abgelaufen ist.«

»Unter einem befriedigenden Abschluss stelle ich mir aber etwas anderes vor«, sagte sie.

»Gewiss – denn Ihnen geht es um Gerechtigkeit. Sie wollen eine Verhaftung, einen Prozess, ein Urteil. Keine halben Sachen.«

»So wie Sie es sagen, klingt es, als ob ich etwas ganz und gar Unmögliches verlange.«

»In diesem Fall ist es vielleicht auch so.«

»Haben Sie mich deswegen herbestellt? Um mir zu sagen, dass ich ihn nie kriegen werde?«

Er beugte sich vor, und sein Blick war plötzlich von großer Eindringlichkeit. »Wir wollen genau dasselbe wie Sie, Jane. Keine halben Sachen. Ich bin diesem Mann seit dem Kosovo auf der Spur. Glauben Sie, ich würde mich mit weniger zufrieden geben?«

Conway sagte mit ruhiger Stimme: »Verstehen Sie jetzt, warum wir Sie hergebeten haben? Warum Geheimhaltung in diesem Fall so wichtig ist?«

»Mir scheint, wir hatten schon viel zu viel davon.«

»Aber für den Augenblick ist es die einzige Möglichkeit, am Ende doch noch zu einem befriedigenden Abschluss zu kommen. Und das wünschen wir uns doch alle, nehme ich an.«

Sie musterte Senator Conway eingehend. »Sie haben meine Reise finanziert, habe ich Recht? Die Flugtickets, der Wagen, das feine Hotel – das geht nicht auf Kosten des FBI.«

Conway nickte. Und lächelte viel sagend. »Die wirklich wichtigen Dinge«, sagte er, »sollte man besser nicht über die Bücher laufen lassen.«

23

Der Himmel hatte seine Schleusen geöffnet, und der Regen trommelte wie mit tausend Hämmern auf das Dach von Deans Volvo. Die hektisch arbeitenden Scheibenwischer gaben einen verschwommenen Blick auf den stehenden Verkehr und die überflutete Straße frei.

»Wie gut, dass Sie heute Abend nicht zurückfliegen«, sagte er. »Am Flughafen herrscht wahrscheinlich ein heilloses Chaos.«

»Bei diesem Wetter habe ich auch lieber festen Boden unter den Füßen, das können Sie mir glauben.«

Er warf ihr einen amüsierten Blick zu. »Und ich dachte immer, Sie seien so furchtlos.«

»Wie sind Sie denn darauf gekommen?«

»Ich habe Sie beobachtet. Und Sie geben sich ja auch alle Mühe, diesen Eindruck zu erwecken. Immer in voller Rüstung.«

»Jetzt versuchen Sie schon wieder, mich zu analysieren. Das machen Sie ständig.«

»Die Macht der Gewohnheit. Das war mein Job im Golfkrieg. Psychologische Kriegsführung.«

»Aber ich bin nicht der Feind, okay?«

»Das habe ich auch nie geglaubt, Jane.«

Sie sah ihn an und musste wieder einmal die klaren, scharfen Konturen seines Profils bewundern. »Aber Sie haben mir nicht getraut.«

»Ich kannte Sie ja noch nicht.«

»Und jetzt haben Sie also Ihre Meinung geändert?«

»Was glauben Sie denn, weshalb ich Sie gebeten habe, nach Washington zu kommen?«

»Ach, was weiß ich«, erwiderte sie und lachte unbekümmert. »Vielleicht, weil ich Ihnen gefehlt habe und Sie es nicht erwarten konnten, mich wiederzusehen?«

Sein Schweigen ließ sie erröten. Ihr Verhalten erschien ihr plötzlich töricht und verantwortungslos, genau die Eigenschaften, die sie bei anderen Frauen so verachtete. Sie starrte zum Fenster hinaus, um ihn nicht ansehen zu müssen. Der Klang ihrer eigenen Stimme, ihrer eigenen unbedachten Worte tönten ihr immer noch in den Ohren.

Vor ihnen setzten sich die Autos endlich wieder in Bewegung; Reifen pflügten durch tiefe Pfützen.

»Um ehrlich zu sein«, sagte er, »ich wollte Sie tatsächlich sehen.«

»Ach?« Eine knappe, beiläufig hingeschleuderte Antwort – sie hatte sich schon genug blamiert und würde den gleichen Fehler nicht noch einmal machen.

»Ich wollte mich bei Ihnen entschuldigen. Für meine Bemerkung Marquette gegenüber, Sie seien dem Job nicht gewachsen. Ich habe mich geirrt.«

»Wann sind Sie zu dem Schluss gekommen?«

»Es gab da keinen bestimmten Moment. Ich habe Sie einfach… bei Ihrer Arbeit beobachtet, Tag für Tag. Und gesehen, wie konzentriert Sie zu Werke gehen. Wie Sie von dem unbedingten Willen getrieben sind, alles richtig zu machen.« Mit leiser Stimme setzte er hinzu: »Und dann habe ich herausgefunden, mit welcher Belastung Sie seit letztem Sommer leben müssen. Das war mir alles nicht bewusst gewesen.«

»Wow. ›Und sie schafft es trotzdem, ihre Arbeit ordentlich zu erledigen.‹«

»Sie denken, ich habe bloß Mitleid mit Ihnen«, sagte er.

»Es ist eben nicht besonders schmeichelhaft, wenn man zu hören kriegt: ›Seht her, was sie alles geschafft hat, und das *trotz* dieser Belastung.‹ Vielleicht kriege ich ja eine Medaille bei den Paralympics. Die für psychisch angeknackste Cops.«

Er seufzte genervt. »Suchen Sie immer so hartnäckig nach dem verborgenen Motiv hinter jedem Kompliment und jedem lobenden Wort? Es kommt auch schon mal vor, dass jemand genau das meint, was er sagt, Jane.«

»Sie müssen doch verstehen, dass ich mehr als nur ein bisschen skeptisch auf alles reagiere, was von Ihnen kommt.«

»Sie glauben immer noch, dass ich meine wahren Absichten vor Ihnen verberge?«

»Ich bin mir nicht mehr so sicher.«

»Aber irgendetwas muss ich verbergen, nicht wahr? Weil Sie ja ganz bestimmt kein ehrliches Kompliment von mir verdient haben.«

»Ich weiß schon, was Sie sagen wollen.«

»Mag sein. Aber Sie glauben es nicht wirklich.« Er bremste an einer roten Ampel und sah sie an. »Woher kommt nur diese ganze Skepsis? Haben Sie es immer schon als so schwer empfunden, Jane Rizzoli zu sein?«

Sie reagierte mit einem matten Lachen. »Machen wir lieber einen Bogen um das Thema, Dean.«

»Sie meinen das Thema ›Frauen im Polizeidienst‹?«

»Das müssen wir ja jetzt nicht breittreten; Sie können sich den Rest sicherlich denken.«

»Ihre Kollegen scheinen Sie doch zu respektieren.«

»Es gibt ein paar unrühmliche Ausnahmen.«

»Die gibt es immer.«

Die Ampel sprang auf Grün, und er richtete den Blick wieder auf die Straße.

»Das ist nun einmal so in dieser Branche«, sagte sie. »Ziemlich testosterongesteuert.«

»Und warum haben Sie dann diesen Beruf gewählt?«

»Weil ich in Hauswirtschaftslehre durchgefallen bin.«

Darüber mussten sie beide lachen. Das erste Mal, dass sie ohne Hintergedanken miteinander lachten.

»Aber Scherz beiseite«, fuhr sie fort. »Ich wusste schon mit zwölf, dass ich einmal Polizistin werden wollte.«

»Wieso?«

»Polizisten werden von allen respektiert. Das ist jedenfalls der Eindruck, den man als Kind bekommt. Ich war scharf auf die Dienstmarke, die Knarre. Ich wollte, dass die Leute Notiz von mir nehmen. Was ich nicht wollte, war, in irgendeinem Büro zu versauern und von niemandem bemerkt zu werden. Mich in die große Unsichtbare zu verwandeln. Das ist wie lebendig begraben werden. Niemand hört dir zu, niemand sieht dich.« Sie stützte den Ellbogen an der Tür ab und legte das Kinn in die Hand. »Inzwischen habe ich erkannt, dass Anonymität auch von Vorteil sein kann.« *Dann hätte der Chirurg wenigstens nie meinen Namen erfahren.*

»Das klingt ja, als ob Sie die Entscheidung für den Polizeiberuf bereuen.«

Sie dachte an die langen Nächte, die sie durchgearbeitet hatte, wach gehalten durch großzügige Dosen von Kaffee und Adrenalin. An die immer wieder erschütternden Konfrontationen mit dem Schlimmsten, was Menschen einander antun können. Und sie dachte an den blinden Passagier, dessen Akte immer noch auf ihrem Schreibtisch lag und sie unentwegt an die Vergeblichkeit menschlichen Strebens erinnerte. Des seinen wie des ihren. Wir träumen unsere Träume, dachte sie, aber wir ahnen oft nicht, wohin sie uns führen können. Plötzlich finden wir uns im Keller eines Farmhauses wieder, wo der Geruch von Blut in der Luft hängt. Oder wir stürzen im freien Fall aus dem blauen Himmel, rudern vergeblich mit Armen und Beinen gegen die Schwerkraft an. Aber unsere Träume sind unsere Träume, und wohin sie uns treiben, dorthin gehen wir.

Endlich erwiderte sie: »Nein, ich bereue nichts. Das ist mein Job, und der ist mir wichtig. Und mein Job ist auch das, worüber ich so richtig in Fahrt geraten kann. Ich muss gestehen, die Wut ist eine große Motivation bei meiner Arbeit. Wenn ich die Leiche eines Opfers sehe, kann ich mich nicht einfach so abwenden. Es macht mich immer wieder so verdammt wütend – und nur wenn ich zulasse, dass mir der Tod eines Opfers wirklich an die Nieren geht, setze ich mich auch mit aller Kraft für die Aufklärung ein. Wenn ich einmal *nicht* mehr wütend werde, dann ist es wohl Zeit aufzuhören.«

»Nicht jeder hat so viel Feuer im Bauch wie Sie.« Er sah sie an. »Ich glaube, ich habe noch nie einen Menschen kennen gelernt, der mit solcher Leidenschaft an seine Arbeit herangeht wie Sie.«

»Das ist nicht unbedingt erstrebenswert.«

»Leidenschaft ist eine gute Sache.«

»Auch, wenn es bedeutet, dass Sie immer kurz davor sind zu explodieren?«

»Ist das so bei Ihnen?«

»Manchmal kommt es mir so vor.« Sie starrte auf die regenüberflutete Windschutzscheibe. »Ich sollte mir eine Scheibe von Ihnen abschneiden.«

Er gab keine Antwort, und sie fragte sich, ob sie ihn wohl mit ihrer letzten Bemerkung vor den Kopf gestoßen hatte. Mit dem unausgesprochenen Vorwurf, er sei kalt und leidenschaftslos. Aber so war er ihr schon immer vorgekommen: Er war der Mann im grauen Anzug. Wochenlang hatte er sie an der Nase herumgeführt, und jetzt wollte sie ihren Frust abreagieren, indem sie ihn provozierte. Sie wollte ihm einfach nur irgendeine Gefühlsregung entlocken, ganz gleich, wie unangenehm es werden mochte – und wenn auch nur, um zu beweisen, dass sie es konnte. Seine Unerschütterlichkeit war für sie eine einzige Herausforderung.

Aber es waren Herausforderungen wie diese, die Frauen dazu brachten, sich lächerlich zu machen.

Als er schließlich vor dem Watergate vorfuhr, hatte sie sich ihre knappen Abschiedsworte schon zurechtgelegt.

»Danke fürs Mitnehmen«, sagte sie. »Und dafür, dass Sie mir die Augen geöffnet haben.« Sie wandte sich ab und stieß die Tür auf. Ein Schwall feuchtwarmer Luft schlug ihr entgegen. »Wir sehen uns dann in Boston.«

»Jane?«

»Ja?«

»Keine Versteckspielchen mehr, okay? Ich meine, was ich sage.«

»Wenn Sie darauf bestehen.«

»Sie glauben mir nicht, oder?«

»Ist das denn so wichtig?«

»Ja«, sagte er leise. »Das ist mir sehr wichtig.«

Sie zögerte, und ihr Herz begann plötzlich schneller zu schlagen, als sie sich zu ihm umdrehte. Sie hatten einander so lange etwas vorgemacht, dass sie erst noch lernen mussten, die Wahrheit in den Augen des anderen zu lesen. In diesem Moment war es unmöglich vorauszusagen, was als Nächstes gesagt, was als Nächstes passieren würde. Keiner wagte es, den nächsten Schritt zu tun. Den ersten Fehler zu machen.

Ein Schatten fiel auf die geöffnete Beifahrertür. »Willkommen im Watergate, Ma'am! Brauchen Sie Hilfe mit Ihrem Gepäck?«

Rizzoli blickte erstaunt auf und sah in das lächelnde Gesicht des Portiers. Er hatte ihre offene Tür gesehen und angenommen, dass sie aussteigen wollte.

»Ich bin schon angemeldet, vielen Dank«, sagte sie und drehte sich wieder zu Dean um. Doch der Augenblick war vorbei. Der Portier stand immer noch da und wartete darauf, dass sie ausstieg. Also stieg sie aus.

Ein Blick durch das Beifahrerfenster, ein kurzes Winken – das war ihr Abschied. Sie drehte sich um und ging zum Eingang. Nur einmal drehte sie sich noch um und sah dem Wagen nach, bis er im Regen verschwunden war.

Im Aufzug lehnte sie sich zurück und schloss die Augen. Innerlich schalt sie sich für jede unverstellte Gefühlsregung, die sie gezeigt hatte, für jedes unkluge Wort, das ihr während der Fahrt herausgerutscht sein mochte. Als sie wieder in ihrem Zimmer war, hatte sie nur noch einen Wunsch – so schnell wie möglich ihre Tasche zu packen und nach Boston zurückzufliegen. Sicher gab es am Abend noch eine Maschine. Oder sie würde den Zug nehmen. Sie war schon immer gerne Zug gefahren.

Sie wollte nur noch fliehen, diesen Ort und all die peinlichen Momente hinter sich lassen, und so öffnete sie ihren Koffer und machte sich ans Packen. Sie hatte nur sehr wenig mitgenommen. Schnell waren die Bluse und die Hose zum Wechseln aus dem Schrank genommen und auf das Halfter mit ihrer Waffe geworfen. Dann steckte sie noch rasch ihre Zahnbürste und ihren Kamm in den Toilettenbeutel, stopfte ihn in den Koffer und zog den Reißverschluss zu. Sie war schon auf dem Weg nach draußen, als es an der Tür klopfte.

Es war Dean. Sein grauer Anzug war mit Regentropfen besprenkelt, seine Haare glänzten feucht. »Ich glaube, wir waren noch nicht ganz fertig mit unserem Gespräch«, sagte er.

»Wollten Sie mir noch irgendetwas sagen?«

»Ja, allerdings.« Er kam herein und schloss die Tür. Sein Blick fiel auf ihren fertig gepackten Koffer, und er runzelte die Stirn.

Mein Gott, dachte sie. Einer von uns muss jetzt mutig sein. Die Gelegenheit beim Schopf packen.

Bevor er noch irgendetwas sagen konnte, riss sie ihn an sich – und fühlte im gleichen Moment, wie seine Arme sich um ihre Hüften schlangen. Als sich dann ihre Lippen berührten, war bei beiden auch der letzte Zweifel ausgeräumt, dass diese Umarmung von beiden Seiten ausging. Wenn es ein Fehler war, was sie taten, dann traf sie beide die gleiche Schuld. Sie wusste so gut wie nichts über ihn – nur, dass sie ihn begehrte. Mit den Konsequenzen würde sie sich später herumschlagen.

Sein Gesicht war nass vom Regen, und als er sich seiner

Kleider entledigte, blieb der Duft der feuchten Wolle auf seiner Haut zurück – ein Duft, den sie gierig einsog, als ihr Mund seinen Körper erkundete, so wie er den ihren. Für romantische Zärtlichkeiten fehlte ihr die Geduld: Wild und leidenschaftlich musste es sein. Sie spürte, wie er sich zurückhielt, wie er sie zu bremsen suchte. Er wollte die Initiative nicht abgeben, doch sie widersetzte sich ihm, benutzte ihren Körper, um ihn aus der Reserve zu locken. Und so kam es, dass bei diesem ersten Mal sie die Eroberin war. Er konnte sich nur noch ergeben.

Hinterher schliefen sie erschöpft ein, während es draußen allmählich dunkel wurde. Als sie aufwachte, fiel nur noch ein schwacher Dämmerschein durch das Fenster auf den Mann an ihrer Seite. Einen Mann, der ihr auch jetzt noch ein Buch mit sieben Siegeln war. Sie hatte seinen Körper benutzt, so wie er den ihren benutzt hatte, und obwohl sie wusste, dass sie eigentlich Schuldgefühle haben sollte wegen der Lust, der sie sich hingegeben hatten, empfand sie in diesem Moment nichts als eine angenehme Müdigkeit.

»Du hattest schon gepackt«, sagte er.

»Ich wollte noch heute Abend abreisen und nach Boston zurückfliegen.«

»Warum?«

»Ich habe nicht eingesehen, warum ich noch länger bleiben sollte.« Sie streckte die Hand aus, strich ihm über die rauen Bartstoppeln. »Bis du hier aufgekreuzt bist.«

»Was ich beinahe nicht getan hätte. Ich bin ein paarmal um den Block gefahren. Ich musste all meinen Mut zusammennehmen.«

Sie lachte. »Das klingt ja so, als ob du dich vor mir fürchtest.«

»Willst du eine ehrliche Antwort? Du bist eine Frau, die einem Mann ganz gehörigen Respekt einflößen kann.«

»Ist das wirklich der Eindruck, den ich vermittle?«

»Ja – aufbrausend, leidenschaftlich. Ich bin immer wieder verblüfft über die Energie, die du ausstrahlst.« Er streichelte ihren Oberschenkel, und seine Berührung ließ sie aufs Neue erschaudern. »Vorhin im Auto hast du gesagt, du würdest dir gerne eine Scheibe von mir abschneiden. Die Wahrheit ist, dass ich mir wünschte, ich wäre mehr wie du. Ich wünschte, ich hätte etwas von deiner Leidenschaft.«

Sie legte die Hand auf seine Brust. »Du tust ja gerade so, als ob hier drin kein Herz schlägt.«

»Hast du das nicht selbst geglaubt?«

Sie schwieg. *Der Mann im grauen Anzug.*

»So ist es, habe ich Recht?«, sagte er.

»Ich wurde einfach nicht schlau aus dir«, gab sie zu. »Du hast immer so distanziert gewirkt. Irgendwie nicht ganz menschlich.«

»Gefühllos.«

Er hatte das Wort so leise gesprochen, dass sie sich fragte, ob es überhaupt für ihre Ohren bestimmt war. Nur ein geflüsterter Gedanke.

»Wir reagieren verschieden auf die Dinge, mit denen wir in unserer Arbeit konfrontiert werden«, sagte er. »Du hast gesagt, dass es dich wütend macht.«

»Ja, das kommt oft vor.«

»Also stürzt du dich in den Kampf. Du gehst mit Vollgas drauflos. Und mit derselben Einstellung packst du auch das Leben an.« Mit einem leisen Lachen fügte er hinzu: »Wehe, wenn sie losgelassen...«

»Wie soll ich denn *nicht* wütend werden?«

»Ich lasse es erst gar nicht so weit kommen. So gehe *ich* damit um. Ich trete einen Schritt zurück, atme tief durch. Ich gehe an jeden Fall heran wie an ein Puzzlespiel.« Er sah sie an. »Deswegen bin ich von dir so fasziniert. Du bist ständig in Bewegung, du investierst so starke Gefühle in alles, was du tust. Das empfinde ich fast als... bedrohlich.«

»Wieso?«

»Weil es meinem Wesen widerspricht. Dem, was ich für mich anstrebe.«

»Du hast Angst, meine emotionale Art könnte auf dich abfärben.«

»Es ist, wie wenn man zu nahe ans Feuer gerät. Es zieht uns an, obwohl wir sehr wohl wissen, dass wir uns die Finger verbrennen werden.«

Sie drückte ihm einen Kuss auf die Lippen. »Ein bisschen Gefahr«, flüsterte sie, »kann ganz aufregend sein.«

Der Abend ging unmerklich in die Nacht über. Sie duschten sich den Schweiß ab, der sich auf ihrer Haut vermischt hatte, und betrachteten sich grinsend im Spiegel, in identische Hotel-Bademäntel gehüllt. Sie ließen sich das Abendessen aufs Zimmer kommen und tranken Rotwein im Bett, während im Fernseher Comedy-Serien liefen. Heute verzichteten sie auf CNN; heute sollten keine schlechten Nachrichten ihnen die Stimmung verderben. Heute Nacht wollte sie Lichtjahre von Warren Hoyt entfernt sein.

Aber so sehr sie ihn aus ihren Gedanken zu verdrängen suchte, geborgen in den Armen eines Mannes, dem sie vertraute, aus ihren Träumen konnte sie Hoyt nicht verbannen. In der Dunkelheit schreckte sie hoch, schweißgebadet vor Angst, nicht vor Leidenschaft. Ihr Herz klopfte so laut, dass sie fast das Klingeln ihres Handys überhört hätte. Es dauerte ein paar Sekunden, bis sie sich aus Deans Umarmung befreit hatte und über ihn hinweg nach dem Telefon greifen konnte, das auf seinem Nachttisch lag. Sie klappte es auf.

»Rizzoli.«

Es war Frost. »Ich habe Sie wohl geweckt.«

Sie schielte nach dem Radiowecker. »Fünf Uhr morgens – ja, davon können Sie ausgehen.«

»Alles in Ordnung mit Ihnen?«

»Mir geht's gut. Wieso?«

»Also, ich weiß ja, dass Sie heute wieder zurückfliegen. Aber ich dachte mir, Sie sollten es schon vorher erfahren.«

»Was?«

Er antwortete nicht sofort. Sie hörte im Hintergrund, wie jemand ihn etwas fragte; es ging um das Sicherstellen von Spuren. In diesem Augenblick wusste sie, dass er im Einsatz war – an einem neuen Tatort.

Neben ihr begann Dean sich zu regen; er hatte ihre plötzliche Anspannung gespürt. Jetzt setzte er sich auf und schaltete das Licht ein. »Was ist denn?«

Frost meldete sich wieder. »Rizzoli?«

»Wo sind Sie?«, fragte sie.

»Ich bin zu einem Zehn-Vierundsechziger gerufen worden. Und da bin ich auch jetzt noch…«

»Seit wann bearbeiten Sie Einbrüche?«

»Es handelt sich um Ihre Wohnung.«

Sie verharrte vollkommen reglos, das Telefon ans Ohr gepresst, und hörte nur das Hämmern ihres eigenen Pulses.

»Da Sie ja verreist waren, hatten wir die Überwachung Ihres Gebäudes vorübergehend aufgehoben«, sagte Frost. »Ihre Nachbarin von Apartment 203 hat den Einbruch gemeldet. Miss – äh…«

»Spiegel«, sagte sie leise. »Ginger.«

»Genau. Scheint ein ziemlich aufgewecktes Mädel zu sein. Sie sagt, sie arbeitet als Bedienung drüben bei McGinty's. Kam von der Arbeit nach Hause und bemerkte Glassplitter unter der Feuertreppe. Da hat sie nach oben geschaut und gesehen, dass Ihr Fenster eingeschlagen war. Sie hat sofort die 911 angerufen. Und der erste Kollege vor Ort hat gleich erkannt, dass es Ihre Wohnung ist, und mich benachrichtigt.«

Dean fasste ihren Arm und sah sie fragend an. Sie ignorierte ihn. Sie musste sich räuspern, bevor es ihr gelang, mit trügerisch ruhiger Stimme zu fragen: »Hat er irgendetwas mitgenommen?« Schon jetzt sagte sie wie selbstverständlich *er.* Sie musste seinen Namen nicht nennen; sie wussten beide, wessen Werk dieser Einbruch war.

»Das müssen Sie uns sagen, wenn Sie wieder hier sind«, meinte Frost.

»Sind Sie jetzt gerade dort?«

»Ich stehe in Ihrem Wohnzimmer.«

Sie schloss die Augen. Bei dem Gedanken an all die fremden Menschen, die in ihre Festung eingedrungen waren, wurde ihr fast schlecht vor Wut. Sie sah sie vor sich, wie sie ihre Schränke öffneten, ihre Kleider anfassten. Ungeniert in ihren persönlichen Gegenständen herumwühlten.

»Auf den ersten Blick würde ich sagen, dass nicht viel verändert ist«, sagte Frost. »Ihr Fernseher und Ihr CD-Player sind noch da. Und auf der Anrichte in der Küche steht noch ein großes Glas mit Münzen. Gibt es sonst noch irgendetwas, worauf er es abgesehen haben könnte?«

Meinen Seelenfrieden. Meinen Verstand.

»Rizzoli?«

»Mir fällt nichts ein.«

Eine Pause trat ein. Dann sagte er in beschwichtigendem Ton: »Ich werde alles mit Ihnen durchgehen, Zentimeter für Zentimeter. Das machen wir zusammen, sobald Sie wieder hier sind. Der Vermieter hat schon das Fenster mit Brettern vernageln lassen, damit es nicht reinregnet. Falls Sie gerne vorläufig bei uns schlafen würden – ich bin sicher, Alice hätte nichts dagegen. Wir haben ein Gästeschlafzimmer, das wird so gut wie nie benutzt...«

»Ich komme schon klar«, sagte sie.

»Es ist wirklich kein Problem...«

»Ich komme schon klar.«

Es lag Zorn in ihrer Stimme – und Stolz. Vor allem Stolz.

Frost war so klug, nicht weiter zu insistieren, und er war auch nicht beleidigt. Ruhig und gelassen fuhr er fort: »Rufen Sie mich an, sobald Sie wieder in Boston sind.«

Dean beobachtete sie, als sie das Gespräch beendete und

das Handy weglegte. Plötzlich konnte sie es nicht mehr ertragen, seinen Blicken so schutzlos ausgesetzt zu sein, so nackt und verängstigt, wie sie war, in ihrer ganzen Verletzlichkeit. Sie stieg aus dem Bett, ging ins Bad und schloss die Tür hinter sich zu.

Einen Augenblick später hörte sie ihn anklopfen. »Jane?«

»Ich gehe noch mal duschen.«

»Sperr dich doch nicht ein.« Er klopfte erneut. »Komm raus und sprich mit mir.«

»Wenn ich fertig bin.« Sie drehte die Brause auf und stieg hinein – nicht, weil sie sich waschen wollte, sondern weil das laufende Wasser jede Unterhaltung unmöglich machte. Es war ein rauschender Vorhang, hinter dem sie sich verbergen konnte. Das Wasser prasselte auf sie herab, und sie stand da mit gesenktem Kopf, stützte sich mit beiden Händen an den Fliesen ab und rang mit ihrer Angst. Sie stellte sich vor, dass sie wie Schmutz von ihrer Haut heruntergespült wurde und gurgelnd im Abfluss versickerte. Dass sie Schicht für Schicht von ihr abfiel. Als sie endlich das Wasser abdrehte, fühlte sie sich ruhiger. Geläutert. Sie trocknete sich ab, und in dem beschlagenen Spiegel erblickte sie undeutlich ihr Gesicht – nicht mehr blass, sondern von der Hitze gerötet. Jetzt war sie wieder bereit, für die Welt dort draußen die Rolle der Jane Rizzoli zu spielen.

Sie kam aus dem Bad heraus. Dean saß im Sessel am Fenster. Er sagte kein Wort, sondern sah ihr nur zu, wie sie sich ankleidete, wie sie ihre Sachen auflas und dabei um das Bett herumging, in dem die zerknüllten Laken noch von ihrer Leidenschaft kündeten. Ein einziger Anruf hatte alles verändert, und nun ging sie mit spröder Entschlossenheit im Zimmer umher, knöpfte ihre Bluse zu, zog den Reißverschluss an ihrer Hose hoch. Draußen war es noch dunkel, doch für sie war die Nacht vorbei.

»Willst du es mir nicht sagen?«, fragte er.

»Hoyt war in meiner Wohnung.«

»Wissen sie schon, dass er es war?«

Sie drehte sich zu ihm um. »Wer soll es denn sonst gewesen sein?«

Die Worte klangen schriller, als sie beabsichtigt hatte. Errötend bückte sie sich, um ihre Schuhe unter dem Bett hervorzuholen. »Ich muss nach Hause.«

»Es ist fünf Uhr früh. Deine Maschine geht erst um halb zehn.«

»Erwartest du ernsthaft, dass ich jetzt noch schlafen kann? Nach diesem Anruf?«

»Du wirst ganz erschöpft in Boston ankommen.«

»Ich bin nicht müde.«

»Weil du vor Stress vollkommen aufgedreht bist.«

Sie zwängte ihre Füße in die Schuhe. »Hör endlich auf damit.«

»Womit?«

»Dich ständig um mich kümmern zu wollen.«

Er schwieg eine Weile. Dann erwiderte er mit einem Anflug von Sarkasmus in der Stimme: »Tut mir Leid. Ich hatte vergessen, dass du ja durchaus in der Lage bist, auf dich selbst aufzupassen.«

Sie verharrte mit dem Rücken zu ihm. Schon bereute sie, was sie gesagt hatte. Zum ersten Mal wünschte sie, er würde sich tatsächlich um sie kümmern. Sie in den Arm nehmen und sie sanft überreden, sich wieder ins Bett zu legen, wo sie dann eng umschlungen schlafen würden, bis es Zeit für sie war zu gehen.

Aber als sie sich zu ihm umdrehte, sah sie, dass er aufgestanden war und sich schon anzukleiden begann.

24

Im Flugzeug schlief sie ein. Als sie beim Landeanflug auf Boston wieder aufwachte, fühlte sie sich benommen, und ihre Kehle war wie ausgedörrt. Das schlechte Wetter war ihnen von D.C. gefolgt, und beim Sinkflug durch die Wolken rüttelten Turbulenzen an den ausklappbaren Tabletts ebenso wie an den Nerven der Passagiere. Draußen verschwanden die Flügelspitzen hinter einem grauen Vorhang, doch sie war viel zu müde, um sich auch nur einen Moment lang Sorgen wegen der Landung zu machen. Und anstatt sich auf das zu konzentrieren, was vor ihr lag, musste sie an Dean denken. Sie starrte durchs Fenster hinaus in den Nebel und erinnerte sich an die Berührung seiner Hände, seinen warmen Atem auf ihrer Haut.

Und sie erinnerte sich an ihre letzten Worte am Eingang des Terminals in Washington, an den kühlen, hastigen Abschied im prasselnden Regen. Sie waren nicht wie zwei Liebende auseinander gegangen, sondern wie Geschäftspartner, die beide schon mit den Gedanken bei ihren nächsten Terminen waren. Sie gab sich selbst die Schuld für die neuerliche Distanziertheit in ihrem Verhältnis und machte ihm zugleich Vorwürfe, weil er sie hatte gehen lassen. Wieder einmal war Washington zur Stadt der Reue und der befleckten Laken geworden.

Die Maschine landete im strömenden Regen. Auf dem Rollfeld sah sie das Bodenpersonal in Regenjacken mit Kapuzen durch die Pfützen sprinten, und schon jetzt war ihr der Gedanke an das, was ihr bevorstand, ein Gräuel. Die Rückkehr in ihre Wohnung, in der sie sich nie wieder sicher fühlen würde, weil *er* dort gewesen war.

Als sie ihren Koffer von der Gepäckausgabe abgeholt hatte und damit ins Freie trat, peitschte ihr der Wind, der unter das Vordach wehte, einen Schwall Regen ins Gesicht. Eine lange Schlange entmutigt wirkender Gestalten wartete am Taxistand. Sie ließ den Blick über die Reihe von Limousinen schweifen, die am gegenüberliegenden Straßenrand parkten, und war erleichtert, im Fenster eines der Wagen ein Schild mit der Aufschrift »Rizzoli« zu entdecken.

Sie klopfte an das Fahrerfenster, worauf die Scheibe herabglitt. Es war ein anderer Fahrer – nicht der ältere Schwarze, der sie am Tag zuvor zum Flughafen gefahren hatte.

»Ja bitte, Ma'am?«

»Ich bin Jane Rizzoli.«

»Zur Claremont Street, nicht wahr?«

»Ja, das bin ich.«

Der Fahrer stieg aus und hielt ihr die Fondtür auf. »Willkommen an Bord. Ihr Gepäck lege ich in den Kofferraum.«

»Danke.«

Sie stieg ein und ließ sich mit einem erschöpften Seufzer in den edlen Ledersitz sinken. Draußen war die Luft von hektischem Hupen erfüllt, Reifen rauschten durch große Pfützen, doch in der geschlossenen Welt dieser Limousine herrschte angenehme Stille. Sie schloss die Augen, als der Wagen sich sanft in Bewegung setzte und in Richtung Boston davonfuhr.

Ihr Handy klingelte. Sie raffte sich aus ihrer Erschöpfung auf und begann benommen in ihrer Handtasche zu wühlen. Kugelschreiber und Münzen fielen heraus und kullerten ihr zwischen die Füße. Endlich hatte sie das Telefon gefunden und meldete sich beim vierten Klingeln.

»Rizzoli.«

»Hier spricht Margaret, Büro von Senator Conway. Ich habe Ihre Reise organisiert, und jetzt wollte ich mich nur noch einmal vergewissern, dass es mit Ihrer Abholung vom Flughafen keine Probleme gegeben hat.«

»Nein, ich sitze schon in der Limousine.«

»Ah.« Eine kurze Pause. »Nun, da bin ich ja froh, dass sich das noch geklärt hat.«

»Was denn?«

»Ich habe einen Anruf vom Chauffeurdienst bekommen; sie wollten wissen, ob ich bestätigen könnte, dass Sie Ihre Fahrt vom Flughafen gecancelt hätten.«

»Nein, der Wagen hat schon auf mich gewartet. Vielen Dank.«

Sie beendete das Gespräch und bückte sich, um die Sachen aufzuheben, die aus ihrer Handtasche gefallen waren. Der Kugelschreiber war unter den Fahrersitz gerollt. Als sie die Hand danach ausstreckte und mit den Fingern über den Boden strich, fiel ihr plötzlich die Farbe des Teppichbodens auf. Marineblau.

Ganz langsam setzte sie sich auf.

Sie waren soeben in den Callahan-Tunnel eingefahren, der unter dem Charles River hindurchführte. Der Verkehr war dichter geworden, und sie krochen in einer Blechlawine durch die scheinbar endlose, in schwaches bernsteinfarbenes Licht getauchte Betonröhre.

Marineblaues Nylon 6.6, Dupont Antron. Standard für Innenraumverkleidung bei Cadillacs und Lincolns.

Sie verharrte reglos, den Blick auf die Tunnelwand gerichtet. Sie dachte an Gail Yeager und an Trauerzüge, an die Schlangen von Limousinen, die sich langsam die Straße zum Friedhofstor hinaufwanden.

Sie dachte an Alexander und Karenna Ghent, die nur eine Woche vor ihrem Tod auf dem Logan Airport gelandet waren.

Und sie dachte an Kenneth Waite und seine Verwarnungen wegen Alkohol am Steuer. Ein Mann, dem der Führerschein entzogen worden war, der aber dennoch mit seiner Frau nach Boston gefahren war.

Findet er sie so?

Ein Paar steigt zu ihm in den Wagen. Im Rückspiegel erblickt er das hübsche Gesicht der Frau. Sie macht es sich in dem weichen Ledersitz bequem, freut sich aufs Nachhausekommen – und dabei ahnt sie nicht, dass sie beobachtet wird. Dass ein Mann, dessen Gesicht sie kaum registriert hat, in diesem Augenblick beschließt, dass sie die Nächste sein wird.

Die bernsteinfarbenen Lichter des Tunnels glitten vorüber, während Rizzoli ihre Theorie zusammenfügte, Stein für Stein. So ein luxuriöser Wagen, so eine ruhige Fahrt, die Ledersitze weich wie Babyhaut. Ein namenloser Mann am Steuer. Alles zielte darauf ab, dem Fahrgast ein Gefühl der Sicherheit und Geborgenheit zu vermitteln. Sie weiß nichts über den Mann auf dem Fahrersitz. Aber der Fahrer kennt ihren Namen. Die Flugnummer. Die Straße, in der sie wohnt.

Der Verkehr war inzwischen ganz zum Erliegen gekommen. Weit voraus konnte sie das Ende des Tunnels ausmachen, eine kleine Öffnung, einen schwachen grauen Schimmer. Sie blickte weiter starr zum Fenster hinaus, wagte es nicht, den Fahrer anzusehen. Er sollte nicht sehen, dass sie etwas ahnte. Ihre Hände schwitzten, als sie in ihre Handtasche griff und ihre Finger sich um das Handy schlossen. Sie nahm es nicht heraus, sondern blieb reglos sitzen und überlegte, was sie als Nächstes tun sollte – falls sie überhaupt etwas tun konnte. Bis jetzt hatte der Fahrer noch nichts getan, was ihr einen Anlass zur Beunruhigung gegeben hätte, nichts, woraus sie hätte schließen können, dass er nicht das war, was er zu sein vorgab.

Langsam zog sie die Hand mit dem Telefon aus der Tasche. Klappte es auf. Blickte angestrengt auf das Display, um im Dämmerlicht des Tunnels die Nummern lesen zu können. Es muss ganz beiläufig klingen, sagte sie sich. Als ob du dich nur mal eben bei Frost melden wolltest – und nicht etwa einen verzweifelten SOS-Ruf absetzen. Vielleicht »Ich glaube, ich habe ein Problem, aber ich bin mir nicht sicher«? Sie drückte die Taste für die Schnellwahl von Frosts Nummer. Sie hörte den Anrufton, dann ein schwaches »Hallo?«, gefolgt von Rauschen.

Der Tunnel. Ich stecke in dem verdammten Tunnel.

Sie brach die Verbindung ab. Spähte nach vorne, um zu sehen, wann sie wieder im Freien sein würden. In diesem Moment streifte ihr Blick unwillkürlich den Innenspiegel. Sie beging den Fehler, ihm in die Augen zu sehen, zu registrieren, dass er sie beobachtete. Jetzt war es zu spät – er wusste, dass sie Bescheid wusste. Sie hatten beide verstanden.

Raus hier! Raus aus dem Auto!

Sie packte den Türgriff, doch er hatte schon die Sperre betätigt. In Panik drückte sie auf den Freigabeknopf und rüttelte an der Tür.

Mehr Zeit brauchte er nicht, um über die Rückenlehne hinweg mit dem Taser auf sie zu zielen und abzudrücken. Der Doppelpfeil traf sie in die Schulter. Fünfzigtausend Volt entluden sich in ihren Körper, ein elektrischer Schlag, der wie ein Blitz durch ihr Nervensystem fuhr. Sofort wurde ihr schwarz vor Augen. Sie sank auf dem Sitz zusammen, ihre Hände versagten den Dienst; sämtliche Muskeln verkrampften sich. Sie verlor die Gewalt über ihren Körper – ein zitterndes, hilfloses Bündel Fleisch.

Ein trommelndes Geräusch, ein Prasseln über ihrem Kopf riss sie aus der Finsternis. Der graue Nebel vor ihren Augen hellte sich langsam auf. Sie schmeckte Blut, warm und metallisch, und ihre Zunge pochte schmerzhaft an der Stelle, wo sie sich gebissen hatte. Der Nebel löste sich langsam auf, und sie sah Tageslicht. Sie waren aus dem Tunnel heraus... aber wohin ging die Fahrt? Noch immer sah sie alles verschwommen; immerhin konnte sie durch das Fenster die Umrisse hoher Gebäude vor einem grau verhangenen Himmel ausmachen. Sie versuchte ihren Arm zu bewegen, doch er war schwer und träge, die Muskeln durch den Krampf völlig entkräftet. Und der Anblick der Häuser und Bäume, die am Fenster vorüberschossen, war so Schwindel erregend, dass sie die Augen wieder schließen musste. Jetzt konzentrierte sie sich ganz darauf, ihre Arme wieder unter das Kommando ihres Willens zu zwingen. Sie spürte, wie die Muskeln zuckten und ihre Finger sich zu einer Faust schlossen. Fester. Stärker.

Mach die Tür auf. Du musst die Tür aufsperren.

Sie schlug die Augen auf, kämpfte gegen den Schwindel an, als der Anblick der am Fenster vorüberwirbelnden Umgebung ihr den Magen umdrehte. Sie zwang sich, den Arm ganz auszustrecken – jeder Zentimeter ein kleiner Triumph. Die Hand näherte sich der Tür, der Entriegelung. Sie drückte darauf und hörte, wie das Schloss mit lautem Klicken aufschnappte.

Plötzlich spürte sie etwas am Oberschenkel. Sie sah sein Gesicht, sah, wie er sich über die Rückenlehne des Vordersitzes beugte und den Taser an ihr Bein presste. Wieder schockte der gebündelte Energiestoß ihren Körper.

Ihre Beine verkrampften sich. Und Dunkelheit legte sich wie ein schwerer Mantel über sie.

Ein Tropfen kalten Wassers auf ihrer Wange. Das ratschende Geräusch von Klebeband, das von der Rolle gezogen wurde. Sie kam zu sich, als er gerade damit beschäftigt war, ihr die Hände hinter dem Rücken zu fesseln. Er schlang das Band mehrmals um ihre Handgelenke, bevor er es abschnitt. Als Nächstes zog er ihr die Schuhe aus. Sie fielen polternd zu Boden. Dann streifte er ihr auch die Socken ab, damit das Band an ihrer bloßen Haut haften konnte. Langsam klärte sich ihr Blick, und sie sah seinen Kopf, als er sich in den Wagen hineinbeugte, ganz darauf konzentriert, ihre Fußgelenke zusammenzubinden. Hinter seinem Rücken erblickte sie durch die offene Wagentür eine weite grüne Fläche. Keine Häuser. Die Sümpfe? Hatte er sie in die Back Bay Fens verschleppt?

Wieder das Ratschen des Klebebands, und dann der Geruch des Klebstoffs, als er es auf ihren Mund presste.

Er starrte auf sie herab, und nun nahm sie die Details wahr, auf die sie nicht geachtet hatte, als er auf ihr Klopfen hin das Fahrerfenster heruntergelassen hatte. Einzelheiten, die ihr unwichtig erschienen waren. Dunkle Augen, ein scharfkantiges Gesicht, der wachsame Blick einer wilden Kreatur. Und die Erregung, die lüsterne Vorfreude. Ein Gesicht, das kein Fahrgast sich merken würde, wenn er auf dem Rücksitz einer Limousine saß. Das ist die gesichtslose Armee der Uniformierten, dachte sie. Die Leute, die unsere Hotelzimmer reinigen, unser Gepäck schleppen und uns zum Bahnhof oder zum Flughafen chauffieren. Sie bewegen sich in einem Paralleluniversum, und wir nehmen sie so gut wie nie wahr – so lange, bis wir sie brauchen.

Oder bis sie in unser Leben einbrechen.

Er hob ihr Handy auf, das auf den Boden gefallen war. Warf es auf die Straße und stampfte mit dem Absatz darauf, zertrampelte es zu einem Häufchen zerborstenen Plastiks und verhedderter Drähte, das er ins Gebüsch kickte. Keine Hoffnung mehr, dass das verstärkte Notrufsignal die Polizei zu ihr führen würde.

Er arbeitete jetzt zügig und präzise. Der erfahrene Profi, der das tut, was er am besten kann. Er bückte sich, zerrte sie zur Tür und hob sie aus dem Wagen, ohne auch nur einmal zu schnaufen. Einem für Sondereinsätze ausgebildeten Soldaten, der meilenweit mit einem zentnerschweren Rucksack marschieren konnte, bereitete eine Frau wie Rizzoli, die kaum mehr auf die Waage brachte, gewiss keine Probleme. Regentropfen prasselten ihr ins Gesicht, als er sie zum Heck des Wagens trug. Sie sah kurz ein paar Bäume aufblitzen, silbrig glänzend vor Nässe, dazu dichtes Unterholz. Aber keine anderen Fahrzeuge – obwohl von irgendwo jenseits des Waldstücks das auf- und abschwellende Rauschen des Verkehrs zu ihr herüberdrang, als hielte ihr jemand eine

Muschel an die Ohren. So nahe, dass sich ein erstickter Verzweiflungsschrei ihrer Kehle entrang.

Der Kofferraum war bereits offen; der olivgrüne Fallschirm lag ausgebreitet da; alles vorbereitet für sie, für das Opfer. Er legte sie hinein, ging nach vorne, um ihre Schuhe zu holen, und warf sie ebenfalls in den Kofferraum. Dann schlug er den Deckel zu, und sie hörte, wie er den Schlüssel im Schloss umdrehte. Selbst wenn es ihr gelänge, ihre Hände freizubekommen, würde sie aus diesem finsteren Sarg niemals entkommen können.

Sie hörte, wie die Tür ins Schloss fiel, dann setzte das Auto sich wieder in Bewegung. Unterwegs zu einem Mann, der bereits auf sie warten würde – so viel war ihr klar.

Sie dachte an Warren Hoyt. An sein ausdrucksloses Lächeln, seine langen Finger, die in Latexhandschuhen steckten. Sie dachte an den Gegenstand, den diese Hand halten würde, und eine Woge des Entsetzens überkam sie. Ihr Atem ging schneller, sie glaubte ersticken zu müssen; es schien ihr nicht zu gelingen, die Luft schnell und tief genug in ihre Lungen zu saugen. In Panik wälzte sie sich hin und her, schlug um sich wie ein wildes Tier, das verzweifelt um sein Leben kämpft. Sie stieß mit dem Gesicht gegen den Koffer und war einen Moment lang wie benommen. Erschöpft lag sie da, spürte nichts als das Pochen in ihrer Wange.

Der Wagen wurde langsamer und blieb stehen.

Starr vor Entsetzen und mit klopfendem Herzen wartete sie ab, was passieren würde. Sie hörte einen Mann sagen: »Schönen Tag noch!« Dann fuhr der Wagen wieder an und beschleunigte zügig.

Ein Mauthäuschen. Sie waren auf dem Turnpike.

Sie dachte an all die kleinen Städte westlich von Boston, all die weiten Felder und ausgedehnten Waldgebiete, die Orte, wo niemand sonst auf die Idee kommen würde anzuhalten. Wo eine Leiche vielleicht nie gefunden würde. Sie dachte an Gail Yeagers aufgedunsene Leiche, überzogen mit schwärzlichen Adern, und an Marla Jeans Gebeine, die verstreut in einem stillen Waldstück gelegen hatten. Der Weg allen Fleisches.

Sie schloss die Augen, konzentrierte sich auf die Fahrgeräusche, das Rollen der Reifen auf dem Asphalt. Sie fuhren jetzt sehr schnell. Inzwischen hatten sie die Stadtgrenze von Boston gewiss schon hinter sich gelassen. Und was würde Frost denken, während er auf ihren Anruf wartete? Wie lange würde es dauern, bis er merkte, dass etwas passiert sein musste?

Es hilft nichts. Er wird nicht wissen, wo er suchen muss. Niemand kann das wissen.

Ihr linker Arm begann unter ihrem eigenen Gewicht einzuschlafen, und das Kribbeln wurde allmählich unerträglich. Sie wälzte sich auf den Bauch, und ihr Gesicht wurde in den seidigen Fallschirmstoff gedrückt. Das gleiche Material, in das die Leichen von Gail Yeager und Karenna Ghent eingehüllt gewesen waren. Sie bildete sich ein, dass sie den Tod in den Falten des Stoffs riechen konnte. Den Gestank der Fäulnis. Angewidert versuchte sie sich auf die Knie zu erheben und stieß mit dem Kopf gegen den Kofferraumdeckel. Ein stechender Schmerz durchfuhr sie. Der Koffer, so klein er auch war, ließ ihr nur wenig Bewegungsfreiheit, und das Gefühl der Enge drohte sie wieder in Panik zu versetzen.

Beherrsch dich. Verdammt noch mal, Rizzoli, reiß dich zusammen!

Aber sie konnte die Bilder des Chirurgen nicht aus ihrem Kopf verbannen. Sie sah sein Gesicht, wie es auf sie herabgeblickt hatte, als sie auf dem Kellerboden gelegen hatte, unfähig, sich zu rühren. Sie erinnerte sich, wie sie auf den Schnitt seines Skalpells gewartet hatte, und an die Gewissheit, dass sie ihm nicht entkommen konnte. Dass sie auf nichts mehr hoffen konnte als auf die Gnade eines schnellen Todes.

Sie zwang sich, langsam und tief durchzuatmen. Ein warmer Tropfen glitt über ihre Wange, und ihr Hinterkopf schmerzte. Sie hatte sich eine Platzwunde zugezogen, aus der das Blut langsam und stetig rann und auf den Fallschirm tropfte. Beweismaterial, dachte sie. Mein Blut wird Spuren hinterlassen, durch die sie rekonstruieren können, was mit mir passiert ist.

Ich blute. Wo habe ich mir den Kopf angeschlagen?

Sie reckte die Arme hinter dem Rücken in die Höhe, betastete den Kofferraumdeckel, suchte die Stelle, wo sie sich gestoßen hatte. Sie fühlte geformtes Plastik, eine glatte Metallfläche. Und dann bohrte sich plötzlich die scharfe Kante einer vorstehenden Schraube in ihre Haut.

Sie hielt inne, um ihren schmerzenden Armmuskeln eine Ruhepause zu gönnen, und blinzelte, als ihr das Blut in die Augen rann. Sie lauschte auf das stetige Summen der Reifen auf dem Asphalt.

Immer noch fuhren sie schnell. Boston lag schon weit hinter ihnen.

Es ist wunderschön hier im Wald. Ich bin umringt von Bäumen, deren Wipfel in den Himmel aufragen wie die Türme einer gotischen Kathedrale. Den ganzen Vormittag hat es geregnet, doch jetzt bricht ein Sonnenstrahl durch die Wolkendecke und fällt auf die Erde, genau dort, wo ich vier Eisenpflöcke in den Waldboden geschlagen und mit vier Seilstücken umwickelt habe. Bis auf das stete Tropfen aus dem Laubdach ist alles still.

Dann höre ich ein flatterndes Geräusch und blicke auf. Drei Krähen sind über mir auf einem Ast gelandet. Sie beobachten mich mit merkwürdig interessierten Blicken, als ahnten sie schon, was ich vorhabe. Irgendwie haben sie die Bedeutung dieses Ortes erkannt, und jetzt sitzen sie da, plustern ihr schwarzes Gefieder und warten, angelockt von der Aussicht auf einen Leckerbissen – frisches Aas.

Der Sonnenschein wärmt die Erde, und aus dem nassen

Laub steigt Dunst auf. Ich habe meinen Rucksack an einen Ast gehängt, damit er trocken bleibt, und er wirkt wie eine überreife Frucht mit seiner schweren Last, die ihn herabzieht. Ich muss den Inhalt nicht noch einmal überprüfen; ich habe alles sorgfältig zusammengestellt, habe genüsslich den kalten Stahl betastet, bevor ich die Instrumente im Rucksack verstaut habe. Auch nach einem Jahr in Haft sind sie mir noch vertraut wie eh und je, und wenn meine Finger ein Skalpell umschließen, ist es ein Gefühl, als ob ich einem alten Freund die Hand schüttelte.

Aber jetzt will ich eine andere alte Freundin begrüßen.

Ich gehe nach vorne an die Straße und warte.

Von der Wolkendecke sind nur ein paar dünne Fetzen zurückgeblieben, und es ist noch ein schwülwarmer Nachmittag geworden. Die »Straße« ist im Grunde nur eine ungeteerte Schneise mit zwei parallel verlaufenden Furchen. Dazwischen wuchert hoch das Unkraut. Die empfindlichen Fruchtstände des Löwenzahns sind unversehrt, was darauf schließen lässt, dass hier schon länger kein Auto mehr vorbeigekommen ist. Über mir höre ich ein Krächzen, und als ich aufblicke, sehe ich, dass die drei Krähen mir gefolgt sind. Sie warten auf den Beginn der Vorstellung.

Irgendwie sind wir doch alle Voyeure.

Eine dünne Staubwolke steigt hinter den Bäumen auf. Ein Auto nähert sich. Mein Herz schlägt schneller, während ich warte, meine Hände schwitzen vor Aufregung und Vorfreude. Endlich kommt es um die Kurve gefahren, ein glänzendes schwarzes Ungetüm, das langsam den Waldweg hinaufkriecht, in würdevoll-gemessenem Tempo. Es bringt mir das Wiedersehen mit meiner alten Freundin.

Es wird ein längerer Besuch werden, denke ich. Ich werfe einen Blick zum Himmel und sehe, dass die Sonne noch recht hoch steht. Uns bleiben noch viele Stunden bei Tageslicht, Stunden ungetrübter Sommerfreuden.

Ich trete in die Mitte des Weges. Die Limousine rollt langsam aus und kommt vor mir zum Stehen. Der Fahrer steigt aus. Wir müssen keine Worte wechseln; wir sehen uns nur an und lächeln. Das Lächeln zweier Brüder, geeint nicht durch Familienbande, sondern durch das, was wir gemeinsam begehren, die Objekte unserer Lust. Das geschriebene Wort hat uns zusammengeführt. In langen Briefen haben wir unsere Fantasien gesponnen und unser Bündnis geschmiedet, und die Worte, die aus unseren Federn flossen, waren wie die feinen, seidigen Fäden eines Spinnennetzes, das uns aneinander band. Und uns in diesen Wald führte, wo die Krähen uns mit gierigen Augen beobachten.

Zusammen gehen wir zum Heck des Wagens. Er ist schon ganz erregt von der Vorstellung, sie zu vögeln. Ich sehe, wie sich seine Hose ausbeult, und ich höre das metallische Klirren der Schlüssel in seiner Hand. Seine Pupillen sind geweitet, und seine Oberlippe glänzt vor Schweiß. Wir stehen vor dem Kofferraum, begierig auf den Anblick unseres Gastes. Auf den ersten, köstlichen Hauch ihrer Todesangst.

Er steckt den Schlüssel ins Schloss und dreht ihn um. Der Kofferraumdeckel springt auf.

Sie liegt zusammengerollt auf der Seite, geblendet von dem plötzlich einfallenden grellen Sonnenlicht. Ich bin so fasziniert von ihrem Anblick, dass ich die Bedeutung des weißen BHs nicht sofort erfasse, der an einer Ecke aus dem kleinen Koffer heraushängt. Erst als mein Partner sich bückt, um sie aus dem Kofferraum zu heben, begreife ich, was das bedeutet.

»Nicht!«, rufe ich.

Aber schon hat sie beide Hände nach vorne gerissen. Und drückt ab.

Sein Kopf explodiert in einem Nebel von Blut.

Es hat eine merkwürdige Ähnlichkeit mit einem anmutigen Ballett, wie sein Körper sich im Fallen nach hinten biegt, wie ihre Arme mit untrüglicher Präzision zu mir herüberschwingen. Ich habe gerade noch Zeit, mich zur Seite zu drehen, bevor der zweite Schuss fällt.

Ich spüre nicht, wie die Kugel in meinen Nacken einschlägt.

Das seltsame Ballett geht weiter, doch nun ist es mein eigener Körper, der den Tanz vollführt. Meine Arme wirbeln im Kreis, und ich fliege durch die Luft wie ein sterbender Schwan. Ich lande auf der Seite, doch ich spüre den Aufprall nicht, höre nur das Geräusch, mit dem mein Rumpf auf der Erde aufschlägt. Ich liege da und warte darauf, dass die Schmerzen einsetzen, das Pochen, doch da ist nichts. Ich bin einfach nur überrascht.

Ich höre, wie sie mühsam aus dem Wagen klettert. Sie hat über eine Stunde in verkrampfter Haltung dort im Kofferraum gelegen, und es dauert einige Minuten, bis ihre Beine ihr wieder gehorchen.

Sie kommt auf mich zu. Stößt mit dem Fuß an meine Schulter, wälzt mich auf den Rücken. Ich bin bei vollem Bewusstsein, und als ich zu ihr aufblicke, ist mir vollkommen klar, was nun passieren wird. Sie richtet die Waffe auf mein Gesicht; ihre Hände zittern, sie atmet in kurzen, heftigen Stößen. Ihre Wange ist blutverschmiert, es sieht aus wie eine Kriegsbemalung. Jeder Muskel in ihrem Körper ist auf Töten programmiert. All ihre Raubtierinstinkte schreien sie an abzudrücken. Ich halte ihrem Blick unerschrocken stand, verfolge interessiert den inneren Kampf, der sich in ihren Augen widerspiegelt. Ich frage mich, für welche Form der Niederlage sie sich entscheiden wird. Sie selbst hält das Instrument ihrer Zerstörung in den Händen; ich bin lediglich der Katalysator.

Töte mich, und die Folgen der Tat werden dich vernichten.

Lass mich am Leben, und ich werde dich bis an dein Lebensende in deinen Albträumen verfolgen.

Sie stößt ein leises Schluchzen aus. Langsam lässt sie die Waffe sinken. »Nein«, flüstert sie. Und dann noch einmal, lauter. Trotzig: »Nein.« Dann strafft sie die Schultern, holt tief Luft.

Und geht zum Wagen zurück.

25

Rizzoli stand auf der Lichtung und blickte auf die vier in die Erde getriebenen Eisenpflöcke herab. Zwei für die Arme, zwei für die Beine. In der Nähe waren Seilstücke gefunden worden, bereits zu Schlingen geknüpft, die nur noch um die Hand- und Fußgelenke des Opfers festgezurrt werden mussten. Sie vermied es, über den offensichtlichen Zweck dieser Pflöcke nachzudenken. Stattdessen ging sie das Gelände mit der geschäftsmäßigen Miene einer Polizistin ab, die irgendeinen beliebigen Tatort inspiziert. Dass es *ihre* Arme und Beine gewesen wären, die an diese Pflöcke gefesselt worden wären, *ihr* Fleisch, das die in Hoyts Rucksack gefundenen Instrumente zerrissen hätten, war ein Detail, das sie weit von sich schob. Sie spürte, wie ihre Kollegen sie beobachteten, konnte hören, wie sie die Stimme senkten, wenn sie sich ihnen näherte. Der Verband auf ihrer genähten Kopfwunde brandmarkte sie unübersehbar als Versehrte, und alle behandelten sie dementsprechend – als ob sie aus Glas wäre. Und das konnte sie nicht ertragen; nicht jetzt – nicht, wenn es für sie wichtiger denn je war, sich nicht als Opfer zu sehen. Zu glauben, dass sie ihre Gefühle voll im Griff hatte.

Und so bewegte sie sich hier, wie sie es an jedem anderen Tatort getan hätte. Die Staatspolizei hatte schon am Abend zuvor alles fotografiert und die Umgebung abgesucht; das Gelände war offiziell freigegeben. Aber dennoch hielten Rizzoli und ihr Team es für geboten, sich am Morgen selbst noch einmal ein Bild von der Lage zu machen. Und so stapfte sie nun mit Frost durch den Wald, und für eine Weile war nichts zu hören als das Sirren des Maßbands, das aus dem Gehäuse glitt und wieder zurückschnellte. Sie maßen die

Entfernung vom Waldweg bis zu der kleinen Lichtung aus, auf der die Staatspolizei Warren Hoyts Rucksack gefunden hatte. Trotz der Bedeutung, die dieser von Bäumen umstandene Platz für sie persönlich hatte, versuchte sie die Lichtung mit objektivem Blick zu betrachten. In ihrem Notizbuch war festgehalten, was in dem Rucksack gefunden worden war: Skalpelle und Klemmen, Wundhaken und Handschuhe. Sie hatte sich die Fotos von Hoyts Fußspuren angesehen, von denen inzwischen Gipsabdrücke angefertigt worden waren, und hatte die Plastikbeutel mit den verknoteten Seilstücken in Augenschein genommen, ohne auch nur einen Moment lang darüber nachzudenken, für wessen Handgelenke dieses Seil bestimmt gewesen war. Sie blickte hinauf zum Himmel, um zu sehen, ob das Wetter bald umschlagen würde, ohne sich ins Bewusstsein zu rufen, dass der Anblick ebendieser Baumwipfel das Letzte gewesen wäre, was sie in diesem Leben gesehen hätte. Jane Rizzoli, das Opfer, war heute nicht hier. Ihre Kollegen würden nichts von ihr zu sehen bekommen, so intensiv sie sie auch beobachteten. Niemand würde irgendetwas zu sehen bekommen.

Sie schlug ihr Notizbuch zu, und als sie wieder aufblickte, sah sie Gabriel Dean durch den Wald auf sich zukommen. Obwohl ihr Herz höher schlug, als sie ihn erkannte, begrüßte sie ihn nur mit einem knappen Nicken und einem Blick, der sagte: Wir sind hier im Dienst und sollten uns auch so benehmen.

Er verstand, und so begegneten sie sich wie zwei Berufskollegen, sorgsam darauf bedacht, sich nicht anmerken zu lassen, wie nahe sie einander erst vor zwei Tagen gekommen waren.

»Er ist vor sechs Monaten von VIP Limousines als Fahrer eingestellt worden«, sagte sie. »Die Yeagers, die Ghents, die Waites – er hat sie alle gefahren. Und er hatte Zugang zu den Fahrgastlisten der Firma. Er muss meinen Namen darauf entdeckt haben. Daraufhin hat er die bereits angemeldete

Fahrt zum Flughafen gestrichen und ist selbst anstelle des ursprünglich vorgesehenen Fahrers hingefahren, um mich abzuholen.«

»Und VIP hatte seine Referenzen überprüft?«

»Sie waren zwar schon ein paar Jahre alt, aber es waren hervorragende Referenzen.« Sie hielt inne. »Von Militärdienst war in seinem Lebenslauf allerdings keine Rede.«

»Das liegt daran, dass John Stark nicht sein richtiger Name war.«

Sie sah ihn stirnrunzelnd an. »Er hatte eine falsche Identität angenommen?«

Dean deutete in Richtung der Bäume. Sie gingen ein Stück in den Wald hinein, um ungestört reden zu können.

»Der echte John Stark ist im September 1999 im Kosovo ums Leben gekommen«, sagte Dean. »Er war bei der UN-Schutztruppe und wurde getötet, als sein Jeep auf eine Landmine fuhr. Er ist in Corpus Christi, Texas, begraben.«

»Dann kennen wir noch nicht einmal den richtigen Namen unseres Täters.«

Dean schüttelte den Kopf. »Fingerabdrücke, Röntgenaufnahmen der Zähne und Gewebeproben werden sowohl an das Pentagon als auch an die CIA geschickt.«

»Von dort werden wir keine Antworten bekommen, oder?«

»Nicht, wenn der Dominator einer von ihren Leuten war. Was diese Herren betrifft, hast du ihnen das Problem abgenommen. Damit ist für sie alles gesagt und getan.«

»Kann sein, dass ich ihr Problem gelöst habe«, sagte sie verbittert. »Aber meines ist noch am Leben.«

»Hoyt? Um den musst du dir keine Gedanken mehr machen.«

»Verdammt, hätte ich doch bloß noch einmal abgedrückt...«

»Er ist wahrscheinlich vom Hals abwärts gelähmt, Jane. Ich kann mir keine schlimmere Strafe vorstellen.«

Sie hatten den Waldrand erreicht und traten auf den Weg

hinaus. Die Limousine war bereits am Abend abgeschleppt worden, doch die Spuren der gestrigen Ereignisse waren noch zu sehen. Sie blickte auf das getrocknete Blut, das die Stelle markierte, wo der Mann, der sich John Stark nannte, gestorben war. Ein paar Meter weiter bezeichnete ein kleinerer Fleck den Punkt, wo Hoyt gestürzt war, wo er mit zerschmettertem Rückenmark und gelähmten Gliedern gelegen hatte.

Ich hätte dem Ganzen ein Ende machen können, aber ich habe ihn leben lassen. Und ich weiß immer noch nicht, ob es die richtige Entscheidung war.

»Wie geht es dir, Jane?«

Sie hörte die persönliche Betroffenheit aus seiner Frage heraus; das Eingeständnis, dass sie mehr waren als nur Kollegen. Sie sah ihn an und war sich plötzlich peinlich bewusst, wie sie mit ihrem geschwollenen Gesicht und dem dicken Verband auf dem Kopf wirken musste. Es wäre ihr lieber gewesen, wenn er sie nicht so gesehen hätte, aber nun stand sie ihm schon gegenüber, und es war sinnlos, ihre Blessuren vor ihm verbergen zu wollen. Sie konnte nur tapfer ausharren und seinen Blick erwidern.

»Mir geht's gut«, sagte sie. »Ein paar Stiche am Kopf, ein bisschen Muskelkater. Und wahrscheinlich habe ich auch schon mal besser ausgesehen.« Sie lachte. »Aber du hättest mal den anderen Kerl sehen sollen.«

»Ich glaube, es ist nicht gut, dass du hier bist«, sagte er.

»Was meinst du damit?«

»Es ist noch zu früh.«

»Wenn jemand hier sein sollte, dann ich.«

»Du gönnst dir auch nie eine Verschnaufpause, wie?«

»Warum sollte ich das nötig haben?«

»Weil du keine Maschine bist. Irgendwann wird es dich einholen. Du kannst nicht hier herumlaufen und so tun, als sei es bloß irgendein Tatort.«

»Doch – genau so gehe ich damit um.«

»Auch nach dem, was um ein Haar hier passiert wäre?«

Was um ein Haar passiert wäre.

Sie blickte auf die Blutflecken hinab, und für einen Moment schien der Weg unter ihren Füßen zu wanken, als ob ein Beben die Erde erschütterte und an den Schutzmauern rüttelte, die sie so sorgfältig um sich herum errichtet hatte; ein Beben, das bedrohlich an den Fundamenten rüttelte, auf denen sie stand.

Er nahm ihre Hand, und die ruhige Gewissheit, die in seiner Berührung lag, ließ ihr die Tränen in die Augen treten. Es war eine Berührung, die sagte: »Dieses eine Mal darfst du wie ein Mensch reagieren. Du darfst schwach sein.«

Leise sagte sie: »Es tut mir Leid wegen Washington.«

Sie sah seinen verletzten Blick und begriff sofort, dass er ihre Worte missverstanden hatte.

»Es wäre dir also lieber, wenn das mit uns nie passiert wäre«, sagte er.

»Nein. Nein, das meine ich überhaupt nicht…«

»Was ist es dann, was dir so Leid tut?«

Sie seufzte. »Es tut mir Leid, dass ich abgereist bin, ohne dir zu sagen, was diese Nacht für mich bedeutet hat. Dass ich mich nicht richtig von dir verabschiedet habe. Und es tut mir Leid, dass…« Sie zögerte. »Dass ich dir nicht erlaubt habe, dich um mich zu kümmern, mich bei der Hand zu nehmen, wenigstens dieses eine Mal. Denn die Wahrheit ist, dass ich dich wirklich gebraucht habe in diesem Moment. Ich bin nicht so stark, wie ich mir immer gerne einrede.«

Er lächelte. Drückte ihre Hand. »Das sind wir alle nicht, Jane.«

»He, Rizzoli?« Es war Frost, der ihr vom Waldrand aus zurief.

Sie blinzelte ihre Tränen weg und drehte sich zu ihm um. »Ja?«

»Wir haben gerade einen zweifachen Zehn-Vierundfünfziger reinbekommen. Quik-Stop-Supermarkt in Jamaica

Plain. Ladeninhaber und ein Kunde tot. Der Tatort ist schon gesichert.«

»Mein Gott. So früh am Morgen.«

»Wir sind an der Reihe mit diesem Fall. Sind Sie fit genug?«

Sie holte tief Luft und wandte sich wieder zu Dean um. Er hatte ihre Hand losgelassen, und obwohl seine Berührung ihr fehlte, fühlte sie sich gestärkt: Das Beben war vorüber, sie hatte wieder festen Boden unter den Füßen. Aber der Augenblick war ihr zu kostbar, um ihn so schnell verstreichen zu lassen. Ihr letzter Abschied in Washington war so überhastet gewesen; sie würde so etwas nicht noch einmal geschehen lassen. Sie würde nicht zulassen, dass ihr Leben so wurde wie das von Korsak: eine traurige Chronik der verpassten Gelegenheiten.

»Frost?«, sagte sie, ohne den Blick von Dean zu wenden.

»Ja?«

»Ich fahre nicht hin.«

»Was?«

»Das soll ein anderes Team übernehmen. Es ist mir im Moment einfach zu viel.«

Keine Antwort. Sie drehte sich zu Frost um und sah seine verblüffte Miene.

»Soll das heißen… dass Sie sich den Tag freinehmen?«, fragte Frost.

»Ja. Ich lasse mich ausnahmsweise mal krankschreiben. Haben Sie ein Problem damit?«

Frost schüttelte den Kopf und lachte. »Wird aber auch höchste Zeit, wenn Sie mich fragen.«

Sie sah Frost nach. Hörte ihn immer noch lachen, als er zwischen den Bäumen verschwand. Sie wartete, bis nichts mehr von ihm zu sehen war, erst dann drehte sie sich zu Dean um.

Er breitete die Arme aus, und sie trat auf ihn zu.

26

Alle zwei Stunden kommen sie herein, um meine Haut nach wundgelegenen Stellen abzusuchen. Es ist ein Trio von Gesichtern, die sich turnusmäßig abwechseln: Armina hat die Frühschicht, Bella kommt abends vorbei, und in der Nacht ist es die stille, schüchterne Corazon. Ich nenne sie meine ABC-Mädchen. Wer nicht genau hinsieht, könnte sie leicht verwechseln, mit ihren zarten braunen Gesichtern und ihren melodischen Stimmen. Eine fröhliche kleine philippinische Girlgroup in weißer Schwesterntracht. Aber ich nehme die Unterschiede zwischen ihnen wahr. Ich erkenne sie daran, wie sie sich meinem Bett nähern, in der Art, wie sie mich anfassen, um mich auf meiner Schaffellunterlage mal nach links, mal nach rechts zu drehen. Das muss Tag und Nacht geschehen, weil ich mich nicht aus eigener Kraft drehen kann und das Gewicht meines eigenen Körpers, das auf der Matratze lastet, die Haut zu stark strapaziert. Es drückt die Kapillargefäße zusammen und unterbindet den nährenden Blutstrom; das unterversorgte Gewebe wird blass und entzündlich, es kann leicht zu Hautabschürfungen kommen. Aus einer kleinen Verletzung wird rasch ein eitriges Geschwür, das wie eine Ratte am Fleisch nagt.

Dank meiner ABC-Mädchen habe ich keinen Dekubitus – so sagt man mir jedenfalls. Ich kann es selbst nicht überprüfen, denn ich kann ja meinen eigenen Rücken und mein Gesäß nicht sehen, und fühlen kann ich von den Schultern abwärts auch nichts. Mein Wohlbefinden liegt ganz in den Händen von Armina, Bella und Corazon, und wie jedes hilflose kleine Kind richte ich meine ganze Aufmerksamkeit auf die Menschen, die für mich sorgen. Ich betrachte einge-

hend ihre Gesichter, atme ihren Duft ein, merke mir den Klang ihrer Stimmen. Ich weiß, dass Arminas Nasenrücken ein klein wenig schief ist, dass Bellas Atem oft nach Knoblauch riecht und dass Corazon ganz leicht stottert.

Ich weiß auch, dass sie Angst vor mir haben.

Sie wissen natürlich, warum ich hier bin. Jeder, der hier auf der Station für Rückenmarksverletzte arbeitet, weiß genau, wer ich bin, und obwohl sie mich ebenso höflich und zuvorkommend behandeln wie alle anderen Patienten, bleibt es mir nicht verborgen, dass sie es vermeiden, mir in die Augen zu sehen; dass sie zögern, bevor sie meine nackte Haut anfassen, als ob sie die Temperatur eines Bügeleisens prüfen müssten. Ich bemerke die Blicke der Helferinnen, wenn sie an meiner Tür vorbeigehen, höre sie untereinander flüstern. Mit den anderen Patienten halten sie gerne mal ein Schwätzchen, fragen sie nach ihren Freunden und Familien, aber mir stellt niemand solche Fragen. Gewiss, sie wollen wissen, wie es mir geht und ob ich gut geschlafen habe, aber damit ist der Gesprächsstoff dann auch schon erschöpft.

Und doch weiß ich, wie neugierig sie sind. Alle sind sie neugierig, alle wollen sie einen Blick auf den Chirurgen erhaschen, obwohl sie sich nicht allzu nahe an mich heranwagen – als ob ich plötzlich aufspringen und über sie herfallen könnte. So lugen sie nur verstohlen zur Tür herein und nähern sich mir nur dann, wenn ihre Pflicht es verlangt. Die ABC-Mädchen pflegen meine Haut, sie kümmern sich um die Leerung meiner Blase und meines Darms, und dann ergreifen sie die Flucht. Sie lassen das Monster in seiner Höhle allein, ans Bett gefesselt durch seinen eigenen ruinierten Körper.

Kein Wunder, dass ich den Besuchen von Dr. O'Donnell mit solcher Vorfreude entgegensehe.

Einmal pro Woche kommt sie vorbei. Sie bringt ihren Kassettenrekorder mit, ihren gelben Notizblock und eine Mappe voller blauer Kugelschreiber, mit denen sie sich Notizen macht. Und sie bringt ihre Neugier mit; sie trägt sie offen und unverhohlen zur Schau, wie einen knallroten Mantel. Ihre Neugier ist rein wissenschaftlicher Natur – das glaubt sie jedenfalls. Sie rückt ihren Stuhl ganz nahe an mein Bett heran und stellt das Mikrofon auf den Klapptisch, damit es auch wirklich jedes Wort aufzeichnet. Dann beugt sie sich vor, streckt mir den Hals entgegen, als wolle sie mir die entblößte Kehle darbieten. Es ist ein entzückender Hals. Sie ist naturblond und sehr blass, und ihre Adern zeichnen sich als zarte blaue Linien unter der porzellanweißen Haut ab. Sie sieht mir unerschrocken in die Augen und stellt mir ihre Fragen.

»Vermissen Sie John Stark?«

»Das wissen Sie doch. Ich habe einen Bruder verloren.«

»Einen Bruder? Aber Sie kennen doch nicht einmal seinen richtigen Namen.«

»Und die Polizei wird nicht müde, mich danach zu fragen. Ich kann ihnen nicht helfen, denn er hat ihn mir nie verraten.«

»Aber Sie haben doch aus der Haft lange Zeit mit ihm korrespondiert.«

»Namen waren uns nicht wichtig.«

»Sie kannten einander gut genug, um zusammen zu morden.«

»Nur das eine Mal, in Beacon Hill. Es ist wie Liebemachen, denke ich. Beim ersten Mal muss man noch lernen, einander zu vertrauen.«

»Das gemeinsame Morden war also eine Möglichkeit, ihn besser kennen zu lernen.«

»Gibt es eine bessere?«

Sie zieht eine Augenbraue hoch, als sei sie sich nicht ganz sicher, ob meine Bemerkung ernst gemeint war. Das war sie.

»Sie nennen ihn einen Bruder«, sagt sie. »Was meinen Sie damit?«

»Wir hatten eine ganz besondere Beziehung, einen heiligen Bund. Es ist so schwer, einen Menschen zu finden, der mich wirklich versteht.«

»Das kann ich mir vorstellen.«

Ich habe ein unfehlbares Gespür für jeden noch so leisen Anflug von Sarkasmus, aber in ihrer Stimme und in ihren Augen kann ich nichts dergleichen hören oder sehen.

»Ich weiß, dass es da draußen noch andere geben muss, die so sind wie wir«, sage ich. »Die Schwierigkeit besteht darin, sie zu finden. Den Kontakt herzustellen. Wir alle suchen nach der Gesellschaft unserer Artgenossen.«

»Sie tun so, als gehörten Sie einer eigenen Spezies an.«

»Homo sapiens reptilis«, scherze ich.

»Wie bitte?«

»Ich habe gelesen, dass es eine Region in unserem Gehirn gibt, die auf unsere stammesgeschichtlichen Ursprünge als Reptilien zurückgeht. Sie steuert unsere primitivsten Funktionen. Kampf und Flucht. Paarung. Aggression.«

»Ah, Sie meinen das Archipallium.«

»Ja. Das Gehirn, das wir hatten, bevor wir zu zivilisierten menschlichen Wesen wurden. Es beherbergt keine Emotionen, kein Gewissen. Keine Moralvorstellungen. Es ist das, was Sie sehen, wenn Sie in die Augen einer Kobra blicken. Es ist auch der Teil unseres Gehirns, der unmittelbar auf olfaktorische Reize reagiert. Daher kommt es, dass Reptilien einen so feinen Geruchssinn haben.«

»Das stimmt. Neurologisch gesehen ist unser olfaktorisches System eng mit dem Archipallium verbunden.«

»Wussten Sie, dass ich schon immer einen sehr ausgeprägten Geruchssinn hatte?«

Einen Moment lang sieht sie mich nur unverwandt an. Wieder einmal weiß sie nicht, ob ich wirklich meine, was ich sage, oder ob ich mir diese Theorie eigens für sie zurechtgelegt habe, weil sie Neuropsychiaterin ist und ich genau weiß, dass ich sie damit beeindrucken kann.

Ihre nächste Frage verrät, dass sie beschlossen hat, mich

ernst zu nehmen: »Hatte John Stark auch so einen ausgeprägten Geruchssinn?«

»Ich weiß es nicht.« Mein Blick ist bohrend. »Jetzt, da er tot ist, werden wir es nie erfahren.«

Sie fixiert mich wie eine zum Sprung bereite Katze. »Sie sehen wütend aus, Warren.«

»Habe ich denn nicht allen Grund dazu?« Mein Blick fällt auf meinen nutzlosen Körper, der unbeweglich auf seiner Schaffellmatte liegt. Ich betrachte ihn schon gar nicht mehr als meinen Körper. Warum auch? Ich kann ihn nicht spüren. Es ist bloß ein Haufen Fleisch, der nichts mit mir zu tun hat.

»Sie sind wütend auf diese Polizistin«, sagt sie.

Eine so offensichtliche Feststellung verdient gar keine Antwort, und so gebe ich auch keine.

Aber Dr. O'Donnell hat gelernt, Gefühle punktgenau zu lokalisieren, das Narbengewebe herunterzureißen und die blutige Stelle darunter bloßzulegen. Sie hat den Geruch von gärenden Emotionen gewittert, und nun kratzt, pflückt und bohrt sie eifrig an meiner Wunde herum.

»Denken Sie immer noch an Detective Rizzoli?«, fragt sie.

»Jeden Tag.«

»Was sind das für Gedanken?«

»Wollen Sie das wirklich wissen?«

»Ich versuche Sie zu verstehen, Warren. Ich will wissen, was Sie denken, was Sie fühlen. Was Sie dazu bringt zu töten.«

»Ich bin also immer noch Ihre kleine Laborratte. Ich bin nicht Ihr Freund.«

Eine Pause. »Doch, ich kann Ihre Freundin sein…«

»Aber das ist nicht der Grund, weshalb Sie zu mir kommen.«

»Um ehrlich zu sein, ich komme wegen der Dinge, die ich von Ihnen lernen kann. Wir alle können von Ihnen lernen, was Menschen zu Mördern macht.« Sie beugt sich noch näher zu mir vor. Und sagt ganz leise: »Also erzählen Sie es mir. Teilen Sie Ihre Gedanken mit mir, so beunruhigend sie auch sein mögen.«

Es ist lange still. Dann antworte ich ebenso leise: »Ich habe Tagträume…«

»Was für Tagträume?«

»Über Jane Rizzoli. Über das, was ich gerne mit ihr machen würde.«

»Erzählen Sie es mir.«

»Es sind keine angenehmen Tagträume. Ich bin sicher, Sie werden Sie abstoßend finden.«

»Ich würde sie trotzdem gerne hören.«

In ihren Augen ist ein merkwürdiges Leuchten, als würden sie von innen angestrahlt. Ihre Gesichtsmuskeln sind vor Erwartung angespannt. Sie hält den Atem an.

Ich sehe sie an und denke: O ja, sie möchte gerne hören, was ich ihr zu sagen habe. Wie alle anderen auch will sie alles hören, jedes makabre Detail. Sie behauptet, ihr Interesse sei rein akademischer Natur; dass alles, was ich ihr sage, nur für ihre Forschung bestimmt sei. Aber ich sehe die lustvolle Neugier in ihren Augen aufblitzen. Ich wittere den Duft ihrer Erregung.

Ich sehe, wie das Reptil sich in seinem Käfig regt.

Sie will wissen, was ich weiß. Sie will in meine Welt eindringen. Sie ist endlich bereit für das Abenteuer.

Es ist an der Zeit, ihr die Tür zu öffnen.

Danksagung

Während der Arbeit an diesem Buch hat mir stets ein wunderbares Team mit Rat und Tat zur Seite gestanden, hat mich immer wieder angespornt und mir den seelischen Beistand gewährt, den ich brauchte, um voranzukommen. Mein herzlicher Dank gilt meiner Agentin, Freundin und Leitfigur Meg Ruley, sowie Jane Berkey, Don Cleary und den fantastischen Mitarbeitern der Jane Rotrosen Agency. Zu Dank verpflichtet bin ich auch meiner hervorragenden Lektorin Linda Marrow, ebenso wie Gina Centrello für ihren unermüdlichen Enthusiasmus, Louis Mendez, der mich immer auf dem Laufenden hielt, und Gilly Hailparn und Marie Coolman, die mir in den traurigen, dunklen Tagen nach dem 11. September eine Stütze waren und mich sicher nach Hause geleitet haben. Dank auch an Peter Mars für seine Informationen über das Boston Police Department und an Selina Walker, meine Cheerleaderin auf der anderen Seite des großen Teichs.

Und schließlich gilt tief empfundener Dank meinem Mann Jacob, der genau weiß, wie schwierig es ist, mit einer Schriftstellerin zusammenzuleben – und der es trotzdem mit mir aushält.

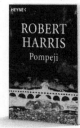